LÁ ONDE OS TIGRES SE SENTEM EM CASA

LÁ ONDE OS TIGRES SE SENTEM EM CASA

JEAN-MARIE
BLAS DE ROBLÈS

Tradução de
Maria de Fátima Oliva do Coutto
Mauro Pinheiro

EDITORA RECORD
RIO DE JANEIRO • SÃO PAULO

2011

CIP-Brasil. Catalogação-na-fonte
Sindicato Nacional dos Editores de Livros, RJ

Blas de Roblès, Jean-Marie, 1954-
B5781 Lá onde os tigres se sentem em casa / Jean-Marie Blas de Ròbles; tradução de Maria de Fátima Oliva do Coutto e Mauro Pinheiro. – Rio de Janeiro: Record, 2011.

Tradução de: Là où les tigres sont chez eux
ISBN 978-85-01-09382-0

1. Ficção francesa. I. Coutto, Maria de Fátima Oliva do, 1951-. II. Pinheiro, Mauro, 1957-. III. Título.

11-3179 CDD: 843
CDU: 821.133.1-3

TÍTULO ORIGINAL EM FRANCÊS:
Là où les tigres sont chez eux

Texto revisado segundo o novo Acordo Ortográfico da Língua Portuguesa.

Editoração eletrônica: Abreu's System

Direitos exclusivos de publicação em língua portuguesa para o Brasil
adquiridos pela
EDITORA RECORD LTDA.
Rua Argentina, 171 – Rio de Janeiro, RJ – 20921-380 – Tel.: 2585-2000,
que se reserva a propriedade literária desta tradução.

Impresso no Brasil

ISBN 978-85-01-09382-0

Para Laurence,
Virgile, Félix e Hippolyte

Em memória de Philippe Hédan

Não é impunemente que passeamos sob as palmeiras e mudamos forçosamente de ideias em um país onde os elefantes e os tigres se sentem em casa.

JOHANN WOLFGANG VON GOETHE,
As afinidades eletivas

SUMÁRIO

PRÓLOGO

ALCÂNTARA | *Praça do Pelourinho*

— Poeta mete no homem a pica! Aarrc! Poeta mete no homem a pica! — disse a voz aguda, anasalada e como que embriagada de Heidegger.

Interrompido bruscamente, Eléazard von Wogau ergueu os olhos da leitura. Girando parcialmente na cadeira, pegou o primeiro livro que alcançou e lançou-o com toda força na direção do animal. Do outro lado do aposento, num surpreso e multicolorido abrir de plumas, o papagaio ergueu-se do poleiro a tempo de evitar o projétil. O livro *Studia Kircheriana*, do padre Reilly, caiu um pouco mais adiante, em cima de uma mesa, derrubando a garrafa de cachaça quase cheia que ali se encontrava. A garrafa quebrou, inundando imediatamente o volume desmantelado.

— Merda! — grunhiu Eléazard.

Hesitou um breve instante, sem saber se deveria se levantar para tentar salvar o livro do desastre. Cruzou com o olhar sartriano do grande pássaro, que fingia procurar alguma coisa na plumagem, a cabeça virada num ângulo absurdo e o olhar estrábico, e resolveu voltar ao texto de Caspar Schott.

Pensando bem, era realmente extraordinário ainda conseguir fazer tais descobertas: um manuscrito totalmente inédito, exumado por ocasião de uma recente verificação na Biblioteca Nacional de Palermo. O atual curador não julgara o conteúdo da obra suficientemente interessante para merecer mais que um breve artigo no boletim trimestral de sua biblioteca, acompanhado de uma nota ao diretor do Instituto Goethe local. Portanto, fora preciso um prodigioso conjunto de circunstâncias para que uma fotocópia do manuscrito — escrito em francês por um obscuro jesuíta alemão relatando a biografia de outro jesuíta não mais conhecido — fosse parar no Brasil, no escritório de Eléazard. Num súbito acesso de zelo, o diretor do Instituto Goethe resolvera comunicar o ocorrido a Werner Küntzel, berlinense que trabalhava havia vários anos elaborando uma teoria da informática com a intenção de provar como a linguagem binária dos computadores inseria-se na escolástica lulliene e suas posteriores variantes, especialmente a de Athanasius Kircher. Sempre propenso ao entusiasmo, Werner Küntzel imediatamente propusera a publicação do manuscrito de Schott ao editor Thomas Sessler. Torcendo o nariz diante dos custos de uma tradução, o editor aceitara uma tiragem confidencial do original e, seguindo as sugestões do próprio Werner, dirigira-se a Eléazard para lhe confiar o texto e os comentários.

"Santo Werner!", pensou Eléazard, sorrindo. "Ele realmente não se dá conta..."

Não voltara a vê-lo desde a época já tão distante do longínquo encontro em Heidelberg, mas se lembrava perfeitamente de sua cara de fuinha e do tique nervoso que lhe fazia saltar o pequeno músculo maxilar num obsceno tremor na bochecha. Tal fenômeno revelava uma tensão reprimida, parecendo prestes a se exteriorizar com violência; tanto que Eléazard por vezes esquecia o que estava dizendo: talvez esse fosse o objetivo, mais ou menos consciente, de seu interlocutor. Tinham se correspondido de tempos em tempos, embora de maneira bastante formal de sua parte. Werner nunca recebera senão um cartão-postal, às vezes dois, em resposta às longas cartas em que contava sua vida e suas realizações nos mínimos detalhes. Não, realmente ele não se dava conta de a que ponto a vida de Eléazard havia mudado, nem dos meios que lhe fora necessário encontrar para voltar a seus antigos amores. Sem dúvida conhecia a obra de Kircher melhor do que ninguém — 15 anos de familiaridade com um ilustre desconhecido costumam proporcionar esse inútil privilégio —, mas Werner não podia supor como ele se afastara, ao longo do tempo, das ambições da juventude. A tese na qual trabalhara em Heidelberg, havia tempos Eléazard a atirara no esquecimento, embora continuasse a invocar sua sombra como o único motivo de uma obsessão que sempre terminava por espantá-lo um pouco. Entretanto, era preciso render-se às evidências: algumas pessoas colecionavam garrafas de uísque e embalagens de cigarros quando paravam de beber ou de fumar, e ele agora se contentava em acumular, com idêntica mania, tudo o que se referia, de uma forma ou de outra, a esse bizarro jesuíta. Edições originais, gravuras, estudos e artigos, citações esparsas, tudo servia para ocupar o vazio gerado por sua distante renúncia, nos tempos de faculdade. Seu modo de lhe permanecer fiel, de ainda honrá-lo, mesmo que com desprezo; uma fome de conhecimento da qual não soubera havia pouco se mostrar digno.

— Soledade! — gritou sem se virar.

A jovem mulata não demorou a mostrar seu curioso rosto de palhaço feliz.

— Sim, senhor — disse com sua voz macia, em uma entonação de quem se pergunta o que podem querer dela tão repentinamente.

— Me pode preparar uma caipirinha, por favor?

— Me pode preparar uma caipirinha, por favor? — repetiu Soledade, imitando-lhe o sotaque e os erros de sintaxe.

Eléazard a interpelou novamente, erguendo as sobrancelhas, mas ela o ameaçou com o dedo, de um jeito que queria dizer: "Você é incorrigível."

— Sim, senhor... — respondeu ela antes de desaparecer, não sem lhe ter feito uma careta mostrando um pedacinho de língua cor-de-rosa.

Mestiça de negro e índio, cabocla, como chamavam ali, Soledade nascera num vilarejo do sertão. Tinha apenas 18 anos, mas na adolescência fora expatriada para a cidade a fim de contribuir para a alimentação de seus numerosos irmãos e irmãs. Fazia cinco anos que a seca causava estragos em todo o interior; os camponeses viram-se obrigados a comer cactos e cobras, mas, sem se decidir a deixar seu pedacinho de terra, preferiam mandar os filhos para o litoral, para as cidades grandes, onde ao menos seria possível mendigar. Soledade havia tido mais sorte do que a maioria: com a ajuda de um primo do pai, empregara-se como doméstica na casa de uma família. Explorada vergonhosamente, espancada ante a menor desobediência às ordens dos patrões, aceitara com alegria trabalhar para um francês que nela reparara durante uma feijoada na casa dos colegas de trabalho. Denis Raffenel fora seduzido por seu sorriso, por sua pele sedosa de negra e por seu soberbo corpo de garota, mais do que por seus dotes domésticos, mas a tratava com gentileza, até mesmo respeito, tanto que ela se considerava completamente feliz com o salário dobrado e o trabalho mínimo exigido. Tempos depois — fazia agora três meses já —, o divórcio de Eléazard coincidira de maneira fortuita com a providencial partida desse francês. Um pouco para agradar Raffenel e muito por se sentir sozinho, ele pedira a Soledade que trabalhasse para ele. Como ela já o conhecia, pois o tinha visto várias vezes na casa de Raffenel por ele também ser francês e porque preferia morrer a trabalhar novamente para brasileiros, Soledade aceitara imediatamente, exigindo o mesmo salário — uma miséria, para falar a verdade — e uma TV em cores. Eléazard rendera-se a esse desejo e, certa manhã, ela se mudara para sua casa.

Soledade ocupava-se da roupa, das compras e da cozinha, limpava a casa quando lhe dava na telha — ou seja, raramente — e passava grande parte do tempo diante das insípidas novelas da TV Globo. Quanto aos serviços "especiais" que prestava ao ex-patrão, Eléazard nunca os havia solicitado. Sequer entrara no quartinho que ela escolhera para se instalar, mais por indiferença do que por precaução, e Soledade parecia ser-lhe grata por isso.

Viu-a voltar, apreciando mais uma vez seu andar indolente, essa maneira bem africana de deslizar pelo chão num bater irritante de pés descalços. Ela colocou o copo na escrivaninha, presenteou Eléazard com uma nova careta e se foi.

Tomando um gole — Soledade dosava cachaça e limão à perfeição —, Eléazard deixou o olhar errar através da grande janela à sua frente. Abria-se diretamente para a selva ou, mais exatamente, para a mata, aquela abundância de árvores grandes, de cipós retorcidos e de folhagens que tinham tomado conta da cidade sem que ninguém ousasse contrariá-los. Do primeiro andar, Eléazard tinha a sensação de mergulhar no coração da vida orgânica, um pouco como um cirurgião curva-se sobre um ventre oferecido apenas para a sua curiosidade. Tomada a decisão de deixar São Luís e comprar uma casa em Alcântara, não encontrara nenhum problema na escolha. Essa antiga cidade barroca, o florão da arquitetura do século XVIII no Brasil, encontrava-se em ruínas. Abandonada pela história após a queda do marquês de Pombal, engolida pela floresta, pelos insetos e pela umidade, era habitada por uma diminuta população de pescadores, pobres demais para viver em outro lugar senão nas cabanas de zinco e de argila, em barracos e casebres semidestruídos. De tempos em tempos, por ali aparecia um lavrador, assustado por ter deixado tão bruscamente a escuridão da grande floresta, para vender sua produção de manga ou de mamão aos intermediários que iam e vinham de São Luís. Ali Eléazard comprara aquela casa imensa e em ruínas, um dos sobrados que outrora tinham contribuído para a beleza da cidade. Ele a comprara pelo que lhe parecera uns trocados, mas que representava um valor alto para a maioria dos brasileiros. A fachada dava para a Praça do Pelourinho, onde à esquerda ficava a igreja abandonada de São Matias e à direita, aberta também aos quatro ventos, a prefeitura e a prisão. No centro da praça, entre esses dois escombros dos quais não sobrava mais que muros e teto, restava ainda o pelourinho, a coluna de pedra enfeitada onde outrora espancavam os escravos rebeldes. Trágico emblema da opressão civil e religiosa, da cegueira que levou certos homens a massacrar, sem o menor peso na consciência, milhares de seus semelhantes, o pelourinho era o único monumento da cidade a permanecer intacto. E se deixavam os porcos perambularem em completa liberdade pelo interior da igreja e da prefeitura, nenhum dos caboclos que ali vivia teria suportado a menor afronta a esse testemunho do sofrimento, da injustiça e de uma estupidez milenar. Porque nada havia mudado, porque nada atingiria jamais esses três pilares equivocados da natureza humana. E naquela por reconhecerem coluna que desafiara o tempo o símbolo de sua pobreza e de sua degradação.

Elaine — só mesmo no Brasil surgiam nomes semelhantes —, sua mulher, jamais suportara aquele lugar onde tudo carregava, como um estigma, o bolor do declínio, e essa repulsa epidérmica fora, sem dúvida, um dos motivos da separação. Um elemento a mais numa série de erros pelos quais, de um só golpe, ele se lamentara numa noite do último setembro. Durante todo o tempo que ela falava, ele só mantivera fixa na mente a imagem da casa roída pelos cupins e que desabava bruscamente, sem que se pudesse detectar o menor sinal anunciador da catástrofe. A ideia de se desculpar não lhe ocorrera, como sem dúvida nunca ocorre a todos aqueles que um dia são surpreendidos pela bofetada da desgraça. Podemos imaginar justificativa diante de um tremor de terra ou da explosão de um obus de morteiro? Quando sua mulher, essa súbita desconhecida, pedira o divórcio, Eléazard se submetera, assinando tudo o que lhe pediam, concordando com todas as exigências dos advogados, como quem se deixa transportar de um campo de refugiados a outro. Sua filha, Moema, não representara nenhum problema, pois já era maior de idade e levava a própria vida — se é que podíamos chamar de "levar a vida" sua maneira de se esquivar, dia após dia, das obrigações.

Eléazard tinha escolhido permanecer em Alcântara e só pouco depois, seis meses após a partida de Elaine para Brasília, começara a percorrer as ruínas do seu amor, procurando menos o que ainda podia ser salvo e mais a origem de semelhante desperdício.

Refletindo melhor, a proposta de Werner caíra dos céus. Esse trabalho sobre o manuscrito de Caspar Schott lhe servia, de alguma forma, como proteção, obrigando-o a uma concentração e a uma perseverança terapêuticas. E embora não o ajudasse a esquecer, ao menos lhe permitia espaçar um pouquinho os ressurgimentos da lembrança.

Eléazard folheava mais uma vez o primeiro capítulo de *Vie d'Athanase Kircher*, relendo suas notas e certas passagens a esmo. Céus! Isso começava mal... Nada era mais horripilante do que aquele tom compassado, que era o de todas as hagiografias, mas que ali atingia o auge da superficialidade. Todas aquelas páginas cheiravam um bocado a vela e a batina. E aquela odiosa maneira de ler na infância os sinais anunciadores do "destino"! Depois de um tempo, bem entendido, isso funcionava sempre. Chato, chato, três vezes chato, como dizia Moema de tudo o que entravava muito ou pouco o que ela chamava de sua liberdade, mas que no fundo não passava de um egoísmo irracional e doentio. Apenas Friedrich von Spee lhe parecia simpático, apesar da futilidade de seus poemas.

— Poeta mete no homem a pica! Aaarc, aaaaarrc! — berrou novamente o papagaio, como se houvesse aguardado o instante em que sua intervenção produziria maior efeito.

Tão fascinante quanto tolo, pensou Eléazard, observando o animal com desdém. Um paradoxo bastante comum, infelizmente, e presente não apenas no grande pássaro da Amazônia.

Terminara a caipirinha. Uma segunda — uma terceira? — seria bem-vinda, mas a ideia de voltar a importunar Soledade o deixou hesitante. Afinal, Soledade significava "solidão". "Moro sozinho com a Solidão", murmurou para si mesmo. Existem pleonasmos que trazem consigo uma adição de verdade. Parecia até uma citação do *Roman de la rose*: "Quando a Razão me escutou, voltou-se e me deixou pensativo e aborrecido"

CAPÍTULO I

Que trata do nascimento e dos primeiros anos de Athanasius Kircher, o herói desta história

Neste dia dedicado a Santa Genoveva, o terceiro do ano de 1690, eu, Caspar Schott, sentado como qualquer estudante a uma das mesas da biblioteca pela qual sou responsável, começo a relatar a vida, exemplar em todos os sentidos, do reverendo padre Athanasius Kircher. Este homem, cujas edificantes obras marcaram nossa história sob o cunho da inteligência, apagou-se modestamente atrás dos livros: prestar-lhe-ei reconhecimento — a isso aspira minha alma —, erguerei ligeiramente esse véu e esclarecerei com pudor um destino que a glória desde já tornou imortal.

Imbuído de tão árdua tarefa, é confiando minha sorte a Maria, Nossa Senhora, que Athanasius jamais invocou em vão, que tomo da pena para dar vida a este homem que foi meu mestre durante cinquenta anos e me concedeu o favor, ouso disso me valer, de uma verdadeira amizade.

Athanasius Kircher nasceu às 3 horas do segundo dia do mês de maio, Festa de Santo Atanásio, em 1602. Seus pais, Johannes Kircher e Anna Gansekin, eram católicos fervorosos e generosos. Na época de seu nascimento, viviam em Geisa, um pequeno burgo situado a três horas de Fulda.

Athanasius Kircher veio ao mundo no início de uma época de relativa harmonia, no seio de uma família devota e unida, e em um ambiente de estudo e de recolhimento que sem dúvida contribuíram para sua futura vocação. Sobretudo porque Johannes Kircher possuía uma biblioteca bem equipada, e Athanasius desde pequeno viveu cercado de livros. Foi sempre com emoção e reconhecimento que, mais tarde, ele citou certos títulos aos quais tivera acesso em Geisa, em particular o *De laudibus sanctæ crucis*, de Raban Maur, com o qual praticamente aprendera a ler.

Favorecido pela natureza, o estudante aprendia com facilidade as matérias mais difíceis; além disso, dedicava-se com tal aplicação ao estudo que em tudo superava seus pares. Não havia um dia em que não voltasse da escola com alguma nova medalha presa ao uniforme, recompensas pelas quais seu pai se mostrava reconhecidamente muito satisfeito. Representante de sua turma, secundava o professor, explicando o catecismo de Canísio aos iniciantes e recitando suas lições aos oficiais subalternos. Aos 11 anos já lia o Evangelho e Plutarco no original. Aos 12, vencia sem esforço todas as disputas públicas em latim, declamava como nenhum outro e compunha em prosa e em verso de maneira surpreendente.

Athanasius adorava a tragédia e aos 13 anos, por uma particularmente brilhante tradução do hebreu, obteve do pai a permissão para ir a Aschaffenburg assistir com seus camaradas a uma peça de teatro: uma trupe itinerante apresentava *Flávio Maurício, imperador do Oriente.* Johannes Kircher confiou o pequeno grupo a um camponês que iria de charrete a essa aldeia — a dois dias de caminhada de Geisa — e que iria trazê-los de volta uma vez terminada a apresentação.

Athanasius entusiasmou-se com o talento dos atores e a habilidade realmente mágica de dar vida a um personagem que ele sempre admirara. No palco, diante de seus olhos deslumbrados, o valoroso sucessor de Tibério vencia novamente os persas em meio ao barulho e à fúria; discursava para suas tropas, perseguia os eslavos e os avares além do Danúbio, restabelecendo finalmente a glória do Império. E, no último ato, quando o traidor Focas mata de modo terrível esse cristão exemplar, sem poupar sua esposa ou seus filhos, por pouco a multidão não trucidou o pobre ator que representava o papel do vil centurião.

Com a impetuosidade da juventude, Athanasius assumiu a causa de Maurício e, chegada a hora de retornar a Geisa, nosso desmiolado herói recusou-se a seguir seus companheiros na charrete. O camponês que assumira a responsabilidade de cuidar das crianças tentou em vão convencê-lo; ambicionando uma bela morte e inflamado pelo desejo de igualar a virtude de seu modelo, Athanasius Kircher havia decidido enfrentar sozinho, como um herói antigo, a Floresta de Spessart, infelizmente conhecida pelos assaltantes de estradas, assim como pelos animais ferozes que ali podiam ser encontrados.

Uma vez na floresta, não demorou duas horas para perder o rumo. Vagou durante todo o dia, tentando reconhecer a estrada que pegara na ida, mas a selva tornava-se cada vez mais fechada e ele viu, aterrorizado, a noite se aproximar. Amedrontado pelas quimeras que sua imaginação fazia surgir na escuridão, maldizendo o estúpido orgulho que o lançara nessa aventura, Athanasius subiu numa árvore para ao menos se proteger dos animais ferozes. Ali passou a noite, pendurado em um galho, rezando a Deus com toda a sua alma, tremendo de medo e de arrependimento. De manhã, faminto, mais morto do que vivo de fadiga e de angústia, continuou a penetrar na floresta. Errou assim por nove horas, arrastando-se de árvore em árvore, até que a mata começou a espaçar, deixando surgir uma grande pradaria. Tomado de alegria, Kircher aproximou-se dos ceifadores que ali trabalhavam para saber onde se encontrava: o lugar que procurava ainda estava a dois dias de caminhada! Ensinaram-lhe o caminho, fornecendo-lhe algumas provisões, e apenas cinco dias após sua partida de Aschaffenburg ele chegou a Geisa, para grande alívio dos pais, que o julgavam perdido para sempre.

O pai, com a paciência esgotada, decidiu enviá-lo para continuar os estudos como pensionista no colégio jesuíta de Fulda.

Lá, a disciplina era mais rígida do que na pequena escola de Geisa, mas os professores mostravam maior competência e conseguiam satisfazer a insaciável curiosidade do jovem Kircher. Além disso, havia a cidade em si, tão rica de história e de arquitetura, a Igreja de São Miguel, com seus dois campanários assimétricos com e, sobretudo, a biblioteca, fundada outrora por Raban Maur com seus próprios livros e onde Athanasius passava a maior parte de seu tempo livre. Além das obras de Maur, e em particular dos exemplares originais de *De universo* e *De laudibus sanctæ crucis*, a biblioteca continha toda sorte de manuscritos raros, tais como o *Hildebrandslied*, o *Codex Ragyndrudis*, o *Panarion* de Epifânio, a *Summa* de Guilherme de Ockham e mesmo um exemplar de *O martelo das feiticeiras,* que nunca Athanasius deixou de abrir sem frisson.

Falava-me amiúde deste último livro, sempre que lhe acontecia de evocar seu amigo de infância, Friedrich von Spee Langenfeld. Este jovem professor ensinava no seminário de Fulda; reconhecendo em Kircher as qualidades que sempre o diferenciaram de seus companheiros, não demorou muito para a ele afeiçoar-se. Foi graças a Von Spee que Athanasius descobriu o inferno da biblioteca: Marcial, Terêncio, Petrônio... Von Spee apresentou-lhe todos esses autores que a decência proíbe às almas inocentes; e se o aluno saiu fortificado em suas aspirações à virtude dessa dúbia prova, seu magistrado não tem menos culpa nesse ponto, pois "o vício é como o piche: a partir do momento em que o tocamos, ele gruda nos dedos". Perdoar-lhe-emos essa leve deformação moral, pois exerceu sobre Kircher apenas uma influência benéfica: não partia com ele todos os domingos rumo a Frauenberg — a montanha da Santa Virgem — para se recolher no catre abandonado e discutir o mundo contemplando as montanhas e a cidade lá embaixo?

Quanto a *O martelo das feiticeiras*, Athanasius lembrava-se perfeitamente da cólera do jovem mentor diante da crueldade e da arbitrariedade dos tratamentos infligidos aos pretensos possuídos pegos pela Inquisição em suas teias.

— Como não confessar ter matado pai e mãe ou fornicado com o demônio — dizia ele — quando lhe trituram os pés nos borzeguins de aço ou lhe enfiam compridas agulhas em todo o corpo a fim de encontrar aquele ponto indolor que atesta, segundo os tolos, o pacto com o diabo?

E era o estudante que se via obrigado a acalmar os ardores de seu mestre, aconselhando-o a usar de mais prudência em seus discursos. Von Spee começava então a sussurrar em plena montanha, citando Ponzibinio, Weier e Cornelius Loos para corroborar sua exposição. Ele não era o primeiro, insistia, a criticar os procedimentos inumanos dos inquisidores. Em 1584, Johann Ervich já havia denunciado a prova da água; Jordaneus, a do ponto insensível; e assim dizendo, Von Spee voltava a se inflamar, aumentava o tom de voz, aterrorizando o jovem Athanasius, cuja admiração crescia ainda mais por essa coragem irracional.

— Você compreende, meu amigo — exclamava Von Spee, os olhos brilhantes —, na verdadeira bruxaria, e chego mesmo a colocar em dúvida que isso tenha algum dia existido, há 3 mil espíritos fracos, 3 mil furiosos cujas perturbações são mais da instância de médicos do que de inquisidores. O que faz triunfarem esses cruéis sabichões é o pretexto do interesse em Deus e na religião. Mas eles apenas atestam sua terrível ignorância e atribuem todos esses acontecimentos a causas sobrenaturais. É por ignorarem as razões naturais que governam as coisas!

Durante toda a vida Kircher falou de sua fascinação por esse homem e da influência por ele exercida sobre sua formação intelectual. O jovem magistrado por vezes lia para ele certos poemas magníficos que escrevia na época, poemas reunidos após sua morte sob os títulos "Trutz-Nachtigal"* e "Goldenes Tugendbuch"**. Athanasius sabia vários deles na ponta da língua, e em certas noites de aflição, em Roma, começava a recitar alguns em voz baixa, como quem faz uma oração. Tinha particular preferência por "O delirante", poema cujas tintas egípcias o entusiasmavam em especial. Ainda posso ouvir sua voz ao pronunciar as palavras, de maneira grave e contida:

Ó, penitente Isthar, escuta!
Taciturno vai, bendito luar,
Brilhando firmemente a cada doce pesar.

Lamentos sábios libertam-se vacilantes
da caverna de lamúrias e deslizam
livres, saciados, vazios.

Pecados laceram bocas cerradas
Tal como módicas fachadas.
Calam, na mansa teia gaviforme.

O inominado

Terminava com os olhos fechados e permanecia silencioso, completamente arrebatado pela beleza dos versos ou por alguma lembrança ligada à leitura. Aproveito-me então para me eclipsar, seguro de encontrar já no dia seguinte seu bom humor costumeiro.

---

* Rouxinol obstinado. *(N. da T.)*
** Livro de ouro da virtude. *(N. da T.)*

No ano de 1616, Von Spee foi transferido para a Universidade Jesuíta de Paderborn, para ali terminar seu noviciado, e Athanasius, subitamente cansado de Fulda, decidiu estudar filosofia em Mayence.

O inverno de 1617 foi particularmente rigoroso. Mayence penava sob a neve; todos os rios das redondezas estavam congelados. Athanasius lançara-se de corpo e alma ao estudo da filosofia, sobretudo a de Aristóteles, que amava e que assimilava com uma rapidez impressionante. Em Fulda, escaldado pelas reações — às vezes brutais — de seus colegas de estudo diante da fineza de seu espírito, Athanasius estudava em segredo e se recusava a demonstrar seus conhecimentos. Simulando humildade e mesmo estupidez, passava, portanto, por aluno esforçado e limitado devido ao seu baixo grau de entendimento.

Alguns meses após sua chegada a Mayence, Kircher manifestou o desejo de entrar para a Companhia de Jesus. Por não ser favorecido, pelo menos em termos de aparência, foi necessária a intervenção de seu pai junto a Johann Copper, reitor jesuíta da Província Renana, para que sua candidatura fosse aceita. Sua partida para o noviciado em Paderborn foi marcada para o outono de 1618, após seus últimos exames de filosofia. Athanasius acolheu a novidade com alegria; a perspectiva de reencontrar o amigo Von Spee lhe era sem dúvida bem-vinda.

Naquele inverno, a patinação era moda na sociedade; uma arte na qual Athanasius mostrava tamanha habilidade que experimentava culpa pela satisfação que sentia em revelar seus dotes diante dos outros. Vaidoso, adorava ultrapassá-los graças a sua agilidade e ao comprimento de suas passadas. Certo dia, em que tentava ganhar em rapidez um de seus camaradas, constatou que não conseguia mais parar: suas pernas partiram em diferentes direções e ele caiu violentamente no gelo duro. Da queda severa, advinda como justa punição por sua arrogância, Kircher guardou uma hérnia e, nas pernas, diversos machucados, que o mesmo orgulho o fez manter em segredo.

No mês de fevereiro, teve início um processo de infecção em seus ferimentos. Privados de cuidados, começaram a supurar gravemente e em poucos dias as pernas do infeliz incharam a ponto de ele só conseguir andar com extrema dificuldade. O inverno redobrara em rigor, e foi nas piores condições de frio e de desconforto que Athanasius continuou seus estudos. Receoso de ser recusado pela universidade jesuíta onde fora admitido com tanta dificuldade, calava-se sobre seus males, e fazia isso tão bem que o estado das pernas foi piorando progressivamente até o dia de sua partida para Paderborn.

A viagem a pé pelos campos de Hesse foi um verdadeiro suplício. Ao longo de todos esses dias e noites de caminhada, Athanasius recordava-se de suas conversas com Friedrich von Spee sobre as torturas infligidas às bruxas pelos inquisidores: era isso que ele enfrentava, e apenas sua fé em Jesus e a proximidade do reencontro com o amigo lhe permitiram resistir razoavelmente bem aos sofrimentos da carne. Em 2 de outubro de 1618, mancando terrivelmente, Athanasius chegou à Universidade Jesuíta de Paderborn. Logo após as primeiras demonstrações de efusão, Von Spee, que ali se encontrava para recebê-lo, obrigou-o a revelar seu segredo. Chamado com urgência, um cirurgião horrorizou-se com o estado de suas pernas, descobriu uma gangrena e condenou o estado de saúde de Kircher. Imaginando que uma doença incurável já era o suficiente, Athanasius guardou silêncio quanto à hérnia. Johann Copper, o reitor da universidade, veio adverti-lo com gentileza de que ele deveria voltar para casa caso não melhorasse dentro de um mês. Entretanto, graças ao seu estímulo, o grupo de noviços pôs-se a rezar para pedir a Deus a cura desse lastimável neófito.

Após alguns dias, durante os quais o martírio de Athanasius apenas aumentava, Von Spee aconselhou seu protegido a clamar àquela que velava por ele desde sempre. Na igreja de Paderborn encontrava-se uma estátua muito antiga da Virgem Maria, que diziam possuir dons milagrosos. Sua fama era grande entre o povo humilde da região. Kircher fez-se, portanto, ser conduzido à igreja e durante toda uma noite suplicou a Maria, Nossa Mãe, que ajudasse seu filho doente aliviando-lhe a aflição. Por volta da 12ª hora, experimentou na carne a resposta às suas súplicas e foi invadido por um maravilhoso encantamento. Não duvidando mais de sua cura, continuou as orações até de manhã.

Acordando algumas horas depois de um sono sem sonhos, verificou que suas pernas estavam curadas e que a hérnia havia desaparecido!

Incrédulo, o cirurgião colocou os óculos, mas foi forçado a constatar o milagre: para seu grande espanto, não encontrou senão cicatrizes, nenhum traço da infecção que teria definitivamente aniquilado seu paciente... Compreender-se-á, assim, a devoção especial que Athanasius dedicou ao longo de toda a sua vida à Nossa Santa Mãe, que o ajudou em semelhantes provações, demonstrando como Kircher estava predestinado a servir a Deus no seio da Companhia.

NA ESTRADA DE CORUMBÁ | *O "trem da morte"*

Mal acomodada no duro assento de sua cabine, Elaine via desfilar a paisagem pela janela. Era uma bela mulher de 35 anos, de cabelos compridos castanhos e encaracolados, presos num coque frouxo e despojadamente desarrumado. Usando uma blusa safári de tecido fino bege e uma saia estampada, cruzara as pernas bem alto, sem perceber ou talvez sem dar importância em deixar exposta assim, um pouco mais do que deveria, a pele bronzeada da coxa esquerda. Fumava um comprido cigarro mentolado, com aquele toque de afetação que revelava sua falta de experiência no assunto. No outro assento, quase à sua frente, Mauro havia se instalado confortavelmente: as pernas estendidas sobre o outro banco, as mãos atrás da nuca, fone nos ouvidos, ele escutava uma fita K7 de Caetano Veloso, balançando a cabeça ao ritmo da música. Aproveitando-se do fato de Elaine estar voltada para a janela, admirava-lhe as coxas com deleite. Não era todos os dias que se podia admirar assim a anatomia íntima da professora Von Wogau, e muitos estudantes da Universidade de Brasília adorariam estar em seu lugar! Mas ela o escolhera para acompanhá-la ao Pantanal por ele ter sustentado sua tese de geologia com brio — conceito ótimo, sim senhor! —, por ele ter uma bela cara de sedutor impenitente e, talvez também, mas seu espírito não levava isso realmente em conta, pelo fato de seu pai ser governador do estado do Maranhão. *"Cavaleiro de Jorge, seu chapéu azul, Cruzeiro do Sul no peito..."* Mauro aumentou o volume, como fazia sempre que chegava ao seu trecho favorito. Emocionado pelo ritmo da canção, começou a cantarolar as palavras, prolongando as finais em "o", como fazia Caetano. As coxas de Elaine vibravam um pouco a cada solavanco do trem; ele exultava.

Perturbada em seus sonhos pelos agudos intempestivos do companheiro de viagem, Elaine girou bruscamente a cabeça e surpreendeu o olhar dele fixo em suas coxas.

— Seria melhor se interessar pela paisagem por onde passamos — disse ela, descruzando as pernas e ajeitando a saia.

Mauro desligou imediatamente o som e tirou os fones de ouvido.

— Desculpe, não entendi. O que você disse?

— Nada importante... — ela respondeu sorrindo, repentinamente comovida pela expressão ansiosa de Mauro, por sua beleza, pelos cabelos despenteados e por seu embaraço de criança culpada. — Olhe! — acrescentou, apontando a janela. — Geólogos do mundo inteiro vêm aqui para ver isso.

Mauro lançou uma olhada na planície lunar que passava imperceptivelmente pela janela: curiosos caroços de argila vermelha pareciam ter sido atirados ali, ao acaso, por alguma criatura gigantesca.

— Relevos ruiniformes pré-cambrianos, fortemente desgastados — recitou o jovem, com um leve franzir de sobrancelhas.

— Nada mal... Mas poderia ter acrescentado: "Perspectivas soberbas cuja beleza selvagem dá ao ser humano a sensação de sua fragilidade nesta Terra." Infelizmente, isso nunca vem escrito nos manuais de geologia, nem mesmo sob outra forma.

— A senhora está debochando de mim, como de hábito. — Mauro suspirou. — Bem sabe que isso me interessa, caso contrário teria escolhido história ou matemática. A verdade é que já estou ficando cansado.

— Eu também, confesso. Esta viagem é interminável. Mas voltaremos para Brasília de avião. O departamento não tem muitos recursos, é preciso aceitar. Mas não estou insatisfeita por ter pegado este trem; sonhava com isso há tempos. Como ainda sonho em um dia andar no Transiberiano.

— O trem da morte! — pronunciou Mauro com voz lúgubre. — O único trem do mundo em que você nunca sabe se vai chegar ao seu destino final...

— Ah, não comece, Mauro! — disse Elaine, rindo. — Assim dá azar...

O trem da morte, assim chamado porque se envolvia regularmente em algum acidente ou era vítima de assalto à mão armada, ligava Campo

Grande a Santa Cruz, na Bolívia. Um pouco antes da fronteira, parava em Corumbá, a cidadezinha onde os dois viajantes deveriam encontrar o restante da equipe, os professores Dietlev H. G. Walde, especialista em paleozoologia da Universidade de Brasília, e Milton Tavares Júnior, titular da cadeira e diretor do departamento de geologia. Para economizar no custo da expedição, Elaine e Mauro tinham ido de caminhonete até Campo Grande, a última cidade acessível por estrada, antes de penetrar no interior do Mato Grosso. Confiaram o veículo a um mecânico — Dietlev e Milton, que fizeram a primeira parte da viagem de avião, recuperariam o carro na volta — e esperaram o trem na estação até o amanhecer. O trem era uma verdadeira antiguidade móvel, com uma locomotiva a vapor digna dos tempos do faroeste, os vagões em ripas de madeira de cores desbotadas e janelas em ogiva. Os compartimentos copiavam as cabines de barcos, com placas de mogno envernizado e a presença de um gabinete de toalete dotado de um pequeno lavabo de mármore cor-de-rosa. Num dos cantos havia até um ventilador de aço niquelado montado num eixo, que um dia devia ter sido o máximo do luxo. Nas circunstâncias de então, porém, a torneira apenas sugeria a dificuldade de se obter o elemento líquido, tanto a ferrugem havia alterado suas formas; a cremalheira na janela não funcionava; os fios revestidos de borracha do ventilador pareciam arrancados dos lustres e havia tanta sujeira espalhada por todo lado, tantos rasgões no feltro dos bancos, que era impossível imaginar em que época remota tudo aquilo pudera significar conforto e modernidade.

O calor começava a ficar insuportável; Elaine enxugou a fronte e esvaziou o cantil. Sob o olhar encantador de Mauro, tentava compensar os solavancos do trem quando escutaram vociferações no corredor. Superando em volume o escarcéu dos eixos do trem, a voz de uma mulher parecia disposta a despertar todo o universo. Viram várias pessoas se precipitarem para a parte de trás do veículo, seguidas de um cobrador obeso e desmazelado, boné enviesado, que resfolegou um curto instante diante da porta aberta da cabine. Os gritos continuaram, ainda mais estridentes, até que dois golpes surdos que estremeceram a divisória, fazendo vibrar o vidro e tinir o ventilador, cessaram-nos instantaneamente.

— Vou dar uma olhada — disse Mauro, erguendo-se.

Passou espremendo-se entre as bagagens que lotavam o corredor e chegou até um grupinho em torno do cobrador, que, armado de um machado de incêndio, havia decidido destruir o vagão, começando pela porta dos banheiros.

— O que está acontecendo? — perguntou Mauro a um dos fleumáticos camponeses que assistiam à cena.

— Nada. Foi um desgraçado que assaltou uma senhora. Ele se trancou aí dentro e não quer mais sair.

Durante dez minutos o cobrador atracou-se com a porta trancada. Pegava impulso, dava uma potente machadada que repercutia na gordura do queixo e da papada abaixo e ofegava um segundo para em seguida recomeçar. Mauro ficou espantado com a profunda serenidade dessa violência e mais ainda com os acenos de cabeça apreciativos que o acompanhavam.

Quando a porta foi finalmente derrubada, encontraram um pobre-diabo bêbado dormindo na privada, uma carteira nos joelhos. Após verificar e guardar o objeto do roubo, o cobrador assumiu a tarefa de tirar o dorminhoco do cubículo. Com a ajuda de um passageiro, levou-o até a porta, aguardou alguns segundos e o derrubou do trem pela portinhola. Com a respiração suspensa, Mauro viu o corpo desabar como um saco de areia. O homem se virou de lado, como se procurasse uma posição melhor, repousou o rosto sobre a mão e continuou a dormir.

— Se eu pegasse o filho da puta que roubou meu passe! — resmungou o cobrador, recolocando o machado no lugar. A seguir, voltando-se para Mauro, com o intuito de tomá-lo como testemunha: — Era uma porta boa, sólida... Não se fazem mais portas como essa.

FORTALEZA | *Avenida Tibúrcio Cavalcante*

"Querido papai,

Fique tranquilo, não é nada grave — muito pelo contrário. Preciso de um pequeno acréscimo de 2 mil dólares este mês... (Preencha um cheque, você sabe que eu troco tudo no mercado negro graças ao meu grego do Rio...) Explico: eu e minha amiga tivemos a ideia de abrir um barzinho simpático na parte antiga da cidade, não muito longe da praia. Um lugar moderno, com música ao vivo todas as noites (Taís conhece todos os músicos da cidade!) e um ambiente que permita reunir tanto estudantes quanto artistas. Chegamos mesmo a pensar, se tudo funcionar como previsto, em saraus de poesia e exposições de pintura. Genial, não acha?

Para nos instalarmos no local que encontrei, falta exatamente a quantia que pedi. A metade para o primeiro mês de aluguel e o restante para mesas, cadeiras, bebidas etc. Tendo em vista o entusiasmo de todos para quem anunciamos a novidade, o bar funcionará, a partir daí, sem problemas. Além do mais, joguei tarô três vezes e nas três vezes saiu a Carruagem como solução. Pronto!

Mas já o imagino reclamando por causa de meus estudos... Não se inquiete, passei para o segundo ano de etnologia, e como eu e Taís nos revezaremos no bar, terei todo o tempo necessário para continuar os cursos quando as aulas recomeçarem.

Mamãe me escreveu contando que está indo ao Pantanal a fim de procurar sei lá que fóssil. Sinto muito. Espero que você esteja melhor e aguentando firme, se é que me entende. Tentarei passar para visitá-lo um dia desses, prometo.

Como vai Heidegger?

Beijo, beijo, beijo!

Moema"

A noite azul-real ocupava o espaço visível atrás da porta envidraçada do salão; cheirava fortemente a iodo e a jasmim. Sentada nua sobre a grande esteira de palha que cobria o chão, Moema releu a carta estalando os dentes. Bruscos arrepios percorreram-lhe a espinha; transpirava abundantemente. Seria preciso remediar isso com rapidez. Colocou a carta dentro de um envelope, colou um selo e escreveu o endereço do pai, esforçando-se por não tremer. Voltando ao quarto, parou um instante na soleira para olhar Taís estendida, ela também nua, sobre os lençóis brancos. Taís tinha os olhos fechados; suas formas pesadas, emocionantes, presas pelos mesmos arrepios gelados que contraíam, em certos momentos, sua própria carne. A lua, através das persianas, estriava seu corpo de listras suavizantes.

Moema sentou-se na beirada da cama; passou os dedos na farta cabeleira da jovem.

— Já terminou? — perguntou Taís, abrindo os olhos.

— Terminei. Pronto. Tenho certeza de que ele vai enviar a grana. Afinal, nunca me recusa nada.

— Estou um pouco *acelerada*, sabe?

— Eu também, mas já vou resolver isso.

Moema voltou-se na direção da mesinha de cabeceira e abriu a caixinha de ébano onde guardava a coca. Com uma lingueta de papelão, retirou uma pitada de pó, vertendo-a numa colher de sopa: *a* colher, cujo cabo retorcido a mantinha perfeitamente na horizontal. Achou que era muito e devolveu parte à caixa antes de diluir o que ficara na colher num pouco de água com a ajuda de um conta-gotas.

— Presta atenção, hein? — sussurrou Taís, a observá-la.

— Não tenha medo. Não estou a fim de morrer e muito menos de matar você — respondeu Moema, esquentando com um isqueiro o conteúdo da colher. — Sou menos doida do que pareço.

Após colocar a mistura na fina seringa, que havia sido usada quatro horas antes, Moema deu uns petelecos nela, conferiu se não restava nenhuma bolha de ar e, em seguida, pegou o delicado cinto do penhoar atirado no chão.

— Vamos lá, minha linda.

Taís ajeitou-se e estendeu o braço roliço para Moema que lhe passou duas vezes o cinto em torno do bíceps, apertando-o até que uma veia inchasse.

— Feche a mão — disse, deixando a Taís a tarefa de manter ela mesma o garrote.

Embebeu um chumaço de algodão com perfume e esfregou-o na parte anterior do cotovelo de Taís. Prendendo a respiração para tentar refrear o tremor, aproximou com precaução a agulha da veia escolhida.

— Que sorte ter veias tão grossas. Quando sou eu, é sempre uma novela...

Taís fechou os olhos. Não suportava a visão do último ato desses preparativos, o instante em que Moema puxava ligeiramente o pistão: um filete de sangue negro brotava na seringa, como se a própria vida lhe escapasse do corpo, espalhando-se em finas volutas mortíferas. Na primeira vez, dois meses antes, por pouco desmaiara.

— Anda, vá afrouxando devagar — disse Moema, começando a injetar.

Depois de ter esvaziado metade da seringa, retirou a agulha, colocou um chumaço de algodão e dobrou o braço de Taís.

— Ai, meu Deus! Meu Deus! Que merda! — disse a jovem, deixando-se desabar de costas como uma massa.

— Taís, está tudo bem? Responda, Taís!

— Tá, tá tudo bem... Não exagera. Venha logo para junto de mim — articulou a jovem com dificuldade.

Tranquilizada, Moema colocou a faixa no braço esquerdo e a prendeu com os dentes. Agora a mão tremia incontrolavelmente. Cerrando o punho com todas as forças, se picou várias vezes sem conseguir encontrar uma veia na rede azulada, quase invisível sob a pele. Por falta de opção, acabou se picando no pulso.

Antes mesmo de ter injetado todo o conteúdo que restava na seringa, subiu-lhe à boca um gosto forte de éter e de perfume; enquanto o diafragma do mundo progressivamente se fechava, sentiu-se alijada dos vivos, lançada nas trevas da própria essência. Sons metálicos explodiram bruscamente em sua cabeça, uma espécie de ressonância contínua, abafada, comparável à percebida no mergulho submarino, quando se esbarra com o cilindro de oxigênio no casco enferrujado de um velho navio. Junto ao clamor de desamparo, veio o medo. Um medo atroz de morrer, de não conseguir voltar. Entretanto, bem no fundo desse pânico habitava uma desenvoltura absoluta diante da morte, uma espécie de desafio quase lúcido e desesperado.

Com a sensação de chegar o mais próximo possível do mistério da existência, assistiu em seguida ao desaparecimento progressivo de tudo o que não fosse o corpo, seu corpo e sua vontade de se fundir a outro corpo ávido de volúpia, a todos os corpos presentes no universo.

Moema sentiu sobre o peito a mão de Taís empurrando-a para trás. Estendeu-se, subitamente concentrada no delicado gozo desse contato.

Taís mordeu-lhe o lábio, acariciando-lhe o sexo e esfregando o dela contra a sua coxa. A vida explodia em toda a sua beleza ressurgida; tinha um cheiro bom de Givenchy.

FAVELA DO PIRAMBU | *O aleijadinho*

Por um perverso jogo de palavras entre aleijado e alijado, ele era chamado de "Nelson, o aleijado" ou, mais frequentemente, simplesmente de "o aleijadinho". Era um garoto de uns 15 anos, talvez mais, que parecia possuir o dom da ubiquidade. Onde quer que se andasse pelas ruas de Fortaleza, acabava-se sempre por percebê-lo entre os carros, na calçada, mendigando algumas moedas. Perfeito até o baixo ventre, um garoto bonito com seu cabelo comprido, seus grandes olhos negros e seu bigodinho nascente, ele não era aleijado senão dos membros inferiores: nascido de joelhos, com os ossos das pernas unidos e terminados em pés minúsculos, movimentava-se como um animal, com a ajuda dos braços. Sempre vestido com o mesmo farrapo, roupa disforme de crucificado no lugar de short e uma camiseta listrada que levantava até acima do peito, à moda do Nordeste, cabriolava por todos os lugares arrastando-se bastante habilmente na poeira das ruas. Obrigado por sua deficiência a acrobacias pouco graciosas, de longe parecia um caranguejo, ou, para ser mais exato, um caranguejo-dos-coqueiros.

Como o calor da cidade obrigava os cidadãos a transitar com as janelas abertas, ele se plantava nas avenidas principais e esperava o sinal fechar para se lançar de assalto aos veículos. Duas mãos calosas de repente agarravam-se no rebordo da porta; em seguida, surgia uma cabeça com olhar assustador, enquanto uma abominação de membros retorcidos vinha bater no para-brisa ou ameaçava infiltrar-se no interior do veículo. "Tenha piedade, pelo amor de Deus, piedade!", suplicava então o aleijadinho, num tom de ameaça que causava arrepios na espinha dorsal. Surgido das profundezas da terra, sua aparição quase sempre produzia o efeito previsto: os motoristas mexiam imediatamente nos porta-moedas ou reviravam nervosamente a desordem dos compartimentos do carro para se desembaraçar o mais rápido possível desse pesadelo. E como tinha as mãos ocupadas, Nelson ordenava que lhe metessem na boca a nota suja que haviam descoberto com grande dificuldade. Depois, deixava-se escorrer para a rua e, após ter lançado uma rápida espiadela ao dinheiro, o transferia para a cueca.

— Deus abençoe! — dizia entre os dentes, enquanto o carro se preparava para arrancar. "Vá para o inferno!", era o que se ouvia, tamanho o desprezo que imprimia às palavras.

Ele era o terror das motoristas. Mas quando o conheciam um pouco e lhe davam esmola antes mesmo de ele ter que mendigar, evitando-lhe assim escalar o carro, ele agradecia com um sorriso que valia todas as bênçãos.

Nos dias ruins, preferia roubar a voltar ao aterro municipal para ali disputar com os urubus uma fruta podre ou um osso para roer. Geralmente, só roubava para comer, o que para ele era um calvário, tanto temia a violência feroz dos policiais. Da última vez que fora pego — pelo roubo de três bananas —, aqueles porcos o haviam humilhado até não poderem mais, tratando-o como "meia porção"; fora obrigado a se despir, sob o pretexto de ser revistado, mas, na realidade, com o objetivo de debochar ainda mais cruelmente de seus órgãos atrofiados, repetindo sem descanso que era preciso limpar o Brasil de tais aberrações da natureza. Depois, fora trancado a noite inteira na cela com uma cascavel, uma das serpentes mais venenosas da região, a fim de provocar "um lamentável acidente"... Por milagre, a cobra o deixara tranquilo, mas Nelson havia chorado de angústia e vomitado durante horas até desmaiar. Ainda hoje a cascavel assombrava suas noites. Felizmente, Zé, o caminhoneiro, aparecera de manhã para pagar a fiança. Assim, ele escapara do pior.

Nelson devotava uma admiração e um reconhecimento infinitos a esse homem estranho, sempre jovial, que se tomara de amizade por ele e ia visitá-lo de vez em quando na favela. Sempre tinha uma nova história a contar e deixava até o aleijadinho subir no seu caminhão para levá-lo a dar um passeio à beira-mar. Como se não bastasse ser grande e forte e percorrer o mundo com seu imenso caminhão chamativo, Zé, o tio Zé, como ele o havia batizado por afeição, possuía também um verdadeiro tesouro aos olhos de Nelson: o carro do sobrinho de Lampião! Um Aero

Willys branco no qual Zé dera-lhe a honra de entrar um dia. O carro não andava mais, mas ele o conservava preciosamente, como uma relíquia. Nelson nunca se sentira tão feliz quanto no dia em que Zé lhe permitira sentar-se no interior do veículo. Uma famosa conquista de guerra! Virgulino Ferreira da Silva, vulgo Lampião, esse bandido honrado que havia ridicularizado a polícia até 1938, confiscara o carro de Antônio Gurgel, um rico proprietário que se aventurara no sertão. Atacado pelo bando numa diligência banal, só conseguira salvar a vida sob o pagamento de um resgate importante. Nelson conhecia tudo sobre a história do cangaço e desses homens, que eram chamados de cangaceiros por carregarem o fuzil próximo à coluna vertebral, como os bois atrelados portam a canga, o cangalho. Os cangaceiros tinham se recusado a se submeter à canga dos oprimidos para viver a vida livre do sertão, e se o Winchester pesava no ombro, pelo menos era por uma boa causa, a causa da justiça. Apaixonado pela figura de Lampião, como todos os garotos do Nordeste, Nelson esforçara-se por reunir alguns documentos relativos a esse Robin Hood dos latifúndios. Em seu barraco na Favela do Pirambu, numerosas fotos recortadas da *Manchete* ou da *Veja* cobriam as paredes de zinco e de madeira compensada. Ali se via Lampião sob todos os ângulos e em todas as fases de sua carreira, bem como Maria Bonita, sua companheira de aventuras, e seus principais sargentos: Chico Pereira, Antônio Porcino, José Saturnino, Jararaca... Tantos personagens cujas aventuras Nelson conhecia de cor, santos mártires a quem ele amiúde invocava proteção.

Tendo Zé lhe prometido que passaria em seu barraco naquela noite, Nelson voltara um pouco mais cedo para a favela. Comprara 1 litro de cachaça no Terra e Mar e enchera de gasolina as duas lamparinas que fabricara com velhas latas de conserva. À força de contorções, havia mesmo conseguido nivelar o melhor que pôde o piso de areia de seu quarto, após ter retirado as guimbas de cigarro. Agora, esperava o tio Zé olhando seu pai luzir na penumbra. Ah, ninguém poderia acusá-lo de negligenciar o pai: a barra de aço estava polida como um candelabro de prata; untada, lustrada todos os dias, refletia a chama de uma vela que Nelson mantinha permanentemente acesa.

Como muitos nordestinos, o pai trabalhara outrora em uma siderúrgica de Minas Gerais. Todas as noites falava do inferno dos altos-fornos, do perigo ao qual estavam expostos os operários por causa da avidez do coronel José Moreira da Rocha, o proprietário da fábrica. E um dia, não voltara. Um imbecil gordo de terno e dois contramestres tinham aparecido na casa deles, ao cair da noite, no barracão insalubre que o patrão concedia, em sua magnificência, a cada um dos empregados. Falaram de um acidente, descreveram em detalhes como o pai, o seu pai, caíra num tanque para a fusão de metais. E que nada restava dele além daquele pedaço de barra simbólico que haviam se empenhado em lhe trazer. Disseram que, sem dúvida, alguns átomos do seu pai ali se encontravam dispersos; a barra pesava 65 quilos, o peso exato do defunto; podiam, portanto, enterrá-lo religiosamente. Como ele não tinha nenhum direito sobre a casa, de quebra lhe pediram que esvaziasse o lugar.

Nelson tinha 10 anos. Sua mãe morrera ao lhe dar à luz; a família sumira havia tempos. De um dia para o outro fora parar na rua. Apesar de suas tribulações, porém, sempre conservara a barra de aço e a embelezava como seu bem mais precioso.

Esse coronel era um corrupto, um filho da puta corroído pela varíola.

— Não se atormente não, paizinho — murmurou Nelson, dirigindo-se à barra de aço. — Eu vou arrancar a pele dele, pode ter certeza. Cedo ou tarde esse cachorro conhecerá a vingança do cangaço.

CAPÍTULO II

Dessa terrível guerra que durou trinta anos e dividiu os reinos da Europa. Em que Athanasius demonstra rara coragem por ocasião de um acidente que poderia ter terminado muito mal...

Athanasius iniciava seus estudos de física quando a guerra chegou a Paderborn. No dia 6 de janeiro de 1622, quando Johann Copper ordenou ao seu rebanho que fugisse, já era tarde demais; a canalha cercava os prédios. Não dando ouvidos senão à sua coragem e à sua fé em Nosso Senhor, o reitor saiu sozinho para se apresentar aos mercenários e pedir-lhes clemência. Atiraram-lhe uma tocha acesa no rosto; ele conseguiu esquivar-se, mas os demônios de Lutero, lançando-se sobre o santo homem, espancaram-no violentamente, insultaram-no e humilharam-no, antes de atá-lo como um animal e conduzi-lo à prisão. Neste incidente, teve a sorte de não terminar seus dias no cadafalso, desgraça que ocorreu a tantos outros católicos, tão pouco culpados quanto ele.

Durante esse tempo e em obediência às ordens do reitor, os oitenta alunos jesuítas — com exceção de cinco padres, que decidiram permanecer — fugiram da instituição em pequenos grupos, disfarçados de homens comuns. Quinze deles foram capturados e uniram-se ao reitor na prisão.

Em companhia de um terceiro estudante, Athanasius e Von Spee conseguiram deixar a cidade sem transtornos.

No dia 7 de fevereiro de 1622, alcançaram as margens do Reno, perto de Düsseldorf. O rio congelara havia pouco tempo, mas os camponeses do local indicaram aos três viajantes certa passagem por onde a travessia seria possível, pois o gelo naquele local era mais espesso, o que, porém, não passava de uma mentira deslavada, ditada unicamente pela cobiça!

Na verdade, todo ano era costume pagar um pobre-diabo qualquer para atravessar o rio e assim testar o gelo. Para os camponeses, os três estrangeiros constituíam uma dádiva dos céus, e foi somente para economizar um pouco de dinheiro que esses avarentos enganaram-nos sem piedade. Nessa época de miséria e de desgraça, a vida dos homens, e *a fortiori*, de desconhecidos que pareciam vis desertores, valia menos que talos de repolho. Portanto, os malditos avaros lhes mostraram um caminho pelo qual, assim diziam, todos atravessavam sem problema. Em sua ingenuidade, os três jesuítas acreditaram na balela e começaram a travessia.

Com a impetuosidade da juventude e confiante por ter o hábito de patinar, Kircher tomou a frente do pequeno grupo, precedendo seus companheiros em cerca de vinte passos a fim de garantir, ao menos, a segurança deles. O tempo piorava rapidamente. Grandes aglomerados de nuvens, vindos do norte, ameaçavam cobrir a margem. Athanasius apressou o passo. Chegando mais ou menos ao meio do rio, percebeu com horror que a superfície afundara. Imediatamente deu meia-volta com o intuito de reunir-se aos companheiros e adverti-los do perigo, mas o gelo se rompeu entre ele e seus amigos num terrível estalo, de tal forma que a parte na qual ele se encontrava ficou à deriva. Levado pela corrente, berrando a plenos pulmões em cima do bloco de gelo, Athanasius desapareceu nas brumas.

Temendo pela vida, o jovem dedicou-se a rezar de todo o coração. Após uma perigosa descida, por sorte o bloco de gelo aproximou-se da parte congelada do rio e Kircher saltou para cima dela com agilidade. Sem mais esperar, pôs-se a caminho para chegar a terra firme e terminar a travessia. Entretanto, a uns 20 cúbitos da borda, no exato instante em que agradecia a Nosso Senhor por lhe ter permitido sobreviver — aliás bem comodamente —, a tamanha dificuldade, o gelo voltou a se romper diante dele. Azul de frio, machucado pelas quedas sucessivas, Athanasius não hesitou um só segundo: atirou-se na água gelada e após algumas braçadas, graças à sua experiência de nadador, conseguiu içar-se na margem, mais morto do que vivo.

Ensopado, batendo os dentes, foi caminhando na direção da cidade de Neuss, onde havia um colégio jesuíta. Após três horas de um verdadeiro calvário, tocou o sino do colégio e desmaiou nos braços do porteiro. Quando voltou a si, teve a alegria de reencontrar seus companheiros de estrada, que tinham conseguido atravessar o rio por outro lugar e, tendo-o considerado morto, choravam de arrebatamento ao vê-lo são e salvo.

Três dias de bem merecido repouso lhes permitiram, em seguida, chegar rapidamente até Colônia.

Von Spee foi ordenado padre nessa cidade. Seguindo-lhe os conselhos, Athanasius decidiu abandonar sua humildade de fachada: embora ferissem a suscetibilidade de alguns, seus conhecimentos e sua capacidade de reflexão eram vastos demais para serem dissimulados. Portanto, em menos de um mês Athanasius terminou o curso de filosofia com triunfo, enquanto continuava seus estudos de física, línguas e matemática. Impressionados com suas qualidades fora do comum, seus professores decidiram enviá-lo à Baviera, à Universidade de Ingolstadt, para se aperfeiçoar no estudo de humanidades e ali aprender o grego antigo. Obedecendo às ordens de seus superiores, Athanasius deixou Colônia ao final do ano de 1622, com a morte na alma: deixava para trás Friedrich von Spee e, com este, a alegria de viver e de aprender da juventude. Nunca mais voltariam a se ver.

Durante três anos Kircher se aperfeiçoou em inúmeras disciplinas. Sob a orientação de Christophe Scheiner, cuja reputação era reconhecida, estudou astronomia e matemática sem trégua e em breve brilhava tanto quanto seu mestre. Fez o mesmo em fisiologia, em alquimia e em várias outras matérias, aprofundando ainda seu conhecimento de línguas. Com 23 anos, Kircher eclipsava facilmente seus colegas, que concordavam em nele reconhecer incríveis dons de memória, além de um gênio inventivo e de uma habilidade mecânica fora do comum.

Ingolstadt encontrava-se então sob a jurisdição de Johann Schweickhart, arcebispo de Mayence e eleitor do Sacro Império Romano-Germânico. Ora, uma delegação enviada por esse alto personagem fora anunciada para o início do mês de março. Como tais visitas não eram muito frequentes, a cidade recebeu a comitiva com grande pompa.

Os jesuítas, e Kircher em particular, foram indicados para ajudar na organização das festividades. Athanasius combinou várias mágicas de sua autoria: mostrou algumas novidades consideradas admiráveis pelos emissários do arcebispo. Diante de uma assistência estupefata, criou ilusões de ótica em pleno ar projetando sobre as árvores do parque e sobre as nuvens formas fantásticas, tais como quimeras, esfinges e dragões; exibiu espelhos deformantes que mostravam os espectadores de cabeça para baixo, envelhecidos ou rejuvenescidos em vários anos e terminou com um suntuoso espetáculo de fogos de artifício em que os foguetes, ao explodirem, tomavam a forma da águia imperial e de outros animais emblemáticos. Acusado de magia negra por algumas almas simples e invejosas, Kircher teve de mostrar os instrumentos mesópticos, catóptricos e parastáticos de que se servira para esse espetáculo e revelar aos enviados como funcionavam todos os artefatos de sua invenção, a qual, em seguida, descreveria em detalhes em seu *Mundus subterraneus* e em seu *Ars magna lucis et umbræ*. Os enviados mostraram-se tão encantados com o espetáculo que não permitiram que o jovem prodígio se afastasse até que partissem.

Encantado pelo relato dos representantes, Johann Schweickhart exortou Kircher a, sem tardar, comparecer em sua presença.

Athanasius foi, portanto, ver o homem idoso em Aschaffenburg e causou-lhe excelente impressão. Imediatamente agregado a seu serviço, dedicou grande parte do tempo a inventar e a preparar uma quantidade de máquinas curiosas para divertir o arcebispo em seus períodos de lazer. Fabricou assim uma estátua animada e falante, que parecia dotada de vida, e, entre outras maravilhas, explicou as propriedades milagrosas da "pedra amante",* mostrando em detalhes como era possível dela se servir para curar as doenças nervosas ou transmitir seus pensamentos a distância. Aliás, a pedido de Johann Schweickhart, começou a registrar por escrito suas reflexões referentes ao magnetismo, que, alguns anos depois, foram o tema de sua primeira obra: *Ars magnesia*.

Kircher foi também encarregado pelo arcebispo de representar cartograficamente o relevo de certas partes do principado. Concluiu a tarefa em apenas três meses e se preparava para expandir seu trabalho quando seu protetor foi repentinamente levado por Deus.

---

* "Pedra amante": assim chamada pelos chineses e, a partir de 1899, conhecida como magnetita ou pedra-ímã, de cor preta opaca e fortemente magnética. (*N. da T.*)

No final do ano de 1625, Kircher retornou a Mayence para seus estudos de teologia escolástica. Estudou os textos sagrados com rigor e constância, mas sem deixar de lado seus trabalhos científicos. Tendo comprado uma das primeiras lunetas em circulação para estudar o céu, passava grande parte das noites a contemplar os astros. Uma bela manhã, trancou-se em sua alcova para observar o Sol. Seguindo as indicações de Scheiner e de Galileu, havia instalado sua luneta em um buraco feito no batente de sua janela e colocado uma folha de velino branco sob o vidro côncavo, de maneira que se visse distintamente a imagem do Sol sobre ela. Quando observava o mar agitado de chamas no papel, percebeu numerosas máculas que se formavam para, a seguir, desaparecer. Esta visão o encheu de surpresa, e a partir desse dia a astronomia tornou-se uma de suas principais áreas de estudo.

Numa manhã de maio de 1628, quando explorava as estantes da biblioteca do colégio, descobriu a obra de Mercati consagrada aos obeliscos erigidos em Roma pelo papa Sisto V. A curiosidade de Athanasius foi imediatamente atiçada e ele começou a especular sobre a significação dos numerosos hieróglifos reproduzidos nas ilustrações desse volume. A princípio tomou-os por ornamentações recentes, mas a leitura do livro logo lhe mostrou que essas figuras e inscrições estavam gravadas nos obeliscos egípcios desde tempos imemoriais e que ninguém jamais conseguira decifrá-las. Proposto a ele pela Divina Providência, esse enigma exigiria de Kircher vinte anos de trabalhos ininterruptos, antes de conhecer enfim uma feliz resolução.

Ao final de seu último ano de estudo, em dezembro de 1629, Kircher foi enviado a Würzburg para ensinar matemática, moral e línguas bíblicas. Foi nesse colégio, onde eu então começava meu noviciado, que o conheci.

Reunidos numa sala de aula, meus colegas e eu aguardávamos nosso novo professor de matemática, um tal de padre Kircher do qual nos haviam falado muito bem mas de quem já debochávamos, precavidos a seu respeito por causa de sua excelente reputação. Lembro-me de não ter sido um dos últimos a ridicularizá-lo, exagerando as ironias sobre esse "Padre-igreja" que nos caía dos céus com seus espetáculos. No entanto, quando ele apareceu e subiu ao púlpito, o silêncio se fez sem que lhe fosse necessário pronunciar uma única palavra. O padre Athanasius tinha 27 anos e nunca outro rosto mostrou essa harmonia que provoca a adesão por simpatia ou por atração magnética: uma larga fronte inteligente e nobre, um nariz reto, como vemos no *Davi* de Michelangelo Buonarroti, uma boca bem desenhada de lábios finos e vermelhos, levemente sombreados pela penugem de uma barba nascente — que usou muito curta em toda a sua vida —, e, sob as sobrancelhas espessas, quase horizontais, grandes olhos negros e profundos em que brilhava permanentemente o reflexo fascinante de um espírito curioso, sempre pronto à contestação ou à competição.

Apresentou-se a nós num latim digno de Cícero e iniciou uma aula cujas mínimas palavras permaneceram gravadas em minha memória. A questão tratada nesse dia consistia em saber quantos grãos de areia continha a Terra, supondo-se que ela fosse constituída de areia. Kircher passou pelas carteiras distribuindo a cada um de nós grãos de areia que retirava do bolso da batina. Isso feito, nos ordenou que riscássemos em nossos cadernos um traço do tamanho de uma linha da pauta. Depois, se uniu a nós para arranjar lado a lado, sobre essa linha reta, tantos grãos de areia quanto ela pudesse conter: ficamos estupefatos ao constatar que, todas as vezes, cada linha continha exatamente trinta grãos de areia! Espantados com essa experiência, que ele nos garantiu poder repetir com todos os grãos de areia que se pudesse encontrar no mundo, ele deu início à demonstração. Se imaginássemos uma esfera cujo diâmetro fosse de uma linha, ela conteria 27 mil grãos de areia. Uma esfera de 3 centímetros de diâmetro conteria 46.656.000; a de 30 centímetros, 80.621.568.000; a de 7 mil metros, 272.097.792.000.000.000.000.000; e considerando-se que toda a Terra fosse composta de grãos de areia, ela conteria 3.271.512.503.499.876.784. 372.652.141.247.182 e 0,56, pois tem 15 mil quilômetros de diâmetro e contém 12.023.296.769 e 0,3 esferas de 7 mil metros de diâmetro...

Deve ser fácil imaginar, sem dificuldade, nossa estupefação diante de tanta ciência e, sobretudo, de tanta facilidade em transmiti-la. A partir desse dia, devotei ao padre Kircher uma admiração e um respeito que nada conseguiu macular até o presente. Não cessei de buscar sua companhia e obtive a graça, senão de sua amizade, ao menos de sua benevolente proteção, favor que me custou o ciúme de meus colegas e diversas humilhações que não convém citar aqui, mas que eu perdoava de bom grado, tendo em vista a imensa honra que me havia sido concedida.

Dois anos felizes transcorreram dessa forma. Kircher se divertia em Würzburg e continuava seus outros trabalhos, à parte seu serviço de professor. Por sua correspondência com os maiores nomes do século e com os missionários da Companhia espalhados pela superfície do globo, mantinha-se informado acerca de todas as novidades referentes às ciências. Protegidos no seio de um reino profundamente católico, a horrível guerra que se alastrava entre reformistas e partidários da Contrarreforma nos parecia bem distante, embora recebêssemos regularmente as piores notícias.

Tudo parecia permanecer em meio ao estudo e à tranquilidade, quando Athanasius Kircher fez uma estranha experiência: numa noite de tempestade, acordado em sobressalto por um barulho insólito, viu aparecer uma luz roxa em sua janela. Saltando da cama, abriu a lucarna para ver do que se tratava. Para sua grande surpresa, constatou que o pátio do colégio estava cheio de homens armados, enfileirados em ordem militar. Horrorizado, correu na direção da alcova de seu vizinho, mas o encontrou mergulhado num sono tão profundo que lhe foi impossível acordá-lo; o mesmo se passou com os outros jesuítas que ele tentou prevenir. Temendo ser vítima de alucinações, veio me procurar e me conduziu até um local de onde eu poderia enxergar o pátio. Os homens armados haviam desaparecido.

Durante as duas semanas seguintes, Gustavo Adolfo, rei da Suécia, entrou em guerra do lado dos reformistas. As desgraças da causa católica se precipitaram e, após a Batalha de Breitenfeld e sua vitória contra o conde de Tilly, o exército sueco penetrou na Francônia: fomos informados de que aqueles demônios marchavam para Würzburg! Os piores medos de Kircher tinham se concretizado... Não nos restava muito tempo; reunimos alguns pertences e fugimos. Com a cidade sem guarnição, sem reservas e sem assistência de espécie alguma, o colégio virou uma confusão em 24 horas. O inimigo aproximava-se da cidade e diziam que os suecos não mostravam nenhuma piedade para com os jesuítas. Fomos pegos nesse caos inominável: era preciso fugir para Mayence, e em 14 de outubro de 1631 nos salvamos como miseráveis. Meu mestre deixara para trás o manuscrito de suas *Institutiones mathematicæ*, fruto de numerosos anos de estudos, e isso representou uma perda com que ele levou meses para se conformar.

ALCÂNTARA | *Uma bunda inteligente, uma bunda "muito" inteligente!*

Todas as vezes que Eléazard se sentia estafado, após muito tempo diante do computador, colocava a máquina em módulo de espera, observava por um instante as centenas de estrelas desfilando na noite sideral da proteção de tela e ia sentar-se diante do grande espelho. Com as bolas de pingue-pongue que agora lhe enchiam os bolsos, treinava o manuseio. Nada lhe acalmava tanto o espírito como repetir os gestos precisos que regem a aparição ou o desaparecimento desses objetos. Observava as bolas surgirem entre os seus dedos, ou multiplicarem-se, corrigindo a posição das mãos, esforçando-se por obter sempre mais automatismo em sua agilidade. Esse capricho datava de alguns meses, desde o dia em que havia admirado a habilidade surpreendente de um saltimbanco numa ruela de São Luís; um pequeno matuto sujo e descarnado, a boca privada de dentes, mas que enfiava tranquilamente no nariz um número inacreditável de pregos de carpinteiro muito compridos. Mais que a proeza em si, Eléazard tinha apreciado o perfeito domínio corporal daquele homem e a elegância quase matemática emprestada a seus movimentos. Perseguido por um sentimento de urgência, havia esquadrinhado todas as livrarias da cidade para comprar um método de iniciação a tais práticas. A escassez de obras acerca do assunto o decepcionou. A maioria dos livros que tratavam da prestidigitação contentava-se em desvendar algumas astúcias boas apenas para fascinar crianças. O que ele desejava era fazer aparecer pombas ou tirar de alguma orelha anônima quilômetros de lenços, mágicas atingindo o limite do puro e simples milagre. Sem opção, escreveu para uma editora na França solicitando o envio de um livro que correspondesse às suas exigências.

Em resposta, Malbois lhe enviara um belo exemplar da única obra escrita por Robert Houdin e um *Techniques de base pour les prestidigitateurs,* que parecia um manual dedicado à linguagem dos surdos-mudos, tantas as ilustrações de mãos e de ilusionismo. Os dois outros eram comuns: havia apenas uma longa prática de relaxamento dos dedos e uma domesticação perfeita dos gestos para se chegar um dia ao domínio total. Eléazard treinava segundo esses princípios, repetindo deligentemente os mais simples exercícios de uma ginástica bem próxima, segundo ele, das artes marciais.

A carta de Moema o contrariara. Não que o dinheiro solicitado representasse um problema — ele quase não gastava nada com as próprias necessidades —, mas reprovava a atitude leviana da filha. Que ela lhe escrevesse de maneira interesseira, ainda passava, apesar de entristecê-lo; afinal, era papel dos pais ajudar os filhos que por egoísmo puseram no mundo. Mas para um bar? Justo ela, incapaz de administrar uma simples mesada de estudante! Teria preferido que Moema o extorquisse para viajar ou comprar vestidos novos. Por que não? Fazia parte da natureza da vida e de sua idade, mas ela sempre inventava algum novo projeto mais absurdo do que o anterior. O pior é que ela parecia acreditar em sua ideia de bar tão firmemente quanto se entusiasmara, dois meses antes, com a carreira de modelo que a "recebia de braços abertos" e da qual ele não mais ouvira falar. Três mil dólares para o book e as despesas extras... Uma verdadeira criança!, pensou, sorrindo, emocionado de repente pela candura de Moema. Ou talvez eu é que esteja prestes a dobrar o Cabo da Boa Esperança. Quando começamos a reparar nas travessuras da juventude, seja para nos irritarmos ou apenas para perdoá-las, é porque estamos ficando velhos. Paciência. Ele enviara um cheque naquela mesma manhã e continuaria a ceder aos caprichos da filha até que ela alçasse voo na profissão. Era a única solução para que ela não tivesse jamais o sentimento de ter fracassado no que quer que fosse por causa dos outros ou de dinheiro; para que ela desenvolvesse um dia sua própria responsabilidade no curso de sua existência. Não é assim que *crescemos*?

A fome o surpreendeu durante essa reflexão desiludida. Desejando ver gente, conversar, decidiu sair para jantar.

Soledade acolheu essa mudança nos planos com irritação: já tinha preparado a refeição da noite e imediatamente franziu as sobrancelhas. Eléazard precisou tentar consolá-la, mas ela apenas lhe lançou um olhar de desprezo antes de sair da cozinha. Espiando o fogão, Eléazard viu uma omelete nadando no óleo: ela se dera ao trabalho de preparar um dos pratos que Raffenel costumava tentar lhe ensinar. Um péssimo professor, pensou, examinando o conteúdo na panela. A menos que ela simplesmente não tenha dotes culinários. Deu de ombros, desencorajado.

A noite caía sobre Alcântara, uma espécie de inquietante relevo cinzento, mais espesso e mais escuro do que o céu encoberto que havia entristecido a tarde. Hoje ameaçava chover. Eléazard apressou o passo, atento em evitar os excrementos de zebu que armavam ciladas em alguns pontos das ruas mal pavimentadas. Pegou a esquerda, atrás da Igreja de São Matias, e logo se encontrou na Rua da Amargura, assim chamada porque o visconde Antônio de Albuquerque, ex-proprietário do palácio ao lado do qual Eléazard agora passava, tinha o costume de estirar os escravos na lama a fim de que sua esposa e suas filhas pudessem atravessar a rua sem sujar os pés nas idas às missas de domingo. Uma roupa branca comida pelas traças pendia das largas janelas que uma erva nociva esforçava-se em separar, pedra por pedra; não restavam senão fendas e fragmentos esparsos dos graciosos azulejos azuis e brancos que outrora embelezavam uma das mais lindas residências da cidade. Que a lepra do tempo termine seu trabalho, pensou Eléazard; que destrua até o fim esse testemunho obsceno da barbárie dos homens.

Chegando à rua Silva Maia, olhou a Igreja do Rosário, que se destacava, branca e verde, contra o céu plúmbeo. Ali plantada, bem no meio de um terreno conquistado da floresta — mas invadida pela erva daninha por não ter sido pavimentada —, a igreja parecia querer absorver toda a umidade do solo, como testemunhavam as largas manchas ocre sujando a fachada até a metade. Batentes fechados, frontão cego, a construção exalava angústia e abandono. Atrás dela, mangueiras agitavam-se pesadamente, presas de sonoros estremecimentos que sacudiam de um lado a outro suas copas.

Eléazard empurrou a porta do hotel Caravela — *Higiene e conforto. Sete quartos bem mobiliados* —, fazendo entrechocarem-se os canos de bambu do mensageiro dos ventos pendia do teto. Um jovem mulato veio imediatamente ao seu encontro, os braços abertos, o rosto iluminado por um largo sorriso de contentamento.

— Lazardinho! Que boa surpresa... Tudo bem?

— Tudo bom.

Eléazard experimentava uma verdadeira alegria ao proferir essas palavras rituais de boas-vindas; após pronunciá-las, como se acalmado por sua magia, a vida, de repente, parecia mais afável.

— E então, o que me conta de novo? — retomou Alfredo após tê-lo gratificado com um abraço sincero. — Se quiser ficar para comer, tem uns camarões fresquinhos. Eu mesmo fui comprá-los no barco.

— Por mim, está ótimo...

— Acomode-se, vou avisar a Socorro.

Eléazard penetrou no pátio interno do hotel. Algumas mesas espalhadas sob o vasto telhado da varanda constituíam o restaurante. No pátio, três imensas bananeiras e um arbusto de origem desconhecida escondiam parcialmente a escada que conduzia aos quartos do andar de cima. Uma lâmpada já amarelecia o espaço desnudo.

Uma vez sentado, Eléazard verificou o curto cardápio datilografado em cima da mesa: inalterado havia meses, anunciava com toda simplicidade:

Filé de pescada, camarão empanado,
peixadas, tortas, saladas.
Preço p/ pessoa: o melhor possível...
FAVOR FAZER RESERVA

Todo o charme de Alfredo vinha desse grau zero da gastronomia. Três pratos de peixe e de camarões, tortas e saladas. Mesmo o plural não passava de um benigno exagero, pois, exceto em casos excepcionais — *Favor fazer reserva!* —, só havia o prato do dia, ou seja, a comida simples do próprio Alfredo e de sua jovem mulher. Quanto ao preço — *o melhor*, o mais barato *possível* —, variava em função dos caprichos da inflação (trezentos por cento ao ano) e da aparência do cliente.

Após a herança magra que lhes deixara a casa vetusta, Alfredo e Eunice tinham resolvido transformá-la em hotel, menos com a intenção de fazer fortuna — embora, durante os primeiros dias de euforia, tenham alimentado tal ilusão — e mais por amor a uma existência simples e pelo desejo de dar vida a Alcântara. Partidários de uma solução *alternativa*, uma palavra que vinha amiúde a suas bocas como uma panaceia ao *enclausuramento burguês* e à *dominação do planeta pelo imperialismo americano*, eles sobreviviam de um jeito ou de outro em seu porto de paz e de humanismo. Na alta estação, alguns turistas apaixonados pela arquitetura colonial a ponto de esquecer a hora do último barco encalhavam em seu hotel, o único de Alcântara, o que permitia a Eunice e a Alfredo sobreviver durante o restante do ano com o restaurante. Mais por bondade d'alma que por necessidade, o simpático casal empregava a velha Socorro como cozinheira e arrumadeira.

Alfredo reapareceu com dois copos e duas grandes garrafas de cerveja na mão.

— Estupidamente geladas! Como você gosta — disse, sentando-se à mesa.

Encheu os copos com cuidado e brindou:

— Saúde!

— Saúde! — repetiu Eléazard, batendo o copo contra o de Alfredo.

— A propósito, já soube da novidade? Alugamos um quarto!

Eléazard manifestou espanto pelo extraordinário da situação, já que estavam em plena estação de chuvas.

— É verdade, juro! — insistiu Alfredo. — Uma italiana... É jornalista, como você, e...

— Não sou jornalista! — corrigiu Eléazard. — Sou correspondente internacional, não é a mesma coisa. — Ao menos em seu espírito era diferente, mas ele zangou-se com essa coqueteria instintiva e retificou uma segunda vez: — Embora seja uma raça comparável aos abutres...

— Você é duro demais consigo mesmo — continuou Alfredo, a expressão angustiada — e com a sua profissão. Sem você, sem os jornalistas, quem saberia o que se passa aqui? Bem, ela se chama Loredana, e é um pedaço de mulher, posso lhe garantir! Se eu não fosse casado... Ai, ai, ai!

Acompanhou essa informação subentendida com um piscar de olho e uma rajada de estalos de dedo.

— Um dia você vai ter que me ensinar como faz isso.

— É só um macete — explicou Alfredo. — Olhe: você deixa sua mão bem mole, está aí o segredo, e a balança como se quisesse se livrar dela. Os dedos batem uns nos outros, e é isso que faz o barulho de castanholas.

Sob o olhar divertido de Alfredo, Eléazard tentou sem sucesso imitá-lo. Confessava ser um fracasso quando Eunice apareceu com a bandeja.

— Boa-noite, Lazardinho! — disse ela, depositando sobre a mesa uma travessa de camarões empanados. Curvou-se sobre ele e o beijou com intimidade nas bochechas. — Faz uma eternidade que não vemos você, seu bandido!

— Duas semanas — defendeu-se. — Nem isso; para ser exato, 12 dias.

— Mais parece que não liga pra gente! Mas está perdoado. Prove essas maravilhas! — disse, apontando os camarões.

— Suculentos, como de hábito! — disse Eléazard, a boca cheia.

— Bem. Deixo você comer.

— Eu também — disse Alfredo, levantando-se, sob um discreto sinal da mulher.

— Não, não, pode ficar. Ande, me dê o prazer da sua companhia. Eunice, traga outro prato de camarões, por favor, e uma garrafa de vinho branco.

Alfredo voltou a se sentar com evidente ar de satisfação e não se fez de rogado quando seu hóspede ofereceu-lhe dividir com ele o prato. Descascados e empanados de modo a deixar aparecer a cauda, os camarões eram comidos com a mão, depois de terem sido mergulhados numa espécie de molho vermelho feito com maionese bem apimentada. Estavam deliciosos.

Conduzida por Alfredo, a conversa logo foi desviada para o projeto governamental de instalação de uma base de lançamento na floresta vizinha. Até o momento, só dispunham de informações fragmentadas, colhidas com dificuldade por um jornal comunista de São Luís, *A Defesa do Maranhão*, mas parecia certo que o Brasil preparava-se para sacrificar a Península de Alcântara aos *interesses maiores da nação*, como escrevera o editorialista do jornal, usando um monte de aspas irônicas.

— Você percebe? — perguntava Alfredo, enojado. — Foguetes! Tem gente morrendo de fome nas ruas, a dívida externa estrangula o país a ponto de trabalharmos unicamente para os usurários do FMI, e eles vão se meter a mandar foguetes para o espaço! Isso é outro golpe dos americanos. Mas a gente vai lutar, pode ter certeza! Senão, será o fim de Alcântara...

Eléazard amava essa atitude revoltada de Alfredo. Também a apreciava em sua filha, embora em segredo e de maneira mais sutil, sem conseguir encontrar o cerne da inocência que lhe teria permitido partilhar de seu otimismo. Certamente tinha a mesma sensação de absurdo que, naquele momento, fazia tremer a voz do brasileiro; aprovava sua cólera e sua resolução, mas se sentia incapaz de acreditar, por um instante sequer, na possibilidade de estancar, de um jeito ou de outro, o curso dos acontecimentos. Não que tivesse se tornado fatalista, ao menos aos próprios olhos, nem reacionário ou conservador; simplesmente tinha perdido essa esperança que move montanhas, ou ao menos faz aspirar a movê-las. Mesmo que não a experimentasse como tal, sua aparente resignação o entristecia. Mas como revogar a sensação de lucidez, quando, por infelicidade, ela nos seduz? Os homens, acreditava, são medíocres por natureza: o infeliz que se deu conta de tal evidência nada pode, em seguida, contra a massa incalculável dos que a alimentam. Alfredo não era um amigo, provavelmente jamais se tornaria seu amigo, embora Eléazard sentisse por ele essa espécie de desespero extremo e contagioso que não deve nem pode se confessar senão no enclave protegido da amizade.

Voltando aos "foguetes", Alfredo não sabia se falavam de engenhos estratégicos ou de uma base civil destinada ao lançamento de satélites. Pouco importava, pois nos dois casos a floresta seria destruída, os habitantes, expulsos de suas casas e o ecossistema, ameaçado. Esse vago projeto havia conseguido concentrar toda a sua reprovação, como se ameaçasse o mundo de um modo iminente, e isso, em seu exagero, era admirável.

A lâmpada da varanda começou a piscar.

— A tempestade não vai demorar — disse Alfredo. — Preciso ir buscar as velas.

Deitada em sua cama de calcinha e sutiã, Loredana observava as variações inquietantes da luz elétrica nas rosáceas em relevo do teto. Essa agonia lenta e incessante a fascinava. Na atmosfera úmida e sufocante do quarto, seus cabelos pingavam gota a gota, expelindo toda a água de seu corpo. Perguntou-se quanto tempo demoraria a se liquefazer completamente, restando, sob a lâmpada, apenas uma larga mancha escura nos lençóis.

Atormentada por uma irritação crescente entre as pernas, deixou a cama e se despiu por completo. Ao cair no chão, sua roupa íntima ensopada por pouco não atingiu uma grande barata cor de mel, que se refugiou atrás do rodapé. A dobra da virilha estava assada; bastante desagradável. Com um pé no lavabo, ela esfregou ali a toalha de rosto, com precaução e fazendo uma careta de dor, depois cobriu de creme a pele em carne viva. De pé diante do espelho, apalpou demoradamente os seios, esperando que aliviasse a sensação de ardência que a obrigava a manter essa posição desconfortável. Só Deus sabe quanto tempo lhe seria necessário mofar ali... Mofar era a palavra certa, ruminou, pensando naquele odioso começo de micose. Poderia confiar somente em seu intermediário? Não havia nada menos seguro. Aquele cara lhe parecera bizarro, com um jeito enviesado de olhá-la durante todo o tempo que tratara com ele. Que ele tivesse pedido o pagamento adiantado era compreensível, mas que tivesse lhe dado tão poucos detalhes sobre o processo em curso e se contentasse em fazê-la esperar naquele hotel era o que ela não conseguia aceitar. De duas a três semanas, ele tinha dito, talvez um pouco mais, mas tudo estaria terminado no final do mês. Bom, era preciso parar de pensar nessa história. Melhor comer um pouco, para arejar as ideias. Tendo procurado em vão alguma calcinha limpa na mala, suspirou de irritação e jogou uma saia e uma camiseta por cima da pele nua.

Quando ela apareceu na varanda, como que nascida da penumbra, Alfredo se interrompeu:

— Olhe lá, é ela — disse, cochichando. — Até mais...

Eléazard o viu precipitar-se na direção da italiana que produzira certo efeito sobre ele. Devia ter 35, 40 anos, a julgar por certos sinais que o proibiam de lhe atribuir menos, mas sem parecer ter atingido o início do declínio biológico característico dessa idade. Com olhar experiente, Eléazard reparou no seio firme, livre sob o tecido, nas compridas pernas delgadas e na silhueta magra e distinta. Isso dito, ela estava longe de ser tão bela quanto aquele maldito Alfredo o fizera acreditar. Pelo que pudera observar, seus olhos amendoados e sua boca eram um pouco grandes demais para seu rosto fino; exageradamente longo e pontudo, o nariz aumentava essa desproporção.

Quando ela passou à sua frente, guiada por Alfredo para uma mesa vizinha, Eléazard dirigiu-lhe um sorriso de boas-vindas; ela respondeu com um leve aceno de cabeça. Sem prestar atenção, ele acrescentou a seus ativos um par de nádegas deliciosamente arrebitadas. "Uma bunda inteligente", formulou a contragosto, um pouco humilhado pela indiferença da jovem mulher. "Uma bunda *muito* inteligente..."

Loredana não fora tão insensível à sua pessoa quanto ele imaginava. Para falar a verdade, não pudera deixar de notar a presença de um desconhecido naquele local deserto. Antes mesmo de ele tê-la notado, ela o havia observado alguns segundos e o julgado atraente, ou seja, perigoso. Daí essa desconfiança em relação a ele e seu recato quando ele sorrira para saudá-la. Não que tivesse um físico atraente — nesse sentido, Alfredo ganhava de longe —, mas havia percebido nele, em seu olhar e em sua maneira de se movimentar, uma "profundidade de campo" rara: expressão esta que definia, em seu espírito, o conjunto de critérios capazes de tornar um ser humano mais ou menos digno de interesse. Embora o charme físico de uma pessoa, homem ou mulher, ainda a excitasse, vinha bem atrás de uma maneira de ser, ou ao menos da probabilidade da existência dessa maneira de ser, a qual ela conseguia reconhecer ao primeiro olhar.

Sentada a duas mesas de Eléazard, de modo a vê-lo de perfil, ela agora o observava em detalhes, bem à vontade: o quarentão triunfante, cabelos negros levemente grisalhos nas têmporas, mas cuja linha dos cabelos, alta sobre a testa, lhe prometia péssimas surpresas no futuro. O que chamava mais a atenção era o seu nariz: um bico de águia, em resumo, não exatamente feio, mas que ela nunca vira senão no *condottiero* de Verrocchio, em Veneza. Entretanto, sem ser delicado, o desconhecido não apresentava nenhum outro de seus aspectos guerreiros. Parecia simplesmente seguro de si mesmo e atormentado por uma temível e poderosa inteligência. Dante visto por Doré, se fosse preciso escolher mais uma semelhança artística. Aliás, não seria impossível que fosse italiano: o português de Loredana era ruim, mas o suficiente para ter percebido um forte sotaque estrangeiro ao ouvi-lo falar com Alfredo.

Incomodado de repente pelo olhar persistente do qual era objeto, Eléazard virou-se na direção dela. Ergueu-lhe um brinde silencioso, antes de levar aos lábios a taça de vinho branco. Desta vez, Loredana não pôde evitar um sorriso, mais por se desculpar pela insistência em não tirar os olhos dele.

Alfredo acabava de servir quando a luz caiu. Após ter acendido várias velas, o hoteleiro voltou a se sentar junto de Eléazard para abrir uma segunda garrafa de vinho. Foi o momento escolhido para os mosquitos se manifestarem; como se houvesse uma relação entre sua aparição e a queda de eletricidade, eles invadiram a varanda em nuvens invisíveis e atacaram os convivas. Eléazard, muito sensível às picadas, incomodou-se.

— Pernilongos — disse Alfredo, vendo-o esmagar um dos insetos no pescoço. — Eu não tenho medo deles, mas mesmo assim vou lá dentro buscar uma espiral repelente. Parece que isso os afasta.

Eléazard agradeceu-lhe a atenção. Enquanto Alfredo voltava para o interior do hotel, lançou uma olhada na mesa vizinha. Mais prevenida do que ele, Loredana tirara não se sabe de onde um frasquinho de repelente e esfregava os braços e os tornozelos com cuidado. Cruzando o olhar de Eléazard, ofereceu o produto e foi até ele entregá-lo.

— Comprei na Itália — explicou. — É um produto eficaz, mas que fede muito, muito mesmo.

— Pode falar italiano — disse Eléazard no seu mais belo sotaque. — Falo melhor essa língua que o português. E mais uma vez obrigado, estou prestes a ser devorado.

— O senhor fala italiano? — surpreendeu-se a mulher. — Não esperava por isso. Além do mais, sendo francês...

— Como sabe?

— Quando um estrangeiro fala italiano, mesmo tão bem quanto o senhor, eu consigo reconhecer. Onde aprendeu o idioma?

— Em Roma, onde morei por um tempo. Mas sente-se, por favor — disse, levantando-se para puxar uma cadeira. — Será mais cômodo para conversarmos.

— Por que não? — respondeu ela, após exibir uma expressão hesitante. — Dois segundos; vou pegar meu copo e meu prato.

Loredana ainda não tinha se sentado e Alfredo já voltava com a espiral. Acendeu-a sobre um pires e apressou-se a se sentar ao lado deles. Eléazard notou seu prazer ao constatar a presença da italiana em sua mesa. Esta, em contrapartida, pareceu irritada ao vê-lo se intrometer nos preâmbulos de seu encontro. Durante um breve instante ele compartilhou desse mal-estar imprevisto: Alfredo tinha se tornado inoportuno. Não há nada de mais humano, pensou, que essa rejeição; bastara três palavras trocadas com uma mulher que não conhecia para transformar em chato aquele cuja companhia viera buscar, propositadamente. Sentindo-se culpado em relação a Alfredo, decidiu que o melhor seria aproveitar o momento de sociabilidade.

— Permita que eu me apresente: Eléazard von Wogau — disse a Loredana em português. — É preferível, acredito, falar na única língua que nós três falamos.

— É absolutamente natural — respondeu Loredana. — Mas será preciso darem provas de indulgência. Meu nome é Loredana. Loredana... Rizzuto — acrescentou, com uma careta de desgosto. — Sempre sinto certa vergonha de pronunciar meu nome; ele é tão ridículo.

— Muito pelo contrário! — interveio Alfredo, inflamado. — Eu o acho muito bonito, muito... italiano! Eu preferia me chamar assim a "Portela"; Alfredo Rizzuto! Meu Deus, como soa bem...

— Alfredo Rizzuto? — disse, de repente, a voz debochada de Eunice. — O que você está inventando para se tornar interessante? — Aparecera atrás do marido com uma bandeja contendo um pedaço de torta e algumas mangas. — Peço que o desculpe — continuou, dirigindo-se a Loredana —, mas basta ver uma mulher bonita e fica incontrolável. E agora, Sr. Rizzuto, pare de beber e venha me ajudar. Não tem mais água, a bomba ainda deve estar enguiçada.

— Está bem — disse Alfredo, em tom resignado. — Não me demoro, podem ter certeza.

Depois que Alfredo partiu, Eléazard e Loredana caíram na gargalhada; sua cara ao ouvir a mulher imitá-lo tinha sido realmente cômica.

— Rapaz engraçado — disse Loredana, voltando à sua língua materna. — Simpático, mas um pouco... grudento, não?

— Depende do dia. Como não costuma ter a oportunidade de falar com estrangeiros, aproveita sempre que possível. Além disso, acho que a senhora o intimidou. Entretanto, ele está longe de ser bobo, sabe? Não é um amigo, mas gosto muito dele. A senhora me acompanha? — perguntou, pegando a garrafa. — É um pouco gasoso, juraria que é um *chianti*...

— Com prazer — respondeu Loredana, estendendo o copo. — Ah, o *chianti*... O senhor vai conseguir me deixar nostálgica. Mas espere, vamos retomar do início porque estou começando a misturar tudo: como pode ser francês com um nome desses?

— Meu pai era alemão e minha mãe, francesa. Na verdade, tenho dupla nacionalidade, mas como nasci em Paris, onde fiz boa parte de meus estudos, minhas raízes alemães não significam grande coisa.

— E pode-se saber o que faz neste buraco? Está de férias?

— Não exatamente — respondeu Eléazard, sorrindo —, ainda que meu trabalho me deixe muito tempo livre. Sou correspondente de imprensa; basta enviar de vez em quando um artigo à agência. Como o Brasil não interessa a ninguém, vai tudo para a lixeira e eu continuo recebendo. Moro em Alcântara há dois anos. A senhora também é jornalista, segundo me disse Alfredo...

Loredana se atrapalhou e ficou vermelha até as orelhas.

— Sou... Ou melhor, não. Eu menti para ele. Digamos que estou aqui a negócios. Mas não vá alardear isso aos quatro ventos, eu imploro. Se souberem, quero dizer, se os brasileiros souberem, isso pode vir a me prejudicar.

Loredana estava furiosa consigo mesma. O que lhe dera na cabeça? O advogado *bichado* de São Luís (só chamava assim esse personagem com ares de escroque) lhe fizera prometer segredo absoluto, e por pouco ela o confiava ao primeiro que aparecia! Conseguira consertar o erro *in extremis*, mas se ele insistisse em questioná-la, não iria muito longe com essa nova mentira. "Que idiota, meu Deus, como sou idiota!", insultava-se, corando ainda mais.

Esses rubores lhe davam a aparência de uma menina. Eléazard quase lhe fez um elogio nesse sentido, mas pensou melhor. Nada era tão desagradável quando alguém se encontrava em situação semelhante.

— E posso saber que negócios são esses? — perguntou com um toque de ironia. — Se não for indiscrição, claro.

— Ouro, pedras preciosas... — ("*Pare, Loredana, você ficou doida? Desse jeito não vai mais poder escapar!*", berrava uma voz em sua cabeça.) — Prefiro não falar mais sobre isso. É uma operação, como diria, no limite da legalidade... O senhor compreende, espero.

— Não tenha receio, não a chatearei mais com isso. Mas tome cuidado, os policiais brasileiros não são meninos inocentes, e eu ficaria desolado de saber que caiu nas mãos deles.

Ele serviu-a novamente e depois encheu o próprio copo. Sem saber o porquê, achou melhor acrescentar:

— Não se preocupe. Posso estar enganado, mas entre a polícia e os contrabandistas, prefiro os últimos.

— Muito bem! Agora virei *contrabandista*... — disse Loredana, rindo. Depois, mudando de tom, mas sem que se pudesse definir se ela fazia esse comentário devido ao anterior: — Eu diria que o senhor bebe bem...

Eléazard fez cara de dúvida.

— Um pouco demais, talvez. Foi o que quis dizer? No Brasil a água é mais perigosa que o vinho, e como tenho horror a Coca-Cola... Brincadeiras à parte, melhor evitar a todo custo a água da torneira; mesmo filtrada, continua perigosa. Surgem casos de hepatite todos os dias.

— Eu sei, já me preveniram.

Um raio, seguido de um estrondo de trovão particularmente barulhento, a fez sobressaltar-se. Seu eco ainda se perdia a distância quando o aguaceiro desabou no pátio. Uma chuva pesada, violenta, que crepitava com força sobre as folhas envernizadas das bananeiras. O dilúvio inesperado criou entre Eléazard e Loredana uma espécie de intimidade, um espaço de quietude e de camaradagem onde encontraram prazer em se refugiar. A vela derretia e escorria em pequenas pérolas transparentes, os mosquitos volteavam a chama, reavivando de tempos em tempos os tons quentes da luz. Ao forte odor que subia da terra, a espiral mesclava insólitos perfumes de igreja e sândalo.

— Talvez pudéssemos nos tratar por você — propôs Loredana, após se deleitar em silêncio por alguns minutos com a chuva. — Acho um saco tratar os outros formalmente.

— Eu ia propor a mesma coisa — concordou Eléazard com um sorriso. Experimentara um prazer quase carnal ao abandonar a formalidade, o que de repente os aproximava. — Seu produto é realmente eficaz — disse, retirando um mosquito da taça —; não fui picado desde que o passei. Mas é bem verdade que ele empesteia o ar! Tenho certeza de que esse repelente conseguirá botar para correr até os policiais...

Loredana se pôs a rir, mas de modo um pouco forçado. Sentia-se culpada por ter conseguido enganar Eléazard com aquela estúpida história de contrabando. O vinho começava a lhe subir à cabeça.

— E tirando esse trabalho que não parece ocupá-lo muito, o que faz com os seus dias?

— Vivo, sonho... escrevo. Nos últimos tempos, passo um bocado de tempo na frente do computador.

— Que tipo de coisas escreve?

— Ah, nada de apaixonante. Encarregaram-me de preparar a publicação de um manuscrito do século XVII. A biografia de um padre jesuíta sobre a qual me debruço já faz vários anos. É um trabalho de pesquisa, mais do que de escrita.

— Você é religioso?

— De jeito nenhum — garantiu-lhe —, mas esse sujeito de quem ninguém mais se lembra é uma pessoa muito estranha. Uma espécie de polígrafo que escreveu sobre absolutamente tudo, pretendendo toda vez e sobre qualquer assunto ser o suprassumo do conhecimento. Era bastante comum na sua época, mas o que me fascina nele, quero dizer, num homem que convivia com Leibniz, Galileu, Huygens e que era bem mais célebre do que eles, é que tenha se enganado contundentemente sobre tudo. Ele chegou mesmo a imaginar que tinha conseguido decifrar os hieróglifos egípcios, e todo mundo acreditou nele, inclusive Champollion!

— Está se referindo a Athanasius Kircher? — interrompeu-o Loredana, visivelmente bastante interessada.

Eléazard sentiu todos os pelos do corpo eriçados.

— Não é possível... *Não é* possível... — repetiu fitando-a, estupefato. — Como pode saber isso?

— É porque não lhe contei tudo. Longe disso... — confessou Loredana num tom de mistério, aproveitando-se de sua vantagem. — Tenho mais uma carta na minha manga.

— Por favor... — insistiu Eléazard, fazendo cara de cachorro abandonado.

— Simplesmente porque sou sinóloga. Quer dizer, não; digamos que estudei chinês há um tempão e li um ou dois livros em que se falava de Kircher por causa de seus trabalhos sobre a China. *Cazzo!* — exclamou de repente. — Puta merda!

— O que foi? — indagou Eléazard, surpreso com os palavrões.

— Nada — respondeu, enrubescendo de novo. — Um mosquito me picou...

— Sim... Está bem... Quero todos, absolutamente todos... É de extrema importância, espero que entenda. Quem é?... Um segundo, vou verificar...

Com o telefone preso entre o ombro e a orelha direita, numa postura que lhe inchava a bochecha em torno do aparelho, o coronel José Moreira da Rocha desenrolou um pouco mais a planta aberta em sua mesa.

— O que você tinha dito? 367... N.P... B? N.B... 40. Pronto, achei. Por que ele se recusa a vender? Só tem a floresta e o brejo! Que bando de imbecis, meu Deus! Ofereça-lhe o dobro e que ele vá para o diabo que o carregue. Tudo deve estar fechado em 15 dias... Não! Já disse que não, Wagner! Chega de confusão, ainda mais nesse momento. Além disso, você sabe que não gosto muito desses métodos. Do que ele vive? Bem, eu resolvo isso. Você vai ver, vai sair mais rápido do que o previsto. Na verdade, eles adiantaram o encontro: amanhã, às 3 da tarde... Não quero saber! Esteja lá sem falta; conto com você... É isso... Isso... Tá bem, volte a ligar se surgir qualquer problema.

Logo após desligar, o coronel se curvou sobre o interfone.

— Anita, ligue para a empresa Frutas do Maranhão, por favor. E depois eu aceitaria uma xícara de café.

— Pois não, doutor... Com quem deseja falar?

— Com Bernardo Carvalho, o presidente...

O coronel atirou-se em sua poltrona para acender uma comprida cigarrilha. Saboreou as primeiras baforadas com evidente deleite. Atrás dele, uma janela em estilo colonial ornada até a metade com pequenos vitrais amarelos e verdes filtrava sobre seu terno cor de casca de ovo uma doce luz ácida. Fronte larga e exposta, cabelos negros à Franz Liszt ondulados acima das orelhas, o rosto do governador Moreira da Rocha parecia uma vinheta de homem político do século passado, impressão que vinha confirmar — mas talvez só se resumisse a esse detalhe — a presença de duas enormes costeletas brancas que lhe cobriam as faces até as comissuras dos lábios e colocavam em relevo, de modo obsceno, um queixo pesado dividido por uma covinha. Assim emoldurada, a boca concentrava os olhares; não vendo senão sua polpa e o bico de desdém sensual que a retorcia um pouco, poderíamos julgá-la juvenil. Cruzando em seguida os olhos do coronel, alojados como bolhas de chumbo entre as pregas reptilianas de suas pálpebras, discerniam-se as olheiras profundas, granulosas, escurecidas pelo cinismo acumulado, e se tornava impossível saber se pertenciam a um velho bem conservado ou a um homem prematuramente decaído por sua intemperança. Moreira conhecia a inquietação provocada por essa máscara de teatro: dela fazia uso com astúcia, por vezes até com crueldade.

O interfone ressoou um segundo depois:

— Com licença, o Dr. Bernardo Carvalho está na linha 3.

O coronel apertou um botão e afundou novamente na poltrona.

— Alô! Nando?... Tudo bem, e você? O que conta de novo, meu velho? Claro... Ha! Ha! Ha! Você devia prestar atenção. Na sua idade, esse tipo de besteira pode te custar caro. É preciso me apresentar à moça para que eu possa ensinar a ela o que é a vida! Mas passemos às coisas sérias: tem um pequeno proprietário de merda, um tal de Nicanor Carneiro, que vem me causando problemas. Sabe quem é?... Não, nada de grave, mas eu queria lhe dar uma lição, ensinar-lhe boas maneiras. Trate de esquecê-lo um pouco quando fizer suas compras... O tempo necessário para que aquelas mangas de merda fiquem completamente podres. É isso, isso mesmo... E dê um jeito para que ele não possa revendê-las a mais ninguém, hein?... Tudo bem, amigo, fico te devendo essa, pode ter certeza. E conto com você na minha festinha, não se esqueça! Até logo... Sim, isso mesmo... Isso... Tchau, Nando, preciso desligar, estão me chamando na outra linha... Tchau...

Acendia seu charuto quando a secretária entrou na sala carregando uma bandeja de prata. Fechou a porta com a ajuda dos quadris e avançou em sua direção com cuidado, atenta para não derrubar nada no carpete carmesim.

Tailleur de linho transparente, pérolas de madeira na pele bronzeada, coque severo e salto agulha. Uma moça capaz de levar à danação todos os santos da Bahia! Era mesmo bem diferente desses canhões nordestinos...

— Seu café, doutor — disse ela com voz insegura, de repente confusa ao ver-se desnudada pelo olhar do governador.

Moreira empurrou alguns papéis à sua frente.

— Coloque aqui, por favor.

Anita foi obrigada a contornar a mesa para aproximar-se pela direita e repousar a bandeja no local indicado. O coronel sentiu no ombro o roçar do corpo da jovem. No momento em que ela se preparava para servi-lo, ele enfiou a mão sob sua saia.

— Não... Isso não, doutor... — disse, esboçando um movimento para se desvencilhar. — Por favor... Não...

A mão colada na carne da coxa, imóvel como um domador subjugando seu animal, manteve a presa, divertindo-se com a rigidez da jovem e com as ondas de agitação a lhe percorrerem a pele.

A campainha do telefone os surpreendeu nessa luta petrificada. Sem afrouxar o aperto, o coronel atendeu com a mão livre.

— Alô. Não, minha querida... Não sei ainda a que horas vou poder me liberar, mas posso mandar o motorista, se quiser... *Captura repentina da virilha, lábios carnudos, fruta macia da mangueira...* Ora, não seja boba... Claro que eu te amo, mas que ideia... *Umidade de húmus, selva de sexo esponjosa sob os dedos que a apalpam...* Mas claro, meu amor, eu prometo. Arrume-se, fique bem bonita, vai ter muita gente... Pode falar, estou escutando... Pois se estou dizendo que estou escutando. Seja sensata, por favor!

Com lágrimas nos olhos, curvada para a frente como que para uma revista policial, Anita perscrutava desesperadamente o busto à sua frente. *Antônio Francisco Lisboa... Antônio Francisco Lisboa...* Com uma absurda sensação de urgência, lia e relia a inscrição gravada no gesso, dela se embriagando como num exorcismo capaz de purificá-la.

CAPÍTULO III

Por que feliz coincidência Kircher se encontra na Provença; quais personagens encontra e como alcança seus primeiros sucessos

Mal chegamos a um lugar seguro no Colégio Jesuíta de Mayence, os superiores da nossa ordem decidiram enviar Athanasius Kircher para longe da guerra e dos estados germânicos. Devia essa distinção ao seu renome, excepcionalmente considerável tanto dentro da Companhia quanto entre as sociedades eruditas de todo o mundo. Entregaram-lhe cartas de recomendação para o Colégio de Avignon e fui designado para acompanhá-lo sob o título de secretário particular.

Em Paris, aonde chegamos sem obstáculos, fomos acolhidos de braços abertos pelos jesuítas do Colégio da Place Royale. Kircher ali deveria reencontrar alguns dos personagens eruditos com os quais se correspondia havia muitos anos: Henry Oldenburg, primeiro-secretário da Royal Society de Londres, de passagem por Paris, o Sr. La Mothe Le Vayer e o padre franciscano Marin Mersenne. Com este último, discutia longas horas sobre toda sorte de questões que, na época, superavam meu entendimento. Encontrou-se também com o Sr. Pascal, que lhe pareceu um matemático sem par, mas bem triste e cuja fé cheirava a enxofre, e com o Sr. Descartes, apóstolo da Nova Filosofia, que lhe deixou uma impressão comedida.

Encontrou igualmente o Sr. Thévenot de Melquisedeq, que tinha viajado para a China e adquirira um gosto desmedido pelas filosofias orientais. Fascinado pelo conhecimento de Kircher sobre temas tão difíceis, convidou-o a passar alguns dias em Désert de Retz, nos arredores de Paris, onde possuía uma propriedade. Não me foi permitido acompanhá-lo e, portanto, não estou autorizado a falar sobre isso, sobretudo porque

Athanasius sempre manteve discrição acerca do assunto. Contudo, sob o pretexto da religião e de não sei que outros chinesismos, meu mestre fora forçado a assistir a espetáculos que a decência não permite relatar, pois cada vez que ele mencionava um exemplo da lubricidade humana ou dos excessos aos quais podem conduzir a idolatria ou a ignorância, citava Désert de Retz como principal fonte da sua experiência.

Após algumas semanas dessa vida parisiense, chegamos finalmente ao Colégio de Avignon, onde o padre Kircher deveria ensinar matemática e línguas bíblicas.

Homem do norte e das brumas germânicas, Athanasius foi instantaneamente seduzido pela luz do sul. Era como se o mundo voltasse a se abrir para ele, como se de repente percebesse a divina claridade. Bem mais do que uma simples estrela a observar no telescópio, o astro solar se afirmava como o corpo luminoso de Deus, Sua presença e Sua aura entre os homens.

Descobrindo, na planície de Arles, a maravilhosa disposição do girassol a acompanhar o curso do Sol, meu mestre imediatamente concebeu e produziu um relógio acionado por esse princípio singular. Sobre a água de uma pequena fonte circular, fez flutuar um tabuleiro com o mesmo formato, embora menor, que suportaria uma dessas flores, plantada num vaso com terra. Não estando mais impedida pela fixação de suas raízes, o girassol possuía assim toda a liberdade de se movimentar na direção do astro diurno. Fixada ao centro da corola da flor, uma agulha indicava as horas no círculo imóvel que coroava o curioso dispositivo.

— Mas esta máquina — sublinhou Kircher ao apresentá-la às autoridades do colégio —, ou melhor dizendo, este *motor biológico* em que a arte e a natureza se encontram tão perfeitamente combinados, nos ensina, sobretudo, como nossa alma se volta para a luz divina, sendo atraída em sua direção por uma simpatia e um magnetismo análogos à ordem do espírito, quando chegamos a superar as vãs paixões que contrariam essa inclinação natural.

O relógio heliotrópico do padre Kircher logo passou a ser conhecido em toda a Provença e contribuiu amplamente para aumentar seu renome.

Por outro lado, meu mestre divisou uma vantagem preciosa em residir nas proximidades do porto de Marselha.

Assim, teve a sorte de conhecer David Magy, negociante de Marselha; Michel Bégon, tesoureiro da Marinha do Levante em Toulon; e Nicolas Arnoul, intendente das galeras, que fora encarregado de viajar ao Egito para buscar diversos objetos destinados às coleções do rei da França. Na casa dessas pessoas, que compravam tudo o que os judeus e os árabes podiam lhes trazer de curiosidades, Kircher viu uma grande quantidade de pequenos crocodilos e de lagartos, víboras e serpentes, de escorpiões e camaleões dessecados, de pedras de cores raras com figuras antigas e hieróglifos, bem como toda sorte de simulacros egípcios feitos de terracota envernizada. Também viu sarcófagos e algumas múmias na casa do Sr. Fouquet, ídolos, estelas e inscrições, os quais ele sempre suplicava que o deixassem pegar emprestado. Athanasius não se cansava de percorrer a região para visitar todas essas pessoas e admirar suas coleções. Comprava, trocava ou copiava tudo o que interessava diretamente a suas pesquisas, particularmente os livros e manuscritos orientais que encalhavam nas terras da Provença. Foi assim que teve a grande alegria de trocar, um dia, uma velha luneta astronômica por uma raríssima transcrição persa do Evangelho de São Mateus.

Conjecturando que o copta ainda falado no Egito era a língua lapidificada dos antigos egípcios e que lhe seria útil para desvendar o segredo dos hieróglifos, Kircher imediatamente se pôs a estudá-la, e a aprendeu em poucos meses.

Meu mestre parecia ter esquecido a Alemanha e tudo o que o ligava a Fulda; não cessava de aprender nem de colocar em prática sua surpreendente engenhosidade. Foi assim que, pouco após nossa chegada a Avignon, ele dedicou-se de corpo e alma a ilustrar seus conhecimentos catóptricos construindo uma máquina extraordinária. Trabalhando noite e dia com as próprias mãos, reuniu na torre do Colégio de La Motte um dispositivo capaz de representar a totalidade do céu. No dia previsto, surpreendeu seus colegas ao projetar na abóbada da escadaria principal toda a mecânica celeste. A Lua, o Sol e as constelações ali se moviam segundo as leis estabelecidas por Tycho Brahé, como conduzidas pelo próprio movimento. Graças a um simples e rápido artifício lhe fora possível reproduzir precisamente o posicionamento dos astros no céu em qualquer data do passado. A pedido dos professores e dos estudantes, Kircher apresentou os horóscopos de Nosso Senhor Jesus Cristo, de Pirro, de Aristóteles e de Alexandre.

Nessa ocasião, como Pierre Gassendi contou mais tarde em suas memórias, Nicolas Fabri de Peiresc, conselheiro no parlamento de Aix e nativo de Beaugensier, foi avisado sobre as pesquisas de Kircher. Quando soube que meu mestre já era famoso por seu conhecimento dos hieróglifos, insistiu em encontrá-lo.

Homem estranho, esse fidalgo provençal: entusiasta das ciências e amigo dos mais famosos sábios, havia se apaixonado pelas antiguidades egípcias e por sua enigmática escrita. Gastou fortunas para adquirir todo objeto de certa importância nesse domínio. Pouco antes, o padre Minutius, missionário no Egito e no Oriente, oferecera-lhe um rolo de papiro coberto de hieróglifos, encontrado num sarcófago, aos pés de uma múmia. Peiresc confiava muito na capacidade de Kircher para traduzir essas páginas e, portanto, escreveu para ele, convidando-o a visitá-lo em Aix, e, num gesto delicado, enviou-lhe vários livros raros e uma cópia da *Mensa Isiaca*, também conhecida como *Tabula Bembina*. No post-scriptum, rogava-lhe que levasse o famoso manuscrito de Barachias Abenephius do qual sabia que Athanasius havia se tornado o feliz proprietário.

Kircher sentiu-se lisonjeado com tanta solicitude e num dia de setembro de 1633 partimos juntos em viagem a Aix, tendo em nossa bagagem o referido manuscrito, bem como diversos exemplares nos idiomas hebraico, caldeu, árabe e samaritano.

O Sr. Peiresc nos recebeu com uma amabilidade e um prazer raramente observados. Encontrava-se em estado de graça por conhecer meu mestre e não mediu esforços para mostrar-se agradável. Kircher, por sua vez, ficou muito impressionado com as coleções que nosso anfitrião nos fez progressivamente descobrir, preparando seus efeitos e alegrando-se com nossa sincera fascinação. Sua casa estava repleta de animais empalhados e dessecados de toda espécie, e igualmente de uma enormidade de objetos e de livros egípcios. Ali vimos pela primeira vez o fenicopterídeo, a áspide, a serpente com chifre, o lótus e uma quantidade de gatas ressecadas e enfaixadas. Em seu jardim, mostrou-nos várias espirradeiras que conseguira plantar a partir de um broto recebido do cardeal Barberini, bem como uma fonte cercada de graciosos papiros onde se divertia produzindo papel à maneira dos antigos egípcios. Admiramos igualmente uma espécie de coelhinho, gordo como um rato, que caminhava com as patas de trás e cujas patas da frente, mais curtas, lhe serviam para pegar, como os macacos, o que lhe davam de comer; um gato angorá, batizado de Osíris, trazido do Cairo pelo padre Gilles de Loche, bem como diversos manuscritos obtidos a preços exorbitantes nos monastérios coptas de Ouadi-el-Natroun.

Definitivamente conquistado por Athanasius, *sieur* de Peiresc nos apresentou enfim suas duas múmias humanas, das quais uma era notável pelo tamanho e por seu estado de conservação, de um príncipe, como o provava a riqueza dos ornamentos. Aos pés desta múmia havia sido encontrado o pequenino livro em hieróglifos egípcios mencionado por Peiresc na carta a Athanasius. Nesse livro de folhas de papiro antigo, escrito com caracteres hieroglíficos semelhantes aos dos obeliscos, viam-se touros e outros animais e mesmo figuras humanas com outros pequenos caracteres, como os da *Tabula Bembina*, mas nenhuma letra grega.

Os olhos de Kircher brilhavam de emoção. Jamais tivera em mãos um exemplar original dessa escrita misteriosa, e não pôde impedir-se de estudá-la imediatamente. Peiresc lhe pediu a gentileza de pensar em voz alta, no que foi atendido sem pestanejar. Então eu pude mais uma vez ver o gênio singular e a amplitude dos conhecimentos do meu venerado mestre.

Nessa mesma época, setembro de 1633, tivemos a notícia da condenação de Galileu Galilei pelo Santo Ofício. Peiresc, que era amigo íntimo do astrônomo e possuía informações sigilosas graças a seus contatos em Roma, rogou a Kircher que fosse encontrá-lo em Aix para discutir o assunto. Para lá nos dirigimos sem demora, sem que me fosse possível saber a opinião do meu mestre acerca do assunto, tamanho o silêncio que guardava e tão irascível parecia.

Peiresc estava consternado; espumava de raiva e praguejava contra a monstruosa ignorância dos inquisidores. Na controvérsia a que se entregaram, Athanasius usou de toda a sua retórica para defender o julgamento do Santo Ofício e aprovar a cega obediência à sua autoridade, sobretudo naquele doloroso período de cismas e de distúrbios espirituais.

Entretanto, diante da decepção manifesta de Peiresc e das provas apresentadas que sustentavam o movimento da Terra, Kircher acabou confessando partilhar da opinião de Copérnico e de Galileu, como, aliás, fizeram os padres Malapertius, Clavius e Scheiner, os próprios acusadores do italiano, apesar de terem sido pressionados e obrigados a escrever a favor das teorias de Aristóteles e de seguirem os preceitos da Igreja tão somente pela força e a título de obediência.

Escutando-o exprimir-se assim, Peiresc abraçou meu mestre, feliz por saber que aderia ao caminho reto da razão. Quanto a mim, educado até então no absoluto respeito a Aristóteles, não escondia minha desaprovação, de modo que os dois apressaram-se a me demonstrar no que o infalível filósofo se enganara. Fui facilmente convencido — a juventude é flexível —, mas guardava dessa abjuração a incômoda sensação de doravante pertencer a uma confraria secreta, amiga da heresia. No caminho de volta, seria possível manter preso um grão de milho entre as minhas nádegas, tanto eu estava persuadido de que reconheceriam minhas opiniões insurgentes e me entregariam aos inquisidores. Kircher divertiu-se com minha tensão, mas tentou aplacá-la sugerindo-me adotar abertamente, como ele próprio, o sistema de Tycho Brahé, reconhecido pela Igreja e satisfatório para o espírito, na medida em que constituía um hábil meio-termo entre o *paraíso imóvel* de Aristóteles e o movimento universal de Galileu.

Alguns dias depois, chegou ao Colégio de Avignon a ordem expressa de nos dirigirmos imediatamente a Viena, e fomos forçados a acelerar nossos preparativos.

CORUMBÁ | *Um peixe pequeno, um peixinho bem pequenininho*

Na chegada do trem, Dietlev e Milton aguardavam na estação de Corumbá para recebê-los. Elaine ficou contente em rever o rosto amigável do colega alemão. Pequeno e rechonchudo, usava a barba cerrada, grisalha, como que para compensar a magra coroa de cabelos que ainda resistia aos assaltos da calvície. Conhecido por seu temperamento expansivo, por ser bom de garfo e por seu gosto pelos trocadilhos, jamais se separava de seu bom humor comunicativo. Ria tão facilmente que

Elaine não podia imaginá-lo sem ver seus dentes brilharem atrás dos pelos em desordem do bigode. Seu crânio vermelho-tijolo, gravemente queimado pelo sol, demonstrava que ele não permanecera inativo durante a espera. Bem mais reservado que Dietlev, e por tal razão menos acessível, Milton se impunha pela lendária austeridade. Malgrado sua falta de experiência de campo, ou mais provavelmente por causa disso, ele fazia absoluta questão de mostrar em tudo uma reserva e um formalismo meticulosos. Seus contatos políticos e o favoritismo de que gozava no seio das mais altas instâncias da universidade faziam-no já contar com o cargo de reitor no ano seguinte. Preocupado em mostrar a que ponto merecia tal função, desde já assumia um ar frio e pretensioso. Em resumo, era extremamente irritante, e Dietlev dispensaria sua presença caso não fosse forçado a contemporizar com suas prerrogativas de diretor do departamento e com seu poder na comissão encarregada de definir os orçamentos das pesquisas.

No trajeto de táxi, Mauro foi objeto de uma solicitude totalmente paternal por parte de Milton. Questionado com mais entusiasmo do que Elaine sobre as circunstâncias da viagem, não pôde se furtar a contar em detalhes o episódio do ladrão de carteiras, tarefa que desempenhou com humor e vivacidade.

Uma vez no hotel Beira Rio, Dietlev tratou da acomodação dos recém-chegados, não sem antes ter marcado encontrarem-se no terraço para o almoço.

A primeira providência de Elaine foi tomar um banho. A viagem de trem a deixara exausta e com a sensação de estar suja dos pés à cabeça. Nunca imaginara que as locomotivas a vapor pudessem ainda circular em seu país, muito menos que a fumaça fosse tão imunda! Novinhas em folha na partida de Campo Grande, oito horas antes, suas roupas agora estavam pedindo uma boa lavagem.

Saía do chuveiro quando bateram à porta. Era Dietlev. Habituada a certa familiaridade com ele, limitou-se a se enrolar na toalha de banho antes de abrir a porta. Ele demonstrava preocupação.

Mesmo assim, encontrou motivo para brincar:

— Não tem vergonha de deixar qualquer um entrar no seu quarto estando seminua?

— Não quando é um velho amigo — respondeu ela, rindo — que já me viu pelada mais de uma vez, se bem me recordo.

— Você se engana, minha pequena. Um dia o diabo que anda cochilando dentro de mim pode despertar! Ainda mais diante de semelhantes *encantos*...

— O que o traz aqui, seu bobalhão?

— Queria ver você a sós. Sem Milton, quero dizer. Sabe que ele morre de medo cada vez que se sente obrigado a deixar o escritório. Só veio conosco para receber os louros de minha descoberta e bajular o pai de Mauro, ocupando-se pessoalmente do filho. Se soubesse o que tenho a lhe dizer, seria bem capaz de cancelar tudo imediatamente.

— Algum problema?

— Ah, é bem simples. O cara que eu tinha contratado para subir o rio mudou de ideia. Não quer mais nem ouvir falar em nos alugar o barco. E sabe por quê? Duvido que adivinhe! Dizem que há uns malucos bloqueando a passagem depois de Cuiabá. Nem a polícia se aventura: eles atiram de metralhadora em tudo que se move...

— Mas que loucura!

— Tráfico de peles de crocodilos, pelo que soube. Um bando do Paraguai. Eles têm até pista de aterrissagem na floresta! E como é um comércio bastante lucrativo, não hesitam em utilizar todos os meios para que os deixem em paz.

— Você acredita nessa história?

— Não sei. Tudo é possível nesse buraco.

— Que merda! E a polícia?

— Ela deve receber sua parte do bolo, é claro.

— E não há meios de contornar a área? Mas não dá para acreditar!

— Nenhum. Estudei os mapas com Ayrton, o pescador que me trouxe o famoso fóssil no ano passado: o braço do rio onde se encontra o jazigo de minerais começa 20 quilômetros acima, e não há comunicação possível. A única maneira de chegar lá é desembarcar na beira do rio e caminhar uns 60 ou 70 quilômetros pela selva... Fora de cogitação.

Elaine estava aterrorizada. Conhecendo Milton, isso significava que pegariam o primeiro avião para Brasília.

— O que vamos fazer? — perguntou ela, abismada.

— Por enquanto, nada. Mas vamos ficar de boca fechada. Não diga nada a Milton nem a Mauro. Nunca se sabe. Fiz outros contatos, terei uma resposta à tarde, está bem?

— Tudo bem — respondeu a mulher, com uma careta de decepção.

— Vamos, se vista. Marcamos de encontrá-los no terraço em dez minutos.

Debruçado na janela do quarto, Mauro olhava atentamente a paisagem insólita que se lhe oferecia pela primeira vez. O Beira Rio, como o nome dizia, situava-se na curta faixa de construções antigas à beira do rio. De sua posição, o estudante podia ver os charcos do Pantanal alargarem-se rumo ao infinito. Bandos de pássaros insólitos atravessavam chilreando o céu sem nuvens mas de um azul esfumaçado. As águas lodosas e perfeitamente calmas do rio Paraguai pareciam um espelho amarelado, tingido aqui e ali de ferrugem e bolores suspeitos. Era difícil acreditar que essa angra de água parada pudesse pertencer ao grande rio pelo qual os lenhadores conduziam suas imensas jangadas de madeira até Buenos Aires e Montevidéu. Amarradas às árvores ou às estacas carcomidas fincadas na ribanceira, algumas embarcações toscas, uma antiga canhoneira com dois conveses e o barco da patrulha fluvial boiavam como que por milagre. Longas barcaças de alumínio, em meio a plantas aquáticas, canoas e cordas, ofuscavam o espaço.

Como todo estudante de geologia, Mauro havia feito numerosos estudos de campo durante o curso, mas era a primeira vez que participava de uma verdadeira missão de pesquisa, e com a fina flor da universidade. Dietlev Walde tornara-se famoso dois anos antes, junto com o professor Leonardos e outros geólogos alemães, ao descobrir em uma pedreira de Corumbá um fóssil inesperado: um pólipo comparável ao *Stephanoscyphus*, já identificado em certas regiões do mundo, mas do qual se destacava por importantes diferenças de estrutura, especialmente pela presença de pólipos secundários. Após análise das amostras levadas a Brasília, realizadas por diversos especialistas — dentre eles Elaine von Wogau —, estabeleceu-se a datação de 600 milhões de anos e demonstrou-se que o fóssil pertencia a um ramo primitivo na evolução dos cifozoários: era não apenas o primeiro fóssil pré-cambriano descoberto na América do Sul mas também um dos mais antigos. Batizado de *Corumbella wernerii, Hahn, Hahn,*

Leonardos e Walde, garantiu de imediato a Dietlev e a sua equipe renome internacional.

No ano anterior, Dietlev voltara ao Mato Grosso a fim de recolher novas amostras. Tendo se espalhado o boato de que um alemão meio pirado procurava pegadas nas pedras e oferecia um bom preço por elas, um pescador levara um desses seixos achados por acaso, bem ao norte do Pantanal. Após verificação, Dietlev constatou estar diante de um fóssil pré-cambriano anterior ao *Corumbella*, e melhor ainda, de um representante dos equinodermos, organismo que nunca tinha sido identificado, mesmo nas riquíssimas jazidas de Ediacara, na Austrália! Daí a ideia dessa expedição, que prometia resultados bastante promissores.

Se a perspectiva de associar seu nome a uma espécie animal empolga a maioria dos cientistas, em Milton provocara uma transformação em verdadeira fera feroz: obcecado por sua promoção, à força de intrigas tomara o lugar de Othon Leonardos nesta missão. Mauro, bem como Dietlev e Elaine, o desprezava por essa atitude, indigna de um verdadeiro pesquisador. Contudo, era tamanha sua influência que ou a aceitavam, ou abandonavam a ideia de trabalhar na universidade.

Afinal, a única coisa que realmente importava era ampliar o conhecimento que se tinha de nosso mundo. Esse fóssil, oriundo em linhagem direta da "fauna primordial", prometia um avanço fantástico na compreensão de nossas origens. Mauro também — por que se envergonhar? — ardia de impaciência, louco por participar desse triunfo.

Sem contar que assim ele calaria a boca do pai. Calaria sua boca definitivamente — ou pelo menos assim o esperava.

À hora combinada, os quatro encontraram-se no terraço do hotel. Dietlev recapitulou seus objetivos e o papel de cada um na expedição. Do ponto de vista logístico, tudo funcionava como previsto, exceto a dificuldade de obter gasolina para o barco. Ele só conseguira metade do combustível necessário, mas esse problema estava prestes a ser resolvido mediante um ligeiro aumento de custo. Após Milton lembrar que dispunham de quantia suficiente para comprar todo o estoque de comida Corumbá, almoçaram tranquilamente.

Por volta das 15 horas, Dietlev os conduziu à pedreira, a fim de familiarizarem-se com os sedimentos geológicos associados ao *Corumbella wernerii* e, eventualmente, recolher novas amostras. Após ter indicado a fina camada de argila cinza-esverdeada em que deveriam concentrar as investigações, deixou-os, dizendo que os aguardaria no bar Ester à tardinha.

Antes de entrar no táxi, voltou-se e avistou Elaine e Mauro ajoelhados no flanco da colina, agitando seus martelos. Mãos no bolso, chapéu-panamá enfiado na cabeça, Milton os observava trabalhar na poeira branca.

Quando Dietlev chegou ao bar-restaurante Ester, local do encontro onde teria sua última chance de conseguir uma embarcação, o dono do estabelecimento largou o pincel para acolhê-lo com fortes demonstrações de amizade:

— Olá, amigo! — disse, dando-lhe um abraço apertado. — Que prazer revê-lo! O que o traz aqui depois de tanto tempo?

— Oi, Herman! — exclamou Dietlev, sem responder à inesperada pergunta. — Então, continua pintando?

— É, estou decorando um pouco essas paredes velhas. Mas desta vez será um retrato. Olhe só o que desencavei — disse, pegando um velho cartão-postal de cima da mesa. — Otto Eduard Leopold von Bismarck. Nada mal, hein? Já estou reproduzindo. Vai ser incrível!

— Sem dúvida... — disse o geólogo, após ter se voltado para o grande nicho em que Herman começara a colorir um esboço simples da foto.

Sentia-se pouco à vontade: como sempre, em um determinado momento aquele personagem despertava-lhe uma violenta repugnância. Herman Petersen falava alemão, comportava-se como um alemão, mas era... boliviano. Quando alguém se surpreendia, o indivíduo mostrava de bom grado as sobras de um passaporte para comprovar o que afirmava. Por ter se casado com uma mulata obesa e assustadoramente marcada pela varíola (era preciso não ter nojo para lhe ter feito três filhos!), gabava-se de também ter nacionalidade brasileira. Quando bêbado, o que acontecia todos os dias a partir de certa hora da noite, tornava-se loquaz e se permitia exprimir a nostalgia pela ordem, e mesmo a simpatia pelo Grande Reich. "Estou de acordo que ele exagerou no final", dizia sem jamais pronunciar o nome de Hitler, "mas mesmo assim! As ideias permanecem, e não eram todas ruins, longe disso, pode acreditar!" De suas conversas, por ocasião das duas estadas precedentes em Corumbá, Dietlev apenas conseguira arrancar uma única informação: Herman chegara à Bolívia em 1945, após a queda... "Mas eu era um simples soldado, peixe pequeno, peixinho muito pequenininho!"

— Bom — disse Herman —, o que posso oferecer para comemorar sua volta? Tenho um novo chope na pressão, um presente dos deuses!

— Daqui a pouco — disse Dietlev, vendo entrar no bar o homem que ele aguardava. — Preciso resolver um assunto urgente com esse cara.

— Sem problema, amigo. Aqui você está em casa...

O brasileiro aproximou-se de Dietlev com um falso ar de humildade, sinal de mau presságio.

— Sr. Walde — começou, desviando o olhar —, é impossível, completamente impossível. Eu bem que queria, mas não posso me arriscar a perder meu barco, o senhor entende? Não podemos mais passar por lá, eles atiram na gente como se fôssemos coelhos. Ninguém vai levar o senhor, pode ter certeza!

Dietlev sentiu uma onda de raiva e de desprezo inflamar seu rosto.

— Eu dobro a quantia. Pense bem: 200 mil!

O brasileiro se contorceu na cadeira, como que eletrizado pela grandeza do valor, depois seu olhar fixou-se de repente em alguma coisa atrás de Dietlev. Instintivamente, este se virou. Herman enxugava tranquilamente uma caneca de cerveja, os olhos baixos, fixos no pano de prato.

— E então? — recomeçou Dietlev.

— Sinto muito, sinceramente. É perigoso demais, não posso. Quem sabe no ano que vem...

— Não haverá ano que vem! — explodiu Dietlev. — É agora ou nunca. Meu orçamento não é cumulativo, dá para entender?

— Não se irrite, senhor. Isso não mudará em nada a minha decisão. Eu vi o Seu Ayrton...

— Ayrton? O pescador?

— Partiu para Campo Grande hoje de manhã. Ele pediu para avisar que não pode acompanhar o senhor. A mãe está doente, entende...?

— Mas isso é o cúmulo! — exclamou Dietlev, cerrando os punhos. — *Scheiße*! Ouviu isso, Herman?

— Ouviu o quê?

— Este cara! — disse, mostrando o interlocutor num grande gesto teatral.

O brasileiro aproveitara para se esquivar, e Dietlev mal teve tempo de vê-lo cruzar a cortina de pérolas que escondia a porta do café. Com expressão decomposta, Dietlev foi apoiar-se no balcão.

— Acho que é o momento de nos servir uma cerveja. No ponto em que estão as coisas, só me resta encher a cara!

— Olhe só para isso — disse Herman, enchendo uma enorme caneca de cerveja. — Vem de Munique, do café Schelling. Eu a tirei especialmente em sua honra. Mas então: parece que está com problemas...

— E como! Você nem imagina a enrascada em que me meti...

O cotovelo no balcão, o queixo na mão, Herman escutou Dietlev resumir a situação. Ele tinha um belo rosto nórdico, tal qual a imagem que se tem dos nórdicos nos países latinos: olhos azuis, cabelos louros e face rosada. O álcool se encarregara de remodelar seus traços no decorrer dos anos: pele granulosa, rosto abatido, inchado aqui e ali, e olhos tão claros que pareciam recobertos pela catarata. Os cabelos brancos, puxados para trás, pareciam ter sido penteados com uma mistura de brilhantina e denicotina; sua dentadura barata lhe emprestava um sorriso de estátua de cera do Museu Grévin e, à parte um barrigão de criança subnutrida, seu corpo sumia num short largo e numa camisa de mangas curtas.

— Esse fóssil do qual você fala — perguntou — é o quê, exatamente?

— O que eu procuro? Uma espécie de ouriço-do-mar, digamos assim, mas sem espinhos.

— Toda essa confusão por um ouriço-do-mar?! Você é louco, meu amigo!

— Herman, você não tem noção. É um negócio que ninguém nunca viu. Há institutos e colecionadores dispostos a pagar fortunas para possuir unzinho.

— Fortunas? Quanto, por exemplo?

— Sei lá... Isso não tem preço. É mais ou menos como uma pedra trazida da Lua. Com alguns desses fósseis poderíamos financiar nossas pesquisas durante vários anos...

— E aquele que você tem?

— Não vale um tostão. Sem identificar a jazida de onde provém, só nos restam suposições; é como se fosse oriunda de uma rocha errática qualquer.

— Errática?

— Isso. Significa que alguma coisa não está mais no lugar. Se ao abrir a tumba de um faraó, por exemplo, você encontra grãos de trigo no sarcófago, pode deduzir que ele tem ao menos a idade da múmia e possui um valor simbólico no culto dos mortos, pois evoca o renascimento etc. Se você encontra esses mesmos grãos de trigo no deserto ou se os trazem para você, eles não fornecerão mais nenhuma informação, nem sobre si mesmos, nem sobre o que quer que seja. Não terão absolutamente nenhum interesse.

— Entendo... E você tem certeza de que essa tal de jazida existe?

— Certeza absoluta! Isso é o pior. Eu interroguei Ayrton nos mínimos detalhes, mostrei os mapas de satélite que consegui. Tudo bate. É uma colina que se encontra entre a bifurcação dos rios Bento Gomes e Jauru, um pouco antes de chegar a Descalvado.

— Conheço.

— Como assim? Conhece? Já esteve lá?

Com ar pensativo, Herman ignorou a pergunta.

— E você acha que poderia encontrar o lugar mesmo sem Ayrton?

— Estou convencido de que uma vez lá, consigo me virar, estou acostumado. Ayrton apenas me economizaria tempo...

Herman olhou Dietlev no fundo dos olhos, como se pesasse pela última vez os prós e os contras.

— Bom — disse, após esse instante de reflexão —, acho que vou lhe oferecer uma segunda cerveja.

— Não, obrigado. Já não estou no meu estado normal.

O velho alemão mesmo assim pegou duas canecas de chope vazias e se curvou na direção da torneira.

— Não, por favor, Herman. Não tenho...

— Eu posso conseguir um barco... — disse, sem levantar os olhos do filete de cerveja que caía na caneca.

— O que acabou de dizer?

— Você entendeu muito bem. Disse que posso conseguir um barco, um piloto e tudo de que precisa. Mas pode custar caro. Cabe a você decidir.

Dietlev pôs-se a refletir com rapidez. Bastara uma palavra para que a esperança renascesse, mais viva do que nunca. Milton pouco se lixava para a grana, pagaria qualquer coisa para a expedição dar certo. Quanto a Herman, não dava a impressão de contar vantagem.

— Com quem preciso negociar? — perguntou, com uma precipitação da qual logo se arrependeu.

— Comigo — disse Herman, pousando uma caneca cheia diante de Dietlev. — É um bom barco. Eu o comprei do governo tem dez anos. Vinte e oito metros, casco de aço, motor de trezentos cavalos. E o comandante encontra-se à sua frente.

— Você só pode estar de brincadeira. O que faria com uma embarcação dessas?

Herman pareceu ofendido.

— Eu não sou nenhum idiota, sabia? Com o que ganho no bar não poderia alimentar mulher e três filhos! Pode-se fazer um monte de coisas aqui com um barco: levar turistas para pescar durante a alta estação; transportar mercadoria de uma fazenda a outra e até fretá-lo... a geólogos, por exemplo...

— Tá certo, tá certo. Desculpe. É tudo tão inesperado... Mas diga a verdade, essa história de caçadores de crocodilos é mentira, não é?

— De jeito nenhum. Não mentiram.

— E eles não te dão medo...?

— Comigo é diferente. Eu tenho uns negócios com eles, entende? Eu os abasteço de vez em quando. Não são sujeitos ruins se os deixamos em paz. Enfim, quero dizer, isso é comigo. Você não sabe de nada, não vê nada e não haverá problema.

— Quanto você quer?

— Arrá! Chegamos lá — disse Herman, mostrando toda a dentadura ao rir. Voltou a falar sério: — Quero 400 mil cruzeiros... e trinta por cento da venda dos primeiros fósseis.

Dietlev ficou mudo diante do exagero das reivindicações. Não pelo dinheiro em si — quanto a isso, sempre se dava um jeito —, mas diante da ideia completamente absurda de uma porcentagem.

— Parece que você não entendeu direito, Herman... — recomeçou, tentando manter a calma. — Não vou procurar pepitas de ouro! Se eu encontrar essas merdas desses fósseis, se não estiver enganado acerca de minhas hipóteses e se os pesquisadores estrangeiros manifestarem algum interesse por eles, só então poderemos talvez sonhar em vendê-los. Nesse caso, é o meu departamento de geologia que negociará e o dinheiro será destinado em sua totalidade para a universidade. Para a u-ni-ver-si-da-de! Eu não ganho um tostão nessa história.

— A gente sempre pode se virar, dar um jeitinho. Você não vai me dizer que...

— Pois estou dizendo que é impossível, Herman. Impensável mesmo.

— Então, a resposta é não, amigo. Encontre outro barco.

— Você não pode fazer isso comigo, Herman! Pense um pouco no que eu disse... Estou de acordo com os 400 mil cruzeiros. Isso já é um negócio e tanto, não acha? Quanto aos fósseis, nem mesmo sabemos se eles existem! Você está botando o carro na frente dos bois. Se tudo funcionar como previsto, você será o único a saber onde eles estão. Nada vai impedi-lo de voltar e pegar alguns. A única coisa que posso prometer é indicar-lhe uns colecionadores...

Herman bebia sua cerveja em goles pequenos, o ar ausente. Ia responder quando Elaine entrou no bar, seguida de Mauro e de Milton.

Dietlev fez as apresentações, enquanto o pequeno grupo se instalava no balcão. Seduzido pelos encantos da recém-chegada, Herman recuperou o sorriso. Elaine tinha passado no hotel para tomar um banho e mudar de roupa. Resplandecia de frescor num vestido de algodão verde-claro, os cabelos ainda úmidos.

— O que vocês tomam? — perguntou Dietlev, sem se dirigir a ninguém em especial.

— Eu não gosto de cerveja — disse Elaine, percebendo as canecas vazias. — Por acaso teria vinho?

— Mas é claro, senhorita! Tudo é possível com Herman Petersen, sobretudo para uma jovem linda como a senhorita! Vocês vão provar isso — disse, pegando uma garrafa de sob o balcão. — Valderrobles tinto. É boliviano e, cá entre nós, não tem nada a ver com o que encontramos no Brasil...

Após Mauro confirmar que também tomaria vinho, Milton manifestou o desejo de juntar-se a eles.

— E aí, como é que foi? — perguntou Dietlev a Elaine.

— Nada mal. Mauro e eu encontramos três belos exemplares de *Corumbella*. A pegada é bastante nítida, faremos uns moldes e tanto.

— Mas foi o Mauro quem encontrou o mais interessante — interrompeu Milton com voz açucarada. — Este rapaz é talentoso!

Dando as costas a Milton, Mauro ergueu os olhos para o teto, indicando a Dietlev como essa solicitude obsequiosa o irritava.

— Nossa expedição parte realmente sob felizes auspícios! — acrescentou Milton, esfregando as mãos. — E então, Dietlev, quando vamos?

Elaine surpreendeu um brilho de pânico no olhar do geólogo, que se voltou para Herman. O alemão-boliviano serviu o vinho, pousou a garrafa e, sorridente, encarou Elaine:

— Quando vocês quiserem... Estou às suas ordens — disse lentamente, como se respondesse a uma pergunta da brasileira.

Aliviado, Dietlev estendeu a mão para agradecer-lhe a decisão:

— Depois de amanhã, então?

— Por mim está ótimo, amigo — disse Herman, apertando-lhe a mão cordialmente por cima do balcão.

Seu olhar penetrante dizia: "Estamos de acordo com as condições, não é mesmo?" Lendo uma resposta positiva no piscar de olho de Dietlev, acrescentou:

— Acho que é a sua vez de me pagar uma cerveja...

— De pagar *a todos* uma cerveja! — aprovou Dietlev. — É preciso comemorar!

— Em boa hora! — exclamou Milton. — Tenho pressa de passar aos assuntos sérios...

Sem evocar seu acordo ou os caçadores de crocodilos, Dietlev entronizou Herman como membro da equipe. O dia seguinte seria dedicado ao suprimento do barco e aos preparativos finais.

— Em que tipo de barco iremos? — perguntou Mauro.

— No mais belo de todo o Pantanal. Venha ver, está ali em frente — disse Herman, dirigindo-se à entrada do bar. — Olhem lá, é o *Mensageiro da fé*! Aquele ao lado do barco-patrulha da alfândega.

— Aquele ali? — indagou Mauro, reconhecendo a velha canhoneira entrevista pela janela do quarto.

— Aquele mesmo — confirmou Herman, sem reagir ao que havia de depreciativo na entonação. — Não causa boa impressão, é verdade, mas é uma maravilha de barco. Com ele, e comigo no leme, vocês não correm o menor risco, podem confiar em mim.

— O *Mensageiro da fé*... Bonito nome — disse Elaine, sorrindo.

— Queria chamá-lo de "Siegfried", mas minha mulher não quis. Além disso, é preciso que eu a previna: vocês vão comer aqui, não é? Vão ver, ela cozinha piranhas como ninguém.

Tendo Dietlev aquiescido, entraram no bar e se instalaram novamente no balcão, enquanto Herman chamava por Teresa a plenos pulmões.

Cadernos de Eléazard

WITTGENSTEIN: "Em filosofia, uma questão deve ser tratada como uma doença", o que significa procurar primeiro todos os sintomas que possam permitir estabelecer um diagnóstico. Devo utilizar esse método para tratar a "questão" Kircher?

PODERÍAMOS DIZER de seus livros o que Rivarol escrevia a propósito de *Le monde primitif*, de Court de Gébelin? "É uma obra desproporcional à brevidade da vida e que exige um resumo a partir da primeira página."

CARTA DE MOEMA... A arrogância magnífica da juventude, a beleza livre, despreocupada e inconsequente dos que ainda têm o futuro pela frente. Uma evidência que faz os velhos descerem desse patamar em que, como que por descuido, um lugar lhes é negado.

SOBRE AS PEGADAS FÓSSEIS imbricadas umas às outras encontradas na planície do Eyasi, na Tanzânia: elas mostravam que uma mulher, há 3 milhões de anos, na época pliocena, brincava de colocar os pés nas pegadas do macho que a precedia. Nisso Elaine lia a prova concreta de que os hominídeos dessa longínqua época já eram parecidos conosco.

O fato de eu interpretá-lo ao contrário, como o sinal de uma desesperadora identidade de nossa espécie, tinha o dom de enervá-la.

JAMAIS, TALVEZ, a passagem de um século a outro foi tão terna, tão lugubremente portadora de sua própria suficiência.

LOREDANA... Ela produz, ao falar, o chiado agradável de uma rodela de cebola sendo frita na frigideira.

A VERDADE não é um caminho transversal ou mesmo a clareira onde a luz se confunde com a escuridão. Ela é a própria selva, cuja abundância e impenetrabilidade perturbam. Faz tempo que para mim não se trata mais de procurar uma saída qualquer na floresta, mas de nela me entranhar e me perder.

NADA DE SAGRADO existe em tudo que possa, nem que seja uma única vez, engendrar a intolerância.

ESCREVER UMA FRASE com água açucarada numa folha em branco e colocá-la perto de um formigueiro; filmar seu nascimento, as variações de forma e talvez de significado a que os insetos a sujeitem.

PARA ELAINE, na noite passada, das profundezas do meu sono: "Peço que nunca mais me dirija a palavra, nem mesmo em sonho!"

PIRANHA: *Etimologicamente, "que possui clitóris". Na Amazônia, fabricam tesouras com seus dentes.* O Dr. Sigmund veria nisso, sem nenhuma dúvida, um de seus conceitos, mas eu não consigo acreditar um segundo sequer que o "medo da castração" possa explicar tais imagens. Prefiro pensar que, no momento de dar nome às coisas, os homens escolhem por instinto a mais estranha das expressões, a mais poética.

SEGUNDO O PENSAMENTO QUE FORMULEI, Kircher se assemelha bastante ao personagem que surge com esse mesmo nome em *Ein Umweg*, o romance de Heimito von Doderer: um mandarim, prisioneiro de uma erudição pouco apurada, um compilador imbuído da própria pessoa e de suas prerrogativas, um homem que ainda acredita na existência dos dragões... Em resumo, uma espécie de dinossauro de quem o jovem herói do romance se recusa, com toda razão, a se tornar discípulo.

KIRCHER ME FASCINA por ser um excêntrico, um artista do fracasso e da falsa aparência. Sua curiosidade permanece exemplar, mas ela o conduz aos limites extremos da escroqueria... Como Peiresc pôde continuar a confiar nele? (Escrever a Malbois: pesquisas sobre Mersenne etc.)

VÓRTICE AUGUSTIANO: "Não temo nenhum argumento dos acadêmicos que me perguntam: 'O quê? E se você estivesse enganado?', pois se me engano, eu sou. Quem não existe certamente não pode mais se enganar; logo, se me engano, como me enganar ao afirmar que existo se é preciso existir para me enganar...? Posto que eu existo ao me enganar, mesmo se eu me enganasse, sem nenhuma dúvida, não me enganaria ao afirmar que existo." (Santo Agostinho, *A cidade de Deus*). Tão complicado, diria Soledade, quanto fazer amor de pé numa rede...

CAPÍTULO IV

Em que se narra como Kircher conheceu um italiano que carregou o cadáver da esposa durante quatro anos...

Como a Alemanha era muito arriscada para as pessoas de nossa ordem, decidimos ganhar a Áustria passando pela Itália do Norte. Partimos, portanto, rumo a Marselha, onde embarcamos num frágil barco de cabotagem com destino a Gênova. Tendo nossa viagem sido atrapalhada pelas tempestades, só conseguimos chegar a Civita Vecchia. Nauseados à simples ideia de regressar ao mar, atravessamos a pé os 356 quilômetos que nos separavam de Roma.

Uma surpresa de vulto ali aguardava Kircher... Quando nos apresentamos no Colégio Romano da Ordem Jesuíta, por pura coincidência, pois nossa presença na cidade não se dera senão pelo capricho dos ventos, os superiores da Companhia não expressaram nenhuma surpresa ao ver Athanasius; receberam-no, ao contrário, com demonstrações reservadas a alguém aguardado impacientemente. Durante as peripécias de nossa viagem, os esforços de Peiresc tinham terminado por dar frutos, e Kircher acabava de ser nomeado para a cadeira de matemática da universidade, no lugar de Christophe Scheiner, que já havia tomado a estrada de Viena para ocupar o cargo de Kepler. Além do ensino de matemática, ficara definido que Athanasius deveria dedicar-se ao estudo dos hieróglifos, cláusula em que se podia reconhecer, sem dificuldade, os bons ofícios de seu colega provençal.

Difícil narrar o contentamento de Kircher ao anunciar-se essa novidade. Aos 30 anos, ocupava uma cátedra prestigiada na mais ilustre universidade jesuíta e podia tratar de igual para igual os homens mais sábios de sua época, os mesmos que admirava desde o início de seus estudos.

Em novembro de 1633, quando chegamos a Roma, Galileu acabara de ser preso para cumprir seu primeiro ano de detenção; meu mestre tornou um dever visitá-lo toda vez que suas ocupações lhe permitiam.

Instalado num quarto no último andar do Colégio Romano, Athanasius Kircher tinha uma vista privilegiada da cidade. Via abaixo o povo de Roma — que na ocasião passava de 120 mil habitantes — formigando; vislumbrava os domos e os capitéis dos mais belos monumentos já construídos e, sobretudo, enxergava alguns dos grandes obeliscos cujas obras de restauração já tinham iniciado, sob os auspícios do papa Sisto V.

Seguindo os conselhos de Peiresc, associou-se a Pietro della Valle, o famoso dono do dicionário copta-árabe que Saumaise traduzia. Esse viajante impenitente havia singrado, de 1611 a 1626, toda a Índia e o Levante. De seus estudos nos túmulos dos faraós, trouxera grande número de múmias, de objetos e de manuscritos impossíveis de serem encontrados em qualquer outro lugar, sem mencionar as preciosas informações que um viajante esclarecido pode armazenar durante tais périplos. Além de seu conhecimento acerca do Egito e do Oriente, ele era famoso, sobretudo, por ter visitado as ruínas da Torre de Babel, de onde trouxera uma pedra de belo granito, oferecida, mais tarde, a Athanasius.

O padre Jean Baptiste Riccioli, que havia acompanhado o seu retorno das Índias, não cansava de nos narrar seus feitos.

— É preciso saber — dizia ele — que, em 1623, Della Valle esposou em Bagdá uma persa cristã, segundo o rito oriental. Sitti Maani Gioreida, como se chamava, concentrava todas as belezas, tanto as femininas quanto as orientais, mas poucos meses após o casamento morreu de um aborto. Ao desespero causado pelo desaparecimento da jovem companheira, acrescentava-se o de ter de inumá-la em terra não consagrada, e Pietro della Valle preferiu mandar embalsamá-la, conforme os mais infalíveis métodos, a fim de levá-la para Roma. Durante quatro anos, viajou acompanhado da múmia da esposa. Mal regressou à sua pátria, organizou funerais magníficos. Funerais talvez exagerados para uma simples persa, mas dignos, em todo caso, do amor que lhe dedicava. No carro fúnebre, puxado por 224 cavalos brancos, haviam elevado um catafalco sobre o qual quatro pedestais sustentavam as estátuas do Amor Conjugal, da Concórdia, da Magnanimidade e da Paciência. Elas designavam com uma das mãos o caixão de vidro onde repousava Sitti Maani, e com a outra seguravam um cipreste no qual estavam presos os versos que todos os acadêmicos de Roma haviam composto sobre a morte dessa dama.

Athanasius Kircher ficou encantado com aquele personagem. Desde o primeiro encontro, sem qualquer apreensão, confiou-lhe suas ideias e projetos, descreveu as festas por ele organizadas em Ingolstadt e rapidamente convenceu Pietro della Valle de sua autoridade em termos de hieróglifos. Impressionado com o saber de um homem que tão somente viajara pela Europa e igualmente encantado com sua genialidade, Della Valle aceitou confiar-lhe o léxico tão cobiçado pelos eruditos. Um exame aprofundado persuadiu meu mestre de que a língua copta era etapa indispensável para a decifração dos hieróglifos, de tal forma que, a partir de 1635, ano do falecimento de Thomas de Novare, Pietro della Valle, contando com o apoio do cardeal Barberini para o projeto, encarregou Kircher de se concentrar apenas na publicação da obra.

O mês seguinte foi, infelizmente, marcado pelo desgosto causado pelo desaparecimento de Friedrich von Spee. Tendo permanecido na Alemanha, onde continuara a trabalhar com tenacidade contra o fanatismo dos inquisidores, fora levado pela peste enquanto cuidava dos doentes atingidos pela terrível doença, quando da tomada de Trier pelas forças imperiais. Meu mestre mostrou-se muito afetado por essa morte precoce e, a partir desse dia, encobriu algumas vezes sua tristeza me contando os episódios felizes que permaneciam ligados à lembrança do amigo.

Em 1636, após dois anos de trabalho constante, Kircher publicou um pequeno in-quarto de 330 páginas, o *Prodromus copticus sive ægyptiacus*, no qual expunha sua doutrina sobre a misteriosa língua dos egípcios e o método que orientaria seus futuros trabalhos. Após ter estabelecido as similitudes entre o idioma copta e o grego, demonstrava a necessidade de se dedicar ao estudo do primeiro para um dia poder decifrar completamente os hieróglifos. Enfim, afirmava pela primeira vez essa grande verdade que o conduziria ao sucesso que conhecemos, a saber, que os hieróglifos não eram uma forma qualquer de escrita, mas um sistema simbólico capaz de exprimir sutilmente os pensamentos teológicos dos antigos sacerdotes do Egito.

O *Prodromus* obteve um sucesso estrondoso; Kircher recebeu cartas entusiasmadas de todas as pessoas cultas de sua época e, principalmente, felicitações calorosas de Peiresc, que não cessava de dizer como ele era em parte responsável pelas descobertas feitas por meu mestre.

O fim desse ano foi dramático: o astrólogo Centini e sua pequena corte de discípulos foram acusados de ter conspirado para o assassinato do papa Urbano VIII durante rituais de magia negra, cuja natureza o pudor me impede de explicar em detalhes, e tentado depois envenená-lo. Kircher foi encarregado de analisar os venenos encontrados na residência de Centini e na comida do nosso Santo Padre. Assim, teve oportunidade de se familiarizar com certos venenos bastante notáveis por seu poder mortífero, experiência que mais tarde mencionou em uma de suas publicações sobre o assunto. Centini e seus acólitos foram condenados à morte e enforcados em um patíbulo instalado na praça San Pietro, para a edificação do povo. Quase desmaiei à vista daqueles pobres-diabos esperneando pendurados em cordas, mas Kircher, que tudo anotava, me repreendeu veementemente:

— O que é isso? Você treme como uma folha diante de um espetáculo absolutamente natural. Esses homens fomentaram a morte de outrem e estão sendo punidos por seu pecado. Quanto mais sofrerem na morte, mais Nosso Senhor acolherá favoravelmente suas preces, desde que tenham confessado seus crimes e, em consequência, mereçam toda a misericórdia devida aos penitentes. Em vez de se lamentar pelo que é apenas uma rápida passagem rumo a uma vida melhor, você deveria, como eu, observar de que maneira se produz a asfixia e os sinais que a acompanham.

Assim admoestado, encontrei coragem para assistir até o fim à execução daqueles infelizes, mas sem conseguir guardar na memória outra coisa senão o ricto terrível deformando os rostos e a cor azul-ardósia das línguas dardejadas como buchos de peixe rapidamente içados das profundezas.

Alguns minutos após a morte de Centini, quando a multidão já se dispersava, Kircher se aproximou dos corpos pendurados. Como sua função assim o autorizava, apalpou-os um a um na altura dos calções. Com grande contentamento, me fez observar a umidade de cada cadáver nesse ponto e prometeu explicar um dia o porquê de essa observação confirmar algumas de suas mais secretas pesquisas.

Mas se o ano de 1636 havia terminado tão tragicamente, 1637 debutou com uma novidade importante: o retorno de Frederick de Hesse, governador da Hesse-Darmstadt, ao seio da Igreja Católica.

Kircher alegrou-se muito com essa novidade. Fulda fazia parte do grão-ducado de Hesse; portanto, a conversão do grão-duque prometia o restabelecimento da paz numa região querida mas infelizmente devastada pela guerra e pelas privações.

Frederick de Hesse foi a Roma, onde foi recebido com grandes honras pelo soberano pontífice e pelo cardeal Barberini. Tendo o grão-duque decidido viajar pela Itália até a Sicília, e à ilha de Malta, Kircher foi designado seu confessor e companheiro de viagem. Também dessa vez meu mestre conseguiu incluir-me no projeto.

Algumas semanas depois, quando concluíamos os preparativos de viagem, Athanasius soube da morte de Peiresc, recebendo, ao mesmo tempo, uma carta contendo uma cópia de seu testamento. O velho erudito provençal legava a Kircher a totalidade de suas coleções, que, devidamente compiladas e empacotadas, já tinham tomado o rumo de Roma.

Foi com grande emoção que meu mestre deslacrou a derradeira mensagem do amigo e protetor. Colocado a par de sua viagem seguinte para o sul, Peiresc o encarregava de medir as altitudes nos polos, observar o monte Etna e lhe trazer uma lista de livros das principais bibliotecas da Sicília e, em particular, dos manuscritos da Abadia de Caeta. Athanasius não precisava dessas sugestões, tendo ele mesmo planejado um programa de estudos completo, mas o encorajamento póstumo de Peiresc tocou seu coração e ele decidiu realizar seus projetos não como seus, mas como se atendessem aos votos do caro desaparecido.

Quanto às coleções que deveriam chegar a Roma após nossa partida para a Sicília, Kircher ficou transfigurado de alegria. Determinado a criar seu próprio *Wunderkammer*, obteve, graças ao cardeal Barberini, várias salas do Colégio Romano da Ordem Jesuíta para atender seu objetivo. Ali alojaria as caixas com a finalidade de organizar o que mais tarde seria o *Museu Kircher*, ou seja, o espaço de curiosidades mais famoso que já existiu.

Óculos escuros, calça *fuseau* de couro e camiseta de mangas compridas para esconder as marcas de picada nos braços, Moema aguardava sua vez na agência do Banco do Brasil onde abrira uma conta, no campus universitário. Após ter recebido o cheque do pai, apressara-se em enviá-lo a um certo Alexandre Constantinopoulos, o tal grego do Rio de quem obtivera o número da caixa postal por meio de um amigo e que se encarregava de duplicar qualquer soma em moeda estrangeira. O banco lhe telefonara para avisar que um depósito por fax acabava de ser efetuado em seu nome. Era mágico! Como uma roleta na qual se ganhasse em todas as jogadas. Um vago sentimento de culpa subiu-lhe à consciência. O pai enviara um bilhete com o cheque: *Você me preocupa... muito, sem dúvida. Mas — que posso fazer? — continua sendo minha filhinha. Cuide-se e não se esqueça de que amo você mais ainda do que à minha própria vida, minha linda.* Malgrado o esforço em manter a cabeça acima da superfície, esses pedaços de frases emergiam invariavelmente, escuros e inchados como os afogados. Seu pai não havia falado nem do dinheiro, nem do projeto do bar, mas era precisamente essa discrição que a revoltava. Ele está se lixando para o que posso fazer, pensava. Algumas palavras gentis, a grana, e pronto! Missão cumprida. Não passa de um velho babaca! Seguro de si, acima de tudo quando faz cara de cético. Jamais compreenderá nada de nada... "*Eu amo você mais ainda do que à minha própria vida, minha linda.*" Quando penso que ele encontrou um meio de rimar até nessa frase... Deve ter feito um rascunho, se é que isso é possível.

Esse fluxo de reprovações não chegava, no entanto, a abafar a sensação de culpa. "*Heidegger vai bem, na medida do que se pode esperar de um papagaio estúpido e velho. Continua a repetir sua frase favorita e a descascar minuciosamente tudo que lhe cai no bico, como se fosse de extrema importância para o cosmos ele não deixar subsistir a menor casca sobre as coisas. Aliás, para ser sincero, começo a me parecer um pouco com ele...*" Ao ler essa confissão rebuscada, Moema quase pegou o primeiro trem para ir consolar o pai. Mas hoje, nessa fila que não andava, batia o pé com impaciência para acelerar a volta de sua má-fé. Que zero à esquerda! Será que um dia ele diria as coisas simplesmente, sem se refugiar atrás desse perene pudor literário?

Por que não lhe escrevia: "Moema, eu te amo. Sinto saudade, mas enviarei essa grana quando puder me provar que é capaz de enfrentar a vida sem precisar de mim..."? Imediatamente deu-se conta de que isso não fazia sentido; nesse caso, ela não lhe pediria dinheiro, porra! Então melhor assim: "Pare de viver fantasiando. Torne-se responsável — por mim, que a continuo amando." Isso também não colava. Ela não tinha vontade de se tornar uma "mulher responsável", de se parecer com a mãe e com todos aqueles adultos que avançavam cautelosos, cristalizados em sua pretensão e suas certezas. Meu Deus! "Se ele soubesse...", pensou, com um desconforto saboroso. Lésbica e drogada! Imaginando sua reação, viu-se em seu quarto com Taís, a seringa e todos os apetrechos... Seu pai chegava sem avisar. Não pronunciava uma palavra. Sentava-se na cama ao lado dela e a tomava nos braços. Em seguida, acariciava-lhe os cabelos, demoradamente, e cantarolava, a boca fechada, emitindo um som na garganta que fazia o peito vibrar como um tambor. E ela sentia um conforto extremo ao escutar essa canção de ninar, uma doçura que abria todas as portas, todas as esperanças. Finalmente, num determinado momento, no auge da aceitação, seu pai lhe dizia: "Por favor, senhorita. Só me resta uma coisa a fazer..."

Enredada nas próprias fantasias, Moema teve uma leve vertigem diante do guichê.

— Está tudo bem? A senhorita se sente mal?

— Não, não... — disse, esforçando-se por sorrir. — Desculpe, estou com a cabeça nas nuvens. Gostaria de retirar o dinheiro da minha conta.

Saía do banco quando uma voz conhecida a interpelou:

— Tudo bem? — perguntou Roetgen, alcançando-a.

— Tudo...

— Faz um tempão que não vejo você por aqui... Decidiu abandonar minhas aulas?

— Não, não, de jeito nenhum. E se eu fosse abandonar um professor, certamente não seria o senhor.

— Então o que está acontecendo?

— Ah, nada, uns probleminhas pessoais. Além do mais, o ano praticamente terminou, não é mesmo? Não deve ter muita gente...

— Isso é verdade — disse Roetgen, rindo. — Mas não é motivo para que minha melhor aluna me abandone... — Incomodado por não ver os olhos da jovem, Roetgen retirou-lhe os óculos. — Sabe que é muito indelicado ficar de óculos quando se fala com alguém, principalmente com um "professor"?

Embora tenha dito isso em tom de brincadeira, para implicar com ela, ficou surpreso com o brusco movimento de recuo. Por um breve instante, teve a impressão de tê-la despido, tanto Moema pareceu desconcertada. Seus grandes olhos azuis lhe pareceram ainda mais estranhos do que de costume: como os de uma ave noturna exposta de repente à luz do sol, parados numa perturbante expressão de vazio e de terror.

— O que está pensando? — perguntou ela asperamente. — Nós não dormimos juntos, que eu saiba.

Roetgen sentiu o rubor subir até a raiz dos cabelos.

— Desculpe — disse, desajeitado —, não sei o que me deu. Mas é uma pena esconder olhos tão bonitos.

— Ah, esses franceses... São todos iguais! — disse Moema, rindo do constrangimento dele.

— Não acredite nisso; você pode ter péssimas surpresas! — Depois, lançando uma olhada no relógio do banco: — U-la-lá! Vou chegar atrasado. Melhor ir embora. Na verdade, esta noite tem uma festa na Casa de Cultura Alemã, está a fim de ir? Poderíamos conversar um pouco...

— Esses negócios organizadinhos me torram o saco. É só discurso, ações beneficentes.

— Dessa vez será diferente. Você não conhece Andreas. Ele quer realmente mudar as coisas, mas se os estudantes não ajudam, danou-se.

— Vou ver.

— Bem, até hoje à noite, espero...

Roetgen era o que se chama no Brasil de professor visitante, um professor contratado por tempo determinado num esquema de intercâmbio com uma universidade estrangeira. Jovem diplomado (tinha quase a idade de seus alunos) e apaixonado pela etnologia do Nordeste, chegara a Fortaleza naquele ano para uma série de seminários dedicados à "metodologia de observação do meio rural". Tímido e reservado, estreitara os laços de amizade com Andreas Haekner, o coordenador da Casa de

Cultura Alemã. Como sempre eram vistos juntos, um boato se espalhara, associando-os a sentimentos inconfessáveis. Moema ria com os outros das insinuações a Roetgen, sem, no entanto, nele reconhecer nenhum dos sinais suscetíveis reveladores de qualquer tendência à homossexualidade. Ele não era "da família", como ela dizia, e se por acaso estivesse enganada, seria realmente uma pena para as brasileiras.

Ao descer do ônibus à beira-mar, bem em frente à travessa onde Taís morava, Moema deteve-se por um instante. Transformado pelas lentes escuras, o oceano parecia um lago de ouro em fusão, margeado por coqueiros de couro e de folha de flandres.

— Deveriam obrigar as pessoas a usar óculos escuros! — disse, afastando a cortina artesanal que dava direto no cômodo principal da casa de Taís. — Isso talvez as ajudasse a ver o mundo como ele é...

Do colchão e das almofadas onde se encontravam esparramados, Virgílio, Pablo e Taís saudaram essa tirada com aplausos.

Enquanto sentava-se entre eles, Taís a interrogou com olhar insistente. Um piscar de olho da amiga a tranquilizou; havia recebido o dinheiro.

— Maconheiros! — disse Moema, inspirando exageradamente. — Vocês fumaram, seus bandidos!

— Estávamos fumando — disse Pablo com ar astuto. Virando a mão direita de maneira a lhe apresentar a palma, mostrou-lhe o bagulho semiconsumido que prendia entre o polegar e o indicador. — Quer, minha linda?

— Isso lá é coisa que se recuse? — brincou Moema, pegando delicadamente o cigarro.

Quando terminou de aspirar a fumaça entre as mãos unidas em concha, Virgílio apressou-se a lhe mostrar o primeiro número do jornal com o qual as perturbava havia várias semanas. Inspirado em Shakespeare, o título — *Tupi or not Tupi* — fazia referência aos tupi-guaranis, esses indígenas "ineptos para o trabalho" que os conquistadores haviam massacrado de modo sistemático e substituído, posteriormente, por escravos importados da África. A publicação não sobressaía pelo volume, mas era impressa em offset e continha numerosas ilustrações em preto e branco. Em seu editorial, intitulado "Índio não é bicho", Virgílio anunciava o objetivo do pequeno grupo reunido ao seu redor: proteger do extermínio os índios do Brasil, tanto os da Amazônia quanto os de Mato Grosso; defender sua cultura, seus costumes e seus territórios contra os tentáculos do mundo industrial; reivindicar sua história como a melhor forma de os brasileiros resistirem ao confisco de seu país pelas grandes potências. Esse vasto programa incluía todas as culturas populares do interior, herdeiras, segundo Virgílio, dos costumes indígenas, e passava por uma defesa ativa da língua e das tradições orais do Brasil.

— E então, o que achou? — perguntou Virgílio, demonstrando certa inquietude.

Seu rosto magro e espinhento não o favorecia, mas tinha olhos de corça por trás das lentes dos óculos de armação dourada. Moema gostava muito dele.

— Fantástico! Não acreditava que você conseguiria... É genial, Virgílio. Você deve estar orgulhoso.

— Você precisa escrever um artigo para o próximo número. Já tenho dez assinantes. Nada mal para o primeiro dia, não acha?

— Comigo, 11! Depois me diz quanto devo. — Continuou a folhear o jornal. — Maneira a matéria sobre as tatuagens xingu... Quem é esse Sanchez Labrador?

— Sou eu — disse Virgílio, em tom de desculpas. — O mesmo quanto a Ignácio Valladolid, Angel Perralta etc. Fiz tudo sozinho, até os desenhos. Sabe como é, né? Tinham me prometido um monte de artigos, mas na hora todo mundo deu pra trás. E claro, agora que o primeiro número saiu, eu estou até aqui de propostas. Isso acaba comigo. As pessoas são realmente irresponsáveis.

— Lá isso é verdade! — disse Taís, queimando os dedos na guimba minúscula da qual tentava extrair uma última tragada.

— Se quiser — retomou Moema —, posso escrever um artigo sobre a tribo dos caudiuéus. Este ano eles foram usados como exemplo para o estudo do conceito de responsabilidade. Sabia que eles se sentem responsáveis por tudo, até pelo nascer do sol?

— Porra, que babacas! — exclamou Pablo, caindo na gargalhada. — Não tenho a menor inveja deles... — Diante da cara zangada de Moema, concluiu: — Tá bem, tá bem... A gente não pode nem brincar! Não entendo nada das suas histórias.

— Deveria fazer um esforço. E nosso presente que está em jogo. Cada vez que uma árvore desaparece, um índio morre; e cada vez que um índio morre, o Brasil inteiro se torna um pouco mais ignorante, ou seja, um pouco mais americano... E é justamente porque existem aqui milhões de sujeitos como você, que não dão a mínima para nada e ainda acham graça, que o processo continua.

— Eu estava brincando, já falei...

— Eu também — completou Moema em tom seco.

— Você sempre sobe nas tamancas cada vez que falamos dos índios. Minha pequena, juro, como você é cansativa!

— Vamos, parem um pouco vocês dois! — interveio Virgílio em tom conciliador. — Esse papo não leva a nada. Enquanto batem boca, nosso querido presidente acaba de vender a uma companhia de mineração do Texas um pedaço da Amazônia do tamanho dos Países Baixos...

— Grande como os Países Baixos? — perguntou Taís, com a língua enrolada pela *cannabis*.

— Mais ou menos do tamanho do Ceará.

— Uma companhia de mineração? — revoltou-se Moema, o corpo atravessado por uma onda de furor.

— Ouvi hoje de manhã no rádio. Nenhuma informação oficial.

No profundo silêncio que se seguiu à novidade, Moema sentiu-se assustadoramente desarmada. Tinha vontade de vomitar.

— Bom — disse Pablo —, só resta tentar recuperar as forças para a batalha. Taís, você está a fim?

Sem esperar a resposta, desenganchou da parede uma pequena imagem de São Sebastião envolto em uma aura de beatitude, amarrado no poste e crivado de flechas.

— Ei, o que você está fazendo? — perguntou Taís, inquieta.

Apesar de não ter fé, não gostava que brincassem com religião. Aquela imagem era encontrada em todos os bazares de artigos religiosos do Brasil, mas ela afeiçoara-se a esse Sebastião mártir por causa do seu sorriso triste e do seu lindo rosto andrógino. De forma menos confessável, as gotas de sangue vermelho que escorriam de seus ferimentos a excitavam secretamente, a ponto de quase sempre visualizar essa imagem num determinado momento do gozo amoroso.

— Não tenha medo, minha linda — disse Pablo, abrindo com precaução uma caixinha de filme e despejando o conteúdo em cima do vidro que protegia a imagem —, é presente da casa.

— Uau! — exclamou Taís ao ver os pedaços de cocaína amalgamada sobre o vidro. — Chegou o Natal, mãe de Deus!

— Nossa... — reforçou Moema, também fascinada pela súbita abundância. — Onde encontrou essa maravilha?

— Acabo de recebê-la. Quando ela se apresenta assim, em pedras pequenas, é porque não foi batizada. É extrapura, minhas queridas.

Sob o olhar atento das duas jovens, Pablo começou por desfazer os grumos com a ajuda de uma gilete. Uma vez a cocaína reduzida a pó, dividiu o total em quatro partes iguais, que arrumou em seguida, com habilidade, em quatro carreiras paralelas.

— Tô fora... — disse Virgílio de repente, levantando-se. — Sinto muito, preciso ir.

Moema ergueu os olhos para ele e respondeu com uma mímica fatalista.

— A gente se vê hoje à noite, na festa da Casa de Cultura Alemã?

— Claro, se você ainda estiver em condições de ir a algum lugar.

— Estarei, pode crer.

— Então até mais. Cuidem-se. Esse negócio aí é uma merda.

Ainda não tinha saído e Pablo já distribuíra a porção de pó restante pelas outras três carreiras.

— Seu jornalistinha, não sabe o que está perdendo. Ele tem medo de quê?

— Deixa pra lá — disse firmemente Moema. — É um cara legal.

— Tá certo. Não falei nada. Por gentileza, você primeiro.

Estendeu-lhe a foto e a nota de 100 cruzeiros que acabava de enrolar em forma de tubo. Curvada sobre o São Sebastião, Moema introduziu o canudinho improvisado numa das narinas, tapando a outra com o indicador. Aspirou metade da carreirinha com segurança e regularidade, repetindo em seguida o gesto. Após ter fungado com força, passou o dedo no vidro para pegar os últimos cristais de cocaína, os quais esfregou vigorosamente na gengiva.

— Que delícia! — disse, fechando os olhos.

O afluxo de calor se propagava por ondas redobradas; um gosto bizarro, ligeiramente amargo, anestesiava-lhe a boca.

— E então? — perguntou Pablo, enquanto Taís se entregava apressada ao mesmo ritual.

— Você tem razão: é da boa, da ótima.

— Se quiser, avisa logo, porque vai embora rapidinho...

— Quanto?

— Para você, o mesmo preço que da última vez: 10 mil cruzeiros o grama.

Invadida novamente por uma pontada de dor na consciência, quase declinou a oferta, mas isso a deixou exasperada. A sensação de ser vigiada, julgada antes do tempo pelo tribunal paterno. Quando afinal se decidiria a assumir suas escolhas? Tinha grana suficiente para renovar sua provisão de coca — não lhe sobrara quase nada depois daquela outra noite — e pagar as primeiras despesas da instalação do bar. Calculou que 2 gramas lhe bastariam até o final do mês. Além do mais, sentia-se de repente tão bem, tão dona de si mesma e do seu destino...

— Dividam a minha, já cheirei demais por hoje — disse Pablo, sorridente.

Taís apressou-se em pegar sua parte, como que para impedi-lo de mudar de ideia.

— Três gramas, tá bom? — perguntou Moema, o ar indiferente.

— Tudo bem... — respondeu Pablo com um piscar de olho cúmplice. — Pode ser às 4 na sua casa?

— Combinado.

— Então vou me mandar. Tempo de passar no cofre do banco e de voltar para casa e pesar.

— No cofre? — perguntou Taís, surpresa.

— Você não acha que eu guardo o estoque na casa dos meus pais, acha?... Com um cofre no banco, não corro perigo. Mesmo se eu for pego com uma ou duas doses, jamais poderão me acusar de tráfico. O plano B, minha querida... É preciso sobreviver!

Moema aguardou sua partida para cheirar o resto de coca deixado por Taís. Dispersado pelas manipulações sucessivas do vidro, o pó tinha se acumulado no meio de São Sebastião. A jovem demorou-se nessa parte, desvendando pouco a pouco a carne das coxas, o arredondado do baixo ventre, como que para retirar fibra após fibra a roupa que lhe ocultava a nudez.

Após a transação com Pablo, as duas amigas tinham "testado" a coca nova e foram para a cama. De lá saíram por volta das 19 horas, para tomar um banho e sair para jantar. Majestosa, Moema convidava Taís para ir ao Trapiche, o melhor restaurante da cidade.

Animadas com a perspectiva de chocar a clientela intelectual do estabelecimento, demoraram mais de uma hora se maquiando e escolhendo a roupa. Taís pintou as unhas com um esmalte roxo, puxando para o preto, passou nos lábios um batom chamativo e colocou seu vestido preferido: uma larga túnica cinturada de musselina cor-de-rosa transparente, salpicada de estrelinhas de plástico azul metalizado. Moema contentou-se com um terno masculino, gravata e camisa branca, mas passou Gumex nos cabelos, prendendo-os num coque bem apertado, antes de desenhar com um lápis grosso um bigodinho à Errol Flynn.

Uma última pitada de coca "para dar uma revigorada" e enfrentaram a beira-mar lotada de jovens que ali se encontravam desde o cair da noite. Invadindo os terraços dos bares e dos botequins que se sucediam por quilômetros na orla, reunidos em torno de carros estacionados, portas abertas e música no volume máximo, os jovens se agitavam, dançavam, riam, às vezes se injuriavam, copo ou garrafa na mão, num vaivém contínuo e multicolorido. Os camelôs ofereciam todo tipo de produtos artesanais, colares, bijuterias "feitas à mão", couros e rendas do Nordeste, maxilares de tubarões entreabertos, moluscos com dardos eriçados, bolinhos de caranguejo, acarajé, num atordoante odor de fritura com óleo de coco. Taís e Moema se embrenharam sem hesitação nessa agitação sombria. Malgrado estarem acostumadas com o carnaval, ou talvez por isso, voltavam-se ao seu redor com caras risonhas, curtos assobios apreciativos e até elogios improvisados. Simulando absoluta indiferença, as duas jovens passavam com vagar, decididas a manter o passo natural, obrigando-se a parar de tempos em tempos, sob o pretexto de examinar uma banca, para se abraçarem com ternura.

Quando entraram no restaurante, que parecia escunas com velas infladas pelo vento, o maître demonstrou um instante de hesitação ao ir ao encontro das jovens. Sustentando seu olhar com firmeza, Moema pediu uma mesa para dois e inquiriu em linguagem refinada se as lagostas estavam frescas. Seu tom decidido, sem dúvida, influenciou o maître, pois as precedeu em direção a uma das últimas mesas vagas, no meio daquela penumbra opulenta e climatizada que serve de marca aos restaurantes refinados. Taís sentiu-se intimidada. Emudecida pela etiqueta que via pela primeira vez e aterrorizada com a contínua atenção dos garçons em torno de sua pessoa, só voltou ao normal depois da segunda taça. Graças à embriaguez do álcool conjugada ao efeito da cocaína, rapidamente esqueceu suas angústias de provinciana e, a exemplo de Moema, concentrou sua atenção nos clientes do restaurante. As duas jovens imaginaram mil histórias escabrosas por trás das atitudes conservadoras, caçoando de certa fisionomia, imitando determinado comportamento afetado com uma riqueza de detalhes que as faziam morrer de rir. Cúmplices de sua alegria, os garçons lhes dirigiam sorrisos abertos, atentos para que o maître nada notasse; seus olhares sombrios e sua cara rabugenta indicavam como ele se reprovava por ter deixado entrar essas clientes extremamente expansivas.

Irritado pelos comentários de que era objeto, um dos frequentadores de queixo duplo e bochechas caídas decidiu abreviar sua refeição e, arrastando atrás de si a mulher e os filhos, abandonou a mesa manifestando todos os sinais de fúria. Achando graça, Taís e Moema o viram chamar o maître e denunciar o comportamento delas com fortes gestos ameaçadores, dedo em riste e perdigotos. O maître sacudiu os braços, uniu as mãos, acumulou enorme quantidade de mesuras rápidas, mas as desculpas foram em vão, pois o velhote despejou sobre ele sua cólera de ricaço antes de se eclipsar.

Em seguida, lhes trouxeram caudas de lagosta gratinadas, servidas em metade de um abacaxi transbordando um molho de cardamomo gorduroso perfumado de gengibre. Como Taís tinha medo de precisar utilizar os talheres de peixe, Moema foi em seu socorro e começou a comer com os dedos. Sob o olhar reprovador dos garçons, que desta vez não apreciaram a injúria cometida contra a especialidade do restaurante, elas persistiram na afronta até o fim, maculando copos e guardanapos com as mãos engorduradas, misturando copos de cerveja — que Taís havia pedido apenas para ver a tromba do sommelier — ao excelente *chablis* que lhes havia sido inicialmente recomendado.

Estavam na sobremesa quando Taís, completamente bêbada, cismou de escrever um poema na toalha de mesa. Após um tempão remexendo na bolsa, exibiu à amiga uma caneta-tinteiro. A primeira palavra escrita no tecido ficou invisível, e Taís praguejou contra o objeto rebelde, conseguindo desatarraxá-lo. Apertou tanto e tão bem o reservatório que um jato de tinta manchou seu vestido, na altura das coxas. Pôs-se de pé imediatamente e constatou os estragos: no fino tecido de musselina, uma larga mancha negra se espalhava de modo irremediável. Explodiram na risada ao mesmo tempo e pediram uma garrafa de champanhe sob o pretexto de afastar o azar.

— E uma tesoura, por favor... — pediu Taís ao garçom que se afastava.

O rapaz voltou para confirmar o pedido e garantiu, com ar aborrecido, que faria o possível para atendê-la.

Ao retornar, tinha o instrumento solicitado. Enquanto ele retirava a armação da rolha do champanhe, Taís subiu de repente na cadeira.

— Ao trabalho! — disse ela a Moema, entregando-lhe a tesoura.

Moema se levantou e, girando em torno da amiga, cortou o tecido acima da mancha de tinta, encurtando o vestido e transformando-o em minissaia. Olhando pelo canto do olho ou com a cabeça abertamente voltada na direção da mesa das jovens, os clientes observaram essa manobra num pesado silêncio feito de ruídos de garfos e cochichos. Paralisado diante da agradável visão que sua posição oferecia da calcinha de Taís, o garçom assistira à cena sem se mover, a mão imóvel sobre o gargalo da garrafa que se preparava para abrir. A súbita detonação da rolha rompeu o encantamento...

Radiantes com a aventura e após se convencerem de que o vestido assim reduzido era bem mais conveniente, Taís e Moema voltaram a se sentar e tomaram o champanhe até a última gota.

Quando chegou o momento de depositar diante delas a caixinha com a conta, o maître exibiu a cara satisfeita de um homem que entrega, finalmente, a seu pior inimigo um engenho explosivo de consequências indiscutíveis: a conta estava à altura da extravagância daqueles sapatões e ele desejava, com toda a sua alma de lacaio, que não tivessem condições de pagá-la... Após ter lançado um rápida olhada, Moema separou o valor sobre os joelhos, de modo que Taís não pudesse perceber a quantia, e o depositou sem pestanejar no interior da caixinha.

— O senhor poderia nos oferecer um charuto? — perguntou, sorriso altivo, atirando negligentemente na mesa uma polpuda gorjeta.

O maître engoliu o mau humor e repassou a ordem. Tirando agressivas baforadas do havana, levantaram-se da mesa, percorrendo o salão como um casal principesco, respondendo com um leve aceno de cabeça às saudações e aos agradecimentos forçados dos empregados, e deixaram o restaurante.

O projeto do bar teria que ser adiado por um tempo. Além do mais, refletia Moema fazendo as contas, esta noite com Taís valera cada centavo do sacrifício. Haviam atravessado a escuridão do Trapiche como dois cometas anônimos lançados rumo aos confins. Um rastro de pequeninas estrelas de metal azul testemunhava sua passagem.

— O que você acha de passar alguns dias em Canoa? — propôs de repente a Taís. — Ainda tenho grana suficiente para pagar a sua viagem.

— Maravilha! Você é o máximo, de verdade! — disse Taís, entusiasmada. — Faz uma eternidade que morro de vontade de voltar lá.

— Então que tal irmos amanhã?

— Nenhum problema, já estou pronta. Ah, que ideia genial!

Novamente envolvidas pela animação da orla, rindo da dificuldade de andar reto, bem ou mal voltaram até a avenida Tibúrcio Cavalcante. Apenas quando procurava as chaves do apartamento Moema se lembrou do encontro na festa da Casa de Cultura Alemã. Eram 23 horas.

— Merda, merda e merda... Tinha esquecido completamente!

— Eu também — disse Taís às gargalhadas.

— Preciso ir. Prometi a Virgílio.

— Deixa pra lá, já ficou muito tarde. Além do mais, não consigo me mexer no estado em que estou...

— Então me espere aqui. Vou e volto num pulo.

— Ah não... Não quero ficar sozinha... — disse Taís, fazendo biquinho.

— Não vou demorar, juro. Eu prometi, Taís, não tenho escolha.

Taís abraçou-a e a beijou demoradamente na boca; equilibrando-se em uma perna, esfregava seu sexo na coxa de Moema.

— Olha só, ela já está lamentando a sua ausência — disse, guiando a mão da amiga na direção da sua virilha.

— Não tenha medo, amor, eu a consolo ao voltar. Anda, pegue as chaves, volto já.

— Tem certeza?

— Certeza absoluta! Não quero que você cheire a coca todinha...

FAVELA DO PIRAMBU | *A vida é uma rede que o destino balança...*

Ao pôr do sol, o caminhão do Zé, azul e vermelho, apareceu de repente no horizonte recortado pelas dunas. A toda velocidade, distorcido pelas vibrações vaporosas do calor, parecia um cavaleiro armado em seu derradeiro ataque contra o dragão. Seus adesivos ofuscantes lançavam mais fogo que o próprio Sol e, como o escudo de São Jorge, produziam uma esperança indizível.

Parou bem no meio da favela, não muito longe do barracão de Nelson, após um último relincho e alguns solavancos que ergueram uma nuvem de areia e de poeira.

Zé Pinto desceu com agilidade da cabine; quando se pôs a andar na direção dele num passo inseguro, Nelson sentiu o cheiro de má notícia no ar. O arco um pouco mais pronunciado de seus ombros, uma nuance de tristeza em seu sorriso; não sabia exatamente o quê, mas alguma coisa lhe dizia, tanto estava acostumado a ler o desespero no rosto dos outros, que esse dia não terminaria sem alguma nova sujeira. Malgrado seu bronzeado de motorista, Zé trazia a pele cinzenta; sob os olhos vidrados de fadiga, olheiras escuras indicavam, melhor do que o seu velocímetro, o número de quilômetros percorridos em três dias.

— Olá, garoto! — disse ele, num tom falsamente animado. — Como é que vai, tudo bom?

— Tudo bem, graças a Deus... — respondeu Nelson, estendendo-lhe a mão.

Zé bateu a palma da sua mão na do garoto, depois os polegares se entrecruzaram e os outros dedos enrolaram-se em torno dos pulsos. Após uma dupla rotação que lhes permitiu agarrar, cada um por sua vez, um punho fechado, esse estranho gestual terminou com um emaranhado de quatro mãos, nó górdio que normalmente selava a amizade entre eles.

Entraram no barraco. Curvando a cabeça para não esbarrar no teto de zinco, Zé instalou uma segunda rede quase rente à areia, bem ao lado da de Nelson. Em seguida, começou a esvaziar o saco plástico que tinha trazido.

— Umas coisinhas... Não sei o que fazer com elas.

Depositou no chão uma lata de azeite de oliva, três pães de rapadura, o açúcar de cana bruto que o aleijadinho adorava, uma manga enorme e ovos. Zé tinha comprado tudo para ele, mas Nelson lhe agradeceu sem entusiasmo, a fim de manter a dignidade. Os dois se sentiam reconhecidos por esse pudor bruto dos que se esquivam das manifestações efusivas.

— De onde está vindo? — perguntou Nelson, enchendo os copos de cachaça.

Irritado, Zé balançou a cabeça. *Só Deus sabe quanto fizeram o garoto pagar por essa garrafa...*, pensou com tristeza.

— Não deveria beber. Sabe muito bem que isso te faz mal...

— De onde está vindo? — voltou a perguntar Nelson, os olhos fixos nos seus.

— De Juazeiro. Fiz a entrega de 20 toneladas de cimento a uma empresa. Na volta, parei em Canindé. As pessoas estão morrendo de fome por lá; soube de quarenta casos de peste.

— Peste?!

— A peste negra. Os médicos do hospital querem fechar tudo na cidade, mas o prefeito não quer que a notícia se espalhe por causa das eleições. Sempre a mesma história! *Os pobres não engordam, eles incham...* Li isso numa Mercedes pau de arara que voltava das plantações.

Em todo o Brasil, os caminhoneiros elegiam uma "máxima" que mandavam pintar num painel de madeira decorado, na frente e atrás do veículo. Alguns davam prova de humor ou de lirismo, outros se contentavam em atirar pedras na misoginia ambiente; a maioria tratava do mesmo tema, incansavelmente enunciado: a depressão. Era nessas estradas sulcadas de aforismos espalhafatosos que Zé adquirira toda a sua filosofia. Aos 50 anos — parecia ter muito mais, como a maioria do povo nordestino —, guardava centenas de adágios diferentes na memória. Cada vez que cruzava com um caminhão durante suas viagens, apressava-se em aprender esses ditados anônimos que fixavam nos para-choques sua carga de ironia, de misticismo ou de sofrimento. Após meditar sobre eles durante horas, às vezes dias, tornava seus os mais mordazes, deles se servindo para adornar sua prosa. Nelson o tomava por sábio, visto que no caminhão ostentava uma frase que lhe deixava bastante perplexo: *A vida é uma rede que o destino balança.*

— A propósito, ia esquecendo — disse Zé, remexendo no bolso traseiro das calças. — Toma, ainda tenho isso pra você. Encontrei em Petrolina.

Estendeu a Nelson dois pequenos fascículos de literatura de cordel, esses longos poemas populares que circulavam praticamente por todo o sertão. Escritos e ilustrados por violeiros ambulantes, que os imprimiam em papel vagabundo, eram cantados por seus autores nos mercados, nas ruas e nas biroscas. Para vendê-los, os violeiros tinham o costume de pendurá-los pelo meio, como se faria com um simples pano de prato, numa cordinha amarrada a duas árvores. Daí o nome "literatura de cordel" para designar o conjunto dessas obras de mascates.

Nelson conseguia decifrar um texto palavra por palavra, mas lê-lo normalmente exigia-lhe um esforço intenso.

— Tem *A vaca que se pôs a falar sobre a crise atual* e *João Peitudo, o filho de Lampião e de Maria Bonita* — continuou Zé. — Quer que a gente cante junto, daqui a pouco?

Nada proporcionava mais prazer a Nelson. Aprendera a tocar na viola o ritmo monótono que permite recitar os poemas em voz alta, e bastava escutá-los uma ou duas vezes para gravá-los definitivamente na memória.

— Por que não agora mesmo? — perguntou, retorcendo-se para pegar seu instrumento. — Começamos pelo *Filho de Lampião*?

— Primeiro preciso contar uma coisa. Você sabe — começou, abaixando os olhos para as mãos grossas e manchadas —, faz pouco tempo, todos os caminhoneiros levavam um cachorro no caminhão, mas hoje, qualquer cachorro tem seu próprio caminhão... Daí fica cada vez mais difícil descolar um carregamento. Eu não estava mais conseguindo pagar as prestações do meu Berliet... Então fui obrigado... Juro! Eu... o Aero Willys, entende? Eu vendi o Willys...

De não muito longe, atrás do barraco de Nelson, escutaram um caminhão despejando uma caçamba de lixo.

CAPÍTULO V

A viagem pela Itália: da Fata Morgana,
da Atlântida e dos humores do monte Etna

Cavalgando lentamente sob o calor sufocante da Calábria, a um dia do Estreito de Messina, Athanasius abriu uma epístola cujos sinetes de cera verde me eram desconhecidos. Requerendo minha atenção com um sorriso e um leve aceno de mão, leu em alta voz a carta, enxugando vez por outra, distraidamente, o suor a salpicar-lhe a fronte.

"Na manhã da Assunção da Santíssima Virgem, estando sozinho em minha janela, vi coisas verdadeiramente tão numerosas e tão novas que não cesso nem me canso de lembrá-las, pois a Santíssima Virgem fez aparecer, no farol onde me encontrava, um vestígio do paraíso onde outrora ela havia entrado nesse mesmo dia. E se o olho divino possui, como o intelecto, um espelho voluntário onde vê o que lhe agrada, posso denominar o que eu vi de espelho desse espelho. Num instante, o mar que banha a Sicília revoltou-se e transformou-se até aproximadamente 16 quilômetros de distância no que parecia a espinha dorsal de uma negra montanha. Apareceu então um cristal muito claro e transparente: assemelhava-se a um espelho cujo topo se apoiava sobre essa montanha d'água e a base, sobre o litoral da Calábria. Neste espelho, subitamente, apareceu uma sucessão de mais de 10 mil pilastras de igual altura, todas equidistantes; e com a mesma claridade, bastante vívida, como se formassem uma única sombra, estavam as bases entre cada pilastra. Passado um momento, as ditas pilastras perderam altura e se curvaram em forma de arcos, como os aquedutos de Roma e as fundações de Salomão, enquanto o resto d'água permaneceu um mero espelho até as águas montanhosas da Sicília. Entretanto, em pouco tempo formou-se uma grande cornija acima dos arcos e logo a seguir, sobre esta, apareceram castelos de verdade em grande quantidade, todos dispostos nessa imensa vitrine e todos com o mesmo formato e os mesmos detalhes. Depois, as torres viraram um teatro com colunas e, em seguida, o teatro se separou segundo um duplo ponto de fuga; depois, o alinhamento das colunas tornou-se uma imensa fachada com dez fileiras de janelas; a fachada virou uma variedade de florestas de pinheiros e de ciprestes iguais; depois, em outras espécies de árvores. E então, tudo desapareceu, e o mar, apenas mais agitado que outrora, voltou a ser o que era.

"Esta é a famosa *Fata Morgana* que julgara inimaginável durante 26 anos e que vi então mais bela e mais real do que me havia sido descrito. Desde então, acredito que ela seja real, creio nessa imagem de diversas cores voláteis, mais belas e mais vivas que as da arte e da natureza permanente. Quem é o arquiteto ou operário e com que arte e material imprimiu em um ponto essas magnificências tão diversas e tão numerosas, eu gostaria que Vossa Reverência me ensinasse, o senhor que vive em meio a magnificências romanas e contempla de perto as verdades divinas.

"No aguardo, rogo a Deus sempre auspicioso e me recomendo a seus santíssimos sacrifícios.

R.P. Ignazio Angelucci de Reggio. S.J."

Essa carta, datada de 22 de agosto de 1633, havia sido confiada a Athanasius pelo padre Riccioli, que se confessara incapaz de compreender o que quer que fosse. Ansioso quanto à sanidade mental do padre Angelucci e como a cidade de Reggio era uma de nossas etapas, encarregara meu mestre de esclarecer esse enigma.

— Então, Caspar — disse Kircher, estendendo-me a carta —, o que você acha? Loucura? Visões místicas? Milagre comprovado?... Será o nosso Ignazio um pobre fraco de espírito ou um santo homem tocado pelo dedo do Senhor?

— *Felizes os pobres de espírito* — respondi sem hesitar. — Os eleitos de Deus amiúde passam por tolos e delirantes aos olhos de seus semelhantes. Entretanto, o que descreve com tanta sinceridade o padre Angelucci me parece, a essa altura, exceder o entendimento de que ele tenha tido a felicidade, acredito, de assistir a um verdadeiro milagre.

— Resposta correta — recomeçou Athanasius —, mas falsa. Correta em termos de lógica, mas falsa em termos de verdade, pois o autor desta carta não é nem louco nem predestinado, mas simplesmente vítima da própria ignorância. Como você, meu caro Caspar, em sua resposta. O que o padre Angelucci presenciou, essa famosa Fata Morgana que fez correr tanta tinta, não é um milagre, mas uma *miragem*! Essas colunas vislumbradas por nosso amigo de Reggio eram, sem dúvida alguma, as dos templos gregos de Agrigento e de Selinonte, multiplicadas ao infinito e deformadas agradavelmente pela metamorfose progressiva da água. Isso dito — acrescentou, sorrindo —, daria tudo para ser testemunha de semelhante fantasmagoria e, sobretudo, para estar em condições de comprovar o que eu digo.

Enxugou mais uma vez a fronte e mergulhou imediatamente em suas notas, sem mesmo aproveitar-se da minha derrota, pelo que lhe sou grato. Mais uma vez, lhe bastaram algumas palavras para resolver um mistério que fazia recuar desde sempre os mais sábios homens e para me fazer tomar consciência, por comparação, da minha imensurável ignorância.

À chegada a Reggio, nos encaminhamos com o padre Angelucci ao farol de onde ele havia presenciado a Fata Morgana. Ele nos confirmou ponto por ponto o conteúdo de sua carta e encontramos nele um homem totalmente são de espírito, embora um pouco rústico. Kircher explicou-lhe os agentes do espetáculo ao qual ele assistira, mas se o padre fingia, por educação, aceitá-los, vimos claramente que ele não acreditava em uma só palavra e preferia de longe as razões milagrosas às da física.

Durante a semana em que permanecemos nessa cidade, voltamos todos os dias à janela do farol sem que nos fosse dado entrever a miragem. Para falar a verdade, teria sido demasiado injusto que um privilégio que custou ao nosso anfitrião 26 anos de sua existência nos fosse oferecido com tão pouco empenho. Como a paisagem marinha que percebíamos por essa janela era encantadora, a circunstância deu lugar, contudo, a agradáveis conversas.

De Reggio, pegamos o mar e chegamos ao porto de La Valette de uma só tirada, após contornarmos o litoral da Sicília. Fomos hospedados, em companhia de Frederick de Hesse, no palácio dos cavaleiros da Ordem de Malta. A presença de piratas turcomanos no mar Tirreno inquietava bastante o governo da ilha, onde reinava a agitação. Contudo, insensível a isso, Kircher não deixou de organizar uma volta pela ilha, de modo a se entregar às observações previstas em seu programa. Pôs-se a estudar as plantas e os animais, coletando sem parar grande diversidade de espécimes geológicos. Com base em uma informação dada por um dos cavaleiros da ordem, nos dirigimos para a costa oriental a fim de visitar uma falésia que a natureza havia esculpido na forma de gigantesca figura humana.

Tratava-se de um rosto de mulher que nos fascinou a ambos pela beleza. Que a natureza fosse capaz de produzir semelhantes maravilhas, eu o sabia por definição, mas outra coisa era contemplar *de visu* o produto dessa arte magnífica. Kircher corria de um lado para outro alterando os ângulos de visão, erguendo bem alto a barra da batina para escalar mais facilmente os rochedos. Fez-me constatar que o rosto era visível a partir de um ponto bem preciso, mas que desaparecia, fundido novamente na matéria indistinta, quando se mudava um tantinho que fosse o ângulo de observação. Falava sozinho, exclamava, ria com vontade, preso a um desses arrebatamentos ao quais se entregava a cada vez que descobria algo novo.

— Meu Jesus, minha Virgem Maria! A pouca distância da África, do Egito! É a prova... Todos os faraós e suas esposas nessa figura emblemática! *Natura Pictrix*! Caspar, *Natura Pictrix*! Estou no caminho certo, sem qualquer dúvida. A anamorfose natural não passa de uma das formas da analogia universal! Nunca estive tão perto do meu objetivo...

Muito amiúde eu vira Athanasius nesses estados próximos da exaltação para me inquietar em excesso, mas era sempre uma coisa impressionante ver um homem habitualmente tão ponderado se entregar a semelhantes divagações. Quando se acalmou, meu mestre sentou-se à sombra da referida rocha e se pôs a escrever. Eu me contentava em apontar suas penas pacientemente, sabendo que cedo ou tarde ele me comunicaria o resultado de suas meditações.

Por nunca ter estado tão próximo do Egito, Kircher confessou lamentar que o grão-duque não tivesse também exigido visitar esse território, tão importante aos seus olhos para a compreensão do universo. Em La Valette, sentado à beira-mar, os olhos fixos no sudoeste, na direção do Nilo,

Athanasius frequentemente ausentava-se durante longas horas, viajando em pensamento por essas cidades quase tão velhas quanto o mundo. Por manhãs inteiras ele perambulava pelo porto, abordando os marinheiros que voltavam da África, recolhendo com avidez todas as informações ou curiosidades que essas pessoas pudessem conhecer. Mas chegou o tempo em que nos foi necessário deixar a ilha de Malta e começar a viagem de regresso, que tantas maravilhas prometia.

Após uma tranquila navegação, desembarcamos em Palermo, onde ficamos hospedados no colégio jesuíta da cidade.

Tendo Frederick de Hesse sido obrigado a cumprir numerosos compromissos oficiais, dispusemos de tempo livre por várias semanas. Todavia, antes de começar o périplo previsto pela Sicília, Kircher precisou mostrar seus talentos aos professores do colégio e às autoridades locais, já conhecedores de sua reputação. Durante vários dias, no interior da biblioteca em que me encontro atualmente, Athanasius respondeu com brio às perguntas de seus colegas, desenvolvendo todos os assuntos à medida que lhe eram submetidos. Sua memória era prodigiosa e, sem dispor de qualquer nota, podia citar *in extenso* a maioria de suas fontes ou se entregar a cálculos de extrema complexidade. Suas conferências fizeram tanto sucesso que o rumor se espalhou pela cidade e em breve foi preciso acolher grande número de personalidades de elevado status, atraídas por um homem cuja erudição tanto contrastava com a juventude do seu rosto afável. O príncipe da Palagonia, interessado em ciência e em astrologia, assistiu a várias dessas aulas e acabou nos convidando a veranear em seu palácio, nos arredores da cidade. Kircher aceitou o gentil convite, adiando-o, entretanto, para o fim da estada, tanta pressa tinha de começar seus estudos acerca da Sicília. E assim ficou combinado.

Chegou enfim o momento em que nós dois partimos rumo ao monte Etna, prioridade que Athanasius devia à memória de Peiresc, mas que era também sua. Não obstante meu medo dos bandidos sicilianos que infestavam as estradas, chegamos sem incidentes à Abadia de Caeta.

Na biblioteca da abadia, eu e Kircher nos dedicamos a um completo inventário dos manuscritos. Tivemos a sorte de ali encontrar algumas obras raríssimas, tais como os *Hyeroglyphica*, de Horápolo, o *Pimandre*, o *Asclepius* ou *Livro da palavra perfeita*, o texto árabe de *Picatrix* discorrendo sobre talismãs, simpatias e numerosos papiros que Kircher me fez copiar. A colheita de informações foi inesperada e, com o coração leve, nos dedicamos, alguns dias depois, à subida do Etna.

Após um longo dia de caminhada e como a noite caía, alcançamos uma cabana que servia de pouso aos viajantes. Ali encontramos alojamento e comida, assim como um guia para a última etapa de nossa aventura.

Ao término do jantar, uma refeição frugal, mas acompanhada de um bom vinho tinto de Selinonte, originário das colinas onde os antigos gregos cultivavam os vinhedos, nos sentamos perto da lareira, e Kircher, um pouco inflamado pela bebida, aceitou de bom grado me expor suas visões sobre a geologia. Como o Sr. Descartes, acreditava na presença de um fogo central no seio da esfera terrestre. O testemunho dos mineiros atestava que o calor aumentava conforme a profundidade.

Continuamos a conversar até tarde da noite. Estimulado por minhas perguntas, Kircher abordou um a um os maiores problemas gerados pela formação da Terra, jurando que me apresentava as premissas de um livro que preparava em segredo — pois estava oficialmente encarregado de se consagrar à egiptologia — e que ele chamaria sem dúvida de *Le monde souterrain*. Quando pensamos em repousar um pouco, já eram 4 horas, e como deveríamos nos levantar ao alvorecer para continuar nossa progressão rumo ao cume, decidimos permanecer acordados. A conversa continuou em torno dos vulcões. Athanasius não se cansava de evocar as fantásticas transformações que o fogo central podia operar através dessas chaminés.

— De acordo com os meus cálculos, a Atlântida se situava entre o Mundo Novo e o norte da África. Quando os mais altos cumes se puseram a cuspir fogo e o solo se pôs a tremer e a afundar, provocando o terror e a morte, o oceano submergiu a totalidade das terras. Mas, chegando à altura desses vulcões, conseguiu acalmar seu ardor e, em consequência, anular o processo de afundamento das terras. Esses cimos poupados são as ilhas que hoje chamamos de Canárias e Açores. E, certamente, tamanha era a força desses vulcões entre as demais chaminés dominantes do fogo central que ainda conservam certa atividade: todas essas ilhas cheiram a enxofre, podendo-se nelas ver, pelo que me disseram, grande quantidade de pequenos focos e de gêiseres pelos quais a água entra em erupção lançando jatos. Logo, não é impossível que um dia esse mesmo fenômeno que destruiu todo o mundo o faça subitamente reaparecer, com todas as suas cidades em ruínas e seus milhões de ossadas...

Embora imaginária, essa visão congelou-me o sangue. Kircher se calara, o fogo morria na lareira e eu fechava os olhos para acompanhar em mim mesmo os efeitos do surgimento desse aterrorizante cemitério vindo dos mais remotos tempos. Via os palácios de alabastro emergir lentamente dos abismos, as torres truncadas, as estátuas quebradas tombadas de lado, decapitadas, e me parecia escutar o sinistro estrondo acompanhando essa aparição de pesadelo. Mas esse rumor subitamente assumiu uma escala totalmente diferente, tornando-se tão real que me esforcei para escapar dos fantasmas do meu torpor: abri os olhos no momento preciso em que uma terrível explosão fez tremer as paredes de nosso alojamento, iluminando de vermelho o aposento onde nos encontrávamos.

— De pé, Caspar, de pé! Rápido! — berrava Kircher, transformado. — O vulcão despertou! O fogo central! Rápido!

Erguendo-me aterrorizado, apercebi-me de Athanasius, que se precipitava na direção de nossa bagagem, enquanto as explosões se sucediam.

— Os instrumentos! Os instrumentos! — gritou para mim.

Compreendendo que ele apelava a mim para salvar nosso precioso material antes de fugirmos, eu o ajudava de qualquer maneira, a despeito de minhas pernas trêmulas, a reunir nossas coisas. O dono do estabelecimento, que deveria nos servir de guia, e sua mulher não tomaram tantas precauções: fugiram, não sem antes nos haver aconselhado a encontrá-los com a maior rapidez no sopé da montanha.

Saímos em pouco tempo. Apesar da noite, o céu estava em brasas e se enxergava feito à luz do dia. Eu havia recobrado parte do meu ânimo ao constatar que o caminho destinado ao retorno não sofrera com a erupção. Mas qual não foi o meu terror ao ver meu mestre tomar a direção oposta, que nos conduzia justamente a um ponto cor de brasa incandescente!

— Por aqui! Por aqui! — berrei para Kircher, acreditando que, em sua emoção, ele se enganava de caminho.

— Seu asno! — foi sua resposta. — É uma ocasião inesperada, um presente dos céus; portanto, apresse-se! Vamos aprender hoje mais do que lendo todos os livros já escritos sobre o assunto...

— Mas o guia — exclamei —, não temos mais guia! Isso é ir ao encontro da morte!

— Temos o melhor guia do mundo — respondeu Kircher apontando, para o céu —, estamos em Suas mãos. Se você tem muito medo, desça e encontre outro mestre! Ou então, siga-me, e se devemos morrer, tanto pior; ao menos teremos visto!

— Deus nos abençoe — disse eu, me benzendo e correndo para alcançar Kircher, que já tinha me dado as costas e se pusera a caminho do cume.

ALCÂNTARA | *Um pássaro voa deixando seu grito atrás de si...*

— E o que você acha de Kircher, do ponto de vista sinológico? — perguntou Eléazard. — Acredita que podemos considerá-lo, de um jeito ou de outro, um precursor?

— Não sei — respondeu Loredana. — É bizarro. Além do mais, tudo depende do que entendemos por "precursor". Se quer dizer que ele propôs antes de todo mundo elementos suficientemente perspicazes de compreensão da cultura chinesa para abrir o acesso a que hoje temos dela, minha resposta é não, com certeza. Nesse sentido, sua obra não passa de uma compilação inteligente, e frequentemente inescrupulosa, dos trabalhos de Ricci e de outros missionários. E toda vez que ele se mete a interpretar esses dados, comete erros tão graves quanto em relação aos hieróglifos egípcios. Suas teorias sobre o povoamento da Ásia e sobre a influência do Egito no desenvolvimento das religiões chinesas são completamente esquisitas. O mesmo quanto à sua maneira de abordar a formação dos ideogramas... Em contrapartida, seu livro foi uma ferramenta fantástica, o primeiro do gênero, para o conhecimento do mundo chinês no Ocidente: ele nunca toma partido, exceto em termos religiosos, evidentemente. Em suma, apresenta uma visão bastante objetiva de um mundo que, na época, praticamente não existia para os europeus. E isso não é nada mal.

— Eu também penso assim — disse Eléazard —, mas em minha opinião isso vai ainda além... Do seu jeito, ele faz mais ou menos o que Antoine

Galland fez com relação à cultura árabe com sua tradução das *Mil e uma noites*: ele fabrica um mito, uma China misteriosa, sobrenatural, povoada de ricos estetas e eruditos, todo um exotismo barroco de que Baudelaire e mesmo Segalen se lembrarão em suas fantasias sobre o Oriente.

— É dificilmente demonstrável — refletiu Loredana. — Entretanto, a ideia é interessante. Kircher como iniciador involuntário do romantismo... Isso beira a heresia, não?

— Falar de romantismo é exagero. Creio realmente que, ao oferecer pela primeira vez uma imagem totalizante da China, e não um simples relato de viagem, ele também estabeleceu uma série de preconceitos e de equívocos de que esse país continua sendo vítima...

— Pobre Kircher, eu diria que você o detesta! — disse Loredana, sorrindo.

Eléazard ficou surpreso com tal comentário. Nunca abordava a questão de sua relação com Kircher sob esse ângulo; porém, mesmo que procurasse argumentos para negar o fato, percebeu que essa maneira de colocar o problema abria perspectivas perturbadoras. Considerando melhor as coisas, ressentia-se de denegrir o jesuíta permanentemente, algo semelhante à reação rancorosa de um amante ridicularizado ou próxima da de um discípulo incapaz de ter a mesma magnitude do mestre.

— Não sei — disse, com gravidade. — Você me perturba com sua sugestão... Preciso refletir a respeito.

A chuva continuava a cair no pátio. Perdido em seus pensamentos, Eléazard examinava a chama da vela, como se devesse extrair da luz uma resposta a suas interrogações. Divertida com sua atitude, com essa importância pouco habitual que ele parecia dedicar ao sentido das palavras, Loredana sentiu esfarelarem-se um pouco mais suas prevenções contra ele. Talvez por causa do vinho, achou exagerada sua defesa quando, pouco antes, ela havia se culpado por ter aberto a guarda, embora só um pouquinho. Devia poder confiar nele sem temer compaixão ou lições de moral. Era bom saber disso.

— Acho que fico com raiva por ele ter sido cristão — disse bruscamente Eléazard, sem notar o caráter estranho que alguns minutos de silêncio haviam terminado por conferir a essas palavras. — Por ter traído... não sei muito bem o quê, por enquanto, mas é a impressão que predomina, apesar do interesse que sinto por ele. Toda a sua obra é uma tremenda bagunça!

— Quem, no entanto, poderia se atrever a ser ateu em sua época? Você acha realmente possível, ou sequer imaginável, mesmo para um laico, ver um mundo sem Deus? Não por medo da Inquisição, mas por falta de estrutura mental, por incapacidade intelectual. Não esqueça que ainda seriam necessários quase trezentos anos até que Nietzsche exprimisse essa negação.

— Estou totalmente de acordo — disse Eléazard, dando de ombros —, mas ninguém vai me demover da ideia de que Descartes, Leibniz ou mesmo Spinoza já tinham se desprendido de Deus e que, em seus escritos, essa palavra não escondia nada além de um vazio matemático. Ao lado deles, Kircher parece até um diplódoco!

— Isso também não é evidente — disse Loredana, com um muxoxo cético. — Em todo caso, eu adoraria que você me emprestasse uma cópia dessa biografia.

— Você lê francês?

— O suficiente, acredito...

— Então nenhum problema, tenho uma cópia do meu exemplar de trabalho. Mas você não terá acesso às notas, ainda rascunhadas. Você poderia passar lá em casa amanhã de manhã. Não é longe: Praça do Pelourinho, número 3.

— Com prazer. Que chuva, meu Deus... Nunca vi nada igual! Eu estou toda molhada, é uma sensação desagradável. Espero que Alfredo tenha conseguido dar um jeito na água. Estou morrendo de vontade de tomar um banho!

— Não sei o que ele está fabricando, mas deve estar enfrentando problemas. Com a bomba ou com a mulher.

— Ah! Bem — disse Loredana, sorrindo —, eu não gostaria de ser responsável por uma briga de casal...

Alguma coisa nas linhas de seu sorriso — ou seria apenas o brilho de ironia que iluminou seus olhos? — convenceu Eléazard de que, ao contrário, ela se sentia lisonjeada por ter provocado, embora inadvertidamente, o ciúme de Eunice. Essa faceirice a tornava subitamente desejável. Fixando seus olhos, Eléazard surpreendeu-se a imaginá-la entre seus braços, para em seguida maquinar diversas estratégias que conduzissem a esse resultado:

propor-lhe ir buscar a biografia de Kircher aquela noite mesmo; pegar sua mão sem nada dizer; confessar tolamente o desejo que ela lhe inspirava. Cada uma dessas manobras gerava um enredo fragmentado, impreciso, ramificado ao infinito, antes de conduzi-lo, sem solução, à simples constatação de seu desejo; a imagem dos dois corpos se aproximando, a necessidade urgente, vital, de tocar de repente sua pele, sentir seus cabelos...

— Não — sussurrou Loredana, com um nadinha de tristeza na voz. — Sinto muito.

— Do que está falando? — perguntou Eléazard, tomando consciência de que ela lera seus pensamentos como se fossem um livro aberto.

— Você sabe perfeitamente — repreendeu-o gentilmente.

Ela tinha virado a cabeça para olhar a chuva. Sem nervosismo aparente, os dedos enrolavam bolinhas de cera quente que ela depositava em seguida sobre a mesa, o olhar distante, a cara de poucos amigos de uma menina que desencoraja uma demonstração injustificada.

— E pode-se saber o motivo? — insistiu Eléazard, no tom conciliador da derrota.

— Por favor... Não me pergunte... Não é possível, pronto.

— Desculpe — disse ele então, emocionado com o tom de sinceridade. — Eu... Isso não acontece a cada dois dias, entende?... Enfim, quero dizer... Era sério.

Ao vê-lo em tão incômoda situação, Loredana esteve a um passo de lhe contar a verdade. Era tão bom reconhecer em seus olhos o desejo por ela... Dois anos antes, já o teria arrastado para o quarto e feito amor com ele ao som da chuva. Pois então por que, perguntava-se, sua franqueza — não queria mais testá-la — confundia as pessoas em vez de aproximá-las? A ideia de se ver sozinha na cama a aterrorizava de modo imprevisto. Por nada no mundo queria que, cansado dela, ele parasse de falar, de perceber, por sua presença, que ela ainda existia.

— É muito cedo — disse, na tentativa de se dar uma última chance. — É preciso me dar um tempo.

— Sei esperar — comentou Eléazard, sorrindo. — Na verdade é uma de minhas raras qualidades, sem contar... (com ar estupefato, tirou a bola de pingue-pongue que acabava de aparecer em sua boca e a guardou no bolso) certo conhecimento acerca do *sieur* Athanasius Kircher... (outra bola, como um ovo regurgitado de maneira irrepreensível), um mínimo de inteligência e, é claro... (uma última bola, extirpada mais lentamente, o olhar assustado de quem se prepara para botar as tripas para fora)... minha natural modéstia.

Loredana tinha caído na gargalhada desde a primeira aparição:

— *Meraviglioso*! — disse, batendo palmas. — Como faz isso?

— Segredo — sussurrou Eléazard, pousando um dedo em seus lábios.

— Como sou idiota! É sempre a mesma, não é?

— Como assim, sempre a mesma?! Pode contá-las, se quiser...

Ele tirou do bolso as três bolas que sempre levava para treinar. Loredana continuou pasma:

— Agora você me deixou boquiaberta! Esse truque pode torná-lo rei nas Ilhas Papuas!

Foi a vez de Eléazard cair na gargalhada. Ela nunca lhe parecera tão atraente quanto na candura de seu espanto.

— Se me disser como faz, eu leio o seu futuro! — propôs, num tom de mistério.

— Nas linhas da minha mão?

— De jeito nenhum, *caro*... Isso é papo-furado. Eu jogo *I Ching*. É mais elaborado, não acha?

— Bem, isso é discutível, mas estou de acordo — respondeu Eléazard, contente demais por ter conseguido levantar o astral da mulher.

— E então?

— Então o quê?

— O truque... Foi o combinado: você me diz como faz...

Quando soube como escamotear as bolas — a artimanha era bem mais decepcionante quando se percebia ser elementar —, Loredana tirou de sua bolsinha uma caderneta e três curiosas pastilhas de porcelana alaranjadas.

— Como as varetas são muito volumosas, eu uso esses troços...

— O que são? — indagou Eléazard, pegando uma das pastilhas entre os dedos.

— Um "olho de Santa Luzia", o opérculo de um caramujo marinho, mas não conheço seu nome verdadeiro. Você viu a espiral? Até parece um signo do Tao. Bem, agora faça-me uma pergunta.

— Específica?

— Cabe a você decidir: pergunta específica, resposta específica; pergunta vaga, resposta vaga. É a lei. Mas leve isso a sério, senão não vale a pena.

Eléazard tomou um gole de vinho. A imagem de Elaine lhe viera instantaneamente à mente. Elaine como interrogação. Nada surpreendente, dadas as circunstâncias; mas as questões contraditórias que lhe queimavam a língua quase imediatamente o deixaram pensativo. Existiria alguma chance de ela voltar e tudo recomeçar como antes? Caso ela voltasse, ainda seria capaz de amá-la? Encontraria o amor com outra mulher? Quando alguma coisa termina, será que outra começa ou isso não passa de uma ilusão destinada à sobrevivência da espécie? Em resumo, apercebeu-se, com tristeza, de que tudo se resumia a uma única pergunta: quando me libertarei dela?

— Então? É tão difícil assim? — impacientou-se a mulher.

— Nós... — disse Eléazard, erguendo os olhos para ela.

— Nós? Como assim?

— Nós dois. Quais as consequências do nosso encontro?

— Hábil — disse Loredana, sorrindo. — Porém, isso pode complicar a resposta. Começamos? Tudo bem. Você vai jogar seis vezes as conchas concentrando-se na pergunta. É a cara ou coroa que permite determinar a natureza das linhas, mas imagino que você já saiba.

Após tentar se concentrar, sem conseguir produzir outra imagem senão o rosto distorcido de Elaine, Eléazard lançou as peças na mesa. À medida que jogava, Loredana anotava os resultados, pronunciando os números e materializando as linhas do hexagrama com fósforos inteiros ou partidos ao meio quando isso se fazia necessário.

— Esse primeiro *Gua* — disse, quando a figura foi finalmente montada — representa as possibilidades atuais de sua pergunta. A partir dele, vou gerar um segundo que fornecerá os elementos de resposta para o futuro. Sabe que há linhas "velhas" e linhas "novas"; uma linha "velha" permanece imutável, enquanto uma "nova" pode se tornar oposta à "velha". Um *yin* jovem se transforma assim em *yang* velho, e um jovem *yang* em *yin* velho...

— Nossa... Esse negócio não é nada simples! — caçoou Eléazard, encantado com a seriedade da mulher enquanto lhe explicava essas diferenças.

— É ainda mais complicado do que imagina. Vou dizer os detalhes. Segundo os números que você tirou, seu hexagrama possui três linhas "novas" que, portanto, transformo em seu oposto, o que dá... Abriu a caderneta, procurando a primeira das duas figuras: Aqui está... *Gou,* o Encontro. *Embaixo: o vento; acima: o céu. No encontro, a mulher é forte. Não se case com a mulher.*

— Mais essa! — fez Eléazard, sinceramente surpreso.

— Não estou inventando nada. Pode ler você mesmo, se quiser. Em termos comuns, isso exprime que você volta a encontrar algo que havia expulsado do espírito. Daí a extrema surpresa... — Loredana continuou a ler em silêncio, o ar pensativo. Prosseguiu: — É incrível esse troço! Ouça só: *O encontro é um assalto; é o flexível que toma o firme de assalto. "Não se case com a mulher" significa que uma associação de longa duração seria vã...*

— Tenho a impressão de que não é muito encorajador — disse Eléazard com desprezo.

— Espere, isso é o sentido global do hexagrama. Agora é preciso interpretar as linhas mutáveis e comparar seu significado com o do segundo hexagrama. Só depois poderemos ter uma ideia de solução. O primeiro diz... Só um segundo. Sim: *em presença de um peixe na armadilha, o dever implicado por essa presença não se estende em absoluto aos visitantes.*

— Sou eu o peixe?

— Espere, já disse. Para o segundo, temos: *uma cabeça envolta em ramos de salgueiro-chorão. Ela contém um brilho que manifesta as influências celestes sobre o plano terrestre...*

— Ah, é você! Um anjo caído do céu...

— E o terceiro — acrescentou Loredana como que em resposta ao comentário malicioso de Eléazard — especifica que: *encontrar um chifre, ah, isso sim é humilhante. Mas aqui não se incorre em nenhuma culpa.*

— Se pretende dizer que vou levar um chifre, obrigado, já me dei conta...

Loredana balançou a cabeça com ar aborrecido.

— Podemos parar se quiser. Tenho a sensação de estar perdendo meu tempo.

— Continue, por favor. Não brinco mais, prometo.

Ela folheou um instante a caderneta até identificar o segundo hexagrama.

— Este é *Xiao Guo,* a Preponderância do Pequeno... *Embaixo: a montanha; acima: o trovão. Um pássaro voa, deixando seu grito atrás de si. Ele não deveria subir mais alto. Deveria descer. Nesse caso, e apenas nesse caso, será feliz.*

— Deixando seu grito atrás de si... — repetiu Eléazard, seduzido pela súbita poesia da imagem.

— O que significa que você é exagerado demais, mesmo nas coisas de pouca importância. *Se o pássaro sobe cada vez mais alto, seu grito se perde nas nuvens e se torna inaudível. Se ele descesse, os outros o ouviriam. Ouvir o grito do pássaro simboliza o fato de estar atento aos próprios excessos, de tomar consciência deles e efetuar um imediato reajuste.*

Loredana continuou a ler em silêncio. As pessoas da alta sociedade, dizia o texto, são excessivamente polidas em sua conduta, e excessivamente tristes em seu luto... Era um dos mais curiosos hexagramas do *I Ching*, um dos mais explícitos que ela já tirara para alguém. Sem dúvida por ter sido implicada na pergunta. Sabia, de modo pertinente, o motivo de seu encontro com Eléazard não poder ultrapassar certos limites fixados por sua angústia, quando mesmo esta última seria exagerada. Tal resultado devia se adaptar a ele de um jeito ou de outro... De imediato decidiu desestabilizá-lo.

— Por que ou por quem está de luto? — perguntou à queima-roupa, consciente de abalá-lo com a pergunta inesperada.

Eléazard sentiu os pelos se arrepiarem. Ele estava prestes a se entregar à metáfora precedente sobre sua atitude em relação a Elaine, a experimentá-la ao acaso sobre as 1.001 facetas assumidas por sua infelicidade e, com uma única palavra, essa desconhecida acertava o alvo em cheio.

— Você é surpreendente! — disse, com sincera admiração.

Pensou: "Carrego o luto do meu amor, da minha juventude, de um mundo inadequado. Carrego o luto pelo luto em si, por seus lusco-fuscos e a tepidez tranquilizadora de suas lamentações..." Entretanto, disse:

— Carrego o luto do que não chegou a nascer, do que aspiramos a destruir, por razões obscuras, cada vez que o germe se manifesta. Como dizer... Não consigo compreender o motivo de sempre sentirmos a beleza como ameaça e a felicidade como aviltamento...

A chuva cessou, substituída por um silêncio salpicado de gotas e jatos intempestivos.

— Não saímos do lugar... — disse Loredana, franzindo os olhos.

Eléazard levantou por volta das 8 horas, um pouco mais tarde do que de costume. Na cozinha, encontrou o café quente e a fatia de pão torrado dispostos na mesa, perto da tigela, e do suco de maracujá. Soledade jamais aparecia antes das 10. Mesmo acordada boa parte da noite pelos programas de televisão, ela se obrigava a lhe preparar o café da manhã e voltar a deitar. Com o cérebro ainda envolto em brumas pelos excessos da véspera, Eléazard tomou duas aspirinas efervescentes. *Moça estranha*, pensou, olhando os comprimidos revirarem no copo d'água, *mas ela bem que me enredou...* Até o último instante, esperara terminar a noite com ela, e, pensando bem, faltara pouco: no fim da sessão de *I Ching*, houvera um instante, tinha certeza, em que ela considerara seriamente essa hipótese; mas o bobalhão do Alfredo tinha reaparecido anunciando sua vitória contra a bomba. Loredana aproveitara a deixa, alegando estar louca por um bom banho, para desaparecer. Fugir, dizia Eléazard, sem conseguir compreender os motivos dessa evasão nem aplacar realmente a frustração. Um pouco mais tarde, graças à ajuda da aspirina, acusou-se de haver cedido às instâncias libidinosas do álcool; mortificado pela certeza de seu ridículo, tratou de suprimir a lembrança daquela noite. Péssima iniciativa a de ter saído para jantar fora!

Antes de se instalar à mesa de trabalho, derramou alguns grãos de girassol no pratinho do papagaio. Heidegger parecia de bom humor: se balançando de um lado para o outro, ondulava o corpo como uma serpente emplumada. Eléazard pegou um grão entre os dedos e aproximou-se do animal falando docemente:

— Heidegger, Heidi! Como está passando? Ainda não se decidiu a falar normalmente? Venha pegar o grão, meu louro... — O papagaio aproximou-se, movendo-se sobre a barra do poleiro; depois, virando-se, imobilizou-se de cabeça para baixo numa pose de morcego. — E então, o que pensa do mundo? Acredita haver realmente alguma esperança? — Eléazard aproximou a mão do bico enorme quando o pássaro, num rompante, esticou-se e mordeu-lhe o indicador até lhe tirar sangue. — Vai tomar no cu, seu babaca! — berrou Eléazard ao sentir a dor. —Você está maluco, seu infeliz, completamente maluco! Um dia desses vou cozinhar você na panela, entendeu, imbecil?

Apertando o dedo ferido, se dirigia ao banheiro quando Soledade apareceu.

— O que aconteceu?

— Aconteceu que o idiota do papagaio me mordeu. Olhe só: quase me arrancou o dedo! Vou soltá-lo na floresta, para que compreenda um pouco sua dor...

— Se fizer isso, eu também vou embora — disse Soledade com ar grave. — A culpa é sua que não sabe falar direito com ele. Ele nunca é malvado comigo.

— Ah, é? E pode me dizer o que é preciso para me tornar agradável? Cair de joelhos? Rastejar diante dele para lhe dar um grão? Já estou de saco cheio dessa criatura!

— Um papagaio não é um animal como os outros... Xangô brilha como o sol, tem fogo: se não o respeita, ele queima. É simples.

— Você é tão doida quanto ele... — declarou Eléazard, desarmado por esse raciocínio. — E por que cisma em chamá-lo de Xangô?

— É seu verdadeiro nome — disse com ar teimoso. — Ele me contou. Ele não gosta nada do nome que o senhor deu pra ele. Venha... Vou fazer um curativo. Sabe que isso pode ser perigoso.

Eléazard se resignou, vencido pela ingenuidade comovente da jovem. O Brasil era realmente outro mundo.

— Você chegou tarde ontem — disse Soledade, pressionando um algodão embebido de álcool no ferimento.

— Está me machucando! Devagar...

— Devagar não resolve nada — retrucou ela, fitando-o de maneira curiosa com um olhar que mesclava a delícia da vingança e a ironia. — Tem que desinfetar bem. Como ela se chama?

— ...Loredana — ele respondeu, após um breve instante de surpresa diante da perspicácia de Soledade. — É italiana. Como você soube?

— Um passarinho me contou... Ela é bonita?

— Nada mal. Quer dizer, sim, embora mais velha. Tem uma bunda soberba — acrescentou, para irritá-la um pouco.

— Vocês são todos iguais! — disse Soledade, terminando de prender o esparadrapo no seu dedo. — Mas quando a gente pesca à noite, só pega enguias.

— O que isso quer dizer?

— Eu sei o que estou dizendo. Pronto, terminei. Vou sair para fazer as compras.

— Talvez tenhamos uma convidada, melhor prever uma quantidade maior.

Soledade agitou a cabeça do mesmo jeito do papagaio e o olhou com raiva.

— Sim, senhor... — disse, simulando a mais perfeita servidão. — Mas não conte comigo para servir a mesa, vou logo avisando. *O meu computador não fala, computa!*

Sabe Deus onde ela ouviu isso, pensou Eléazard, voltando ao escritório. Pronunciada em tom de desprezo, essa frase podia ter sentidos diferentes, segundo o modo como se separava a sílaba da última palavra; o que dava: "Meu *computador* não fala, computa", ou "Meu *computador* não fala com puta...". Ele achava que Soledade tomava intimidade demais, mas o trocadilho o agradara e tentou sem sucesso traduzi-lo de forma que pudesse exprimir sua maravilhosa concisão.

Mergulhou em seguida no manuscrito de Caspar Schott. Relendo as notas no computador, julgou-as demasiado sucintas e pouco imparciais. O problema era saber a quem se dirigiam: um universitário a par das questões pertinentes ao século XVII as julgaria, sem dúvida, razoáveis, mas um leitor normal não encontraria material suficiente para satisfazer plenamente sua curiosidade. Até onde ir? Sentia-se capaz de duplicar e até triplicar o texto de Schott com suas anotações, tanto tinha a dizer sobre o século de Kircher — a seus olhos, um dos mais notáveis desde a Antiguidade. Quanto ao partido tomado contra o personagem em si, era um fato novo, provocado pela conversa com Loredana. Entre o elogio incondicional e a hostilidade sistemática, tinha que encontrar um meio-termo, um equilíbrio, de modo a que seu rancor em relação a Kircher fosse disfarçado pelas boas maneiras.

Sempre sob temporal, o tempo aglomerava sobre Alcântara toda a tristeza do mundo. Eléazard se questionou se Loredana iria vê-lo aquela manhã, como prometido. A mulher era única em seu gênero. Lembrava-se agora da noite anterior, no Caravela, como de um momento intenso e poético, um dos que desejaria fazer renascer em sua vida. Se ela aparecesse hoje, pediria desculpas e lhe diria o quanto desejava sua amizade. Surpreendeu-se ao imaginá-la na rua próxima à sua casa. Impaciente, quase ansioso, aguardava sua vinda como um adolescente em seu primeiro encontro.

Sou uma criança velha, pensou sorrindo. *Moema é que tem razão. Ao trabalho!* Conseguira finalmente encontrar em seus arquivos — precisava tomar a decisão de arrumar tudo um dia desses... — o artigo de François Secret de que sentira falta quando da redação das notas do terceiro capítulo. *Segredo, que nome para alguém cuja vida foi dedicada à hermenêutica! Parecia que os sobrenomes às vezes decidiam o destino de seus donos...* Isso dito, o estudo em questão, "Um episódio esquecido da vida de Peiresc: o sabre mágico de Gustave Adolphe", não fora escrito para absolver Kircher, pois provava, à luz das dissertações de George Wallin, que o sabre estudado pelo religioso era falso. Como reforço, Wallin citava *De orbibus tribus aureis,* do estraburguense Johann Scheffer, obra na qual Kircher fora taxado de total ignorante em matéria de interpretação por ter falado de caracteres mágicos em que lhe tinham submetido, maliciosamente, simples extratos da língua dinamarquesa! Antipapistas convictos, Wallin e Scheffer buscavam com certeza reabilitar Gustave Adolphe e, por meio dele, todo o protestantismo. Suas acusações, aliadas a outras afins, logravam colocar em dúvida a competência do jesuíta, sobretudo levando-se em conta que sua tentativa de decifrar os hieróglifos se encerrava, sem contradição a nossos olhos, numa derrota fantástica.

Eléazard se perguntou como alguém podia chegar a esse ponto de cegueira. Não saberia explicar o porquê, mas tinha a íntima convicção de que Athanasius Kircher não fraudara com conhecimento de causa. Se, por sua vez, podiam acusá-lo de querer sustentar, por uma piedosa mentira, a causa da Contrarreforma, esse motivo não funcionava mais quando se tratava dos hieróglifos egípcios. Seria, portanto, preciso que esse homem tivesse realmente se enganado — por autossugestão, por loucura? — acerca de suas capacidades ou que estivesse a tal ponto imbuído de maquiavelismo e do amor à glória que se tornava definitivamente monstruoso.

Eléazard redigiu a nota relativa ao sabre "mágico" e continuou seu trabalho de digitação e armazenamento do manuscrito. Contudo, de tempos em tempos não podia se impedir de dar uma olhada pela janela, sob o pretexto de fumar um cigarro.

Por volta das 10 horas, Soledade voltou das compras com a correspondência e os jornais que fora buscar. Os jornais diários não continham nada de interessante. Sempre os mesmos relatos de mortes e de agressões em quase todas as grandes cidades, os assuntos misturados ao futebol, aos cantores, às reuniões mundanas da província e às fanfarrices ministeriais. A queda de um avião da Vasp, nas montanhas próximas de Fortaleza, era a notícia principal. "Nada restou!", dizia uma das grandes manchetes, num resumo perfeitamente expressivo. "Cento e trinta e cinco mortos e dois bebês", proclamava outro com um cinismo involuntário, como se o fato de os bebês terem escapado dos sofrimentos dos humanos não lhes desse o direito de serem contabilizados entre os mortos. Seguiam-se, na mesma ordem, as fotos habituais destinadas a agradar ao gosto dos leitores pela hemoglobina, a descrição da pilhagem que precedera a chegada do socorro e o elogio póstumo à tripulação.

O saque dos passageiros do avião chamou a atenção de Eléazard; um sintoma a mais na longa lista que ele mantinha fielmente atualizada. Dois meses antes, centenas de jovens miseráveis haviam descido das favelas do Rio para fazer a limpa na famosa praia de Copacabana. Haviam devastado tão bem o lugar, deixando os turistas que se bronzeavam quase nus, que foram batizados de "gafanhotos". Em quase todo o país, bandos organizavam-se para atacar bancos, supermercados, hotéis e até mesmo restaurantes. Nas cadeias insalubres e superpovoadas, o índice dos prisioneiros que se revoltavam era tão alto que a polícia passara a entrar atirando. Cada uma das intervenções resultava em dezenas de mortos. A corrupção reinava no mais alto escalão do Estado e enquanto a população empobrecia dia a dia, submetida a alarmantes ressurgimentos de lepra, do cólera e da peste bubônica, uma pequena quantidade de novos-ricos via aumentar seus bens nos bancos de Miami. Como dizem das anãs brancas, o Brasil desmoronava, e ninguém podia prever que "buraco negro" resultaria de tal colapso.

Eléazard transmitia dia após dia à agência de notícias esse diagnóstico desastroso, mas o Velho Mundo estava ocupado demais com os sinais de sua própria desarticulação para se condoer das desgraças de um povo do qual nem a mídia nem os meios de transporte haviam conseguido se aproximar. Sem ser naturalmente pessimista, Eléazard começava a temer o futuro. À força de sucessivas rupturas, a Europa tinha se volatizado a ponto de se assemelhar àquela que a Guerra dos Trinta Anos ensanguentara, mas em escala pior, pois naquela época as dissensões religiosas só contrapunham católicos aos protestantes. Apesar de as confusões atuais deverem ser interpretadas como prenúncio de uma radical metamorfose do Ocidente, o que se visualizava por enquanto não incitava em nada o entusiasmo.

Eléazard ficou mal. Acendeu um cigarro e se preparava para ler a correspondência quando uma voz o sobressaltou.

— Eléazard?

Loredana.

— Desculpe — disse, corando —, a porta da entrada estava escancarada. Como ninguém atendeu, tomei a liberdade de subir.

— Fez bem — disse ele, perturbado pela irrupção. — E-eu... acabei adotando os costumes brasileiros. Eles batem palmas para se anunciarem. É mais eficaz do que bater na porta, sobretudo quando estas sempre ficam abertas. Mas sente-se, por favor.

— Que lindo! — disse, notando o papagaio. — Como ele se chama?

— Heidegger...

— Heidegger? — repetiu rindo. — Você pega pesado, hein?... Bom dia, Heidegger! *Wie geht's dir, schräger Vogel?*

Reagindo a seu nome, o papagaio sacudiu-se, enchendo o papo, e pronunciou a única frase que conhecia.

— O que ele disse?

— Insanidades. A pessoa que me deu o papagaio, um amigo alemão de Fortaleza, havia tentado ensinar-lhe um verso de Hölderlin: "Poeticamente o homem habita" ou alguma coisa parecida, mas não funcionou. Este pássaro imbecil cisma em repetir que "Poeta mete no homem a pica", e não há meio de corrigi-lo.

— E por que corrigi-lo? — indagou com um brilho de ironia no fundo dos olhos. — Ele não está dizendo nada de mais. Não é, Heidegger?

Enquanto falava, aproximara-se do animal: coçava-lhe a nuca com doçura e familiaridade, o que Eléazard nunca conseguira fazer em cinco anos de coabitação. Mais do que qualquer outra coisa, essa tranquila proeza o seduziu.

SÃO LUÍS, FAZENDA DO BOI | *... nada além do indubitável instante*

Quando o coronel cruzou a entrada da fazenda em sua limusine, o guarda uniformizado saudou sua passagem com um aceno e apressou-se a fechar o pesado portão de ferro fundido. Em seguida, telefonou ao mordomo para informá-lo da iminente chegada do dono da casa.

O Buick negro rodava em silêncio pela estrada recém-asfaltada que levava à residência particular do governador, 5 quilômetros adiante. Ao cair da noite, através dos vidros fumês, Moreira via desfilar a massa verde, brilhante e escura das plantações de cana-de-açúcar. Os longos caules tinham aproveitado a chuva para crescer ainda mais — duas vezes a altura de um homem, pensou com orgulho — e a colheita prometia ser abundante, embora não representasse nada além de uma renda complementar. Conservava essa plantação por sentimentalismo, alegrando-se todo ano ao ver as canas-de-açúcar chegarem à maturidade, em memória de uma época que outrora fizera a fortuna e o renome de sua família. Alcançariam uns 5 metros de altura, e jamais as contemplava sem substituí-las pela selva de pés de feijão gigantes que guardava na memória da infância. Os tempos não eram mais de contos de fadas nem na agricultura. Quanto a ele, Moreira, preferira investir em minas e na pesca de camarões, enquanto dedicava-se à inevitável carreira política que suas ambições exigiam. Consentia em arrendar alguns lotes das vastas terras aráveis herdadas do pai a matutos ignorantes dependentes de costumes ultrapassados, que pagavam tributos menos pelo lucro que tiravam — os camponeses eram mais espertos do que raposas e o roubavam com rara desenvoltura! — do que para avistá-los, quando de seus passeios a cavalo, sempre curvados sobre os campos paternais. O restante da propriedade era deixado inculto ou dedicado à criação. Exatamente como seus ancestrais, fidalgos provincianos, orgulhava-se de não consumir nada que não fosse plantado e criado em seus domínios.

O governador fechou os olhos. A visão de suas terras agia sobre ele como um analgésico, dissipando, à medida que se aproximava da fazenda, a fadiga do dia. Seu bem-estar poderia ser absoluto se não houvesse a perspectiva de encontrar o rosto rabugento da mulher e enfrentar suas crises de histeria produzidas regularmente pelo álcool. Ela não era mais a mesma desde que Mauro fora estudar em Brasília. Ou, talvez, depois que a *Manchete* publicara a foto do "governador Moreira" um pouco alto, a camisa aberta, mordiscando o seio de uma passista da segunda divisão. A febre do carnaval, os coquetéis de recepção no palácio do governo, aquela aposta estúpida lançada por Sílvio Romero, ministro de Obras Públicas... Entretanto, explicara à mulher as circunstâncias que o levaram a tal conduta. Imediatamente ela fingira compreender e perdoar o deslize e o escândalo humilhante gerado; mas à noite mesmo, engolira um tubo de Gardenal com uísque. Fora salva por pouco. *Menopausa complicada; acontece com mais frequência do que pensamos. Seja paciente com ela, governador, isso passará em alguns meses...* Como sempre, demasiado otimista o Dr. Euclides. A comédia já durava uns três anos, e com uma incômoda tendência a piorar. Ultimamente, o Dr. Euclides da Cunha metera na cabeça aconselhar-lhes uma terapia de casal! Para ela, não era uma má ideia, com certeza; mas de que poderia ser útil a ele? O médico estava envelhecendo... Seria preciso começar a pensar em consultar outro. Discretamente, bem entendido.

O Buick parara diante da escadaria da casa da fazenda. O motorista uniformizado deu a volta no veículo para abrir-lhe a porta, porém o coronel permaneceu ainda alguns segundos no banco, contemplando, o ar sonhador, a fachada branca da residência familiar. De estilo neoclássico — Moreira afirmava, embora sem nenhuma prova, que a planta da casa era do francês Louis Léger Vauthier —, a construção assemelhava-se a um pequeno palácio. Flanqueado por duas alas simétricas ligadas por uma galeria coberta, o prédio principal exibia um andar ornado de balaustres e um frontão triangular. Avançando pela escadaria, um imponente pórtico de três arcadas reforçava as linhas senhoriais da construção. Alongadas pelo sol poente, as sombras oblíquas de grandes palmeiras reais vinham riscar o emboço rosa pálido dos muros, compondo com as abóbadas das janelas um harmonioso adereço geométrico.

Sobre as largas platibandas de relva, onde se destacavam elegantes plantações de hibiscos, de acantos e de loureiros, de repente o mecanismo de irrigação se pôs a funcionar staccato, espalhando em torno deles esguichos giratórios. O coronel verificou o relógio: 19h30 em ponto. Ordem e progresso! A Fazenda do Boi fazia bela figura. A imagem das possibilidades oferecidas pelo Brasil, símbolo de um sucesso possível, como a América do Norte, aos mais humildes dos cidadãos, desde que eles acreditassem mais em sua pátria do que em seu deus e trabalhassem para combater a incoercível propensão da natureza à desordem. Seu pai fizera isso, e antes dele o pai do seu pai, e ele fazia o mesmo, à sua maneira, mais ainda do que seus ancestrais.

— Diga ao jardineiro para cortar a grama — disse, de repente, dirigindo-se ao motorista, que permanecera imóvel, quepe na mão, ao lado da porta. — Quero um gramado de verdade, não um pasto!

Sem esperar resposta, saiu do veículo e subiu com esforço os degraus de pedra branca que levavam à entrada principal.

Edwaldo, o mordomo, o recebeu tão logo apareceu no vestíbulo.

— Boa-noite. O doutor passou bem o dia?

— Foi exaustivo, Edwaldo, exaustivo! Se soubesse o número de problemas que sou obrigado a enfrentar neste estado, e a quantidade de imbecis que resolvem se unir para complicar as coisas cada vez que elas parecem se tornar um pouco mais simples...

— Imagino, doutor.

— Onde está a senhora?

— Na capela, doutor. Ela queria se recolher antes do jantar.

Uma expressão de contrariedade deformou os lábios do governador. *Merda de capela! Mais um meio de escapar da minha presença... Logo ela que nunca colocava os pés... Que se foda Deus, porra! Filha da puta de merda!*

— Ela bebeu?

— Um pouco demais, doutor, se me permite dizer.

Edwaldo o viu contrair os maxilares. Assim, apressou-se em acender com um fósforo a cigarrilha recém-surgida entre os lábios.

— Obrigado. Vá avisar que a aguardo imediatamente no grande salão. E mande me servirem um uísque. Afinal...

— Cutty Sark, como de hábito?

— Como de hábito, Edwaldo, como de hábito.

O coronel subiu lentamente a escadaria de mármore que levava ao salão nobre da casa. No patamar, evitou o próprio reflexo no grande espelho barroco onde irrompia a perspectiva dourada e de veludos carmesins das salas de recepção. Ronronando, produzindo estalidos como fogo de madeira seca, uma onça-pintada lentamente ao seu encontro.

— Jurupari! Minha linda... Juruparinha... — disse com ternura, abandonando as mãos às lambidas afetuosas do animal. — Venha, querida, venha, minha beleza...

Moreira desabou num divã de madeira de jacarandá exageradamente ornamentado, os encostos para os braços esculpidos de passifloras e de carambolas enfeitadas, comprado por um preço exorbitante num antiquário de Recife. A onça-pintada pousara as patas dianteiras em seus joelhos; os olhos franzidos, deixava-se acariciar no pescoço, arrepiando-se de prazer.

— Isso, isso... Você é a mais bela... a mais forte...

Nada o emocionava tanto quanto essa musculatura retesada sob a pelagem amarela de manchas negras, hipnótica pela simples presença. *Em seu universo não há nomes, passado nem futuro, nada além do indubitável instante.* E pensar que fora preciso um argentino para escrever isso, para falar enfim a verdade sobre as feras... Sentia sob os dedos o ouro quente da coleira enfiada no pelo do animal, e pensando nas coxas acolhedoras de Anita, em sua pelugem escondida, levou a mão às narinas para tentar reavivar a lembrança.

Com a espinha de repente tomada por um espasmo, as orelhas baixas, a onça-pintada ergueu a cabeça, dardejando os olhos amarelos na direção de uma das portas do salão.

— Quietinha, Jurupari! Calma, acalme-se, minha fera... — disse Moreira, segurando-a com pulso firme pela coleira. — É o meu aperitivo chegando.

— Sim, doutor, pois não, doutor, mais alguma coisa doutor? — ressoou a voz empastada da esposa.

— Ah, é você — disse Moreira, virando a cabeça em sua direção. — Mas o que...

Usando um quimono desbotado, um penhoar barato de náilon rosa-bebê acolchoado que se abria a cada passo sobre as coxas adiposas — o preferido dela, de implicância na certa, pois ele não o suportava —, sua mulher vinha em sua direção, com um copo de uísque em cada uma das mãos.

— Encontrei Imelda na escada. Achei que eu mesma podia servi-lo.

— E aproveitou para encher outro copo para você... Carlota, você bebe demais, isso vai te fazer mal, o médico já avisou. Devia se esforçar um pouco; pense ao menos na sua saúde!

Carlota pousou o copo do marido sobre uma mesinha baixa; deixou-se desabar do outro lado do sofá, derramando parte do uísque no peito. Sem parecer se incomodar, retirou um lenço do bolso e enxugou-se despreocupadamente, descobrindo um seio murcho, mole, num estado lamentável de abandono.

— Já disse para não andar com essa roupa — disse Moreira, irritado. — Afinal, é... é indecente! Se não por mim, faça-o pelos empregados. Que vão pensar de você? Sem falar da capela. Pelo visto, virou devota... Não acredito que seja conveniente rezar seminua...

Carlota virou de um gole o copo de uísque.

— Eu encho o seu saco — disse, calmamente. — A condessa Carlota de Souza enche o seu saco, governador.

O marido deu de ombros, ar consternado:

— A que ponto chegou, minha querida, olhe só para você... Não sabe nem mais o que diz!

— Você não queria falar comigo? — retrucou ela em tom agressivo. — Então fala logo, estou escutando. Desembucha.

— Acho que não é o momento apropriado, você não está em condições de entender nada.

— Anda logo, já avisei... senão eu grito!

Assustada com a voz estridente, onça-pintada se pôs a rugir, tentando escapar da mão do dono.

— Calma! Acalme-se, minha linda! — Em tom mais baixo, dirigiu-se a Carlota: — Não é possível, você ficou louca! O que pretende? Ser devorada?

— Eu o teria prevenido — provocou, aparentemente insensível à crescente agitação da onça-pintada.

— Vou dar uma festa aqui dentro de 15 dias — soltou o governador exasperado. — Cinquenta pessoas. É preciso que tudo saia perfeito, é importante para os meus negócios. Conto com você para organizar o evento. Deixarei Edwaldo encarregado da lista dos convidados... Voltamos a falar disso amanhã, quando seu porre tiver passado. Agora vou tomar um banho, se me permite. Aconselho você a fazer o mesmo e ficar apresentável para o jantar. Você está parecendo uma... uma puta velha, querida, uma puta velha! — Aproximou-se o suficiente para soprar seu hálito no rosto da mulher. — Diga, você compreende? Compreende que já estou começando a ficar cansado dos seus caprichos? Já cheguei ao meu limite, caralho!

Carlota observou-o sair do aposento, seguido daquela porcaria de onça-pintada. Quis terminar seu copo, mas soluços incontroláveis, convulsivos, fizeram-na curvar-se de sofrimento no sofá.

CAPÍTULO VI

Continuação da viagem pela Itália; ocasião em que Kircher examina o fogo central e rivaliza com Arquimedes

Progredíamos a passos rápidos na direção dos terríveis fogos de artifício localizados à nossa frente. Após cerca de meia hora de caminhada, a vegetação, já rarefeita, desapareceu por completo e seguimos adiante em uma paisagem desértica de rochas pretas e de cor ocre, porosas como pedra-pomes. O calor tornara-se insuportável; transpirávamos em nossos hábitos, enquanto breves rajadas de vento empestavam de fumaça o ar que nos cercava. O estrondo contínuo do vulcão não mais permitia emitir uma palavra sem ter de se extenuar; o ar viciado arrastava cinzas e enxofre em seu curso. A todo instante eu implorava a Deus para que Athanasius mudasse de ideia, mas ele continuava a avançar, imperturbável, servindo-se das mãos para escalar as encostas mornas e saltando de pedra em pedra como um cabrito, sem se preocupar com o peso da bagagem. Na hora em que a aurora deveria nascer, ainda estava escuro, uma espécie de treva característica dos mais sombrios eclipses!

Na curva de uma vereda, nos deparamos, de súbito, com um dos mais monstruosos espetáculos que me tinha sido permitido contemplar: a trezentos passos à direita, acima do local onde estávamos, descia uma larga torrente de matéria incandescente. Devastando a terra à sua passagem, parecia dissolver nessa ebulição tudo o que encontrava. Quanto à fonte desse rio fervilhante, estava encimada por chamas gigantescas, como oriundas do próprio inferno, e produzia uma imensa nuvem de fumaça que subia ao céu até se perder de vista. Eu suplicava a Kircher para descer quando uma explosão mais violenta sacudiu toda a montanha: vimos uma grande quantidade de rochas em fusão projetadas para o ar, bem alto no firmamento, antes de caírem como chuva ao nosso redor. Como ainda estávamos bastante afastados desse forno demoníaco, apenas as partículas mais finas nos atingiram e nos crivaram de brasas ardentes. Acreditando ter chegado a hora da minha morte, ajoelhei-me para rezar ao Senhor, mas Kircher me levantou com uma das mãos, dando-me violentos tapas por todo o corpo a fim de apagar o fogo da minha batina. Depois, arrastou-me para mais alto ainda, numa espécie de proeminência rochosa onde ficamos, finalmente, ao abrigo dos projéteis. Uma vez lá, ocupou-se igualmente de sua batina, que pegava fogo em alguns pontos, sem no entanto cessar de contemplar o quadro maravilhoso que se oferecia a nossos olhos. Em seguida tirou seu cronômetro para medir o período das erupções e ditou calmamente números e comentários. Incomodados com o calor quase insuportável, experimentávamos alguma dificuldade em respirar apropriadamente, quando dezenas de animais se puseram de súbito a atravessar nosso refúgio: serpentes, salamandras, escorpiões e aranhas de toda espécie correram entre nossas pernas durante poucos instantes, que a mim pareceram bem próximos da eternidade... Estupefatos pela aparição, não pensamos em utilizar nosso material para recolher os espécimes. Kircher, que havia observado essa movimentação com sua costumeira concentração, copiou imediatamente as mais insólitas dessas criaturas num caderno.

— Está vendo, Caspar — disse ao finalizar —, não viemos até aqui inutilmente; agora sabemos por experiência própria que alguns animais nascem do fogo, como as moscas são geradas do esterco ou os vermes, da putrefação. Esses aí foram praticamente criados sob nossos olhos e poderemos, ou, pelo menos, *você* poderá testemunhá-lo à face do mundo, pois quanto a mim, resolvi estudar mais de perto essa matéria da origem. Guarde bem tudo que ouvir e, caso me aconteça alguma desgraça, desça para entregar ao mundo o fruto póstumo de meu sacrifício...

Eu suplicava a Kircher para não cometer tamanha loucura, mas, cobrindo-se parcialmente com sua capa de viagem, ele verteu sobre si nossa provisão de água e, levando seu saco e seus instrumentos, avançou no exato momento em que uma nova explosão sacudiu o Etna.

— Ajude-me, Empédocle! Quanto a ti, Caspar, escuta, ó filho do sábio Anchites! — berrou, precipitando-se na direção do rio de lava.

Sob um dilúvio chamejante, vi Athanasius aproximar-se da matéria ígnea, gesticulando e saltitando como uma ninhada de camundongos; dir-se-ia um possesso tomado por tormentos infernais, e me benzi várias vezes para conjurar esse mau presságio. De onde me encontrava, meu mestre parecia envolto em brasas e fumaça; um vapor branco escapava de sua vestimenta e eu berrava na tentativa de trazê-lo de volta...

Deus finalmente atendeu às minhas preces: Kircher retornava. Entretanto, os pés pareciam queimar tanto que seu barrete rolou pelo chão. Foi, portanto, com a cabeça descoberta que meu mestre uniu-se a mim sob o abrigo, são e salvo. Sua batina não passava de um andrajo chamuscado pelo fogo, seus sapatos estavam queimados, o que explicava em parte os saltos que presenciei. Tive de apagar seus cabelos, que se consumiam em determinados pontos, com um pedaço de pano de meu hábito.

Após ter agradecido, batendo-me fraternalmente no ombro, Athanasius pegou emprestado meu cronômetro para continuar suas observações. Quando constatou que o tempo aumentava regularmente entre cada erupção, finalmente decidiu abandonar o pandemônio.

Voltamos sem maiores dificuldades até a cidade, onde havíamos deixado a maior parte de nossa bagagem. Kircher, cujos pés, mãos e rosto apresentavam queimaduras graves, encontrava-se num estado bem lamentável; em consequência, concordamos em tirar alguns dias de repouso, dos quais meu mestre beneficiou-se para passar a limpo suas notas.

Assim que Athanasius ficou curado dos ferimentos, partimos para Siracusa. Nosso programa compreendia o estudo dos monumentos antigos da cidade, bem como a visita das bibliotecas dominicanas de Noto e de Raguse. Mas Kircher havia urdido, sem me avisar, outros projetos: sendo Siracusa a cidade natal de Arquimedes, eu não deveria ter duvidado de que meu mestre não perderia essa oportunidade para comparar seu gênio ao do ilustre matemático.

Durante várias horas passeamos pelas muralhas de Ortígia, acima do nível do mar, sem que eu compreendesse a lógica das medidas que Athanasius não cessava de tirar no astrolábio, nem os esboços acumulados em seu caderno de notas. Depois, ele trancou-se durante dois dias e uma noite em seu quarto, proibindo qualquer interrupção. Quando finalmente saiu, radiante de alegria, dirigiu-se imediatamente às lojas de diversos artesãos, a quem foram confiadas tarefas bastante específicas a serem realizadas como prioridades. Ao longo das duas semanas seguintes, realizamos as visitas previstas às bibliotecas dos arredores.

Em Raguse, meu mestre comprou do judeu Samuel Cohen diversos livros em hebreu que tratavam da Cabala, e do músico Masudi Yousouf, um manuscrito contendo a primeira "Ode Pítica" de Píndaro, acompanhada do sistema de transcrição que permitia reproduzir a melodia original! Após tê-la estudado, deu essa inestimável obra de presente ao Monastério de San Salvatore, em Messina.

Mas veio o dia em que foram entregues todos os materiais encomendados por Athanasius e meu mestre, finalmente, dignou-se a me explicar o motivo dos misteriosos preparativos.

Quando do cerco de Siracusa pelo cônsul Marcellus, em 214 antes do nascimento de Nosso Senhor, as invenções de Arquimedes retardaram em muito a vitória dos romanos. Conforme dizeres de Antíoco de Ascalon e de Deodoro da Sicília, esse doutor admirável havia mesmo conseguido incendiar os barcos inimigos lançando raios a partir de um espelho ardente. Afirmando a impossibilidade física de construir tão potente espelho, a maioria dos cronistas e sábios de nossa época tinha essa história como lenda; contra a opinião de todos, Kircher pretendia reabilitar Arquimedes nos exatos locais onde outrora ele havia provado a incomparável força de sua genialidade...

—Veja só, Caspar, todos esses ignorantes, a começar pelo Sr. Descartes, para citar apenas ele, todos esses asnos têm razão quando sustentam que não se poderia acender um fogo de tão longe com espelhos. Um espelho plano não concentra suficiente luz do solo, pois ele retorna os raios perpendicularmente à sua superfície. Quanto aos espelhos circulares ou parabólicos, eles são certamente capazes de inflamar materiais combustíveis, mas unicamente a distância muito curta, ou seja, no ponto de convergência dos raios. Portanto, diante desse problema, a primeira coisa a fazer seria avaliar muito precisamente onde se encontravam outrora os navios de Marcellus. Dada a configuração das muralhas da cidade, a profundidade das águas ao redor e a proximidade necessária para sitiar a cidade de forma eficaz, elementos que calculei com você durante estes últimos dias, as galeras romanas deviam executar suas manobras a uns trinta ou quarenta passos das muralhas. Ora, para obedecer a tais condições, um espelho parabólico precisaria ter 6 quilômetros de diâmetro! O que, com efeito, não é admissível mesmo hoje. Mas os recursos humanos são inumeráveis e, graças aos céus, concebi a ideia de um espelho elíptico, com o qual conseguirei, tenho certeza, atingir o objetivo jamais alcançado por nenhum outro! O duque de Hesse chegará dentro de três dias; advertido sobre o meu projeto, convocou para essa ocasião os mais importantes nomes da Sicília. Terão assim a primazia desse novo *Speculum Ustor* que construiremos juntos, meu caro Caspar, caso concorde em me proporcionar a sua ajuda...

Pusemo-nos ao trabalho sem demora e, após dois dias de trabalho ininterrupto, durante os quais colamos, pregamos e escoramos várias peças de madeira, uma carroça veio buscar nossa máquina para conduzi-la ao local do porto onde teria lugar a demonstração. Uma vez lá, nos instalamos e a recobrimos com uma bandeira nas cores do grão-duque e de Sua Majestade, o vice-rei da Sicília. Teve início a espera.

Estando todos os convidados reunidos, Athanasius Kircher — que inspecionava febrilmente a fortaleza, ansioso diante de um resultado que colocava em jogo toda a sua reputação — rememorou os fatos históricos, explicou longamente sua teoria e exagerou um pouco quanto à serventia de sua máquina, caso ela viesse a funcionar, do que fingia duvidar considerando-se os recursos reduzidos de que dispusera e o envelhecimento do Sol, que, tendo se consumido durante 1.848 anos desde a proeza de Arquimedes, devia necessariamente ter perdido sua força. No horário fixado por ele, ou seja, às 11 da manhã, uma grande embarcação de pesca, comprada sob as égides de Frederick de Hesse, veio ancorar a quarenta passos do local onde nos encontrávamos. Uma loba romana tinha sido pintada para servir de alvo. Após ter disposto aqui e acolá legionários factícios, cópias perfeitas, sobre a ponte de comando, os marinheiros abandonaram o barco. Kircher ergueu o véu e revelou então sua máquina, sob um murmúrio geral de estupefação.

Tratava-se de um cone retorcido bastante largo, aberto nas duas extremidades, cujo interior havia sido transformado em espelho; um sistema bastante simples de rodas e de engrenagens permitia orientá-lo com precisão em todas as direções. Girando sucessivamente diversas manivelas, Athanasius orientou o espelho de modo que o fecho luminoso por ele produzido fosse atingir o centro do alvo. Depois foi a espera. O silêncio era tão absoluto que se podia escutar o bater do mar lá embaixo. Um quarto de hora se passara sem que nada ainda se produzisse. Os convidados cochichavam entre si. Kircher suava copiosamente, não cessando de ajustar o raio, o olhar fixo na loba romana. Atraído por esse espetáculo incongruente, o povo havia se amontoado atrás dos cordões formados pelos guardas e comentava o que via, rindo e gracejando como as pessoas do Sul têm o costume de fazer diante do que vai além de sua compreensão. Cerca de meia hora já transcorrera sem qualquer resultado e mesmo os convidados começavam a perder a paciência diante da duração desse fracasso, quando uma gaivota, sem dúvida atraída pelo brilho do espelho, soltou um excremento que veio estraçalhar-se na máquina, por pouco respingando em meu mestre. Isso bastou para desencadear a hilaridade geral. Gracejos brotaram de todos os lados se referindo a Athanasius e ouvi um nobre siciliano comentar o assunto num tom de mais profundo desprezo:

— *La merda tira la merda!*

Vi Kircher ruborizar-se com o insulto, mas continuou a se ocupar em torno da máquina como se nada tivesse ocorrido. Comecei a rezar para que tudo aquilo terminasse rapidamente, de um jeito ou de outro, e já lia sinais de irritação no rosto do grão-duque quando um urro de meu mestre sobressaltou os espectadores.

— *Eureca!* — gritou. — Vejam! Vejam, homens de pouca fé!

Imóvel, paralisado em uma pose teatral, indicava o alvo com um dedo vingador: um filete de fumaça negra dali surgia, subindo direto para o céu azul...

Um burburinho de admiração elevou-se de todo o público. Ao mesmo tempo — ou quase —, a loba crepitou e pegou fogo, ocasionando vários focos no barco como um rastilho de pólvora. Ao olhar Kircher, atônito com semelhante resultado, ele me dirigiu um rápido piscar de olho e compreendi que a embarcação havia sido disposta atendendo a seus desígnios. Confiando na capacidade de meu mestre nesse domínio, eu preparava-me, portanto, para novas surpresas, que não se fizeram por esperar. Quando o barco foi tomado pelas chamas, numerosos foguetes começaram a escapar das escotilhas, explodindo no céu com grande estrondo; depois os fogos de bengala se transformaram em fontes incandescentes que brotavam como pétalas de flores multicores em torno do casco e catapultas fizeram saltar acima dessa maravilha os corpos incendiados dos bonecos. Os fogos gregos não tinham ainda se extinguido quando, com um agudo sibilo, novos foguetes voaram bem alto, desenhando na explosão o símbolo trípode da Sicília, o "S" de Siracusa e as quatro letras da palavra hebraica para "Jeová". Ao término, um metralhar ininterrupto se fez ouvir, enquanto o barco ia a pique, em meio a espessa nuvem de fumaça.

Calorosos aplausos saudaram a vitória de Athanasius, acompanhados por vivas e gritos de regozijo do povo de Siracusa. Apressei-me a abraçar meu mestre, que havia tido a bondade de, com um gesto, associar-me ao seu sucesso. O duque de Hesse veio felicitá-lo, outorgando-lhe de imediato uma vultosa soma de ducados para a posterior publicação de seus trabalhos. Em seguida, todos os convidados desfilaram diante de nós para cumprimentar Kircher e admirar a máquina ardente. O fidalgo siciliano que se permitira comentário tão insultuoso alguns minutos antes foi forçado a se submeter a essa humilhação. Quando o gordo, rosto inflado como um salsichão, o cumprimentou com mil demonstrações ridículas, Kircher lhe dirigiu a palavra em seu mais rebuscado italiano:

— Monsenhor, há pouco o senhor se pronunciou com sabedoria: o excremento atrai o excremento, sempre e por toda parte, e é por isso que o senhor deveria, mais do que qualquer outro, tomar cuidado...

Foi a vez de o siciliano ficar vermelho como um pimentão. Resmungou algumas palavras incompreensíveis levando a mão à espada e, se não fosse o duque de Hesse, cuja presença impedia qualquer excesso, a situação teria, sem dúvida, terminado mal para meu mestre, embora ele fosse capaz de se defender e possuísse força pouco comum para uma pessoa de sua condição. Incentivado pela atitude de Kircher, fiz menção de me abanar, como que para afastar o odor ruim, o que enfureceu o pavão e o fez dar as costas, não sem ter feito para mim um sinal com a mão e com os dentes cuja exata significação me escapou. Experimentava pela primeira vez o sentimento de alegria pouco comum que sucede toda vi tória inesperada. "A alegria do triunfo adiado", como Athanasius batizou essa categoria na mesma noite, quando abordamos a questão. Sentia-me culpado, contudo, de ter me faltado magnanimidade em relação ao pobre siciliano, mas meu mestre me tranquilizou afirmando que reagir de outra maneira teria sido dar prova de hipocrisia, cujo pecado ultrapassava o outro, bastante venial, de uma justa e anódina réplica.

CORUMBÁ | *O duplo grito rouco dos jacarés*

Motor a média velocidade, o *Mensageiro da fé* subia o rio, com o barulho e a teimosia cega de um trator decidido a aterrar o solo. Acordada ao alvorecer, toda a tripulação se incumbira de carregar para o barco as caixas de material vindas de Brasília, enquanto Herman e seu marujo ocupavam-se dos víveres e do motor. Após uma última refeição copiosa no Beira Rio, em homenagem à partida, todos haviam embarcado sem tambores nem trompetes e soltado as amarras. Deixando o timão para Yurupig, o índio que vivia a bordo e acumulava as funções de mecânico, vigia e cozinheiro, Herman Petersen tinha se atirado em um dos bancos do convés, onde roncava havia horas como uma caldeira. Milton fazia o mesmo em sua cabine; quanto a Dietlev e Mauro, apoiados na amurada, discutiam acerca de uma questão de paleontologia que parecia absorver-lhes toda a atenção.

Deitada de bruços no teto quente da canhoneira apreciando o rio, Elaine, como que hipnotizada por seu imenso labirinto de braços e de canais, entregava-se a uma deliciosa sonolência. Apaziguada pela calmaria das águas do Pantanal — embora na véspera Herman lhe tivesse garantido que o vento e as cheias podiam erguer enormes ondas sobre essa planície lustrosa —, ela brincava de isolar certas imagens na exuberância da floresta virgem, como se portasse uma máquina fotográfica. A mancha assombrosa de um casal de papagaios em voo, o demorado alçar de voo de uma garça branca, lá bem alto, do topo de uma árvore, o sorriso desdentado de uma criança agachada atrás do pai numa piroga deslizando ao longo da ribanceira, um turbilhão inexplicável, imóvel vórtice de lama amarela bem no meio do rio... E a cada vez ela fazia com a língua o barulhinho do disparador da câmera fotográfica, alegrando-se por não ter pensado em trazê-la; pois um segundo mais tarde, em uma cacofonia de gritos intensos e de brados, os papagaios faziam explodir em voo os periquitos; a garça branca abria de repente as asas como velas infladas e soltava um grito comprido, com o pescoço esticado na direção do sol; o sorriso do pirralho se apagava; o pai, ao vê-lo, com olhar inquieto, interrompia seu gesto de remador; o barco soltava um rastro de água que se assemelhava a tentáculos até sua descida na direção sul... Mesmo uma câmera teria deturpado, isolando-as de sua coexistência como todos os outros instantes de sua contemplação, essas livres imagens do rio Paraguai. Eléazard a aprovaria, pensou, ele que considerava um dever jamais fixar o que quer que fosse numa película.

Elaine fechou os olhos e se deixou embalar pelo ronco regular do motor. Encontrava de repente o sentimento de extrema preguiça que um dia a afastara de Eléazard. Nada de concreto havia motivado sua partida, senão esse último reflexo de sobrevivência, que a obrigara a fugir de um homem cujo cinismo o matava em fogo brando. Eléazard se consumia tomado por uma excessiva lucidez sobre os seres e as coisas. Ela sentia raiva por ele não acreditar em mais nada, nem mesmo na própria capacidade. Sua tese a respeito de Kircher estava enterrada sem esperança, sua vontade de escrever outras coisas senão os despachos banais para a agência de notícias estava esgotada havia tempo, e se ele ainda parecia se interessar pelo mundo, era com a única finalidade de listar suas taras. Quantas vezes debochara de sua pretensão de compreender o mundo e definir suas leis de funcionamento? Parecia ainda ouvi-lo: "A ciência não passa de uma ideologia entre outras, nem mais nem menos eficaz do que qualquer uma de suas semelhantes. Trata simplesmente de domínios diferentes, mas faltando à verdade com margem tão grande quanto a religião ou a política. Enviar um missionário para converter os chineses ou um cosmonauta à Lua é exatamente a mesma coisa: faz parte da idêntica vontade de reger o mundo, de confiná-lo aos limites de um saber doutrinário e que sempre se afirma como definitivo. Por mais improvável que possa parecer, São Francisco Xavier chega à Ásia e converte efetivamente milhares de chineses, o americano Armstrong — um militar, entre parênteses, se entende o que quero dizer... — pisoteia o velho mito lunar; mas o que essas duas ações nos demonstram senão elas próprias? Não nos ensinam absolutamente nada, pois se contentam em ratificar algo já sabido, ou seja, que os chineses são *convertíveis* e a Lua, *pisoteável*... As duas ações não passam do mesmo sinal de autossatisfação dos homens em determinado momento da história."

Um dia, ela não suportara mais essas rachaduras no muro cego das certezas. Alcântara lhe surgira como o exato reflexo de Eléazard: um amontoado de ruínas contagiosas das quais era preciso escapar com urgência. O interesse mórbido de seu marido por Athanasius Kircher, esse lamentável fracassado, lhe pareceu repleto de ameaças contra si mesma. Fugira disso, desse desamparo hipócrita. O divórcio fora sem dúvida exagerado, mas necessário para romper em definitivo com os feitiços que a mantinham cativa e para ficar sozinha com a simplíssima alegria de viver de bem com a vida.

O barulho do motor cessou bruscamente. Enquanto o barco vagueava em silêncio com tranquilidade, Elaine escutou o clamor dos pássaros enchendo a selva. De seu posto de observação, viu Yurupig ganhar a proa e libertar de um golpe a corrente da âncora. O barulho dos elos batendo entre si interrompeu um instante as tagarelices dos macacos invisíveis na margem. Herman Petersen subia no convés carregando um balde e uma cesta.

— O que está acontecendo? — perguntou Dietlev, expressão inquieta. — Algum problema no motor?

— Não se inquiete, meu amigo! É que a noite cai rápido e, por aqui, é melhor não navegar no escuro. Poderíamos ainda continuar por mais uma horinha, mas talvez não conseguíssemos ancorar. Ainda por cima, não existe lugar melhor em todo o rio para pescar dourados.

— E o que são dourados? — perguntou Mauro.

— *Salminus brevidens* — respondeu imediatamente Dietlev, como se tal conhecimento fosse absolutamente normal. — Uma espécie de salmão dourado que pode atingir 20 quilos. Eu comi dourado ano passado; é delicioso.

— Então, ao trabalho! — exclamou Herman, tirando várias linhas do cesto. — Se quiserem dourado para a refeição desta noite, é o momento de mostrar o que sabem fazer.

— Merda! — esbravejou Herman com raiva. — Piranhas... Acabou a pesca, crianças. Quando estão aí, não temos a menor chance de pegar nada. Essas safadas são muito vorazes... Mas esperem, meus pequeninos! Já que é assim, vamos preparar uma sopa de piranhas. Vou colocar linhas de aço, elas vão cair direitinho...

Primeira a ser favorecida, Elaine em breve lutava com uma presa. O fio, de tão esticado, quase arrebentava, rasgando a água amarela de modo imprevisível.

— Vamos, puxe! — gritou Herman, ele próprio ocupado em pegar um peixe. — Não corre risco nenhum. Puxe, caramba! E preste atenção quando o peixe chegar ao convés, deixe Yurupig cuidar disso, pois esse peixe pode lhe cortar os dedos num piscar de olhos!

Brilhos de ouro se sucederam na inquietante opacidade do rio. Com um gesto brusco, em que colocara toda a força, Elaine fez voar sobre o convés uma piranha resplandecente. O índio viera às pressas: dois golpes de bastão vigorosamente eficazes puseram fim aos sobressaltos que a jovem mulher tentava desajeitadamente conter.

— Olhe, que beleza! — disse Herman.

Ele acabava de pegar a piranha e se virava para mantê-la viva com a mão esquerda, a tal ponto que Elaine não pôde estabelecer se ele havia tomado essa liberdade de tom com ela ou com o peixe. Viu Herman introduzir a ponta de sua faca na boca prognata do animal; as duas fileiras de dentes triangulares — presas monstruosas, para dizer a verdade — se fecharam bruscamente sobre a lâmina várias vezes seguidas, como um pequeno grampeador; com um penoso estalar de ossos e com a ajuda de Herman, que fazia uma alavanca, a piranha quebrava os dentes um a um sobre o metal...

— Depois disso, não terá mais necessidade de ir ao dentista! — Herman gargalhou, orgulhoso de sua demonstração. — Imaginem o que elas podem fazer embaixo d'água... Em bando, devoram um boi em menos de dois minutos. Sabem o que quer dizer piranha em tupi-guarani? Quer dizer "peixe-tesoura"... Nada mal, hein?!

Apesar do aspecto repugnante do animal, Elaine ficou revoltada com a tortura inútil que lhe era infligida. Corrigiu-se mentalmente: uma tortura estúpida, odiosa, um exemplo totalmente claro da idiotice humana,

— Posso tentar? — perguntou Elaine do alto de seu posto.

— Mas é claro, senhora. Eu me perguntava por onde andava.

— Já vou avisando: nunca pesquei! — disse, encontrando-os no convés.

— Então, pare de se exibir — disse Dietlev com malícia. — Ninguém pode pretender a inocência absoluta neste vale de lágrimas...

— É preciso começar um dia — disse Herman sorrindo —; é fácil, vou lhe mostrar. Usamos isso aqui como iscas — acrescentou, mostrando o interior do balde. — Piramboias, não há nada melhor!

Elaine tinha se aproximado. Percebendo as criaturas curtas e gordas amontoadas no fundo do recipiente, recuou.

— Serpentes? — exclamou, com expressão de nojo.

— Quase. Mas é melhor não enfiar os dedos aí! — preveniu, envolvendo a mão com um pano para pegar uma das enguias.

Com um único golpe, secionou-a em duas e prendeu um dos pedaços esperneando num anzol. Depois de ter lançado o chamariz no rio, a apenas poucos metros do barco, entregou a vara de pescar a Elaine.

— Pronto. Basta ser paciente. Se puxar, a senhora traz de volta; não é muito complicado.

— E esse negócio vive muito tempo? — perguntou, apontando com o queixo a mancha de sangue onde o rabo de piramboia ainda se retorcia.

— Horas. É incansável, daí a vantagem. Não existe um único peixe que resista a esse rabo. Sobretudo as fêmeas...

Disse isso num tom lascivo, os olhos ternos e lacrimejantes fixos nos seios de Elaine. Ela fingiu não entender e voltou o olhar para o rio.

— E você, Mauro? Não quer experimentar?

— Por que não? Não quero pensar que não tentei.

— Tem razão, meu jovem! Venha aqui buscar sua vara.

Tendo Dietlev declinado o convite, Herman começou a pescar com os outros.

Sua espera durou apenas alguns minutos. Elaine sentiu de repente um puxão violento, mas a vara subiu vazia: havia sido cortada, bem em cima do anzol. O mesmo incidente ocorreu quase imediatamente com Herman e Mauro.

mas certamente não "inútil", pois esta palavra deixava supor que havia por vezes suplícios justificados. Ela ia dizer a Herman para acabar com a brincadeira cruel quando Yurupig avançou na direção dele.

— Largue o peixe — disse com calma, mas num tom pesado de ameaça. — Já.

Por um instante, os dois homens se enfrentaram com o olhar. Herman escolheu sorrir como se nada tivesse acontecido.

— Vou fazer melhor ainda — disse, dirigindo-se a Elaine —, vou deixá-la viva. Pelos belos olhos da senhorita...

E com um gesto afetado, lançou ao rio a piranha ensanguentada.

Yurupig voltou-se na direção dos círculos concêntricos que já manchavam a superfície da água e, levantando as palmas das mãos ao céu, murmurou algumas frases incompreensíveis. Isso feito, voltou para o interior do barco sem uma palavra.

— Eu peguei uma, peguei uma! — gritou de repente Mauro, que perdera toda a cena.

Herman aproveitou para ajudá-lo. Quando a piranha estava no convés, golpeou-a, desta vez sem outras exibições.

— Vamos lá! — exclamou com ar animado. — Mais umas duas ou três e teremos nossa sopa.

Enquanto ele preparava novamente os anzóis, Elaine se aproximou dele:

— O que ele disse?

— Quem?

— Yurupig, ora! Não se faça de imbecil.

— Tolices sem importância, coisas de índio.

— Ele rezou pelo peixe — disse Dietlev de repente, com gravidade. — Não compreendi tudo, mas ele invocou a *justiça do rio* e pediu que o perdoassem pela morte do pobre animalzinho.

— Mas ele estava vivo! Eu o vi nadar — exclamou Elaine.

— Isso é o pior. Estava vivo, mas ferido por causa do anzol, e incapaz de pegar uma presa por culpa desse... desse "indivíduo". Espero que seus congêneres o tenham comido de imediato, senão ele vai levar dias para morrer.

Elaine olhou Herman com desprezo; seus olhos brilhavam de cólera.

— Ele já sabia, não é?

— E daí? Que diferença faz? Vão me encher o saco por causa de uma merda de uma piranha? Precisam se acalmar, todos vocês... Senão...

— Senão o quê? — perguntou Dietlev, olhando-o fixamente. — Caso tenha se esquecido, você já foi pago, portanto é você quem deve se acalmar, e rapidinho!

As pupilas dos olhos de Herman pareceram iluminar-se de fúria. Não respondeu e deu de ombros antes de se afastar. A porta da cabine bateu violentamente às suas costas.

— Não sabia que você falava tupi — disse Elaine a Dietlev, logo após a discussão. — Onde aprendeu?

— Eu não falo direito — retificou Dietlev —, mas o suficiente para me safar de qualquer situação com os índios. Fiz cursos na Universidade de Brasília, e isso muitas vezes me ajudou a localizar uma jazida ou a coletar fósseis em certos cantos escondidos. Você também deveria aprender.

— Tem razão. Vou tratar disso na volta.

A atitude de Yurupig a impressionara. Pela primeira vez desde a partida — só agora se dava conta — escutara sua voz. A imagem de seu perfil enquanto enfrentava Herman lhe veio à memória com clareza: a tez bronzeada, os olhos amendoados e meio oblíquos sob a espessa protuberância da pálpebra, o nariz largo e achatado, sem cartilagem aparente, mas cuja carne era bem modelada, e lábios carnudos que mal se moviam ao falar. Vestido com um macacão emplastrado de gordura e graxa, parecia jamais se separar de um boné de beisebol usado ao contrário, de onde saía um tufo de cabelos formando um topete de plumas negras acima da fronte. Elaine o achara muito bonito, sobretudo quando de sua emocionante oração para as piranhas.

— O que aconteceu? — perguntou Mauro, intrigado pelo súbito desaparecimento de Herman e pela expressão contrariada dos professores.

Em poucas palavras, Elaine o pôs a par da situação.

— Ih, essa história começou mal — disse, coçando a cabeça. — Esse porco merecia que o jogássemos na água e seguíssemos sem ele!

— Ele não me inspira confiança... — disse Elaine, como se falasse sozinha. E para Dietlev: — Sabe do que mais? Suas intenções a meu respeito são bem claras... Sou contemplada com alusões maliciosas a cada dois minutos!

— Não é possível! — exclamou Mauro, bruscamente exaltado. — Esse bêbado! Esse... esse nazista nojento!

— Cuidado com o que diz — repreendeu-o Dietlev com firmeza. — Não passa de um rumor, eu deveria ter calado a minha boca. Em todo caso, não se esqueça de que a missão depende dele e do barco. Isso se aplica a você também, minha linda. Nosso grupo todo ainda vai ter que passar duas ou três semanas juntos, então é melhor botar água na fervura. Não sei o que há entre ele e esse índio, mas isso não nos diz respeito.

—Viu como ele o humilhou? — insurgiu-se Elaine.

—Vi, e isso só o compromete. Bem, por enquanto, trata-se apenas de uma piranha devolvida à água. Não vamos exagerar.

— Isso é o pior de tudo! — disse Mauro, cerrando os punhos.

— Chega! Não quero mais ouvir falar desse incidente. E nenhuma palavra a Milton, entenderam?

— Como assim? Estão me escondendo segredos, pelo que vejo — escutou-se a voz de Milton. — Não estou gostando nada disso, vou logo avisando...

Durante um a dois segundos de um silêncio culpado, Dietlev tentou desesperadamente encontrar uma saída para a situação. Elaine veio em seu socorro:

— Pronto! — exclamou, o ar desolado. — Nossa surpresa foi por água abaixo.Você ouviu...

— Que surpresa? — Bocejou. — Desculpe, dormi como uma pedra. Muito vinho no almoço não me faz bem. E então, o que não se deve dizer ao velho Milton, meus filhos?

— Que vamos ter sopa de piranha para o jantar — retomou Elaine, sem saber como fazer para se sair daquela situação.

— ...?!

— Isso — continuou, tomada por um súbito temor diante da dificuldade de imaginar qualquer coisa convincente. — Nós... Enfim, Herman garante que a sopa de piranhas possui certas virtudes... afrodisíacas.

— E decidimos fazer uma experiência "às cegas", como se diz... — retomou Mauro, assumindo um ar irritado. — Uma brincadeirinha infantil. A ideia foi minha. Íamos confessar tudo amanhã...

— Vejo que se divertem um bocado às minhas costas — disse Milton, gargalhando. — Mas posso lhes garantir que, graças a Deus, não preciso disso. Apesar da minha idade, ainda me porto bastante bem nesse departamento.

Um pouco mais tarde, quando Milton se afastou em companhia de Dietlev, Elaine agradeceu Mauro por sua intervenção.

— Não sabia mais como me safar dessa mentira — disse, rindo. — Fico realmente muito agradecida.

— Não foi nada — disse Mauro, corando. — Eu mesmo me surpreendi. Em geral não brilho pela presença de espírito. Ainda me pergunto como ele engoliu aquela história...

— Foi genial a sua ideia de assumir a responsabilidade. Tenho a impressão de que ele é capaz de perdoar qualquer coisa que venha de você...

Mauro estudou um instante o valor desse comentário. Dito assim, parecia evidente.

— Eu não gosto muito dele, você sabe.

— Eu também não. Pode ficar tranquilo! — respondeu ela, em tom de confidência. — Não é mau sujeito, mas abandonou tudo em função da carreira, e acho essa atitude indigna por parte de um pesquisador.

Mauro deixou o olhar errar sobre o rio. Desaparecendo, o sol incendiava o espaço; em sombras chinesas sobre o céu, as árvores gigantes recortavam as nuvens espessas com contornos de brasa. Os sons estridentes dos insetos abafavam pouco a pouco os gritos dos pássaros perdidos, num último lamento na inquietude da noite. Na ribanceira, a alguns metros do barco, galhos quebrados e murmúrios furtivos nas moitas feriam a todo instante seus sentidos despertos.

Um sopro de exaltação, associado a um sentimento inexplicável de tristeza, soltou-lhe a língua:

— Em contrapartida, gosto muito de você — disse a Elaine, sem ousar fitá-la. — Muito, quero dizer...

Emocionada com essa confissão camuflada, Elaine o despenteou com um gesto afetuoso, como teria feito com Moema em circunstâncias análogas. No momento em que ele sentiu a mão em seus cabelos, ao mesmo tempo radiante e envergonhado por essa reação desconcertante, ouviu-se pela primeira vez o grito rouco e duplo dos jacarés.

Semi-inclinado em seu beliche, as costas apoiadas contra a parede metálica da cabine, Herman Petersen tentava pegar a garrafa de cachaça que se empenhava em esvaziar havia duas horas; essa simples tentativa desencadeou uma rotação vertiginosa de seu campo visual, e, vendo o lampião rodopiar sem motivo ao seu redor, convenceu-se de sua bebedeira com fatalismo. Resistindo à vontade — no entanto incontrolável — de mais um gole, fechou os olhos na vaga esperança de escapar à tontura. As imagens o confundiam insistentemente.

Começara a beber com Dietlev e Milton, pouco antes da refeição, quando os dois geólogos tinham ido encontrá-lo no refeitório. Dietlev, relaxado, sorridente, com um copo de aperitivo na mão, tinha indagado sobre a sopa de piranhas. Herman havia tomado nota da submissão deles. Sem mostrar o rancor ainda intacto ou o orgulho de tê-los dominado tão facilmente, havia ordenado ao babaca do índio que preparasse a magra pesca da tarde e, em seguida, se divertira expondo a Milton as supostas virtudes dessa sopa. Ao chegar com Mauro, Elaine lhe pedira muito gentilmente uma caipirinha, demonstrando que ela também se decidira a esquecer a altercação ocorrida pouco antes. Durante a refeição, ela chegara a provar a famosa sopa e a simular um elogio sobre o sabor. Essa marca suprema de boa vontade o teria quase amolecido se não tivesse surpreendido o olhar condoído de Mauro: aquele esnobe se lastimava por ter que engolir semelhante afronta sem reclamar. Comédia, comediante! Estavam todos se lixando para ele... Enlouquecido de raiva, imaginou uma a uma suas torpes vinganças.

Faria Yurupig engolir os colhões e o serviria de comida para as piranhas — já que ele as amava tanto. Quanto a Elaine, essa demoraria mais tempo, seria mais complicado... Como fizera com aquela puta, a ativista, nos bons tempos da ditadura. Os tiras a retiraram do furgão e a arrastaram até o chiqueiro dos irmãos Tavares, na saída da cidade. Patriotas dedicados aqueles, machos pra valer, com um pau de verdade entre as pernas! Se houvesse um pouco mais deles por aí, o Brasil não teria se tornado esse país de mendigos e de bichas! Pareceria o Chile... Precisava ver como lá tudo funcionava! A Suíça da América do Sul. Todo mundo andava na linha, tudo funcionava. Até o vinho tinto deles era maravilhoso... Ao entrar, a jovem os havia insultado. Eles tinham fechado a porta à chave e colocado o pau pra fora.

"Tira a roupa, cadela! Primeiro vamos comer seu rabo, pra te ensinar a ser gentil; depois você vai chupar todo mundo; vamos encher sua cisterna com litros e litros! Talvez isso faça você refletir um pouco antes de dizer bobagens!" De pé, ela se pusera a chorar no meio dos caras. Em pânico, a babaca lhes suplicava, mas eles tinham encostado uma pistola em sua testa e ela teve que fazer tudo o que mandaram. Tudinho. Quanto a isso, nada havia a dizer; eles tinham seguido as instruções ao pé da letra! Ela berrava, chorava, e eles faziam sexo com ela por todos os buracos, enquanto a cachaça corria à solta. Fazia um tempão que não curtiam uma farra tão divertida!

Herman cerrava as pálpebras, concentrado nas visões de horror a se acumularem desordenadamente em sua cabeça. Não esqueceria jamais o rosto daquela jovem, mas o de Elaine o substituía de maneira imprecisa, por vezes crescendo até invadir seu campo visual por completo. Ele a via trêmula dos pés à cabeça, como a outra, a implorar de joelhos, o corpo sujo, inchado pelos pontapés e pelas queimaduras de cigarro. E ele apenas assistia, contentando-se em observar e insultar, inventando novas humilhações, novas sevícias, dando livre curso às fantasias saídas da mais profunda sarjeta da natureza humana. Ela veria o quanto custava provocar as pessoas com sua bundinha e seus seios de artista de cinema, sacudir tudo aquilo como se nem notasse, falando de seus fósseis idiotas! A outra fedelha insuportável tinha agido igualzinho: vivia com a boca cheia de sua "democracia", de suas grandes ideias idiotas, mas se deixava possuir pelos filhos da mãe de sua espécie. Do gênero Mauro, justamente... Cabelos compridos, nada dentro da cueca, que se permitiam despi-la diante de homens de verdade! Aquele lá, com seus ares de veado e seu maldito walkman que ronronava o tempo todo, não perdia por esperar... Skibum bumbum... Skibum bumbum... Era enlouquecedor!

Quando Waldemar levara o cachorro, ela tinha perdido mais um pouco o ar de afetação. O dobermann estava mais excitado que os caras! Ele exibia uma ereção, treinado que fora para isso! Os tiras tinham prendido a jovem na pocilga, com um sistema bastante aperfeiçoado que a mantinha de quatro, os braços amarrados nas costas, as pernas separadas e uma venda nos olhos, como nos dos leitões antes de degolá-los. Havia suplicado que a matassem... Chegava sempre um momento em que preferiam a morte a todo o resto, mesmo à esperança de escapar; era então que se tornava interessante. E enquanto o cachorro metia nela, enquanto ela quase sufocava, a boca e o nariz na merda, eles ainda tinham se masturbado em cima dela. Depois disso, cansados de enfiar na xoxota dela tudo o que lhes caía às mãos, de mijar em cima dela e de açoitá-la no arame farpado, pararam para fumar um cigarrinho. Ninguém mais sabia havia quanto tempo estavam lá. "Sabe como fazemos para matar onças sem estragar a pele do bicho? Sabe, vaca?", tinha perguntado um dos irmãos Tavares, o caolho, aquele que havia contraído cancro num bordel de Recife. "A gente pega ela viva na armadilha e enfia uma barra de ferro quente incandescente no cu. Chia, chamusca, deixa cheiro de churrasco! Nada mais bonito de se ver..." Com um maçarico, eles tinham se posto a assar diante dela o cano de seu fuzil de caça. Um Springfield de cano duplo! Era preciso estar de porre para fazer isso... E ele enfiara o treco fervendo no cu da socialista, forçando-o o máximo que podia. Depois, calmamente, dera dois tiros com a espingarda de caça.

Em seguida, foram todos se deitar. Mas ele, Herman, ainda encontrara forças para transar com sua negra até de noite.

A camarada tinha terminado no forno de cal dos irmãos Tavares. Ninguém tinha aparecido para fazer perguntas; era como se ela nunca houvesse existido. O mesmo aconteceria com Elaine, igualzinho... Quanto aos outros, não lhe davam tesão. Um buraco na cabeça para cada, dois para Mauro e *auf Wiedersehen*, Johnny...

Herman estremeceu, encharcado de suor, a camisa colada na divisória de metal. Repentinamente, foi invadido por paisagens de neve e de batalhas... O abandono do campo de Mauthausen pouco antes da chegada dos russos, a queda, os cadáveres escurecidos e congelados no caminho... Em seguida, todos aqueles meses de cativeiro em Varsóvia, morrendo de medo, naquelas barracas de aço laminado que o frio fazia ressoar como os velhos cascos de *U-Boot*... Soluços engasgavam-lhe a garganta, a ponto de lhe doerem a nuca. As imagens de repente se esfumaçaram; ao sentir o calor nas bochechas, a sensação intolerável de remorso, de piedade de si mesmo, soube que o rosto de Ester voltaria a atormentá-lo, e nem o álcool nem a raiva o poupariam esta noite de seu costumeiro pesadelo.

Cadernos de Eléazard

SE KIRCHER ACREDITA na existência dos gigantes, é unicamente para não contradizer Santo Agostinho: não poderíamos pôr em dúvida a palavra de um padre da Igreja sem colocar em dúvida a própria Igreja etc. Cegueira e mentira premeditadas, comparáveis em todos os pontos às de Marr e de Lyssenko em outros domínios. É esse tipo de terrorismo gerado pelas religiões e ideologias que me repugna. Retomar essa discussão com Loredana...

VOLTAR A DIZER AS COISAS SIMPLES: que a religião é o ópio do povo, a droga resistente que há 6 mil anos impede todo o populacho de se erguer e afrontar o céu. Que Jesus, o homem pregado na cruz — *esse criminoso de um reino do Ocidente da época dos Han*, diziam os letrados chineses do século XVII, indignados de ver semelhante bandido venerado —, nos enfeitiçou, tornando-nos impotentes por séculos e séculos; que nossa civilização morre por ter aprendido a se lamentar, a valorizar o fracasso e suas vítimas.

QUE É PRECISO RETORNAR às fontes do sacrifício, à percepção do momento exato e da adequação ao mundo. Reinventar o mais combatido paganismo, negar o *defixio* que prega nosso pênis às pranchas recobertas de chumbo dos cemitérios.

Que a uma religião fundada sobre a carniça de um crucificado corresponde necessariamente uma visão vermicular do mundo.

PARA UM COMPLEXO DE GOLIAS: o gigante da Santa Escritura só existe em comparação a Davi; ele não é forte e gigantesco senão para morrer sob a mão do fraco e do pequeno. Denominar um ser ou um objeto qualquer de Golias já é dar vida ao Davi que, necessariamente, terminará com ele. Apenas pelo seu nome, o *Titanic* estava destinado a perder tudo em um naufrágio.

DE UMA HOMENAGEM A JOËL SCHERK: "Como uma bela teoria poderia ser falsa?" Perigos da simetria, da simplicidade como árbitro da elegância. Sendo belo, é verdadeiro: teoria do Tudo ou do balaio de gatos metafísico? Se a beleza consiste em disseminar conceitos, por que seria necessário que a dissimetria e a complexidade fossem incapazes disso? Que a economia de meios satisfaça mais nosso espírito do que sua profusão, disso não resulta que ela extraia maior valor de verdade.

DE TODAS AS OBSERVAÇÕES ASTRONÔMICAS realizadas por Kircher, nada resta senão a cratera que recebeu seu nome. Um sulco na superfície da Lua...

LOREDANA DIRIGINDO-SE A HEIDEGGER: "Como vai você, pássaro engraçado?" Seus olhos, seu sorriso à Khnopff. Meus truques de prestidigitação parecem funcionar...

NOS PRIMÓRDIOS DO SÉCULO XIX, no momento em que o Egito torna-se alvo de conquista, os sábios de Bonaparte se lembrarão das conjecturas fantasiosas de Athanasius Kircher. "Entrei pela primeira vez *nos arquivos das ciências e das artes*", escreveu Vivant Denon após a descoberta do Templo de Dendera. Com o distanciamento, tudo se passa como se a expedição ao Egito não tivesse servido senão para exumar a Pedra de Roseta e, com ela, a suposta origem da sabedoria cristã ocidental.

"DENTRE OS FUNDADORES DO OCULTISMO", escreve o Dr. Papus, "uma menção toda especial é devida a Athanasius Kircher, jesuíta que teve a habilidade de fazer editar suas obras pelo Vaticano. Sob o pretexto de acusar o ocultismo, ele o apresenta em relato bastante pormenorizado." Divagação, mas sintomática: os charlatães se reconhecem entre si. O hermetismo obsoleto de Kircher, suas afirmações sobre o sentido iniciático dos hieróglifos, seu gosto pelo oculto, pelo extraordinário e pelo prodigioso fundam o esoterismo bem antes de Court de Gébelin e Eliphas Levi.

CREDULIDADE. Contra a religião, a astrologia, o espiritismo e outras futilidades; essas variedades da tolice em que continua a se engelhar o espírito de nossos contemporâneos.

PRISÃO DE FRANÇOIS DE SUS. "Condenado a ter primeiro a mão decepada, depois a cabeça degolada, por ter, de esperteza, dado dois ou três golpes de adaga num crucifixo de papel... Idem para um judeu que jogou pela janela um pote cheio de urina em uma cruz carregada por um cristão na procissão."

PRISÃO DE ESTIENNE ROCHETE. "Condenado a ser içado e estrangulado, teve em seguida o corpo queimado e reduzido a cinzas diante da igreja, por ter quebrado os braços de duas ou três imagens de santos da Igreja Saint-Julien de Pommiers, na floresta."

SE UM RELIGIOSO SE SENTE INSULTADO por terem debochado da imagem de seu deus, é, na melhor das hipóteses, por ele ainda duvidar de sua existência; e na pior, por ser estúpido a ponto de se identificar com ele. Contudo, se ele encontra armas para se vingar dessa ofensa, obedecendo ou negando as leis de uma sociedade, isso o transforma em inimigo jurado, em animal selvagem a enjaular.

KIRCHER É UM PERVERSO POLÍMATO... Ele se dedica à enciclopédia. Tentativa de enumeração de um universo. Arte analógica: o todo está contido em cada parte, como nos hologramas.

VIAGEM RELÂMPAGO A QUIXADÁ. A noite no Convento de Santo Estêvão; o quarto onde o presidente Castelo Branco passou sua última noite antes do acidente de avião que o eliminou definitivamente da superfície da terra. A bela freira que mostra todos os objetos conservados respeitosamente: as sandálias, a vela, o sabonete, a última cadeira em que se sentou, os últimos lençóis, recobertos por um plástico transparente, etc. Nem desconfia que eu só experimentava uma vontade: a de traçá-la ali mesmo, sob a imagem de Santo Inácio.

SPALLANZANI: colocou calças nas rãs e demonstrou que elas tinham necessidade de copular entre si para se reproduzir...

PERDI A CHANCE. O que eu deveria ter respondido a Loredana: "Liu Ling entregava-se com frequência ao vinho. Livre e exuberante, despia-se e passeava nu pela casa. Aos que o visitavam e o censuravam, ele respondia: 'Tomo o céu e a terra como casa, e minha casa como calças. O que fazes, senhorita, entrando assim em minhas calças?'"

CAPÍTULO VII

De quando Kircher domestica os peixes-espada
e da confusão que se segue...

Retornamos enfim a Palermo, onde Kircher foi acolhido com as mais altas honras. Sua proeza em Siracusa brotava em todos os lábios, tanto assim que disputavam sua presença nas academias da cidade. Meu mestre retomou suas aulas na universidade, abordando todos os temas à medida que lhe eram propostos. Mostrou em particular quanto cada homem podia ter de fios de cabelo na cabeça — não mais que 186.624 para os mais afortunados, menos da metade para a maioria deles — e que se era fácil imaginar um número infinito de fios de cabelo por meio da adição, em contrapartida, era muito mais árduo conceber um número semelhante por meio da divisão. Se aceitássemos, com efeito, que um fio de cabelo pudesse ser dividido ao infinito, seria, então, também necessário aceitar que o todo fosse menor que o conjunto de suas partes...

Como um velho doutor siciliano reprovava em Kircher sua propensão a contar os fios de cabelo e a dividi-los por quatro, este último lhe calou a boca lembrando-lhe que um bom cristão não deveria temer imitar a Providência Divina e que nada havia na terra ou no céu de tão medíocre ou de tão abjeto que não merecesse especulações profundas. Caso esse senhor quisesse ir a Roma, ele lhe mostraria, graças a uma pequena luneta que inventara, como se poderia fazer crescer um cabelo até que este tomasse a forma de uma árvore, com seus galhos e suas raízes, e como a compreensão desse simples fenômeno merecia por si só livros inteiros. A plateia foi conquistada por Kircher e o velho doutor ficou sem ação.

Meu mestre comentou igualmente as afirmações do padre Pétau e de alguns outros, segundo as quais Deus havia começado a criar o mundo no dia 27 de outubro, 3.488 anos antes da nossa era, às 8 horas e 47 segundos depois da meia-noite, demonstrando claramente pelo exame de teorias radicalmente diferentes quanto ao dia e ao ano que era presunção decretar essa data e, consequentemente, a do Apocalipse.

O príncipe da Palagonia tinha voltado a assistir às aulas de meu mestre, em companhia do duque de Hesse e de outros homens notáveis da cidade. Diversos rumores corriam a seu respeito e línguas ferinas encarregaram-se rapidamente de citar os sete pecados capitais. Diziam que esse príncipe, por sua natureza ciumenta, mantinha a mulher cativa, e que seu palácio parecia mais um castelo assombrado por demônios do que a verdadeira residência de um cristão. Reportaram-nos igualmente diversas extravagâncias que o faziam ser visto como portador de doenças mentais, mas não acreditamos em nada disso. Na verdade, o príncipe cobria meu mestre de gentilezas e parecia bem mais inteligente e culto do que a maioria de seus concidadãos. Foi, portanto, com prazer que Athanasius aceitou visitá-lo, quando este renovou seu convite para as festas de Natal de 1637.

Restando-nos ainda alguns dias antes da data fixada pelo príncipe da Palagonia, meu mestre, de curiosidade insaciável, decidiu embarcar para Messina. Tendo o reitor da universidade afirmado que os marujos pescadores da cidade faziam uso de certo canto para domar os peixes-espada e, dessa forma, conduzi-los à armadilha, Kircher quis verificar o prodígio com os próprios olhos. Ditadas pelo meu medo de viajar pelo mar e dos piratas turcomanos, minhas reticências não exerceram qualquer efeito; fez-se necessário curvar-me a seu capricho.

Omito os detalhes de nossa viagem até o instante em que chegamos à zona de pesca, assinalada por algumas balizas. Uma vez ancorado o navio, entramos em uma das seis barcas que haviam sido rebocadas até lá, na do "líder" ou capitão. Como constatamos a seguir, esse homem era o único autorizado a formular as palavras mágicas que atraíam os peixes. Os marinheiros começaram a manejar os remos, e não havíamos percorrido 500 metros quando o líder se pôs a cantar. Era uma melopeia ininterrupta, triste e lancinante, no mesmo ritmo do barulho dos remos e do coro dos remadores. Desde o início do canto, Kircher se curvara por cima da amurada para observar as profundezas marinhas e em breve apertou-me o braço com insistência, obrigando-me a olhar também: no fundo da água, clara e transparente como cristal, vi enorme quantidade de grandes peixes prateados que evoluíam com lentidão, acompanhando nosso barco em sua progressão. Era um espetáculo tão magnífico que eu não me cansava de admirá-lo... Quanto a meu mestre, fervorosamente começou a tomar nota desse canto maravilhoso. Ao final de certo tempo, de pronto fez-se o silêncio. Erguendo a cabeça — Kircher, de seu caderno; eu, do fundo do mar —, tivemos a surpresa de constatar que todas as embarcações tinham se agrupado num largo círculo. Os marinheiros haviam cessado de remar; puxavam em cadência uma vasta rede, subindo-a pouco a pouco. O capitão entoou um novo canto para encorajar os pescadores em seu esforço e, à inclinação das redes na direção do centro do círculo, compreendi tratar-se de uma vasta nassa da qual os peixes eram doravante cativos.

O fundo da rede logo ficou na horizontal sobre a superfície: atuns e peixes-espada, parcialmente fora de seu hábitat, agitavam o mar com movimentos desordenados. Eu perguntava-me como os pescadores iriam erguê-los a bordo quando, posicionando a rede para mantê-la parada, pegaram lanças arrematadas por um largo gancho de ferro. O líder iniciou um terceiro canto, cuja pungente gravidade, recitado como um *Dies iræ*, convinha plenamente ao massacre que se seguiu.

Entre dois soluços, observei Kircher. Os olhos arregalados, a cabeleira desgrenhada, respingado de sangue e de água, ele se mostrava abalado com tamanha carnificina. Eu sentia todos os seus nervos vibrarem e, olhando suas grandes mãos agarradas ao rebordo do barco, vi os nós dos dedos embranquecerem.

— Reze por minha salvação, Caspar — murmurou bruscamente —, e me detenha se eu empunhar uma dessas lanças!

Persuadido de que meu mestre experimentava a tentação de castigar aqueles homens por sua crueldade, reuni minhas últimas forças para invocar a proteção do Senhor. Graças aos céus e talvez às minhas orações, Kircher não cedeu a seu impulso. Felizmente, pois, no estado miserável em que me encontrava, não poderia detê-lo e livrá-lo da danação eterna.

Uma vez que todos os peixes, até o último, estavam a bordo, voltamos ao navio e içaram as velas na direção de Messina. Na chegada, retornamos ao mar quase imediatamente, e apenas diante da vista dos belos rochedos que circundam Palermo meu mestre ousou descerrar os dentes:

— Caspar,. meu amigo, você me viu numa situação bem delicada e me confessarei a meus superiores tão logo retornemos a Roma, mas preciso explicar previamente o que se passou. Isso talvez me ajude a dissipar as sombras que obscurecem meu espírito...

CANOA QUEBRADA | *Um delírio de astrônomo sonhando com um planeta bárbaro e devastado*

Todas as vezes que Roetgen se sentia vencido pelas circunstâncias, entrava, como ele próprio dizia, "em catalepsia". Após um intenso esforço de concentração, conseguia sem demasiado empenho paralisar em seu espírito a faculdade de julgamento e se manter num estado próximo da ataraxia. Tendo-se colocado propositadamente em uma posição em que tudo podia acontecer sem que ele parecesse afetado, nada mais o atingia de verdade. As maiores inquietações escorriam sobre os muros invisíveis dessa aparente serenidade. Ele poderia se encontrar num Boeing em queda livre ou diante de um louco furioso armado de uma pistola e nenhum músculo de seu corpo tremeria; eventualmente, seria morto, com a impassibilidade de um lêmingue.

Ali de pé, parado no meio do corredor central na parte de trás do ônibus, os braços soldados em cruz às barras de aço manchado, imprensado por todos os lados pelos viajantes que a ele se agregavam, sacudido, empurrado, aturdido pelo calor e pelo barulho, Roetgen segurava firme, como num veleiro entregue à tempestade. Obrigado a repentinas freadas para evitar os animais, as crianças ou os objetos que surgiam diante do veículo, como na tela de um video game, o motorista colocava sobre Roetgen a força da carne e do suor de umas cinquenta pessoas. Vista às vezes de relance por trás da onda humana, a paisagem desértica do sertão o assaltava com sua desolação.

Ele sentiu que puxavam devagarzinho sua camisa:

— Tudo bem? Não quer se sentar um pouco no meu lugar? — acabou dizendo Moema, entortando a cabeça para vê-lo.

— Não precisa — respondeu, ar resignado. — Ainda posso aguentar bem uns cinco minutos antes de desabar.

— Já está quase terminando — afirmou ela, sorrindo gentilmente. — Chegamos daqui a meia hora mais ou menos...

Quando Moema aparecera na Casa de Cultura Alemã, aparentara surpresa ao perceber Roetgen ajudando Andreas e alguns outros professores a guardar as cadeiras.

— Mas que horas são? — havia perguntado a Roetgen, que fora ao seu encontro.

— Uma da manhã. Eu já esperava isso de você. Por falar nisso, um tal de Virgílio também. Ele foi embora faz dez minutos.

— Droga! Sou uma negação, sério! Não vi o tempo passar.

Ela parecia mais bizarra que à saída do banco. Seu hálito recendia a álcool.

— Quer um trago? Andreas tem sempre uma garrafa de uísque no escritório.

— Não, obrigada, não posso — ela respondeu, após um curto instante de hesitação. E mostrando com o olhar o pequeno grupo de professoras que se movimentava sob a mangueira: — Elas fariam um escândalo. Seria muito ruim para a sua reputação. No Brasil, os professores não têm o costume de beber com os alunos, e muito menos com as *alunas*...

— Há tempos eu não dou a mínima para a minha reputação, sabia? Então, se for por isso...

— Não, não... Não é possível — insistira. — De todo modo, eu não... Enfim, o que o senhor faz nos finais de semana? Quero dizer, em geral...

Roetgen evitara sorrir diante do manifesto mal-estar da jovem; ela deveria apegar-se no último momento a uma velha cantada ou improvisar esse primeiro passo que desafiava as convenções? Já teria estimulado seu lado selvagem, essa luz de revolta e de ironia que o fazia franzir os olhos quando cruzava com os seus no fundo da classe, tudo o que permite que um ser se singularize a ponto de se imiscuir em nossos sonhos e pensamentos, infectando-os, iluminando-os de uma misteriosa tenacidade? Essa aproximação desajeitada lhe provocava um prazer louco.

— No final de semana? Nada de mais. Leio, jogo xadrez. E depois tem Andreas, que você conhece: volta e meia passeamos juntos com os dois filhos dele. Por aí, no "interior", como vocês dizem por aqui, mais frequentemente no Porto das Dunas. Tomamos vinho, conversamos, aproveitamos a vida... Nada de muito original, como vê.

— Conhece Canoa Quebrada?

— Nunca ouvi falar.

— É uma pequena vila de pescadores, completamente isolada nas dunas, a 300 quilômetros daqui. Um lugar *legal*... preservado e tudo mais. Sem hotel, sem turistas e até mesmo sem eletricidade! O mais belo lugar do Nordeste, na minha opinião. Vou amanhã com uma amiga. Que tal vir conosco?

Ele aproveitara a oportunidade. Tendo Moema marcado o encontro, com a recomendação de que levasse uma rede, desaparecera na obscuridade cheirosa do campus.

Naquela mesma manhã, bem cedinho, Roetgen encontrara as duas jovens na rodoviária, a imensa estação de ônibus da rua Oswaldo Studart. Taís havia se encarregado das passagens, de modo que bastou embarcar com elas no Fortaleza-Mossoró que já fazia ruído na praça. Antes mesmo de ter deixado a cidade, o ônibus enchera-se de uma multidão turbulenta e diversificada, cujo falatório concentrava-se em comentar o acidente de avião publicado num dos jornais. Apenas uns 15 minutos após a partida, Roetgen oferecera seu lugar a uma velha — teria lhe dado, sem pestanejar, 60 anos, até Moema persuadi-lo de que a mulher estava grávida! — e ele resistia fazia umas três horas ao remorso lancinante por sua cortesia.

Iguape, Caponga, Cascavel, Beberibe, Sucatinga, Parajuru... Sem dúvida Moema devia ter prevenido o motorista: pouco depois de Aracati, o ônibus parou no cruzamento com uma estradinha intransitável mas retilínea que subia incansavelmente rumo a um horizonte de mato e de carnaúbas mirradas.

— Pronto! — disse Moema quando o ônibus partiu numa nuvem de poeira. — Mais uma hora de caminhada e chegamos.

— Uma hora de caminhada? — protestou Roetgen. — Você não tinha me falado disso.

— Tive medo de você desanimar — disse Moema, colocando os óculos de sol com um sorriso irresistível. — Eu avisei que era um lugar no meio do nada. Mas vale a pena, é o paraíso!

— Então, avante, para o paraíso... Espero que ao menos possa se tomar banho ao chegar!

— E como! É a mais bela praia do Nordeste, o senhor vai ver. Antes de qualquer coisa, vamos nos pôr em condições de caminhar... O senhor... Você não tem nada contra um fuminho, imagino... Desculpe, mas já estou cheia de chamá-lo de senhor. Aqui estamos em meu território, azar se me enganei a seu respeito.

— Vixe Maria! — exclamou Taís, espantada com a audácia da amiga. — Você é completamente pancada, não é possível...

— Não se preocupe — imediatamente Roetgen a tranquilizou, aturdido, no entanto, pela perspicácia de Moema. — Eu sei a diferença entre a universidade e o resto. A melhor prova é que vim com vocês, não acham?

— Se eu tivesse a menor dúvida, não o teria convidado — disse Moema, sem erguer os olhos do cigarro que preparava com precaução, juntando o fumo em cima da mochila.

Roetgen a observou preparar o bagulho. Apesar de seus ditos e de uma indiferença estudada, esse exercício o perturbava o suficiente para que ele se sentisse deslocado. Pouco à vontade diante da droga — só fumara umas duas vezes, sem prazer e sem compreender o porquê de sua geração ter desenvolvido semelhante gosto pela náusea —, ele via chegar, com apreensão, o momento em que lhe seria necessário dar o passo adiante ou se ridicularizar. Todavia, agora compreendia melhor as curiosas ausências da jovem durante as aulas, seus óculos escuros e mesmo esse modo bem particular de pular de um assunto para outro repentinamente, de rir sem motivo aparente. Ao acreditar ter penetrado no obscuro mecanismo de sua inclinação por ela, ele sentiu bruscamente uma espécie de decepção.

— A você, a honra! — disse Moema, estendendo-lhe o cigarro que acabava de ser enrolado, ainda úmido de sua saliva.

Roetgen o acendeu, esforçando-se por tragar o mínimo possível. Já se via tomado de vertigem, o coração na boca, trapo humano abandonado e degradado no meio da estrada. Ao mesmo tempo, tremia diante da ideia de que uma das jovens o reprovasse por fingir ou, por sua inexperiência, desperdiçar as preciosas tragadas. Teve raiva de Moema por colocá-lo nessa situação embaraçosa.

Seguiu adiante com dignidade, seja por ter conseguido enganá-las, seja por elas terem bastante inteligência para não o reprovarem por sua má intenção.

—Vamos — disse Moema, quando o cigarro voltou para os seus dedos. — O mais difícil ainda está por vir.

Enquanto começavam a caminhar — o sol anulava as sombras sob seus passos —, Roetgen tentou entabular uma conversa com Taís. Ela não parecia nada disposta a conversar, desencorajando-o com monossílabos. Ele deixou o silêncio se instalar. Dois minutos depois, estava ensopado.

— Que calor! — disse, enxugando o rosto com o lenço.

— Você deveria ter vindo de sandálias — disse Moema, após uma rápida espiada para as meias. — É a primeiríssima vez que vejo alguém ir à praia de meia e sapato...

— Ele é incrível! — exclamou Taís, subitamente animada com tal heresia. — Eu nem tinha notado. Meus Deus, isso deve dar um chulé!

— Pior que isso! — confessou Roetgen, rindo também. — Mas peço que tenham um pouco mais de respeito com meus pés. Afinal, sou professor.

— Um professor que fuma maconha com as alunas... Se a novidade se espalha... — disse Moema em tom insidioso.

Roetgen tomou consciência de sua leviandade. Moema brincava, é claro, mas se decidisse, por uma razão ou outra, contar esse episódio, adeus a seu cargo na universidade. Por um segundo, leu-se o pânico em seu olhar.

— Pode confiar em nós — disse Moema, retomando o tom sério. — Nunca farei isso, não importa o que aconteça. E depois, você sempre pode alegar que não é verdade: seremos acusadas de mentir, não você.

— Espero — disse, gravemente. E para mudar de assunto: — Não passa muita gente nessa estrada! Não vimos uma alma viva em meia hora.

— Espere até chegarmos ao alto da costa e você vai entender rapidinho o motivo.

Quando chegaram ao topo da subida, Roetgen, surpreso, descobriu uma nova paisagem: sempre retilínea, a estrada descia num declive suave na direção de uma alta barreira de dunas onde a estrada pura e simplesmente desaparecia.

— Era a estrada para Majorlândia — contou Moema. — Faz três anos que as dunas a recobriram. Elas se movem um bocado por aqui. Mas não vamos fazer uso dela por muito tempo, pois não é para lá que vamos.

— Que loucura! Parece que estamos em pleno Saara... Tem certeza de que o mar se encontra no final?

— Absoluta!

Caminharam até o local onde a estrada deixava de ser visível. De perto, o espetáculo era ainda mais espantoso, como se tivessem voluntariamente despejado montanhas de areia.

— E agora? — perguntou Roetgen, desamparado diante do beco sem saída onde se encontravam.

— Sempre à frente — disse Moema indicando a duna. E com um sorriso tingido de ironia: — Você vai conseguir chegar lá?

— Tenho escolha?

As duas o precederam no aclive. As nádegas, vislumbradas um instante sob o tecido esvoaçante do short, ondularam sob os olhos de Roetgen antes de se afastarem. Com a ajuda das mãos, Taís e Moema escalavam com desconcertante facilidade, liberando sob seus passos avalanches de areia fluida que faziam o solo à sua frente ceder. Incomodado com a bolsa de viagem, cuja correia arranhava-lhe o ombro, além de cego de suor, atolando e de repente derrapando em todos os poucos metros, Roetgen chegou ao alto da duna bem depois delas. Encontrou-as divertindo-se por vê-lo perder as forças de modo tão cômico.

A visão que o aguardava compensou toda a zombaria das jovens. O riso transformou-se em coro, numa celebração alegre da beleza do mundo. O oceano acabava de aparecer, azul-turquesa, brilhando como uma cerâmica moçárabe. Sobre a lúnula da costa, tão longe quanto a vista alcançava, um interminável platô de dunas curvava-se docemente rumo à beira do mar, onde branqueava uma larga orla de vagalhões. Nem uma árvore, um inseto, um pássaro, nenhum indício que pudesse testemunhar a presença de homens: um delírio de astrônomo sonhando com um planeta bárbaro e devastado, imobilizado para sempre sob o sol inclemente.

Roetgen soltou um assovio de admiração.

— Nada mal, hein? — comentou Moema. Havia em sua voz uma nuance de orgulho: — Tinha certeza de que você ia gostar... Olhe, o vilarejo fica bem lá embaixo.

Na direção indicada pela jovem, apenas uma perspectiva ruiniforme cujo marrom avermelhado destoava um pouco da cor de camurça predominante: observando melhor, Roetgen distinguiu na praia cinco ou seis velas de jangadas que se confundiam com o encrespar das ondas. Apressando o passo, em breve avistaram algumas palhoças que uma duna mascarara ali. Um cachorro esquelético fez menção de avançar contra eles. Latiu fraquinho, como que por obrigação. Depois, um asno carregado de pães doces cruzou o caminho do trio. Guiado por uma menina, deixava atrás de si um comprido rosário de respingos escuros.

Chegavam a Canoa Quebrada.

Construído numa elevação, com a mesma areia da duna, o vilarejo era composto por casinhas rudimentares, uma de frente para a outra, formando uma única rua inclinada na direção do oceano. A maioria de taipa, grosseiramente caiada e sustentada por magras escoras de madeira desbotada, tortas e retorcidas, à imagem da vegetação mesquinha do sertão, as casas eram enfeitadas por tetos sumários, erguidos com ramagens e palmeiras secas. As mais humildes não passavam de choupanas que imitavam o formato de construções com estrutura mais firme, simples abrigos onde se passava sem descontinuidade da areia da rua à de uma varanda única, encolhida pelo entrelaçamento retorcido da armação. Nenhuma delas possuía vidros ou umbrais nas janelas. Aparentemente, contentavam-se em fechar as aberturas com simples persianas mal alinhadas. Plantados de qualquer jeito no meio da rua, uma dezena de postes danificados ainda sustentava uma frágil rede de fios elétricos esticados e lâmpadas cobertas com lata; o gerador estava em pane fazia tanto tempo que já tinham renunciado a qualquer esperança de reparo. Aqui e acolá, raras palmeiras murchas e tamargueiras pouco mais numerosas, que pareciam mais resistentes ao vento salgado, farfalhavam na brisa marinha. Nos montes de lixo acumulado ao acaso atrás das choupanas, galinhas e porcos escavavam livremente à procura de comida.

Um único poço fornecia água salobra à população de pescadores que sobrevivia nesse recanto perdido, fechada sobre si mesma, aninhada em seu isolamento como uma população dizimada.

A primeira preocupação de Moema foi passar na casa onde Neuzinha morava, bem no final da rua, exatamente onde começava o declive na direção da praia. Mediante alguns cruzeiros, negociou o direito de suspender a rede em uma das duas choupanas que seu filho construíra ali perto, unicamente para uso dos viajantes.

— É um lugar pouco frequentado — explicou Moema a Roetgen —, mas mesmo assim tem gente que vem de Aracati ou de mais longe ainda para tomar um banho de mar aqui, tranquilamente. Nós, por exemplo. Assim Neuzinha ganha um pouco de dinheiro; é justo. Quando estou sozinha, fico na casa do João, meu companheiro de pesca. Mas não dá para acomodar três. Vamos visitá-lo daqui a pouco. Você vai ver, ele é um cara fantástico! Nunca encontrei ninguém tão gentil.

— Vamos logo?! — resmungou Taís. — Deixamos nossas mochilas na choupana e vamos à praia. Que tal?

— Tudo bem quanto às mochilas, mas eu queria primeiro fazer uma visitinha ao João. Não vai levar mais que cinco minutos.

— Como preferir... — disse Taís, ligeiramente irritada. — Eu não aguento mais, espero vocês na água...

Deixaram a bagagem na areia, no interior da choupana. Enquanto Taís mudava de roupa, Roetgen e Moema começaram a subir a rua.

— O que deu nela? — perguntou Roetgen.

— Depois passa. Está meio enciumada, só isso.

— Enciumada? Como assim? Ciúmes de quem?

— De você, caramba. Ela é muito possessiva, e você não estava previsto no programa...

Satisfeito com o elogio indireto, Roetgen a fitou erguendo as sobrancelhas. Um sorriso que significava "Só sendo muito idiota... Ciúmes de mim? Nunca tivemos nada!" escapou-lhe dos lábios. Entretanto, ao contrário, traía um pouco de arrogância e o desejo inconfessável de confirmar as suspeitas de Taís.

— Não precisa fazer um drama! — prosseguiu secamente a jovem. — Se o convidei ontem à noite é porque fiquei com pena ao ver seus olhos de cachorro perdido.Você tinha uma expressão tão bizarra no meio de todos aqueles professores babacas. Tão triste... Completamente fora do seu ambiente. Não sei como essa evidência não lhes salta aos olhos! Fiquei com vontade de tirar você de lá, de te mostrar outro mundo, o Brasil verdadeiro. Gente viva, puxa vida!

Roetgen a olhou com insistência, como se tentasse distinguir a verdadeira natureza dessa confidência. Por um segundo lamentou ter vindo a Canoa Quebrada.

Tinham parado diante de uma choupana parecida com a deles, embora mais desbotada, parecendo murcha. Postas para secar no teto de uma minúscula cobertura, barbatanas de tubarão exalavam um forte odor de salmoura. Agachado na sombra, um homem consertava um instrumento de pesca com atenção, o comedimento e o hábil jogo de mãos de uma costureira. Não se apercebeu da presença deles senão no instante em que Moema o saudou em voz clara:

— Tudo bem, João?

Paralisado um breve instante com uma gravidade de escriba, seu rosto iluminou-se num sorriso desfalcado, suavizando-se como os das meninas cujas gengivas expostas desenfeitam sem enfeá-las.

— Moema! — exclamou ele, levantando-se para abraçá-la. — Que surpresa boa! Tudo bem, minha filha, tudo bem, graças a Deus.

— Quero apresentar... — Interrompeu-se e voltou-se para Roetgen: — Na verdade, qual o seu nome?

— Deixa pra lá — disse ele num tom esquisito. — Roetgen e ponto. Prefiro assim, se não se importa.

— Estou pouco me lixando — disse Moema. — Bom — recomeçou —, este é o Roetgen, Roetgen *e ponto*... Um amigo francês, professor em Fortaleza.

João tentou repetir esse nome insólito, pronunciando-o várias vezes de maneiras diferentes, mas todas erradas.

— Não vou conseguir nunca, francês é complicado demais — disse João, num tom de desculpas. — Mas bom dia de todo jeito.

Moema estendeu-lhe o saco plástico que carregava desde a parada na choupana.

— Tome, trouxe umas coisinhas que eu tinha sobrando. Também tem aspirina e antibióticos.

João olhou o conteúdo da sacola balançando a cabeça com ar desolado.

— Que Deus te abençoe, minha filha. A pesca não é mais o que era; não consigo nem alimentar mais os meus filhos. E Maria está grávida de novo...

— Eles já têm oito — disse Moema, numa mímica em que se mesclava contrariedade e compaixão. — É uma loucura, não?

— Vou já dar uma banana pro José — disse João. — Ele precisa de vitaminas depois do acidente.

— Como ele está? — perguntou Moema enquanto entravam na cabana.

— Melhorando. Está quase cicatrizado, mas ainda tem uns abscessos de pus. A Neuzinha prepara uns cataplasmas de bosta de vaca. Diz ela que cura infecções.

— Você vai me prometer parar com isso e dar os remédios que eu trouxe. Dois de cada, de manhã e de noite. Combinado?

— Prometo. Não fica chateada.

Uma fina parede de troncos de palmeiras entrelaçados isolava a cozinha do resto da cabana. Roetgen teve tempo de notar os bancos minúsculos dispostos em torno do fogo — um círculo de pedras na areia mesmo —, duas ou três jarras escurecidas pelo fogo, pedaços de peixe seco pendendo do teto e, no rés do chão, uma pequena estante guarnecida miseravelmente com uma lata de óleo e algumas caixas de alumínio.

Na construção ao lado, apenas um emaranhado de esteiras e redes amarradas nos galhos. João aproximou-se de um deles com precaução e olhou dentro.

— Tá dormindo — disse sussurrando. — Faz bem pra ele.

Nariz escorrendo, corpo nu e magro, um bebê de 1 ou 2 anos estava atravessado na rede de barriga para cima. Seu braço esquerdo terminava na altura do cotovelo com uma atadura, um pano imundo cheio de humores.

— É preciso mudar isso, João, é perigoso.

— Eu sei. Maria saiu para lavar os panos e vai voltar com os limpos.

— O que aconteceu com ele? — perguntou Roetgen em voz baixa.

— Um porco — explicou João, balançando a rede com doçura.

— Todas as crianças brincam no depósito de lixo, mesmo as pequeninhas — explicou Moema. — Um porco comeu o braço dele. A fome os torna selvagens; não é a primeira vez que isso acontece.

Nauseado, Roetgen sentiu um nó na garganta, como alguém cujas papilas denunciam inesperadamente a podridão da carne que acabou de comer...

— É abominável! — explodiu Roetgen em francês. — E o porco? Eles não o... quero dizer, o que fizeram com ele?

— O que você faria no lugar deles? — indagou com severidade. — Reflita um pouco antes de falar. Acha mesmo que eles podem se dar a esses luxos? Comer ou ser comido, não há alternativa.

Alguns minutos depois retornaram à cabana para mudar de roupa. Roetgen havia se fechado num mutismo reprovador; a expressão sombria, os olhos fixos no oceano lá no final da rua, ele se deixava levar pela desolação.

— Desculpe — disse Moema sem fitá-lo —, fui injusta há pouco, mas tem certas coisas que me tiram do sério. Você compreende, não é?

— O que devo compreender? — resmungou Roetgen, ainda envergonhado por ter reagido de modo tão estúpido.

— Ora, não fique emburrado... Sabe muito bem o que eu quero dizer. Minha raiva não era dirigida a você. O que me deixa indignada é que essas situações possam existir sem que ninguém faça nada, sem que a Terra pare de girar. Além do mais, não posso me impedir de ficar revoltada por João aceitar como fatalidade tudo o que acontece com ele. É uma idiotice.

— Ele não tem escolha, você tem razão. Não podemos fazer nada sozinhos. É um clichê, mas ninguém quer pensar nisso; tudo é feito de modo que isso pareça tão normal quanto o surgimento da lua minguante. O mesmo no que diz respeito às ideias de luta de classes, de resistência, de sindicalismo... Eles perderam de vista o essencial do comunismo soviético. Talvez fosse necessário recomeçar sobre bases mais sãs, mas enquanto se espera, tudo isso fede... Fede que é um horror!

Tinham chegado à cabana e, convidando-o a entrar, Moema pousou a mão em seu ombro. Aumentou a pressão dos dedos até que um olhar de Roetgen identificasse esse gesto de conivência como tal.

— Precisamos voltar a falar disso. Por enquanto, vamos beber uma caipirinha na praia. Isso vai nos ajudar a refletir, certo?

Com uma súbita contorção de cabeça, ela jogou para o lado a cabeleira e começou a remexer na sacola.

— Bem — disse ela, retirando o maiô —, melhor se virar, não é um espetáculo para professores...

— Não tenho tanta certeza — insinuou Roetgen, excitado. — Mas, se é assim, vire também de costas e mudamos de roupa ao mesmo tempo.

— Combinado.

Despiram-se de costas um para o outro. Menos seguro do que dera a entender pelo seu gracejo, Roetgen apressou-se — percebeu isso com divertimento —, como se temesse ser surpreendido. Uma vez nu, entretanto, imobilizou-se, prolongando de propósito a sensação erótica da própria nudez, de costas para a jovem também desnuda. A promessa tácita de não se voltar capitulou diante da nascente imponderabilidade de seu pau, de seus sobressaltos intempestivos; sem mover o torso, arriscou uma olhadela e surpreendeu seu reflexo, o espasmo capturado no espelho com um gesto simétrico. Abandonando seu olhar, os olhos zombeteiros de Moema desceram lentamente, demorando-se.

— Nada mal para um professor — disse, sorrindo. — E eu?

Com as duas mãos, prendeu num coque a massa dos cabelos, descobrindo a nuca. Essa ligeira encenação havia feito surgir um seio miúdo, lívido, *de carne pálida*, pensou ele, *comprimida por muito tempo*, cujo contraste com o restante da pele bronzeada o tornava ainda mais desejável. Seu corpo delgado e desajeitado — dir-se-ia impúbere — tinha as curvas fatigadas de uma Eva de Van der Goes.

— Nada mal — falou Roetgen, empenhado em manter a relativa decência de sua postura. — Para uma estudante, é claro.

Vestir as roupas de banho não lhes tomou mais que um instante.

— Você não trouxe chinelo? — inquietou-se Moema, quando estavam prestes a sair.

— Não, gosto de andar descalço.

— É culpa minha, eu deveria ter avisado. Não é recomendável por aqui, por causa das porcarias jogadas na vila. Além do mais, tem o bicho-do-pé...

— E o que é isso agora? — brincou Roetgen.

— Um verme minúsculo, um parasita, se preferir. A fêmea entra por baixo da pele, pelos poros dos dedos dos pés, e penetra na pele cavando galerias. Se não notamos logo, fica dificílimo extrair depois, ainda mais quando ela põe ovos e...

— Chega! — exclamou Roetgen, com uma expressão de nojo. — E esse troço faz mal?

— Algumas vezes só coça um pouco. Mas pode transmitir um monte de doenças. — Lendo uma real indecisão no rosto de Roetgen, a jovem apressou-se em tranquilizá-lo: — Não tenha medo, eu ando por aí toda vez que venho e nunca peguei uma doença. O importante é tirá-los o mais rápido possível. Quanto a isso, pode confiar em mim, sou uma verdadeira especialista! Tente não pisar muito no lixo e tudo vai dar certo...

— Eu espero não pisar *nunca no* lixo!

— Depois me conta como você consegue, tá bem? Vamos...

Toalhas de banho nos ombros, avançaram sob o sol. A fornalha os fez apressar o passo rumo à abrupta descida de areia que levava à praia. Mal tinham cruzado esse limite e Roetgen se pôs a pular soltando gritos.

— A areia! Meus pés estão queimando!

Tomado por uma súbita inspiração, jogou a toalha no chão e imediatamente nela se encarapitou.

— É incrível — disse ele, após um suspiro de bem-estar reconquistado —, nunca vi nada igual! A areia ferve, tenho certeza de que poderíamos fritar um ovo nela!

— Isso acontece — disse Moema, gargalhando.

Ele tinha um ar ridículo; era um náufrago sobre um tecido esponjoso.

Um pescador atravessou seu campo de visão, com uma penca de bonitos faiscantes em cada extremidade do bastão equilibrado no ombro.

— E agora, professor?

— Não tenho escolha — disse, erguendo as sobrancelhas. — Todo mundo deve um dia fazer uma travessia no deserto... Vejo você na água, se eu não tiver assado antes! Pode levar minha toalha, por favor?

Sem esperar resposta, ele disparou na direção do mar, os cotovelos colados ao corpo, as costas arqueadas. Moema seguiu-o com o olhar: graciosa na partida, sua corrida assumira atitude de fuga, e, berrando, ele dava pulos incoerentes.

Maluco, ele é completamente maluco!

Moema ria.

FAVELA DO PIRAMBU | *A boca exageradamente aberta e cheia de coágulos*

Para Nelson, a venda do Aero Willys tinha sido uma espoliação. Era como se houvessem assassinado seu herói uma segunda vez, como se a injustiça houvesse triunfado sobre toda a superfície da terra.

— Fala comigo, garoto — disse Zé ao final de um longo momento. — Diz que não está chateado comigo.

— Não é culpa sua — respondeu Nelson. — Eu bem sei que você queria manter o carro, mas quero saber a quem vendeu.

— A um colecionador de São Luís. Parece que ele já tem uns 12. Jaguar, Bentley... O cara da garagem não quis me dizer o nome dele.

— Mas eu vou saber. Prometo que vou descobrir... Era o carro do Lampião, compreende? O nosso carro... Ele não tinha o direito!

— Para com isso... Você sabe muito bem que os ricos têm todos os direitos do mundo. E com a venda eu posso conservar o caminhão. Um dia compro ele de novo e te dou de presente. Juro em nome do padre Cícero!

— Por quanto você vendeu?

— Trezentos mil cruzeiros. Uma miséria!

— É isso... E quando puder comprar de volta, se isso acontecer, o carro vai valer 3 milhões, talvez até mais... Malditos sejam! Queria que morressem de uma vez por todas!

— Não diga essas coisas, garoto. Dá azar. Toma um copo. Vamos brindar ao Willys!

— Ao Willys — disse Nelson, com tristeza.

Beberam a cachaça de um só trago, cuspindo o último gole no chão.

— Pro santo — disse Zé.

— Nem tanto — disse Nelson, enchendo de novo os copos.

— Para de brincadeira! Você sabe que eu não gosto dessas brincadeiras. Os santos não têm nada a ver com isso.

— Ah, não? — disse Nelson, com ácida ironia. — E o que eles fazem, além de beber cachaça? Acho que não ficam sóbrios há séculos. Os santos estão pouco se lixando; não ligam pra gente.

Zé balançou a cabeça com ar irritado, sem conseguir encontrar uma resposta para a amargura do menino.

— Quando o mar luta contra a areia, quem se dá mal é o caranguejo — terminou por dizer, baixinho.

A frase lhe tinha vindo à cabeça num estalo — de repente revia o Super Convair DC-6 que a exibia em letras amarelas na poeira do Piauí —, mas ela continha um pouco do que gostaria de exprimir com mais clareza. Olhando as pernas atrofiadas de Nelson e seus braços compridos rugosos que se agitavam fora da rede para pegar o copo, pensou subitamente que a imagem do caranguejo talvez o tivesse magoado.

— Não estou me referindo a você, é claro... O caranguejo sou eu, somos nós. Todos os homens são como o caranguejo nas mãos de Deus, entende?

Nelson não respondeu; continuaram a se embebedar em silêncio. Mais tarde, a pedido do aleijadinho, que, todavia, recusou-se a acompanhá-lo no violão, Zé se pôs a recitar o texto de *João Peitudo, filho de Lampião e de Maria Bonita*:

A Terra gira no espaço
O sol como um forno assa,
Por dinheiro alguns matam,
Por amor outros se matam,
Mas seja ele pobre ou libertino
Ninguém escapa a seu destino.

A história que hoje conto,
Não a julgo sentimental,
Mas ao seu modo ela reconta,

Com tristeza e sem desilusão,
As proezas e gestos de Lampião,
Esse nordestino proverbial...

E assim se seguiam mais de 150 estrofes... *Ninguém pode mudar seu destino*, concluía o autor dessa tragédia antiga, *e não se pode viver feliz no sertão quando se é filho de Lampião.*

Semiadormecido, Nelson pensava. Como em toda noite, pouco antes de dormir ele reviu a Fazenda de Angicos, onde o exército acabou finalmente por cercar Lampião e todo o seu bando. Tinham sido massacrados um a um, e ao final do fuzilamento, os soldados tinham posado para as fotografias diante dos cadáveres desfigurados. Em uma dessas velhas fotos já em cor sépia — nas feiras ainda as mostravam constantemente em meio a outras atrações mórbidas —, ele tinha visto um dia o corpo nu e desmantelado de Maria Bonita. Entre suas pernas abertas, despontava a enorme estaca que os soldados lhe haviam enfiado na vagina. Ao lado dela, fincada sobre uma pedra para figurar nos primeiros camarotes do espetáculo, sobressaía a cabeça de Lampião: o rosto manchado de sangue, a boca exageradamente aberta e cheia de coágulos por causa de seu maxilar quebrado, ele parecia urrar sua raiva por toda a eternidade.

CAPÍTULO VIII

Continuação e fim da confissão de Athanasius Kircher. Em que se descreve em seguida a vila Palagonia, seus enigmas e seus estranhos proprietários

— A visão desses homens, eu juro — continuou Kircher —, e daqueles atuns sanguinolentos me fizeram perder o rumo; eu tinha a impressão de assistir a uma festa pagã e pensava no lado irreal de tal quadro, quando eu mesmo quase me predispus a agir de acordo com o que reprovava. Lembra-se, Caspar? O peixe, símbolo de Nosso Senhor, o sangue do sacrifício, o amor e a morte mesclados em uma alegria furiosa, toda a gravidade encantadora de uma cerimônia sagrada. De súbito, compreendi o transe das mênades de que falam os textos antigos e como elas se identificam com as forças mais obscuras de nosso ser. A vertigem dos sentidos levada à loucura, Caspar; o esquecimento de tudo que não seja o corpo e unicamente o corpo! Por um instante, todo o resto me pareceu vão. Vi, naquele homem que cantava, o único sacerdote que merecia este nome, e na obstinação daqueles marinheiros, a única forma religiosa de pertencer ao mundo. Nossa Igreja malogrou por ter perdido esse contato imediato e sensual com as coisas; só existia proximidade com o divino na violência real da vida e não em seu simulacro pueril. Aquele contra quem lutamos, ele, o deus demente, o "duas vezes negado", apenas ele merecia nosso respeito, não obstante nossos inúteis esforços para ridicularizá-lo. Dionísio, sim, era Dionísio quem deveríamos adorar, assim como nossos ancestrais o fizeram antes de nós, e era preciso que eu pegasse uma lança, que eu também me fundisse à massa de corpos, me abandonasse no jorrar do sangue até a consumação total do sacrifício...

A confissão de Athanasius deixou-me desnorteado. Meu mestre sempre demonstrara grande confiança nas coisas da religião; as dúvidas que acabava de me comunicar, embora procedessem de uma imaginação muito refinada, o mostrava tão vulnerável quanto o mais comum dos mortais. Eu o amava ainda mais por ter aceitado a fraqueza do ser humano.

Três dias após nosso retorno a Palermo, uma carruagem veio nos buscar no colégio jesuíta para nos conduzir à residência do príncipe da Palagonia.

Fiel à sua reputação de excêntrico, o príncipe vivia fora da cidade, perto de um vilarejo chamado Bagheria, onde só havia cabanas de camponeses. Quando, após algumas horas de viagem, vislumbramos sua residência, forçoso foi nos surpreendermos com sua aparência... A vila, como as pessoas de Palermo a denominavam, era um palacete de estilo paladino, como existiam nos arredores de Roma; mas na verdade, não foi isso o que atraiu a nossa atenção: a primeira coisa que nos chocou foi a altura de suas muralhas e as formas monstruosas que encimavam a totalidade de seu perímetro. Dir-se-ia uma casa invadida por todos os demônios do inferno. Quanto mais nos aproximávamos, mais distinguíamos esses seres disformes esculpidos em tufos, como se oriundos da imaginação de um possuído. Benzia-me invocando a Santa Virgem, enquanto Athanasius parecia tomado pela maior perplexidade. Para o cúmulo de nosso assombro, nos deparamos com dois gnomos flanqueando o portão de entrada. O da direita, sobretudo, impôs-se por sua evidente barbárie; como deixava perceber a ignóbil protuberância que brotava de seu baixo-ventre, tratava-se de um Príapo sentado, mas retorcido e deformado. Como os líbios acéfalos mencionados por Heródoto, o peito ocupava o lugar da cabeça; uma cabeça enorme e desproporcional, prolongada absurdamente por uma comprida barbicha de faraó! E se os olhos amendoados do rosto pareciam duas fendas abertas nas trevas, a tiara que o coroava, em compensação, era ornada por quatro pupilas, dispostas em triângulo, cujo olhar maléfico congelou-me o sangue... A inspiração egípcia desse ídolo assustador era evidente, mas desencadeou em mim um mal-estar que não fora produzido nem pelas figuras dos sarcófagos, nem pelos mamarrachos egípcios que eu entrevira em Aix-en-Provence, no escritório do falecido

Peiresc. Uma desagradável impressão, que apenas aumentava diante da pressa dos criados em trancar, logo após nossa passagem, as amplas grades pelas quais acabávamos de passar. Tudo isso era de péssimo augúrio para nossa estada, e me surpreendi a deplorar a leviandade com que meu mestre aceitara ir àquele lugar inóspito.

— Vamos, Caspar, um pouco de coragem — disse Kircher. — A jornada ainda é longa e, se posso confiar em minha intuição, você terá necessidade de todas as suas forças para enfrentar o que nos aguarda.

Dizendo isso, deu um sorrisinho divertido que me assustou ainda mais que todo o resto.

Após ter contornado a residência, a carruagem parou diante de uma bela escadaria dupla, e descemos. Um lacaio nos convidou a entrar na casa, enquanto outro descarregava nossa bagagem. Fomos introduzidos numa antecâmara bastante escura, embora ricamente decorada.

— Avisarei o príncipe da chegada dos senhores — disse o criado. — Queiram sentar-se, por gentileza.

Saiu fechando a porta; esta imitava o mármore das paredes com tanta perfeição que eu encontraria grande dificuldade em sair daquele aposento se a isso fosse convidado...

— Independentemente do que venha a acontecer, não pronuncie uma palavra sequer! — sussurrou Kircher furtivamente.

Anuí com um aceno de cabeça, refreando a vontade de me abrir quanto a minhas apreensões.

Athanasius se pôs a perambular pela sala. À nossa volta, nas paredes, molduras em afrescos delicadamente executados deixavam ver grande quantidade de insígnias, divisas e enigmas bem estranhos; tantos que precisaríamos de vários dias apenas para ler todos.

— Vejamos, Caspar, o que me diz deste aqui: *Morir per no morir.* Não...? De verdade...? Então se esqueceu do pássaro Fênix, que deve arder nas chamas para poder renascer das próprias cinzas...? Que infantilidade... Esperava um pouco mais de espírito por parte do príncipe... Mas prossigamos: *Si me mira, me miran...* Este é um pouco menos elementar, por causa do duplo sentido; essa frase poderia ser dita por um gnômon referindo-se ao astro solar, mas igualmente por um cortesão acerca de seu soberano. Ah, eis aqui uma mais picante, mas também mais divertida!

"Inteiro, nós o devoramos, mas, ó prodígio estranho, reduzido à metade, esse tratante nos devora." Vamos, meu amigo, faça trabalhar um pouco o cérebro!

Eu não fazia outra coisa, sem outro resultado senão uma enxaqueca crescente. Baixei a cabeça e capitulei.

— O frango, Caspar, o frango!* Compreendeu? — perguntou meu mestre, sorrindo. Depois, diante de minha expressão atônita, fingiu procurar um bicho nos cabelos. — Tente este, então, que está em alemão... — continuou, sem me deixar tempo para respirar. — *Ein Neger mit Gazelle zagt im Regen nie...*** — E então?

Precisei aprumar o espírito durante cinco minutos sem conseguir entender como esse negro e essa gazela podiam significar o que quer que fosse!

— E tens razão, desta vez ao menos, pois esta frase não tem efetivamente nenhum sentido oculto; em contrapartida, ela constitui um perfeito palíndromo, podendo ser lida da direita para a esquerda e vice-versa. Esse gênero de frivolidade era cultivado em Roma, no crepúsculo de seu esplendor, e eu gostaria que a escrita egípcia fosse tão fácil de decifrar quanto esses medíocres quebra-cabeças...

— Em francês: "*Elle m'accule et ne macule pas*"*** — retomou. — Que te parece, Caspar? Não é um modo bastante espirituoso de pintar com as palavras o pelo salpicado do tigre?

Meu mestre ia entregar-se a novo enigma quando o lacaio voltou para nos avisar que sua alteza não tardaria, mas nos pedia que nos sentássemos para aguardá-lo. Assim dizendo, o criado nos indicou com a mão assentos dispostos diante de um quadro representando o príncipe em vestimenta de caça.

Mal me sentei, experimentei uma viva dor nas nádegas: a almofada de minha poltrona era recheada de pequenas pontas que me penetravam na carne e me causavam um insuportável desconforto.

---

* *Poulet* = frango em francês. Se a palavra for reduzida à metade, resta "*pou*", piolho. (*N. da T.*)

** Um negro com uma gazela não hesita diante da chuva. *(N. do E.)*

*** "Ele me envolve, mas não me mancha..." Trocadilho com as palavras "*m'accule*" e "*macule*", que possuem a mesma sonoridade. *(N. do E.)*

Levantei-me imediatamente, com a maior naturalidade possível e sem qualquer comentário, em obediência às ordens de meu mestre. Este último, creio eu, percebeu de imediato minha situação.

— Ah, desculpe, Caspar — disse, levantando-se também —, eu havia me esquecido da hérnia que o impede de sentar-se em assentos muito confortáveis. Pode instalar-se na minha cadeira, ficará mais à vontade.

Dito isso, ocupou a poltrona que eu acabara de deixar, sem demonstrar o menor sofrimento. Admirei essa força de caráter que lhe permitia suportar um suplício ao qual eu não havia resistido cinco segundos. A cadeira em que eu estava sentado não era isenta de desconforto: seus dois pés da frente eram mais curtos do que os demais e escorregávamos de tal modo que era preciso contrair os músculos das pernas para não cair. Inclinado para a frente, o encosto aumentava ainda mais o incômodo da posição, mas em comparação com o meu, esse assento era um leito de rosas, e fiquei grato a Kircher por ter proposto uma troca tão pouco justa.

— Mas voltemos às nossas charadas — continuou meu mestre. — *Legendo metulas imitabere cancros...* Ora, ora! Agora é em latim, e muito boa! Sua vez, Caspar...

Nesse instante, o criado reapareceu atrás de nós como num passe de mágica; anunciava o príncipe da Palagonia. Não fiquei nada aborrecido de finalmente abandonar minha cadeira de tortura. O príncipe já vinha em nossa direção em seu passo claudicante. Era um homem baixo, muito magro, de uns 50 anos, mas a quem uma peruca grisalha mal penteada e vários dentes estragados davam a aparência de estar quase à beira do túmulo. Usava uma indumentária de seda verde bastante austera e mesmo um pouco empoeirada, como homem que não se preocupa com a moda.

— Bem, bem, bem, vejam só. Minha indigna casa se enobreceu com sua presença... — disse a Kircher, naquele péssimo alemão que se obrigou a usar até o fim de nossa estada.

Meu mestre inclinou-se, sem retribuir a gentileza ao príncipe.

— Bem, melhor ainda assim. Adoro os homens que não ostentam falsa modéstia, sobretudo quando possuem os meios para tal. Mas venha, venha, preciso me desculpar, e mostrar, melhor que falar...

Assim, conduziu-nos para fora do aposento por uma porta secreta. Após ter percorrido alguns corredores, chegamos a uma biblioteca, bastante abastecida ao que me pareceu, e ele trancou a porta à chave. Aproximando-se das prateleiras, fez menção de tirar *O asno de ouro*, de Apuleio — recordo-me pois não entendi o motivo de, repentinamente, ele considerar a hipótese de nos entreter com esse autor —, mas seu gesto acionou um mecanismo que abriu uma pequena janela entre os livros, deixando ver a parte de trás de um quadro. O príncipe encorajou Kircher a aproximar o olho de um minúsculo orifício. Meu mestre o fez e me cedeu o lugar após alguns segundos.

— Divertido, mas rudimentar — comentou, sem que um músculo de seu rosto exprimisse senão a mais profunda indiferença.

Eu olhei. A janelinha abria-se para o aposento onde nos encontrávamos havia pouco.

— Compreender — continuou o príncipe — que eu mostrar isso por sinceridade e para provar o quanto eu apreciar muito suas boas maneiras. Eu apresentar aos senhores todas as desculpas por esse exame módico. Isso permite a mim julgar lealdade humana, e os senhores primeiros a conseguir. Acreditem, eu fazer grande caso de suas capacidades, mas confiar nos senhores para não divulgar o pequeno meu segredo.

Kircher o tranquilizou dizendo que não revelaríamos jamais a quem quer que fosse esse artifício, afirmando que a suspeita do príncipe era plenamente justificada: a hipocrisia humana era sem limites, e valia mais escolher com precaução aqueles com quem conviveríamos do que perder tempo com qualquer pessoa.

— Bem, bem, bem... — fez o príncipe, meneando a cabeça. — Os senhores me permitir felicitar a decifração dos enigmas decorativos. Isso testemunhar um grande saber, nunca visto antes. Mas nós falar depois. Primeiro peço visitar suas acomodações e repousar um pouco. Nos veremos no almoço, se convir aos senhores.

Athanasius aquiesceu e um criado apareceu para nos guiar até nossos aposentos, amplos e confortáveis. Ali encontramos toda a nossa bagagem, flores divinamente arrumadas, uma garrafa de Malvoisie e taças de cristal. Num pequeno baú aberto, encontramos um estojo de primeiros socorros gentilmente destinado a cuidar dos ferimentos causados por nossa espera. Quando propus a meu mestre utilizá-lo, ele, que tinha sido submetido tanto tempo ao suplício da poltrona, declinou minha oferta sem cerimônia. Permaneci espantado diante de tanto estoicismo, mas Kircher ergueu a parte de trás da batina e, após ter desfeito alguns laços, exibiu uma espessa placa de couro, tão bem concebida que permanecia invisível do exterior.

— Isso mesmo, meu amigo — disse Kircher, pousando a mão em meu ombro afetuosamente. — Inquieto com os rumores que corriam sobre o príncipe, aceitei os conselhos e... tomei algumas precauções. Desculpe tê-lo deixado na ignorância quanto a esses preparativos, mas era preciso que acreditassem realmente em nossa boa-fé. Temia sermos observados, e você serviu a esse objetivo com sua inocência e coragem costumeiras. Apenas contava em infligir-lhe a cadeira de pés desiguais, mas você sentou-se de pronto no pior dos assentos... Saiba que admiro sinceramente o modo como reagiu.

— Mas então os enigmas, os quadros?

— Sim, Caspar, sim... Eu também preparei minha lição, a fim de não nos desmerecermos tão próximo de nosso objetivo. Mas não me faça mais perguntas, ainda é muito cedo para explicar tudo. Peço um pouco de paciência e acabará vendo com seus próprios olhos como esse mistério é justificado.

Garanti a Athanasius minha completa obediência e comecei a arrumar minhas coisas. Podem imaginar minha perplexidade com a habilidade de meu mestre e com sua maneira de preparar tudo com o objetivo de servir a seus intentos! Fazia-se necessário que seu projeto tivesse êxito. Assim, jurei apoiá-lo da melhor forma possível. Minhas inquietudes em relação ao príncipe e à sua residência haviam desaparecido e eu ansiava por participar daquela aventura inesperada. Meu mestre repousava em seu leito, a barba despenteada, os olhos fechados, augusto e magnífico como uma estátua de mármore num jazigo. Eu teria quase me ajoelhado diante dele, de tal modo sua alma forte e sua inteligência sobre-humana se impunham.

Por volta do meio-dia, um lacaio surgiu para nos conduzir à sala de refeições. O príncipe e sua esposa nos aguardavam, sentados em torno de uma mesa arrumada com extremo bom gosto. A princesa Alexandra, a quem fomos apresentados por seu marido, era dona de admirável beleza e de uma juventude que destoava da aparência decrépita do príncipe. Cabelos louros arrumados em um coque complicado, olhos azuis, a boca pequenina e vermelha, luxuosamente vestida de seda e de organdi, a princesa parecia uma divindade recém-saída do Olimpo. Ao contrário do marido, exprimia-se em um alemão indefectível, herdado, soubemos mais tarde, de suas origens bávaras. Distinta até em seu modo de se locomover, caminhava e se movia com a mais extrema lentidão, como se o menor arrebatamento de sua parte pudesse provocar o desmoronamento de sua morada. Mas essa anomalia lhe intensificava a graça, e eu enrubescia, incapaz de falar, toda vez que ela pousava os olhos em minha pessoa.

— Bem, bem, bem... — começou o príncipe, enquanto os serviçais desvelavam-se à nossa volta, trazendo à mesa os mais refinados pratos. — Façam honra a esta modesta refeição, por favor.

Surdo a essa injunção, Kircher se ergueu para abençoar a refeição. Não contente com a impertinência, demorou-se consagrando o pão. Vi que nosso anfitrião não estava habituado a tal cerimônia e que se mostrava ligeiramente emburrado com a liberdade tomada por meu mestre.

— Como o pão nós temos à frente — retomou com perfídia — poder me dizer, reverendo padre, se o peso dele é mais leve frio ou quando sai quente do forno?

— Nada mais fácil de demonstrar — respondeu Athanasius, começando a comer —, quando nós próprios fizemos a experiência. O pão pesa mais quando está quente e sai do forno do que quando esfriou. Duzentos gramas de massa fermentada é mais leve cozida do que uma massa de 1 quilo crua, e ainda mais quando gelada. O que prova que a opinião dos que dizem que é mais leve crua do que cozida é falsa. E é preciso apenas escrever ou se basear em experiências verdadeiras, sobretudo quando elas são assim tão fáceis de demonstrar quanto esta última. Mesmo Aristóteles pôde, por vezes, incorrer em erros: no 5º problema da 21ª seção de sua *Física*, ele assegura que o pão frio salgado é mais leve do que o quente, assim como o que não é salgado pesa ainda mais. Uma simples experiência me demonstrou, no entanto, que esses dois pães mantêm sempre o mesmo peso, tanto frios quanto quentes, e quer os salguemos ou não.

— Admirável, meu caro, admirável! — exclamou o príncipe, comendo uma coxa de frango. — Não esperava menos do senhor...

A princesa Alexandra virou-se em minha direção, unindo o gesto à palavra:

— Estes senhores são sábios demais para mim. Juro ser totalmente indiferente a se é mais leve ou mais pesado; prefiro o meu pão com manteiga.

— No que a senhora tem toda a razão! — aquiesceu meu mestre, servindo-se ele também da manteiga.

Quanto a mim, enfiei o nariz no prato.

A refeição continuou no mesmo tom jovial. Vinhos e pratos se sucediam sem interrupção e Athanasius lhes fazia excessiva honra, para contentamento de nossos anfitriões. Quando trouxeram grandes fatias de peixe-espada assado, meu mestre me pediu para contar nossas aventuras em Messina. Intimidado, detive-me em detalhes sobre nossa saída para pescar, omitindo, é claro, o episódio deplorável em que Kircher havia se confessado. Chegando à matança dos peixes, tanto me inflamei diante dessa lembrança atroz que o príncipe se pôs a rir de minha sensibilidade. Porém, sua esposa ficou muito pálida... Sem dizer uma palavra, repousou a mão sobre a minha e vi por esse gesto que ela compartilhava de minha emoção. O príncipe notou o gesto, por mais rápido que tenha sido, e de súbito ficou imóvel.

Para ajudar na digestão, trouxeram-nos um licor muito amargo, à base de ervas das montanhas, conforme nos disse o príncipe. Este parecia muito inflamado; não cessava de importunar meu mestre com suas perguntas. Depois, pareceu hesitar um instante e, após ter dito algumas palavras ao ouvido de Athanasius, afastaram-se os dois para o outro lado do salão, onde continuaram a conversa em voz baixa.

Sozinho com a princesa, eu não sabia como me comportar, tanto sua beleza me comovia. Eu lhe fazia algumas perguntas sobre Deus e a natureza da alma, às quais ela respondeu com inteligência e bom-senso. Não parecendo muito arrebatada pelo assunto, porém, mudei a conversa para as estátuas deformadas que vislumbrávamos pelas janelas, rogando-lhe que me explicasse seu significado. Ela ficou completamente pálida e pareceu hesitar antes de me responder:

— O senhor me parece um jovem confiável e eu gostaria de lhe contar uma história da qual me envergonho, mas que foi a causa tanto desses monstros quanto de minha infelicidade... Talvez o senhor tenha percebido durante a refeição: meu marido é de natureza bastante ciumenta. Já faz muitos anos, apenas alguns meses depois de nossas núpcias, eu lhe dei, mesmo sem intenção, motivos para justificar suas suspeitas. Um primo meu, Oeden von Horvath, veio a esta casa me visitar. Ele se sobressaía na arte de compor árias para o alaúde e a espineta e este dom inestimável só encontrava equivalência em sua beleza. Como tínhamos a mesma idade e minhas preocupações eram mais semelhantes às suas do que às de meu marido, fiquei muito feliz com sua presença e passávamos tardes inteiras a tocar juntos ou a conversar sobre toda espécie de assunto. Eu gostava de escutá-lo falar de meu país natal e das pessoas amadas que lá havia deixado. Ai de mim! A juventude, aliada à solidão, fez com que ele se enamorasse de mim. Tomado por um amor completamente exaltado, declarou-me sua paixão em termos tão sinceros e tão delicados que me emocionei. Não sentia por ele senão afeição e a ternura de uma irmã pelo irmão, mas devo confessar que, secretamente, me senti lisonjeada por seu entusiasmo, e talvez sua insistência terminasse por colher frutos. O destino, ou a Providência, como preferir, impediu-me de cometer tal traição, sem, no entanto, poupar-me da vergonha. Uma noite, após a ceia, quando o príncipe fingira ir se deitar, sob o pretexto de libações excessivas durante a refeição, meu primo, que o vinho exaltava mais que de hábito, entregou-se a arrebatamentos que, em geral, conseguia reprimir. Suplicou-me que lhe concedesse um beijo e, como eu o recusava, ameaçou matar-se imediatamente; ele era homem para cometer tal loucura, sobretudo no estado em que se encontrava, portanto fiquei assustada com a ideia. Defendi-me menos... Ele me abraçou e aproveitou-se para me roubar esse beijo que parecia lhe despertar tão fortemente o interesse. Nesse exato instante meu esposo nos surpreendeu. Não pronunciou uma palavra, mas a frieza e a crueldade que li em seus olhos me congelou o sangue bem mais do que se ele tivesse se exaltado. Chamando os criados, mandou arrastar meu primo para fora do aposento e trancou-me em meu quarto, sem me conceder a chance de me justificar.

"Após essa funesta noite, continuei trancada nesta morada que meu marido transformou em prisão. Quanto a meu primo, nunca mais tive notícias suas, mas sei que ele não regressou à Baviera e não pude me impedir de elaborar as piores hipóteses sobre sua sorte. Três meses depois, operários começaram a erguer os muros de nosso parque e a instalar sobre eles essas estátuas infernais destinadas a me lembrar sem cessar o horror de meu pretenso pecado. Mas isso não seria nada sem o excesso de crueldade que ele dedicou à sua empreitada: se observar de perto essas estátuas, notará que várias delas representam músicos; tudo nelas é grotesco, deformado, monstruoso... Tudo, exceto o rosto, sempre o mesmo, calmo e angélico, como que surpreso de se encontrar em tal companhia. Esse rosto... — e a princesa enxugou rapidamente uma espessa lágrima da face — é o rosto do meu primo...

Em meu íntimo, eu julgara e declarara inocente a pobre infeliz e compadecia-me tanto de seu infortúnio que deixei meus suspiros escaparem livremente. A perversidade de seu marido me deixava sem voz. Assim, trêmulo, tomei-lhe a mão e a apertei com força, único meio que me pareceu honrado para lhe proporcionar algum consolo.

— Desculpe-me — disse ela, agradecendo-me com um pálido sorriso e retirando lentamente a mão —, mas preciso repousar.

Deu-me o braço e a acompanhei até a porta. Como ela se movia com mais precauções do que anteriormente, acreditei que fosse desmaiar e lhe perguntei se tinha forças suficientes para caminhar sozinha.

— Não se inquiete — murmurou com um sorriso cândido —, é apenas esse cravo de cristal que vibra em meu ventre um pouco mais forte do que de costume. Apressar-me seria arriscar-me a quebrá-lo, e nem toda a ciência do padre Kircher me salvaria de uma morte terrível...

Despediu-se com essas palavras, abandonando-me em um estado próximo à estupidez.

ALCÂNTARA | *Euclides em seu teclado, ajustando o desacelerar dos astros...*

Alguns dias se passaram, inteiramente dedicados ao trabalho no texto de Caspar Schott e às visitas episódicas mas regulares de Loredana. Apesar de sua prevenção hostil, Soledade havia adotado de imediato a jovem mulher, ou melhor, pensava Eléazard, se deixara seduzir, como ele próprio, por sua naturalidade e por sua maneira exemplar de se interessar por tudo, tanto pelos seres humanos como pelas coisas, sem discriminação. Recusando-se a se instalar em sua casa — "Tenho grande quantidade de quartos desocupados", propusera ele sem segundas intenções, "o que lhe pouparia o dinheiro com hotel, mas você é quem sabe..." —, ela havia tomado ao pé da letra seu convite de ir à Praça do Pelourinho quando bem entendesse para utilizar a biblioteca ou se beneficiar do chuveiro, que funcionava mais ou menos decentemente. Portanto, ele a encontrava ao acaso de suas idas e vindas na casa, lendo em uma das espreguiçadeiras dispostas na varanda ou, mais amiúde, instalada na cozinha em companhia de Soledade. Essa presença discreta, imprevisível, o satisfazia plenamente; era como se a italiana sempre tivesse morado em sua casa. Uma intimidade impulsiva, transparente, que se impusera aos dois sem impacto no curso de suas vidas.

Ela parecera apreciar o passeio que ele a levara a fazer pela cidade, citando nomes, contando histórias sobre cada fachada maltratada, reconstruindo no céu cinzento cada edifício em ruínas com grandes gestos e uma terminologia de construtor. Entusiasmado no papel de cicerone, também lhe fizera descobrir a comovente igrejinha — uma das primeiras edificadas no Brasil pelos missionários —, que dissimulava uma ilhota deserta na baía São Marcos. Uma quantidade inacreditável de serpentes havia elegido o lugar como domicílio; por uma espécie de revanche diabólica, elas impunham a cada canto daqueles muros martirizados a ofensa de seus toques. Quanto à *ilha dos míopes* e à *ilha dos albinos*, renunciou à ideia de visitá-las, tanto Loredana se mostrara assustada pela exemplar ilustração — embora bastante banal — dos riscos da consanguinidade.

Ela sempre torcia o nariz quando ele pedia que comentasse sobre sua vida e os motivos de sua presença em Alcântara — e Eléazard não tinha vontade de saber mais do que ela queria lhe contar —, mas se revelava infatigável quanto a tudo que dizia respeito à China, assunto sobre o qual tinha profundo conhecimento. Conscienciosa, ela se pusera a ler o manuscrito de Caspar Schott em pequenas doses e, segundo o que ele havia compreendido, isso servia para saciar uma curiosidade que dizia respeito mais a ele, Eléazard, do que à pessoa de Athanasius Kircher. Ela levava as reflexões ao conhecimento dele e sublinhava as dificuldades encontradas durante a leitura, trabalho que permitia a Eléazard aprimorar suas notas obrigando-o a comentar certas passagens sobre as quais não julgara necessário se deter. Sem ela, por exemplo, jamais teria pensado ser preciso explicar a um leitor em potencial o verdadeiro flagelo em que se constituíra a Guerra dos Trinta Anos, nem o que podia haver de perfeitamente exótico na simples descoberta da Itália no século XVII. Ele passou a redigir suas notas como se estas se dirigissem exclusivamente a ela, apenas finalizando seu conteúdo após ter passado pelo crivo de seus comentários.

Apesar de a cumplicidade entre eles representar um milagre, Loredana permanecia como algo provisório. Eléazard recusava-se a abordar o problema sob esse ponto de vista; dele usufruía com felicidade parcimoniosa, como se fosse durar para sempre. Reprovava-se em seguida por não ter saboreado por completo um encontro que ele sabia, desde o início, existir sob o signo do efêmero.

De tanto lhe falar de Euclides, seu único amigo nas paragens, a princípio ela aceitara conhecê-lo um dia. Contudo, naquela manhã, quando quis levá-la para almoçar na casa do médico, nem Alfredo nem Soledade souberam dizer aonde ela tinha ido. Eléazard pegou o barco de travessia para São Luís com uma irritação tal que esta lhe pareceu, a si próprio, tão absurda quanto excessiva.

— Eu garanto, é um homem de civilidade impecável. Um pouco rústico, talvez. Falta-lhe sofisticação, com certeza. Mas isso é o que mais acontece no mundo, e não acredito que possamos nos prevalecer do contrário sem dar prova de uma pretensão ainda mais detestável.

Eléazard fez cara de dúvida.

— Sim, já sei, já sei — recomeçou o Dr. Euclides, sorrindo. — Não se trata exatamente de um homem de esquerda. É isso que o enoja, não é?

— Não se trata mais de eufemismo, doutor, mas de sarcasmo! — disse Eléazard, sorrindo também. — Talvez você tenha razão; não vejo nada que eu pudesse fazer na casa de tal homem além de insultá-lo na frente de todos os convidados...

— Vamos com calma... Você é muito educado para se deixar levar por tais tolices. Além do mais, considere sua ida como um favor que lhe peço.

Você fará um pouco de etnologia de campo, só isso. Acredite em minha experiência; estou persuadido de que não vai se arrepender; é um meio muito instrutivo, sobretudo para um jornalista. E se a minha presença não basta, venha com a sua bela italiana. Assim, ao menos me dará a chance de conhecê-la...

Eléazard observou o médico tirar os óculos e limpar as lentes cuidadosamente entre as dobras de um lenço imaculado. Sem as lupas de tamanho exorbitante, grotesco como certos óculos de farsas e brincadeiras, seus olhos verdes amendoados voltaram de repente a demonstrar grande humanidade. Tinham a expressão risonha, nada deixando transparecer da amaurose — *Moroso, amoroso... belo nome para designar uma atrofia do nervo ótico, não acha?* — que os apagaria em breve. Euclides só se penteava com a mão; cortado bem curto, o cabelo grisalho, grosso e rebelde era partido em todos os sentidos, dando a impressão de ter sido fustigado sem trégua por uma ventania invisível. Seu nariz perfeitamente retilíneo contrastava com o bigode e o cavanhaque emaranhados, amarelados pelo alcatrão dos cigarros egípcios; um tufo lhe encobria os lábios, agitando-se mecanicamente quando falava, como em uma marionete. Corpulento sem ser gordo, usava sempre ternos escuros, talhados sob medida, camisa branca engomada e uma espécie de gravata-borboleta de quatro pontas. Eléazard se perguntava onde ele conseguia encontrar um ornamento tão fora de moda. A única extravagância que se permitia na vestimenta consistia na escolha dos coletes, acessórios luxuosos com enfeites bordados de seda ou com fios de ouro, botões de madrepérola, de marcassita e mesmo de refinadas miniaturas esmaltadas; possuía uma coleção impressionante. Quanto ao resto, era uma bonomia à Flaubert — aquela ao menos de que falam seus seguidores —, mesclada a uma calma e uma cortesia sem limites. Enciclopédico e clarividente, sua erudição fascinava.

— Você será os meus olhos — insistiu, ajustando o lornhão na depressão rosada que seus óculos acabaram por criar sobre o nariz. — Os olhos jovens de um Milton envelhecendo na decrepitude deste mundo. *A perda da visão é pior do que as algemas, a mendicância ou a velhice*, disse ele em inglês impecável. *Vida morta e enterrada, sou eu mesmo o meu sepulcro*, ou qualquer coisa parecida... Você deve achar bem pretensiosa minha comparação com poeta tão genial, mas compartilhamos ao menos da mesma doença, o que, convenhamos, não quer dizer nada.

Sorrindo da pilhéria, Eléazard perguntou:

— A propósito, como está sua vista?

— Está tudo bem, não tenha medo. Ainda consigo ler mais ou menos corretamente, e é a única coisa que importa. Não é o escuro que me assusta. — Ele se concentrou um instante, os olhos fechados. Depois, mostrando as estantes que encobriam até o teto duas das grandes paredes do aposento onde se encontravam: — É o silêncio, o silêncio deles. Não poderei suportá-lo, você sabe. — Abafou uma risadinha. — Felizmente perdi a fé, senão poderia acreditar numa punição do velho barbudo pelo que já fiz... Você se dá conta? Seria um verdadeiro inferno, não?

Eléazard não conseguia imaginar como o Dr. Euclides da Cunha pudera ser jesuíta, mesmo na juventude; o personagem risonho à sua frente não correspondia em nada à imagem possível de um homem da Igreja. É claro, havia essa cultura bíblica, pouco comum nos profanos, e o fato de dominar o grego e o latim à perfeição, mas isso não bastava para diferenciá-lo de um bom professor de letras clássicas.

— Um dia — disse Eléazard — você vai precisar me explicar de verdade por que deixou a profissão... — Imediatamente quis se corrigir, incomodado pela palavra mal empregada. — Enfim, quero dizer...

— Mas você o disse muito bem — interrompeu-o Euclides —, a "profissão"... É a única palavra que pode dar conta tanto da fé (a de certo vicário da Saboia, se entende o que quero dizer) quanto da ocupação em si, no que se constituiu com bastante frequência um verdadeiro emprego em vez de um estado. — Acendeu um cigarro, após tirá-lo da caixa com precaução. — Será que eu realmente abandonei a profissão? — perguntou-se em tom sincero. — Eu ainda me questiono... Sabe o termo empregado pelos jesuítas para exprimir que alguém deixou o sacerdócio? Dizem que ele "virou satélite", querendo assim dar a entender que ele continua, apesar de tudo, em órbita ao redor da Companhia, nessa trajetória em que as forças de repulsão se equilibram com uma atração que essa pessoa jamais conseguirá anular. Não deixamos a Companhia, nós nos afastamos, sem, no fundo, nunca deixar de lhe pertencer. E devo confessar que há certa verdade neste modo de ver as coisas. Podemos escapar à escravatura, embora isso seja difícil, mas jamais a vários anos de domesticação; e trata-se exatamente disso: de um adestramento do corpo e do espírito destinado a servir a um único objetivo: a obediência. Então "desobedecer", você sabe... O verbo em si não tem muito sentido nessas condições. Nada exprime senão uma recusa temporária da lei, um parênteses condenável, mas perdoável no corpo mesmo da obediência. E se refletir a respeito, admitirá que é mais ou menos a mesma coisa com todo mundo... Transgredir uma regra, todas as regras, equivale sempre a escolher novidades; logo, a voltar ao âmago da obediência. Tem-se a impressão de se libertar, de mudar o ser profundamente, enquanto simplesmente se muda de senhor. A serpente que morde o próprio rabo, entende...?

— Certos senhores são menos exigentes que outros, não?

— Concordo, caro amigo, e nem por um segundo lamento a decisão tomada em certa época da minha vida. Eu me encontro melhor sob todos os aspectos, pode estar certo. Mas se é mais fácil obedecer às leis que escolhemos livremente (e a possibilidade mesmo dessa escolha está longe de ser tão evidente quanto parece), isso não quer dizer que elas impliquem menor submissão, uma docilidade tão mais perigosa quanto menos imperiosa. Foi La Boétie, acredito... na verdade, tenho certeza... — corrigiu ele, piscando para Eléazard — que falava da "servidão voluntária" para condenar a impassibilidade dos povos diante da tirania de um só povo. Mas em sua apologia à liberdade, ele fazia uma distinção entre *servir* e *obedecer*, ou seja, em seu espírito, entre a sujeição condenável de um servo ao seu senhor e a obediência de um homem livre a um governo justo. Distinção que eu não chego a retomar por minha própria conta, malgrado minha simpatia por esse jovem... Mesmo consentida, de livre e espontânea vontade, e talvez mais ainda por causa dessa ilusão de liberdade, toda obediência é servil, humilhante e (o mais importante aos meus olhos) estéril. Sim, estéril... Quanto mais avanço em idade, mais me convenço de que a revolta é o único ato verdadeiro de liberdade e, em consequência, de poesia. É a transgressão que faz o mundo avançar, porque ela, e só ela, gera os poetas, os criadores, esses rapazes demoníacos que se recusam a obedecer a um código, a um Estado, a uma ideologia, a uma técnica e não sei mais o quê... a tudo o que se apresenta um dia como o fim do fim, a consequência incontestável e infalível de uma época.

Euclides tragou demoradamente o cigarro; em seguida, numa nuvem dessa fumaça reconhecível por seu perfume de mel e de cravo-da-índia, concluiu:

— Se existe um conceito que seria necessário analisar um pouco mais a fundo antes de o deixarmos de lado, como o fizemos com tanta pressa e alívio, é o da "revolução permanente". Uma noção que eu preferiria chamar de "crítica" ou de "rebelião permanente" para escapar ao conceito periférico do primeiro termo.

Eléazard jamais gostava tanto do velho médico quanto nessas ocasiões em que expunha seu anarquismo epidérmico. Nele reconhecia uma incoerência, um humanismo e uma juventude de espírito que pareceriam exemplares em qualquer pessoa e, sobretudo, num homem daquela idade.

— Não sabia que você tinha simpatias maoistas... — disse ele a Euclides em tom de brincadeira. Depois, mais seriamente: — Eu mesmo já pensei muito nesse mesmo problema, mas uma ideia que causou milhões de mortos sempre me parecerá suspeita...

— É aí que você se engana — disse Euclides, tateando a mesa em busca do cinzeiro. — Não são as ideias que matam, mas os homens; certos homens que manipulam outros em nome de um ideal que traem conscientemente, e por vezes mesmo sem se dar conta. Todas as ideias são criminosas desde que nos persuadamos de sua verdade absoluta e as queiramos compartilhadas por todos. O próprio cristianismo... afinal, qual ideia mais inofensiva do que o amor pelo outro?... o cristianismo causou mais mortes do que muitas teorias a princípio mais suspeitas. Mas a culpa recai unicamente sobre os cristãos, não sobre o cristianismo! Sobre aqueles que transformaram em doutrina sectária o que deveria permanecer apenas como um movimento afetuoso do coração... Não, meu querido amigo, uma ideia jamais fez mal a alguém. Só a verdade mata! E a mais criminosa é certamente a que pretende o cálculo com todo o seu rigor. Metafísica e política no mesmo saco, junto com o credo cientista ou esse desespero entediado, satisfeito consigo mesmo, que legitima hoje os piores abandonos...

Toda vez que discutiam, surgia um momento em que o velho o abalava. Menos por seus argumentos do que pela veemência de suas premissas. Sem compartilhar dessa visão do mundo, Eléazard terminava sempre por se submeter ao seu magnetismo, à sua força fria, à sua tenacidade.

— Mas veja só que velho idiota que eu sou — retomou Euclides, levantando com dificuldade de sua poltrona —, nem pensei em lhe oferecer um conhaque! Dois minutos e reparo esse esquecimento imediatamente!

Eléazard pensou em protestar, mas o médico encarregou-se de procurar o conhaque na sala onde tinham almoçado pouco antes. Durante sua ausência, a biblioteca assumira uma nova dimensão, inquietante, como se todos os livros, todos os objetos, dispostos de forma confortável e antiquada, se apressassem em exprimir ao visitante sua condição de intruso. A obscuridade mantida de propósito pelas persianas fechadas — tão fresca, tão acolhedora quando exibia os gestos lentos de Euclides — lhe pareceu agressiva, perversa, com esse humor de Cérbero decidido a defender a solidão de seu dono.

Situada não longe da Igreja do Rosário, na parte baixa de São Luís, a casa de Euclides da Cunha não se diferenciava em nada das outras residências decadentes, cheirando a fastio e a catacumba, e seu estilo colonial dava à Rua do Egito seu charme antiquado. Da casa, Eléazard só conhecia o vestíbulo, um cômodo muito comprido que devia sua aparência de sala de espera a uma formidável quantidade de cadeiras alinhadas simetricamente contra as paredes, cada uma com seu paninho de crochê no encosto; o salão-biblioteca, maior ainda, embora acanhado pelas escuras cortinas de brocado de seda, as cadeiras de balanço em madeira escura, os pesados baús neogóticos encimados por espelhos facetados, os gueridons, os vasos floridos, as plantas abundantes, elas próprias rococós, como que por mimetismo, os leques empoeirados e os daguerreótipos de antigos bebês gorduchos e de velhos hipnotizados pelas lentes; e a sala de jantar, menor, mas também entupida da sufocante miscelânea imitando a bela roupa de mesa dos interiores burgueses do século passado.

— Não preste atenção a esses horrores — avisara Euclides quando de sua primeira visita —, é mais o universo da minha mãe do que o meu. Ela me fez prometer conservá-lo exatamente igual até a sua morte, e, como pode constatar, essa querida mulher ainda se encontra bem viva. Nada mudou aqui desde a minha infância, o que me serviu, paradoxalmente, para tomar consciência do meu próprio futuro: quando menino eu adorava essa decoração, idealizando-a a ponto de considerá-la o padrão máximo da estética; ao crescer, abri os olhos para a sua triste realidade e a odiei como o próprio signo do mau gosto (eu apenas maldizia, bem entendido, minha passagem à idade adulta...). Depois, um dia, parei de julgar, e essa feiura tornou-se familiar, preciosa e, hoje, fundida na bruma junto ao resto do mundo, indispensável...

A mãe do Dr. Da Cunha era uma senhora muito idosa, pequena, encurvada, seca e raquítica como uma árvore do sertão. Era sempre ela quem recebia Eléazard, o convidava a se sentar no vestíbulo com algumas palavras gentis e insistia para que bebesse o suco de tamarindo, sem o qual as leis da hospitalidade seriam abolidas. Em seguida, ela o introduzia na biblioteca, antes de mergulhar na progressiva escuridão de um corredor. Pelo que sabia Eléazard, ela se ocupava sozinha da casa, velando por seu filho com dedicação de religiosa a serviço de um santo homem.

Ouvindo um tinido de copos no outro aposento, Eléazard se levantou para ir ao encontro do anfitrião.

— Muita gentileza, obrigado — disse Euclides, deixando Eléazard incumbir-se da bandeja. — Demorei um pouco, mas minha mãe queria que você provasse esses *suspiros angelicais*. É uma honra, pois eu mesmo não tenho direito a eles todos os dias, sabia?

Voltaram a se instalar no sofá.

— Tome — prosseguiu Euclides —, e enquanto se serve vou tocar uma música. Recebi a partitura há poucos dias. Se você descobrir o compositor...

— Se eu descobrir o compositor? — repetiu Eléazard, enquanto o amigo ia lentamente na direção do piano.

— De toda maneira, você não descobrirá. Enfim, *se* descobrir, eu lhe fornecerei uma pista interessante. Sim, verdadeiramente muito interessante...

Sem mais delongas, abriu a tampa do velho Kriegelstein e começou a tocar.

Eléazard ficou de pronto surpreso pelo ritmo bizarro, entrecortado e repetitivo que a mão esquerda fez nascer dos graves. Quando a melodia veio inserir-se sobre essa base singular, reconheceu rapidamente o balanço característico do tango, mas um tanto alterado, desacelerado, quase uma paródia em sua maneira de prolongar a espera, de exagerar no arquejo sincopado da música. *Um, dois, três, afogamento fan-tástico, dois, três, quatro, viagem em as-fixia...* As palavras nasciam explodindo em seus lábios como balas. *Coração apertado, tristeza pesada e angustiada...* Euclides, em seu teclado, conduzia o desacelerar das estrelas, moderava-o, organizando-o em prol de outras exigências.

Sem ser um virtuose, Euclides tocava um pouco melhor do que a média dos amadores — Eléazard já o escutara várias vezes interpretar corretamente as peças mais difíceis de *O cravo bem temperado* ou certas sonatas de Villa-Lobos, executadas com maestria —, mas era a primeira vez que ele mostrava em sua execução tal aptidão para subverter a ordem secreta das coisas. O mundo havia desaparecido nas trevas de um parêntese assustador. Quando o trecho findou em um acorde seco, imediatamente amortizado, Eléazard teve uma impressão de súbito desnorteamento, daquela que por vezes nos assalta ao despertar após a primeira noite num quarto de hóspedes.

— E então? — perguntou, voltando a se sentar junto dele.

— Como previsto, não tenho palpites. É muito bonita, realmente linda...

— *Opus 26* de Stravinsky... Há certas pequenas peças desse gênero, inclassificáveis, como todas as verdadeiras obras de arte, que desafiam a compreensão. Na próxima vez, vou tocar o que Albéniz e Ginastera compuseram, com o mesmo talento. Saboreie agora essas maravilhas — disse, apresentando o prato de docinhos que trouxera. — São muito especiais, entre a hóstia e o merengue, mas perfumado com flor de laranjeira. São quase tão saborosos quanto seu nome é bonito... — Depois, sem transição: — Como sou extremamente generoso, apesar de você ter fracassado lamentavelmente na prova, devo adverti-lo de que o governador Moreira prepara alguma coisa... Não sei bem o quê exatamente, mas não é muito católico...

— Como assim?

— Alguém está prestes a comprar toda a Península de Alcântara, mesmo as zonas improdutivas e as propriedades que não rendem nada. Tenho bons motivos para acreditar que Moreira está por trás dos diferentes intermediários que realizam essa operação.

— Mas por que ele faria esse tipo de coisa? — indagou Eléazard, subitamente interessado.

— Isso, meu caro, cabe a você descobrir. — E seus olhos brilharam de malícia, enquanto acrescentava: — Acompanhando-me à Fazenda do Boi, por exemplo.

FAZENDA DO BOI | *Alcântara International Resort...*

— Bem, vou reler: *o senhor governador José Moreira da Rocha e esposa convidam o senhor e a senhora...* Aqui, um espaço em branco, e não poupe no espaço, eu lhe peço; não há nada mais enervante do que ter que encolher a letra para caber... *a conceder a honra de sua presença na recepção que terá lugar no dia 28 de abril, a partir das 19 horas. Fazenda do Boi,* e o endereço habitual... Uma centena, isso mesmo. Alguém passará para buscá-los amanhã à tarde. Obrigada... Até logo, senhor.

Carlota desligou deixando escapar um suspiro de alívio. Colocou as mãos sobre o telefone e as viu tremer com um imperceptível sorriso de desprezo. *Você bebe demais, minha filha... Aonde quer chegar desse jeito? Já não basta envelhecer?* Imediatamente veio a incontrolável vontade de se servir de um copo, o primeiro do dia, apenas para se sentir melhor, para escapar dessa angústia lancinante que apenas, à guisa de resposta, multiplicava as perguntas ao infinito. Um precipício se abria diante dela, fazendo seu coração bater de modo desordenado, acelerando o insuportável desconcerto de todo o seu ser. Abrindo mão de suas boas resoluções da manhã, engoliu um quarto de Lexotan e se deixou cair numa poltrona, diante da decapitação de São João Batista que reinava em seu quarto. Era um grande quadro, bastante acadêmico, apesar de certas qualidades no tratamento da luz, e reteve a atenção apenas em sua assinatura: Vítor Meireles, esse pintor brasileiro que havia consagrado sua obra à glorificação do império e valorizado, pela primeira vez, certos temas indianistas, embora bastante discretamente e sem questionar a bem-estabelecida conquista das almas pela religião católica. De todas as telas legadas por sua família, era a preferida de Carlota, tendo sua bisavó, a condessa Isabella de Algezul, posado em 1880 para a personagem de Salomé. A semelhança, um dia tão flagrante, da jovem Carlota com o retrato de sua antepassada havia provocado tantos comentários extasiados que a adolescente se comprazia de fazer o mesmo penteado da princesa judia do quadro, imitando seu porte de rainha e abaixando os olhos com a mesma tristeza e repulsa diante dos pratos de biscoitos que seus pais ofereciam aos convidados. Sim, tinham sido parecidas de corpo e de espírito, a ponto de levar alguns a duvidar da autenticidade do quadro e outros a chegar à beira da loucura... Salomé vitoriosa e vitoriana, ninfa Eco saída de um sonho de colódio úmido com seu pesado coque de cabelos ruivos e esse rosto do qual a emoção vinha por placas doentias: por muito tempo ela não soubera enrubescer senão por essa espécie de alergia ao entrar em contato brutal com a burrice.

Pouco restava daquela beleza singular. Até os 50 anos, à força de cremes e de regimes, Carlota conseguira manter certa conformidade com a imagem de sua juventude por seu filho, cujos olhos brilhavam de orgulho ao contar as paixões despertadas pela mãe em seus colegas de classe... Mas depois Mauro partira, e essa partida coincidira com as provas dadas pelo marido do pouco-caso que fazia dela fora de casa. Para falar a verdade, a foto publicada na *Manchete* a chocara menos por seu conteúdo, como José queria se persuadir, do que pelo modo como revelaram uma tragédia que se desenrolava bem além daquela cena lamentável. Carlota se casara com Moreira da Rocha por amor na época em que ele não passava de um industrial cavalheiro e sedutor. Não adiantaram os avisos dos pais a respeito de sua falta de cultura e de sua ganância por dinheiro e poder: ela tinha ficado cega. Sozinha na fazenda, os olhos fixos na foto que a enfeava, compreendera que não o amava mais e que ele, provavelmente, nunca a tinha amado. Isso era o mais duro de engolir. Trinta e cinco anos de vida em comum com um homem que a desprezava, dava-se conta hoje, desde sempre... Porque ele se vangloriava de ler unicamente as páginas de economia dos jornais e, sem nunca ter aberto um único dos livros da mulher, referia-se a Marcel Proust como "viadinho imundo".

Desvendada no fim da vida, ampliada pela amargura, essa evidência arrastara tudo à sua frente, corroendo até a própria imagem de Carlota nos espelhos. A maquiagem e outros artifícios jamais mascaram a decrepitude do corpo: enquanto o amor existe, sob qualquer forma, eles enfeitam, protegem uma beleza que se encontra bem além das contingências da idade. Fazem parte de um jogo de regras estritas, o da ternura, em que sabemos que nada há a ganhar exceto o prazer de poder continuar a jogar. Para esses seres, selvagens ou crianças, cujos olhos ainda não se abriram para a suspeita, o real não tem artifícios, pois a confiança que depositam nele é ilimitada. Basta aprenderem a que ponto eram crédulos e a magia do mundo degenera, voltam-se para a ilusão, esse sinônimo da impossibilidade de crer. Não se maquia, Carlota o sabia confusamente, essa desgraça engendrada pelo recuo da fé.

Com o espírito vazio, passava as mãos pela carne fatigada, apalpando os músculos flácidos, rolando seus grumos adiposos na pele distendida, amaldiçoando o fato de o corpo fabricar gorduras quando não era solicitado... Como se o corpo tomasse nota de nossas menores resignações diante da vida para fornecer, por mera compensação, uma alimentação mais rica àqueles que saberiam perpetuar o ciclo após a sua morte. Anestesiada pelo Lexotan, sorria de maneira idiota a esta nova ideia: acelerar o processo, se empanturrar, beber mais e mais, não para "esquecer" — nada nem ninguém poderia abrandar o fracasso de uma vida —, mas para engordar, para se empanzinar o máximo possível antes de morrer e assim fazer uma última oferenda à força dos vivos. Levantou-se para folhear a agenda e ligou para o número do La Bohème, o melhor restaurante de São Luís.

— Alô... Aqui fala a condessa Carlota de Algezul. Por favor, passe para o Sr. Isaque Martins...

Percebendo em cima de uma cômoda a garrafa de uísque que não conseguira terminar na véspera, puxou o fio do telefone na tentativa de se aproximar da garrafa.

— Alô, sim... Como vai o senhor, meu querido Isaque?... Ah, comigo tudo bem, embora, algumas vezes, não seja muito divertido ser a esposa do governador. Bem, é justamente por esse motivo que estou telefonando. Daqui a 15 dias meu marido oferecerá uma recepção na fazenda, e eu gostaria de saber se o senhor aceita encarregar-se do bufê... Uns cem convidados, talvez mais, sabe como é... Em geral as pessoas se sentem na obrigação de vir acompanhadas, aliás, muito mal acompanhadas por sinal... Seria preciso prever um jantar completo, bastante farto: lagostas, frutos do mar, carnes assadas... enfim, um grande espetáculo... Caranguejos recheados? Por que não?... Acrescente tudo que lhe vier à cabeça; deposito plena confiança no senhor. E não se preocupe nem com a despesa nem com a quantidade, certo? É preciso prever três ou mesmo quatro bufês idênticos; contrate todos os extras que julgar necessários; não quero ninguém se queixando de ter aguardado para ser servido... O que acha de passar amanhã aqui na fazenda? Poderíamos definir juntos tudo o que diz respeito ao planejamento. Melhor pela manhã... Perfeito. Então, até amanhã, Isaque... Tenha um bom dia.

Carlota desligou e tomou seu primeiro gole de uísque do dia. Até que tudo ia bem. José tinha razão em continuar a confiar nela nesse sentido. Poucas donas de casa eram tão dotadas para levar a cabo mundanidades de tal importância sem experimentar o menor pânico. Não o fazia por ele, mas em homenagem aos Algezul, sabendo que o menor deslize seria imputado a ela e tão somente a ela, quando o marido deixara a tarefa em suas mãos. Não era para José organizar esse tipo de festa, sobretudo em época de eleições; em geral ele promovia festas no Palácio do Governo, reservando as honras da fazenda a alguns privilegiados. Onde diabos o mordomo dissera que deixaria a lista dos convidados?

Copo na mão, Carlota saiu do quarto e dirigiu-se ao gabinete de trabalho onde Moreira passava quase todas as noites. Encontrou sem dificuldade três folhas datilografadas, bem à vista sobre o bloco com capa de couro verde. Sentando-se à escrivaninha, na poltrona do "chefão", deu-se conta de que não entrava ali havia anos; primeiro por medo de incomodar o marido quando ele se isolava com seus dossiês, e depois por desinteresse quanto a seus negócios. *Nem te conto, querida, seria muito demorado; além do mais, você não entenderia muita coisa...* Nada mudara desde que ela se ocupara da decoração desse aposento, exceto pela presença de um enorme mapa da Península de Alcântara, cujas cores berrantes brigavam com as gravuras do século XVIII que outrora procurara com tanto afinco e empenho. Enquanto bebia, percorreu a lista dos convidados. Felizmente o Dr. Euclides da Cunha não tinha sido esquecido... Dois ministros, um embaixador, alguns notáveis... De súbito deu de cara com uma série de nomes em separado, como que para lhes sublinhar a importância:

Yukihiro Kawaguchi
Susumu Kikuta — Banco Sugiyama

Jason Wang Hsiao — Everblue Corporation

Matthews Campbell Junior
Henry McDouglas — Pentágono

Peter McMillan
William Jefferson — Forban Guaranty Trust Co. of New York

Acostumada aos contatos profissionais do marido, Carlota só reconheceu nessa constelação de desconhecidos a menção ao Pentágono, mas foi tomada por uma espécie de inquietação irracional. Decidida a interrogar o marido, procurou uma caneta para anotar a lista. Abrindo a grande gaveta da escrivaninha, os títulos de um dossiê, em inglês, despertaram-lhe a atenção:

CONFIDENTIAL
INFORMATION MEMORANDUM

Alcântara Internacional Resort

1. Project Description
    1.1. Overview
    1.2. Infrastructure
    1.3. Marketing

2. Financial Plan
    2.1. Structure
    2.2. Term Sheet

3. Economic Analysis
    3.1. Assumptions
    3.2. Base Case
    3.3. Conservative Case

4. Co-Agents
    4.1. Sugiyama Bank
    4.2. Forban Limited
    4.3. Countess C. de Algezul

Atônita com a leitura de seu nome em semelhante documento, Carlota se reportou ao tópico em que era mencionada. A indignação lhe crispou o coração durante alguns segundos: ela estava envolvida naquele projeto como "proprietária" de todos os terrenos que sediariam as construções na Península de Alcântara!

CAPÍTULO IX

A noite de Natal e os mistérios da câmara escura...

Tomado pela ideia de que não era apenas o espírito do príncipe que delirava, mas igualmente o de sua esposa, acabei por me convencer de que ela havia alegado a presença desse cravo em seus órgãos apenas para se lembrar de seu primo e, por assim dizer, como uma metáfora representativa dos sofrimentos de que padecia...

Kircher e o príncipe da Palagonia foram me procurar com a expressão satisfeita dos que determinaram grandes desígnios. Após nosso anfitrião ter se retirado, nos recolhemos para um breve sono.

— Tudo caminha como previsto, Caspar — disse Athanasius tão logo chegamos ao seu quarto. — O príncipe e eu nos entendemos às mil maravilhas; esse acordo deve ter consequências cujo alcance você não imagina.

— Entretanto — retorqui —, obtive certas confidências que me inclinam a vê-lo como insensato e juro não compreender como pode julgá-lo possuidor de tanto encanto...

Acreditei-me autorizado a lhe contar o que a princesa me revelara alguns minutos antes. Kircher não pareceu nada espantado e contentou-se em me tranquilizar com um sorriso.

Em seguida, tomando-me pelo ombro, disse:

— Acredito que lhe faria bem reler Inácio...

Obedecendo ao conselho, mergulhei horas seguidas na leitura dos *Exercícios*, conferindo um pouco mais de indulgência ao príncipe, sem, contudo, lograr liberar minha alma de certa hostilidade em relação a ele. Furioso comigo mesmo, apertei um cilício em torno de minha cintura; fustigando os apetites de meu corpo, a dor persistente libertou finalmente o meu espírito; consegui rezar e agradecer ao céu por suas bondades.

Na noite desse 18 de dezembro de 1637, nos encontramos novamente no mesmo salão para o jantar. Meu mestre, ainda o centro das conversas, resplandecia de entusiasmo. Isento de sua costumeira humildade, parecia obter prazer em demonstrar seus conhecimentos e surpreender seus anfitriões com várias curiosidades e anedotas saborosas ensejadas pelas oportunidades da discussão.

Garantiu ter ele mesmo gerado rãs a partir de um pouco de poeira retirada dos fossos, bem como escorpiões, diluindo da poeira desse inseto uma decocção de basílico. Assim também, referindo-se a Paracelso, dizia ser possível ressuscitar uma planta das próprias cinzas, embora isso fosse bem mais difícil de obter. Daí começou a falar das criaturas mais estranhas que a natureza já produzira, a saber, dragões, esses ascendentes da águia e da loba; o pequeno espécime que se podia ver no Museu Aldrovandi, em Roma, e o que havíamos vislumbrado, em 1619, voando de uma grota sobre o monte Pilate, perto de Lucerna; e também de toda sorte de animais impensáveis que provavam a infinita capacidade da criação divina. Kircher evocou assim o galo com cauda de serpente e plumas na cabeça, uma das curiosidades dos Jardins de Boboli, em Florença, fruto de uma mistura ocasional de sêmens; a avestruz ou "Atrontokamélo", cujo nome e aparência testemunhavam que ela provinha do acasalamento do camelo com um pássaro; o Rhinobatos, filho da arraia e dos tamboris, mencionado por Aristóteles; e numerosos animais exóticos descritos em detalhes por seus correspondentes nas Índias e nas Américas.

Em seguida, o príncipe, decididamente apaixonado pela ciência, retomou o debate sobre a astronomia e interrogou Kircher sobre as doutrinas que então se opunham com tanta paixão e cujos defensores pareciam dispostos a puxar espadas e facas para defendê-las. Percebendo que a princesa obtinha pouco prazer desses assuntos complexos, tomei a decisão de conversar com ela. Como sabia que apreciava música, segundo ela própria me havia dito, falei dos músicos que reinavam em Roma, comandando a chuva e o tempo bom, e em particular de Girolamo Frescobaldi, o qual ia regularmente escutar, junto com meu mestre, na santa Basílica do Latrão. Ela gostava muito deles, mas preferia, dizia, as obras mais espirituais de Monteverdi, de William Byrd e, sobretudo, de Gesualdo, cujo nome pronunciou num murmúrio, indicando o esposo com um rápido olhar. Inclinei a cabeça para lhe dar a entender que havia compreendido a alusão e aprovava suas preferências, compartilhando-as plenamente. Esta comunhão estética parecia arrebatá-la, e, com as faces coloridas, os olhos brilhantes, ela sorvia minhas palavras a tal ponto que eu precisei apoiar minhas costas no encosto da cadeira para fazer agir mais eficazmente as pontas do meu cilício e chamar à ordem a minha carne. Decidi voltar a assuntos mais apropriados ao meu estado:

— Como a senhora imagina Deus? — perguntei-lhe à queima-roupa.

Ela sorriu afetuosamente, sem parecer surpresa pela brutalidade de minha pergunta, e como se percebesse claramente os meus motivos.

— Não consigo imaginá-lo — respondeu quase imediatamente. — Quer dizer, não posso representá-lo semelhante aos homens nem a nada que exista de humano. Eu concebo a existência de um Deus, pois não posso compreender que nem eu nem o que me cerca seja obra do acaso ou de alguma criatura. Entretanto, posto que a condução de minhas atitudes não seja efeito de minha prudência e que o sucesso venha raramente dos caminhos por mim escolhidos, deve haver uma providência divina...

Fiquei bastante satisfeito com sua resposta e admirei o fato de ela não responder, como a maioria das mulheres, que imaginava Deus sob a forma de um venerável ancião.

— Confesso que falo de mim como nunca fiz com ninguém; posso lhe jurar que, não fossem os laços sagrados que me unem a meu esposo, com alegria colocaria minha vida sob o jugo de Jesus Cristo. Não em um convento, onde a cruz seria ainda assim fraca demais para carregar, mas em um hospital onde se recebesse, indiferentemente, toda espécie de doentes, de qualquer religião ou país, para servi-los sem distinção e me encarregar, a exemplo do único esposo que merece esse título, de suas enfermidades. Sei que sou capaz de enfrentar os espetáculos mais assustadores, as feridas, os gritos dos doentes e o fedor de todas as infecções do corpo humano. Levaria Jesus a esses miseráveis de leito em leito, encorajando-os não por vãs palavras, mas pelo exemplo da minha paciência e da minha caridade, e faria tanto que o próprio Deus os protegeria em Sua misericórdia...

Os olhos da princesa tinham ficado marejados de lágrimas à evocação desse desejo secreto. Bela como uma pintura, tinha o ar nobre e sublime, o porte natural e majestoso, a atitude sincera, a voz dócil de uma santa! A jovem mulher era admirável sob todos os aspectos e seu marido o mais abominável dos...

— Extraordinário! — exclamou de repente o príncipe, dirigindo-se a mim. — Caspar, eu o invejar, seu mestre é mais considerável dos sábios! Breve realizar grandes feitos juntos...

Enrubesci a essa interpelação como se tivesse sido pego em falta e o príncipe pudesse ler meus pensamentos.

— O senhor exagera — retomou Kircher. — Apenas o conhecimento é magnífico e somente ele merece seus elogios. Mas precisa me desculpar, senhora, por ter monopolizado por tanto tempo seu marido; pareço ter me esquecido que essa discussão não era de natureza a lhe cativar.

— Não tenha nenhum receio, padre. Conversei com o abade Schott sobre assuntos religiosos e fui eu quem me esqueci dos deveres de dona de casa. Juro não ter escutado uma única palavra de seu aparte com meu esposo e embora, sem dúvida, eu não teria conseguido compreender grande coisa, sinto-me deveras aborrecida.

Kircher desfez o engano da anfitriã com civilidade e, como tomado de uma súbita inspiração, ofereceu-se para divertir o grupo:

— Terminamos um excelente jantar, e este me parece o momento propício para acrescentar uma experiência divertida. O que lhes parece: somos mais leves antes ou depois de ter comido?

— Bem, bem, bem... — fez o príncipe, esfregando as mãos de contentamento. — Eu aceitar desafio! O método, sempre o método, como diz o Sr. Descartes... Depois da refeição, eu sentir eu mais leve, mesmo engolido pelo menos uns 2 quilos de comido. Essa ideia clara e distinta em meu *intelectus* é verdadeira: força interna do corpo transforma frango, peixe e outros alimentos em calor; calor produz vapor íntimo; e vapor, leveza... Se comer muito, nós voar! Certo?... — acrescentou, rindo.

O príncipe soou a campainha incontinente e ordenou que trouxessem a balança da dispensa. Isso foi realizado em alguns minutos pelos criados, que penaram para trazer a pesada máquina até nós.

— Quanto o senhor pesa normalmente? — perguntou Kircher.

— Cinquenta e cinco quilos e 300 gramas — respondeu o príncipe. — Eu não mudar de peso desde a mocidade.

— Bem, se o senhor comeu 1 quilo e 800 gramas, digo que agora deve pesar 57 quilos e 100 gramas.

— Isso! — exclamou o príncipe, subindo decidido na balança.

Kircher ajustou os pesos para equilibrar a máquina e leu o resultado em voz alta:

— Cinquenta e sete quilos, 606 gramas! O senhor comeu esta noite um pouco mais do que imaginou...

— Espantoso! — exclamou o príncipe, alegre.

Após ter verificado ele próprio a exatidão do peso, quis que todos nos submetêssemos à experiência. Kircher subiu na balança: confessou ter comido 3 quilos, pedindo desculpas e argumentando que seu peso normal devia estar subestimado por não ser controlado desde Roma. Não fiquei surpreso de pesar apenas meio quilo a mais, não tendo sequer pensado em me alimentar durante a refeição. Quanto à princesa, recusou-se a se entregar a uma prova que teria ferido a graciosidade natural de seu sexo, mas a perdoamos por essa recusa. Retirou-se pouco depois e eu a imitei quando o príncipe manifestou o desejo de discutir com meu mestre certos assuntos delicados.

Uma vez em meu quarto, mergulhei em mim mesmo e vi como a princesa me enfeitiçava. Sua virtude e sua pureza me pareciam exemplares e eu experimentava uma grande satisfação ao recriar seu rosto mentalmente. Rezei demoradamente a Deus e li os *Exercícios* até bem tarde. Obedecendo a Santo Inácio, quando ele diz que é pecado reduzir a duração conveniente do sono, tirei o cilício, que me incomodava profundamente, e adormeci.

Ao despertar no dia seguinte, vi que eu *lintea pollueram,** e a perspectiva de ter cedido ao demônio durante a noite, mesmo sem guardar nenhuma recordação, me encheu de horror. Voltei a colocar o cilício, o qual apertei ao máximo, e comecei o dia com um exame aprofundado de consciência.

Durante esse dia e os que se seguiram até o Natal, mal percebi Kircher e o príncipe, trancados na biblioteca, onde se entregavam a atividades misteriosas. Diversas vezes, operários vindos de fora se submeteram ao

* (...) tinha sujado os lençóis.

trabalho em sua companhia, o que me fez suspeitar da invenção de uma nova máquina. Entregue a mim mesmo, tive, portanto, o prazer de frequentar à vontade a dama de meus pensamentos. Abordamos toda sorte de assuntos, lemos juntos os novos livros que chegavam para ela e tocamos música. A princesa parecia usufruir tanto dessas inocentes ocupações que eu não me sentia em nada culpado de assim reconfortá-la. A cada dia ela se mostrava mais decidida a tomar o véu das religiosas da Congregação das Irmãs Hospitaleiras, tão logo a providência lhe oferecesse a oportunidade. Eu aprovava sua resolução com toda a fé.

As refeições não duravam mais tanto quanto a do dia de nossa chegada. O príncipe e Kircher comiam rapidamente — quando consentiam em deixar a biblioteca —, para retornar o mais rápido possível a suas ocupações. Porém, quanto mais o príncipe me parecia alegre como Pierrot, mais Kircher me parecia nervoso e preocupado. Na véspera do dia 24 de dezembro, ele me procurou no quarto, pouco depois das 22 horas. Seu rosto mostrava-se ainda mais grave do que de hábito.

— A sorte está lançada, Caspar, e tenho medo das consequências dos meus atos. O inimigo lança mão de tantas formas diferentes... Por mais habituado que esteja a revelar suas artimanhas, desta vez não estou seguro do meu sucesso. Mas basta de covardia! Saiba que o príncipe convidou algumas pessoas para cear amanhã à noite, após a Missa do Galo, e o abade de Bagheria virá celebrar na capela desta residência. Você conhece o espírito complicado do príncipe e devo renovar meu conselho de prudência, formulado quando de nossa chegada. Evite julgar o que vir ou ofender quem quer que seja com reações intempestivas e saiba que, independentemente do que aconteça, assumo a responsabilidade por seus pecados. Agi pelo bem da Igreja. Se me enganei, suportarei sozinho o castigo.

Assustado com tais advertências, jurei a meu mestre que ele podia depositar sua confiança em mim e que preferia morrer a desrespeitar suas ordens.

—Você é corajoso — disse Kircher, passando a mão em minha cabeça — e tem mais valor do que eu. Mas prepare-se para o pior, meu filho, e não esqueça: a salvação da Igreja está em jogo.

Depois, ajoelhou-se e rezamos por duas horas ininterruptas

Na manhã do dia 24 de dezembro, o tempo estava frio e nublado, tanto que todas as lareiras da casa foram acesas. Os cozinheiros se tinham posto a trabalhar, e os criados não cessavam de ir e vir da entrada do parque, de onde voltavam carregados de provisões; toda a casa parecia vibrar com a festa, organizada com animação. Não vi a princesa Alexandra, ocupada que estava em supervisionar o desenrolar dos preparativos, durante todo o transcorrer do dia. Kircher confabulava com o príncipe na biblioteca. De minha parte, meditava sobre o Natal, preparando-me para a celebração da chegada de Nosso Senhor Jesus Cristo.

Estava em paz comigo mesmo quando meu mestre veio me procurar, no meio da tarde.

Os convidados começavam a chegar; alguns deles já se reuniam formando pequenos grupos nos diversos salões da residência. Após a abertura da grande sala de recepção, não pude me impedir de ficar vivamente impressionado: imaginem uma enorme rotunda cuja cúpula do teto esteja recoberta por centenas de espelhos colados uns aos outros de modo a constituir uma superfície côncava. Cinco grandes lustres de cristal desciam do teto, carregados de velas. As paredes apresentavam uma composição de mármores verdadeiros e falsos, imitados à perfeição, com nichos contendo bustos multicores dos mais célebres filósofos antigos. Acima da entrada, em um nicho um pouco mais suntuoso que os demais, o príncipe não hesitara em colocar o seu próprio busto e o de sua mulher, bem como uma divisa assim formulada: *"Refletida na singular magnificência desses cristais, contemplem, ó mortais, a imagem da fragilidade humana!"* Percebi também uma enorme quantidade de brasões recém-pintados, sobre os quais era possível ler diferentes máximas do mesmo gênero que as decifradas por Kircher quando de nossa chegada. O piso em parquê, marchetado de mogno e de pau-rosa, brilhava magnificamente. Entretanto, tudo isso não exprimia muito bom gosto: ali se revelava um exagero de ostentação e pouca beleza verdadeira; mas os espelhos, multiplicando as cores, as luzes e os movimentos ao infinito, criavam uma verdadeira atmosfera de encantamento. Uma pequena orquestra, cujos músicos trajavam roupas de personagens da tragédia romana, tocava em surdina.

Quando o príncipe nos viu, foi apressado ao nosso encontro e, pedindo silêncio, apresentou Kircher ao público: um novo Arquimedes, a glória do seu século, e ele se sentia honrado com sua presença e sua amizade. Alguns aplausos discretos e, em seguida, as conversas recomeçaram em tom ainda mais alto. Sentamo-nos em uma das banquetas dispostas na sala, enquanto o príncipe nos apresentava as pessoas convidadas à festa.

Lá estava o *sieur* La Mothe Le Vayer, conhecido por seus diálogos imitando os antigos; o conde Manuel Cuendias de Teruel y de Casa-Pavón; Denys Sanguin de Saint-Pavin, cuja reputação de devasso o precedia; Jean-Jacques Bouchard, notório libertino; alguns poetas e sábios e uma grande afluência de damas e de pequenos marqueses cujos títulos de nobreza teriam feito o mais robusto dos mestres de cerimônia engasgar. Todos bastante íntimos do príncipe para evitar as humilhações habituais.

Quando a noite ia bem avançada, o príncipe fez, de súbito, assoprarem as velas e fecharem as portas da sala de espelhos onde, com o dedo na boca, sem dizer uma palavra, nos tinha reunido. Mal tínhamos sido mergulhados na total escuridão, a Virgem Maria nos apareceu, em tamanho natural e irradiada de luz, como que flutuando. Distinguia-se perfeitamente a cor azul do seu véu e o rosado de seu rosto. Ela parecia viva! Um murmúrio de estupefação se fez ouvir ao meu redor. A princesa, assustada, me segurara o braço e o apertava com força. Eu supunha que meu mestre não fosse estranho a esse milagre quando sua voz se fez ouvir, amplificada por não sei que artifício e ressoando de todos os lados sob a cúpula:

— Não tenham receio, ó vós que me escutardes; não há nada nesta aparição que as simples leis da natureza não possam explicar. O príncipe, nosso anfitrião, julgou interessante nos preparar para a celebração do Natal. Rendamos graças à sua prodigalidade...

Imediatamente outra imagem apareceu, a de Maria e José na estrada para a Galileia.

Depois do Natal e da Adoração dos Magos, tivemos direito a um resumo da vida de Jesus. A música se pusera em uníssono, de repente tão pungente que a imagem de Nosso Senhor expirando na cruz encheu-me os olhos de lágrimas, como à maioria dos convidados. Após a ascensão de Cristo, fez-se de novo a escuridão. Os músicos entoaram um trecho assustador que foi crescendo até atingir o auge; no exato instante em que metais e tambores quase provocavam a quebra das vidraças da casa, o diabo se manifestou: cornudo, envolto em chamas movediças, gargalhava, assustador!

— O inimigo! — berrou Kircher, cobrindo com a voz tonitruante os gritos assustados da plateia. — A tentação! O anjo decaído! O ignominioso! Arrependei-vos, pecadores, para escapardes de suas garras e dos tormentos que vos reservam no inferno o exército dos demônios. Vede aproximar-se Beydelus, Anameleque, Furfur e Eurínome! Baalberith, protetor dos arquivos do mal! Abadom, anjo exterminador! Tobhème, cozinheira de Satã! Philotanus, cujo próprio nome designa nosso opróbrio! E ainda Lilith, Nergal e Valafar! Moloque, Murmur, Scox, Empuze e Folcalor! Sidragasum, que faz dançar as mulheres impudicas! Belial, ó sedutor dissoluto, Zapam, Xezbeth, Nisroque e Haborim! Fora daqui, Asmodeus! E tu, Xaphan, volte a tuas caldeiras! Sombras e estriges, fadas, fogos-fátuos e ondinas, desapareçam da nossa vista!

Todas as imagens desses demônios desfilaram à medida que meu mestre as nomeava, aumentando o terror ao meu redor. Eu sentia a princesa trêmula em meu braço. Em seguida, surgiu o inferno, representado com um realismo espantoso. Miríades de corpos nus entregues às torturas mais abomináveis sofriam de acordo com os pecados cometidos. Viam-se todos os transtornos castigados como convinha, sem nada esconder dos suplícios que aguardavam os condenados no Além. Porém, quanto mais as imagens de demônios impressionavam os espectadores, mais a visão dos vícios e de sua punição pareceu exaltá-los. Ofuscado pelas risadas e risinhos que ouvia ao meu redor, eu via por todo lado rostos sorridentes, e algumas mãos desapareciam.

Em breve, quando a música acabava de pontuar com um perfeito acorde uma última imagem dos tormentos, Athanasius pediu ao público que recitasse com ele o *Anima Christi*. O texto da bela oração apareceu imediatamente na parede, traduzida frase por frase em sete idiomas.

Alma de Cristo, santifica-me;
Corpo de Cristo, salva-me;
Sangue de Cristo, extasia-me;
Água que vem de Cristo, lava-me;
Paixão de Cristo, conforta-me.
Ó bom Jesus, escuta-me;

Entre tuas feridas, esconda-me;
Não permita que me separe de ti.
E dos exércitos do maligno, defenda-me;
E na hora da morte, chama-me
E deixa-me ir a ti
E com teus santos, louvar a ti
Pelos séculos dos séculos
Amém

E o fervor com que foi dita essa oração por todo os convidados, a emoção que emanava dessas vozes ressoando sob a cúpula dos espelhos, foi certamente a mais bela das recompensas de Athanasius.

NO RIO PARAGUAI | *Uma espécie de lampejo vermelho entre a vegetação ondulante do Nilo da selva...*

Espalhados sobre a mesa da cabine, vários livros de micropaleontogia, cinco ou seis exemplares de *Corumbella*, uma lupa conta-fios e material de desenho haviam recriado sem dificuldade um ambiente de trabalho familiar. Mauro relia pela enésima vez o trabalho de Dietlev para a Academia Brasileira de Ciências.

— Ainda trabalhando? — ouviu-se a voz de Elaine atrás dele.

Mauro balançou a cabeça, sorrindo.

— Não exatamente... Eu sonhava acordado. Estamos neste barco faz uma semana e tenho a impressão de que nunca saí daqui. Quase como se nunca devêssemos chegar a lugar algum, nem mesmo voltar para o lugar de onde saímos...

— Eu devo ser menos romântica — disse Elaine, num leve tom de zombaria —, porque tenho pressa de chegar ao destino. Só Deus sabe o que vamos encontrar por lá... O fóssil que Dietlev teve entre as mãos é muito anterior ao *Corumbella*; se encontrarmos a jazida, é quase certo descobrirmos outras espécies da mesma era. Com isso vamos revolucionar a paleontologia!

— Eu sei, mas isso não impede de aproveitar o presente, certo?

— Carpe diem, isso mesmo... Mas é um pouco difícil quando a água do chuveiro é meio podre e comemos piranha com diferentes molhos... Além do mais — lançou um olhar para trás —, não vou com a cara desse tal de Herman. Ele é odioso, mesmo quando se esforça por ser agradável. Eu não o suporto mais.

— Nisso estou de acordo. Raramente encontrei alguém tão antipático. Eu poderia muito bem ficar sem...

A frase de Mauro foi interrompida por uma pancada surda, seguida por outra mais longa. Ambas reverberaram nas paredes metálicas do barco.

— O que foi isso? — perguntou Elaine, por puro automatismo.

Mauro não respondeu, mas ela viu em seu olhar que ele também identificara o barulho: os tiros de um fuzil-metralhadora. Sem consultarem um ao outro, precipitaram-se para o convés. Um voo de pássaros assustados fugia da selva como de um travesseiro furado.

— Deitem-se, rápido! — berrou Milton, de bruços ao lado da amurada. — Estão atirando em nós!

— Nada de pânico, nada de pânico, senhor professor... — disse Herman com calma, saindo da cabine de pilotagem. — Não atiraram *em* nós, mas à nossa *frente*, é um sinal dos meus amigos do Paraguai. Vamos, levantem-se... Vou conversar um pouquinho com eles e vai dar tudo certo, podem acreditar. Não demoro mais de uma hora... Não se inquietem — disse, ao passar por Elaine e Mauro —, vocês estão sob minha proteção. Fiquem tranquilos e nada vai acontecer. Vou pegar a canoa; não demoro...

— Eu o acompanho? — perguntou de repente a voz grave de Dietlev.

Herman voltou-se, o ar irritado, como se nunca lhe tivessem feito pergunta tão absurda.

— Mas claro, venha tomar um chá, eles ficarão animadíssimos em conhecê-lo... Fala sério, por favor. Melhor ajudar esse índio imbecil a manter a canhoneira navegando na corrente. Não podemos ancorar aqui, o fundo é muito instável.

Sem mais tardar, Herman dirigiu-se à popa do barco. Seguiram-no com os olhos até ele passar a perna pela amurada para subir a bordo do bote e depois o ouviram dar a partida no motor. Logo viram o bote de borracha afastando-se a grande velocidade, subindo o rio em direção a uma pequena margem escondida sob o emaranhado dos mangues. Após desembarcar, Herman amarrou a embarcação de qualquer jeito e desapareceu, como se engolido pelos arbustos baixos.

— Onde você estava? — perguntou Elaine a Dietlev.

— Na cabine de pilotagem, com Herman e Yurupig.

— Alguém pode me explicar o que está acontecendo? — interveio Milton com irritação.

Estava ainda pálido do recente pavor.

— Nada que não seja... *sul-americano*, posso lhe garantir — disse Dietlev em tom de brincadeira. — Há caçadores escondidos, uns tipos do Paraguai que fazem contrabando de peles de crocodilo. Pelo que compreendi, também vendem cocaína para fechar as contas no final do mês. Nosso querido capitão foi ocupar-se de seus negócios com eles, e até que se prove em contrário, nada disso nos diz respeito.

— Crocodilos! — exclamou Mauro, tomado por súbita cólera. — Filhos da puta! E ninguém vem investigar esse tráfico?

— Na verdade não. São verdadeiros profissionais: desceram de paraquedas faz dois ou três anos. O tempo de desbastar um pedaço da floresta para instalar uma pista de aterrissagem para seu Piper e começar o trabalho sujo. Eles caçam com kalachnikov, se está interessado em saber toda a história. Depois que diversos barcos, inclusive os da alfândega, levaram tiros de metralhadora pesada, ninguém mais se aventura por aqui. Pelo menos nenhuma pessoa honesta. E como eles molham copiosamente as mãos de certos funcionários locais, isso não vai mudar tão cedo...

— É incrível! Incrível... Não consigo entender! — exclamou Milton, chocado. — E você nos trouxe aqui! Como soube disso tudo?

Dietlev hesitou meio segundo antes de responder, tempo suficiente para Mauro perceber que ele não estava contando toda a verdade:

— Por Herman, é claro. Ele sabia apenas que tínhamos entrado na zona controlada por eles; a paisagem muda muito rápido por aqui, e é praticamente impossível encontrar um ponto preciso de uma semana a outra. Como fui eu que contratei seus serviços, ele me preveniu de que enfrentaríamos alguns obstáculos no caminho...

— Você poderia ter nos avisado. Era o mínimo, não?

— Eu achava que eles não se manifestariam de modo tão ruidoso. Não havia nenhuma razão para ter medo; e ainda não há. Quando Herman voltar, prosseguiremos como se nada tivesse acontecido. Não somos encarregados de bancar a polícia, não é mesmo? Então melhor nos acalmarmos e esperarmos, sem recriminações inúteis. — E, com um sorriso amável: — Vá nos servir um trago; eu vou ver como Yurupig está se virando...

— Dois segundos — disse Elaine, com voz estranha. — E esse troço significa o quê?

Todos os olhares se voltaram para o local designado pela mulher: 100 metros atrás da embarcação, onde as margens formavam um estreitamento, havia um tronco de árvore atravessado no rio. Ilógico, pleno de ameaças silenciosas, sua presença impedia qualquer recuo em direção à segurança.

Como Yurupig não precisava de ninguém no leme da embarcação, eles se reuniram no convés para tentar avaliar a situação. Sobre os mapas de satélite trazidos, Dietlev lhes mostrou primeiro onde se encontravam:

— Controlei nossa posição conforme avançávamos. Vejam aqui o estreitamento do rio e lá, um pouco a noroeste, essa mancha branca... provavelmente a pista de pouso. Na verdade, estamos a pouco mais de três dias do nosso objetivo. Tudo bem, recapitulemos: Herman saiu há mais de uma hora e não há como dar meia-volta, o que é bastante inquietante, concordo, mesmo que isso, sem dúvida, não passe de uma simples medida de precaução...

— Uma simples medida de precaução? — indagou Milton, à beira da histeria. — Vocês têm cada uma! Estamos presos numa emboscada e isso é tudo o que você tem a dizer? "Uma simples medida de precaução"?

Dietlev fez um visível esforço para manter a calma:

— Reflita um pouco, Milton. Eles identificam o barco de Herman, mas não sabem quem está a bordo. Devem conhecer o indivíduo. Imagine que Herman os tenha entregado, que tenha sido pago para trazer até aqui policiais, ou até mesmo militares... O que você faria no lugar deles? Os caras são organizados, disso depende sua sobrevivência.

— E se Herman não voltar? — indagou Elaine com calma.

— Ele *vai* voltar. Ou, na pior das hipóteses, eles é que virão. Seja como for, não há nada que possamos fazer, então não vale a pena ficarmos imaginando o pior enquanto aguardamos. Amanhã, toda essa história vai parecer ridícula.

— Estamos à mercê deles — insistiu Milton —, e você está pouco se lixando! Pois bem, eu não. É tudo culpa sua, e posso garantir que, ao voltarmos, acabarei com a sua carreira, Dietlev! Farei com que seja expulso da universidade!

— Até que enfim! Então agora já prevê a nossa volta, prova de que não é completamente estúpido... Quanto a mudar de universidade, não esperei que você tomasse a decisão. Já me ofereceram uma cadeira em Tubinga e outra em Harvard. Ainda estou em dúvida, mas disposto a tudo para nunca mais ver sua cara de macaco velho!

— Dietlev, por favor — pediu Elaine, assustada com o rumo da conversa.

— Eu sei, eu sei — concordou, com ar contrariado —, mas ele está começando a realmente encher o meu saco.

— Tudo isso será repetido, posso assegurar! O reitor é meu amigo e eu faço questão de...

— De quê? — explodiu Dietlev, pegando Milton pelo colarinho. — Você faz questão do quê? Se disser mais uma palavra, só uma, eu parto a tua cara!

Os óculos embaçados de angústia, Milton contentou-se em gaguejar como uma solteirona alarmada. Com um empurrão de desprezo, Dietlev o atirou sobre uma banqueta.

— Vou tomar ar — disse ele a Elaine, tranquilizando-a com um piscar de olhos. — Não se preocupem comigo. Mas faz muito tempo que eu tinha vontade de botar pra fora o que sinto por esse babaca.

— Eu vou com você. É verdade, aqui está abafado...

— Você viu? — perguntou Milton a Mauro. — Você é testemunha, não é? Esse indivíduo ignóbil levantou a mão para mim, me insultou.

Mauro ajustou devagar os fones do walkman nas orelhas.

— Eu vi que ele conseguiu manter a calma, com bastante tato, devo dizer, diante do que me pareceu uma crise de nervos indigna de um professor universitário; mas não ouvi muita coisa além de suas próprias ameaças a ele. O walkman, entende...?

—Você também...Você está do lado deles! Deixe-m dizer, meu jovem amigo, você não...

Elaine meteu o nariz na coxia:

— Caso você esteja interessado — disse a Milton —, Herman está embarcando no *Zodíaco*. Agora deixe esse jovem em paz e venha fazer as pazes com Dietlev. Ao que me parece, você lhe deve um pedido de desculpas...

Quando Milton subiu ao convés, Herman ainda estava na margem, em companhia de um grupo de três homens. Dietlev os observava pelo binóculo.

— Parece que surgiu um problema — disse ele, sem tirar os olhos da cena. —Todo mundo está bem agitado...

Elaine o conhecia bem, jamais fingiria tamanha indiferença se não estivesse realmente preocupado. Pela primeira vez desde a partida de Corumbá ela foi tomada pelo medo.

— Um problema! Qual problema? — berrava Milton. — Eu sabia... Eu sabia que isso ia acabar mal...

— Cala a boca, porra! — ordenou Dietlev, sempre colado a seu binóculo. — Pronto, ele está embarcando. Enfim, *eles* estão embarcando no *Zodíaco*... Herman não está sozinho, tem um cara com ele. —Voltou-se para Milton: — Armado — disse, secamente, fitando-o no fundo dos olhos. — Portanto, todo mundo mantenha a calma, não é o momento de meter os pés pelas mãos.

— Me dê dois minutos — apressou-se a implorar Herman, tão logo subiu a bordo. —Já vou explicar. Está tudo bem, não precisam arrancar os cabelos. Surgiu apenas um pequeno contratempo...

Transpirava e parecia preocupado, malgrado o álcool que tinha evidentemente ingerido.

O desconhecido que o acompanhava era um verdadeiro brutamontes, do tipo que se vê algumas vezes pilotando motos americanas: bigodudo, mal barbeado, cabelos oleosos sob uma espécie de faixa que lhe cobria a testa, parecia perfeitamente à vontade no seu esfarrapado uniforme de combate. Dietlev notou o cinto com compartimentos que ele usava atravessado no peito. Fuzil-metralhadora na barriga, examinou um a um os passageiros com ar satisfeito, como se constatasse que não haviam mentido. Demorando-se mais longamente em Elaine, deu um sorriso de aprovação que revelou uma impecável dentição de carnívoro.

— *Puta madre*! — disse com voz rouca, tocando maquinalmente o saco.

Humilhada, Elaine desviou o olhar na direção do rio.

Ninguém saberia dizer a real duração dessa inspeção, tanto ficaram petrificados pela arrogante postura daquele personagem. Mais tarde, Elaine só se lembrava do forte cheiro de animal.

— E o índio? — perguntou o brutamontes, em espanhol.

— No leme — respondeu Herman, com a manifesta preocupação de tranquilizar o homem. — Não se preocupe, amigo, não há mais ninguém...

— Está bem, passe adiante — disse ele, empunhando sua kalachnikov —, vamos fazer um tour pelo barco.

Precedido por Herman, penetrou no interior da embarcação com uma ousadia desdenhosa.

Milton estava desmoronado; arregalava os olhos à espreita de uma palavra ou um olhar de conforto. Dietlev esforçava-se em vão por refletir. Tentava analisar a situação, compreender os dados, como quem trata de um problema científico, sem conseguir se livrar das estúpidas imagens que travavam seu raciocínio. Mais insistente que as outras, a imagem de um copo de cerveja cheio, cuja espuma não parava de transbordar em um balcão, obscurecia as demais... Atormentada por uma incontida vontade de ir ao banheiro, mas paralisada tanto por sua recusa em confessar essa deficiência quanto pela apreensão de ter que urinar dentro em pouco ali mesmo, Elaine concentrava-se em sua bexiga, totalmente concentrada nesse dilema.

Mais por bravata que por despreocupação, Mauro havia ligado o walkman; debruçado sobre a amurada, os olhos fixos em Milton, ele cantava com a maior concentração.

Herman reapareceu no convés e foi rapidamente até Dietlev.

— Não é minha culpa — disse imediatamente —, posso garantir. O avião entrou em pane e é impossível consertá-lo. Eles querem que a gente leve o mecânico a Cáceres para comprar as peças sobressalentes; lá tem um aeroporto.

— Cáceres! — exclamou Dietlev. Visualizara de pronto a bifurcação do rio, a alguns quilômetros da nascente. — Mas essa não é a nossa rota; pelo contrário, é a oposta!

— Eu sei — disse Herman, fazendo uma expressão consternada. — Não compliquem as coisas. Já tentei de tudo, juro; propus mesmo deixar primeiro vocês e depois pegá-los na volta, mas eles não querem nem saber. Estão com pressa, muita pressa, se é que você me entende.

Dietlev pensou que seria preciso levar o mecânico ao seu destino. Essa súbita perspectiva fez desmoronar suas últimas esperanças de dar prosseguimento à missão. Na melhor das hipóteses, e contando apenas com três dias em Cáceres para achar as peças, o que era o mínimo, eles não conseguiriam estar de volta ali antes do dia previsto para encerrarem a estada em Mato Grosso.

— É pirataria! — sussurrou ele. — Você se dá conta do que isso significa? Um ano de preparativos por água abaixo por causa desses filhos da puta...

— Eu não podia prever, amigo, eu juro!

— E não há nada que se possa fazer? Sei lá, podemos oferecer dinheiro para que eles aceitem nos deixar na jazida...

— Grana? — exclamou Herman, realmente estupefato. — Mas esses caras são mil vezes mais ricos que vocês, eles nadam em dólares! Você não se dá conta, Dietlev, de que é uma sorte ainda estarem vivos? Eles estão pouco se lixando pra vocês todos, pra sua missão e pros seus fósseis de merda!

— Na há nada a fazer senão obedecer, e depois chega! — disse Milton das profundezas de seu terror. — Para mim basta... disso tudo! A missão está cancelada, entenderam? Vamos pegar o avião em Cáceres... Eu cancelo tudo!

— Que avião? — perguntou a voz zombeteira do paraguaio. Depôs diante dele uma caixa grande lotada de latas de conserva e de garrafas. —

E a moça, está pronta? Ainda não contou a ela a novidade, hein? Cagão... Vamos, anda logo, preciso levar o *Zod* até o mecânico.

— Eu lhe imploro, Hernando — disse Herman, num tom lamuriante. — Isso não vai servir pra nada, já dei a minha palavra. Eu volto com o seu mecânico, não importa o que aconteça. De qualquer modo, sou obrigado a passar por aqui na volta...

— Herman? — fulminou Dietlev.

A voz abaixara um tom, como se houvesse pressentido a resposta que lhe daria o velho alemão.

— Eles querem ficar com a professora Von Wogau até a nossa volta. Como garantia...

— Fora de cogitação! — exclamou Dietlev, sem refletir um só segundo. Voltou-se para Hernando. — Levamos seu mecânico a Cáceres e até mesmo a Cuiabá, se for preciso. Faremos tudo o que quiserem, mas ela fica conosco, compreendeu?

— Bem, já basta — disse o homem, apontando a arma para Dietlev. — Herman, você coloca as provisões na canoa; e você, *guapa*, pode ir embarcando. Não vamos te fazer mal, pode acreditar em mim...

Uma faísca de luxúria brilhou em seus olhos, revelando todo o "bem" que ele lhe reservava.

Elaine encontrava-se sentada no convés, as pernas cerradas, balançando a cabeça de um lado para o outro, incapaz de exprimir de outra forma sua recusa apavorada em acompanhá-lo.

Mauro se plantou resolutamente diante do paraguaio:

— Ela não vai — disse com voz trêmula. — *No venga,* não vai! É preciso dizer em que língua? Eu é que vou ficar, se é isso que querem!

— Mas esse frangote tem colhões! — disse Hernando, sorrindo. — Gostei de ver...

E com um brusco movimento do cano da arma, atingiu-o no rosto. Mauro se desmantelou como uma boneca de pano.

Dietlev já avançava, com os punhos cerrados.

— Pois se ele está dizendo que não vão lhe fazer mal! — ganiu Milton, detendo-o pelo braço. — Não temos alternativa senão deixá-la com eles, não é, Elaine? Diga a ele que você vai... Você viu, ele não está de brincadeira!

— Frouxo! — exclamou Dietlev, cuspindo-lhe na cara.

Hernando colocou o cano da kalachnikov em seu pescoço.

— Você já encheu o saco! Anda, moça! Ou embarcamos ou eu faço a cabeça dele voar!

Não obstante todos os seus esforços, Elaine não conseguia se levantar. Pusera-se a rastejar na direção deles, quando então o motor, embalado de repente ao máximo de velocidade, fez saltar a canhoneira para a frente.

Perdendo o equilíbrio por um instante, Hernando compreendeu a manobra de Yurupig:

— Ele vai matar a gente, esse babaca! — berrou, precipitando-se para a cabine de comando.

No mesmo momento, Dietlev viu o barco iniciar uma trajetória oblíqua na direção da margem... Sem se preocupar com os outros, ele também correu para o convés superior. Terminava de subir a escada principal quando a canhoneira alterou o rumo e retornou galhardamente ao meio do rio. Houve então uma espécie de relâmpago cor de abóbora na extremidade de seu campo de visão e, sobrepondo-se ao barulho do motor, um clarão simultâneo em que o som branco da guerra se mesclou aos berros dos macacos. Dietlev lançou-se ao chão, cobrindo a cabeça com as mãos. Sentiu a perna desabar sozinha sobre o metal, tornar-se parte dele. Instintivamente tentou puxá-la para uma posição mais natural e, aturdido com a falta de reação, perdeu a consciência.

Embasbacado com a atitude de Yurupig, Herman havia se precipitado ao convés ao perceber que o barco continuava sua rota e ultrapassaria, apesar da intervenção de Hernando, a invisível fronteira traçada pelos caçadores. Aturdido, lançado ao mais profundo de seus medos, assistiu aos acontecimentos que se sucederam com uma sensação hipnótica de déjà-vu: Milton agitando os braços e implorando aos berros um cessar-fogo, a giga que o havia feito dançar ao receber o impacto repetido dos projéteis, os rasgões vermelhos em seu terno de linho; Elaine se aliviando, de quatro no convés, os olhos fechados, com ar de uma santa em estado de beatitude.

Imperturbável sob o metralhar, o *Mensageiro da fé* continuava a deslizar no rio, acelerando com uma espécie de volúpia indomável entre a vegetação ondulante do Nilo da selva.

METAFÍSICOS DE TLÖN: Kircher é como eles. Não busca a verdade nem mesmo a verossimilhança, busca o assombro. A ideia de que a metafísica fosse um ramo da literatura fantastica nunca lhe passou pela cabeça, mas toda a sua obra pertence à ficção e, portanto, também a Jorge Luis Borges.

PROXIMIDADE essencial com a morte, reconhecimento instantâneo desse inferno artesanal onde me debato.

DRAGÕES: Se Deus é perfeito, reflete Kircher, por que ele criou esses seres híbridos que parecem questionar a ordem natural das coisas? Qual o sentido dessas rupturas, dessas lacunas em relação à norma? Desse modo, Deus manifesta sua onipotência; o que Ele fez, pode desfazer. O que ordenou, pode desordenar. Por mais antiga que seja nossa experiência em ver cair uma pedra quando a lançamos na direção do céu, nada nos garante que um dia ela não desaparecerá nas nuvens, por capricho divino e para nos lembrar que Ele é quem determina a lei.

Esse simples traço interdita a Kircher toda pretensão do conhecimento: ele escolheu, sistematicamente, acreditar no inacreditável porque é absurdo, e é nisso que o verdadeiro crente deve acreditar.

FÉ EM UM MUNDO criado para o espetáculo dos homens, e não somente espetacular por instantes. Kircher possui um senso inato da teatralização, uma arte *quase borrominiana das dissimetrias vertiginosas* (obrigado, Umberto!). Visão flexível da razão, tendência ao pitoresco, à reminiscência, voos de imaginação, gosto pelas formas brutas do que é vivo, pelos dispositivos cênicos, pela ilusão. Kircher é barroco, simplesmente barroco (*Barocchus tridentinus, sive romanus, sive jesuiticus...*).

SERTÃO é uma corruptela de deserto. Chamado também de "interior". Sertanejo: aquele que habita o deserto, que é deserdado.

ACRESCENTAR UMA NOTA sobre a "máquina anêmica" inventada por Kircher. Inoperante, mas caridosa. Inoperante até por caridade? Em todo caso, ela o torna mais humano.

MÁQUINAS INDISPENSÁVEIS:

- para pentear macacos
- para lamber sabão
- para recuperar a energia do coito
- para envelhecer mais rápido
- para retardar o milênio
- para escurecer os albinos
- para esfriar o chá
- para degradar os militares

NOTA: prestes a se enganar, é necessário fazê-lo com precisão! Kircher e seus contemporâneos outorgam nobremente 4 mil anos de existência a nosso mundo; contudo, ao mesmo tempo, os sobreviventes dos maias contam o mundo em milhões de anos e os hindus calculam os ciclos de criação sucessivos do universo em períodos de 8,64 bilhões de anos...

CAPÍTULO X

Em que são relatadas, palavra por palavra, as conversas licenciosas dos convidados do príncipe e diversas ignomínias que colocaram Caspar Schott sob o sério risco de condenação...

Quando voltamos à sala de recepção, descobrimos uma imensa mesa, arrumada durante a nossa ausência. Solicitaram a Kircher sentar-se no lugar de honra, diante do príncipe, e fiquei bem contente ao me encontrar à esquerda de sua esposa. O banquete teve início sem demora. Descrever a profusão dos pratos que nos foram oferecidos ultrapassa as fracas capacidades da minha memória. Sobretudo por eu prestar mais atenção aos propósitos do meu mestre e aos da princesa. No entanto, lembro-me de haver grande quantidade de frutos do mar, de lagostas e de ostras, bem como várias aves e peças de caça que os convivas mal olhavam, sem diferenciá-las. Como eu praticamente não tocava em nada que era servido em meu prato, guardando-me de ceder ao pecado da gula, meu mestre repreendeu-me gentilmente, dizendo ser dia de festa e não haver mal algum em nos regozijarmos com a chegada do corpo e do espírito de Nosso Senhor. Confesso ter obedecido com petulância a esse conselho e naquela noite fiz honra à ceia de nossos anfitriões. Tão logo vazias, nossas taças eram novamente cheias pelos criados; os cristais cintilavam; toda a mesa vibrava entre risos e palavras entrecortadas; a princesa brincava com graciosidade e eu estava feliz como jamais pudera supor ao chegar àquela morada.

A conversa girou sobre assuntos frívolos e toda vez dirigiam-se a Kircher para ter, senão a última palavra sobre a questão, pelo menos o conselho mais confiável. Produziu-se uma espécie de jogo entre os convivas; meu mestre ratificava em seguida a opinião daquele que a defendia por último, anuência da qual se obtinha então a maior glória... Ocupados com a profusão de pratos, comparavam os respectivos méritos dos alimentos e os hábitos estranhos de povos antigos ou distantes. La Mothe Le Vayer relembrou a abstinência do consumo de qualquer carne pelos pitagoristas e pelos brâmanes do Oriente, que respeitam mesmo a grama se ela não está seca com a justificativa de que a alma se encontra em todo lugar onde haja verdor, e pelos rizófagos, os granívoros, os hipófagos e outros habitantes cistercianos da África que vivem apenas de raízes, de grãos, de folhas e sumos das plantas e saltam de galho em galho com tanta agilidade quanto os esquilos. Podemos ler em Mendes Pinto, dizia um deles, que a carne dos asnos, dos cavalos, dos tigres e dos leões é vendida publicamente nos açougues da China e da Tartária. E em Plínio, dizia outro, que a longevidade dos macróbios devia-se ao fato de se alimentarem exclusivamente de víboras, como sabemos acerca de certos príncipes da Europa cujas aves, que posteriormente lhes servirão de alimento, engolem cobras. O que diriam então, reforçou Kircher, dos cinomolgos, que apenas mamam o leite das cadelas? E os *Struthofages*, mencionados por Diodore, o Siciliano, que se regalavam com suas avestruzes; os acridófagos, de seus gafanhotos, e mesmo os *Phtirophages* asiáticos, mencionados por Strabon — que talvez não passem dos Budinos de Heródoto — e que engolem seus piolhos com grande prazer?

As mulheres soltavam gritinhos de nojo diante de tais costumes, mas tudo ficou bem pior quando La Mothe Le Vayer começou a falar de antropofagia...

Essas pessoas, que se gabavam de serem filósofos, tinham um bom conhecimento dos clássicos. As referências a autores antigos brotavam de todos os lados, e as mulheres não eram as últimas a se defenderem com erudição. Apenas a princesa permaneceu silenciosa. Vi que ela enrubescia toda vez que algumas palavras esbarravam nos limites da decência, e eu encostava a perna na dela para lhe demonstrar que compartilhava de seu embaraço e de sua reprovação.

Argumentando que o amor era uma paixão e que esta paixão podia ser satisfeita solitariamente ou com a ajuda de outrem, *sieur* Jean-Jacques Bouchard entregou-se a uma análise dessa ilusão dos nervos chamada "masturbação", que é algo abominável, mas que ele justificou com inúmeros exemplos célebres. Diógenes, é claro, Zeno e Sextus Empiricus foram convocados para servir-lhe de exemplo, eles que haviam jurado que apenas essa prática garantia a independência em relação ao outro; mas também todo o povo lídio que usava dessa infâmia operação em plena luz do dia.

O conde Manuel Cuendias, um jovem espanhol de rosto marcado pela varíola, condenou esses abusos para, em seguida, fazer a apologia do amor entre homens. Ele inundou seu mundo com uma torrente de personagens gregos e latinos que haviam outrora glorificado essa prática que hoje consideramos torpe. O Olimpo não estava cheio de Ganimedes e de Antínoos? Hércules não tinha olhos senão para seu filho Hilo e para Taroste? Aquiles para Pátroclo? Os filósofos mais sábios e respeitados não juravam senão por seus favoritos? Platão satisfazia todos os caprichos de seu Aléxis, de seu Fedro e de seu Agaton; Xenofonte, de seu Clénias; Aristóteles derretia-se diante de Hermias; Empédocle, diante de Pausânias; Epicuro cortejava Pítocles; Aristipo rastejava por Euriquide...

As mulheres do grupo, revoltando-se contra esses hábitos, objetavam que a humanidade pereceria bem depressa se tais abjeções se espalhassem desmedidamente; o amor se encontrava sobretudo na diferença entre os sexos e não nessa androgênia tão exaltada por aquele patife do Platão como justificativa para seus vícios.

— Se é preciso acreditar nas senhoras — continuou o príncipe na sua língua —, então é com os animais que se encontra o amor verdadeiro, pois eles têm sobre o sexo das senhoras a grande vantagem de nunca filosofar...

O príncipe disse isso com tal entonação que era difícil saber se ele brincava ou falava seriamente. Mas quando ele se pôs a sorrir, os presentes preferiram ver no comentário um gracejo e riram às gargalhadas, enquanto a princesa, com lágrimas nos olhos, cravava, por baixo da mesa, as unhas em minha mão.

— Nisso ainda — dizia seu esposo —, a mitologia grega nos fornece vários exemplos dessa zoofilia, da qual só mencionarei Pasífae com seu touro, Leda com seu cisne e a matrona de Apuleio com seu asno. O que não é nada em comparação com a realidade. Qualquer um de nossos pastores prefere suas cabras ao belo sexo, e é costume os bodes se misturarem às mulheres na cidade de Mendes, no Egito, onde o deus Pan era reverenciado; é coisa tão comum em Moscou que Cirilo, de Novgorod, quando interrogado se era permitido beber o leite e comer a carne de uma vaca já conhecida por um homem, respondeu que qualquer homem poderia fazê-lo, exceto aquele que a houvesse usado. Nas Índias Orientais, os portugueses desfrutam dos peixes-boi como das mulheres e é com o mesmo peixe que os negros de Moçambique dizem se renovar enormemente, abusando dele mesmo depois de sua morte. Não podemos dizer que tais copulações sejam um efeito da simples depravação humana porque os outros animais têm os mesmos sentimentos por nós e, como vimos, os mesmos cruzamentos entre eles. Lembrem-se do que contou Plínio sobre o ganso de Argos, tomado de paixão por uma tocadora de lira chamada Glauce, que estava ao mesmo tempo inebriada de amor por um carneiro. Lembram-se também das inconveniências causadas por um elefante a uma florista da Antioquia e das de um grande macaco de Bornéu a um padre espanhol? Quanto aos leões, todo mundo sabe que quando apaixonados no começo do inverno e quando estão mais perigosos, perdoam as mulheres se elas se arregaçam, mostrando-lhes sua natureza...

Novas gargalhadas. Estimulados pelo príncipe, os convivas transformaram essa brincadeira numa ebulição de obscenidades eruditas. Às histórias de amor ilícito uniu-se o incesto e não se discutiu outro assunto durante um longo período a não ser as exações de Calígula, de Nero e de Crísipo, que julgavam indiferente ter um caso com a mãe, com a irmã ou com a filha. Citaram Estrabão, que garantia que os magos da Pérsia e os egípcios faziam o mesmo em seus templos; Américo Vespúcio, que sustenta que nas Índias Orientais não havia nenhuma exceção de parentesco para evitar a fornicação; o imperador Cláudio, que, tendo desposado sua sobrinha Agripina, obrigou a autorização do incesto pelo Senado. Depois, puseram-se a difamar os amores lícitos e o pudor, que diziam não passar de uma invenção dos povos fatigados, pois não existiam nem no Novo Mundo nem no polo Norte, onde os povos emprestavam de bom grado a mulher e as filhas aos visitantes, sem demonstrar a menor vergonha, e copulavam em público, como outrora o cínico Crates semeava sua Hiparquia bem no meio da ágora...

Diante dessa explosão de imundícies que me fazia enrubescer, bem como à princesa, não cessei de implorar a meu mestre com o olhar, sem compreender como ele conseguia manter calma tão imperial. Nem um músculo de seu rosto tremia; ele exibia um sorriso bonachão, como se assistisse nessas circunstâncias a simples infantilidades. O abade da paróquia local não havia esperado chegarem a este ponto e pedira licença havia muito, alegando sua idade avançada e a hora tardia. Enfim, quando eu já me desesperava por esperar Kircher contradizer essa lista de abominações, ele tomou de súbito a palavra:

— Eu mesmo li tudo isso a que fizeram alusão e rendo graças ao saber dos senhores, embora lamente que nenhuma voz tenha se elevado para renegar todos esses vícios que, se existem e continuam a proliferar, não deixam de ser condenáveis. Denunciarei todos os senhores à Santa Inquisição, como é meu dever... — parou de falar por um breve instante, percorrendo os convivas com olhar frio. O azul de seus olhos havia clareado e vi várias pessoas, dentre as que se mostravam mais animadas anteriormente, enrugar a fronte, tomadas por um temor irreprimível — ... se, por um só instante, eu imaginasse ser esta a opinião de todos. Mas talvez não seja inútil precisar certos pontos. Quanto mais aprofundo meu conhecimento acerca de coisas novas, mais me parece exato o que diz o mais sábio dos mortais no Eclesiastes: "Nada de novo sob o sol." O que aconteceu? O mesmo que ainda está por vir. A obstinação do mal, a saber, o demônio é a causa de todas essas desordens, porque ele se dedica apenas a encher o mundo com suas torpezas. O arquiteto maldito continua a construir a casa da antiga perfídia. Utiliza todos os meios, tenta todo mundo e em todas as épocas. Seu principal recurso para enganar as almas e delas se apropriar foi sempre atraí-las pela curiosidade e levá-las à ruína fazendo uso de artifícios cheios de superstições e de luxúria. Podemos dizer que, se o demônio capturou tantos homens, é porque sempre se serviu do mesmo meio, utilizando-o desde a origem dos tempos: refiro-me à magia e ao encantamento. Constatamos, por experiência, que todos os deuses venerados pelos egípcios e seus herdeiros ainda são bárbaros modernos. Dentre os últimos, podemos ver os signos da transformação de Osíris e de Ísis no Sol e na Lua, e encontramos ainda Baco, Hércules e Asclépio, Sérapis e Anúbis e monstros semelhantes aos dos egípcios, embora adorados sob outros nomes. Mesmo na China vemos crianças queimadas vivas como oferendas ao deus Moloque, seu sangue derramado por odiosos sacrifícios e essa obscena parte do corpo que os gregos denominavam "αλλός"*, culto de singular veneração. Esses bárbaros do Oriente adoram certos animais como se fossem deuses e o exemplo dos egípcios teve tanta importância no espírito daqueles povos que estes lotaram seus domínios com ídolos semelhantes... Todos os exemplos examinados neste momento são fruto da idolatria, produto apavorante do inimigo da natureza humana. O demônio é o macaco de Deus; sua cauda de serpente arrasta-se por todo lugar onde se manifesta seu espírito de perversão diabólica. E se não se deve cobrir os olhos diante dos reflexos disformes que seus espelhos nos apresentam permanentemente, poupemo-nos de tomá-los como realidade e denunciemos essa malícia que conduz direto à danação eterna...

Uma vez mais admirei o modo simples e tranquilo como meu mestre defendera nossa religião e seus santos princípios. Temia não chegar nunca a tal força d'alma que é, na verdade, a dos eleitos de Deus.

Contidos um instante pelo discurso de Kircher, os espíritos inflamados pelo vinho voltaram a se liberar. Entretanto, como já havíamos terminado de comer havia muito, o príncipe convidou os convivas a nos levantarmos, e nos dispersamos em pequenos grupos pelas salas enquanto os criados tiravam a mesa.

A princesa Alexandra levou-me a um divã um pouco isolado. Após ter comentado as conversas da noite e exprimido em voz alta a reprovação que havíamos comunicado um ao outro por gestos, voltamos a falar de música e harmonia. Pouco habituado a beber, eu trazia o espírito enevoado e não retive dessa conversa senão o sentimento de uma doce comunhão e de uma perfeita concordância quanto a nossas opiniões. Mais tarde, ao compararmos uma vez mais os respectivos méritos de William Byrd e de Gesualdo, a princesa desejou submeter-me a partitura de um movimento que eu desconhecia e que não podíamos ler, dizia ela, sem ouvir a mais maravilhosa música do mundo. Portanto, com solicitude segui-lhe os passos a uma alcova um pouco afastada onde ela guardava as partituras. Mal havíamos penetrado no aposento, ela trancou a porta com duas voltas

---

* *Phallus [falo].*

com a intenção de nos preservar dos importunos. Concordei com essa iniciativa, envaidecido por sua preferência por minha pessoa. Ela encontrou sem dificuldade a música mencionada e nos sentamos lado a lado.

Com efeito, a partitura era de extraordinária beleza e fervor, tanto que eu a cantarolava em voz baixa, subjugado pelo sentimento que o delicioso movimento me despertava. Ao final de alguns minutos, senti em minha face a sensação de uma chama, do lado onde se encontrava a princesa. Ergui os olhos em sua direção e imediatamente cessei de cantar: era seu olhar fixo, luminoso, ardente como uma brasa que me havia trespassado a pele. Sem abandonar essa maneira amedrontadora de me cobrir com os olhos, ela aproximou lentamente a mão de meu rosto e, trêmula, acariciou meus lábios.

— Caspar — murmurou. — Caspar...

Sua respiração se fizera irregular, as narinas palpitavam, a boca entreabria-se como se por esse movimento tentasse umedecer a garganta seca. Acreditando que ela estava a ponto de perder a consciência, ergui-me parcialmente para lhe oferecer ajuda. Com um gesto, ela fez sinal de que lhe faltava ar, pedindo-me que desatasse os cordões de sua roupa. Como tinha a expressão de quem ia sufocar, ocupei-me em abrir seu vestido, enervando-me com todas aquelas fitas às quais eu não estava acostumado. Eu havia começado a entreabrir seu corpete, mas ela se encarregou de desabotoá-lo sozinha. Contudo, não parou onde a decência e as necessidades de uma simples doença teriam ordenado, continuando a tirar as vestimentas demonstrando certa espécie de raiva até exibir diante de mim seus seios completamente nus! Eu permanecia petrificado diante desse espetáculo. Nunca havia visto o seio de uma mulher senão nos cadáveres que dissecávamos com meu mestre e me pareceu nunca ter visto nada de tão belo desde o dia do meu nascimento. Para meu enorme pavor, entretanto, a princesa *molliter incepit pectus suum permulcere. Papillae horruere, et ego sub tunica turgescere mentulam sensi.** O inimigo! A mulher estava possuída pelo demônio e eu estava a dois passos de ser seduzido por ela e lançado ao precipício. Benzi-me recitando palavras de exorcis-

* (...) começou a acariciar voluptuosamente os seios. Os mamilos intumesceram, e eu senti meu membro inchar sob a batina.

mo, mas a princesa, irreconhecível, *divaricata stolam adeo collegit ut madida feminum caro adspici posset.** Uma grande confusão tomou conta de meus sentidos e do meu espírito. Eu estava ao mesmo tempo horrorizado pela transformação tão repentina dessa mulher a quem eu havia atribuído até então as virtudes e o pudor de uma santa e ainda mais atraído por ela do que anteriormente. Um último sobressalto de minha consciência fez com que eu me afastasse. Tremendo, os joelhos fraquejando, eu implorava que recuperasse o bom-senso.

— Pare, senhora, por piedade! — eu disse, com toda a convicção de que era capaz. — A senhora vai ser condenada à perdição! Vai me condenar à perdição!...

No entanto, minha reação pareceu excitá-la ainda mais, pois ela passou a língua nos lábios obscenamente. Lembrando-me de que a porta estava trancada à chave, precipitei-me imediatamente na direção da corda usada para chamar os criados, ameaçando puxá-la.

CANOA QUEBRADA | *Como um reduto contra a louca embriaguez do mundo...*

Após um demorado banho de mar, Moema, Taís e Roetgen voltaram à areia, onde, à sombra de uma palhoça, Seu Juju, um ex-pescador, servia caranguejos recheados e uma cachaça de limão cujo azedume tornava quase impossível beber. Ninguém soubera dizer o motivo de os jovens da cidade terem começado a frequentar aquele canto perdido, mas Seu Juju aceitava essa dádiva dos céus com imensa sabedoria, posto que ela lhe permitia ganhar a vida sem se fatigar muito. Reclinados no tronco da palmeira, outros três jovens em roupa de banho provocavam-se, soltando estrondosas gargalhadas. Lutadores imóveis, os corpos reluzentes de bronzeador e de gotículas de suor, a areia que brincavam de jogar um no outro peneirava a luz. Roetgen cruzou o olhar do mais falante dentre

* (...) afastou as pernas e levantou o vestido até me deixar ver a carne úmida de suas coxas.

eles, um mestiço de dentes imaculados que deixava graciosamente a mão deslizar na nuca e nos ombros de seus companheiros e ria com voz aguda.

— Eita, mulherzinha! — exclamou ele, levantando-se imediatamente para beijar Moema. E dando um passo atrás, como se para apreciar Roetgen melhor. — Onde achou esse pedaço de mau caminho?! Já estou ficando toda molhada...

— Calma, não seja grosseiro — disse Moema, um tanto ou quanto irritada. — É meu professor; pega leve.

— Você podia ao menos nos apresentar. Eu não mordo, embora...

— Está bem... Roetgen, Marlene — disse Moema, sorrindo. — Não dê atenção a ele, senão ele não te larga mais.

— Não ouça o que ela diz — disse o jovem, segurando por mais tempo do que seria razoável a mão que Roetgen lhe estendera. — Sou doce e obediente como uma ovelha. Não é mesmo, amiguinhas?

Os dois rapazes aos quais se dirigiu contentaram-se em lhe lançar um olhar sombrio.

— Anaís e Doralice — comentou com um sorriso congelado. — Estão com ciúmes, e isso as torna mal-educadas. É sempre a mesma história: tá faltando hormônio.

Era a primeira vez que Roetgen ouvia um homem falar de si e de seus amigos no feminino. Apesar da mente aberta, ele tomou isso como provocação e não sabia se deveria consentir nesse jogo ou fingir ignorá-lo. Não obstante, concebeu toda uma espécie de ingênua admiração pelo indivíduo que ousava afirmar tão claramente suas preferências sexuais. Entretanto, por um reflexo estúpido em que o pânico o disputava com um ranço de orgulho masculino, experimentou a necessidade de se diferenciar:

— Devo ser um tanto bizarro — disse, no mesmo tom de brincadeira —, mas prefiro as mulheres... Estando isso claro, isso não nos impede de tomarmos uma bebida juntos.

Mordeu logo a língua, furioso consigo mesmo por ter cedido a essa fácil condescendência, mais ultrajante do que um verdadeiro insulto.

— Que pena!... Não sabe o que é bom — comentou Marlene, com um tantinho de desprezo na voz. — Se algum dia mudar de lado, venha me ver primeiro, vou fazê-lo descobrir a galáxia... Vamos, meninas! O último a chegar na água é um comedor de mulheres!

Como se compelidos por uma mola, os três jovens saíram em disparada na direção do mar.

— Não quis envergonhá-lo — disse Roetgen, com ar desolado.

— Fez bem — tranquilizou-o Moema. — Se tivesse lhe dado a menor esperança, ele ficaria insuportável... Depois passa. De qualquer maneira, ele está disposto a tudo por uma bebidinha de graça! Ouça, a propósito... Juju, serve uma pequena, por favor?

O primeiro copo embebedou os três.

De um lado e de outro de seu campo de visão, a distância, a praia desaparecia numa imensa vertigem. No Atlântico azul desbotado, enormes ondas quebravam com lentidão num barulho torrencial. Algumas jangadas bem lá longe na praia, alguns raros banhistas espalhados, nada vinha atrapalhar sua impressão de se encontrar em outro lugar, no fim do mundo, num desses espaços em que o espírito, miraculosamente amnésico e apaziguado, de repente se reconcilia consigo mesmo.

— Está vendo? Podia ficar assim toda a vida — dizia Moema. — Sério, passar toda a minha vidinha de merda a olhar as ondas com um copo na mão...

Taís tinha se animado. Esticada, a cabeça repousada no colo de Moema, contava a Roetgen seu projeto de bar literário, insurgindo-se contra a ignorância do século e o desprezo da burguesia brasileira pela poesia. Empolgava-se, abordava os abismos em que o universo se dissimulava numa mesma condenação:

— *O que é isso, companheiro?* Não me diga que nunca ouviu falar de Fernando Gabeira.

Depois, voltando à mão de Moema, que lhe acariciava os cabelos, cantou em voz baixa músicas de bossa-nova de João Gilberto e de Vinicius, abandonando-se à melancolia dos versos famosos. *Tristeza não tem fim, felicidade sim...* Ele já tinha lido e não apenas escutado? *Lido* de verdade as poesias de Vinicius de Moraes, de Chico Buarque, de Caetano Veloso? Era preciso fazer esse esforço. E Mário de Andrade? Não? E Guimarães Rosa? Jamais ele compreenderia nada do mundo daquela gente sem ter lido *Grande sertão: Veredas...*

Roetgen anotava os títulos mentalmente, apesar das reservas instintivas que a presença de cantores no meio desta lista despertava.

Marlene voltou com seus amigos e novas caras. Pouco rancorosa, exigiu o copo prometido, exagerando nas frases de efeito e insinuações picantes, revelando depois a Roetgen que a 300 ou 400 metros dali havia um recanto da praia onde os verdadeiros amantes de Canoa Quebrada se reuniam para praticar nudismo, tocar guitarra, fumar um baseado... Um verdadeiro espaço de liberdade! Aliás, podia lhe fornecer maconha, se quisesse. Da boa, sem problema. De cachaça em cachaça, terminou por subir na única mesa da palhoça e, cobrindo-se de várias toalhas de banho, simulou um strip-tease que fez morrer de rir todos os que assistiam ao espetáculo improvisado.

À tardinha, quando Roetgen acordou em sua rede, no chão da cabana, sua memória parecia ter sido corroída a partir daquela última cena. Lembrava-se vagamente de ter feito amor com Moema, mas não podia jurar que isso acontecera. Todo o resto desaparecera num buraco negro de onde só escapavam imagens imprecisas e um incompreensível ressentimento em relação à jovem. Ao mesmo tempo em que se surpreendia com essa curiosa posição, percebeu um galho oblíquo, estapafúrdio, pendendo do teto até o imbróglio de cordas espalhadas sobre seus dedos do pé.

— E então, Dionísio, dormiu bem? — perguntou uma voz acima dele.

O rosto brincalhão de Taís emergiu da rede, seguido quase de imediato pelo de Moema. Enroscada amorosamente na amiga, ela também parecia alegre.

— Quando nós decidimos fazer a sesta, você subiu a duna como um robô, sem hesitar ou acelerar o passo. E a areia estava duas vezes mais quente do que na descida. Você foi logo se instalando em minha rede e começou a falar de Dionísio. Falou de tudo: do passado, de Nietzsche, do mito e do culto, da "violência sagrada"; parecia incansável!

— O papo ao menos era interessante? — perguntou Roetgen, com expressão de dúvida.

— Super! — exclamou Taís. — Posso garantir... Além do mais, falava perfeitamente português, sem sotaque nenhum. Que loucura!

— Foi incrível — retomou Moema. — Você parecia hipnotizado!

— E depois?

— Depois fumamos um baseado e... Não vai me dizer que não se lembra disso também?

— Juro — mentiu Roetgen. — Tudo parou no strip-tease da Marlene.

— Bem, você pulou em cima de mim enquanto a Taís conversava com você...

— Eu fiz isso?

— Se fez! — recriminou-o Taís, rindo. — O pior é que ela parecia achar tudo muito agradável!

— Que vergonha, meu Deus! — exclamou Roetgen, sinceramente constrangido. — Nunca pensei que fosse capaz de fazer um troço desses, mesmo bêbado como estava...

— Não esquenta — prosseguiu Taís, em tom afetuoso. — Já vi outros com ela... É um espetáculo e tanto, sabe? Bem que tentei dormir, mas era impossível: vocês faziam a choupana toda tremer com tamanha ginástica, um verdadeiro tremor de terra! Resolvi participar, mas aí o galho quebrou...

— Caímos um por cima do outro... e você caiu dormindo no ato! Por um segundo achamos que tivesse desmaiado, mas aí começou a roncar. Morremos de rir!

— Resolvemos deixar você caído no chão e fomos para a minha rede...

— É preciso cuidado com a cachaça, professor... — brincou Moema. — Ainda mais aqui, com esse sol...

— Na certa comi pouco — argumentou Roetgen. — Só pode ser, pois não bebi tanto assim.

— Quatorze caipirinhas...

— Quatorze?

— Exatamente. Pode confiar no Seu Juju; ele é capaz de servir algumas grátis, mas das que a gente pediu ele não esquece umazinha.

Com as roupas embaixo do braço, foram em seguida para a casa da Neuzinha. Ela alugava o acesso ao poço e a utilização de uma barraca destinada ao banho. Roetgen ficou decepcionado pelo procedimento que destoava da "hospitalidade natural" dos pescadores, tão cantada por Moema; sem contar o fato de ter que entrar na fila, em companhia de uma dezena de outros jovens. Parecia ter parado num acampamento de férias, pensou, ou pior ainda, num camping. Como Taís e Moema pareciam perfeitamente à vontade no contexto, poupou-as de suas reflexões.

Para ganhar tempo, tomaram banho juntos, cada um por sua vez tirando a água com a ajuda de uma velha lata de conserva no grande latão metálico que um dos filhos de Neuzinha lhes providenciara. Ainda meio embriagado, Roetgen se entregou sem qualquer pudor à pequena comédia que os unia de repente, nus, próximos a ponto de se esbarrarem, como se fosse coisa perfeitamente natural.

Pernas compridas, bunda musculosa de Moema, corpo de menino, esbelto, lascivo, os pelos do púbis com reflexos dourados; Taís, seios pesados, mais que roliça, mas também atraente, com o luxuriante triângulo negro que a pele leitosa de seu ventre ressaltava...

Uma farra de crianças no banho. Não sabia se era o único a perceber a perversidade extremamente sutil.

Moema tinha proposto se convidarem para jantar na casa de João, então compraram peixes, refrigerantes e pão antes de atravessarem o vilarejo. O céu escurecia. O vento do mar começava a erguer turbilhões de areia no caminho. De um lado e outro da rua, as pequenas luzes tremeluziam nos buracos escuros das janelas.

— Puxa! — exclamou Taís. — Esquecemos de comprar uma lamparinazinha...

Voltando, compraram 1 litro de querosene e uma lamparina dentro de uma lata decorada com o logotipo vermelho e dourado de uma marca de manteiga.

— Essas lamparinas sumárias são fabricadas com latas de conserva usadas — explicou Moema. — São todas diferentes. No interior, descobrimos umas bem bonitas, é sério.

Encontraram João e a mulher balançando-se indolentes, cada um em sua respectiva rede; as crianças brincavam reunidas em torno deles. Maria recepcionou o pequeno grupo com efusão. Apressou-se em se levantar para acender o fogo na cozinha. Pouco depois, João uniu-se a eles em torno do fogo. Não estava com a cara boa: um dos quatro marujos da jangada caíra doente, assim a saída para a pesca, prevista para o dia seguinte, tinha sido cancelada. Roetgen surpreendeu-se com tal medida. Por que não ir assim mesmo?

— A três não dá — respondeu o pescador. — É uma questão de equilíbrio no barco, senão a gente corre o risco de virar.

— Ninguém pode substituí-lo?

— Os jovens não querem pescar, e os outros estão ocupados em terra ou nos barcos. É assim, nada a fazer. Enquanto esperamos, vamos continuar morrendo de fome.

O rosto de Maria se fechara enquanto colocava os peixes para assar diretamente na brasa.

— Posso embarcar no lugar dele, se quiser...

Imbuído do desejo de ajudar aquela família, Roetgen falara sem refletir. Diante da expressão incrédula de João, insistiu, descrevendo sua grande experiência em regatas e pesca no mar.

— Nada no mundo me dá tanto prazer — disse ao terminar, como se essa informação constituísse um argumento a mais.

— Ficamos fora dois dias e uma noite, francês, não é para se divertir...

— Estou habituado... Pode me levar, você vai ver. Na pior das hipóteses, servirei sempre de contrapeso, uma vez que é esse o problema.

— Pode confiar nele — interveio Moema. — Eu o conheço: não ia se oferecer se não fosse capaz de ajudar.

— Então, tá combinado, vamos tentar... — disse João, estendendo-lhe bruscamente a mão por cima do fogo. — Preciso ir avisar os outros; volto em dois minutos.

Quando voltou, pouco depois, o rosto brilhava de satisfação.

— Tudo combinado — disse, ocupando seu lugar. — Chegue aqui às 5 da manhã.

Comeram o peixe com os dedos, nas tigelas de alumínio amassadas. Durante toda a refeição, enquanto João contava as últimas histórias do vilarejo, Roetgen nem uma vez cruzou o olhar de Moema sem nele surpreender o respeito e a admiração que seu gesto lhe inspirara.

— Também não se lembra disso? — perguntava Moema ao saírem da casa de João. — Você é verdadeiramente incrível! Propôs que ele te ensinasse a dançar! Tenho certeza de que ele já deve ter fantasiado...

Cansado por conta da bebedeira do dia, Roetgen preferia voltar para casa imediatamente, mas, segundo as jovens, ele prometera a Marlene e às outras encontrá-las no forró, atrás do bar do Seu Alcides.

— Quantas bobagens eu falei! — resmungou, furioso consigo mesmo.

A perspectiva de se defrontar com Marlene o repugnava de modo incontrolável.

— Não tenha medo — disse Taís, notando seu mau humor —, o porre dele também já deve ter passado...

— E se dançar com a gente, ninguém vai te perturbar. Você vai ver, é um lugar muito legal!

Guiados por Moema em meio à escuridão da rua, caminhavam devagar, cruzando silhuetas silenciosas ou grupinhos barulhentos, que os cumprimentavam sem tê-los identificado. O vento crivava de areia a pele nua, levando até eles os cheiros de alga e da queima de lixo. Fragmentos de uma música endiabrada começavam a chegar a seus ouvidos...

— O forró — explicou a jovem — é uma espécie de baile popular, mais exatamente rural. Só existe no sertão. Seria interessante fazer um estudo sobre isso. Mas a palavra também designa a dança em si... Por causa disso a gente dança embaralhando pés e pernas: no Nordeste, dizemos tanto ir ao forró quanto dançar ou mesmo fazer um forró.

— Forró, forrobodó, arrasta-pé, bate-coxa, gafieira... — engrenou Taís, com evidente alegria. — É tudo a mesma coisa! E você vai ver a cara dos seus colegas quando contar que foi a tal lugar de perdição... É o cúmulo da vulgaridade, um perigo e por aí vai! Por nada no mundo eles poriam os pés num forró.

Quando penetraram no minúsculo bar do Seu Alcides, precisaram de um instante para se habituar à luz; em contraste com a escuridão profunda reinante sobre o vilarejo, as poucas lamparinas espalhadas pelos cantos faziam-no parecer o salão de um museu. Seu Alcides, um velho mulato barrigudo e conhecido pelo par de óculos presos com elásticos no lugar de hastes, pavoneava-se diante de duas séries de prateleiras que, quando preciso, o transformavam em dono de mercearia: alinhadas nas da esquerda, uma coleção de garrafas transbordava monotonia. Por princípio, Alcides só servia cachaça. Amontoados nas da direita estavam produtos de primeira necessidade, latas de óleo de soja, manteiga em lata, feijão, sabão em pó, rapadura; todas as mercadorias brilhavam como ouro às suas costas.

Acotovelados no balcão, uns seis caboclos se embebedavam com método, bebendo de um só trago e deixando escorrer compridos filamentos de saliva entre os dedos. Numa pequena mesa de bilhar que parecia ter sido tirada, após uma longa temporada, do fundo do mar, três jovens do vilarejo participavam de barulhentas partidas de uma variante local do *snooker*, a sinuca. Projetados em sombras sobre as paredes de argila crua, seus simulacros disformes oscilavam ao sabor das correntes de ar.

Os frequentadores afastaram-se para lhes dar lugar no balcão.

— Meladinha para os três... — pediu Moema após cumprimentar Alcides.

— Tem certeza? — perguntou Alcides, erguendo as sobrancelhas. — Você e Taís eu sei que aguentam, mas e ele? — Olhar duvidoso na direção de Roetgen. — Será que vai aguentar o tranco? É forte, quando não se tem o hábito.

— Ele precisa aprender. Não é em Fortaleza que vai poder beber isso.

— E a minha é a melhor do sertão — continuou Seu Alcides, vertendo um dedo de melado avermelhado no fundo dos copos. — Puro mel de jandaíra, é meu primo que faz...

— Jandaíra é uma espécie de abelha — sussurrou Taís no ouvido de Roetgen, enquanto Seu Alcides completava os copos com um bom decilitro de cachaça.

— Vocês entornam doses batizadas! — disse Roetgen, apreensivo.

— Doses de homem — disse simplesmente Alcides, mexendo a mistura com a ponta da faca. — É assim que se bebe aqui... Meu jovem, você vai ver, isso faz a gente ficar bem mesmo quando está mal!

Os homens por perto caíram numa sonora risada, cada um soltando um comentário grosseiro ou fazendo um gesto obsceno.

Sempre essa insistência a respeito da virilidade, pensou Roetgen, como se a ignorância e a pobreza só encontrassem consolo na hipertrofia lancinante do membro masculino.

Imitando as meninas, virou o copo de um só gole, mas sem se resolver a cuspir, como elas o fizeram com uma tranquilidade estarrecedora. Era doce, meio enjoativo, de toda maneira melhor que cachaça pura.

Foi o tempo de se voltar para o balcão e os copos já estavam novamente cheios.

A música ruidosa do forró, que nem o vento conseguia abafar, não parecia incomodar ninguém. Acordeão, triângulo e tamborins acompanhavam vozes roucas, arranhadas, mas suavizadas pelas inflexões arrastadas do Nordeste.

— Isso funciona com bateria de carro — disse Moema em resposta a uma pergunta de Roetgen.

Ela brincava com Taís disputando quem acertaria primeiro o nome do grupo e o título da canção que começava. Dominguinhos: "Pode morrer nessa janela"... Oswaldo Bezerra: "Encontro fatal". "Destino cruel", "Falso juramento"... Trio Siridó: "Vibrando na asa branca", "Até o dia amainsá"... Como a maioria dos beberrões, elas repetiam as palavras sem mesmo se dar conta, antecipando o refrão, dançando ali mesmo. E Roetgen, que seria incapaz de cantarolar uma única canção francesa inteirinha, ficou perturbado com o extraordinário calor humano emanando dessa fusão de todos com a música; uma coerência que não tinha a ver com o folclore, mas com a energia secreta de um povo de pioneiros.

Havia agora incessantes chegadas e partidas; saídos do Forró da Zefa, jovens encharcados de suor vinham tomar um trago antes de voltar ao baile. Acalorados pela dança, o pescoço vermelho, os cabelos desalinhados, as moças que desfilavam no bar tinham ares de madonas alucinadas. Deslumbrantes ou horrorosas, pareciam ter feito amor antes de entrar. Roetgen se surpreendeu a desejar todas.

Um mar de silêncio entre dois discos. Chamando ainda mais atenção por causa da pausa, um personagem insólito fez sua aparição. Um índio de uns 20 anos cujo penteado, imitado da tradição xingu, bastaria para torná-lo fora do comum; o grosso cabelo negro arredondava-se em franja acima das orelhas antes de descerem pelas costas. Vestido de branco, calça larga amarrada na cintura e camiseta bastante decotada sobre um torso imberbe cor de tijolo, exóticas tatuagens partindo do queixo representando plantas simétricas, ele desfilava sua raça e sua beleza como uma bandeira.

Procurando uma cúmplice para seu espanto, Roetgen voltou-se para Moema. Os olhos crivados no recém-chegado, ela parecia impregnada de sua imagem. Captando o olhar, e como que por ele atraído, o índio arrumou um lugar ao lado da jovem. Seu ombro trazia uma marca de tinta azul, o sinal aplicado por Dona Zefa nos dançarinos que se ausentavam de sua gafieira. Tomou a cachaça sem pronunciar palavra. A música recomeçava...

— Alceu Valença! — gritou Taís, repentinamente muito animada pelos primeiros compassos da música. — *Morena tropicana...* — começou a cantar.

— *Eu quero o teu sabor* — continuou o índio, encarando Moema.

Depois esboçou um sorriso e saiu do bar.

— Tipo engraçado, hein? — comentou Alcides, que nada perdera da cena.

— Quem é? — perguntou Moema, como se a resposta na verdade não lhe interessasse.

— Chama-se Aynoré. Faz duas semanas que anda por aqui. — Cuspiu no chão para sublinhar seu desprezo. — Maconheiro, que eu saiba...

— Vamos dançar? — suplicou Taís, ainda ocupada em rebolar ao ritmo da música.

Uma vez na rua, contornaram o bar à esquerda e chegaram ao Forró da Zefa. Era uma espécie de galpão construído com briquetes de argila, cujo teto de zinco proclamava a relativa estabilidade financeira de sua proprietária. Pequenas janelas — sem vidros, como em toda a cidade de Canoa Quebrada — se abriam ao longo da fachada, deixando escapar mais algazarra do que luz. Na única porta da grande construção encontraram Dona Zefa em pessoa, uma mulata idosa fedendo a álcool e a tabaco que logo grudou em Roetgen, murmurando com voz frouxa um fluxo de evidentes obscenidades. Ela o deixou assim que ele tirou do bolso os poucos cruzeiros necessários ao acesso do trio. Atrás dela, em uma sala de uns 30 metros que duas lâmpadas suspensas no teto não conseguiam iluminar, uma multidão em movimento se encarregava de percorrer em todos os sentidos o espaço de terra batida à sua disposição. Numa bebedeira e num zumbido de enxame, os casais de dançarinos mexiam os quadris em cadência, rápidos, colados aos parceiros, os pés mantidos no chão por uma audível magnetização. A seriedade dos rostos e a uniformidade dos gestos em perfeito acordo com o ritmo da música deixaram Roetgen mais estupefato do que tudo que tinha visto até então.

Um baile popular nas catacumbas, um último roçar, antes do toque de recolher, na consciência viva dos corpos e na iminência da guerra. Por trás da voz humana e dos instrumentos, o ruído endêmico das sandálias no chão, uma pulsação contínua, ameaçadora como o silêncio das primeiras eras.

De repente, Marlene surgiu diante deles.

— Que bom! Bem-vindos os três ao antro da noite! — disse com ênfase. — Tá esquentando, hein? Então, quem convido para dançar?

— Eu — anunciou Taís, lançando a Roetgen um olhar de conspiração.

— Nossa vez — disse Moema, depois que o casal foi tragado pela agitação browniana da pista. — Dois passos pra direita, dois pra esquerda; tente fazer a mesma coisa que eu...

E, colando-se a ele, levou-o para a zona de turbulência.

Roetgen não se virava mal, ao menos segundo a parceira. Fazendo o possível para não parecer ridículo, percebeu progressivamente a evidência: na massa escura dos dançarinos que se evitavam com uma destreza de partículas elementares, só cruzava com rostos emaciados, desdentados, corpos mirrados os quais ele via de cima por conta de sua altura; e cada vez que uma silhueta maior que as outras chamava sua atenção era para reconhecer, sem nenhuma margem de erro, um dos moradores da cidade grande que tinha vindo a Canoa Quebrada "para recarregar as energias". Estes exalavam saúde, riam com seus dentes brancos, divertindo-se como numa danceteria. Havia duas espécies diferentes, ou pior, dois estágios afastados pelo tempo numa mesma humanidade. Ele não pertencia nem a um, nem a outro; não obstante, ocupava a posição dos fortes, o que o deixou tão culpado, tão absurdamente cômico e deslocado quanto um papagaio em meio a um voo de corvos.

— Não é isso ainda — disse Moema, rindo. — Você tá pisando no meu pé! Vai precisar treinar se quiser azarar num forró...

— Parei, estou exausto.

— Tá bem... Vamos tomar um trago.

Adiantavam-se rumo à saída, a travessia retilínea perturbando a mecânica do turbilhão, quando o índio reapareceu.

— Quer dançar? — perguntou friamente a Moema, sem parecer duvidar por um só instante da resposta.

— Por que não? — respondeu ela, com um pingo de arrogância na voz. Atirou-se em seus braços com uma pressa e uma desenvoltura que desmentiam essa faceirice.

Desorientado por ter sido abandonado, Roetgen observou o casal flutuar à margem da agitação, pronto a se deixar levar. Um segundo antes de desaparecerem, viu Aynoré apalpar a bunda de Moema, num gesto grosseiro, obsceno, fazendo subir o short da jovem, que por sua vez cravou as unhas nas costas tatuadas do parceiro.

Roetgen sentiu-se incomodado. Não tinha direito algum de sentir ciúmes, mas se deixou invadir por um desprezo que englobava todas as mulheres da terra. Com a alma atolada pelas inúmeras declinações de seu amor-próprio ferido, saiu da sala — devidamente carimbado na passagem por Dona Zefa — e retornou ao bar do Seu Alcides.

Por contaminação, os beberrões lhe pareceram no auge da degenerescência. Um sujeito cochilando no bilhar acordava em sobressalto a cada três minutos e oferecia cigarros ao vazio; outro imitava, a pedidos, uma pipoca, inflando desmesuradamente as bochechas para reproduzir o barulho de um grão de milho estourando, teimando em se humilhar, como se a justificativa para sua existência estivesse reduzida a essa imitação lamentável. O próprio Seu Alcides parecia gordo demais para ser honesto, sobretudo em comparação com os esqueletos vivos espremidos em seu balcão.

Forçara-se a fazer descer uma meladinha. Por uma relação direta de causa e efeito, o copo de álcool deslanchou uma crise de enterite que o deixou apavorado, à beira do desmaio. Tomado de pânico diante da ideia de não conseguir controlar esse súbito colapso de suas entranhas, saiu do bar, com pressa de chegar à duna. Remexendo nos bolsos sem encontrar nada que pudesse servir de substituto ao papel higiênico, fugia no escuro, sentindo-se mal, desencorajado.

Quando teve certeza de que jamais conseguiria chegar até o mar, bifurcou para a direita e caminhou em frente, decidido a se afastar o máximo possível das casas. Sob a fraca claridade das estrelas estendia-se uma terra de ninguém coberta de detritos, um depósito de lixo inexprimível, que demarcava a rua em toda a sua extensão. Enfiando-se no lixo, Roetgen foi assaltado por suores frios, seguidos de cólicas que o dobraram em dois até fazê-lo cair de joelhos como um devoto em desespero.

E ali, sozinho, indiferente ao mundo, angustiado pelo vacilo de todo o seu ser, acreditou que ia morrer e que um porco o encontraria no dia seguinte, sem calças, junto às lixeiras fedorentas do vilarejo, ele mesmo uma imundície dentro da imundície.

Suas últimas notas de dinheiro mal serviram para livrá-lo dessa angústia.

Finalmente capaz de se erguer, limpou as mãos pegajosas com areia e voltou à rua guiado por uma luz que cintilava mais ou menos na direção certa. Chegou até uma pequena janela e parou um instante: dourada pelo lusco-fusco de sua lamparina, uma velha negra bordava devagar num grande bastidor de madeira escura. Percebendo Roetgen, lançou-lhe um sorriso tímido e suspendeu seu gesto. Neste instantâneo de pintura flamenga encontrava-se toda a doçura infinita das mães, e com ela o único reduto contra a loucura do mundo.

MUNICÍPIO DE PACATUBA | *O avião da Vasp*

Quando Zé o convidara para visitar a irmã, na casinha onde morava nas montanhas, não muito longe de Fortaleza, Nelson estava tão bêbado que não se lembrava nem do momento em que seu amigo o havia levado para seu caminhão ou mesmo de ter viajado durante a noite. Ao acordar no meio de uma floresta de bananeiras, acreditou estar sonhando; um dos mais belos e mais serenos sonhos que tivera. Como sentia um pouco de frio, fechou as abas da rede e mergulhou de novo no sono.

— Anda, de pé, vagabundo! — ouviu uma hora depois. — Não vale a pena vir à montanha pra ficar o tempo todo dormindo...

Emergindo da rede como que de uma crisálida, Nelson descobriu o rosto sorridente do tio Zé.

— Dê uma olhada neste paraíso — convidou-o, mostrando a janela. — Bem diferente de Fortaleza, não é?

Atrás do vidro surgiram efetivamente as bananeiras do seu sonho, o céu limpo, e ouvia-se o coaxar regular dos sapos-bois.

— A gente está onde? — perguntou Nelson, esfregando os olhos.

— Na casa de minha irmã, caramba! Na Serra da Aratanha. Você estava em péssimo estado ontem à noite!

— Deve ser verdade. Minha cabeça tá pesada...

— Em menos de dois minutos o ar da montanha vai resolver isso, você vai ver. Levanta. Firmina preparou um verdadeiro café da manhã de matuto!

Após um prato de mingau de tapioca — um espesso pirão de leite açucarado e farinha —, um bom pedaço de omelete de batata-doce e duas canecas de café, Nelson já se sentia bem melhor. Em seguida, Zé o carregou nas costas e foram pescar num grande lago nas proximidades. A despeito de sua falta de experiência, o aleijadinho mostrou-se mais hábil do que seu mestre e pegou dois peixes-gatos que lhe pareceram gigantescos.

Quando voltaram para almoçar, mais ou menos às 13 horas, o tempo tinha ficado encoberto — presságio de chuva para a tarde. Não tinham ainda acabado de comer e a tempestade caiu, prendendo-os em casa pelo restante do dia. Após a sesta ficaram na varanda, instalados em suas redes, vendo a chuva. Depois Zé cantou de memória as aventuras do príncipe Roldão, exatamente como aprendera num recente cordel de João Martins de Ataíde. Ingênua mistura de *Ilíada* e *Rolando, o furioso*, a história contava como o sobrinho de Carlos Magno conseguira salvar sua Angélica das garras de Abderramão, rei da Turquia e infiel reconhecido, escondendo-se com suas armas em um leão de ouro concebido por Ricardo da Normandia.

Ao entardecer, a chuva finalmente cessou, dando lugar a uma teia de brumas esfiapadas. Expulsos pela umidade da noite, Nelson e Zé se refugiaram no interior da casa e abriram uma garrafa de cachaça, enquanto a velha Firmina colocava para cozinhar os peixes trazidos algumas horas antes.

Estavam em meio à refeição — Firmina se lembrava do episódio depois como quem se recorda de uma coincidência pesada, repleta de implicações —, em meio a gargalhadas, quando de repente um barulho de reatores fez tremerem os copos na mesa, aumentando de modo desmesurado até fazê-los tapar os ouvidos e terminando em uma explosão que quebrou todos os vidros da casa. O Boeing 727 da Vasp, vindo de Congonhas, acabava de estraçalhar-se com alarde na Serra da Aratanha.

Único a reagir, Zé se precipitou para fora. Um pouco acima, na montanha, sob a luz das árvores transformadas em tochas, um enorme penacho negro elevava-se de uma nova fenda na floresta.

— Meu Deus! — exclamou, tomando consciência do acidente. — Por pouco não cai em cima da gente... — Em seguida, dirigindo-se à irmã e a Nelson, que o seguiram até a varanda: — Esperem por mim aqui; vou ver se posso ajudar em alguma coisa.

Pôs-se a correr na direção do local da catástrofe.

Malgrado os berros de Firmina, e sem refletir no que fazia, Nelson seguiu-lhe os passos retorcendo-se sobre o solo.

Chegando à zona do impacto, extenuado, sujo da cabeça aos pés por causa dos escorregões na lama vermelha do caminho, Nelson ficou petrificado diante do que convencionou chamar de "espetáculo do apocalipse", mas cujo horror se manifestou para ele pela simples visão de um torso de mulher ainda preso em sua poltrona, e parecendo sentado na abundância de suas entranhas. Ao redor, espalhados por um largo perímetro e posto em destaque pelas fluorescências amarelas dos coletes salva-vidas, distinguiam-se os escombros fumegantes do avião, valises abertas, toda uma miscelânea irreconhecível. Em seguida, as coisas fascinantes: corpos recortados de modo atroz, pedaços de carne pendurados em árvores como preces tibetanas, membros e órgãos semeados ao acaso na terra encharcada, obscenos em sua estranha solidão... Um açougue de carne humana entregue, de repente, aos animais ávidos da floresta. Dava para imaginar, pensou Nelson, que tinha chovido sangue, bifes e miúdos.

Acordados pela deflagração, os urubus já voavam sobre aquele maná; beliscando os ventres abertos, bicando as órbitas, disputavam com gritos agudos as carcaças mais apetitosas. Nelson não ficou nada surpreso com a quantidade de silhuetas — algumas munidas de lanternas — já ocupando o campo da miséria; pouco inclinados à piedade por aqueles a quem a morte já havia despojado de qualquer necessidade, a gente pobre das montanhas revirava os escombros com dedicação, pegando sem nojo qualquer coisa que parecesse de valor: prata, aliança e joias, bem como roupas manchadas de sangue, um pé de sapato e até mesmo certos fragmentos do avião, apesar de ninguém saber dizer a que uso os destinaria.

A perspectiva de descobrir uma carteira bem recheada lhe havia atiçado o espírito por um segundo, mas Nelson recusou-se a se misturar aos abutres. Procurando tio Zé com o olhar, continuou em meio aos destroços. A terra estava nauseabunda, entulhada de humores e de substâncias duvidosas. Perto de um cerrado, encontrou-se cara a cara com um pedaço de um policial; um tira decapitado que ainda usava, absurdamente, seu cinturão e seu estojo de pistola.

— Não é que desse jeito tu não tá com cara de babaca? — disse Nelson entre dentes. — Vou te foder, filho da puta!

Como uma resposta divina a essa blasfêmia, sentiu duas mãos segurando-o pelos ombros. Voltou-se aos berros...

— O que está fazendo aqui, porra? Pode me dizer o que está fazendo? — trovejou tio Zé, apavorado. — Você já se viu, porra? Você... você... achei que fosse um sobrevivente...

— Eu te segui... — balbuciou Nelson, também ele ainda trêmulo.

— Estou vendo que me seguiu. Eu disse pra ficar lá.

— Tem feridos?

Tio Zé balançou a cabeça com ar desolado.

— Todos mortos. Impossível sobreviver depois de um choque desses. Vou continuar a procurar enquanto espero a chegada de ajuda. E você, trate de ir pra casa, compreendeu? Volto assim que puder.

Nelson ainda permaneceu alguns minutos perto do cadáver, atônito pela perfeição do plano que acabava de germinar em sua mente. Seria assim e não de outro jeito. Não podia ser de outro jeito.

Voltando à casa, enquanto Firmina, assustada com o seu estado, esquentava a água para lavá-lo, Nelson tirou a pistola carregada da camiseta e a escondeu rapidamente no fundo da mochila.

Um pouco mais tarde, na tina de lavar roupas onde Dona Firmina lhe esfregava as costas rezando baixinho pelas vítimas, teve uma surpreendente ereção. Desde que o pai morrera, era a primeira vez que ficava excitado.

CAPÍTULO XI

Em que se conclui e termina, ad majorem Dei gloriam, *a história da vila Palagonia*

— Faça isso e estará perdido — respondeu com calma essa nova mulher de Potifar. — Eu direi que tentou abusar de mim e você sentirá, posso lhe garantir, o peso da fúria do meu esposo.

Permaneci imóvel, compreendendo a que ponto o que ela dizia era verdade. Por um instante, apesar de tudo, quase toquei o cordão, preferindo o escândalo, o opróbrio e mesmo a morte àquela indigna tentação. Lembrando-me *in extremis* da promessa feita a Kircher, ajoelhei-me diante da parede, suplicando a Deus que me concedesse ajuda.

Senti a princesa aproximar-se de mim e me abraçar carinhosamente.

— Não banque o tolo; você ainda não pronunciou seus votos definitivos, e não há pecado em ceder à sua vontade...

Assim dizendo, derrubou-me no tapete. Meus olhos se anuviaram; meu coração entusiasmado aniquilou qualquer tentativa de resistência; e foi repetindo o nome de Jesus como um ensandecido que pressionei meu corpo contra o dela.

Ainda hoje, no momento em que me recordo de nossos excessos, o rubor me tinge o rosto; mas quero beber desse cálice até a última gota e confessar na íntegra uma falta da qual não tenho certeza de ter me redimido, apesar de minha conduta posterior. Pois, não contente em me entregar à devassidão com a princesa, eu não recusava os floreados perversos que ela me ensinou naquela noite... *Lingua mea in nobilissimae os adacta, spiculum usque ad cor illi penetravit. Membra nostra humoribus rorabant, atque concinebant quasi sugentia. Modo intus macerabam, modo cito retrahebam lubricum caulem. Scrotum meum ultro citroque iactabatur. Nobilis mulier cum* *crura trementia attolleret, suavissime olebat. Novenis ictibus alte penetrantibus singulos breves inserui.** O coque da princesa se desfizera, e longas mechas escondiam-lhe parcialmente o rosto suplicante... *Pectoribus anhelantibus ambo gemebamus.*** Entreguei-me por completo, e *semen meum ad imam vaginam penetravit.**** Mas, sendo a princesa insaciável, foi preciso recomeçar a seguir. *Tum pedes eius sublevandi ac sustinendi fuerunt humeris meis. Pene ad posticum admoto, in reconditas ac fervidas latebras intimas impetum feci. Deinde cuniculum illius diu linxi, dum irrumo. Mingere autem volui: "O Caspar mi, voluptas mea, inquit, quantumcumque meies, tantum ore accipiam!"***** O que ela fez, enquanto o *liquore meo faciem eius perfundi...******

Ela ainda ensinou-me outras depravações também abomináveis, às quais me entreguei com prazer, sem pensar um só instante que assim chafurdávamos no pecado mortal. Todavia, mesmo quando a princesa regozijava-se com vilanias que jamais haviam atravessado meus piores pesadelos, ela insistia amiúde para que eu tomasse cuidado em não lhe roçar o umbigo nem o ventre, temendo que o cravo de vidro, que fantasiava ter, se estilhaçasse — desejo que tive certa dificuldade em satisfazer no estado de demência em que mergulhara.

Quando nos saciamos, o que só ocorreu após duas horas de desenfreada luxúria, ela me mostrou uma passagem discreta por onde ganhei meu quarto sem ser percebido. Dormi imediatamente, embriagado de vinho e de volúpias. Era a manhã do dia 25 de dezembro de 1637.

Quando despertei, nauseado e ofegante do estupro, foi para sentir os suplícios mais cruéis de uma consciência culpada. Meu erro não podia

---

* Eu enfiava minha língua na boca da princesa e meu dardo penetrou em seu âmago. Nossos membros gotejavam nossos líquidos, chegando mesmo a emitir um som de atrito. Ora eu deixava macerar meu membro escorregadio em seu interior, ora o retirava rapidamente, meu saco balançando de um lado a outro. A princesa erguia as pernas trêmulas exalando um odor suave. Intercalava as novenas com investidas breves e outras profundas e penetrantes.

** Gemíamos os dois, o peito ofegante.

*** (...) e meu sêmen penetrou no fundo da vagina.

**** Precisei lhe erguer os pés e colocá-los em meus ombros, depois aproximei o pênis de seu ânus e penetrei naquele esconderijo ardente. Depois, a lambi demoradamente, enquanto ela engolia meu membro. Quis urinar. "Ah, Caspar", disse-me ela, "por mais que urine abundantemente, minha boca o receberá!"

***** eu inundava seu rosto com meu líquido...

esperar qualquer redenção e já queimava vivo na fornalha de um inferno tão terrível quanto o verdadeiro. Tamanho era meu sofrimento, tamanha a raiva de mim mesmo, tão pungente a minha vergonha, que só almejava confessar a meu mestre os meus pecados para, em seguida, desaparecer em algum pavoroso deserto.

Já alquebrado por meus tormentos, um lacaio trouxe um recado para que eu fosse ao encontro de Kircher na biblioteca. Segui-o como quem caminha para o martírio.

Athanasius estava sozinho, cercado de livros, e lia-se uma imensa piedade em seu rosto ao me vislumbrar. Imediatamente lancei-me a seus pés, incapaz de pronunciar uma palavra, balbuciando o desejo de me confessar entre dois soluços.

— Não vale a pena, Caspar — disse-me ele, ajudando-me a me levantar. — O que quer que tenha feito, já foi perdoado. Olhe...

Retirou um pesado in-fólio das estantes e abriu-o ao meio sobre duas páginas em branco. Apresentou o livro aberto num púlpito alto, diante do local onde havia sido colocado, e pediu que eu apagasse os dois candelabros que iluminavam a sala sem janelas.

— Reúna sua coragem, Caspar, e veja...

Aproximei-me dele para constatar, com estupefação, que o livro continha agora uma imagem luminosa e colorida, tão precisa quanto o reflexo da realidade em um espelho. Mas o assombro causado por essa magia não foi nada em comparação ao meu estupor quando reconheci a alcova onde havia pecado na noite anterior! Soltando um grito, perdi a consciência...

Voltei a mim pouco depois, tendo Kircher me feito respirar sais que ele sempre carregava consigo. Nesse intervalo, havia acendido novamente os candelabros, e vi que as páginas do livro haviam voltado a serem virgens.

— Sente-se e ouça sem fazer perguntas. Tenho bem mais a confessar do que você. Para começar, saiba que não há nenhuma bruxaria no que acaba de ver. Trata-se apenas de uma de minhas invenções, a *Camera Oscura*, que eu teria preferido revelar em melhores circunstâncias. Mas Deus, pois só pode ser Ele, decidiu de outra maneira. Estava eu em companhia do príncipe quando você entrou, ontem à noite, naquela alcova com a princesa: eu os espiei até me convencer de que você obedeceria às minhas ordens. Não sei o que fez com essa filha do diabo e nem quero saber; era o preço a pagar por uma aventura da qual não passamos, nós dois, de instrumentos cegos. Sua submissão às minhas ordens, longe de conduzi-lo à perdição eterna, permitiu-lhe ganhar o paraíso; pelo seu pecado, Caspar, ingenuamente você salvou a Igreja!

"Tive conhecimento deste *volumen* — continuou, apossando-se de um espesso rolo de pergaminho — antes mesmo de vir a esta casa, mas sua leitura ultrapassou em horror tudo o que me haviam dito. Na época turbulenta em que vivemos e como ele constituía uma dádiva inestimável para os inimigos da causa cristã, a mera existência desta obra era uma catástrofe... Este livro, que poderia tornar-se uma arma extremamente perigosa nas mãos de nossos adversários, me foi oferecido esta manhã, de acordo com o pacto que eu havia feito com o príncipe. Eu o queimo sem arrependimento, Caspar. Que os seus pecados e os meus se consumam junto com ele!"

E, com estas últimas palavras, Kircher lançou o volume na lareira, e enquanto o pergaminho se retorcia em meio às chamas ele me concedeu a absolvição. Ele atiçou o fogo até o manuscrito de Flávio Josefo ser completamente reduzido a cinzas, depois me fitou com gravidade. Nunca o vira tão grave e tão emocionado.

—Vamos, venha — disse-me docemente —, deixemos o mais rápido possível este antro do demônio. A missão terminou, cumprimos o nosso dever.

Abandonamos a residência do príncipe sem nos despedirmos e, assim, tive o consolo de não rever aquela que me havia arrastado tão longe nos labirintos da luxúria.

Na caleche de aluguel que nos conduzia rumo a Palermo, Athanasius me forneceu mais detalhes sobre a aventura da qual eu fora a vítima concordante. Nossos hóspedes eram notórios libertinos, tão aferrados ao seu vício que só refinamentos lascivos ainda surtiam êxito em comovê-los. O príncipe era quase impotente pelo excesso de uso das cantáridas e a princesa, quase louca depois da falsa gravidez que lhe privara de uma criança havia muito desejada. Daí essa monomania do cravo de vidro que ela acreditava carregar no ventre. Prestava-se de boa vontade às tramas libidinosas do esposo e tinha perfeito conhecimento de que, quando estávamos juntos na alcova, o príncipe nos espiava. Embora inteligentes e de espírito cultivado, essas pessoas eram o próprio exemplo da desordem dos hábitos que conduz ao ceticismo; privados da ajuda da fé, entregavam-se cada dia um pouco mais à ignomínia, sem se preocupar com o julgamento futuro de suas ações. Sendo a misericórdia de Deus infinita, um arrependimento sincero poderia salvá-los do inferno, mas isso parecia, infelizmente, bem improvável. O manuscrito de Flávio Josefo era o único motivo de nossa presença na vila Palagonia. Um cavaleiro de Malta que o tivera nas mãos durante uma audiência encarregara-se de informar a Kircher todos os detalhes precisos acerca dos hábitos do príncipe e da princesa.

Meu mestre procurou ainda me persuadir da indulgência absoluta associada à santa causa que eu havia defendido sem saber. Não cessava de repetir que eu era, senão um mártir, ao menos um herói da Igreja. No entanto, as delícias que eu havia experimentado durante meus jogos amorosos com a princesa e a sinceridade com que me deleitara no pecado me proibiam de aceitar tal justificativa. Além disso, meu amor-próprio fora ferido e eu sofria menos por ter ignorado a virtude do que por ter sido um joguete nas combinações infames dos dois devassos. Contudo, para Athanasius, tudo isso já pertencia ao passado...

Uma vez em Palermo, na calma silenciosa do colégio jesuíta, ajudei meu mestre a classificar suas anotações e seus materiais e, em seguida, nos encarregamos de construir para o duque de Hesse uma nova máquina obedecendo ao princípio dessa *Camera Oscura*, cujo primeiro modelo eu sem saber experimentara. Tratava-se de um cubo de madeira munido de braços, como uma liteira, e largo o bastante para caberem dois indivíduos. Em cada uma das paredes, fizemos um orifício no qual uma lente foi adaptada. Nessa caixa perfeitamente opaca, instalamos um segundo cubo menor, mas constituído de uma armação de papel translúcido. Tudo calculado de forma a que essa tela fosse suficientemente afastada das lentes para receber uma imagem clara do exterior. Uma abertura localizada no fundo da máquina permitia penetrar no interior do chassi e contemplar no papel os simulacros das coisas ou dos seres que se encontravam no exterior.

Uma vez construída a máquina, a fizemos transportar por quatro empregados à vila e seus arredores. Vimos paisagens urbanas e campestres, homens, objetos, cenas de caça e os mais fantásticos espetáculos representados com tamanha maestria que nenhuma arte pictórica poderia igualar em perfeição. Tudo aparecia nas paredes de nosso habitáculo: voos de pássaros, gestos, expressões, ranger de dentes, até mesmo palavras, e de uma forma tão viva e natural que não me recordo de ter visto nada tão maravilhoso em toda a minha vida.

O duque Frederick de Hesse, ao descobrir essa câmara portátil alguns dias depois, ficou entusiasmado e, pagando do próprio bolso, encomendou outra maior, de modo a poder usá-la com seus amigos. Com a ajuda de vários operários, Kircher se pôs ao trabalho e o novo modelo foi inaugurado em 1º de fevereiro de 1638. Apresentado sob a forma de um galeão sobre rodas de coche, parecia tão imponente quanto um navio de verdade. Magnificamente decorado, apresentando nereidas em estuque dourado, seu interior oferecia todas as comodidades de um luxuoso salão. Numerosas lentes instaladas sobre as janelas criavam nos muros de seda branca um espetáculo feérico. Puxado por 12 cavalos malhados castrados, essa magnífica construção, fruto da arte e da engenhosidade de meu mestre, percorreu as avenidas de Palermo durante dias, sem que o duque e os que disputavam a honra de serem seus convidados se cansassem de tal prodígio. Crendo num novo estilo de procissão, o povo da cidade acompanhava os passeios com manifestações de alegria. O prestígio de Kircher não conhecia limites.

Próximo à data de nossa partida, consagramos nossos esforços a preparar para a viagem as novas curiosidades que o governo da ilha havia oferecido a meu mestre como recompensa por seus serviços.

Quando pegamos a estrada, no início do mês de março de 1638, o comboio do grão-duque tinha aumentado em cinco carroças com a única finalidade de transportar os diversos achados e amostras que levaríamos de Malta e da Sicília.

Uma vez em Messina, precisamos esperar durante três dias até que o tempo melhorasse, pois a tempestade era tão forte que ninguém aceitava nos transportar para a Calábria. Quando embarcamos, o vento e o mar ainda eram tão pouco propícios que mesmo os marinheiros ficaram com medo da travessia. A pedido de Kircher, foi preciso desviar na direção dos rochedos de Cila e de Caribde para estudar o que podia torná-los tão perigosos, mas nosso capitão recusou-se a se aproximar o suficiente. Em compensação, meu mestre ficou encantado ao vislumbrar o monte Stromboli lançar ao céu atormentado seus rolos de lava e fumaça.

Retomamos a rota rumo ao norte, e em poucos dias de marcha forçada alcançamos a carruagem do duque de Hesse no vilarejo de Tropea, à beira do mar Tirreno.

SÃO LUÍS | *Por toda parte, olhinhos estúpidos brilhavam no fundo das olheiras*

— Já vi muita coisa na vida, mas isso... é de vomitar! Uma vergonha!

Loredana nunca ficara naquele estado diante dele. Os lábios cerrados pálidos de furor deixavam livre curso à sua indignação:

— Um casal de americanos com uma filha de 17 anos chegou ao hotel hoje de manhã no primeiro barco. Eu estava tomando meu café da manhã lá embaixo, com a Socorro. Três monstros, juro. Gordos como javalis, mal-educados, prepotentes, uma caricatura do que há de pior em se tratando dessa gente. Nem um bom-dia, nem um sorriso, nada, nem mesmo um pequeno esforço para dizer duas palavras em português. A pobre Socorro ficou aterrorizada. Foi preciso que eu traduzisse o que eles queriam, "dois quartos e cerveja", ditos assim... Ela precisou fazer várias viagens para subir as malas, sem que ninguém esboçasse um gesto de ajuda. Começaram a encher a cara imediatamente, todos juntos: o pai, a mãe e a filha. Dá para imaginar a cena? Quando saí, já tinham entornado três canecas cada um. O fato de serem idiotas, feios, mal-educados e exagerarem na bebida ainda passa, mas Socorro me contou o resto... Ficaram lá toda a manhã, unicamente ocupados em encher a cara e mijar; após o almoço, as mulheres subiram para fazer a sesta, mas o cara insistiu que lhe instalassem um colchão na varada e, acredite, ordenou a Socorro que o abanasse enquanto dormia.

— Ela não pode ter aceitado — disse Eléazard, arregalando os olhos.

— Claro que não, pelo menos no início... Porque em seguida ele lhe propôs 10 dólares e depois 20 para esse trabalho. Como ela tem um neto num internato em São Luís e precisa cuidar dele...

— Não pode ser verdade! E o Alfredo, o que fazia? Não é possível que ele tenha permitido agirem dessa forma!

— Ele e a mulher tinham ido passar o dia em São Luís. Nem te conto o estado de cólera em que ficou ao ouvir essa história! Queria botá-los para fora imediatamente a pontapés no traseiro... Mas Socorro lhes suplicou para não fazer escândalo e deixá-la ganhar um pouco mais de dinheiro este mês. Para piorar, o tal tipo anda armado; carrega uma pistola na cintura. Socorro viu quando ele desabotoou a camisa... Alfredo não conseguia se controlar. De repente, isso o conteve, principalmente porque os cretinos pagam bem!

— É inadmissível — disse Eléazard friamente. — Preciso conversar com Socorro. Se for preciso, eu pago suas horas de abanação, mas não podemos aceitar isso.

— Se você a visse hoje à tarde... Ela mal conseguia mexer os braços.

— Vou conversar com ela amanhã — prometeu Eléazard. — Por ora, é preciso nos apressar se não quisermos perder o barco.

Acomodada no banco traseiro do veículo — um velho Ford sem capota que não rodava havia quinquênios mas que se diria saído da fábrica —, Loredana aproveitava o cair do dia. Conduzida com agilidade por Eléazard, a viatura parecia correr rumo aos tons avermelhados do pôr do sol como que para ali se fundir numa apoteose sulpiciana. Cabelos revoltos, o Dr. Euclides voltava-se regularmente para Eléazard para conversar sobre uma coisa ou outra ou comentar, por adivinhação, uma paisagem que lamentava não poder ver. Ditada por uma gentileza ultrapassada, essa atenção possuía, entretanto, o charme natural de uma longa prática de cortesia.

— Vocês vão ver — disse ele, ao se aproximarem da fazenda —, a condessa Carlota é uma pessoa muito fina, muito culta... o oposto de seu rústico marido. Ainda me pergunto o que a seduziu naquele personagem. Só Deus sabe que química preside o mistério das afinidades, sobretudo no caso deles! Já leram aquele livrinho de Goethe, *As afinidades eletivas*? Precisará fazer esse esforço, creia-me...

O Dr. Euclides da Cunha tirou os óculos. Enxugando-os com um gesto maquinal, voltou-se mais ainda na direção de Loredana:

— *Es wandelt niemand ungestraft unter Palmen* — declamou com voz doce — *und die Gesinnungen ändern sich gewiß in einem Lande, wo Elefanten und Tiger zu Hause sind!* Poderíamos traduzir como "não é impunemente que passeamos sob as palmeiras e mudamos forçosamente de ideias num país onde os elefantes e os tigres se sentem em casa". Temos aqui, vocês sem dúvida concordarão, um grande número desses machos que aliam o peso do paquiderme à ferocidade do animal selvagem...

— O doutor como sempre embelezando tudo — interveio Eléazard. Calou-se alguns segundos, subitamente absorvido pelos imperativos da direção. — Direi até mais: você altera tudo! Se bem me lembro, a pobre Otília só escreveu isso para convidar os homens a se preocupar com o mundo que os cerca. Em seu espírito, trata-se de estigmatizar os charmes maléficos do exotismo e não uma predominância masculina qualquer. Estou enganado?

— Você sempre me surpreende, caro amigo! — disse o doutor, levantando a voz para se fazer entender. — Jamais pensei que conhecesse Goethe na ponta da língua... Não passava de uma brincadeira, mas eu a mantenho! Ninguém jamais me impedirá de fazer com que uma frase diga um pouco mais do que ela parece sugerir. Como estamos falando disso, lembre-se da totalidade da passagem em questão e verá que, longe de travesti-la, eu lhe sou perfeitamente fiel. Na verdade, tudo parte de uma reflexão sobre a relação do homem com a natureza; não deveríamos conhecer ou aprender a conhecer senão os seres vivos que nos são próximos. Cercar-se de macacos e de papagaios, em um país onde eles não despertam senão a curiosidade, é se impedir de perceber nossos verdadeiros *compatriotas*, essas árvores familiares, esses animais ou essas pessoas que fizeram de nós o que somos. A árvore que esconde a floresta, de qualquer modo, é o sintoma de um grave desajuste. Arrancadas de seu meio natural, essas criaturas estranhas são portadoras da angústia; uma angústia que elas nos transmitem como que por contágio e que nos transforma profundamente: *É preciso uma vida diversificada e ruidosa*, diz Goethe, *para pensar em viver tendo em torno de si macacos, papagaios e negros...*

— Ele realmente fala de negros? — interrompeu-o Loredana.

— Fala, mas sem racismo algum, que eu saiba. Não se esqueça de que, na época, era bastante comum ter escravos negros como empregados domésticos. Ele disserta a respeito à maneira de Rousseau, se entendem o que quero dizer.

Loredana sorria enternecida. O Dr. Euclides a conquistara desde suas primeiras palavras de boas-vindas, duas horas antes; com o cabelo e a barbicha achatados pela velocidade, parecia um grifo, o nariz apontado farejando o vento...

— E a recíproca é verdadeira! É o sentido exato da passagem que citei há pouco. Retirado de seu país natal e lançado, voluntariamente ou não, em terra estrangeira, um homem muda... Embora conviva com papagaios, macacos, digamos... com os nativos, no meio que lhes é próprio, ele continua um desenraizado sem outra alternativa senão o desespero causado pela ausência de referências ou de uma total integração com esse novo mundo. Nos dois casos, torna-se ele próprio esse negro do qual falávamos: um infeliz incapaz de se aclimatar a este universo onde tudo lhe escapa; e, em breve, um enfermo, inapto a adequar-se a sua pátria. Na melhor das hipóteses, um traidor que imitará durante toda a vida uma cultura que mesmo seus filhos encontrarão dificuldade em dela apropriar-se...

— Concordo — disse Eléazard, com um tom que desmentia sua concordância. — Embora essa opinião possa se encontrar tal e qual na boca de um patriota enraivecido, ou de um fascista que se opõe, por princípio, aos terrores da mestiçagem. Os tempos mudaram; hoje viajamos de um lado ao outro do planeta mais facilmente do que de Weimar a Leipzig na época de Goethe. Quer as deploremos, quer as felicitemos, as diferenças de cultura se evaporam, acabando por desaparecer em prol de uma mistura inédita na história humana... Mas qual a relação disso tudo com Moreira?

— Nenhuma, caro amigo, nenhuma — explicou o doutor, com um risinho silencioso. — E por que haveria de ter? Afinal de contas — voltou-se mais uma vez na direção de Loredana —, não sou eu quem vive com um papagaio...

— Um ponto para o senhor — disse Loredana, rindo também.

— Você tem sorte de termos chegado — disse Eléazard, engatando a marcha e entrando na aleia da fazenda. — Eu lhe teria mostrado com quantos paus se faz uma canoa.

Sorria para o velho de maneira afetuosa, mas Loredana viu brotar em sua nuca uma vermelhidão que não se encontrava ali alguns segundos antes.

— Entrem, por gentileza — disse a condessa Carlota, depois de o doutor tê-los apresentado à dona da casa. — Sigam-me, vamos tentar encontrar José. Depois, fiquem à vontade.

Tomou o braço de Euclides e passou resolutamente por entre os grupos que se aglutinavam até a escadaria.

...6-4, 6-0! Ele não deu um pio. De repente ali estou eu nas quartas de final do torneio! Juro que não acreditei... Precisava ver a cara dele! Se deixar vencer por um veterano? Ele ficou atordoado...

Farfalhar de seda, cigarros ondulantes, lentes esquivas concordando a contragosto em lhes dar passagem.

...Carlota, minha querida, a lagosta está simplesmente sublime! Precisa me dizer onde você as encomenda. Esse endereço vale ouro!

... Eu o reconheci imediatamente, o que você está pensando? Um Vasco Prado, ali, sozinho no meio de um monte de quadros sem valor! E o outro imbecil que não fazia ideia do que era... Eu mesmo me dei ao luxo de regatear! Não é uma obra de arte, evidentemente, mas é uma primeira tiragem, e ela tem qualquer coisa de...

... é um cretino, é preciso dizer o que se pensa, sem meias palavras. Eu exagero, é verdade, mas não minto! Uma palavra é uma palavra, disso não abro mão...

Braços nus de mulheres, golas de camisas imaculadas já à beira de se desfazerem em torno de pescoços frouxos, suspiros de calor, peles luzentes, súbito excesso de Dior e de Guerlain sob axilas azuladas pelas lâminas. Hieráticos, os negros trajando ternos brancos perambulavam gravemente, reis magos atentos a apresentar aos deuses suas oferendas de bebidas e de canapés de salmão.

— Ah, ali está ele! — exclamou Carlota, aproximando-se do grande espelho sob o qual se pavoneava o marido, taça de champanhe na mão, a outra pousada com intimidade no ombro de um ancião intratável com quem ele discutia em voz baixa. — José, por favor.

O governador virou o rosto maquinalmente, com ar irritado. Contudo, ao ver Loredana, a expressão iluminou-se.

— Boa noite, doutor, como vai o senhor? Foi muita gentileza sua ter vindo...

— Muito bem, obrigado. Não interrompa sua conversa, queria apenas apresentá-lo os amigos de que lhe falei: Loredana Rizzuto, italiana de passagem por nossa região...

— É um prazer — murmurou o governador, inclinando-se sobre a mão de Loredana.

— E Eléazard von Wogau, correspondente da agência Reuters...

— É uma verdadeira satisfação conhecê-lo. Há tempos ouço falar do senhor.

— Espero que bem — disse Eléazard, apertando-lhe a mão.

— Não tenha medo, nosso querido Euclides é um médico sem par, mas também um excelente advogado. Sem contar que leio regularmente seus artigos e isso bastaria, se preciso fosse, para eu me declarar a seu favor...

— Sério? — fez Eléazard, sem conseguir atenuar um tanto de ironia na entonação.

Ele não publicava um artigo assinado fazia um ano: portanto, seria preciso que esse homem fosse ou um hipócrita ou um palerma. Ou os dois, bem provavelmente...

— Cada vez que um deles me cai nas mãos, em todo caso. Infelizmente, minhas ocupações quase não me deixam tempo disponível para as boas leituras. Mas se me permitem — com um olhar, indicou o velho que se impacientava sem pudor atrás dele —, retomaremos mais tarde essa conversa. Acompanhe-os ao bufê, querida, eles devem estar morrendo de sede com esse calor...

Como um dos empregados passou, ele pegou da bandeja uma taça de champanhe, que ofereceu a Loredana.

— Até daqui a pouco — disse, dirigindo-se diretamente a ela, com um sorriso que a deixou pouco à vontade.

O sorriso de um homem que deixava fortunas no dentista, refletiu.

— Era Alvarez Neto, o ministro da Indústria — sussurrou Euclides no ouvido de Eléazard enquanto se afastavam.

— Que velharia! Como fez para reconhecê-lo?

— Se eu contasse, você não acreditaria.

— Diga assim mesmo...

— Pelo cheiro, caro amigo. Aquele senhor cheira a dinheiro como outros a excremento...

Guiados por Carlota, se esgueiraram entre os smokings e vestidos de gala que a decoração dourada do andar superior — ou seria apenas a presença do governador? — parecia concentrar naquele lugar. Ao se deparar com Loredana, o olhar das mulheres vaporizava sobre ela uma nuvem tóxica de rivalidade arrogante; o dos homens, sob uma simulada indiferença, se pretendia persuasivo. Vestida num jeans justo e numa blusa *cachecoeur* de crochê, cabelos dispostos displicentemente num coque instável, Loredana ondulava entre os convidados sem sequer se dignar a perceber as rupturas causadas por sua passagem.

— Eu vou roubar o doutor um instante — disse a condessa, tentando beliscar alguma coisa antes que os glutões devorassem toda a comida. — Temos outro bufê no jardim, mais agradável do que esse aqui dentro. É sempre a mesma coisa — confiou a Euclides, vendo a multidão convergir obstinadamente para um canto do salão. — Ao vê-los, poderíamos jurar que não comem há dias...

Com pressa de se encontrar ao ar livre, Eléazard e Loredana voltaram para o andar térreo. Um empregado os conduziu até a porta envidraçada que se abria para o pátio; entre os muros da capela, da fazenda e de suas dependências, um vasto jardim gramado com árvores. Uma profusão de tochas formava um halo que encobria o céu, fazendo dançar as sombras sob os ramos de daturas e de plumérias distribuídos sabiamente em parcimoniosa desordem.

— Pode me dizer o que estamos fazendo aqui? — perguntou Loredana, com ar de reprovação.

— Que bando de idiotas! — exclamou Eléazard, enxugando o suor do pescoço com o lenço. — Não volto mais lá dentro! Se dependesse só de mim, iríamos embora agora mesmo...

— E o que nos impede?

— Prometi a Euclides fazer um esforço... De todo jeito, o carro é dele e somos obrigados a esperar para levá-lo em casa.

Loredana pareceu hesitar um instante, as sobrancelhas franzidas.

— Por favor... — pediu Eléazard com doçura, como se tivesse conseguido escutar as palavras mordazes, símbolo de sua revolta.

Ela sondou-lhe os olhos e terminou por sorrir, retorcendo os lábios para mostrar como estava zangada.

— Tudo bem. Mas já vou prevenindo: vou precisar de champanhe, de muito champanhe.

Eléazard esperara coisa pior.

— Nenhum problema! — disse, aliviado. — Pode deixar que me encarrego disso.

Convidou Loredana a se sentar a uma das mesinhas de junco espalhadas sob as árvores e marchou resolutamente na direção do bufê.

Os olhos semicerrados, ela o viu se afastar para o outro extremo do jardim: o terno de linho grande demais para ele, sua maneira de andar um pouco leve demais, displicente demais... Aquele sujeito estranho destoava agradavelmente do ambiente. Primatas de cara avermelhada, fêmeas sufocantes, flácidas embaixo dos braços, o pescoço salpicado de manchas senis; mergulhadores asmáticos condescendendo em sair à noite apenas para respirar uma lufada de ar fresco por necessidade fisiológica, mas também com a preocupação manifesta de retornar o mais rápido possível ao glorioso interior da fazenda; cadáveres de convivas amarelados, múmias em roupa de batismo, pesadelo aveludado de Francisco Goya... De qualquer modo era uma loucura se encontrar ali, em pleno sertão, no luxo velhusco e estrepitoso daquela grotesca casa de mortos! Tudo isso porque um francês de boa aparência a tomara sob sua asa e ela se deixara levar, mais por indolência do que por fragilidade... Ainda não havia nenhuma notícia do advogado. Na manhã do dia anterior, pelo telefone, a secretária jurara que ele estava cuidando ativamente de "seu caso", mas começava a duvidar de si mesma, interrogando-se sobre sua atitude, pressentindo ser mais uma maneira de fugir, de camuflar a angústia que lhe cortara a respiração em plena luz do dia em Roma, a apenas alguns metros da saída do hospital.

Eléazard reapareceu com duas taças e uma garrafa de champanhe, acompanhado de um criado folgazão carregando na bandeja o suficiente para satisfazer largamente seu apetite.

— Ah, aqui está "a bela italiana morta de sede" — disse ele, depositando os pratos na mesa. — Sirva-se sem receio, senhorita; tem tudo de que precisa. — E com um piscar de olhos na direção da garrafa: — Já deixei três outras separadas, caso...

— Mais uma vez obrigado, rapaz... E não deixe te aborrecerem, hein? — disse Eléazard, enfiando uma nota no bolso do garçom. — Eles são brancos, mas é de medo!

— Essa é boa! — exclamou o empregado, caindo na gargalhada. — Nunca conheci ninguém como você.

O rapaz fez o gesto de passar um zíper na boca, com ar conspirador, dirigindo-lhes novo piscar de olhos e voltando para o bufê.

—Você o conhece? — perguntou Loredana, surpresa e divertida com a cena.

— Faz dez minutos. Conheci na mesa do bufê.

— E o que falou para conseguir tudo isso?

— Nada de mais. Falei muito bem a seu respeito e um monte de barbaridades sobre todos os fósseis que nos cercam. Não disse nenhuma novidade; ele e os colegas já tinham notado você. Se lhe interessa saber, te acharam "uma supergata", diferente e nada metida...

—Você está inventando.

— De jeito nenhum. Acha que eles são cegos? É uma questão de hábito. É a eles... quero dizer, aos extras, aos garçons, aos atendentes de bares... que seria preciso pedir a análise psicológica do nosso mundo... Eles entendem do assunto melhor do que ninguém.

— Pode acrescentar à lista os caixas de lojas, os cabeleireiros, os donos de mercearia, os médicos, os padres... o que, no final das contas, já dá um monte de especialistas. Até um pouco demais, não?

— De jeito nenhum — protestou Eléazard, sorrindo. — Estou de acordo quanto aos médicos: eles são superiores aos barmen na medida em que não se contentam em desnudar os segredos de seus pacientes, mas os despem de fato. Pergunte a Euclides e verá! A nudez tem o mesmo efeito que o álcool; ela produz uma espécie de bebedeira propícia à confissão, um despudor da alma e da linguagem análoga à indecência do corpo. Os padres perderam o trem; se tivessem obrigado os membros do rebanho a entrarem bêbados e nus nos confessionários não teriam perdido suas prerrogativas. O menos esperto dos garçons e dos médicos do interior sabe mais sobre seus concidadãos e sobre os homens em geral que o mais carismático dos confessores... Os psicanalistas compreenderam o truque, mas se perderam no meio do caminho. Adormecem os pacientes para fazê-los falar mais quando deveriam deixá-los pelados!

— Chega! — interrompeu Loredana. — Abra a garrafa em vez de dizer asneiras.

— Não são asneiras — alegou Eléazard, abrindo a garrafa. — Reflita também e verá que tenho razão.

— Não digo que esteja errado. Acho simplesmente que ninguém nunca sabe nada sobre ninguém. Não há matemática do espírito humano; nem verdadeiro nem falso nesse domínio; apenas máscaras e fantasias de arlequim. É um hipócrita aquele que observa, acreditando de boa ou má-fé escapar da manipulação; como também é hipócrita aquele que se deixa observar. Não existe outra opção.

— Acho você um bocado pessimista. — Serviu o champanhe, atento a regular a quantidade e não derramar a espuma. — De todo modo, é indizível, mas sei ao menos uma coisa sobre você: fica ainda mais linda iluminada por tochas.

Como que para impedi-la de responder, ergueu-se na ponta dos pés, arrancou em um instante um galho acima dele e o depôs diante de Loredana, com três compridas flores vermelho-sangue.

Por pouco ela não o julgou vulgar. Escolhendo acreditar na ingenuidade do cumprimento, se contentou em dar de ombros, como quem diz "Nunca mais vai fazer outra dessas", e bateu ligeiramente a taça contra a dele.

— Ao Brasil! — disse, sem convicção. — Fitou-lhe os olhos por um segundo. — E ao padre Kircher!

— Ao Brasil! — repetiu Eléazard, uma sombra encobrindo-lhe o olhar.

Sem saber realmente o porquê, mas percebendo o caráter absurdo de tal obstinação, ele persistia na recusa em honrar o pobre jesuíta.

A jovem não fez qualquer comentário, delicadeza digna de apreciação. Elaine teria imediatamente colocado o dedo na ferida, teria progredido em toda sorte de interpretações, o teria molestado até fazê-lo dizer qualquer coisa, apenas para se livrar da teimosia que a fazia persistir em perguntar a razão de seu mutismo.

Beberam ao mesmo tempo, e como Loredana parecia decidida a virar a taça de um só trago, Eléazard fez o mesmo, após um breve segundo de hesitação.

— *Ancora!* — exclamou, enxugando os lábios com as costas dos dedos. — Essa foi só para matar a sede!

Uma hora inteira se passou, toda dedicada à bebida e à fofoca. Depois voltaram a falar de Socorro e da irritação com a sinistra família de americanos que acabara de se instalar no hotel, discutindo a melhor maneira de pôr fim à situação tão escabrosa. A temperatura estava agradável, o vinho lhes subia suavemente à cabeça. A segunda garrafa de champanhe estava quase vazia quando Loredana colocou as flores sob a luz para observá-las.

— Sabe o que é isso? — perguntou distraidamente.

— Não — confessou Eléazard. — Mas elas não primam pelo perfume, é o mínimo que se pode dizer...

— *Brugmansia sanguinea*, uma espécie tropical de datura. É um alucinógeno, mortal se em dose forte. Certos índios ainda fazem uso dela para se comunicar com seus ancestrais; antigamente também a utilizavam para drogar as mulheres que deveriam queimar vivas na pira dos maridos...

— Então quer dizer que só lhe ofereci veneno! — brincou Eléazard, com expressão de despeito. — E pode-se saber como conhece tais coisas?

A voz da condessa, atrás deles, interrompeu-lhes a conversa:

— Voltei! Desculpem por ter monopolizado Euclides tanto tempo... Ele os aguarda na garagem. — Fez uma careta de desprezo, erguendo os olhos para o céu. — Meu marido faz questão absoluta de apresentar sua coleção de automóveis a quem ainda não a conhece. É irritante, mas ele age assim sempre. Vou conduzi-los até lá, se me permitem...

Enquanto se levantavam para segui-la, Carlota lançou uma breve olhada na garrafa de champanhe e sorriu para Eléazard.

— O senhor é francês, se não me engano...

Felicitando-se por ter escondido a primeira garrafa entre as plantas, Eléazard sentiu uma brusca coceira irradiar-se pelo couro cabeludo.

— Não tenha receio — garantiu-lhe, tomando-lhe o braço —, o champanhe é destinado a terminar desse modo. Fico contente que o tenham apreciado...

Seu hálito empesteado de álcool indicava que, assim como eles, bebera além do razoável.

— Diga-me, *monsieur* Von... Wogau... pelo menos não estou pronunciando errado seu nome... — E antes que o interlocutor tivesse confirmado qualquer coisa, prosseguiu: — Teria o senhor algum grau de parentesco com a professora Elaine von Wogau, de Brasília?

Eléazard sentiu o coração acelerar. Um gosto amargo invadiu-lhe a boca. Reunindo forças para controlar a voz, respondeu com desenvoltura:

— Estamos nos divorciando. Se houve "família", ela está mal das pernas...

Cruzou o olhar divertido de Loredana.

— Ah, peço desculpas — disse a condessa, exibindo todos os sinais de constrangimento. — Enfim, achei... Meu Deus, estou sinceramente desconsolada...

— Não tem nenhuma importância, posso assegurar — prosseguiu ele, sorrindo de sua consternação como se tivesse ficado surpreso. — Já é uma velha história, ou digamos que está prestes a passar a ser... A senhora a conhece?

— Não, pessoalmente não. Meu filho foi quem comentou; trabalham juntos na Universidade de Brasília. Realmente, se eu soubesse...

— Não peça desculpas, por favor. Acredite em mim, isso não tem mais importância. Então tem um filho geólogo?

— Tenho, e brilhante, pelo que dizem. Estou um pouco inquieta por causa dele: deveria participar de uma expedição no Mato Grosso com sua... quero dizer, com a professora... Como estou confusa, meu Deus! Mas não recebemos notícias desde a data da partida. Sei que não há nada a temer, mas o senhor entende, não consigo parar de me preocupar...

— Não estava a par. Minha filha não me conta nada a respeito da mãe, por diplomacia, sem dúvida. Enfim, assim creio eu... Mas não se preocupe, minha esposa... ela ainda o é, apesar de tudo... — acrescentou, num tom jovial — minha esposa é muito competente, seu filho não corre qualquer perigo...

Loredana assistia a tudo como quem assiste a uma cena de teatro: um pouco recuada da dupla formada por Eléazard e pela condessa, aproveitava-se do caminho aberto pela evolução dos dois em meio aos convidados. A atmosfera tinha se descontraído: animados pelo vinho, pinguins machos e fêmeas — ela se lembrava com clareza de seus comportamentos atrás do vidro embaçado do zoológico de Milão — assumiam um ar menos esquisito. Tendo cada um construído um território aparente, deixavam-se levar, papo inchado e bico entreaberto, a uma estridência desenfreada. Exibiam-se, riam às gargalhadas com tremores e vermelhidões súbitos, confrontavam-se, papo contra papo. Sob o olhar impassível dos criados, confiavam, em voz baixa, importantes segredos de palmípedes com um sentimento delicioso em que a consciência da própria superioridade competia com o prazer de forçar o próximo à triste baixeza da gratidão. Essas damas discutiam sobre viveiros, ovos e larvas, alisando as plumas com ar entendido. Uma taça derrubada por descuido entreabria na multidão uma depressão de onde escapavam gritos agudos, mas que voltava a se fechar quase imediatamente, como uma bolha viscosa na superfície do magma. Discutiam estratégias quanto à massa de gelo flutuante, temendo a invisível proximidade das orcas, experimentavam medos tão consideráveis quanto o buraco na camada de ozônio, tão tórridos quanto o efeito estufa, tão liquefativo quanto o aquecimento do planeta... Uns insurgiam-se contra a política dos ursos, outros repreendiam, com irrefutáveis movimentos de asas, as reivindicações absurdas dos peixes ou apiedavam-se paternalmente daquela aflitiva e longínqua caricatura das demais espécies de pinguins. Mas estavam todos de acordo quanto a admirar sem reservas o formidável voo das gaivotas, sem deixar de lado certo destaque à ordem, à moralidade e à seriedade no trabalho, as quais teriam permitido, sem nenhuma dúvida, que as demais espécies de pinguins fossem mais longe... Por todo lado, pequenos olhos estúpidos brilhavam no fundo das olheiras.

Deixaram o vestíbulo de entrada por uma porta lateral e atravessaram todas as arcadas de uma galeria que recobria a efervescência rosa das buganvílias. Protegida pelos empregados, essa parte da fazenda encontrava-se deserta e pouco iluminada, tanto que se percebia claramente o Cruzeiro do Sul isolado em meio a uma miríade de estrelas menos cintilantes. A condessa deteve-se um instante para admirar o céu.

— Todas essas pessoas me causam náusea — disse ela a Loredana. Respirou profundamente o ar da noite, como se limpasse o espírito e o corpo dos miasmas da recepção. — Bem que eu tomaria uma taça de champanhe... Não estão com pressa para ver esses malditos automóveis, imagino...

Após Eléazard ter se oferecido para ir buscar a bebida, as duas mulheres sentaram-se numa pequena mureta que ligava as colunas.

— Ele é gentil — confessou a condessa quando se encontraram a sós. — Estou aborrecida pela gafe cometida há pouco...

— Fique tranquila, não acho que ele tenha se sentido ofendido. Por falar nisso, ele nunca discute o assunto, o que prova estar ainda bastante abalado com esse episódio.

—Vocês estão juntos?

Surpresa com pergunta tão direta, Loredana inclinou ligeiramente a testa para o lado.

—Você ao menos não pega atalhos, vai direto ao ponto. — Sorriu, franzindo as sobrancelhas. Após alguns segundos em que permaneceu divagando, respondeu: — Não, pelo menos não por enquanto... Mas se quer saber a verdade, ele me agrada o suficiente para tornar a hipótese possível...

Tal declaração a deixou atônita; acabava de exprimir em voz alta, diante de uma quase desconhecida, um desejo que não havia ainda confessado tão cruamente. Embora reconhecesse sua atração por Eléazard, reprovava-se por ter esquecido, mesmo que por um instante, da impossibilidade de uma ligação com ele.

— Devo estar mais bêbada do que pensava para dizer essas coisas — confessou, abrindo um sorriso constrangido.

— Menos do que eu, pode ter certeza — disse a condessa, tomando-lhe a mão. — É uma das vantagens do champanhe: ele solta a língua, ou melhor, abre as grades impostas pelas convenções. Gosto de vocês dois; formariam um belo casal...

Quase escondida pelas buganvílias, a mulher do governador parecia um ídolo pagão, uma pitonisa calma e pensativa cujas palavras assumiam a força de augúrio. Deve ter sido muito linda, pensou Loredana, observando-lhe as feições.

— Se soubesse como estou cansada, enojada de tudo — disse a condessa de repente; na voz, uma inflexão de profundo desespero. — Só conheci você hoje, mas são coisas possíveis de se admitir apenas quando se concilia a embriaguez ao milagre do encontro. Meu marido já não me ama, ou não o suficiente para me impedir de odiá-lo; meu filho está distante, e eu envelheço... — deu um sorriso magoado — ...como um vaso de porcelana num canto da cômoda.

Pressentida, a desgraça dos outros quase sempre emociona, embora essa inquietação só gere uma compaixão puramente formal; impudica, provoca uma inevitável impaciência. Que covardia, pensou Loredana, que complacência! O que era a amargura de uma burguesa comparada à ameaça que pairava havia meses sobre ela? Seria preciso estar irremediavelmente privada da liberdade para aperceber-se enfim de seus impulsos? Para descobrir o valor do simples fato de viver, de ainda existir?

Pega de surpresa, acendeu um cigarro com um gesto nervoso, na tentativa de prolongar o silêncio e não retomar um diálogo que já não lhe interessava.

No entanto, os olhos de Carlota acabaram por mobilizar os seus:

— Não me interprete mal, por favor — disse gentilmente. — Não busco sua piedade. Se tivesse pronunciado uma só palavra nesse sentido, eu teria imediatamente me afastado... Cada um tem que se virar sozinho, tenho plena consciência disso.

— O que deseja, então? — interrompeu-a Loredana, com certa aspereza.

Sorriso nos lábios, a condessa deu um longo suspiro de doçura e paciência maternais.

— Digamos, um curso de italiano... Seria possível?

Entretanto, a súplica de seu olhar dizia: "Cursos de candura, de franqueza e de irreverência. Cursos de juventude, minha filha..."

CAPÍTULO XII

Que trata do Museu Kircher e do oráculo magnético

Kircher voltou aos estudos, interrompendo-os apenas para receber os que lhe levavam curiosidades minerais, vegetais e animais, as quais ele colecionava. Foi assim que aumentou consideravelmente sua coleção de rochas anamórficas; entregavam-lhe pedras ou seções de minerais sobre as quais a própria natureza havia representado um sem-número de formas facilmente reconhecíveis: cachorros, gatos, cavalos, carneiros, corujas, cegonhas e serpentes; homens e mulheres também ali se distinguiam perfeitamente e por vezes cidades inteiras, com todos os seus lugares, domos e campanários específicos. Igualmente, em certos galhos ou troncos de árvore, encontravam-se magnificamente gravados, e sem o recurso da arte, emblemas, retratos e até várias cenas ilustrando com precisão todas as fábulas de Esopo. Aos olhos de Kircher, a mais preciosa descoberta foi, sem sombra de dúvida, a série de 21 sílices em que se via formada, muito distintamente pela estrutura interna da pedra, cada uma das letras do alfabeto hebraico!

— A língua única — dizia Kircher —, a lembrança dessa língua universal oferecida por Deus a Adão, com a milagrosa força descritiva e os 1.001 arcanos de sua estrutura numerológica... Eis, Caspar, o que nos oferecem as mais reles pedras do caminho! Em sua divina bondade, o Criador nos deixou nos objetos o meio de alcançá-Lo, pois a natureza não deixa de desenhar para nosso uso esse simbólico fio de Ariadne, que deve nos permitir encontrar nosso caminho no labirinto do mundo.

Graças a Kircher, compreendi então o quanto a criação do cosmos fora feita segundo a analogia e a semelhança do arquétipo supremo. Do Supremo ao ser mais ínfimo, encontrava-se uma proporção absoluta e uma correspondência recíproca, e, portanto, como testemunhava São

Paulo, as coisas invisíveis podiam ser percebidas pelo intelecto graças às coisas materiais...

A partir desse dia, dediquei-me ainda mais ao trabalho e à pesquisa dessas letras emblemáticas que deveriam nos ajudar a voltar no tempo até a origem das coisas.

— Pesquisar — dizia Kircher — é coletar! É juntar o máximo possível dessas maravilhas indecifradas para reconstituir a perfeição da enciclopédia inicial; é reconstruir a arca com a mesma preocupação de completude e de urgência que Noé. E essa tarefa sagrada, Caspar, eu a alcançarei. Com a sua ajuda e a de Deus...

Meu mestre se abria cada vez mais para mim, testemunhando-me uma confiança da qual eu me esforçava a todo instante em me mostrar digno. Pude testemunhar que a partir dessa época, quando ele mal chegara aos 36 anos, suas visões sobre o mundo tinham alcançado um estado de clareza e de complexidade que ele só desenvolvia. *Omnia in omnibus*, "tudo está em tudo", passou então a ser sua máxima: isso significava que não existia nada na natureza que não correspondesse a todas as outras coisas, segundo certa proporção e analogia.

Regressamos a Roma no final do verão de 1638, sem outra aventura digna de nota senão nossa descoberta, na partida da Calábria, dos funestos efeitos do veneno da tarântula e o estudo pormenorizado de seu harmonioso antídoto. Durante esses poucos meses de peregrinação, Kircher adquirira experiência e saber incomparáveis. Levava ao Colégio Romano da Ordem Jesuíta uma quantidade fenomenal de materiais raros com uma única urgência: estudá-los. Durante nosso périplo de retorno, ele havia comentado sobre os dois livros que lhe ocupavam a mente e sobre os quais expunha incansavelmente seus planos: *Mundus subterraneus*, consagrado à geologia e à hidrologia, e *Ars magna lucis et umbrae,* que superaria, no terreno da ótica, os paralipômenos de Kepler e mesmo o sistema dióptrico publicado no ano precedente, no qual o Sr. Descartes ousava afirmar tantas tolices arrogantes...

Mas o papa Urbano VIII pretendia que ele dedicasse seu talento prioritariamente ao Egito e à decifração dos hieróglifos. Portanto, Athanasius precisou aguardar vários anos até poder redigir as obras nas quais tira partido de nossas explorações.

Durante nossa estada no sul, as coleções do falecido Peiresc haviam chegado a Roma. Passamos vários meses a organizá-las e dispô-las no andar do colégio posto à disposição de Kircher pelo superior-geral da Companhia de Jesus. Meu mestre havia reunido, durante nossa recente viagem, um número considerável de raridades de todas as espécies. Além disso, nossos irmãos jesuítas das missões lhe enviavam, com bastante regularidade, amostras das Índias Orientais e Ocidentais.

Kircher quis que seu museu fosse o mais belo e mais completo do mundo. Não o salão de curiosidades mais completo, como os de Paracelso, Agrippa, Pereisc e tantos outros, mas uma verdadeira enciclopédia concreta, um teatro da memória que oferecesse a cada visitante a possibilidade de percorrer o conjunto do saber humano desde suas origens. A galeria utilizada resplandecia de mármores preciosos; Athanasius a ela acrescentou colunas gregas e romanas, transformando o lugar em um pórtico onde se filosofava caminhando à maneira dos estoicos. Várias salas de aula que davam para as laterais eram utilizadas para o ensino das artes e das ciências.

Sobre as abóbadas do vestíbulo, meu mestre mandou pendurar afrescos constituídos por cinco painéis de formato oval. No primeiro, o que acolhia o visitante a partir de sua entrada no museu, via-se uma salamandra em meio às chamas.

— A salamandra sou eu! — confiou-me Kircher certo dia, quando eu o questionava sobre o sentido dessa alegoria. — Com isso, levo os visitantes a enfrentar o fogo dos estudos árduos...

Eu achava a ideia perfeitamente apropriada, sobretudo após ter visto meu mestre tão à vontade no calor das brasas do Etna e do Vesúvio.

Todo o ano de 1639 foi dedicado a abrir as caixas e arrumar seu conteúdo na galeria assim embelezada. Um navio chegara da China carregado até as escotilhas de tesouros destinados a Kircher pelo padre Giovanni Filippo de Marini, missionário no Japão e na China. Chifres de rinocerontes, trajes de aparato bordados a ouro, cintos ornados de rubis, amostras de papel, imagens de ídolos, de santos, de mandarins, de habitantes daqueles países; flores, pássaros, árvores representadas em seda; diversas drogas desconhecidas de nossos físicos, dentre elas a chamada "Lac Tygridis", bem como vários livros, manuscritos, gramáticas etc.; todas essas riquezas vieram desembocar no Colégio Romano e aumentar a opulência do museu. Além disso, o museu contava com numerosas cartas endereçadas a Athanasius por seus longínquos e fiéis correspondentes.

Manuel Dias, vice-provincial da Ordem na China, mencionava em particular a recente descoberta de uma estela cuja importância se revelaria capital. Nessa pedra, exumada por acaso em 1623, quando foram realizadas terraplenagens próximas à cidade de Sian-fu, havia um texto redigido em dois idiomas: o sírio e o chinês. Segundo Dias, tratava-se de uma inscrição gravada em 781 depois da morte de Nosso Senhor e que provava a penetração dos nestorianos na China desde aquela época. Que cristãos, mesmo sírios, pudessem ter estado presentes no coração do império chinês foi o fato que mais encantou Kircher. Ele não julgou útil me explicar por que isso lhe parecia tão crucial, mas eu não duvidava por um segundo sequer que essa simples carta o faria progredir ainda mais no estabelecimento de uma doutrina que ele esculpia dia após dia.

Além da carta de Manuel Dias, a correspondência compreendia igualmente diversas missivas de Johann Adam Schall von Bell, preposto do estabelecimento do calendário na corte do imperador Ch'ung-chen, do pintor Johann Grueber, de Michal Piotr Boym e de outros missionários também famosos: todas contendo fartas e maravilhosas informações acerca daquele país. Não se tratavam apenas de montanhas mágicas ou metamórficas capazes de se transformar ou mesmo de mudar de lugar, de dragões do mar e animais raríssimos, de ídolos demoníacos, de monumentos e de muralhas intransponíveis. Os missionários também insistiam acerca do poder e da antiguidade do império chinês. Pareciam fascinados por um povo tão diferente do nosso e, entretanto, tão avançado em inúmeros domínios, malgrado ainda se banhar na mais odiosa idolatria. O padre que acompanhava o carregamento no barco conseguira preservar um pé de "abacaxi" regando-o com sua própria ração de água: seu fruto foi considerado por Kircher absolutamente delicioso. A carne ou polpa contida sob a casca era um pouco fibrosa, mas se dissolvia inteiramente, transformando-se em suco na boca. De gosto tão sublime e tão particular, os que tentaram descrevê-la, não podendo se utilizar de uma única comparação, tomaram emprestado tudo o que se encontra de mais delicioso na berinjela, no damasco, no morango, na framboesa, na uva moscatel e na maçã-reineta e, após terem dito isso, foram obrigados a confessar que o abacaxi tem ainda certo gosto indescritível que lhe é totalmente particular.

Tudo isso, adicionado às perseguições contínuas de que eram vítimas os missionários jesuítas em seu trabalho de propagação da fé, convenceu meu mestre a se juntar a eles. No início do ano de 1640, pediu ao superior-geral da Companhia autorização para partir rumo ao Oriente com a finalidade de se dedicar à conversão dos chineses. Eu estava tão animado quanto Athanasius com a ideia de oferecer minha vida a Deus e à Igreja, mas a Providência decidiu contrariamente; sob ordem expressa do papa, que não queria a nenhum custo separar-se de um homem tão estimado, a solicitação de Kircher foi recusada. Não obstante a enorme decepção, como confessou, Athanasius submeteu-se de bom grado às ordens de seus superiores e passou a se interessar ainda mais por tudo que pudesse lhe chegar de tão remotas regiões.

Aos 38 anos, meu mestre parecia ciente de suas aptidões. Trabalhava em vários livros ao mesmo tempo, mesclando todos os assuntos, esclarecendo todas as disciplinas do saber humano, sem se abster, no entanto, de ensinar matemática e línguas orientais e sem deixar de pensar na utilização prática de suas descobertas. A um tempo professor, astrônomo, físico, geólogo e geógrafo, especialista em línguas, arqueólogo, egiptólogo, teólogo etc., ele se tornara o interlocutor obrigatório de todos os admiráveis espíritos de seu tempo, e ninguém passava por Roma sem lhe solicitar audiência.

O padre porteiro não cessava, portanto, de subir as escadarias do colégio até o gabinete de Kircher para informá-lo da presença desse ou daquele visitante. Sendo o padre bastante idoso e decrépito, Kircher imaginou um método visando poupá-lo de esforços incompatíveis com sua idade. Fez instalar um tubo de cobre que partia da portaria e chegava à sua mesa de trabalho, seis andares acima. Fixado em cada orifício, um funil do mesmo metal servia para amplificar as vozes. Um fio que corria no interior do tubo, e que o porteiro podia puxar à vontade, acionava um gongo de Java perto do local onde se encontrava meu mestre, advertindo-o assim que o irmão desejava lhe falar. Essa invenção funcionava perfeitamente e mil vezes o porteiro agradeceu Athanasius por sua generosidade. Contudo, foi preciso repreendê-lo algumas vezes, tamanho prazer sentia em utilizar essa máquina por razões banais, perturbando assim Kircher em seus estudos.

Em 1641 apareceu o *Magnes, sive de arte magnetica*, um livro de 916 páginas no qual Kircher retomava as questões abordadas no *Ars magnesia*, publicado em Würzburg em 1631, acrescentando-lhe várias outras observações, esclarecendo de uma vez por todas o assunto. Tal atração, tão visível entre os seres e as coisas e tão semelhante à força misteriosa presente na "pedra amante", foi finalmente atribuída por Kircher ao magnetismo universal. Mais uma vez a analogia se revelava preciosa; o poder magnético que apontava para o norte uma agulha imantada não passava de uma ilustração dessa atração, bem mais grandiosa, que unia o microcosmo ao macrocosmo, assim como Hermes, o egípcio, havia estabelecido em tempos remotos. A irresistível atração e repulsa manifestada por vezes entre um homem e uma mulher e a força que conduzia a abelha na direção da flor ou fazia girar o girassol na direção do Sol eram um mesmo fenômeno tanto na terra quanto no céu: a força de Deus, esse amante absoluto do Universo.

— O mundo — dizia meu mestre — é defendido por laços secretos, e um deles é o magnetismo universal, que rege tanto as relações entre os homens quanto as existentes entre os vegetais, os animais, o Sol e a Lua. Mesmo os minerais estão submetidos a esta ação oculta...

Nesse livro, Kircher descrevia igualmente o "oráculo magnético" que concebera e produzira para o sumo pontífice a fim de poder lhe oferecer, ao mesmo tempo, o instrumento e sua descrição. Eu assisti à primeira experiência dessa curiosa máquina na presença do cardeal Barberini, a quem meu mestre solicitara julgar a conveniência de tal presente.

Imaginem uma mesa hexagonal em cujo centro se destacava a reprodução de um obelisco egípcio contendo no meio uma imensa pedra imantada. Em torno do obelisco, de cada lado da mesa, seis grandes esferas de cristal que abrigavam anjinhos esculpidos em cera, suspensos por um fio. Entre estas grandes esferas, 12 outras, menores, construídas no mesmo modelo, mas cujas figuras representavam animais mitológicos. Esses 18 objetos escondiam também uma "pedra de amante" em seu seio e se equilibravam graças à pedra central. Finalmente, no contorno de cada uma das grandes esferas, diferentes sistemas tais como o alfabeto latino, o zodíaco, os elementos, os ventos e suas direções haviam sido pintados. Um cursor situado acima da mesa permitia girar parcialmente a pedra imantada do obelisco, o que rompia o equilíbrio das figuras entre si, fazendo-as moverem-se até que seu magnetismo as contrabalançasse em uma nova posição. Os braços estendidos dos *putti*, ou anjinhos, indicava tal constelação ou tal letra do alfabeto, respondendo assim às perguntas formuladas pelo operador.

— Isso não passa de um brinquedo — disse Kircher ao cardeal —; entretanto, sustento que um homem em verdadeira harmonia com a natureza, ou seja, em equilíbrio com as forças magnéticas que a governam, poderia tirar grande partido dessa pequenina máquina e fornecer oráculos absolutamente dignos de credibilidade.

— Acredito plenamente no senhor — disse o cardeal Barberini, cujos olhos brilhantes demonstravam enorme interesse pela invenção de meu mestre —, mas isso é um risco perigoso para aquele que tentar. Caso a máquina responda de modo insensato a uma pergunta, aquele que a tiver feito será atirado à gleba dos profanos, para não dizer dos idiotas...

— Certamente — retomou Kircher, sorrindo —, mas restará sempre a esse desafortunado o ensejo de acusar a própria máquina, e seu inventor a defenderá bravamente argumentando que ela não foi concebida senão para a diversão e que só Deus conhece os desígnios da Providência.

— Com efeito, caro amigo — disse o cardeal, ele também sorrindo. — Entretanto, por pura curiosidade, gostaria muito de ver uma demonstração...

— Seus desejos são ordens, monsenhor. Vejamos, que pergunta farei a essa pitonisa de vidro? — Kircher se concentrou por um segundo até o rosto se iluminar. — Esse brinquedo, fruto de minha imaginação para ilustrar os poderes secretos da natureza, é capaz de ter acesso à verdade? Eis a minha pergunta. Interrogo, portanto, a esfera alfabética para obter uma resposta escrita. Caspar, por favor, uma venda, uma pena e papel...

Apressei-me a pedir os objetos solicitados por meu mestre a um ajudante. Em seguida, foi preciso vendar-lhe os olhos e, após o cardeal ter verificado que ele nada enxergava, fi-lo sentar-se diante do cursor.

Athanasius o moveu uma primeira vez; todas as figuras se puseram a rodopiar de maneira assimétrica. Quando, ao final de alguns instantes, elas se equilibraram, o cardeal anunciou em voz alta a letra "N". Anotei-a incontinente, enquanto meu mestre acionava o cursor uma segunda vez.

Após cerca de meia hora desse exercício, Kircher, esgotado pelo esforço de concentração produzido, declarou que pararia por ali e retirou a venda. O cardeal pegou então meu papel, e em tom meio divertido, meio sardônico, leu o que se segue como se pronunciasse palavras do Evangelho: "natu ranatu ragau deth..."

— Eis, reverendo — disse o cardeal, estendendo a folha a meu mestre —, eis o que ilustra perfeitamente o que há pouco eu dizia. Receio que não esteja em perfeita harmonia com a Pedra Amante Universal...

Kircher franziu o cenho e comecei a ruborizar por ele; menos por seu fracasso — afinal de contas previsível — do que pelas insinuações ácidas do prelado.

Meu mestre releu em silêncio o texto enigmático entregue pela máquina e, sempre sem pronunciar palavra, traçou calmamente quatro riscos de pena na folha antes de devolvê-la ao cardeal.

Mas se quiser saber, leitor, a surpreendente sequência dessa intervenção, precisará aguardar o capítulo seguinte...

NO RIO PARAGUAI | *Por um instante, pareceu-lhe que a floresta gritava por ela*

Quando a canhoneira ultrapassou o ninho de metralhadoras, as rajadas se fizeram menos audíveis, cessando a seguir; muito seguros de si mesmos, os caçadores governavam o rio apenas no sentido da correnteza; o braço retilíneo que se alargava até o campo de pouso curvava-se na subida da maré e fechava o ângulo de tiro. Herman levou alguns segundos para perceber que confundia o ruído do motor com o das armas automáticas. Recuperando o sangue-frio, levantou-se com precaução. Apesar de o barco estar fora de alcance, uma espessa fumaça escura escapava da parte de trás do convés... *O extintor*! Correu na direção da passarela e pulou sobre Dietlev, que gemia no chão, o rosto contorcido, as duas mãos apertadas numa massa sanguinolenta, tentando comprimi-la com todas as suas forças. Herman soltou um palavrão entre os dentes e se curvou por cima da amurada.

— Por aqui, vocês dois! — gritou, dirigindo-se a Mauro e a Elaine. — Dietlev está ferido, é preciso fazer um garrote! Levantem essas bundas, porra!

Herman retomou seu caminho. As folhas de aço laminado vibravam ao redor como se toda a estrutura do barco fosse desmontar de um momento para o outro.

— Diminua, imbecil! — berrou ao penetrar na cabina de pilotagem. — Pare tudo!

Como Yurupig, paralisado no leme, não fazia menção de se mexer, ele mesmo puxou o freio manual.

A canhoneira deu um solavanco.

— Onde está Hernando? — perguntou Herman, soltando o extintor do suporte.

Quase simultaneamente, percebeu o corpo do paraguaio: semiescondido na penumbra, os olhos vidrados no vazio, o homem jazia de costas, com a garganta cortada.

— Não acredito... — balbuciou Herman, tomado pela náusea. — Mas o que deu em você, seu filho da puta? Ficou maluco?

Yurupig girou a cabeça para ele e contentou-se em fitá-lo uns segundos com uma expressão de sacerdote delirante, de louco à beira do transe.

— Depois a gente acerta isso — disse Herman, ainda mais irritado por se sentir intimidado. — Por enquanto você deixa engrenado e continua a subir devagarzinho, compreendeu?

De volta ao eixo traseiro, cobriu a mão com um pano velho antes de abrir o alçapão de acesso ao paiol. Atiçado pela lufada de ar, o fogo acumulado sob a ponte de comando se expôs bruscamente, mas Herman vaporizou o conteúdo de seu extintor sobre o fogo até apagá-lo. *Uma sorte esse dispositivo velho ter funcionado...*

— Bom, assunto resolvido — murmurou.

Inspecionar os reservatórios, uma vez que a fumaça já foi dissipada... Agora é preciso se ocupar de Dietlev. Na minha opinião, ele está mal.

O corpo de Milton perfurado pelas balas lhe veio à memória. Já vira muitos cadáveres na vida para reconhecer com certeza o ângulo improvável da morte. *Aquele lá se ferrou, bem que podia ter esperado...*

— Herman! — gritou Mauro, correndo ao seu encontro.

Havia um tom de urgência na voz.

— O que foi agora?

— O barco está furado! Venha, rápido!

Herman foi até ele, apressando o passo até a entrada do camarote do convés. Com uma simples olhada mediu a extensão dos estragos: a água chegava à altura da mesa da cabine.

— Cretinos, filhos da puta! Só faltava essa...

— Mexa-se! — repreendeu-o Mauro. — Onde estão as bombas de sucção?

— Tarde demais, não vamos conseguir desenrolá-las. Precisamos subir no banco de areia, e rápido!

— E os coletes salva-vidas? — perguntou o jovem, retendo Herman pelo braço.

— Não temos. Vá prevenir os outros e eu cuido do resto, está bem?

Retornando à cabine de pilotagem, Herman tomou o leme das mãos de Yurupig e perscrutou a bacia à frente: naquela parte do rio Paraguai, a margem direita não passava de um pântano, uma vasta e impraticável extensão de juncos e de vegetação aquática; na outra margem, em contrapartida — a uma centena de metros no máximo —, a cor esbranquiçada da água indicava um nivelamento até a margem da floresta. Refletindo sobre a melhor forma de atracar, Herman girou o leme e acelerou, na tentativa de forçar o barco, já pesado demais para ser manobrado, a apontar a dianteira naquela direção. A resposta da canhoneira foi tão lenta que ele pisou fundo no acelerador, e com isso foi direto para o banco de areia.

Quando Herman solicitou ajuda, Elaine ainda se encontrava em estado de choque: aninhada nos braços de Mauro, à deriva, deixava-se aturdir por um fluxo de imagens incoerentes. Sua única percepção era a saia molhada na coxa. Associada à palavra garrote, o nome do amigo causou o efeito de um estalar de dedos: imediatamente de pé, precipitou-se para a escada da embarcação, reproduzindo gestos instintivos, mas decidida a reagir.

— Mauro, vá procurar a maleta de primeiros socorros! — ordenou, após ter examinado a perna de Dietlev. — Na cabine nº 6, onde estão os mapas... Ande logo, pelo amor de Deus!

Sem voltar a se preocupar com Mauro, abriu rapidamente a camisa, desceu uma das mangas e, numa proeza admirável que só as mulheres conseguem, arrancou o sutiã. Em seguida prendeu o garrote improvisado em torno da coxa superior de Dietlev, sob o short, e apertou até estancar o jato intermitente que alimentava a poça de sangue em torno do ferido.

— Vai dar tudo certo — disse, segurando a mão de Dietlev.

As mandíbulas crispadas, o rosto congestionado pela dor, o geólogo esboçou um sorriso.

— Tá feio?

— Impressionante, só isso. Não há motivo para entrar em pânico.

Elaine aguardava a chegada de Mauro. Finalmente o viu aparecer com a maleta de primeiros socorros.

— Está uma verdadeira bagunça lá embaixo! — disse ele, mostrando a calça encharcada. — Tem água até os beliches; preciso prevenir Herman...

— Está certo — disse a mulher, abrindo a maleta preparada por Dietlev em Brasília.

E dizer que ela tinha debochado do cuidado obsessivo com que ele escolhera e arrumara seu conteúdo... *É uma verdadeira caixa de Pandora, esse treco! Se nos acontecer um centésimo das desgraças que previu, estaremos em péssimo estado na volta... Vamos, nada de negatividade, ele retorquira, risonho. Deus é grande, como se diz no Brasil, mas a floresta é maior ainda! Eu te lembrarei disso, chegado o momento. Ficará bem contente ao achar o que procura, mesmo para um arranhãozinho de nada...*

Ela sabia mais ou menos o que fazer: todas aquelas aulas dedicadas a primeiros socorros talvez servissem para alguma coisa. Rasgando nervosamente os envelopes de várias compressas esterilizadas, umedeceu-as com antisséptico e curvou-se sobre o ferimento. *Limpar, achar a artéria, ligar, não encostar mais nos nervos...* Ao primeiro contato, Dietlev não conseguiu conter um grito. Inquieta, ela retirou a mão e o fitou.

— Continue — ele conseguiu ordenar. — Não ligue para mim...

Ela recomeçou a limpeza, dedicando-se à parte mais ensanguentada do joelho. A articulação estava triturada, literalmente transformada em massa. *Meu Deus! Eles jamais poderão colar tudo isso...* Ela se irritava, xingando em voz baixa.

— Pegue o clampe — disse Dietlev com uma careta. — A pinça parecida com uma tesoura. Isso mesmo. Agora solte o garrote, você vai poder ver melhor.

A ferida voltou a jorrar em breves ejeções.

— Parece que vem de trás — disse Elaine, limpando aos poucos enquanto procurava o ponto. — Não... Ah, achei!

Ela acabava de notar a secção no canal vermelho, estriado como um esôfago de frango, por onde pulsava o sangue. Concentrada em seu gesto, deslizou a pinça por baixo da artéria, verificou se não pegava nada que se assemelhasse a um nervo e apertou a pinça até ouvir o ruído do sistema de bloqueio. A hemorragia cessou.

Mauro uniu-se a eles no exato momento em que o barco voltava a se mover, a toda velocidade.

— Nós vamos subir no banco de areia — preveniu.

— Ajude-me a segurar a perna de Dietlev! — pediu ela de pronto, não sem notar o olhar um tanto ou quanto estupefato do estudante.

— Elaine... — disse Dietlev, a voz fraca.

Ela aproximou-se dele para ouvi-lo melhor.

— Eu já te disse que você tem seios lindos?

Enrubescendo até as orelhas, ela tentou meio sem jeito fechar a camisa. Os olhos fixos em seu peito, Mauro sorria com ar estúpido, como uma criança que tivesse acabado de ver o Papai Noel.

Herman aguardou até o último momento para desengatar o motor. Graças ao arremesso, a canhoneira subiu 3 ou 4 metros sobre o banco de areia e balançou ligeiramente a estibordo antes de se estabilizar.

— Vejam só que manobra! — exclamou o velho alemão, orgulhoso. Desligou o motor e acionou as bombas elétricas. — Vá até lá na frente — disse, dirigindo-se a Yurupig — e tente encontrar esses malditos rombos.

Quando o índio voltou para o corredor do convés, Elaine finalizava a ligadura da artéria de Dietlev.

— Tudo bem? — perguntou.

— Dessa ele escapou — disse friamente —; uma a menos...

Tirou uma seringa da embalagem, enfiou a agulha na tampa de borracha de um frasco pequeno e começou a encher a seringa. Tendo Dietlev indicado em termos claros os nomes nas etiquetas e toda a natureza e o modo de administração dos medicamentos, ela não encontrara qualquer dificuldade em achar o que procurava.

— E Milton? — perguntou Dietlev, enquanto Elaine lhe injetava morfina no braço.

— Morto — disse secamente Herman —; acabo de ir lá conferir.

Elaine congelou por uma fração de segundo. Um silêncio doloroso instalou-se no pequeno grupo; um mutismo em que a culpa por terem se esquecido de Milton mesclava-se à súbita consciência de seu trágico desaparecimento.

— Mauro, você pode ferver água para mim, por favor? Tenho que acabar de limpar o ferimento. Em seguida, precisamos descê-lo e instalá-lo com mais conforto.

— Bem, eu vou dar uma olhada na carcaça da embarcação antes que a noite caia — disse Herman, vendo partir o jovem.

— Dois segundos! — interrompeu-o Elaine. — E aquele sujeito?... Quer dizer, o paraguaio?

Com um gesto expressivo, Herman resumiu os acontecimentos:

—Yurupig... não lhe deu a menor chance.

Precedido pelo índio, Herman examinou os porões com uma lanterna. Voltou lívido: os tiros de metralhadora haviam aberto sob a linha d'água uma quantidade incrível de buracos e de fendas impossíveis de serem reparados. Era um milagre o barco ter aguentado tanto tempo. Mesmo com uma máquina de soldar seriam necessários vários dias de trabalho para remendar o barco. Herman apressou-se rumo à popa, mas, percebendo o que restava do bote de borracha — uma coisa disforme e três quartos submersa —, deu-se conta da exata situação.

— Me dá uma ajuda! — pediu a Yurupig. —Vamos içá-lo.

Era uma verdadeira peneira, também irrecuperável. Quanto ao motor, não contente de ter afundado na água, ainda fora perfurado por um tiro. Yurupig balançou a cabeça.

— Nada a fazer. A traseira está rachada.

—Você nos meteu numa bela confusão! — explodiu Herman. — Índio filho da puta! O que vamos fazer agora, hein? Pode me dizer?

— Pare com essa encenação — disse atrás dele a voz calma de Mauro — e venha nos ajudar. Precisamos de madeira ou algum material duro para imobilizar a perna de Dietlev.

— Eu cuido disso — ofereceu-se Yurupig. — Comecem por tirar os colchões para secar. As redes também...

— E depois o que mais? — retrucou Herman, fora de si. — Quem dá as ordens neste barco sou eu!

— Para de berrar, porra! — disse Mauro, puxando-o pelo braço. — Yurupig tem razão. Quanto a dar ordens, seu tempo expirou. A mim parece que você já provou do que é capaz.

Pego de surpresa por essa atitude resoluta, Herman o seguiu até o interior do barco.

Quase não restava mais água no camarote, mas tudo estava uma verdadeira bagunça: livros e papéis transformados em esponjas pouco atraentes, cacos de vidro, almofadas ensopadas... Um monte de coisas arrastadas pela correnteza, espalhadas pelos lugares mais imprevisíveis. As cabines tampouco tinham sido poupadas, mas encontraram sobre as camas mais altas dos beliches três colchões de espuma e algumas cobertas relativamente secas. O resto foi estendido sobre a amurada.

Por sua vez, Yurupig havia conseguido duas pranchas de madeira recortadas da tampa de uma caixa e uma das correias de lona que reforçava o fechamento de um baú. Tão logo de posse das talas, Elaine ocupou-se do ferido. Sob o efeito da morfina, ele mergulhara num sono profundo, portanto ela não encontrou nenhuma dificuldade em imobilizar-lhe convenientemente a perna. A seguir, Yurupig se encarregou do transporte: após ter unido as duas extremidades, fez passar uma faixa sob as nádegas de Dietlev, deixando um largo espaço de cada lado; em seguida esticou as pernas do pesquisador e, enfiando as argolas da correia nas laterais como se as encaixasse em uma mochila, deu um semigiro sobre si mesmo. Uma vez nessa posição, com todo o peso do corpo nos ombros, colocou um joelho no chão e se levantou com esforço. Pouco depois, por uma manobra inversa, depositou Dietlev numa cama improvisada na parte de trás do barco.

Elaine desabou ao lado do geólogo. Pusera-se a tremer, o coração saindo pela boca. Por um instante teve a impressão de que a floresta gritava por ela.

Sob o céu em brasas, a brisa da noite começava a levantar ondas curtas no rio.

— Precisamos conversar — disse Herman com ar sombrio. — As avarias no navio são irreparáveis, o mesmo quanto ao *Zodíaco*. Estamos todos na merda, posso lhes garantir. Não vale a pena esperar aqui, ninguém vai aparecer... Construir uma jangada para descer novamente rumo a Corumbá é uma possibilidade, mas já sabem o que nos espera mais adiante. Esses sujeitos vão atirar em nós como se fôssemos coelhos, podem ter certeza. Resta a floresta, também perigosa... Mas é o único jeito.

— Por que não continuar numa jangada? — inquiriu Mauro.

Herman deu de ombros com desprezo.

— Muita correnteza... Admitindo que conseguíssemos construir uma embarcação capaz de flutuar, não conseguiríamos jamais fazê-la subir a correnteza.

— Mas eles vão acabar ficando inquietos — insistiu Mauro. — Podem nos enviar socorro pelo norte; de Cáceres, por exemplo, ou mesmo de Cuiabá. Não acham?

— Quem são "eles"? Aqui é cada um por si. E minha mulher não vai se preocupar; às vezes fico fora várias semanas para cuidar dos meus negócios... Se chegarem, quando chegarem, já estaremos todos mortos há tempos.

— Temos provisões para um bom tempo — interveio Elaine —; além do mais, sempre podemos nos virar pescando, ou mesmo caçando...

— Ah, quanto a isso não tem problema, moça. Não é a falta de comida que me assusta, é a falta d'água... Quando os botijões ficarem vazios, e tem um monte furado, só vai sobrar a água do rio para beber... Aí teremos duas opções: morrer de sede ou de disenteria. Disso não tenho dúvidas.

Elaine havia lido bastante sobre as doenças tropicais para entender a exatidão do raciocínio.

— E quais são as nossas chances pela floresta?

— A caminhada é dura. Para a senhora, que não está acostumada, nenhuma chance. Para ele também, por sinal... — disse, olhando para Mauro. — Sem falar do nosso amigo: estropiado como está, é impensável. Não, o que proponho é os três me esperarem aqui enquanto vou buscar ajuda com Yurupig. A confluência do rio não fica muito longe, três ou quatro dias de caminhada, talvez menos. E quando chegar lá vou fazer o diabo para encontrar alguém que venha buscar vocês... Na pior das hipóteses, subiremos até Porto Aterradinho.

Elaine ainda não havia pensado em sua desventura sob esse ângulo, mas os argumentos apresentados lhe pareceram irrefutáveis. Aliviada por não ter que enfrentar a selva, já admitia essa solução quando seus olhos cruzaram com os de Yurupig: um pouco atrás de Herman, sem que um músculo do rosto se mexesse, ele meneou rapidamente a cabeça, fazendo-lhe sinal para recusar a ideia.

— Não se meta nisso, estou avisando! — disse Herman de imediato, voltando-se para o índio. — Então, o que acha? — disse, dirigindo-se a Elaine.

— Não posso tomar sozinha essa decisão. Preciso falar primeiro com Dietlev, quando ele acordar. E Mauro também tem que dar sua opinião.

— Como quiserem — disse Herman com ar desconfiado. — Mas não tem o que refletir, pode acreditar. De qualquer maneira, eu me mando amanhã de manhã.

— Você vai fazer o que a gente mandar e pronto — disse Elaine, a voz contida. — Está sendo pago para isso, e muito bem pago, pelo que entendi.

Os olhos de Herman pareceram brilhar de cólera, mas ele contentou-se em sorrir em silêncio, como se houvesse entrevisto uma saída perfeitamente cômica para essa discussão.

— Vou comer um pouco e dormir — disse, recompondo-se. — E a senhora deveria fazer o mesmo... A propósito, coloquei as coisas do Milton na sua cabine.

— Que coisas?

— As que estavam com ele. Atirei ele e o outro idiota na água. Questão de higiene, compreende?

Necrose, fedor dos cadáveres, jacarés e piranhas disputando um corpo nu... Um calafrio de asco percorreu-lhe a espinha.

— Como pôde? — explodiu ela, indignada. — Quem o autorizou a tomar tal atitude?

— Ninguém, senhora — disse Herman num tom meloso, como quem se dirige a uma louca. — Ninguém, posso te garantir...

Cadernos de Eléazard

KIRCHER é um manipulador vulgar. Ele deturpa os fatos para reconduzi-los à razão. Sua boa consciência não serve de desculpa. Propagação da fé, propaganda, desvio da história etc.: tudo bem conhecido nesse encadeamento. A certeza de estar no caminho certo é sempre sinal de uma secreta vocação para o fascismo.

PERGUNTEI A SOLEDADE se, por conta de sua bondade, ela não poderia passar um pano nas estantes da biblioteca; recusa categórica. Mesmo morta, a caranguejeira que eu trouxe de Quixadá a aterroriza.

CONTADO POR LOREDANA. Um jovem italiano de férias em Londres pega uma carona ao final de uma noite regada a bebida. É verão; ele abre a janela e coloca o braço para fora a fim de tamborilar no teto do veículo. Derrapagem, capotagem. Após o acidente, nada além de um pouco de sangue nas mangas; ele não sente dor nenhuma. Seus colegas estão sãos e salvos. Feliz, ele sacode a mão, num gesto de quem se safou de uma boa enrascada, e seus dedos se espalham pelo asfalto.

O MUSEU KIRCHER como anamorfose do próprio Kircher. Um cafarnaum comparável à loja do Dr. Auzoux e não a um museu. Havia no espírito desse homem a bizarrice de uma sanguessuga ou de um carteiro Cheval.*

* Referência a um carteiro rural chamado Ferdinand Cheval, que demorou 33 anos (1879-1912) para construir um monumento histórico conhecido como "O palácio ideal do carteiro Cheval", localizado em Hauterives, França. (N. da T.)

CARTA PARA MALBOIS: acrescentar verificações a respeito de La Mothe Le Vayer.

O HISTORIADOR, dizem os historiadores, tem ao menos a capacidade de capturar o estilo de uma época, que não pode se produzir senão em determinado tempo e em determinado lugar. Entretanto, até isso é ilusório: o historiador não pode capturar senão a disparidade sob o reflexo de sua própria época. Ele apresenta ao passado um espelho de bronze, desdobrando-se para observar as distorções.

"O ACASALAMENTO com os animais, observa Albert Camus, suprime a consciência do outro. Ele está 'liberto'. Por esse motivo atraiu tantos espíritos, até mesmo Balzac."

FINAL DO SÉCULO XVI: "Levando-se em consideração o processo criminal, os custos e informações, os interrogatórios, as respostas e confissões do acusado, o confronto entre as testemunhas, as conclusões do mencionado procurador — a quem tudo foi comunicado —, respostas e confissões do acusado feitas em presença do conselho e tudo o que foi apresentado diante de nós, através de nossa sentença e julgamento, havíamos declarado e declaramos estarmos convencidos de que o referido Legaigneux teve copulação carnal com uma jumenta que lhe pertence. Como reparação pública pelo caso e pelo crime, nós o havíamos condenado e condenamos a ser pendurado e enforcado pelo executor da alta justiça num patíbulo a ser instalado em tal lugar. E antes da dita execução de morte, a jumenta deverá ser golpeada e abatida pelo dito executor no referido lugar, na presença do acusado."

Se puniram o animal, é por ele dividir com o homem a responsabilidade do ato: o culpado de zoofilia rebaixou-se ao nível dos animais, mas a jumenta cometeu o crime imperdoável de se elevar ao nível dos seres pensantes. Ambos agiram "contra a natureza". Traindo as leis de sua espécie, ambos colocam igualmente em perigo a ordem do mundo.

FINAL DO SÉCULO XX: "Acusado de tentativa de sodomia com um golfinho chamado Freddie, Alan Cooper, 38 anos, se justifica alegando que ele apenas masturbava o animal para conquistar sua amizade. Seus advogados fundamentam sua defesa no fato de que os golfinhos são notoriamente devassos e fazem parte dos raríssimos animais que praticam o ato sexual unicamente por prazer. Alan Cooper corre o risco de pegar dez anos de prisão se ficar provada *a evidente intenção de penetração anal ou vaginal*, ou prisão perpétua se a sodomia ficar *provada por meio de fundamentos razoáveis*." (Newcastle upon Tyne, Inglaterra.)

De novo totalmente absurdo, o castigo dessa vez tem um juízo único. Os animais são inocentes por essência, por lhes ser negada a possibilidade de não serem nada além do que são. Reconquistando para si próprio toda a liberdade do mundo vivo, o homem assume também toda a responsabilidade. Único responsável, único culpado. Único.

POR QUE SCHOTT utiliza o latim para as passagens licenciosas quando essa língua é compreendida pela maioria dos leitores de sua época? Esse falso pudor é impudico.

O USO ESTABELECE O PROBLEMA do labirinto em termos de escapatória: uma vez que nele se penetrou, trata-se de reencontrar a saída. O labirinto desenhado por Kircher parece inverter a questão, na medida em que não conduz a lugar algum. O centro é inacessível. Inutilidade do fio de Ariadne: o verdadeiro labirinto deve se conceber do centro; é um espaço totalmente fechado ao exterior. Alegoria do cérebro, de suas circunvoluções, de sua solidão impenetrável. É preciso ser Dédalo para escapar do labirinto, mas também é preciso ser Dédalo para matar o Minotauro.

ATLÂNTIDA: a lenda platônica é menos um mito do sempre possível aniquilamento das civilizações do que um mito do retorno, uma incitação à anamnese. Ela é sobretudo indício da origem e não do fim.

ESTELA DE XIAN: para Kircher, é a prova instrumental e absoluta de que a China foi cristã antes de ser budista e confuciana. Os restos de uma Atlântida da verdadeira fé afloram de repente na superfície da terra, bastando doravante apontá-las para que os idólatras se relembrem do paraíso perdido. A utopia de uma cidade perfeita não se situa no futuro, como para More e Campanella, mas num passado mais remoto.

CRIANDO O INVISÍVEL: Euclides me pedindo para imaginar entre nós um abismo insondável e que termina por levá-lo a dar um grande passo para se unir a mim. "Nunca se sabe, não é...?"

CAPÍTULO XIII

Em que é mostrado como Kircher superou Leonardo da Vinci e fez a raça felina contribuir para o mais maravilhoso dos concertos

— Natu ra/natu ra/gau det/h/, *natura natura gaudet*! — leu o cardeal com extrema surpresa. — "A natureza alegra-se com a natureza"... Isso é absolutamente maravilhoso! E lhe peço por favor desculpar a ironia a que há pouco me entreguei. Faça chegar a sua máquina ao sumo pontífice soberano; ele ficará encantado, tenho certeza. Quanto a mim, suplico apenas que mande construir outra igual para mim. Esteja certo de que não está diante de um ingrato...

Athanasius prometeu ao cardeal providenciar tudo e pareceu muito satisfeito com esse encontro. Seu crédito não cessava de crescer nas mais altas esferas, garantindo-lhe a liberdade e os recursos indispensáveis a seus trabalhos. Meu mestre me associava cada vez mais a seus feitos e durante os dois anos seguintes eu o ajudei cotidianamente em suas pesquisas sobre o significado dos hieróglifos: exceto em 1642, quando, para minha glória e algumas insignificantes sequelas, meu mestre se apaixonou subitamente pela aerognosia...

A aventura teve início certa noite, durante uma conversa de Athanasius com o Sr. Nicolas Poussin, que se aperfeiçoava, em sua companhia, na difícil arte da perspectiva. Folheando um dos códices de Leonardo da Vinci, gentilmente emprestado pelo *sieur* Raphaël Trichet du Fresne, bibliotecário da rainha Cristina da Suécia, Kircher deteve-se na máquina voadora imaginada pelo florentino.

— Apesar de toda a minha admiração por Leonardo — disse Poussin —, é preciso confessar que, por vezes, ele desdenhou das leis físicas mais elementares. Era um sonhador talentoso, mas um sonhador: é evidente que o ar é demasiado rarefeito e demasiado fraco para sustentar o corpo de um homem, seja qual for o tamanho de suas asas...

Kircher havia balançado negativamente a cabeça.

— Não, senhor, não! Considere a maneira e o bater das asas de que fazem uso as corujas e os pássaros maiores quando querem alçar voo e o peso dos pedaços de papel e de madeira que fazem planar conduzindo-os por um fio, e talvez mude de opinião. Estou persuadido de que um homem pode se erguer no ar, desde que tenha asas bastante amplas e bastante fortes, e suficiente destreza para se sustentar no ar como deve ser feito, o que pode ser executado com certos recursos que farão mover as asas tão rápido e tão forte quanto necessário.

— Sua hipótese é sedutora, meu reverendo, mas permita-me contestá-la. Tal São Tomé, enquanto eu não tiver visto com meus próprios olhos um homem se erguer no ar...

— Desafio aceito — retomou meu mestre. — Levanto a luva e marcamos um encontro daqui a três meses, o tempo de praticar certas experiências preliminares. Entretanto, volto a insistir: certamente voar não é mais difícil do que nadar; e assim como achamos infantil essa arte quando a aprendemos, ainda que tenhamos acreditado em sua impossibilidade, do mesmo modo julgaremos a arte de voar bem natural quando a tivermos praticado.

O Sr. Poussin partiu aquela noite bastante deslumbrado com a segurança de Athanasius, mas nada convencido. Quanto a mim, dedicava tal confiança em meu mestre que não duvidei um só segundo de seu êxito. Fui tomado de grande exaltação diante da ideia de voar e, de tanto insistir, Kircher concordou com minha vontade de ser o primeiro homem a executar essa proeza.

As poucas semanas que se seguiram figuram entre as mais belas de que me recordo. Renunciamos a nossos estudos com o propósito de nos dedicarmos unicamente a esse projeto.

O cardeal Barberini e o *sieur* Manfredo Settala, encantados com a iniciativa de meu mestre, adiantaram os fundos necessários e os operários se puseram ao trabalho. Três semanas bastaram para completar a coisa mais surpreendente havia lustros; dir-se-ia um imenso morcego sem corpo, de 50 metros de envergadura, totalmente coberto de seda e plumas brancas sobre uma armação de junco. O engenho prendia-se nos ombros por um sistema de correias, e, uma vez sobre as minhas costas, constatei que eu era capaz de mexer as asas sem muito esforço, embora lentamente.

— Assim fazem as grandes águias da Tartária — garantiu-me Kircher —, que jamais se elevam no ar senão com lentidão e dignidade, aproveitando-se da força do vento. Não tenha medo, Caspar, essa máquina foi concebida não para se desprender do solo por si mesma, mas, uma vez ali conduzida, avançar no céu.

Uma semana depois, estávamos finalmente prontos. Kircher convocou Poussin, o cardeal Barberini e o Sr. Settala ao topo do Castelo de Santo Ângelo, de onde havia decidido que eu levantaria voo. Era um agradável dia de junho; um doce zéfiro mal agitava as folhas e eu estava bastante nervoso diante da ideia de ser o primeiro a finalmente realizar esse antigo sonho da espécie humana.

— Escolhi este lugar — explicava Athanasius a seus convidados — para que meu corajoso assistente, o padre Schott, possa pousar sem perigo nas águas do Tibre, no caso pouco provável, malgrado um revés não deva jamais ser excluído, em que alguma contrariedade o obrigue a interromper seu voo. Tendo em vista que o padre Schott não sabe nadar, previ bexigas cheias de ar que o sustentarão sem dificuldade no elemento líquido.

Assim dizendo, mandou trazer duas, translúciaas — feitas de estômago de porco, me pareceu —, que prendeu em cada lado da minha cintura. Depois me aparelharam e precisei acionar minhas asas várias vezes, enquanto meu mestre explicava em detalhes o funcionamento da máquına. Os três homens se extasiaram diante do engenhoso plano do dispositivo.

Pela primeira vez me dei conta da séria situação em que minha imprevidência me colocara: um abismo assustador se estendia sob meus pés e o Tibre me pareceu bem minúsculo lá embaixo... As imagens da minha queda precedente, quando de uma primeira tentativa, voltaram à memória: transpirava abundantemente e, enquanto meus braços esgotavam suas forças, minhas pernas começaram a tremer de forma lamentável. Estava aterrorizado...

— Vá, Casper! — ordenou de repente meu mestre, com ênfase. — Que sua fama um dia supere a de Ícaro!

Por meio segundo, a menção desse herói infeliz me pareceu um péssimo presságio. No entanto, como Athanasius havia combinado seu encorajamento com uma palmada amigável e vigorosa em minhas panturrilhas, desequilibrei-me e, em vez de cair pura e simplesmente, lancei-me no vazio.

Foi a mais extraordinária emoção de toda a minha vida: liberto dos entraves do corpo, eu planava tal uma gaivota ou um gavião girando sobre sua presa. Entretanto, essa satisfação durou pouco: com efeito, apercebi-me que perdia rapidamente altitude e que, longe de planar feito acreditava, na verdade caía, embora mais lentamente do que se não estivesse guarnecido de minhas asas postiças. A água do Tibre se aproximava a grande velocidade, e, amedrontado, aterrorizado com o horror da minha situação, eu tentava bater as asas com a energia do desespero. Meu medo era tão grande que consegui agitá-las várias vezes seguidas, sem, no entanto, conseguir me elevar. O único resultado dessa conduta foi, graças aos céus, frear um pouquinho minha queda. Não o suficiente, contudo, para evitar que desabasse no Tibre de uma maneira que eu teria preferido mais arrojada. Meu último pensamento foi entregar minha alma a Deus, pois tive a sensação de me esborrachar sobre uma superfície tão dura quanto o mármore...

Quando despertei, algumas horas mais tarde, encontrava-me deitado em meu leito, no Colégio Romano, as duas pernas fraturadas em diversos lugares e numerosas equimoses. O rosto atormentado de Kircher me mostrou imediatamente que a retomada de meus sentidos guardava mais semelhança com a ressurreição do que com um simples despertar.

Quando recobrei completamente a consciência, minhas primeiras palavras foram de inquietação quanto à reação do cardeal e de desculpas a Kircher pelo fracasso, que feria de maneira tão grave sua reputação: a máquina não entrava em questão, mas a fraqueza de minha constituição e o pânico que me haviam paralisado, arruinando assim as esperanças baseadas nessa tentativa. Eu era indigno da confiança do meu mestre e não me perdoava pela pretensão com a qual me atribuíra um papel que excedia, de modo tão patente, meus medíocres meios. Em resumo, melhor teria sido perecer durante minha queda como justo castigo pelo pecado do orgulho...

Kircher não me deixou continuar: eu me enganava por completo, pois essa empreitada, em vez de se constituir em fracasso, havia excedido em muito suas esperanças. Após as naturais inquietudes quanto ao meu estado, os convidados haviam aplaudido minha proeza. Um corpo lançado do alto das ameias do Castelo de Santo Ângelo teria se espatifado no fosso, enquanto esse aparato ilusório me havia permitido avançar no espaço e alcançar o Tibre. O voo, portanto, acontecera! Ficara provado que um homem podia contar com as asas para voar, bastando apenas empregar certas melhorias à máquina e instruir suficientemente seus futuros pilotos. O problema não era mais uma questão de físico, mas de técnica, e o espírito humano sempre demonstrara a capacidade de superar obstáculos dessa ordem. O que essa experiência havia delineado, os tempos futuros se encarregariam de aperfeiçoar; um dia voaríamos tão longe, tão alto e tão rápido quanto as mais ágeis aves de rapina. Essa garantia, fora eu, pela minha coragem e pela minha fé, quem proporcionara ao nosso século... Aliás, o cardeal Barberini havia despachado seu cirurgião pessoal para o pé do meu leito e, unindo a caridade à liberalidade, propunha continuar às suas expensas as tentativas de voo com os condenados à morte, oferecendo assim àqueles miseráveis uma chance inesperada de salvar a vida.

Essas palavras reconfortantes me deram força e paciência para suportar meu confinamento na cama. O Sr. Poussin veio me visitar várias vezes; me levava álbuns de croquis e de ilustrações, e as horas transcorriam agradavelmente a discutirmos pintura. O próprio cardeal honrou-me uma vez com a sua presença. Repetiu-me palavra por palavra o que me dissera Kircher e me felicitou ainda por minha bravura e abnegação. Quanto ao meu mestre, vinha me visitar o mais frequentemente que suas numerosas ocupações lhe permitiam. Nada era bom o suficiente para tornar minha vida agradável: ele lia em voz alta, narrava histórias sobre a China e os índios de São Luís do Maranhão e me mantinha informado de seus progressos na decifração dos hieróglifos. Direcionou suas atenções a inventar um instrumento de música insólito com o único objetivo de me divertir.

Foi assim que numa bela manhã, quando eu encerrava minha convalescência, transportaram-me de meu quarto até o Grande Auditório do colégio. Todos os padres e alunos estavam ali reunidos e fui acolhido com uma ovação digna de um personagem de grande prestígio. Foi somente ao ser instalado num sofá que percebi a majestosa caixa de órgão levada para aquela sala. Curiosamente, não se distinguia nenhum tubo aparecendo no magnífico trabalho de carpintaria, artisticamente decorado com cenas bucólicas. Kircher subiu ao púlpito e tocou uma jovial melodia de nosso velho amigo Girolamo Frescobaldi. O órgão oferecia um som de cravo e eu não compreendia o porquê de um móvel tão considerável para dissimular um mecanismo afinal de contas pouco volumoso, quando meu mestre, a expressão alegre, anunciou em voz alta:

— E agora, a mesma composição, mas no pedal bio-harmônico!

Imediatamente entrou em ação, fazendo uso dos pedais do instrumento, e, para hilaridade geral, produziu o mais curioso concerto de miados que já fora possível ouvir. Sobretudo porque esse arranjo de gritos animais reproduzia a graciosa ária tocada anteriormente, facilmente reconhecida, inclusive em suas mais sutis harmonias. Assim como todos os meus colegas na sala, eu me encontrava no paraíso!

Quando Athanasius terminou, vários foram os que quiseram experimentar o instrumento, fruto da inesgotável genialidade de meu mestre. Cada música interpretada produzia um novo efeito cômico e nada era tão prazeroso quanto tocar os agudos. Kircher exibiu em seguida partituras de sua autoria, solicitando a Johann Jacob Froberger, o mais hábil músico dentre nós, que as executasse ao cravo.

Mesmo nesse simples divertimento, Kircher havia empregado toda a sua ciência. Uma vez aberta, a caixa do órgão revelou um mecanismo bastante complexo. Ao apoiar sobre um dos pedais, um sistema admirável de transmissão movimentava uma espécie de martelo que se abatia bruscamente na cauda de um gato amarrado sobre uma tábua de madeira. Todos os gatos desse cravo de duas oitavas haviam sido cuidadosamente selecionados por Athanasius por sua faculdade natural de miar em determinado tom. Encerrados em pequenas caixas, com apenas as caudas de fora, eles, apesar de não parecerem apreciar senão bem medianamente o tratamento que lhes era infligido, não deixavam de cumprir seu papel à perfeição.

Caso eu já não estivesse a caminho do total restabelecimento, creio que semelhante concerto me teria curado tão eficazmente quanto uma tarantela!

Voltei aos estudos com empenho e ao final do ano de 1643 Kircher publicou o livro *Lingua aegyptiaca restituita*. Composto de 672 páginas, continha, além do dicionário árabe-copta trazido outrora por Pietro della Valle, uma gramática completa dessa língua e a confirmação da tese adiantada alguns anos antes no *Prodromus copticus*: os hieróglifos eram a expressão simbólica da sabedoria egípcia, tendo os padres se recusado a utilizar a língua vulgar, a saber, o copta, para exprimir os mais sagrados dogmas.

Doravante, Kircher não tinha mais nenhuma dúvida sobre seu domínio dos hieróglifos. Conquanto ainda não desvendasse a chave do mistério nessa publicação, jurava ter progredido nesse sentido, graças à colaboração de um correspondente misterioso a quem ele dedicava seu livro, assim como a todos os letrados árabes e egípcios, únicos herdeiros e detentores da língua antiga.

O ano de 1644 foi decisivo. Após o papa Urbano VIII ter sido chamado por Deus, o cardeal Pamphile acedeu ao pontificado sob o nome de Inocêncio X. Para comemorar sua eleição, esse digno filho de ilustre família — cujo palácio se encontrava desde o século V no Circo Agonale, antigo anfiteatro de Domiciano — decidiu levar a cabo a restauração desse lugar e ali instalar o memorial de sua família e de seu nome. Com esse fim, encarregou o célebre Lorenzo Bernini de desenhar uma fonte em cujo centro seria instalado o grande obelisco que jazia desde tempos imemoriais ao longo da via Ápia.

Nosso superior geral, o padre Vincenzo Caraffa, encarregara-se de informar o papa acerca da erudição de Kircher, e foi naturalmente a ele que o sumo pontífice se dirigiu para a concepção desse projeto.

— Meu reverendo — dissera o papa durante a entrevista —, decidimos erigir um obelisco de grande estatura, e será sua tarefa estudar os hieróglifos que ali se encontram gravados. Gostaríamos que o senhor, que tantos dons herdou de Deus, se entregasse de corpo e alma a esse exercício, fazendo uso de todas as suas habilidades para que aqueles que ficam atônitos com a amplitude desse desígnio aprendam a conhecer, por seu intermédio, o significado secreto das inscrições. Além disso, será sua tarefa orientar o arquiteto Bernini na escolha dos símbolos que constituirão a matéria dessa fonte, prestando atenção em conferir a essa obra o rigor espiritual conveniente. Que Deus o acompanhe...

Quando o alarme do relógio de pulso acordou Roetgen, seu primeiro olhar foi para a rede de Moema: ela pendia, murcha e vazia como a pele arrancada de um animal. Inchado, manchado de rímel, o rosto de Taís emergiu de sua rede. Havia pânico em seus olhos e ela se pôs a vomitar na areia com incontidos soluços de gata em agonia.

Lá fora o mundo já estava banhado por essa luz prateada que abandona a noite após o seu primeiro recuo. Um rastro de caramujo, refletiu Roetgen, admirando o mar. O vento não mais audível afastava a escuridão, varrendo-a em toscos amontoados para bem longe, na direção do horizonte. Um galo cantou, calando-se em seguida em meio a um vibrato, parecendo estrangulado pelo escândalo da própria voz.

Roetgen apressou-se rumo à cabana de João, enquanto se perguntava onde Moema teria passado a noite. Poluída por rebotalhos abjetos — havia mesmo algo parecido com um absorvente enrolado numa calcinha de mulher —, a rua assemelhava-se a uma praia úmida, alterada por alguma dissoluta tempestade. Parando diante do bar do Seu Alcides, Roetgen sentiu uma pontada no coração e desviou a cabeça.

João estava acocorado sob o tabique, verificando seus equipamentos de pesca. Pareceu agradavelmente surpreso.

— Bom dia, francês... Fiquei com medo que não viesse — disse, sorrindo. — Você está com uma cara horrível...

— Dormi mal... O ar marítimo vai me restabelecer.

— Então vamos. Tome — disse, estendendo uma espécie de saco de plástico vermelho, idêntico ao que ele carregava a tiracolo —, já preparei sua bolsa. Guarde tudo que tem nos bolsos, cigarro, isqueiro... tudo que molhe, ué!

Olhando mais de perto, Roetgen percebeu que se tratava de uma velha boia de amarração, provavelmente recuperada no mar; na parte superior, uma grande rolha de cortiça se adaptava a uma abertura recortada em círculo. Uma corda fixada de um lado a outro transformava o conjunto numa sacola impermeável.

Desceram a rua até uma casinha azul, onde penetraram sem cerimônia.

— Olá! — disse João ao caboclo ainda semiadormecido atrás do balcão. — Anda logo, o vento vai virar...

Sem se dignar a responder, o homem levantou-se resmungando. Com uma lentidão de iguana, pôs diante dele uma placa de rapadura, um pedaço de vela, uma caixa de fósforos e um corneto de papel com farinha.

— Quem é esse? — perguntou, apontando Roetgen com o queixo.

— Vai substituir Luís — respondeu João, chateado. — Dê logo a parte dele.

— Tem certeza?

— Deu pra entender? Estou dizendo que já acertamos com Luís. Anda, estamos com pressa!

O iguana voltou a oscilar, o ar desconfiado, e depôs no balcão a mesma lista de objetos que tinha entregado anteriormente.

— Mete tudo isso na sua bolsa, rapaz, vamos! — ordenou João, dirigindo-se a Roetgen.

Saíram sem pagar, mas, uma vez na rua, o pescador lhe deu a explicação: a "cooperativa" pertencia ao armador das jangadas, um sujeito de Aracati; a cada saída para o mar, os pescadores recebiam gratuitamente essa provisão miserável; no retorno, sua parte de peixe era trocada por crédito nessa mesma loja. O sistema funcionava sem dinheiro, acentuando a escravidão dos pescadores e os benefícios do proprietário.

Enojado, Roetgen quis se informar sobre o armador. O fatalismo de João o chocou: era assim em toda a costa; não havia nada a fazer senão agradecer a Deus e a esse sujeito por lhes oferecer essa chance de sobreviver.

Chegando à duna, seguiram em direção ao topo até pararem num espaço onde cresciam alguns arbustos. Usando o facão, João se pôs a talhar os galhos ressecados.

— É pro braseiro — disse, dando a Roetgen a primeira parte de sua colheita. — Já tem a bordo, mas é melhor completar. Nunca se sabe.

Iam assim de moita em moita, quando João mostrou ao francês um rastro comprido na areia, uma ondulação sinuosa que poderia ter sido deixada por uma mangueira arrastada.

— Cobra-de-veado... — murmurou João, seguindo com os olhos a progressão incerta.

Andou até um arbusto espinhoso, onde separou os galhos com precaução: enroscada, uma jiboia de bom tamanho digeria sem dúvida sua captura noturna. O animal não teve nem tempo de acordar e João já o decapitara.

— Matei o bicho! — gritou, com uma espécie de orgulho infantil.

Espantado tanto pela presença de uma serpente daquelas nas dunas quanto pela reação do pescador, Roetgen o viu segurar o cadáver, ainda enroscado em nós impossíveis, e girá-lo feito uma rama, com um sorriso nos lábios, antes de arremessá-lo a vários metros de distância.

São Jorge derrotando o dragão, mais orgulhoso de ter vencido seu medo do que de ter triunfado sobre o mal por um curto instante... Ou será que se tratava de um sacrifício, de uma propiciação vinda do fundo das eras para assombrar nosso século enfatuado?

Do local onde a duna ficara manchada de sangue, desceram rumo à praia.

Os dois outros pescadores terminavam de empurrar um coco embaixo da proa em formato de espátula da jangada. Muito jovens e desdentados — Roetgen nunca mais voltou a pensar no Brasil sem visualizar aquelas bocas, horrivelmente desarmadas e modeladas pela fome —, os pescadores lhe pareceram pouco comunicativos. Paulino, músculos salientes, cabelo crespo, tostado pelo sal; Isaque, mais fraco, torso encavado, deformado por uma má-formação congênita do externo.

João arrumou os gravetos num cesto, verificou a posição das toras e os quatro homens se curvaram sobre a barca até equilibrá-la sobre o cilindro; enquanto a mantinham assim, Paulino colocou um segundo rolo na frente e apressou-se em voltar para empurrar com os outros. Assim que uma tora era liberada atrás, ele a levava de volta para baixo da proa e assim por diante, durante toda a progressão rumo à beira do mar. Quando a jangada flutuou, Isaque arrumou as pesadas toras na areia, bem longe, para deixá-las a salvo da maré, enquanto os outros, imersos até a cintura, mantinham o esquife na onda. Tão logo Isaque se juntou aos companheiros, embarcaram todos juntos, de uma só vez. Assumindo o remo de governo, João imediatamente segurou a escota da grande vela. A jangada deslizou no mar com a graça e o desembaraço de um veleiro.

Atrás deles, as dunas começavam a ficar rosadas. Outras jangadas, as velas enfunadas, pareciam se lançar em sua perseguição, sacolejando sobre a orla como borboletas feridas.

Com o vento pelo través, a jangada seguia direto para o fundo com o marulho singular da água contra o casco e a doce inclinação que obriga o corpo a um perpétuo reequilíbrio. De pé na popa, o traseiro apoiado numa espécie de banco estreito, João manobrava a jangada com concentração, as duas mãos firmemente soldadas ao leme. Roetgen tinha se sentado do outro lado com Isaque e Paulino e começado a roer sua rapadura, mais por preocupação de mimetismo do que por gula. Contente de estar no mar, examinava a embarcação com o interesse glutão de um apaixonado por vela.

Medindo cerca de 7 metros de comprimento e 2 de largura, a jangada na qual ele se encontrava era uma maravilha de elegância técnica. O perfil projetado como uma lancha pontuda, sem polimento ou cabine de piloto, o casco afinava graciosamente nas extremidades, o que a aproximava mais de uma prancha de surfe do que de qualquer outro equipamento de fundo plano. Fora o banco na popa — e uma espécie de cavalete bem à frente, que servia para enrolar as cordas ou se manter de pé —, a única outra superestrutura do barco era uma trave de madeira maciça onde vinha se encaixar uma comprida antena removível, não fixa, leve e solta como uma carena.

Na vela de cor bistre, constelada de buracos e de remendos, uma propaganda brilhava em grandes letras negras: Indústria de Extração de Aracati...

Porém, para Roetgen, o mais surpreendente continuava a ser a ausência exemplar de qualquer metal no barco a vela. Nem uma manilha, nem um prego... Tudo cavilhado ou amarrado; mesmo a trave e o mastro, constituídos de vários pedaços, eram presos por simples falcaças de fio de pesca!

Louvor levado no topo da nervura vegetal, hino obsoleto dessa época de ouro que precedeu a espada, o arcabuz, o capacete e as armaduras. Houvera um tempo em que os índios, nessa costa, imploravam o perdão das árvores antes de abatê-las, sem outro instrumento cortante além do fogo ou do sílex.

Como lhe explicou João em seguida, se a fragilidade do conjunto era evidente, pelo menos se podia consertar qualquer avaria com rapidez utilizando os recursos a bordo. Principalmente porque as rupturas se produziam sempre nos lugares mais fracos, formados pelas junções, e como o fio cedia sempre antes da madeira, bastava amarrar de forma idêntica as peças desmanteladas para o barco voltar a ficar novo. O mesmo quanto ao casco, cujas formas simples permitiam o reparo sem ajuda de carpinteiros. Nada escapava desse desdém ao metálico; nem mesmo a âncora, o tauaçu, essa pedra envolta por uma armação de galhos endurecidos no fogo! Quatro paus unidos por uma de suas extremidades, dois outros em cruz para segurar a âncora e engatá-la nas algas ou na areia. Sempre esse mesmo princípio — tratava-se na verdade de economia ou se articulava sobre alguma coisa despercebida e mais decisiva? —, regulando as mais ínfimas produções da técnica: três galhos teriam sido insuficientes para manter a pedra, uma quinta teria sido supérflua... Um teorema que explicava por que as principais seções da madeira da estrutura não haviam se modificado nem um pouquinho havia milênios. Vila romana ou herdade provençal, castelo cátaro ou *palazzo* veneziano, em construções comparáveis encontravam-se as mesmas medidas de vigas, de traves e de escoras: muito fina, a madeira cederia; muito grossa, seria desperdício. Assim, as regras dos construtores se assentavam, acima de qualquer matemática da resistência de materiais, sobre o meio-termo que certo número de ancoradouros perdidos e de tetos desabados havia contribuído a estabelecer.

Uma súbita atividade tirou Roetgen de suas reflexões. Sob uma ordem de João, que balançou imediatamente a escota da vela, os dois pescadores retiraram a vela e a carlinga do mastro, apressando-se em seguida a prender o pano, enrolando a corda em volta do mastro. Isso feito, João foi ajudá-los a tirar a viga da carlinga e deitá-la com a retranca no eixo do barco. As asas presas, a jangada imobilizou-se na água verde; agora não passava de uma frágil embarcação entupida de vigas, um barco abandonado pouco propenso a desbravar os rigores do oceano. Tinham ancorado. O sol se levantava; a terra desaparecera.

Paulino e Isaque tinham se instalado lado a lado, os pés para fora; Roetgen, por instinto, instalou-se na outra borda, a 2 metros de João.

Questionava-se sobre o tipo de isca que iriam utilizar quando viu o pescador lançar seu anzol sem se preocupar nem por um instante com a isca. Tendo a linha atingido rapidamente o fundo — devia ter uns 20 metros de profundidade —, João pegou a linha entre os dedos, imprimindo violentos movimentos da base ao alto, como se fosse uma pesca com espinel.

— Você não tem nada para servir de isca? — perguntou Roetgen, atônito.

João pareceu espantado por alguém perguntar tal asneira. Era assim, ninguém pescava de outro jeito. Atraído pelos movimentos e pelos reflexos cintilantes dos anzóis, um peixe qualquer acabava sempre por se atirar sobre eles; e, uma vez a bordo, servia de isca para as presas maiores.

Horas transcorreram; horas silenciosas, sonolentas, durante as quais os quatro homens perseguiram sob o sol o mesmo objetivo. Parece que estou lendo o resumo de uma peça de teatro de vanguarda, pensou Roetgen, considerando o absurdo da situação: entregues a si mesmos no Atlântico, quatro náufragos afundam na água seus anzóis sem isca.

Mar aberto, fogo na nuca, gemidos da madeira, contorções de marionetes desconjuntadas, às vezes bruscas como sobressaltos de corpos adormecidos.

Por volta do meio-dia, se arrependeram de ter consumido tão rápido suas provisões de açúcar.

Imitando os outros, Roetgen levava à boca punhados de farinha de mandioca, o suficiente para enganar a fome e aumentar o desejo de beber mais uma vez a água do barril. À medida que o tempo passava, os rostos se tornavam febris, os movimentos das mãos, nervosos, furtivos, como que para melhor seduzir a esperança que havia no fundo das águas. Mudavam de braço cada vez mais frequentemente, os músculos asfixiados de tanto repetir o mesmo gesto.

Torturados pela fome, quatro náufragos imploram em vão ajuda ao deus dos mares... Agitados por tiques, quatro esquizofrênicos tentam pegar moscas com vinagre. Desnorteados, quatro marujos insultam Deus, o mar e os peixes até que resolvem comer a espuma do mar.

— Bota isso na cabeça, vai acabar pegando insolação — tinha dito João, entregando-lhe uma lona molhada.

Só então notou o chapéu de palha dos três.

Por volta das 15 horas João soltou um palavrão e subiu a linha com toda a pressa. Tinha finalmente conseguido pegar pelo rabo um peixe prateado, pouco mais gordo que uma anchova. Oito horas, oito horas para esse cardápio constituído de girinos! De súbito, uma surpreendente sacudidela no convés: enquanto João cortava sua presa em filés finos, atento em retirar as espinhas, Paulino e Isaque acenderam o fogo numa lata que dispuseram ao vento. Assim que a madeira acendeu, colocaram para esquentar no braseiro improvisado uma tigela velha cheia de água do mar. Podia-se jurar que aqueles homens iam cozinhar suas anchovas para comê-las imediatamente! Quanto a Roetgen, poderia comê-la crua, tanto a fome o atormentava. Mas João distribuía os pedaços de carne que acabara de preparar e cada um deles pôde enfim colocar isca no anzol.

Cinco minutos mais tarde, uma forte fisgada arrastou seu braço. Ferrando a presa, Roetgen começou a puxar a linha com prudência, subitamente aterrorizado pela ideia de uma falsa manobra. João se precipitou, gritando conselhos, prestes a lhe tirar o anzol das mãos. Mortificado por essa falta de confiança, Roetgen por pouco obedeceu à muda injunção do pescador, porém seus instintos prevaleceram e ele se pôs a falar com o peixe em francês, cobrindo-o, ao mesmo tempo, de insultos e palavras doces, acompanhando suas tentativas de fuga para melhor impedi-las em seguida com suavidade, esquecendo de tudo o que não fosse aquela viva tensão na ponta dos dedos.

— Cavala — disse João, percebendo o lampejo ziguezagueante que se aproximava da superfície. — Que beleza de peixe!

Um último estremecimento e uma espécie de bonito comprido caiu com um som seco no convés. Petrificado um segundo por ter mudado de mundo, o peixe abriu a boca antes de se debater cegamente. Se o paraíso ou o inferno existiam, era assim que deviam espernear os mortos ao chegar às turvas regiões de pesadelo... João o estripou ainda vivo, atirou suas entranhas ao mar e cortou-o em grandes fatias trêmulas. Reservou algumas para isca e pôs o resto a cozinhar na panela.

Juntos vigiavam o cozimento. No momento oportuno, Paulino retirou as fatias com o auxílio de um pedaço de madeira e as colocou à sua frente. Os três pescadores atiraram-se à comida: queimavam os dedos enrolando os pedaços nos punhados de farinha, jogavam ao mar as espinhas com evidente alegria e não paravam de felicitar o francês por uma primeira captura tão proveitosa. Roetgen fez como eles: apreciava cada porção, convencido de nunca ter provado nada tão saboroso.

Quando saciados, a pesca pôde enfim começar. Eram 16 horas.

Pargos, atuns, arraias, cações e dourados de cor metálica... Armazenavam às presas a um ritmo constante. Isso exigia às vezes cinco ou dez minutos, mas o anzol nunca subia vazio. Roetgen descobria um universo bem diferente do que conhecia: ali, nada do prazer no ato da pesca; pegava-se um carangídeo como quem extrai mineral, sem emoção ou perda de tempo. Vez ou outra, alguma exclamação por uma captura excepcional, mas exclamações de mineiros descobrindo uma veia de carvão inesperada, mais rica, mais fácil de extrair. Pegavam o peixe e o atiravam num cesto comum; quando o cesto transbordava, um dos pescadores escorava seu anzol e cuidava da salgadura. Descamar, tirar as tripas, arrancar as cabeças, cortar os filés para amontoá-los numa caixa na frente da jangada e cobri-los com uma camada de sal grosso... Roetgen esforçava-se em assimilar essa habilidade. Logo foi capaz de agir como os outros. Essa tarefa indispensável tomava bem uma meia hora de cada vez, terminando-se alquebrado, as mãos esfoladas, ardendo por causa do sal nos talhos, mas contente consigo mesmo pela sensação do dever cumprido.

Atento ao menor gesto, preocupado em não perder a estima dos pescadores, Roetgen estabeleceu como questão de honra manter o mesmo ritmo dos colegas. A concentração não lhe proporcionava nenhuma pausa; deixara até de pensar, na mesma catatonia da viagem de ônibus durante o trajeto para Canoa Quebrada. Moema, Taís, o Brasil, tudo desaparecera: o espírito purificado, "limpo", como dizem das cordas quando livres e prontas para a manobra, ele chafurdava no esforço e na amnésia.

Ao cair do sol, os peixes se tornaram mais ariscos. A brisa ao largo se pusera a soprar, levantando pouco a pouco ao redor da jangada uma grande vaga de aparência ameaçadora. Bem baixinho no horizonte, uma barra de nuvens escuras parecia avançar na direção deles a toda velocidade. Nada disso era um bom presságio, mas os pescadores não pareceram se inquietar em excesso. Aproveitando-se das últimas luzes do dia, Paulino e João amarraram todos os objetos, enquanto Isaque cozinhava um segundo atum, separado com esse objetivo. Depois de posto para esfriar, cada um guardou seu anzol, substituindo-o por outro com linha mais sólida e forte.

— À noite só os peixes grandes mordem — explicou João a seu protegido —: tubarão, peixe-espada, esse tipo, sabe?... A gente só pesca a dois pra evitar complicação.

Paulino e Isaque comeram um pedaço de atum com eles e depois foram se deitar no fundo do porão. Vendo a mão suspender um tecido fino entre a bolina e o pano da escotilha — aparentemente para deixar entrar um pouco de ar —, Roetgen se perguntou como os dois homens tinham conseguido se esticar em espaço tão apertado: pelo que podia calcular, a altura embaixo da trave devia ter uns 50 centímetros! A um sinal de João, ele foi se amarrar na parte traseira do banco de governo. A exemplo do pescador, amarrou uma corda pela cintura e verificou o nó bolina antes de voltar a pescar.

O mar estava revolto a ponto de algumas vezes vagas altas quebrarem sobre eles. Roetgen via correr as cristas fosforescentes bem em cima dele na noite escura, montanhas d'água em borbotões que a jangada acabava por escalar no momento em que ele tinha quase certeza de que elas se preparavam para engoli-lo. Animada por uma oscilação contínua, presa graças à âncora — como marujo aguerrido, João havia tomado o cuidado de redobrar a duração da jangada —, lançada de lado ou de repente arrastada por conta do vento, por bruscos puxões da corda, sua proa quase sumindo. Bem ou mal a jangada se aguentava. Quando uma onda mais forte descia sobre o convés, os dois homens se viam sentados na espuma d'água como se tomassem um banho de espuma. Sem a corda que os prendia pela barriga, teriam sido irremediavelmente tragados. Depois recomeçava o rodeio, cansativo, até o estrondo de uma nova onda em tubo. Encharcado dos pés à cabeça, os olhos ardendo, cego pelas ondas, Roetgen vivia a mais árdua vigília de sua existência. A impassibilidade ranzinza de João o tranquilizava um pouquinho; esforçava-se em pescar sem conseguir libertar seu corpo do medo animal, aviltante. Aturdido pelo vento e pelo barulho do oceano, congelado, enxergava monstros.

Por volta de 1 hora, quando Paulino e Isaque trocaram de turno, não havia quase nada no cesto: três peixes-espada pescados por Roetgen, dois por João, mais um tubarão-martelo de uns 14 quilos. O mar continuava forte, mas o vento começava a ceder.

— O vento tá virando — disse João a Paulino. — Já já os peixes vão morder. Não esquece de ir aos poucos esticando a linha.

Ele subiu na direção da escotilha e manteve o pano entreaberto para Roetgen se enfiar lá dentro.

— Anda, tem lugar — disse João ao vê-lo hesitar.

Quando o francês tinha desaparecido, ele o seguiu e puxou sobre eles o pano, tomando cuidado para não fechá-lo completamente. Durante os poucos segundos em que esteve envolto pelas trevas, no esquife sacudido pelo mar, Roetgen precisou se policiar para não voltar correndo para o convés.

João acendeu um fósforo, que aproximou de um pedacinho de vela escorado entre dois sacos de sal, contorcendo-se e buscando uma posição mais confortável.

— Puxa! — resmungou. — Que tempo horrível!

Esticaram-se, um de cada lado, cara a cara, próximos como nunca aconteceria ao ar livre. O rosto de João parecia esculpido em madeira velha, cada uma de suas rugas desenhando um espinheiro particular. O paiol fedia a peixe e a salmoura.

— É sempre assim? — perguntou Roetgen.

— De vez em quando, em noites de lua cheia. O negócio é que os tubarões não gostam...

— Eles vendem bem?

— Como os outros, mas são mais raros. E depois ganhamos a mais pelo fígado e pelas barbatanas.

— Em que são usados?

— O fígado vai pros laboratórios. Não sei direito, parece que é bom pra remédios, cremes... As barbatanas são os chineses que compram. Eles gostam muito, pelo que dizem. Lá onde você mora também tem?

— Tem o quê? Tubarões ou chineses?

— Tubarões...

— Não tanto quanto aqui. E vivem em lugares mais afastados, longe da costa.

— E pargos?

— Quase não tem. Praticamente acabaram com eles, como aconteceu com todos os outros peixes. Algumas espécies desapareceram...

— Deus meu! Como é possível? — perguntou João, de repente apavorado com essa perspectiva.

— Eu já te disse: muita pesca industrial, a poluição... Um verdadeiro desastre.

O pescador estalou várias vezes a língua para exprimir sua desaprovação.

— Mas não é possível. Como é que pode? E é longe, onde você mora?

—Você quer dizer a França?

— Sei lá, no seu país, oxente...

— Mais ou menos 5 mil quilômetros.

João franziu as sobrancelhas.

— Isso dá quantas horas de ônibus?

A expressão séria do pescador não dava margem a enganos: ele não fazia a menor ideia de onde ficava a França e não podia conceber uma distância sem primeiro convertê-la nas únicas medidas conhecidas: dias de caminhada para os trajetos curtos e horas de ônibus para os mais longos. Pego de surpresa, Roetgen lhe deu um tempo de viagem em horas de avião, mas a ausência de réplica demonstrou que ele ainda não tinha conseguido se fazer entender. Calculou então mentalmente a distância que a jangada podia percorrer em um dia e deu ao pescador o resultado: dois meses de navegação em direção ao leste, admitindo que o vento fosse constante e favorável durante todo o trajeto.

— Dois meses? — repetiu João, dessa vez visivelmente impressionado. Ficou calado por alguns minutos, o ar pensativo, antes de voltar ao assunto do seu interesse: — E no seu país também tem onças na mata?

— Não.

— E tatu?

— Não mais.

— Jiboia, tamanduá, papagaio?

— Não, João. Temos outros animais, mas é mais ou menos como aconteceu com os peixes: não sobraram muitos.

— Ah, bom... — murmurou o pescador, desapontado com um país tão desprovido do essencial. — Nem crocodilo? E mangueira? Tem pelo menos mangueira?

Temos trens-bala, aviões e foguetes, João. Temos computadores que calculam mais rápido que os nossos cérebros e contêm enciclopédias completas. Temos um grandioso passado literário e artístico, os melhores perfumistas, estilistas geniais que fabricam roupas magníficas, que mesmo que você juntasse todo o dinheiro ganho durante três vidas não bastaria para pagar nem a bainha. Temos centrais nucleares cujos dejetos permanecerão mortais durante 10 mil anos, talvez mais, não sabemos direito... Você pode imaginar isso, João? Dez mil anos! Como se os primeiros Homo sapiens *nos tivessem legado lixeiras infectas para envenenar tudo desde aquela época até os nossos dias! Temos também bombas formidáveis, pequenas maravilhas capazes de erradicar para sempre da superfície do Brasil suas mangueiras, seus jacarés, suas onças-pintadas, seus papagaios. Capazes de acabar com a sua raça, João, e com a raça de todos os homens! Mas, graças a Deus, nos temos em alta conta.*

Roetgen compreendeu que não conseguiria jamais lhe descrever uma realidade da qual de repente se apercebia, com uma sensação de amargura e de espoliação, que nada mais valia senão por sua insolência. Intimado a legitimar a civilização ocidental e a se justificar por ela, ele fracassava em isolar uma única curiosidade suscetível de interessar àquele homem. Um homem para quem as riquezas naturais da terra, a luz do sol, a influência da lua sobre esse animal ou aquela planta ainda tinham valor e significado; um ser inteligente, sensível, mas que vivia num mundo onde a cultura deveria ser entendida no sentido próprio, como um húmus, como a terra.

Envergonhado diante de João, como um culpado diante do juiz, Roetgen inventou um ambiente que pudesse rivalizar com o do pescador. Misturando às fábulas de sua infância certas lembranças da história medieval, contou sobre lobos atacando vilarejos nas noites de inverno, uivando — lá, dentro das cavernas sombrias —, como eles costumavam fazer quando nevava, nos pequenos vales no campo da França; encorajado pela atenção perseverante e pelos olhos brilhantes do pescador, ele exagerou à vontade sobre os caninos monstruosos e acabou mesmo contando, demoradamente, a desventura de Pedro e o lobo, como se fosse uma história verdadeira.

— Ele teve o que mereceu — disse João, depois de ter refletido um curto instante sobre o fim trágico do pastor. — É triste de dizer, mas é assim. De tanto mentir, acabou fazendo da mentira uma verdade... É como meu genro: durante dois anos ele contou pra todo mundo que a mulher o enganava, só pra parecer interessante. Até o dia em que ela botou uns chifres nele pra valer! Mas me diga, francês, sua família mora onde, num vilarejo?

— Não, na cidade. Em Paris, já ouviu falar?

— Acho que sim... Mas, sabe, nunca fui à escola. É do lado de Nova York, não é?

— Não exatamente — respondeu Roetgen, fascinado por uma concepção do mundo em que a geografia tinha tão pouca importância. — Eu vou te explicar...

Entretanto, por mais que tentasse, nem o mapa-múndi que rabiscou no assoalho nem suas tentativas de esquematização conseguiram fazer nascer a menor imagem do planeta em seu olhar. João nunca tinha viajado senão para se apresentar ao armador de Aracati — três horas de caminhada — e de outra vez, na infância, numa peregrinação ao santuário de Canindé, para agradecer a São Francisco por ter salvado a mãe da varíola. Oito horas de ônibus das quais guardava uma lembrança confusa, mas maravilhada. Não sabendo ler nem escrever, não tendo visto uma televisão ligada senão durante alguns instantes diante de uma vitrine na cidade, seu saber era fruto das próprias experiências ou dos versos tristes apresentados pelos cantadores nos bares de Canoa Quebrada. Tampouco imaginava que a Terra fosse redonda ou que os homens tivessem ido à Lua, mas acolhia esses fatos novos com uma gentileza requintada. Tudo o que não se referia a seu vilarejo, ao seu trabalho ou ao que ele tivesse visto do Brasil permanecia encoberto por uma bruma espessa em que lugares e coisas aproximavam-se ao acaso, na desordem dos nomes chegados um dia à sua memória. São Paulo, Nova York, Paris... Ou seja, um outro mundo, um universo abstraído de suas preocupações, um além sem eira nem beira, uma virtualidade imprecisa que ele considerava definitivamente incognoscível.

SERRA DA ARATANHA | *Do uso de gordura humana para proteger os foguetes espaciais dos raios cósmicos!*

— Mas se eu estou dizendo que é impossível ficar inteiro depois de uma explosão daquelas! Ouça, Firmina, seja razoável: até jiboias, elefantes teriam virado picadinho!

— Isso é o que *você* diz, mas eu digo que a mula sem cabeça foi responsável por esse massacre. Sei muito bem que foi, oxente, pode acreditar em mim...

Eram 4 horas. Desde o retorno do tio Zé, uma hora antes, Nelson e Firmina o pressionavam com perguntas a propósito da catástrofe. Quando a equipe de resgate tinha chegado, os ladrões de cadáveres desapareceram como que por encanto. Graças à lista dos passageiros, sabiam que uma personalidade encontrava-se no avião, um poeta de cujo nome Zé não se lembrava mais, mas que os homens da equipe queriam identificar a todo custo. Ao ouvir certos detalhes mórbidos arrancados do irmão, Firmina havia feito o sinal da cruz com ar de terror: nisso tudo ela reconhecera a marca infernal da mula sem cabeça... Só essa criatura dos infernos podia ter despedaçado eles daquele jeito, e com certeza eram várias.

— A mula sem cabeça? — perguntou Nelson, dirigindo-se à senhora.

— Como? Você nunca ouviu falar dela? Olha, quando uma jovem faz aquilo antes do casamento ou uma mulher já casada dorme com o pai, ela vira mula sem cabeça... Ela aparece nas sextas-feiras de noite e se põe a vagabundear pela mata... Ela engole os olhos dos vivos que encontra, parte eles em pedacinhos que vai espalhando pelo caminho. Mas o resultado é o mesmo, ninguém nunca escapou!

— Mas como ela consegue se não tem cabeça? — perguntou Nelson, claramente intimidado.

— A gente não sabe, isso é que é ainda mais assustador... Mas não corra nunca à meia-noite na frente de uma cruz senão ela aparece loguinho! E se um dia a encontrar, que Deus te proteja dessa desgraça, é melhor se encolher feito uma bola, fechar os olhos e a boca e esconder as unhas entre as coxas que ela te deixa tranquilo.

— Não escute essas bobagens, garoto — disse tio Zé, exausto. — Ela tá velha, já não sabe mais o que diz.

— Ah é? — insurgiu-se violentamente Firmina. — Por acaso a Conceição não dorme mais com o pai? Todo mundo aqui sabe. E não é difícil porque ele conta isso pra quem quiser escutar toda vez que ele toma um porre.

— Pode até ser verdade, mas isso não prova nada...

— E toda essa pobre gente esborrachada não prova nada? Aposto que vão encontrar gente sem olho, sem unha e sem dente: e esses vamos saber que estavam ainda vivos quando a mula sem cabeça pegou eles.

Baixando os braços diante da teimosia senil da irmã, Zé bebeu de um gole seu copo de cachaça e cuspiu no chão. Nada daquilo fazia sentido, mas como fazê-la aceitar? A velha sempre tinha resposta para tudo; ele não via como convencê-la de que estava enganada.

— É feito os saca-olho — disse Nelson, pensativo. — Eles vão nas favelas, mesmo de dia, e arrancam os olhos das crianças.

— Deus me guarde! — exclamou Dona Firmina, se benzendo. — Cada coisa!

— Que história é essa? — perguntou tio Zé, resmungando.

— É verdade... Um dia, em Pirambu, eu vi uma menina com os olhos furados e a mãe, uma peruana, me disse que tinham sido eles: são uns gringos que andam sempre em três, dois homens e uma mulher loura, que nem os médicos. Eles passeiam devagar no meio das favelas, numa Nissan Patrol de vidro fumê, e quando veem crianças sozinhas oferecem limonada ou guaraná e levam elas pra um lugar deserto. E aí arrancam os olhos ou a gordura do corpo! Às vezes as duas coisas...

— A gordura? — perguntou tio Zé, enojado, o ceticismo de repente abalado. — Mas pra quê, meu bom Deus?

— Produtos de beleza pros americanos e os amigos deles. Olho de caboclo é bom pra pele dos brancos, faz ela ficar mais lisinha, mais jovem, entendeu? Serve também pra lubrificar as máquinas de precisão e proteger as naves espaciais dos raios cósmicos. Na Nasa precisam de toneladas, e isso custa mais caro que ouro! Então nosso governo deixa, pra pagar a dívida externa... É assim em toda a América Latina. Antes, eles não pegavam os magros, mas agora nem escolhem mais.

— E os olhos?

— Os olhos são pra transplante... A filha da minha vizinha teve sorte, eles não tiraram a gordura, senão ela estaria morta. Quando encontraram, ela estava com os olhos enfaixados, as órbitas cheias de algodão e uma nota de 50 dólares na calcinha.

— Deus do céu! — disse Firmina, à beira das lágrimas. — Cinquenta dólares pelos olhos...

— Me contaram que eles também pegam o coração e os rins, e que tem restaurantes de luxo em São Paulo onde servem carne humana pros policiais e pros militares.

— É o fim do mundo — disse tio Zé, com ar sombrio. — Não posso acreditar... Se for assim, não tem mais esperança... esperança nenhuma...

— Não se preocupa, Zé! Eu fico de olho na Nissan Patrol. No dia em que me aparecer uma... queimo a porra toda! Ela e os filhos da puta que estiverem dentro!

Quando ele se calou, o horrível ricto que tinha deformado sua boca ainda permaneceu um tempo. Dona Firmina se benzeu mais uma vez para ajudar o ricto a desaparecer.

CAPÍTULO XIV

A Fonte dos Quatro Rios: como Kircher fez seus detratores engolirem as ofensas. Em que se trata igualmente do simbolismo da sombra e da luz

Bernini era um homem alerta, perspicaz e extremamente cortês, não obstante a tendência ao descontrole, que seu imenso talento não justificava mas quase sempre permitia perdoar. Baixo, troncudo, sempre bem-educado, praticamente não falava e passava por hipocondríaco aos olhos das pessoas que nada conheciam da extraordinária felicidade de ser um de seus amigos. Todavia, quando ele conseguia vencer sua timidez natural, exprimia-se sem comedimento e se tornava tão amável e eloquente que encantava a todos por sua imaginação e pela vivacidade de seu espírito. Foi seduzido pela erudição de Kircher, como este último o foi pela maestria revelada na arte de Bernini. Rapidamente os dois se tomaram de amizade um pelo outro, o que facilitou enormemente a elaboração dos planos da fonte.

Após algumas semanas de trabalho, Kircher mostrou a Bernini e ao papa seu primeiro projeto, desenvolvido a partir de um desenho a carvão de Francesco Borromini. Tratava-se de representar os quatro continentes do mundo, sob a aparência dos maiores rios conhecidos, que evocavam assim bastante sutilmente os quatro rios originais do paraíso terrestre. O Ganges, o Danúbio, o Nilo e o Rio da Prata seriam personificados por colossos de mármore, cada um associado aos animais emblemáticos da respectiva região. Quanto ao obelisco, erigido no centro do monumento, seria ele próprio o resumo de toda a teologia e do conhecimento sagrado. Kircher propunha igualmente conduzir até esse lugar a água da *Acqua Vergine*, a melhor fonte de Roma, conferindo assim um sentido óbvio de purificação à fonte.

Os esboços preliminares foram discutidos acaloradamente e meu mestre precisou defender ponto por ponto cada uma de suas ideias. Finalmente o projeto foi aceito sem alterações e Bernini imediatamente dedicou-se ao estudo para imaginar uma composição digna do mármore e do cinzel. Entretanto, um problema concreto persistia: a restauração do obelisco, seu transporte até o Circo Agonale, sua restauração e a decifração de seus hieróglifos. O obelisco encontrado no Circo Massimo encontrava-se em péssimo estado. Abandonado às intempéries havia séculos, sofria de graves mutilações. Durante dias erramos em torno da agulha de pedra à procura dos pedaços ausentes. Infelizmente, não os encontramos em quantidade suficiente para completar por inteiro a inscrição de que nos ocupávamos. Além disso, certos caracteres tinham sido apagados pelo tempo. A dúvida consistia em saber se deveríamos reconstituir a escritura por meio de um esforço de inteligência ou concordar com essas horrorosas equimoses. A primeira solução pareceu, senão impossível, pelo menos bastante temerária a Athanasius.

Recorremos, portanto, a todos os antiquários da cidade com o objetivo de comprar, graças à contribuição financeira de Inocêncio X, os fragmentos inscritos do obelisco, caso fosse possível encontrá-los. Kircher recuperou certo número, mas encontrou vários colecionadores astutos a ponto de se recusarem a vendê-los ou mesmo fornecer uma cópia a meu mestre. Por uma indiscrição do *sieur* Manfredo Settala, soubemos que essa recusa não era ditada pela sedução do lucro, mas pela maldade dos que duvidavam da capacidade de meu mestre em restabelecer os hieróglifos desaparecidos. Pretendiam assim desmascarar sua impostura pela comparação de seus caracteres com aqueles que guardavam.

Informei Kircher e Bernini dessa trama. O escultor foi tomado de viva cólera, amaldiçoando os que tinham a coragem de desobedecer ao papa e de tramar armadilhas tão hediondas. Kircher permaneceu pensativo.

— Talvez — disse ele finalmente —, após tê-los atormentado a esse respeito, fosse melhor deixar em branco as poucas lacunas dessa epígrafe... Não que eu tema o desafio que me foi lançado por esses doutores em gafes, mas existe algo por trás da reconstituição e da tradução de um texto. Vários símbolos, não importa em que língua, podem ter, dependendo da nuance, mais de um significado. Imaginem que eu me engane mesmo que pouco: o escândalo me atingirá, desonrando a mim, à Igreja inteira e até os favores de que goza nossa ordem junto ao papa...

Bernini inflamou-se e insistiu em termos tão amigáveis e tão confiantes para que meu mestre confundisse seus detratores que acabou por convencê-lo. De posse de uma cópia de todos os caracteres legíveis no obelisco e nos fragmentos recolhidos, Kircher trancou-se em seu gabinete de trabalho. Quanto a Bernini, após ter assentado o obelisco num dispositivo que permitia fazê-lo girar horizontalmente sobre si mesmo, iniciou a restauração das fendas. Para não causar qualquer deformação, recusou o emprego do cimento e mesmo de pinos de ferro e esculpiu, em uma pedra semelhante à do monumento egípcio, pedaços tão engenhosamente concebidos que eles se ajustaram com precisão nas respectivas falhas.

Convidado a constatar o resultado de seus esforços, Kircher mostrou-se extasiado com a excelência da arte de Bernini. Nunca, em tempo algum, havia visto trabalho tão perfeito! Portanto, bastava gravar os hieróglifos faltantes: as cópias dos fragmentos em nosso poder, e que não seria possível substituir sem estragar a beleza do conjunto, e aqueles — menos numerosos, entretanto — que Athanasius se encarregara de reescrever. Tal tarefa foi confiada ao escultor Marco Antonino Canino e concluída em 1645; os detratores de Kircher ficaram desnorteados, pois os símbolos por ele desenhados correspondiam exatamente aos originais que haviam se recusado a divulgar! Faltava-lhes, portanto, engolir seus comentários e concordar que o meu mestre, guiado pelo Espírito Santo, havia realmente trazido à luz do dia a chave dessa linguagem enigmática.

O ano de 1646 viu a publicação de *L'ars magna lucis et umbræ*. Esse pesado in-fólio de 935 páginas era dedicado ao mecenas de Athanasius, Jean-Frederick, conde de Wallenstein e arcebispo de Praga.

Kircher começava por descrever o Sol como primeira fonte de luz, sem se esquivar à questão das manchas que, por vezes, podiam ser observadas na superfície e à sua influência malsã. Como prova, citava a invasão dos exércitos suecos em 1625, bem como a morte do imperador dos Ming e a de Luís XIII, bem como diversas catástrofes cuja ocorrência coincidia com uma incompreensível multiplicação de manchas.

Em seguida, meu mestre examinava a Lua, essa segunda fonte de luz do mundo, mas que agia apenas como refletora do Sol. Discorria em numerosas páginas sobre os corpos celestes, apresentava pela primeira vez uma imagem do planeta Júpiter, dos anéis de Saturno e, a seguir, abordava o exame das cores: atravessando um prisma ou um véu de gotas de chuva, escrevia ele, a luz pura permanece contaminada por esse contato, produzindo o amarelo, o vermelho e o violeta, que são degradações do branco, a cor da luz, assim como o negro é a cor de sua ausência.

Nessa conjuntura, meu mestre dissertava longamente sobre o camaleão e o talento que esse animal possui para se tornar semelhante aos objetos de que se aproxima. Acrescentava também algumas notas sobre os polvos e outros bichos marinhos dotados de similar faculdade para, a seguir, estudar uma madeira mexicana bastante curiosa, que lhe fora enviada pelo padre Alejandro Fabian. Após ter mandado talhar uma tigela nessa madeira de "Tlapazatli", conforme lhe aconselhara o padre Fabian, Kircher nela versara água pura em minha presença. Logo depois, e sem que nada justificasse essa metamorfose, pois as fibras da madeira estavam limpas e claras como as da cerejeira, a água se pôs a azular gradativamente, até assumir uma magnífica cor púrpura. Reduzida a pó, a madeira continuava a produzir o mesmo efeito, não obstante perdesse, pouco a pouco, esta capacidade com o decorrer do tempo. Kircher havia oferecido a tigela ao imperador Ferdinando III de Habsburgo, que passou a considerá-la como um de seus mais preciosos tesouros.

Da madeira de Tlapazatli, o livro passava à estrutura interna do olho e à visão humana, reforçando como tudo funcionava imitando aquela *camera oscura* experimentada na Sicília para minha infelicidade. Para se convencer de tal, bastava, segundo Kircher, pegar um olho de boi — ou um olho humano, se a ocasião se apresentasse —, separar o cristalino e colocá-lo no orifício *ad hoc*, no lugar de uma lente artificial. Então, o que estava no exterior aparecia na câmara escura com a precisão da mais excelente pintura.

Tratando da anamorfose, ele ensinava como deformar matematicamente um desenho de modo a torná-lo monstruoso ao primeiro olhar, mas impecável em seu reflexo num espelho cilíndrico. Paralelamente, detalhava os diversos meios de organizar as árvores, as plantas, as vinhas, os pavilhões e os jardins de modo que, a partir de determinada localização, eles mostrassem certa imagem de homem ou de dragão e que, de todas as outras, deles não surgisse qualquer traço.

Após um capítulo em que Athanasius oferecia as tábuas completas de todos os meses lunares, sob a forma de um "dragão de nós lunares" pelo qual era possível prever todos os eclipses, ele fazia surgir uma figura de homem em que as correspondências zodiacais uniam cada parte do corpo a cada doença bem como às plantas medicinais e aos remédios indicados para a cura.

Para completar, meu mestre embelezava sua obra com um capítulo brilhante sobre o simbolismo metafísico da luz, coroando seus esforços com uma nova filosofia e evocando as verdades imortais de nossa religião.

Se me dei ao trabalho de registrar o conteúdo do livro *Ars magna lucis et umbræ*, não foi certamente para os meus leitores esclarecidos que o conhecem perfeitamente, mas para fornecer aos leitores mais jovens, pouco ou nada acostumados com a obra de Kircher, informações sobre sua prodigiosa sapiência acerca de todos os assuntos e de sua maneira tão particular de discernir de modo agradável e útil os mais árduos tópicos. Meu mestre jamais descartava nenhuma parte do mundo e, quer se interessasse pela Lua, pelo Egito ou por qualquer outro tema bastante específico, dedicava-se a sempre abranger a totalidade do universo antes de voltar ao seu Criador para louvá-lo por tantos prodígios reiterados.

Desde sua publicação, o livro obteve um sucesso extraordinário. Nenhum elogio era eloquente o suficiente para exprimir a admiração dos sábios, que o saboreavam como quem saboreia uma guloseima. Foram enviados exemplares a todas as missões jesuítas do mundo.

Nesse intervalo, intrigado pelo frontispício desse livro, do qual não conseguia compreender todas as sutilezas, fui surpreender Kircher em seu gabinete. Como de hábito, acolheu-me com benevolência, interrompendo seu trabalho para me explicar a maravilhosa alegoria que o borgonhês Pierre Miotte gravara a seu pedido.

Confessei a Kircher que, embora compreendesse grande parte dos símbolos, tivera dificuldade em associá-los entre si e que, portanto, o sentido profundo da imagem me havia escapado.

— Sente-se — disse com indulgência. — Não há nele nada que seja muito misterioso: um pouco mais de aplicação lhe teria permitido entender a simbologia. Mas sirva-nos, primeiro, um pouco desse vinho da

Borgonha que me foi enviado pelo bom padre Mersenne. Talvez o vinho desanuvie seu espírito, se não o anuviar por completo...

FAZENDA DO BOI | *Um carango de paquerador...*

— Pronto, chegamos — disse a condessa, retraindo-se diante da soleira de uma grande construção isolada, a uma centena de metros do corpo principal da residência. — Deixo-a nas garras de meu marido. Não entre em seu jogo — aconselhou-a sorrindo —, senão estará perdida. Espero vê-la em breve...

Após um breve olhar perspicaz a Loredana, deu-lhe as costas e afastou-se.

— Então, o que achou dela? — perguntou Eléazard. — Simpática, não acha?

— Curiosa, diria — replicou Loredana, sem chegar a determinar o que realmente pensava acerca do personagem. — Em todo caso, entorna um bocado... Por pouco não me fez uma declaração de amor! Felizmente você chegou com o champanhe, eu não sabia mais o que fazer.

Enquanto Eléazard erguia as sobrancelhas, assombrado, ela irritou-se consigo mesma por ter resumido de modo tão indelicado a atitude da condessa em relação a ela; essa mania de querer sempre levar a melhor, de repelir os outros com uma sentença definitiva, pelo simples motivo de eles nos terem confundido, e por não sabermos que significado dar a esse desassossego! Imediatamente fez uma emenda honrosa:

— Estou falando bobagem... A verdade é que gostei dela. Muito, até... Ela me pediu para lhe dar aulas de italiano, e estou pensando em aceitar. O que você acha?

— Por que não? — disse Eléazard, lançando uma olhada ao interior da garagem. — Se quiser, pode propor que as aulas sejam lá em casa, se isso lhe convier. Vamos?

— Vamos — aquiesceu ela distraidamente.

Penetraram no que havia sido o coração operário da fazenda, no tempo em que o pai de José Moreira ainda extraía cana-de-açúcar em suas terras: uma vasta construção circular onde duas parelhas de bois girando sem cessar acionavam um moinho de cilindros verticais. Preservado graças aos cuidados do coronel, que tinha o costume de dizer, brincando, fingindo procurar a palavra certa sempre que recém-chegados admiravam o mecanismo: "É um totem à glória das grossas cilindradas...", o moinho se destacava no centro do hangar. Dispostos em estrela ao seu redor, uns vinte carros antigos fulgiam sob a luz de lâmpadas halógenas que difundiam sobre os carros uma iluminação de museu. Tapetes vermelhos corriam entre os veículos. Um pequeno grupo de pessoas, dentre elas alguns rostos asiáticos, cercavam a alta silhueta do governador.

— Aproximem-se! — exclamou ele, notando Eléazard e sua acompanhante. — Os senhores demoraram...

Quando se uniram ao grupo, o governador, parado perto de um esplêndido cupê cuja tonalidade creme e ocre evocava o mau gosto de certos sapatos bicolores, comentou:

— Sr. Von Wogau, eis aqui o que provavelmente deve interessá-lo... Estava justamente a mostrar uma das mais belas peças da minha pequena coleção: um Panhard e Levassor 1936. — Dizia *Panarde et Lévassor* comicamente, com um nadinha de entonação que provava estar convencido de pronunciar essas palavras em francês. — Um "Dynamic" com mecanismo de roda livre! Quatro marchas, embreagem automática, suspensão balanceada... Três limpadores de para-brisas paralelos, faróis integrados com o cilindro... e volante central. Sim senhor, o que se fazia de melhor em seu país!

— Qual a velocidade? — perguntou uma voz anasalada.

— Cento e quarenta quilômetros por hora, *eighty-seven miles an hour* — garantiu o governador, como quem anuncia um de seus ganhos na bolsa. — E 18 litros a cada 100 quilômetros — confessou a Loredana num tom culpado, mas com um sorriso travesso, demonstrando estar tão orgulhoso desse consumo excessivo quanto da velocidade anunciada anteriormente.

— Sinto muito — disse Loredana —, mas não tenho grande interesse por esse tipo de assunto. No máximo me preocupo com a estética. Nem tenho carteira de motorista... Então, como o senhor vê, os carros...

O governador permaneceu um segundo estupefato.

— Vocês se dão conta? — comentou, tomando como testemunhas os convidados ao seu redor. — A senhorita não tem carteira de motorista. E olhem que é italiana!

Um jovem de aparência de missionário mórmon traduziu imediatamente para o inglês as palavras do governador, provocando em alguns uma hilaridade educada e, com certo atraso, uma ridícula posição de sentido nos asiáticos.

Eléazard sobressaltou-se ao sentir a mão pousar em seu ombro. Deparou com o rosto radiante do velho Euclides:

— Chegou a sua vez, meu amigo — cochichou, fingindo se interessar pela conversa. — Tem um bocado de gente... O Pentágono lhe diz alguma coisa? — Com o olhar, indicou dois indivíduos de têmporas grisalhas, dois dândis que poderiam participar de algum anúncio publicitário de loção pós-barba barata.

De repente, o incontido desejo de um cigarro atormentou Eléazard. Não que o poder secreto desses homens o tivesse intimidado ou o deixado nervoso diante da perspectiva de uma revelação explosiva — nesse jornalismo moderno à deriva residia justamente aquilo que o fizera tomar nojo de sua profissão —, mas as súbitas bandarilhas da mentira o irritavam. Nada se iguala à sensação de aceder à verdade como o prognóstico do falso, a iminência de uma prova que invalida aquela que era dada por autêntica: o sistema, a teoria, mas igualmente a grandeza, a imagem de honestidade de um homem e de seu discurso — embora Eléazard experimentasse a exaltação de um inspetor de polícia no momento em que se delineia finalmente a possibilidade de desmascarar um suspeito que ele sempre soube ser culpado.

Com todos os sentidos em alerta, escutou o governador dar prosseguimento em sua amável afetação. Com uma retórica de colecionador apaixonado, à qual não faltava certo brilho, Moreira vangloriava-se das curvas perfeitas do Panhard, de seu revestimento, de suas linhas *não femininas — o que seria uma injúria às mulheres* —, mas animais, carnais, orgânicas... Os belos automóveis ultrapassavam de longe a simples noção de transporte, eram objetos de culto, escaravelhos mágicos, verdadeiros talismãs destinados àqueles cuja sede de progresso, de poder e de domínio sobre as coisas os impulsionava irresistivelmente na direção do futuro.

— Por falar em *sedentos* — interrompeu-o Loredana —, o senhor não teria algo para beber?

Ele riu de pergunta tão ingênua e, desculpando-se por ter faltado a seus deveres de anfitrião, acenou para um dos vinte mulatos de macacão encarregados de cuidar de seus automóveis.

— Continuamos no champanhe, não é mesmo? Hoje é noite de festa!

— E o que comemoram? — perguntou Loredana, por simples curiosidade.

Moreira assumiu uma expressão atrevida e provocante.

— O prazer de tê-la conhecido, senhorita. Essa única razão justificaria esvaziarmos minha adega inteirinha...

A jovem mulher recebeu a homenagem com expressão irônica. O álcool, de repente, a deixava tonta. O fato de Eléazard tê-la abandonado assim nas mãos de Moreira a deixava, de repente, terrivelmente humilhada. Como represália, sem reagir deixou-se levar pelo braço quando o governador a conduziu na direção da traseira do automóvel.

Voltando da fazenda em companhia do mecânico, dois garçons circulavam com as taças de champanhe.

— Por que chamam o senhor de coronel? — interrogou Loredana, após ter esvaziado sua taça em três goles. — O senhor foi militar?

— Não exatamente — defendeu-se com desenvoltura o governador, fazendo sinal a um garçom para servir imediatamente a jovem. — É um título usurpado, digamos assim... — Acariciou maquinalmente uma das costelas. — Até hoje os chefes políticos, os fazendeiros, os grandes proprietários de terra são chamados assim. Uma tradição que data do período imperial. Para lutar contra os criadores de encrenca, dom Pedro I havia organizado milícias regionais e confiado o comando aos notáveis do interior, concedendo-lhes a patente de coronel. As milícias desapareceram, mas a denominação permaneceu. Isso dito, nada de cerimônia entre nós! Ficarei muito honrado se concordar em me chamar de José.

Ela empertigou-se de modo circunspecto, mas a fala começava a ficar ligeiramente enrolada.

— Como quiser, coronel!

À exceção dos japoneses que discutiam entre si, examinando o Panhard com apreciações cerimoniosas, os convidados cercavam o governador; sem malícia aparente, alimentavam sua tagarelice com perguntas e comentários excessivamente condescendentes para não testemunharem a ridícula arrogância.

Rostos impassíveis, mãos nos bolsos, Eléazard e o Dr. Euclides pareciam perdidos em seus pensamentos.

— Estou de acordo com você, William — perorava o governador, os olhos voltados para Loredana como que em busca de sua aprovação. — A miséria é um problema sério. Imagine um país como o nosso ainda assolado pela peste e pelo cólera, sem falar desses leprosos que vemos mendigar praticamente por todo os lugares... É mais que uma tragédia, é um desperdício! Não perdem tempo, é claro, em acusar a incapacidade dos políticos, a corrupção e até mesmo a disparidade financeira que separa o fazendeiro do camponês. Mas isso é examinar as coisas por alto, sem uma visão de conjunto. Nossa dívida externa é uma das maiores do planeta, a ponto de estarmos reduzidos a continuar pedindo dinheiro emprestado unicamente para pagar os juros! Enquanto não houver uma moratória definitiva, não nos livraremos de tal situação, é óbvio... Entretanto, enquanto espera, o Brasil continua sendo a primeira potência mundial na produção de estanho, a segunda na de aço, a terceira na de manganês, sem falar da madeira e dos armamentos... A quem devemos isso? Ao PT? Aos comunistas? A todos esses pseudorrevolucionários que passam o tempo a criticar, sem entender nada da realidade econômica do país? Ou talvez a esses camponeses que param de cultivar sua roça assim que colhem milho suficiente e então deitam a cabeça no travesseiro e dormem com a consciência tranquila? Não adianta tapar o sol com a peneira: os brasileiros ainda não saíram da infância. Se nós, empresários, nós que imaginamos o Brasil provendo os meios de realizar nossas ambições, se nós não estivéssemos aqui para mudar as coisas, eu pergunto: quem o faria? A miséria não passa de um sintoma dentre outros de nossa imaturidade. É triste dizer, lamentável, dramático, como preferir, mas é necessário educar o povo, por bem ou por mal, para que ele finalmente se ponha a trabalhar, se torne adulto, responsável... — E voltando-se para Eléazard: — O senhor que é jornalista, *monsieur* Von Wogau, seja sincero, não tenho razão?

Eléazard o fitou sem responder, exalando seu desprezo por todos os poros. Agarrar à força aquele homem pelo colarinho, cobri-lo de insultos, lhe cuspir na cara o cinismo podre! As palavras embolavam-se de modo confuso, entaladas na garganta: a inutilidade de um escândalo lhe surgia claramente, mas incapaz de se resolver a concordar por pura conveniência, permanecia silencioso, titubeante, amordaçado mais pela raiva do que pela boa educação.

A frase de Loredana estalou feito uma vela sobre a calma absoluta:

— No dia em que os mendigos tiverem garfos, vão distribuir mingau para eles...

Estupefato por um instante, o governador preferiu rir, imitando o Dr. Euclides, que aplaudia freneticamente.

— Nada mal — disse Moreira, com um ricto desagradável. — Nada mal mesmo! Os senhores conhecem essa piada? O que um mendigo cego diz quando tateia o carro de um rico?

— ...

— Vixe meu Deus! — disse em tom anasalado, imitando o tom lamuriento dos nordestinos. — Como esse ônibus é pequeno!

Eléazard cerrou os dentes, concentrado por inteiro na rigidez voluntária de seu rosto. Bem que se ouviram alguns poucos sorrisos educados, mas um mal-estar tangível fazia as pessoas direcionarem os olhares para o vazio. Furioso com Eléazard e Loredana, o governador procurava uma anedota capaz de desanuviar a atmosfera tensa quando a italiana retomou a palavra:

— Pode me levar para dar uma volta? — sugeriu em tom animado. — E, acariciando o para-choque curvo do Panhard: — Morro de vontade de dar uma voltinha nesse carro...

José Moreira a olhou de cima a baixo como se lhe perguntasse se falava sério. Orgulhoso do que leu em seu olhar, abriu a porta do automóvel e a convidou a entrar:

— Por gentileza, senhorita. Lamento abandoná-los — desculpou-se a seus convidados —, mas temos que satisfazer os desejos das mulheres, não é?... Estaremos de volta dentro de uns 15 minutos, fiquem à vontade enquanto esperam.

Tão logo assumiu o volante, ligou o motor. O Panhard deu uma curta marcha a ré e depois rodou silenciosamente rumo à saída da garagem

Um breve piscar de faróis, uma buzinada jubilosa e pronto, desapareceu na noite.

Alguns minutos de indecisão seguiram-se à partida do governador e de sua caprichosa passageira. Visivelmente irritados com o anfitrião por sua indelicadeza, os asiáticos decidiram se retirar. Seu factótum traduziu uma lenga-lenga de saudações floreadas e lhes seguiu os passos, lábios contraídos, jarretes retesados. Ignorando Euclides e Eléazard, a América traçava planos a meia-voz.

— Não a julgue — cochichou o doutor, repousando a mão no braço do amigo. — O ciúme, assim como o desespero, aliás, e digo isso como uma digressão, é uma satisfação que é preciso saber recusar. Principalmente quando nossa querida Loredana me pareceu totalmente consciente do que fazia. Aquele patife do coronel ainda não pagou todas as suas penas, se quer a minha opinião...

Eléazard parecia mergulhado na contemplação meditativa dos próprios sapatos. O olhar de ironia triunfante que lhe lançara Moreira engatando a marcha a ré acrescentava uma afronta ao já amargo gosto da humilhação. Surpreendendo-se a esperar sem propósito, a suplicar não se sabe o quê do fundo de sua desgraça, ele se rebelou. Afinal de contas, ela não lhe devia nada. Se queria dormir com aquele sujeito, tinha todo o direito... Mas que vagabunda! Uma babaca que não compreendia nada de nada! Uma galinha, uma puta, uma rameira de última!

Ao insultá-la com tanto ódio, percebeu que ele mesmo se rebaixava e que o velho Euclides tinha razão.

— Bem, nós também vamos embora — disse um dos americanos, aquele cujo comentário anódino havia provocado a declaração da profissão de fé do governador.

Imitado pelo homem que o acompanhava, cumprimentou todos os presentes — menos os que supunha serem empregados — e se foi.

Restavam os dois almofadinhas que o Dr. Euclides havia indicado ao amigo como pertencentes ao Pentágono.

— Henry McDouglas — disse um deles se aproximando, a mão estendida.

— Matthews Campbell Junior — disse o outro, como um eco. — Seguiram todos em caravana, hein? Parece que todos zarparam...

— Tenho essa impressão — disse Euclides, retribuindo o sorriso do americano. — Sobramos nós a bordo.

McDouglas relanceou os olhos pelos automóveis:

— A coleção é impressionante...

— É o que dizem. Graças aos céus minha vista me poupa o desprazer de julgar. Enfim, digamos que isso combina com o personagem. Ele também mostrou seu jaguar, não foi?

— Nossa, você é superlúcido! — surpreendeu-se McDouglas, rindo com todos os seus dentes perfeitos, sem um traço de tártaro. — Bem, ele chegou a nos explicar que, em consideração ao pobre animal, não possuía um automóvel da mesma marca... Aposto que deve dizer isso a todos os recém-chegados.

— Não, não — retomou Euclides. — Cada homem tem suas pequenas manias: essas até que não são cruéis.

— Creio ter entendido que você é jornalista — disse Campbell a Eléazard. — Faz muito tempo que vive na região?

— Seis anos. Dois em Recife e quatro aqui.

— Já faz um bocado de tempo! O Brasil não deve mais ter segredos para você...

— Não ter segredos já é exagero... Mas adoro este país e me esforço por conhecê-lo melhor, inclusive o que ele tem de menos radiante.

— E o que pensa da situação política? Quero dizer, aqui, no Maranhão? Os partidos de esquerda parecem ir de vento em popa, não?

— Desconfie disso, meu querido! — interveio Euclides com bom humor. — Esses cavalheiros pertencem ao Pentágono: tudo o que disser poderá ser usado contra você...

Eléazard recuou um passo, simulando assombro.

— Do Pentágono? Meu Deus! — Depois, sempre sorrindo: — Brincadeiras à parte, isso me espanta. O que fazem no Pentágono exatamente? Se não for indiscrição, é claro...

— Nada do que parece imaginar. Estamos encarregados de uma missão para a América Latina, a título civil, asseguro. Somos enviados aos países com a finalidade de preparar e verificar certos relatórios, obter garantias junto a nossos associados, sondar o terreno... Certamente deve saber que o Pentágono não passa de uma empresa; a maior dos Estados Unidos, certamente, mas mesmo assim uma empresa. Somos alguns milhares ocupados unicamente com seus banais problemas de administração.

— Tudo isso continua bem obscuro — brincou Euclides, com ar de quem não se interessava pelo assunto.

— Na verdade — comentou McDouglas à meia-voz, olhando de soslaio como se desconfiasse de todos —, temos como missão capturar o governador do estado do Maranhão! É um usurpador, sósia de um perigoso terrorista, e necessitamos de sua ajuda, cavalheiros!

A piada o tornara quase simpático. Euclides pediu desculpas pela insistência: compreendia muito bem a discrição imposta pelo dever em tais circunstâncias...

— Que dever de discrição? — voltou a berrar McDouglas, como se ouvisse uma piada. — Posso garantir que vocês nos dão importância demais... —Voltou a assumir o ar sério e continuou em tom profissional: — Como sabem, o Brasil produz manganês, conforme o coronel nos lembrou há pouco, mas talvez os senhores ignorem que esse metal entra na composição de certas ligas de metais utilizadas pelo Exército americano. Até agora, o mineral nos era entregue bruto, mas o governo brasileiro parece ter decidido tentar processá-lo aqui; o que seria ótimo para os nossos negócios, não vou esconder. Simplifico as coisas, bem entendido, mas estamos aqui para discutir com o governo normas a serem respeitadas nessa eventualidade. Nada de "*top secret*", como podem constatar... Foi Alvarez Neto, o ministro da Indústria (certamente devem tê-lo visto aqui), quem nos trouxe a Alcântara. Assim teríamos a oportunidade de encontrar empresários, banqueiros, políticos... e de fazer um pouco de turismo. Vocês devem conhecer Brasília: morre-se de tédio naquela cidade!

O falar calmo, os cabelos cortados à escovinha e o rosto bronzeado propagavam em torno de si ondas de cordialidade e de franqueza contagiantes, tanto que a teimosia de Euclides teria parecido a qualquer outro que não Eléazard o cúmulo do mau gosto:

— Assim fico mais tranquilo — comentou, em tom falsamente desenvolto. — Por um instante pensei que estivessem aqui por causa dessa história da base militar na península...

Uma sombra fugidia escureceu por um instante as pupilas do americano; entretanto, nada além disso poderia colocar em dúvida a sinceridade de sua reação:

— Uma base militar? Não estou a par. Como veem, sabem muito mais do que eu...Você ouviu falar disso, Mat?

— É a primeira vez — respondeu o outro, com ar de negação. — Interessante... Podemos saber do que se trata?

— Não passa de um boato — retorquiu Eléazard. — Os Estados Unidos estariam associados a um vago projeto; li nos folhetos distribuídos por um candidato do PT. Uns falam de uma base de mísseis estratégicos, outros de uma fábrica de armamentos, tudo sem nenhuma prova. Desinformação eleitoral, provavelmente...

— Sempre a propaganda antiamericana — retomou McDouglas, com um sorriso nos lábios. — É uma guerra limpa, mas isso começa a se tornar pesado, como sabem... Esses engraçadinhos estão brincando com fogo: no dia em que a nossa economia for para o buraco, não sei o que será do Brasil, da América do Sul e até mesmo do mundo ocidental! Vocês acham que o partido socialista tem alguma chance nas próximas eleições?

— Podemos afirmar que vocês não desistem fácil de uma ideia — ironizou Eléazard. — Para responder à sua resposta, não, praticamente nenhuma. Talvez consigam eleger um ou dois deputados federais, mas mesmo assim Moreira será reeleito governador do Maranhão e tudo continuará como antes.

—Você parece lamentar o fato...

—Você não, pelo que vejo — retomou Eléazard, num tom levemente agressivo. — Pessoalmente, confesso ainda acreditar em alguns valores fora de moda. Continuo persuadido, por exemplo, de que a corrupção, o nepotismo e o enriquecimento de uns poucos à custa de todos os outros não é normal, apesar de esses poucos terem 10 mil anos de história para aboná-los. Acredito que a miséria não seja uma fatalidade, mas um fenômeno preservado, gerado racionalmente, uma abjeção abominável cujo único propósito é fazer com que um pequeno grupo de inescrupulosos prospere... Temos a tendência a esquecer, pois tudo é feito para tal, que é sempre um indivíduo que desvia o curso dos acontecimentos, seja por sua decisão ou por sua recusa a um determinado momento. É isso o poder; sem isso ele não interessaria a ninguém, como sabem. E esses homens, quero dizer, os homens no poder, eu os considero responsáveis por tudo o que acontece aqui.

— Bem — debochou o americano —, começo a compreender por que o governador não gosta muito de você...

— É recíproco, posso garantir...

— Acredita realmente que no lugar de Moreira outro poderia fazer melhor?

— Vocês não compreendem. As pessoas não são intercambiáveis, jamais! Que se apresente um homem de boa vontade, alguém que não seja um tecnocrata nem um calculista, nem mesmo um santo ou um guru qualquer, e esse homem fará mais sozinho do que gerações de políticos profissionais. Isso pode lhes parecer utopia, mas existem justos, ou loucos, como queiram, pessoas simplesmente íntegras, que se recusam a "se adaptar" ao real e agem de modo a que o real se ajuste à sua loucura...

Calou-se ao ver os mecânicos se apressarem a ocupar seus lugares. Alguns segundos depois, no exato instante em que o ronco tornou-se perceptível, o Panhard penetrou na garagem e estacionou no exato local de onde havia partido.

Moreira apresentava o rosto hostil de quem acaba de controlar a cólera. Mal havia descido, despejou seu mau humor no infeliz que se precipitara, pano na mão, para limpar uma miríade de respingos no para-brisa: o automóvel estava puxando um pouco para a esquerda, e ele escutara um chiado estranho quando andava a mais de 90; precisavam resolver esses problemas e rápido, pois ele, Moreira, não pagava para eles ficarem à toa, já estava cheio de todos esses mulatos imbecis...

— Então, como foi? — perguntou McDouglas à italiana, menos por solicitude do que para esconder seu embaraço diante da grosseria do coronel.

— Nada mal — respondeu ela, sorrindo friamente —, mas o carro estava puxando um pouco para a esquerda e tinha um chiado estranho quando andávamos um pouco mais depressa...

Moreira lançou-lhe um olhar assassino, mas Loredana contentou-se em fitá-lo com ar surpreso, os lábios contraídos, como se não entendesse que bicho o mordera.

Euclides aproveitou-se para exprimir seu desejo de voltar para casa. Tinha o hábito de se levantar ao raiar do dia e se sentia exausto por ter ficado acordado até tão tarde.

Os americanos cumprimentaram o médico e seus companheiros de um jeito que não poderia ser mais cortês; ao contrário do coronel, que os viu se afastarem sem fazer o menor esforço para dissimular o mau humor.

— Mas o que deu em você, Deus meu? — recriminou de repente Eléazard, quando se aproximavam do Ford.

Com um olhar furtivo, Loredana o censurou por sua impertinência; depois, naquele tom despretensioso pelo qual damos a entender que um assunto está resolvido e não merece maiores discussões, declarou:

— Queria ter a oportunidade de esbofetear aquele sujeito. E tive. Ponto final.

E enquanto Eléazard se deteve, a cara no chão, o Dr. Euclides deu livre curso a um de seus tranquilos risos loucos com o qual exprimia toda a satisfação que a inteligência das mulheres lhe inspirava.

Algumas horas mais tarde, após a saída do último dos convidados, quando os empregados ainda se ocupavam em colocar a fazenda em ordem, o governador tinha se trancado em seu escritório para fumar um último charuto. Deliciosamente tocado, as olheiras fundas de cansaço, finalmente podia contemplar à vontade a maquete que lhe fora entregue à tarde. Produzida com cuidado meticuloso, essa maravilha do modelismo representava em escala de 1/1.000 o vasto projeto de estação balneária no qual Moreira trabalhava havia meses. Como uma criança colada a uma vitrine de Natal, ele não se cansava de auscultar seu sonho, de lhe admirar a grandeza, a perspectiva feérica. Plantados no meio dos coqueiros, no extremo sul da península, os 18 andares de um enorme edifício em meia-lua voltado para o oceano. Piscinas de água doce e do mar, quadras de tênis, de golfe, catamarãs, pista de pouso para helicópteros, nada havia sido negligenciado para transformar aquele pedaço de selva em um complexo turístico de primeira grandeza. Além dos cinco restaurantes e das butiques de luxo localizados no térreo, encontrava-se também um instituto de beleza, uma sala de musculação e um centro ultramoderno de talassoterapia. O arquiteto californiano sondado para o projeto havia interpretado seus desejos bem além de suas expectativas, esculpindo a floresta tropical para preservar apenas ilhotas de uma vegetação civilizada por onde se espalhavam harmoniosamente bangalôs e instalações esportivas. Apenas o campo de golfe teria bastado para justificar os pagamentos exorbitantes feitos ao artista: seria um dos mais belos do circuito internacional e, com certeza, o mais exótico! Tudo isso, evidentemente, custaria uma verdadeira fortuna — 25 milhões de dólares, por baixo! —, porém a primeira etapa acabava de ser vencida... Justo antes do início da recepção, ali mesmo, em torno desse fantasma de três dimensões, os representantes dos bancos tinham se comprometido a arcar com três quartos dessa importância, de modo que as obras poderiam começar em 15 dias, quando então o crédito seria liberado.

Transbordando de contentamento, Moreira acalentava o sonho de um futuro feliz. A região conheceria um renascimento exemplar: várias centenas de empregos gerados de imediato, sem falar das consequentes repercussões, de todos os ricos turistas que se precipitariam para regar o sertão com uma chuva de dólares mais eficaz do que qualquer aguaceiro... Esse maná dos deuses permitiria restaurar enfim os velhos quarteirões barrocos de São Luís, transformar Alcântara em joia da arquitetura colonial, atrair ainda mais gente a esse canto perdido. Sim, tudo era permitido, e graças unicamente ao milagre de sua imaginação criativa! Enfrentaria alguns atritos por causa da base de lançamento, alguma chiadeira dos ecologistas e um bocado de *sit-in* na frente do Palácio Estadual, mas acabariam por se render à evidência: esses dois projetos, o seu e o dos americanos, ofereciam ao Maranhão uma rara oportunidade; aliás, a única que permitiria ao Estado escapar de sua miséria congênita.

Nada mais justo que ele enriquecesse nessa ocasião; o mero afluxo de técnicos e de militares americanos não bastaria para provocar o eletrochoque de que essa região do Brasil necessitava. Devia seu renascimento à presença de espírito de seu governador, a suas qualidades de administração e de empreendedorismo. Surge em nossa vida um conjunto de circunstâncias do qual é preciso tirar partido sob pena de injuriar o destino. Ao saber, pela boca de Alvarez Neto, sob o selo do segredo, a existência dessas negociações com o Pentágono, todo o processo que acabava de conduzir lhe surgira com uma clareza ofuscante. Na mesma noite de sua audiência com o ministro, começou a adquirir as terras visadas pelos americanos para a instalação dos mísseis experimentais. E não apenas elas, mas todas ao redor, de modo a poder, chegado o momento, revendê-las a bom preço, não sendo o objetivo dessa especulação somente realizar uma mais-valia fantástica, mas também constituir uma garantia suficiente em vista de seu projeto imobiliário. Contratar o arquiteto, viajar ao seu encontro em Palo Alto, concluir o esquema financeiro, tudo dera muito trabalho. E como! Fora preciso arrastar os pequenos proprietários pelas orelhas para que vendessem seus miseráveis terrenos, o arquiteto demorara a enviar as plantas, o *pool* de bancos também criara problemas, criticando suas avaliações, exigindo mais garantias, a tal ponto que ele tinha sido forçado a aceitar a hipoteca da fazenda e de sua coleção de automóveis, os únicos bens que estavam em seu nome. Todo o resto pertencia a Carlota: a usina de aço em Minas Gerais, o imóvel de frente para o mar na Bahia, os 35 por cento da Brasil Petroleum... Uma fortuna que ele administrava para ela e que um dia seria herdada pelo filho. O patrimônio dos Algezul! Que piada!... Nunca pensava em Mauro sem uma espécie de raiva e de desprezo impotentes, quase como se ele tivesse posto no mundo um estropiado ou alguma criança de cérebro atrofiado. Aquele intelectual empanturrado de leituras e de belas ideias sobre o universo, aquele Algezul da mais pura estirpe, incapaz de saber a diferença entre um balanço e um livro-caixa... Um deficiente, isso mesmo, sem outra noção do real senão sua memória antiga, petrificada, estéril, fora do tempo dos homens, fora de sua própria vida. Paleontólogo! E como ele sintetizava toda a decepção e infelicidade de pai, essa simples palavra lhe retorcia a boca como um insulto. Todo esse dinheiro parado... Por quê? Para quem? Se apenas o deixassem reinvestir esse capital nos negócios! Isso e somente isso mudaria o mundo em toda a sua profundidade... Seu filho, sua mulher, todos aqueles que a faziam discursos da boca para fora, sem jamais sujar as mãos, não passavam de malandros, não produziam nada, passavam o dia de papo para o ar! Mas a Terra girava sem eles e os esqueceria em sua lenta metamorfose.

Moreira não precisara se esforçar, ele próprio se dava conta, para fazer calar seus escrúpulos e utilizar parte dessa poupança para a compra dos terrenos que cobiçava. Afinal de contas, os títulos de propriedade traziam o nome de sua mulher e constituíam um investimento muito mais rentável que os vulgares valores mobiliários. Tinha sido uma bela jogada que seu nome, na longa cadeia que levava ao Alcântara International Resort, não aparecesse em nenhum lugar.

Até então mergulhado na exaltação, assustou-se ao ver surgir de repente a lembrança de Loredana. O passeio com ela desfilava diante de seus olhos numa sucessão de planos desconexos, como uma película massacrada na montagem.

Seu convite insolente o deixara embriagado de orgulho, euforia que se devia menos a uma provável aventura com aquela moça que à felicidade de usá-la para humilhar seu pretendente escrevinhador. Pé no acelerador, o carro rodava na longa estrada retilínea que atravessava os campos de cana-de-açúcar. Por causa de sua grade de proteção — uma novidade para a época! —, os faróis do Panhard clareavam o mínimo estrito, de modo que o automóvel parecia absorvido pela noite à medida que avançava. Uma das vantagens do Dynamic — "Um carango de paquerador", costumava dizer, "você se imagina com uma mulher de cada lado. Mãe de Deus!" — era a sua direção central, que reduzia o espaço entre o motorista e a porta, favorecendo todas as manobras de aproximação. Nenhuma necessidade de usar uma curva como pretexto para sentir o ombro de Loredana contra o seu... Decidido a não tomar nenhuma iniciativa, saboreando cada segundo dessa união sensual, Moreira estremecia, pressionado contra um corpo que estava seguro de que possuiria dentro em breve.

No momento oportuno, pegou uma bifurcação para uma estradinha. O carro deu um solavanco quando ele diminuiu a marcha uma centena de metros adiante, freando diante de uma capela solitária. Os faróis iluminavam um belo portão encimado por ornamentos barrocos, anjos e cabeças de caveira entremeadas. "Eu queria mostrar essa pequena joia", dissera com voz calorosa. "Final do século XVII..." Esse truque sempre funcionava com as mulheres. Loredana pareceu seduzida, admirava os baixos-relevos, fazia perguntas. Ainda estavam em suas terras? Então aquela capela lhe pertencia? Claro; pertencia a ele, sim, assim como o vilarejo que tinham atravessado, assim como os poços e a colina que se distinguiam lá embaixo, assim como toda a Península de Alcântara! A princípio preocupado em impressioná-la, e depois por lirismo, se surpreendera a contar seus projetos para o Maranhão, sobre o complexo turístico e as somas envolvidas... Então, de modo absolutamente natural, como que para dividir com ela sua visão do futuro e associá-la mais intimamente, havia pousado a mão na coxa da mulher. A bochecha ainda ardia.

Ela que se fodesse, ela e seu francês babaca! E Euclides junto, por lhe ter apresentado tamanhos energúmenos! Qualquer outra não teria escapado impunemente, mas aquela mulher o olhara em seguida com uma calma tão desdenhosa — com a expressão de ter esmagado, sem pensar duas vezes, uma mosca importuna —, que se contentara em colocar o carro em movimento e dar meia-volta.

Acendendo seu charuto, de repente achou estranho que a recordação desse fiasco não o tivesse privado de sua alegria.

CAPÍTULO XV

Que segue o precedente e no qual Kircher prepara para Caspar Schott uma extraordinária surpresa pedagógica...

— Imagine, Caspar, com que facilidade os idólatras reconhecerão seus erros se nós lhes mostrarmos que falamos a mesma linguagem! O Sol é para nós, assim como para eles, a fonte de luz universal, é a obra do "Todo-Poderoso", a morada de Deus. Quanto ao mundo, ele não é mais do que a sombra da divindade, sua imagem deformada. "Deem-me um ponto de apoio fora do mundo", dizia Arquimedes a Hieron de Siracusa, "e eu erguerei a Terra!"; e eu digo: "Deem-me o espelho adequado, e mostrarei a face de Cristo, restabelecida em sua perfeição e sua integridade!" Esse espelho, que anula as perversões aparentes e transforma em pura beleza a monstruosidade das formas, eu o tenho entre as mãos, Caspar: é a analogia... Faça o esforço de refletir a totalidade dos mundos e verá como eu, nítida e resplandecente bem no seio da obscuridade, a imagem única de Deus!

Athanasius se calou e se perdeu um instante em seus pensamentos. Eu o teria escutado horas a fio, ainda mais que os vapores do vinho de Borgonha, começando a fazer efeito, pareciam me fazer compreender, mais do que nunca, a importância de sua missão.

— Nada supera a experiência — recomeçou ele, num tom resoluto. —Venha, vamos, *discipulus*, vou lhe mostrar algo que poucas pessoas tiveram a ocasião de apreciar. À condição, contudo, que aceite, na hora vinda, se deixar conduzir sem nada enxergar...

Eu aquiesci em júbilo, atiçado por aquela cláusula romanesca.

Saímos do colégio e partimos a pé pela cidade. A atmosfera estava úmida, o calor era opressivo, e havia no céu pequenas nuvens metálicas que anunciam a ventania. Enquanto caminhávamos, conversávamos; Kircher não cessava de tecer comentários sobre todos os monumentos da Roma antiga com os quais cruzávamos em nosso itinerário.

Tínhamos acabado de entrar na rua São João de Latrão, deixando para trás o Coliseu, quando Kircher parou.

— Pois bem, é neste ponto que será preciso que aceite esta pequena formalidade necessária à minha experiência. Peço-lhe que me acompanhe de olhos fechados durante alguns minutos. Não por precaução, pois nada há de muito proibido, mas para elevar ao máximo o sucesso de minha demonstração. Feche os olhos, portanto, e não os abra até que eu lhe dê a ordem.

Obedeci gentilmente, e meu mestre me conduziu com a mão no ombro, exatamente como a um cego. Após uns cinquenta passos, entramos numa rua à sombra — senti-o devido à agradável ausência do sol na minha nuca — e fizemos rapidamente cerca de três ou quatro curvas. Depois, começamos a descer os degraus de uma escada que não acabava mais. Estranhamente, não escutávamos mais barulho algum. Aquele silêncio total não deixava de ser assustador e eu comecei a sentir arrepios e certa apreensão. De vez em quando, seguíamos sobre um mesmo nível, dobrando e virando como num labirinto. Finalmente, após uns trinta passos por um caminho tão estreito que era preciso avançar de lado, Kircher parou.

— Eis que chegamos — disse ele num tom grave. — Não fizemos senão penetrar uns vinte passos nas profundezas da terra, mas assim mesmo acabamos de atravessar eras! Exercite sua imaginação: não longe daqui, os gladiadores de Publius Gracchus treinam exaustivamente; Tertuliano ainda se encontra atordoado nos arredores de Cartago; Marco Aurélio agoniza lentamente na margem distante do Danúbio, e Roma já não é mais do que a indolente capital de um império coxo e moribundo. Estamos no ano 180 de Nosso Senhor, na residência de um idólatra suficientemente rico para estabelecer em seu próprio lar um santuário ao deus de sua devoção. Abra os olhos, Caspar, e contemple o deus Mitra, príncipe das sombras e da luz!

Obedeci ao meu mestre e não pude evitar um movimento de recuo ante o espetáculo que me aguardava. Estávamos numa espécie de exígua caverna escavada diretamente dentro de uma rocha; duas lamparinas derramavam sua frágil claridade sobre uma estela desbastada de forma rudimentar, mas esculpida sobre uma das faces de um baixo-relevo muito delicado. Ali se via o deus Mitra sob a forma de um efebo, com uma touca frígia, degolando um touro. Jatos de sangue coagulado manchavam a superfície da pedra e as paredes da gruta onde estávamos. Fiz o sinal da cruz pronunciando o nome de Jesus.

— Não tenha medo — disse-me Kircher calmamente. — O único perigo que corremos aqui é essa friagem. Ajude-me a acender as tochas; enxergaremos melhor, e isso aquecerá um pouco a atmosfera insalubre deste lugar.

À medida que acendíamos as tochas, percebi que aquele santuário era a sala mais ampla de uma morada subterrânea que continha mais seis ou sete cômodos. Esses outros espaços estavam empedrados em *opus sectile* rudimentar, e podia-se distinguir ainda sobre os muros grandes pedaços de um revestimento grosseiro. Num canto, que devia ter sido a cozinha, uma fonte de água clara ainda corria dentro de uma bacia de granito.

Voltamos a nos sentar diante do altar de Mitra, num dos bancos de alvenaria que margeavam o templo em todo o seu comprimento.

— Os fiéis do deus — continuou meu mestre — sentavam-se aqui, exatamente como nós, depois de colocar sobre a mesa as oferendas sagradas. Em seguida, começavam a rezar, enquanto o sacerdote, sem dúvida o senhor do lugar, salmodiava os hinos ritualísticos. Era então que os auxiliares degolavam um touro, numa sala situada acima de nós; o sangue escorria pelas aberturas que você pode ver na abóbada, uma chuva branda e tépida, na direção da qual os prosélitos estendiam as mãos e os rostos submissos...

— Será que... — balbuciei, apontando para os vestígios marrons avermelhados sobre a pedra.

— Não, não — disse Kircher, achando graça —, são restos de pintura. Tudo era colorido, os muros e os baixos-relevos, e é a tinta de múrice que melhor resiste ao desgaste do tempo.

Fiquei feliz com a retificação, sem conseguir, contudo, evitar certa repugnância diante daquelas máculas equívocas.

— Uma vez terminada a enxurrada ritual e purificadora, homens e mulheres em trajes sanguinolentos, com os cabelos pegajosos por causa dos coágulos, começavam a beber e comer em homenagem ao deus. A orgia mais desenfreada alcançava, em seguida, um clímax assustador nessa "liturgia" digna dos mais bárbaros entre os homens.

A evocação de Athanasius ressuscitou em mim o remorso por algumas maquinações que o leitor conhece, por isso, será possível compreender o quanto fiquei transtornado pelo relato... Felizmente, Kircher já me explicava o simbolismo da estela que tínhamos diante dos olhos:

— Ela representa a cena do *taurobolium*, o sacrifício ritual taurino; composição que retrata a luz e a sombra, ou seja, Ormuzd e Ahriman lutando infinitamente um contra o outro. Esses dois irmãos inimigos da cosmologia persa se destruiriam mutuamente se Mitra não agisse para pacificá-los. Unindo o quente e o frio, o úmido e o seco, o bom e o mau, a geração e a putrefação, a alvorada e o crepúsculo, ele suscita a harmonia essencial, como um heptacordo tempera os sons graves com os agudos, os agudos com os médios, os médios com os mais baixos e esses últimos, novamente, com os mais agudos. Doutrina que resume à perfeição a obra de Zoroastro, tal qual consegui reconstituir a partir das obras de Jamblique e Plutarco de Queroneia...

Apanhando um seixo pontiagudo, Kircher traçou sobre um resto de reboco uma elipse recheada de longos triângulos pretos e brancos entrecruzados, com o Sol ao centro e, em volta, as constelações austrais e boreais.

— Mas Zoroastro — perguntei —, quem era ele exatamente?

— Zoroastro não é um homem, mas um título: aquele dado a qualquer um que se ocupa da ciência dos arcanos e da magia. O célebre Zoroastro, inventor da magia, não é senão Cam, o filho de Noé. O segundo Zoroastro é Cus, filho de Cam, intérprete fiel da ciência de seu pai. Cus, por sua vez, é pai de Nemrod, o construtor da Torre de Babel... É provável, como eu poderia facilmente demonstrar, que Cam não tenha aprendido apenas com Enoque a doutrina dos anjos e dos mistérios da natureza, mas também as artes malévolas relativas aos argumentos esotéricos e estranhos dos descendentes de Caim. Misturando as artes lícitas às artes ilícitas, ele fundou uma lei degenerada em tudo no que se refere à de seu pai. Numa segunda etapa, Trimegisto, descendente do ramo cananeu de Cam, e filho daquele Mesraim, que escolheu por pátria o Egito, separou o que era lícito do que não o era e concebeu uma lei em maior conformidade com a religião divina. Ele agiu como um filósofo pagão, sustentado apenas pela luz da natureza no meio da depravação do mundo. E é ele, na verdade, o único Zoroastro, o Hermes Trimegisto celebrado por tantos escritores antigos. Mas vamos, é hora de passarmos à segunda premissa de meu silogismo de pedra; as surpresas ainda não acabaram...

Sem me deixar tempo para reagir, Kircher apanhou uma tocha e me precedeu pelos corredores estreitos daquela morada subterrânea. Iluminado pela chama avermelhada do archote, ele parecia um Virgílio conduzindo aos infernos seu Dante Alighieri, *si parva licet componere magnis...** Logo notamos os degraus de uma pequena escada esculpida na rocha. Após subi-los com cuidado, alcançamos uma vasta sala subterrânea escorada por uma infinidade de colunas heteróclitas.

— Faça o sinal da cruz — disse Athanasius, dando o exemplo —, pois estamos dentro de uma basílica. Esta igreja data do século IV após a morte de Nosso Senhor; ela foi construída pelos primeiros cristãos com os materiais dispersos que restaram da grande Roma devastada. Nunca antes a fé e o amor haviam atingido um patamar tão elevado como neste lugar. Uma nova era começava, erguida sobre os escombros e dúvidas de uma civilização aniquilada. Aqui, nada de riquezas nem ornamentos frívolos: somente a simplicidade que convém ao desapego dos homens diante da grandeza de Deus.

Caminhando por entre as colunas enquanto meu mestre falava, chegamos diante de um pequeno altar cristão: uma tina de pedra ornamentada apenas de um crisma gravado sobre cada uma de suas faces. Fiz novamente o sinal da cruz, arrebatado por uma emoção intensa, pressentindo com todas as minhas faculdades a presença de Deus. Ainda que subterrânea e abandonada pelos homens depois de tanto tempo, aquela capela estava habitada...

— Ajude aqui — disse Kircher, segurando uma placa de mármore que recobria o altar. — Vou lhe mostrar uma coisa.

Colocamos o tampo no chão e Athanasius me ordenou a olhar dentro da tina. Para minha grande surpresa, constatei que ela não tinha fundo e abria-se como um poço sobre a escuridão total.

---

* *se permitido for comparar os pequenos aos grandes.*

— Embaixo desse poço de trevas repousava o cálice sagrado, o vaso luminoso em que se realiza a sublime transubstanciação. Aqui, à margem da sombra e da luz, o vinho se fazia sangue novamente, o ázimo, carne, num sacrifício renovado. A noite e o dia se reconciliavam na pessoa de Cristo para garantir o equilíbrio do cosmos... Bem aqui, Caspar, bem aqui!

Kircher havia elevado a voz e, dizendo essas últimas palavras, lançou a tocha no buraco negro aberto no fundo da tina. Após uma breve queda, ela caiu num nível inferior sobre um feixe de cinza de carvão, depois continuou ardendo, ainda que menos intensamente. Meu coração parou de bater, todos os meus ossos congelaram: sob o altar, bem em seu prumo, o deus Mitra parecia se mover lentamente à claridade do estorvo das flamas.

— Não é extraordinário? — murmurou Kircher com paixão. — Zoroastro, Hermes, Orfeu e os filósofos gregos dignos desse nome, quero dizer, os alunos da sabedoria egípcia, acreditavam num deus único. Aquele mesmo cujas múltiplas perfeições e virtudes eram representadas pelos sacerdotes egípcios através de Osíris, Ísis e Harpócrates, num registro enigmático para nós.

— A Trindade? — arrisquei, com um tremor...

— Sim, Caspar. Osíris, o intelecto supremo, o arquétipo de todos os seres e todas as coisas; Ísis, sua providência e seu amor; de suas virtudes respectivas nasce Harpócrates, o filho, quer dizer, o mundo sensível e essa harmonia admirável, esse concerto perfeito do cosmos que verificamos a cada dia ao nosso redor. É, portanto, manifesto que a sacrossanta e três vezes bendita Trindade, o maior e três vezes sublime mistério da fé cristã, tenha se aproximado em outras épocas sob os véus de mistérios esotéricos. Pois a natureza divina prefere manter-se velada, ela se esconde dos homens vulgares e dos profanos atrás das semelhanças e parábolas. É por essa razão que Hermes Trimegisto instituiu os hieróglifos, tornando-se assim príncipe e pai de toda a teologia e filosofia egípcias. Ele foi o primeiro e o mais antigo dos egípcios, o primeiro a pensar corretamente nas coisas divinas, gravando suas opiniões para a eternidade sobre as pedras ciclópicas e imortais. Através dele, Orfeu, Museu, Linus, Pitágoras, Platão, Eudoxo, Parmênides, Plotino, Melissa, Homero, Eurípedes e tantos outros obtiveram um conhecimento justo de Deus e dos temas divinos. Foi ele que, pioneiro, em seu *Poimandres* e seu *Esculápio*, afirmou que Deus era uno e bondoso; os outros filósofos apenas o seguiram, e a maior parte do tempo, com menos felicidade...

Minha cabeça rachava, confesso, diante das consequências de semelhante visão do mundo. Kircher acertou no alvo: nunca existiu paganismo nem politeísmo, mas uma única religião, aquela da Bíblia e dos Evangelhos, mais ou menos disfarçada pela ignorância e o ardil daqueles que dela sempre se aproveitaram. Consequentemente, não valia mais a pena convencer os infiéis da superioridade do cristianismo em relação às suas crenças, posto que bastava, ao contrário, revelar sua identidade até então obscura; e isso simplesmente por meio da lógica, com o apoio dos textos mais antigos e a lição dos hieróglifos. A inteligência e a história vinham finalmente socorrer a luz evangélica para ajudar o zelo incansável de nossos missionários...

— É maravilhoso! — exclamei, deslumbrado com meu mestre, e como se atingido por contágio por aquele favor divino do qual ele era o objeto.

— Sou apenas um instrumento — disse ele —, e é ao seu criador que seria preciso agradecer. Mas venha logo, para que eu conclua minha demonstração.

Retomando a escada pela qual havíamos chegado, deixamos a basílica e logo alcançamos o interior de um prédio suficientemente claro para que nossas tochas se tornassem inúteis. Mais alguns desvios e penetramos diretamente no transepto de uma igreja que logo reconheci.

— Exatamente — disse Athanasius —, São Clemente... É justamente nesta capela tão anódina que se encontram os mistérios aos quais você acaba de ser iniciado. E, como você sem dúvida percebe, o altar desse terceiro santuário está em prumo com os dois primeiros. Trata-se, portanto, de um mesmo deus que foi venerado aqui sem descontinuidade ao longo de 15 séculos...

Quando finalmente saímos de São Clemente, a luz do dia cegou-me por um curto instante; porém, ofuscou-me menos do que aquela iluminação, de outro modo decisiva, que me incandescia a alma: eu estava encantado, no sétimo céu, sereno como se tivesse sido benzido. A partir de então, não restava mais dúvida alguma em meu espírito de que, ao lado de Kircher, eu caminhava junto a um verdadeiro santo!

— Esse cara está doido! — disse Elaine, inclinando-se na direção de Mauro. — Você viu o que ele fez? Não existe mais prova nenhuma de que Milton tenha sido assassinado...

Ela continuava tratando-o por você, sem sequer se dar conta. Ele saberia dizer em que momento preciso ela começara: no calor da ação, quando estava dando ordens para todos os lados, maravilhosa, os seios nus como uma carranca na proa de um navio.

— Acalme-se — disse-lhe ele, segurando sua mão. — Não adianta mais nada, de qualquer maneira.

Um cansaço imenso, reflexo das emoções do dia, os deixara com um nó na garganta.

— O que você acha? — perguntou Elaine, lutando contra a vontade de chorar. — A gente espera aqui?

— É o que me parece mais lógico. Não vamos conseguir carregar Dietlev por muitos dias na floresta.

— E se Herman não voltar?

— Ele vai voltar, não tenha medo... Nem que seja só para desencalhar seu barco. E tem o Yurupig, ele não vai nos deixar na mão.

— Você viu, agora há pouco, quando eu discutia com aquele canalha, que ele fez sinal para eu recusar, como se não quisesse que ficássemos no barco. Foi por isso que eu tentei ganhar tempo.

— Talvez você tenha se enganado... A gente fala com ele mais tarde, quando Herman nos deixar em paz. E Dietlev? — disse Mauro, observando o curativo ensanguentado. — A coisa está feia...

— Seria preciso levá-lo o mais rápido possível para um hospital. Eu fiz o que pude, mas o joelho dele está em frangalhos.

— Você já fez muito. Eu nunca conseguiria fazer isso, mesmo se soubesse como. Você tem um diploma de enfermeira, por acaso?

Elaine conseguiu sorrir.

— Bem que eu gostaria... Se Dietlev não tivesse me ajudado, eu ainda estaria procurando a artéria! Na verdade, só me recordo vagamente de tudo que li quando estava grávida: a ideia de ser surpreendida em caso de doença ou acidente me aterrorizava. Passei meses imaginando o pior, foi um inferno. Aprendi até a aplicar injeção... Quando minha filha nasceu, essa obsessão desapareceu totalmente! Estranho, né?

— Quantos anos ela tem?

— Moema? Dezoito. Estuda etnologia em Fortaleza. Quando penso que ela ficou com inveja dessa viagem!

Mauro sentiu uma pontada no coração. Estava apaixonado por uma mulher que poderia ser sua mãe. Aquele pensamento o jogou de volta às incertezas de sua juventude com mais força do que uma rejeição.

— Em Fortaleza! — exclamou, sem conseguir conter o espanto. — Por que tão longe?

— É uma história complicada — respondeu Elaine depois de hesitar por um instante. — Como dizer... Acho que foi uma represália. Quando eu fui embora ela ficou desorientada. Não queria morar comigo nem com o pai.

— Você é divorciada?

— Ainda não — disse ela com um ar pensativo. — O processo está em andamento.

A noite começava a ofuscar seu rosto.

— Sabe, vou buscar uma lanterna e abrir umas latas de conservas — disse Mauro. — Tudo isso me deixou faminto, vou...

— Fique aqui, eu cuido disso. Vou aproveitar para me limpar um pouco.

— Como preferir. Eu aviso se o professor acordar.

— Obrigada — disse ela, ajoelhando-se para levantar. — Quer dizer, obrigada por ter vindo em meu socorro agora há pouco... Eu estava uma lástima.

— Deixa pra lá, por favor. Sem Yurupig, não teria adiantado nada.

Inconscientemente, ela afagou com a ponta dos dedos seu rosto intumescido.

— Quando voltar, eu dou uma olhada melhor nisso. Tente descansar um pouco.

As baterias de bordo emitiam uma claridade mortiça. As variações de amarelo pálido ampliavam o estado lamentável do interior da embarcação; uma angústia dolorosa transpirava da desordem. Ao pisar na cozinha, Elaine se viu cara a cara com Yurupig.

— Vocês não podem ficar aqui — disse ele em voz baixa, fazendo sinal para que ela ficasse calada. — Vocês devem vir conosco, pela floresta...

— Mas por quê? — perguntou ela, também aos sussurros.

— Esse homem é mau. Ele sabe que vocês não têm a menor chance: vão esperar dias e dias e ele não vai voltar.

Ela parecia duvidar ainda.

— A água... Eu vi, foi ele que furou os galões!

Depois de limpar-se como foi possível, Elaine vestiu uma calça jeans e uma camisa limpas mas úmidas e voltou ao convés. Levou consigo uma lamparina a querosene e uma panela com feijão preto que Yurupig preparara para eles. Dietlev acabara de despertar.

— Agora eu entendo melhor os drogados — disse ele, com um sorriso que inchou suas bochechas. — Já tive um desses sonhos! Proibidos para menores de 18 anos.

— Ele pediu para eu não avisar — disse Mauro, em resposta ao olhar de Elaine.

— Como está se sentindo? — inquiriu ela, sentando ao seu lado.

— Não podia estar melhor... Parece que bebi meia garrafa de cachaça! Espero não ficar de ressaca também.

— É preciso tomar anti-inflamatórios. Vou te dar um.

— Já tomei, pode deixar. Tomei alguns quando acordei...

— Aqui — disse ela para Mauro, estendendo a panela —, pode comer. Foi Yurupig quem fez. Preciso contar o que aconteceu. Vocês não vão acreditar.

Em poucas palavras, ela explicou a Dietlev o que acontecera enquanto ele dormia, e em seguida contou o segredo do índio. Mauro não pôde conter algumas injúrias dirigidas a Herman.

O rosto de Dietlev voltou a ficar sombrio.

— Isso muda o curso dos problemas — disse ele, após um breve instante de reflexão. — Vamos precisar nos virar para fazer o contrário do que ele deseja. Yurupig está do nosso lado, não vai ser tão difícil assim. Mas temos que desconfiar, esse homem é capaz de qualquer coisa... Mauro, seria bom você pegar os mapas, eles poderão nos servir ainda mais do que eu pensava.

Mauro sacudiu a cabeça, engolindo com pressa o feijão:

— Não conte com isso. Virou papel machê.

— Tem certeza?

— Absoluta. Foi a primeira coisa que procurei lá embaixo.

— Então tente conseguir lápis e papel. Ainda tenho algumas indicações na cabeça, melhor anotar enquanto me lembro.

Mauro se foi. Dietlev segurou a mão de Elaine.

— E você, como está?

— Estou suportando, acho. É a sua perna que me preocupa. E a culpa é minha... Mas prefiro me jogar na água a acompanhar esse homem.

— Não diga bobagens... Mauro reagiu antes de mim, eu também não deixaria que a levassem. Ele agiu muito bem, esse rapaz. Quanto à minha perna, ela vai aguentar até chegar ao hospital, não acha?

Elaine olhou para ele sem encontrar palavras que o tranquilizassem.

— Caso contrário — prosseguiu Dietlev, sorrindo —, será preciso cortá-la e não se fala mais nisso. Sempre sonhei em ter uma perna de pau, como John Silver na *Ilha do tesouro*. Vou ficar elegante.

— Pare com isso! Nem quero pensar em uma coisa dessas!

— Só encontrei isso — disse Mauro, reaparecendo sob a luz.

Ele entregou a Dietlev um lápis e duas páginas brancas arrancadas de um livro.

— Serve. Ajude-me a me levantar um pouco. Pois bem — continuou ele, desenhando lentamente —, recapitulemos: o rio, com a bifurcação, e aqui o lugar onde estávamos na última vez que eu vi no mapa, um pouco antes de chegar ao território dos caçadores. Vocês não vão muito longe com isso — disse por fim, contemplando seu trabalho —, mas esse desenho deve ser o bastante para evitar que cometam erros mais grosseiros. Contornando a zona pantanosa, deve ser possível alcançar o rio em dois ou três dias. Talvez seja melhor multiplicar esse tempo por dois, pois vai ser difícil avançar. Vou fazer uma lista daquilo que vocês devem carregar.

— Daquilo que *nós* devemos carregar — corrigiu Elaine.

— Não. Eu fico aqui. Vou esperar tranquilamente, enquanto vocês são devorados pelos mosquitos...

— Fora de questão! Você vem com a gente, queira ou não!

— Ela tem razão — interveio Mauro. — Está fora de cogitação.

— Parem com isso — disse Dietlev com calma. — Já previ tudo, vocês verão que consigo me virar sozinho.

— Já dissemos que não! — protestou Elaine. — Isso seria loucura!

— Falaremos sobre isso amanhã cedo — interrompeu-a Dietlev. — Enquanto isso, preparem suas bagagens obedecendo às minhas instruções. Fica proibido acrescentar qualquer outra coisa, OK?

Depois de arrumarem suas coisas, seguindo as determinações de Dietlev, Elaine e Mauro voltaram para o convés. Graças a mais uma dose de morfina, ela lavou a ferida do geólogo e refez o curativo. Em seguida, tentou comer um pouco. A primeira colherada já revirou seu estômago e ela disse a Mauro que queria dormir. Estendeu-se ao lado de Dietlev.

Durante trinta longos minutos ela permaneceu imóvel, concentrada na ideia fixa de que não conseguiria dormir. Depois, convencida daquela evidência, despertou repentinamente para a algazarra na selva: sempre os mesmos gritos guturais, mais ou menos afastados do rio, as mesmas polifonias irritadas dos sapos-bois, os mesmos apelos indistintos cuja sonoridade conhecida — castanholas, água gotejando e som de gaita — tornava-os ainda mais opressivos. Atravessando os curtos espaços de silêncio, ouvia-se o ronco convulsivo de Dietlev e a respiração pausada de Mauro.

Um uivo de animal degolado causou-lhe um tremor. Amanhã, pensou ela, será preciso enfrentar esses fantasmas tendo uma bússola como única aliada. Interiormente, algo lhe dizia que Herman os obrigaria a permanecer no barco. Dietlev se mexeu no sono, com gemidos de uma criança febril.

— Está dormindo? — sussurrou Mauro.

— Não, não consigo.

— O que a preocupa?

— Você tem cada uma! — disse ela, irônica. — Atiram em nós com metralhadoras, Mauro é morto, Dietlev está gravemente ferido, estamos encalhados bem no meio do Pantanal com um safado que faz tudo para nos deixar apodrecer... e você me pergunta o que me preocupa?

— Eu sei que há outra coisa. Diga a verdade.

Atingida dolorosamente por aquela observação, Elaine ficou em silêncio. Aquele rapaz conseguia encurralá-la cada vez mais. A verdade... Sua nova vida não ficara à altura de suas esperanças. Os outros homens — alguns vultos vagos se apresentaram em seus pensamentos — não chegavam aos pés de Eléazard. Mesmo Dietlev, tão delicadamente cômico, tão brilhante, não conseguira apagar aquele homem do qual ela fugira de forma catastrófica, num impulso extremo de liberdade. E para chegar aonde, meu Deus? A essa angústia de ter que coexistir com uma sombra, com uma discreta repulsa de si mesma?

— A verdade — disse ela de repente, em voz baixa — é que estou com medo. Apavorada com o dia de amanhã... Você não?

Mauro não respondeu. Elaine fechou os olhos, sorrindo. Ela modulou sua respiração à do rapaz e acabou enfim por adormecer.

A manhãzinha chegou sobre o rio com suas brumas rastejantes, ávidas, prontas a se enroscar em torno de qualquer saliência, como se buscassem arrimo para suas efêmeras existências. Presas e predadores noturnos foram enfim dormir; seus sucessores ainda não haviam acordado. Um breve lapso de equilíbrio durante o qual os rumores do rio — mergulhos repentinos, borbulhas abafadas, marolas breves, eructações indolentes do lodo — interrompiam sozinhos a calma matinal. No esforço que fez para se levantar, Herman tomou consciência de sua ressaca. Seu primeiro gesto foi procurar Yurupig e mandar que fizesse café. Não o surpreendeu nem um pouco vê-lo agachado na proa, o olhar fixo na floresta. Havia muito o índio se acostumara àquela vigília permanente, quase sobre-humana. Podia-se jurar que ele descansava sem se deitar, como os cavalos ou alguns tubarões que seguem se deslocando pela necessidade de ventilar noite e dia seus frágeis órgãos.

Herman subiu até a cabine do leme, decidido a apanhar alguns instrumentos indispensáveis para a incursão na floresta: bússola, binóculos, dois foguetes de sinalização que enferrujavam dentro de uma gaveta. Colocou todo esse material ao lado da kalachnikov e se felicitou por não tê-la lançado ao rio junto com o cadáver de Hernando. Satisfeito com seus preparativos, desceu para o convés inferior e se dirigiu à cozinha. Yurupig não estava mais lá. *Nunca está lá quando preciso dele, esse macaco! Mal sabe que sou eu quem vai arrumar as provisões. Nem amanheceu e ele já conseguiu me deixar irritado...* Mas enfim; havia coisas mais urgentes a fazer. Vendo uma garrafa de cachaça, ele bebeu um gole no gargalo, fez uma careta e voltou à sua cabine. O teto dissimulava um esconderijo. De lá, retirou o estranho cinturão que lhe confiara Hernando, afivelando-o em torno do corpo. Depois de dar alguns passos para verificar a repartição do peso, ajustou a posição dos sacos presos ao cinto, fazendo-os deslizar sobre o couro. Pareceu satisfeito com o resultado: não era o ideal, mas funcionaria.

Voltando ao convés, ouviu o som de vozes. Seus passageiros estavam acordados.

— Bom dia, brava gente! — lançou ele, num tom bem pacífico. Mas ao ver Yurupig tomando café na companhia de Dietlev e Elaine, seu olhar ganhou um brilho mortífero. — E então, como vai nosso ferido hoje?

— Não muito mal — respondeu o professor. — Poderemos partir assim que o Yurupig fabricar uma padiola.

O alemão ficou paralisado.

— Isso é uma grande bobagem, amigo... No estado em que você está, não vai aguentar dois dias! Eu já disse à professora que é melhor esperar aqui, enquanto vou buscar socorro.

— Acontece que a água que nos resta não vai durar mais de uma semana. Graças a você, aliás. Além disso, por uma razão que não consigo entender, você não vai voltar.

— Você está louco! — insurgiu-se Herman. — O que o leva a pensar isso?

— Pare com esse fingimento, por favor — disse Elaine, com desdém. — Sabemos que você furou os galões...

Compreendendo de onde viera tal informacão, Herman se virou para Yurupig com uma expressão deformada pelo ódio:

— Vou acabar com você, eu juro!

E como o índio desafiou seu olhar, ele se virou, resolvido a apanhar a kalachnikov e acabar com aquela lenga-lenga. Mas teve que interromper seu impulso: Mauro estava diante dele com a arma na mão.

— É esse negócio que você ia buscar? — disse o jovem, com uma voz monocórdia. — Não sou fanático por armas, mas aprendi a usá-las. — Para provar o que dizia, ele disparou uma rajada curta para o alto, antes de apontar a arma para o alemão. — É a primeira vez que o serviço militar me serve para alguma coisa... — acrescentou, com um ar confiante.

— Você pirou de vez? — exclamou Herman, com a expressão sombria.

— A gente se antecipou, só isso — disse Dietlev com firmeza. — Fique calmo e não terá problemas. Vamos partir todos juntos, mas antes você vai nos explicar umas coisas... Por exemplo, por que furou os galões...

— Que galões, meu Deus? Vocês não vão acreditar nesse selvagem, vão? Ele só fala besteira! É um cabra safado, vai sacanear todos vocês.

— Por enquanto, é a sua palavra contra a dele, e a sua não pesa muito na balança, ainda mais depois do que aconteceu. Faça como quiser: você vai explicar isso à polícia, pronto. Por enquanto, vai me passar seu cinturão.

— São objetos pessoais — disse Herman, empalidecendo. — Vocês não têm o direito!

— O cinturão — intimou Mauro, num tom ameaçador.

— Pode atirar! Que se foda...

— Cocaína — disse simplesmente Yurupig. — Ele é responsável pela entrega.

— Ah! Entendi... — exclamou Dietlev, com as sobrancelhas arqueadas. — Isso explica tudo. Agora eu entendo por que esse homem não quer que o acompanhemos! — E, diante do olhar confuso de Elaine, prosseguiu: — À primeira vista, tem uns 5 ou 6 quilos, por baixo, o equivalente a 50 mil dólares. Nosso amigo contava sem dúvida desaparecer com essa pequena fortuna sem deixar vestígios. Como os paraguaios jamais veriam as coisas do mesmo jeito, ele nunca mais voltaria aqui. Quanto a nos levar com ele, isso seria cair na boca do lobo, pois cedo ou tarde teria que se entender com as autoridades...

— Não são 50 mil dólares, são 500 mil, seu babaca! — retorquiu Herman, retomando seu ar arrogante. — E a metade fica para vocês se me deixarem ir embora, quando chegar o momento. Pensem bem, é mais do que podem ganhar a vida toda...

Dietlev sacudiu a cabeça, lamentando.

— Se isso foi tudo o que você aprendeu na Waffen SS, não me surpreende que os alemães tenham perdido a última guerra.

—Vou jogar toda essa porcaria dentro d'água e não se fala mais nisso! — disse Elaine com convicção.

— Nada disso — intercedeu Dietlev. — É a única prova da cumplicidade dele. Ele pode carregar tudo, menos peso para vocês. Vigie-o bem, enquanto Yurupig prepara minha maca. Vamos partir em meia hora.

Cadernos de Eléazard

KIRCHER PERTENCE AINDA ao mundo de arcimboldo: se ele aprecia as anamorfoses, é porque mostram a realidade "tal qual ela não é". Para existirem realmente, as paisagens, os animais, as frutas e os legumes ou os objetos da vida cotidiana devem recompor o rosto do homem, da criatura divina à qual a terra se destina. Com os espelhos que deformam ou aqueles que, ao contrário, restabelecem aberrações óticas sabiamente calculadas, o cristianismo da Contrarreforma retoma por conta própria o mito platônico da caverna e o transforma em espetáculo pedagógico: durante nossa existência, vemos somente as sombras da verdade divina. Posto que incita a luxúria, esse belo rosto feminino é consagrado ao inferno, segundo ensinam os espelhos que o deformam de maneira atroz. Esse magma de cores sanguinolentas terá um dia um significado, segundo prometem os espelhos cilíndricos que retificam suas formas e o transformam em imagem do paraíso.

"HOJE VEMOS COMO POR um espelho, confusamente; mas então veremos face a face. Hoje conheço em parte; mas então conhecerei totalmente, como sou conhecido." Deixo cair os ombros, é culpa de São Paulo; vivo de quimeras, é culpa de... mais do mesmo.

SOBRE A OBSERVAÇÃO DE EUCLIDES a respeito de Goethe e das *Afinidades eletivas*. O doutor parece se dirigir a mim por metáforas, mas tenho dificuldades para saber onde pretende chegar. Essa porra desse papagaio me enerva. Preciso me livrar dele.

TARTARIN REVISITADO: "O padre Jean de Jesus Maria Carme, tendo se separado por algum tempo daqueles que haviam empreendido com ele uma mesma viagem, notou que um crocodilo assustador vinha bem em sua direção, a boca aberta para devorá-lo. Simultaneamente, um tigre saiu furioso de trás do arbusto, com a intenção de atacar sua presa, assim como o crocodilo. Ai de mim! Para onde fugirá esse pobre miserável que a morte ameaça de todos os lados? De que modo poderá evitar o furor desses dois dos mais cruéis monstros da natureza? Não tem saída. Encontrando-se assim exposto a esse perigo, privado de socorro humano, implorou aos céus, fazendo promessas e rezando à Santa Virgem ou a outros santos para merecer seu socorro. Mas, enquanto tentava obter a graça do céu, o tigre deu um salto na direção desse homem, e este se abaixou totalmente, a fim de evitar as mandíbulas do animal. O tigre passou por cima do padre e se chocou contra o crocodilo, cuja boca aberta acolheu a cabeça do tigre no lugar daquela do coitado e a mordeu com tanta força que a morte foi imediata. Depois disso,o pobre do homem escapou, aproveitando a ocasião o mais rapidamente possível." (A. Kircher, *China ilustrata.*)

DEFEITOS DE KIRCHER: prefere a retórica ao rigor dedutivo, o comentário às fontes, o apócrifo ao autêntico, a expressividade quase artística ao frio realismo dos geômetras.

DE LOREDANA. Chuang-Tzu julgando Moreira: "Quando o rei de Tsin está doente, ele chama um médico. Ao cirurgião, que lhe abre um abscesso ou furúnculo, ele dá uma carroça. E dá cinco delas àquele que lhe lamber as hemorroidas. Quanto mais vil é o serviço, melhor é o pagamento. Suponho que o senhor tenha cuidado de suas hemorroidas: por que tem dado tantas carroças?"

CONTINUO CONVENCIDO de que nossa faculdade de julgamento é mais aguda, mais próxima daquilo que somos realmente, em relação ao que é negativo — quer dizer, no exercício da crítica, naquilo que nossas próprias fibras recusam antes de qualquer intervenção consciente do espírito. É mais fácil reconhecer um vinho que não presta ou com gosto de rolha do que distinguir as qualidades específicas de um *grand cru*.

"ELA VIVIA PELA VOLÚPIA de se calar." Belas palavras, e que parecem concebidas especialmente para Loredana. Mas deve ser possível levá-las mais longe... (A confrontar com *Tractatus*: "Aquilo que não se pode dizer etc.")

CAPÍTULO XVI

Em que começa a história de Jean Benoît Sinibaldus e do sinistro alquimista Salomon Blauenstein

Em 1647, aos 45 anos, o reverendo padre Athanasius Kircher conservava uma ótima aparência. Seus pelos, de certo, haviam esbranquiçado, assim como os cabelos, porém nada mais em seu aspecto deixaria imaginar semelhante maturidade. Tinha uma saúde férrea, bem mais sólida do que a minha, apesar de nossa diferença de idade, e incomodavam-lhe apenas algumas vezes suas hemorroidas benignas, tratadas por ele mesmo com um determinado unguento de sua fabricação.

Verão ou inverno, levantava-se um pouco antes do sol e assistia à missa em nossa capela, depois alimentava-se frugalmente: um pedaço de pão preto e sopa, que o padre administrador fazia com que levassem a seu aposento. Não que se recusasse a comer conosco no refeitório, mas suas diversas atividades não lhe deixavam perder o tempo precioso que deveria ser dedicado unicamente à sua alimentação. Fazendo as refeições em sua mesa de trabalho, ele podia continuar a ler ou escrever e aproveitar muito bem aquilo que nenhum de nós imaginaria considerar como um privilégio.

Das 7 horas ao meio-dia, portanto, ele permanecia em seu gabinete, inteiramente ocupado na redação de seus livros, continuando a empreender de modo simultâneo várias obras diferentes. Minha tarefa consistia em ajudá-lo da melhor maneira possível.

Ordinariamente, descíamos ao refeitório para o almoço, mas durante aqueles anos de trabalho intenso aconteceu mais de uma vez que ele esquecesse as horas e nós pulássemos o almoço sem nos darmos conta. "Tudo bem. Isso só nos dará ainda maior apetite para esta noite", dizia Kircher, sorrindo, mas ele chamava em seguida o irmão porteiro pelo tubo acústico e fazia com que nos trouxesse doces e uma xícara daquela decocção de café muito em voga então.

Era também costume fazer uma sesta de uma ou duas horas logo após o almoço; meu mestre não deixava de fazê-la, porém nunca se deitava, pois dispunha de uma poltrona revestida de couro cujo encosto se inclinava com uma mola. Kircher, em seguida, dedicava sua tarde a diversas atividades de ordem prática. Supervisionava a montagem das máquinas que ele não cessava de conceber para a distração do papa ou do imperador, invenções nas quais trabalhavam vários padres dentro das oficinas no colégio e diversos operários externos.

Longas horas eram consagradas à química, arte que Athanasius praticava com paixão dentro do laboratório que instalara no porão, sob o boticário. Ali ele preparava drogas e pós de simpatia destinados a curar os males que afligiam os grandes de nosso mundo, ou mais simplesmente os irmãos do colégio. Ele devia também acolher e orientar os sábios de passagem que vinham especialmente de Roma para vê-lo visitar seus acervos. Sem esquecer, de certo, todas as experiências físicas que praticava regularmente a fim de confrontar suas teorias, ou as de outros, à realidade.

Às 18 horas ele assistia às vésperas, e depois jantávamos. Após o jantar, dedicava-se ao estudo, à leitura, às conversas e, sempre que a transparência do ar o permitisse, à observação dos astros; algo a que meu mestre se obstinava e que praticávamos em cima de um pequeno terraço improvisado sobre os telhados do colégio.

Perto das 23 horas, partíamos para um merecido repouso; contudo, não era raro perceber a luz em seu gabinete até uma hora bem avançada da noite.

Aquele ano ficou marcado por uma aventura que no fim das contas foi bem agradável, mas que valeu a Kircher, 22 anos depois, algumas consequências inesperadas.

Havia em Roma um médico francês, Jean Benoît Sinibaldus, com quem meu mestre mantinha boas relações por motivo de interesse. Esse homem, cuja fortuna pessoal era bastante razoável, praticava a alquimia assiduamente e gastava muito, em prejuízo de sua esposa, para conseguir os materiais indispensáveis a essa arte.

Numa tarde de primavera do ano de 1647, o Sr. Sinibaldus se apresentou ao colégio e pediu para falar urgentemente com Kircher. Meu mestre, com quem eu trabalhava num autômato que logo se tornaria célebre, manifestou certa impaciência por ser assim incomodado por aquele importuno; assim mesmo, porém, o recebeu com sua cortesia habitual.

— Que prazer! Que alegria! — exclamou Sinibaldus assim que viu Kircher. — Eu vi o sal amoníaco sófico! Vi com meus próprios olhos! É incrível... esse homem é um gênio vasto e profundo, um espírito propriamente sublime.

— Ora, vamos... — disse Athanasius, divertindo-se com aquele personagem, sem conseguir evitar um travo de ironia em sua proposição. — Recomponha-se, meu caro, e comece pelo começo: quem é essa feliz criatura para merecer de sua boca elogios semelhantes?

— Tem razão, desculpe minha empolgação — disse Sinibaldus, reajustando distraidamente a peruca —, mas quando o senhor souber o que me traz aqui, compreenderá melhor, tenho certeza, a agitação em que me encontro. Essa criatura chama-se Salomon Blauenstein, e toda a cidade já fala dele, porque consegue produzir ouro a partir do antimônio com uma facilidade que revela plenamente a amplitude de seus conhecimentos.

Ele baixou o tom de repente e, depois de dar uma olhada rápida para trás, acrescentou em sussurros:

— Ele diz que é capaz de fabricar a Pedra, que é apenas uma questão de tempo e de técnica adequada. E sou obrigado a crer, considerando o que vi... De todos os poros ele emana santidade. É um verdadeiro sábio; é evidente que não busca o ouro ou a glória: foi só depois de ter-lhe implorado por vários dias que ele consentiu em me mostrar sua arte, mas com reticência, como se se rebaixasse a uma prática indigna de seus talentos.

— Hm... O senhor sabe qual é minha opinião sobre esse assunto. Dessa forma, permita-me manifestar alguma dúvida quanto às capacidades verdadeiras do senhor... como é mesmo o nome dele?

Como viríamos a descobrir bem mais tarde, o Sr. Sinibaldus ficou indignado com a atitude de Kircher. Ele não compreendia como se podia contestar algo com tanta má-fé e sem mesmo se dar ao trabalho de verificar os fatos. Assim que saiu do colégio, fez questão de provar a meu mestre sua cegueira. Para tanto, correu até a casa de Salomon Blauenstein, a quem convenceu — com grande dificuldade, pois o indivíduo estava reticente — a ir morar com ele. Colocou à sua disposição toda a sua fortuna e seu laboratório, à condição de que lhe ensinasse o modo de fabricar essa pedra ou pó cujo mero contato, ele constatara *de visu*, transformava em ouro a matéria mais vil.

Blauenstein era casado com uma jovem chinesa chamada Mei-li, cuja beleza misteriosa e cujo mutismo oriental contribuíam por aureolar o alquimista de poderes insuspeitos. Essa Mei-li, dizia Blauenstein — que mantinha grande discrição sobre como a encontrara, durante uma viagem à China —, era irmã do "grande físico imperial associado à Câmara dos Remédios". Este, versado na arte alquímica, lhe ensinara muitos segredos extraídos de antigos livros de magia. Àqueles que lisonjeavam suficientemente sua vaidade, Blauenstein revelava de bom grado, ainda que com bastantes considerações e precauções, uma pilha de cadernos preenchidos com caracteres chineses, os quais ele afirmava, sem grande risco de ser desmentido, conter o compêndio do saber alquímico.

Esse estranho casal se instalou, pois, com armas e bagagens no apartamento luxuoso posto à sua disposição pelo Sr. Sinibaldus em seu próprio palacete. A partir do dia seguinte, foi preciso fabricar um novo forno para o laboratório, posto que o antigo não convinha mais, e encomendar uma série de ingredientes raríssimos e caríssimos para iniciar o longo processo que conduziria à Grande Obra.

Quando Sinibaldus confessou sua ignorância sobre os produtos exigidos e o meio de obtê-los, Blauenstein encarregou-se de consegui-los, e a um preço melhor, unicamente por amizade ao seu anfitrião. O bolso do burguês estava aberto, mas o alquimista insistia em apresentar — apesar dos protestos de confiança de Sinibaldus — todas as faturas que justificavam seus gastos. Cinquenta mil ducados por meio quilo de zingar persa e 300 gramas de pó de escolopendra; 85 mil ducados de rosalgar, de auripigmento e de anil; a mesma quantia por uma pequena pedra de Bézoar lamaico; 100 mil ducados de resina Tacamahac, sal do Turquistão e alume verde, e uma quantidade de substâncias mais comuns, porém não muito mais baratas, tais como cinábrio, pó de múmia, de chifre de rinoceronte, fezes frescas de gavião ou testículos de lobo... Ainda que substancial, a fortuna de Sinibaldus diminuiu consideravelmente; e como que por efeito da Divina Providência, a do alquimista aumentou na mesma proporção.

Durante as ausências premeditadas de Blauenstein — supostamente dedicadas à busca dessas matérias inestimáveis, mas na realidade a pôr de lado os ducados que poupava em suas aquisições —, Mei-li e Sinibaldus cuidavam da manutenção do forno alquímico e vigiavam a lenta sublimação do enxofre e do mercúrio. Alegando o calor que fazia dentro do laboratório, a bela chinesa só se exibia em um penhoar de seda que o menor gesto entreabria, deixando perceber, como que por inadvertência, os encantos palpitantes deixados intencionalmente em liberdade. A trança de seus cabelos, penteados por uma mão delicada e atados atrás, era coberta de pérolas e por um chapeuzinho de vime envolto de seda, de onde surgia um tufo de crinas vermelhas. Nessa semidesordem transparente, ela se prostrava debruçada, com os quadris inquietos, diante de um pequeno altar de sua composição onde o Cristo tinha por vizinhos os ídolos hediondos de seu país; e ainda, para atrair sobre a Grande Obra a benevolência do céu, ela se entregava sem vergonha a danças lascivas e indolentes...

O infeliz Sinibaldus não precisou de muito tempo para sucumbir aos charmes daquela falsa recatada. Apenas três meses depois de fazer entrar o diabo em sua morada, semiarruinado, transido de amor, os sentidos enervados por aquela manobra de cortesã, ele se perderia por um beijo. Mas, entretendo sua paixão por meio de mil novidades lúbricas, a desavergonhada se abstinha de conceder-lhe a menor intimidade: a julgar pelos seus mimos, ela parecia ter nascido apenas para avaliar até onde podem chegar os desejos da natureza desregulada quando o cálculo e a avareza lhes oferecem os ombros como suporte.

Essa maquinação durou até o dia em que o fruto foi considerado suficientemente maduro para ser colhido, e, na noite de São João, Blauenstein anunciou que a Grande Obra ingressava na sua fase derradeira. Todos os ingredientes necessários foram dosados, filtrados, decantados com minúcia, antes de serem adicionados ao caldo de enxofre, mercúrio e antimônio que cozia lentamente depois de tanto tempo dentro do cadinho.

— Dentro de duas semanas, dia por dia, hora por hora — disse o alquimista —, a mistura chegará à sublime perfeição pregada pelos antigos. Só faltará em seguida despejar essa matéria líquida com a pedra de Bézoar, e o senhor verá nascer diante de seus olhos o famoso "Leão Verde", essa maravilha que garante a riqueza e a imortalidade! Mas o processo alquímico não é somente uma questão de purificação das matérias inertes: ele exige, para funcionar, uma decantação análoga do corpo e do espírito, sem a qual não poderemos assistir ao milagre definitivo. Com este fim, vou me retirar dentro de um monastério com a pedra de Bézoar e rezar sem interrupção durante essas duas semanas. Minha esposa, que foi iniciada nos segredos mais divinos por seu irmão, cuidará sozinha do vaso alquímico. Quanto ao senhor, meu caro amigo e benfeitor, irás refugiar-se em seu quarto para orar, contentando-se em trazer duas vezes ao dia para Mei-li o que lhe garanta a alimentação necessária. A menor desobediência a essas regras simples arruinará para sempre nossas esperanças...

Extremamente emocionado por esse discurso, Sinibaldus jurou que tudo sairia como desejava o alquimista e que não economizaria penitência nem orações para purificar sua alma.

Blauenstein passou o resto da noite a "harmonizar" o laboratório: diante de sua mulher e de Sinibaldus ajoelhados, traçou sobre o solo e sobre as paredes todos os tipos de estrelas pentagonais para interditar aos demônios o acesso àquele lugar, além de recitar uma série de fórmulas extraídas da cabala chinesa e pôr o forno sob a proteção de pelo menos três dúzias de "espíritos sefiróticos". Gesticulando e esfalfando-se dentro das nuvens espessas de incensos que ele mantinha acesos em permanência, o alquimista pareceu a Sinibaldus a própria encarnação de Trimegisto.

De manhãzinha, Blauenstein trancou sua esposa dentro do laboratório. Cerimoniosamente, entregou a chave a seu anfitrião, reiterou as ordens dadas no dia anterior e se foi. Esgotado pela noite insana, Sinibaldus voltou para seu quarto, onde imediatamente adormeceu, embalado de esperança e ilusão, no auge da felicidade.

Tendo acordado por volta das 13 horas, ele fez com que preparassem uma refeição, que pessoalmente levou à bela Mei-li. Em respeito às ordens do alquimista, manteve o olhar baixo e fechou a porta logo após ter pousado a bandeja de comida no chão. De volta ao seu quarto, flagelou-se por um bom tempo, depois afundou em orações até o anoitecer.

Na hora do jantar, retornando ao laboratório com nova refeição, surpreendeu-lhe tanto encontrar a bandeja da manhã ainda intacta que não pôde evitar um olhar no interior da sala: pouco clareada pela luz avermelhada vinda de uma pequena lanterna de vitral, Mei-li jazia ao pé do altar. Estaria ela doente, agonizando talvez?! Trancando a porta atrás de si, Sinibaldus se precipitou na direção da jovem chinesa...

Mal sacudira seu corpo e ela abriu os olhos banhados em lágrimas. Agarrando-se ao seu pescoço, ela começou a soluçar entre seus braços. Ainda que um pouco mais tranquilizado em relação ao seu estado, Sinibaldus ficou confuso com aqueles prantos implacáveis. Por um momento, pensou que ela havia cometido um erro irreparável na vigilância da Grande Obra e olhou na direção do cadinho: o forno roncava de modo apropriado; nada parecia ter sido negligenciado em sua manutenção. Livre desses receios, Sinibaldus se pôs a reconfortar a criatura magnífica que se abandonava em seus braços em meio a um intenso sofrimento. Depois de várias palavras gentis e castas carícias, ele conseguiu secar as lágrimas de Mei-li e obter uma explicação sobre as razões de seu desespero.

— Ah, senhor! — disse ela, a voz ainda arranhada pelos soluços. — Como confessar sem me expor ao desdém? O senhor é tão bom e nos demonstrou tanta confiança. Antes morrer mil vezes... Por que então essa vergonha e essa infelicidade vieram se abater sobre mim?

Ela dominava bem a língua italiana, porém com um sotaque que a tornava ainda mais adorável. Sinibaldus não cessou de encorajá-la a falar, garantindo-lhe seu perdão incondicional. Ali estava aquela moça que ele amava em silêncio fazia tantos dias, aninhada contra seu peito no mais delicioso abandono. A espécie de penhoar oriental que sempre vestia se soltara, deixando exposto um seio tépido e firme que ele sentia palpitar contra seu corpo. Seus espessos cabelos de azeviche exalavam um perfume inebriante; sua boca suplicante parecia mendigar os beijos mais doces, e o fogo de seu semblante exprimia mais os arrebatamentos do amor do que da angústia. Loucamente seduzido, Sinibaldus teria renunciado pessoalmente à Grande Obra a um simples gesto de Mei-li...

Quando o viu ainda naquela disposição, a marota chinesa consentiu finalmente em explicar os motivos de seu desespero: Salomon Blauenstein era um santo homem, um marido delicado e atencioso, um alquimista único, repleto de saber e de experiência, mas seria incapaz de produzir o elixir da vida sem a cláusula que só ela conhecia. Nunca reunira coragem suficiente para revelar isso ao seu esposo, pois tinha absoluta certeza de que ele renunciaria à sua busca para não ter de obedecê-la. Para efetuar a verdadeira transmutação, não aquela do ouro — que não apresentava dificuldade alguma —, mas a do licor da juventude, era preciso algo mais do que a matéria inerte...

— Como algo destituído de vida — disse a feiticeira — poderia produzir a imortalidade? O senhor compreende que isso seria impossível, e é por essa razão que todos os alquimistas fracassaram até hoje. Todos, exceto alguns mestres de meu país, que tomaram conhecimento da verdade e a utilizaram para sua imensa felicidade.

— Mas e esse ingrediente, minha senhora? Conte-me, eu imploro!

— Esse ingrediente secreto, senhor, a verdadeira *materia prima* sem a qual toda transmutação se revelará impossível, é o sêmen humano, esse concentrado metafísico da potência divina graças ao qual a vida se engendra e se renova. E ainda nem esse é suficiente, pois é preciso também amor, essa paixão cujo calor, único, une de modo indissolúvel a semente do homem à da mulher e permite solidificar a Pedra em seu derradeiro estágio da Grande Obra. É esta toda a causa de meu desespero.

Mei-li desandou novamente a chorar, e Sinibaldus sofreu muito para conseguir extrair, entre dois soluços, estas últimas palavras:

— Eu estimo meu marido, tenho por ele uma amizade e um reconhecimento infinitos, mas... não o amo. Essa flama necessária, essa inclinação que eu não conhecia até agora, é... é pelo senhor que sinto... Para minha infelicidade, para a sua e a de meu marido, posso ver muito bem que o senhor está a léguas de partilhar esse sentimento, e que nada, doravante, poderá salvar nosso empreendimento conjunto. Era pelo senhor que eu chorava, imaginando seu ressentimento após tantas esperanças e ilusões, pois quanto a mim, eu não sobreviveria a tal infelicidade...

Do apaixonado transido que era, o Sr. Sinibaldus se tornou propriamente frenético. Aquela declaração lhe assegurava não apenas uma alegria inesperada, mas também o sucesso da Grande Obra. Perdendo completamente o juízo, esquecido de sua própria esposa e dos filhos, ele começou a cobrir de beijos a linda Mei-li, chorando e rindo ao mesmo tempo, confessando-lhe de maneira extravagante sua flama oculta havia tantos meses. Ele nunca amara senão ela, como se a deusa Ísis houvesse enfim encontrado seu Osíris, e não deveriam mais duvidar que era Deus que os benzia.

A doidivanas fingiu-se surpresa, e depois, tomada de paixão imensurável. Foi ali então, sobre o chão daquela sala, que eles se entregaram aos jogos imundos de Cípris.

Durante as duas semanas que permaneceram fechados dentro do laboratório, a sânie de sua luxúria não cessou de derramar. Mei-li recolhia cuidadosamente aquela odiosa mistura dentro de um vaso de porcelana, depois a despejava no interior de pequeninas imagens de cera fabricadas por eles mesmos, que pretendiam representar diversos deuses da China, mas também o Cristo e os apóstolos. Esses ídolos blasfematórios eram depois lançados dentro do cadinho com todos os tipos de cerimônias, e a orgia recomeçava. Ofuscado pela paixão e pelo orgulho, Sinibaldus obedecia a tudo, sem perceber sequer por um instante o abismo em que afundava.

Ao fim do prazo fixado por ele mesmo alguns dias antes, Salomon Blauenstein retornou de sua pretensa ausência. Sinibaldus, que retornara a seu quarto um pouco antes a fim de enganá-lo, desceu para acolhê-lo. Surpreendeu-lhe a palidez do alquimista e as inúmeras provas de privação inscritas em seu semblante. Quanto a Blauenstein (que passara todo aquele tempo num lupanar do Trastevere!), reconheceu os mesmos sinais de esgotamento no rosto de seu anfitrião, ainda que aparentemente não imaginasse seu verdadeiro significado. A partir de então, não lhe restou mais dúvida sobre o sucesso de sua intriga. Ambos se cumprimentaram calorosamente e, após o alquimista dar a impressão de estar perfeitamente tranquilo quanto ao cumprimento estrito de suas ordens, eles penetraram no laboratório.

CANOA QUEBRADA | *E a guerra era para ele como uma festa...*

No início dos tempos, o mundo não existia. Nem as trevas, nem a luz, e nada que pudesse se assemelhar a ele. Mas existiam seis coisas invisíveis: os banquinhos, o suporte das panelas, as cabaças, a mandioca, a folha de ipadu, que faz sonhar quando a mascamos, e os rolos de fumo. Dessas coisas que flutuam, sem existência, uma mulher se fez e apareceu toda ornamentada no esplendor de sua morada de quartzo. Yebá Belô era seu nome, a mãe ancestral, aquela que nunca ficou grávida... Foi só o tempo de dizer "argh!", e ela se pôs a pensar o mundo tal como ele deveria ser. E enquanto assim pensava, ela mascava o ipadu e fumava um charuto mágico...

Quando o índio a arrastou para fora do Forró da Zefa, Moema não se iludiu nem um pouco sobre o que aconteceria com os dois naquela noite. Inquieta com a ausência de Roetgen, ela o procurou com os olhos por alguns segundos em meio às pessoas. Não que se sentisse obrigada a lhe dar satisfação, mas ela insistira em mostrar-lhe aquele lugar e se arrependia de tê-lo abandonado de modo tão inconveniente dentro de um universo que ele ainda pouco conhecia. Com Taís era ao mesmo tempo mais simples e mais delicado: a relação entre elas se baseava numa total liberdade sexual e Moema não tinha nesse ponto compromisso algum com a moça. O amor que as unia — assunto que voltava de maneira crucial cada vez que uma delas sofria com as escapadas da outra — estava muito além, acreditavam, das experiências de seus corpos. Em vez de semear-lhe dúvida, essa autonomia "fertilizava" seu relacionamento, o expandia... Como essa ingênua amplitude de seus espíritos não impedia, todavia, o ciúme e a angústia de se sentirem abandonadas, elas acabaram por impor às suas aventuras solitárias a maior discrição. Moema se apressava então para evitar encontrar sua amiga, quando a percebeu dançando com Marlene. Surpresa, ela reagiu ao olhar de Taís se abanando com a mão, como se dissesse que o calor a incomodava e que estava saindo para tomar um pouco de ar fresco... Sua rápida encenação recebeu em troca apenas um sorriso triste e desconfiado, e Moema se afastou irritada.

Assim que saíram, eles caminharam no escuro, subindo a rua até a cabana, onde Moema queria se abastecer de maconha antes de descerem à praia.

À beira do mar, ficava ainda mais evidente a violência do vento que dispersava as dunas. Aynoré estava calado; de vez em quando Moema sentia a mão dele roçar na sua, enquanto se afastavam cambaleantes sob o vendaval. Algumas centenas de metros mais adiante, eles se estenderam sobre a areia, protegidos por uma jangada que repousava na praia. Moema tinha fumado um baseado. Sob o rumor ensurdecedor das ondas, que parecia vir das priscas eras da Terra, aquele estrondo incompreensível e assustador levou-os a se aninhar um ao outro. Ela deu um primeiro trago no baseado disforme que conseguira enrolar apesar do vento. Aynoré fez o mesmo e começou a lhe falar com a voz baixa: o mundo havia começado daquela mesma forma, com uma mulher surgindo da própria noite e com um charuto mágico...

Seus pensamentos exalaram sob a forma de uma nuvem esférica coroada por uma torre, um refúgio convexo como o umbigo sobre a barriga de um recém-nascido. E ao se expandir, aquela bolha de fumaça incorporou toda a escuridão, de tal maneira que as trevas permaneceram cativas. Depois disso, Yebá Belô chamou seu sonho de "ventre do mundo", e esse ventre se assemelhava a uma grande cidade deserta. Então, ela quis ver gente lá, onde não havia nada, e começou a mascar o ipadu, fumando seu charuto mágico...

O pai de Aynoré havia sido o xamã de sua aldeia, em algum lugar na floresta amazônica, na confluência do Amazonas com o Madeira. Feiticeiro célebre, chefe religioso e político da aldeia, ele curava as pessoas com suco de fumo e decocções de plantas sobre as quais mantinha absoluto segredo. De sua perseverança em contar as façanhas de seu povo vinha aquela longa história de inúmeras ramificações, cosmogonia parasitária que parecia desenvolver-se a partir de si mesma sob os lábios do jovem índio, nutrindo-se de sua memória, perpetuando-se e multiplicando-se como um vírus, como ocorria havia séculos. Destinado a substituir seu pai, Aynoré tinha recebido dele os conhecimentos ancestrais que constituem um verdadeiro pajé: ele conhecia os mitos fundadores dos mururucus, seus ritos, suas danças e seus cantos tradicionais, sabia evocar os espíritos transfigurados sacudindo pedrinhas dentro de um chocalho de cabaça e interpretando suas mensagens no ronco dos maracás; sabia também falar com os animais, lançar os dardos venenosos invisíveis, provocar o transe do exorcismo. Aos 6 anos, partira à procura de sua alma, e ela penetrara seu corpo na forma de uma sucuri. Como seu pai, ele se tornaria capaz de tomar emprestadas as asas do pássaro Kumalak para voar acima das montanhas, se os destruidores de árvores não tivessem vindo perturbar o curso normal de sua existência.

E com os cortadores de árvores havia um agente da Funai — "A Fundação Nacional do Índio! Imagine só! E se houvesse uma Fundação Nacional do Homem Branco, hein? Pense um pouco..." —, e com ele o Exército, e com os soldados, o fim de tudo: foi preciso evacuar a aldeia, unir-se às tribos que já definhavam dentro da reserva do Xingu... À frente de alguns homens, seu pai tentou resistir, e esses foram mortos. Derrubados a tiro como se fossem simples macacos durante uma caça ao homem dentro da floresta.

Aynoré tinha somente 12 anos, mas se recusou a seguir com seu povo para a Reserva do Xingu; o agente da Funai tratou, então, de entregá-lo a um orfanato dominicano de Manaus. Lá ele aprendeu a ler e escrever, sem aderir jamais àquela religião na qual um deus doentio se deixava crucificar num país sem selva e sem araras. Depois foi para o internato dos mesmos padres em Belém. Foi só o tempo de iludi-los e ele fugiu com o dinheiro da administração. Com suas mãos hábeis, vivia desde então como podia, fabricando colares de plumas e brincos que vendia nas ruas.

Aynoré acariciava os cabelos da moça. Tomada pela ebriedade, a voz dele parecia ganhar entonações cerimoniais, inflectindo às vezes em meio ao diálogo até se tornar irreconhecível, aguda e deformada, como a de um ventríloquo. Moema o escutava religiosamente, tomada por imagens e arrepios. Ainda mais do que sua poesia, a característica imemorial daquela litania a enlevava. O fascínio tingido de fel contra os brancos e a lastimosa devoção dos escravos. Que desperdício inacreditável! Por ter aprendido com desgosto na universidade, ela sabia de cor os números daquela abominação: 2 milhões de índios à chegada dos portugueses e espanhóis; menos de 100 mil hoje em dia... "A população indígena era imensa", ela havia lido no texto de um viajante do século XVI, "a tal ponto que, se atirassem uma flecha para o alto, ela cairia sobre a cabeça de um índio e não no chão!" O autor em questão falava dos várzeas, uma tribo que cessara de existir menos de um século após aquela primeira tentativa de "recenseamento"... Tupi, Anumaniá, Arupatí, Maritsawá, Iarumá, Aualuta, Tsúva, Naruvot, Nafuquá, Kutenabu e tantas outras dizimadas... Mais de noventa tribos amazônicas se extinguiram ao longo de nosso século... De quantos destinos desconhecidos ficamos assim privados para sempre? De quantos mundos possíveis, de quantas evoluções saudáveis?...

Uma terra sem homens para os homens sem terra! Fora em nome desse slogan generoso que o governo brasileiro decidira construir a Transamazônica: 5 mil quilômetros de estrada a fim de oferecer aos pioneiros brancos novos espaços para a agricultura. A cada 10 quilômetros, em ambos os lados da estrada, 100 hectares de terra virgem a explorar, uma casa já construída, seis meses de salário e empréstimos gratuitos com prazos de vinte anos. Uma multidão de nordestinos famélicos mordera a isca. Mas essas "terras sem homens" fervilhavam de índios, e nenhuma autoridade se preocupou com a fauna e a flora sacrificadas por esse programa. Como na época da borracha, quando impregnavam com os germes da varíola ou de outras doenças mortais as roupas oferecidas aos selvagens impudicos, junto com um belo sorriso de amizade.

Mas ninguém havia previsto que o solo conquistado da floresta se esgotaria definitivamente após as duas primeiras safras, e hoje os pecuaristas recompravam a preço baixo essas terras estéreis de colonos endividados, pobres coitados que preferiam a miséria seca do sertão aos tormentos daquele deserto resplandecente. As quantias destinadas ao revestimento das estradas tinham sumido, de tal modo que a Transamazônica se transformaria na época de chuvas em um rio de lama impraticável, digerido pouco a pouco pela vingança obstinada da selva. Diante da insistência dos americanos de comprar milhões de quilômetros quadrados dentro da região de Carajás, acabou-se por descobrir jazidas de ferro riquíssimas de níquel, manganês e até mesmo ouro na Serra Pelada. As minas e os jazigos auríferos acabaram de estripar aquele paraíso original. Tudo se esvaía em fumaça: floresta, índios, sonhos de reforma agrária. Aquela farsa formidável servira apenas para enriquecer um pouco mais a inextinguível classe de safados. Uma injustiça crônica, esmagadora, que o oprimia repentinamente, como uma asma noturna.

O homem-trovão desceu então sobre o rio de leite. Lá se transformou numa serpente monstruosa cuja cabeça se assemelhava a uma barca. Era a canoa transformadora da humanidade. Os dois heróis escalaram a cabeça da serpente e começaram a subir a margem esquerda do rio. Cada vez que paravam, fundavam uma casa e, graças às suas riquezas mágicas, enchiam-nas de gente para ali morar. E a futura humanidade se transformava gradualmente, casa após casa. E como a embarcação navegava sob as águas, as casas eram submersas, de tal forma que os primeiros homens surgiram com a aparência de homens-peixes que se instalavam em suas moradas subaquáticas.

Não havia nada mais belo do que essa fábula flamejante: ela deixava transparecer um mundo de inocência e de serena liberdade, um cotidiano no qual cada segundo era uma festa, uma brincadeira sobrenatural com os seres e as coisas. Lá repousava o segredo da felicidade, naquelas palavras preservadas. Partir com Aynoré em busca de seu povo, reencontrarem juntos aquela comunhão original com o rio, os pássaros, os elementos; Moema se sentia totalmente pronta para esse retorno à terra natal. Não como etnologista, mas como índia de coração e convicção. Fervorosa em relação às coisas em si. Viver era aquilo, ou então nada.

A humanidade evoluiu desse modo, passando por graus imperceptíveis da infância à adolescência. E quando chegaram à trigésima casa, ou seja, à metade da viagem, os dois gêmeos decidiram que era hora de fazer os homens falarem. Nesse dia, fizeram um ritual com suas esposas: a primeira mulher fumou o charuto e a segunda mascou ipadu. A mulher que fumou charuto deu à luz o Caapi sagrado, que é ainda mais poderoso que o ipadu; e aquela que tinha comido ipadu gerou papagaios, tucanos e outras aves de penas coloridas. E com essas mulheres, os homens conheceram os terremotos, o medo, o frio, o fogo e o sofrimento, tudo aquilo que observaram nelas durante os partos.

E o poder da criança Caapi era tão forte que toda a humanidade tinha visões fantásticas. Ninguém compreendia nada, e cada casa começou a falar uma língua diferente. Desse modo nasceram os idiomas desana, tucano, pira-tapuia, barasana, banua, cobéua, tuyuca, uanana, siriana, macu e, para terminar, o idioma dos brancos.

"O Caapi", dizia Aynoré, "é uma espécie de cipó; a partir de sua casca se faz uma bebida que provoca visões. É mil vezes mais forte do que tudo que você já experimentou. Em nossa cultura, as mulheres não têm direito de consumi-lo. É uma planta sagrada, o cipó dos deuses, a erva da alma..." Ele havia tomado isso várias vezes na oca dos homens, e era um desvario total: encontrava-se o Grande Senhor da caça, assistia-se a combates extraordinários de cobras e onças, descobria-se atrás da ilusão da vida normal as verdadeiras potências invisíveis. "Eu não tinha mais vontade", dizia Aynoré, "mais nenhum poder pessoal. Não comia, não dormia, não pensava; eu não estava mais em meu corpo. Purificado, eu me elevava, uma esfera de grãos estourando no espaço. Eu cantava a nota que faz estilhaçar tudo e aquela que aniquila o caos, e ficava coberto de sangue. Eu estava com os mortos, eu experimentei o labirinto..." Pois existia um mundo além do nosso, um mundo ao mesmo tempo bem próximo e bem distante, um mundo onde tudo já havia chegado, onde tudo já era conhecido. E esse mundo falava, numa língua própria, uma sutil retórica de sussurros e cores. Visões azuis, violetas ou cinza como a fumaça do tabaco, e que declinava os modos incógnitos do pensamento; visões vermelhas de sangue, semelhantes às mucosas da mulher, à sua fecundidade; visões amarelas ou de um branco esmaecido, semelhantes ao esperma, ao Sol, e através das quais se realizava a união mística com o princípio. E numa luminosidade indescritível, cada coisa parecia destacada de seu contexto, carregada de um novo sentido, de um valor inédito. Depois da cerimônia, emergindo de um sono pesado povoado de sonhos, cada um desenhava ou pintava o que havia visto. Não havia um adorno, uma tatuagem sequer que não fosse inspirada nessas viagens alucinantes! E se havia tantas línguas diferentes, era para tentar dizer tudo isso, para exprimir incessantemente aquilo que não nos resignamos a deixar no silêncio equívoco das imagens... "De um homem que tomou Caapi, dizemos que ele se afoga, como se retornasse ao rio de onde saiu, como se mergulhasse de novo dentro do indiferenciado... De um homem que goza, possuindo uma mulher, diz-se também que ele se afoga, mas é para significar que ele se encontra num estado semelhante àquele provocado pelo Caapi."

O oitavo e último ancestral foi o padre. E ele saiu da água com seu livro na mão, e ele era estéril como um porco castrado. Então o Criador lhe ordenou a permanecer com os brancos, e é por isso que nunca soubemos da existência de padres até que eles retornassem do Oriente. Na 57ª casa, os homens ficaram adultos, e foi possível começar a abreviar os ritos. Os gêmeos continuaram assim a povoar os rios até a 67ª casa, lá longe, perto do Peru, e depois voltaram à 57ª, àquela onde os homens surgiram sobre a terra pela primeira vez.

"Vocês brancos", dizia Aynoré, "vocês entram em suas igrejas e falam com a porra do seu Deus durante uma hora; nós, os índios, nós vamos para a mata e falamos *com* o nosso, com todos os nossos, durante dias a fio..."

Realizando os ritos cerimoniais, cada casa teve sua função e cada um pôde finalmente morar no mundo como um tatu dentro de sua couraça.

Assim falavam nossos ancestrais. Mas o trabalho do Criador não durou para sempre, pois houve três grandes desastres: dois incêndios e um dilúvio. E, a cada vez, Ngnoaman teve que recomeçar tudo. Após o dilúvio, ele fundou uma quarta humanidade, aquela da qual fazemos parte, e proclamou: "É muito trabalhoso refazer tudo a cada vez. A partir de agora, deixarei os homens em paz, já são bem grandes para se castigarem sozinhos..." E essa é a história do grande princípio, a gênese dos primeiros balbucios.

Moema não conseguia mais refletir, tantas eram as cores que iluminavam sua noite. O Éden de fato existira, em algum lugar entre os trópicos e a Linha do Equador. "Você é a mulher que redemoinha os redemoinhos, você é a mulher que ruge, a mulher que ressoa, a aranha, o tucano e o colibri..." Ela não sabia se Aynoré estava dizendo aquilo ou se ela simplesmente o pensava, mas quando fizeram amor sobre a jangada, em meio a odores de salmoura e peixe, as peles nuas crivadas de areia, e quando ela se concentrou naquele núcleo elástico de seus sexos unidos, ela acreditou apreender todas as palavras daquela língua resplandecente, daquele murmúrio contínuo que a reconciliava enfim com os homens: *"Nitio oatarara, irara. Mamoaúpe, jandaia, saci-pererê?"* Temos tempo, devoradora de mel.. De onde você vem, pequena jandaia, viajante da noite?

Naquele mesmo instante, lá em cima, na penumbra azulada da cabana, Taís inclinou a cabeça para fora da rede e vomitou.

FORTALEZA | *Não sou cobra, mas vou envenenar tudo...*

Zé o levara bem cedo para a favela, pouco antes de partir para um novo frete de três dias. Às 7 horas, Nelson já estava em seu posto, na esquina das ruas Duque de Caxias e Luciano Carneiro. Indiferente aos eflúvios nauseabundos dos canos de descarga — utilizado por uma grande quantidade de carros, o combustível à base de cana-de-açúcar deixava em suas narinas um ressaibo agradável, um pouco como se todos os habitantes da cidade tivessem se entregado na véspera a uma incrível bebedeira e pela manhã transpirassem cachaça por todos os poros —, surdo à cacofonia das buzinas e do rosnar dos motores, Nelson mendigava com a segura desenvoltura de um verdadeiro profissional. Lá pelas 9 horas, quando o fluxo de motoristas a caminho do trabalho foi substituído pelo de táxis e caminhonetes, ele foi para a beira da praia, onde os turistas começavam a sair dos hotéis. Em relação a esses, sentia uma mistura de desprezo e piedade: desprezo pela sua arrogância de gente em férias, unicamente preocupada em gastar sua grana em compras fúteis, e piedade por aquelas peles brancas, esfoladas pelo sol, que os faziam parecer pacientes cheios de queimaduras, desprovidos de curativos. Ao contrário dos leprosos, dos quais quase ninguém se aproximava por repugnância visceral e medo de contágio, ou mesmo dos estropiados e dos cegos, menos móveis do que ele, sua deficiência o ajudava: permitia abordar os carros, mas também as entradas dos hotéis de luxo, e se era necessária uma artimanha para não ser expulso pelos porteiros — alguns deles, contudo, autorizavam suas manobras, mediante uma porcentagem sobre os lucros —, também era raro que um turista, surpreendido ao sair do Imperial Othon Palace ou do Colonial, não lançasse mão de uma pequena esmola para afastar aquele incômodo que maculava seu lazer programado.

Era quase meio-dia quando Nelson resolveu pegar o ônibus para Aldeota, o bairro elegante da cidade. Não que tivesse a chance de conseguir um mísero trocado por lá — os ricos ficavam protegidos em seus condomínios como dentro de fortalezas, e os vigias, geralmente mais perigosos do que os próprios policiais, abundavam por lá —, mas Zé acabara lhe dando o endereço do mecânico que tinha comprado o Aero Willys. Ele estava a fim de bisbilhotar um pouco o lugar...

Diante da garagem José de Alencar, Nelson observou o vaivém de um empregado preguiçosamente ocupado em lustrar a entrada de ar do radiador; aproveitando sua distração, Nelson deslizou sob um dos carros estacionados no interior. Era uma concessionária da Mercedes-Benz, e o mecânico se especializara no comércio de carros antigos. Nelson percebeu uma esplêndida tração dianteira cujo cromado polido lhe pareceu tão belo quanto ostensível. Arrastando-se sob os carros com uma habilidade de índio sioux, ele conseguiu facilmente alcançar o eixo traseiro de um deles e, deitado de costas com as narinas abertas, fechou os olhos para melhor desfrutar os odores de óleo e borracha.

Não saberia dizer quanto tempo havia passado ali quando ouviu alguém batendo palmas vigorosamente, arrancando-o de sua sonolência.

— Ô de casa! Tem alguém aí? — A voz tinha um timbre grave e autoritário.

— Sim, senhor! Já estou chegando — respondeu o empregado.

— Sou o deputado Jeferson Vasconcelos... Vá chamar seu patrão, quero dar uma olhada nos carros antigos.

— Agora mesmo, doutor! Pode ir dando uma olhada. Ele já vem.

Nelson escutou os passos apressados do empregado e, depois de alguns segundos, os do mecânico que se precipitava em direção ao cliente.

— Floriano Duarte, a seu serviço. Estou feliz de conhecê-lo, senhor deputado.

— Muito prazer... — disse a voz irritada do deputado. — Vou resumir porque estou com pressa: prometi um carro ao meu filho, que faz 18 anos. Ele botou na cabeça que quer um modelo antigo, no lugar do Golf que eu estava pensando, e não consigo fazer com que mude de opinião...

— Eu entendo, senhor deputado... Não é possível ir contra a moda. Os jovens são loucos por esses carros e, com todo o respeito, acho que eles têm razão! E não estou falando isso porque vendo carros assim, faça o favor, pois vendo Mercedes também. Os carros de hoje em dia parecem supositórios, por assim dizer, ou no melhor dos casos são sabonetes: design de banheiro, sem nenhuma novidade, nenhuma beleza... Parece até que todos os fabricantes combinaram isso. Mas antes eles eram revestidos como carruagens, como o altar de uma catedral! E não estou falando só dos Hispano-Suiza, Delahaye ou outros Bugattis, veja bem... Olhe só os Plymouths, os Hotchkiss, os Chryslers! A gente enfeita e expõe nos museus como obras de arte, enquanto ainda andam, e às vezes melhor do que muitos novos! Este modelo, por exemplo... Venha ver, faça o favor.

Os dois pares de pés se aproximaram do carro sob o qual Nelson se encontrava. Ele identificou logo o deputado pelo caimento perfeito do tecido sobre os sapatos engraxados. Se estendesse a mão, poderia tocar nele.

— Tração dianteira. Um Citroën de 1953! Olhe bem essa joia! Seis cilindros, 15 CV, motor flutuante, cilindros revestidos, 130 quilômetros por hora em 27 segundos! O que o senhor acha? Pode chegar perto, não tenha medo. Sinceramente: que estilo, que elegância! Olhe bem o contorno desse para-lama, e desses para-choques... Não se pode comparar esta maravilha a um Volkswagen! É mais do que um carro, é um símbolo, uma arte de viver...

— Eu entendo — disse o deputado, cujo movimento nervoso do pé traía sua irritação —, mas não estou aqui para comprar um símbolo, quero simplesmente um carro que funcione sem dar problemas a cada 15 minutos. Você está me entendendo?

— Sabe como chamam esse modelo, senhor deputado? — recomeçou o vendedor, num tom ofendido. — É o "rei do asfalto"! Não sei se o senhor está me entendendo... Os alemães tinham requisitado todos durante a guerra; já rodaram milhares de quilômetros, e sem reclamar, o senhor pode crer! E deixe-me lembrar que tem um motor parecido com o que serviu para a Croisière Jaune, ou a Travessia da África!

— Pois justamente... Como é o seu nome mesmo?

— Floriano Duarte...

— Justamente, Sr. Duarte... todos esses motores já viveram demais. Mas essa sua pequena maravilha tem quantos quilômetros rodados?

— Zero! — respondeu o mecânico com orgulho.

— Como zero? Está de sacanagem comigo?

— Claro que não, senhor deputado, eu nunca faria isso! Eu refiz o motor inteiramente, usando um lote de peças originais: esse carro pode muito bem ser antigo, mas é *novo*, totalmente novo, como se tivesse saído da fábrica! Se seu filho desejar ir e voltar a Belém, eu garanto que não terá problema algum! Sem falar do conforto. — Abriu a porta. — Revestimento interior de veludo, suspensão refeita, bagageiro espaçoso... É um luxo só, senhor deputado! Sente-se e veja o senhor mesmo!

Percebendo de repente que suas pernas poderiam ficar prensadas se alguém entrasse no carro, Nelson se contorceu de modo a poder escapar no último instante.

— Estou sem tempo — disse o deputado. — Vamos falar de coisas mais desagradáveis: quanto custa?

— O mesmo que um Golf, senhor deputado... Exatamente o valor que o senhor está disposto a pagar.

— O preço de um Golf? Por esse monte de ferro-velho! Tá pensando que eu sou otário?

— É o preço para alguém que quer comprar um carro para o filho, fazendo ao mesmo tempo um bom negócio: para este Citroën, dou garantia de três anos, peça e manutenção. E, se um dia quiser revender, asseguro que consigo um comprador disposto a pagar o mesmo preço. A cada dia, o senhor sabe muito bem, os carros novos ficam mais desvalorizados. Mas para os modelos antigos de boa qualidade, é exatamente o contrário. Em vez de dilapidar seu dinheiro num mero capricho, o senhor estará fazendo um investimento, e muito bom... Veja bem, estou fazendo um favor com essa garantia: os verdadeiros colecionadores não exigem tanto, pode ter certeza! Na semana passada, por exemplo, vendi um Willys 1930 sem nem me encontrar com o comprador. E custava o dobro! Foi o coronel José Moreira da Rocha que negociou comigo, o senhor o conhece, provavelmente...

— O governador do Maranhão?

— O próprio, senhor deputado. O senhor há de convir que nesses assuntos ele não nasceu ontem...

Nelson quase soltou um berro. Associado ao Aero Willys, esse maldito nome tinha sido tantas vezes repetido que acabara se tornando impronunciável. Foi como uma descarga elétrica. Em seu rosto contrito, as lágrimas começaram a escorrer de repente de modo automático, absurdo e inconveniente. Seu ódio cresceu até englobar o mundo com suas volutas de tinta escura, até cegá-lo como sua própria opacidade. No espaço de um segundo, ele se viu como um polvo, um molusco oculto em sua concha de metal preto, bicho disforme, lançando seus tentáculos contra as pernas expostas do mecânico, puxando-o para seu rancor caótico que o reduziria a migalhas sob o carro. Seus membros se agitaram em sobressaltos convulsivos, uma espuma aflorou no canto dos lábios. Quando voltou a si, alguns instantes depois, ele só se recordava de uma coisa: aquele nome pronunciado era como um sinal de justiça, uma última exortação ao castigo.

Não havia mais ninguém à sua volta e assim Nelson conseguiu sair sem dificuldades de seu esconderijo. Ousando uma olhada sobre o capô, ele viu o mecânico e o deputado conversando animadamente atrás da porta de vidro do escritório. Tranquilizado, dirigiu-se à parte da garagem que servia de oficina, vasculhou uma caixa de ferramentas aberta, ao lado de um carro em conserto, e apanhou uma lima de metal antes de partir.

Voltou sem dificuldades para o calor das ruas e sentiu nos dedos o contato tranquilizador do asfalto mole.

A socialite toda maquiada com quem ele cruzou naquele instante tomou um susto, imobilizando-se diante dele. O cão minúsculo que ela segurava pela coleira se pôs a ladrar, as gengivas expostas, o pelo arrepiado. Com um golpe brutal no focinho do animal imbecil, Nelson transformou os latidos histéricos num ganido agudo.

— Não sou cobra, mas ando envenenado! — ameaçou a já aterrorizada mulher.

Enquanto ela fugia com o cão nos braços, ele começou a rir com vontade e se pôs a mijar ali mesmo, na rua, sob o sol.

CAPÍTULO XVII

Como Kircher desvenda o embuste de Blauenstein

A bela Mei-li saudou seu esposo prostrando-se ao modo chinês, mas sem que o alquimista lhe desse a menor atenção: assim que entrou no laboratório, ele franziu as sobrancelhas e começou a andar de um lado para outro, a expressão preocupada. Passando diante do altar, uma força invisível pareceu impedir-lhe de seguir em frente, como se percebesse que aquele local tivesse sido o palco de uma indignidade... Ele se virou lentamente na direção de sua mulher e de Sinibaldus.

— Se eu não tivesse a confiança que tenho no senhor — disse ele, com um ar grave —, poderia crer que minhas ordens foram transgredidas. Há dentro desta sala eflúvios maléficos que me fazem pressagiar dissabores em nosso empreendimento. O senhor tem certeza de não haver negligenciado nenhuma das minhas determinações? Seria trágico fracassar assim tão perto do objetivo...

Sinibaldus empalidecera. Tomado pelas dúvidas mais atrozes diante dos poderes extraordinários do alquimista, suas pernas tremiam e ele transpirava em abundância. Ainda mais que Mei-li, que, longe de conservar a expressão impassível que exibia de hábito, parecia também extremamente perturbada e dava a impressão de uma excomungada. Sinibaldus fez um esforço para tranquilizar o alquimista, mas ele mentia com tão pouca convicção que logo se deu conta das lacunas de sua argumentação de defesa e acabou se calando.

— Não o ofenderei contestando sua palavra — prosseguiu Blauenstein, com um ceticismo intenso. — Posso me enganar... Mas tudo isso será rapidamente verificado: um simples gesto me dará na hora a prova manifesta.

Ele retirou de sua bolsa a pedra de Bézoar e se aproximou do forno, seguido de perto por sua mulher e por Sinibaldus. Em seguida, elevando o objeto acima do forno, pronunciou:

— Por Kether, Hokmah, Binah, Hesod, Gevurah, Rahimin, Netsch, Hod, Yesod e Malkuth! Pelas 72 letras secretas do nome de Deus que invoco agora, que este último testemunho da pureza de nossos corpos e de nossas almas possa nos oferecer o elixir da imortalidade!

Nesse instante, ele lançou o Bézoar dentro das matérias efervescentes. Enfim pronto, o caldo explodiu incontinente, fazendo jorrar uma chuva de fagulhas e uma espessa nuvem que escondeu o forno do olhar de todos. Enquanto Sinibaldus, aterrorizado, rezava a Deus em voz alta e corria até a janela a fim de arejar a sala, o alquimista aproveitou para fazer funcionar um mecanismo engenhoso sem que ninguém visse.

Quando foi novamente possível enxergar razoavelmente, os três indivíduos, tossindo, sujos de fuligem, se precipitaram para o cadinho. Blauenstein recuou imediatamente, berrando de terror... Ao observar por sua vez, Sinibaldus pensou que morreria ali mesmo; seu coração cessou de bater, seus ossos congelaram num frio mortal: havia uma víbora dentro do forno!

— Traição! Traição! — gritava o alquimista, o rosto deformado pela ira.

Sinibaldus não teve tempo de se recompor e Mei-li já se agarrava aos trajes de seu esposo, implorando perdão e confessando em detalhes todas as ignomínias perpetradas em sua ausência. Mais morto do que vivo, completamente desorientado pela malícia de seus perseguidores, Sinibaldus teria desejado sumir de uma vez: aquela mulher, que lhe jurara amor eterno em seus mais doces êxtases, ele agora ouvia, sem acreditar que fosse possível, acusá-lo de todos os males e deturpar a verdade de uma maneira descarada; ele compreendeu então que seria impossível se justificar... Tal vilania raptou-lhe a voz. Tomado por uma fraqueza repentina, deixou-se cair numa poltrona, devastado pela dimensão de sua desgraça.

— Desperdiçar todos os nossos esforços ainda passa — dizia o alquimista, enfurecido —, afinal de contas, é o seu dinheiro que vai para o ralo, mas penetrar minha mulher, se entregar com ela, e contra a sua vontade, aos feitiços mais abjetos! Farei apelo à Inquisição, senhor, e verás que não se brinca com esse tipo de perversão! Justiça! Justiça! Vamos procurar os guardas!

Advertida pelo tumulto e tomada de inquietação pelo marido, a esposa de Sinibaldus fazia enorme barulho atrás da porta. Erguendo a cabeça, Sinibaldus surpreendeu um sorriso de cumplicidade entre Blauenstein e sua capeta chinesa; e ele logo compreendeu que havia sido ludibriado e que nenhuma de suas orações conseguiria protegê-lo de suas garras:

— Toda a minha fortuna, senhor... — conseguiu dizer com dificuldade. — Toda a minha fortuna em troca de seu silêncio.

O efeito de tais palavras foi radical.

Sinibaldus se apressou para tranquilizar sua esposa através da porta e voltou para perto de Blauenstein a fim de sorver seu cálice de amargura. E foi sob o olhar de desdém daquela que ele tomara com tanta ingenuidade pela própria Ísis que ele se curvou às vontades do alquimista. Em uma semana ele deveria reunir toda a sua fortuna e entregar tudo àqueles velhacos; agindo assim, poderia contar para sempre com seu silêncio. Caso contrário, podia ter certeza de que haveria denúncia, escândalo e, consequentemente, as chamas da fogueira.

Foi no dia que se seguiu a esses acontecimentos funestos que Sinibaldus voltou pela primeira vez ao Colégio. Kircher estranhava depois de algumas semanas o seu desaparecimento, temendo ter sido um tanto rude no último encontro. Assim, recebeu-o com uma alegria sincera e um espanto não dissimulado, pois se tratava de um homem 15 anos mais velho, oprimido pela infelicidade e pelo arrependimento, que vinha solicitar a confissão...

— Ora, padre — dizia Sinibaldus quando me encontraram ao sair da capela —, aquele monstro teceu muito bem sua trama e só me resta deixá-lo devorar todos os meus bens.

— Nada disso, meu amigo. Não deve se entregar imediatamente. E percebo uma maneira, me parece, que...

— Ah, padre! — exclamou Sinibaldus, tomando sua mão. — Se tal maneira existe, coloque-a em prática! Eu o obedecerei em tudo, e terá minha gratidão, pode ter certeza...

— Deixe de lado sua gratidão, ao menos por ora, e faça o que vou ditar. Não se pode dizer que a Igreja capitulará ante as criaturas do demônio. O senhor vai voltar para casa e convencer esse maldito alquimista a vir efetuar aqui sua fabricação de ouro. Continue desempenhando seu papel de tolo, acalme as suspeitas eventuais desse homem implorando sua indulgência em relação ao adultério do qual já se declarou culpado, faça tudo como ele deseja... Por fim, diga-lhe que eu soube por acaso de seus talentos extraordinários e que gostaria de ver sua demonstração. E, principalmente, não se esqueça de lhe retratar habilmente minha credulidade quanto a esse assunto, e de atraí-lo com as vantagens que poderá obter se tiver sucesso à minha frente. O senhor sabe muito bem que o próprio imperador se interessa pela alquimia e que ele graciosamente me concedeu sua amizade e seus favores.

Reanimado pela esperança que meu mestre foi capaz de nele infundir, Sinibaldus se apressou para colocar em execução os planos de Kircher. Estes funcionaram além de toda expectativa... Seduzido pela consciência de sua superioridade, Blauenstein caiu em todas as armadilhas armadas por Athanasius e, dois dias depois, o tubo acústico nos anunciou sua presença e a de Sinibaldus à porta do colégio.

Kircher acolheu seu convidado com intensas demonstrações de amabilidade, conduzindo-o ao laboratório onde estávamos agora fechados. Simulando candura, meu mestre fingiu se extasiar com as pretensas façanhas das quais Blauenstein se vangloriava sem qualquer vergonha, ainda que sob a máscara da indiferença e da sabedoria com a qual havia tão bem enganado Sinibaldus.

— Ouro, evidentemente... — dizia o alquimista num tom de desdém. — Eis uma palavra que atrai muitos insensatos. Posso confessar-lhe que é para mim o mais vil dos metais. Estranho paradoxo, não é mesmo? Mas para conseguir fabricá-lo é preciso primeiramente entender a vaidade de toda riqueza desse mundo; e no mesmo instante em que se descobre o segredo da transmutação, revela-se igualmente sua inutilidade...

— Certamente, senhor. Creio, contudo, que seu conhecimento incomum em termos de alquimia poderá esclarecer muitas sombras no funcionamento da natureza, e eu conheço uma pessoa bem digna e de posição bem elevada, embora ainda seja cedo para pronunciar seu nome, que ficaria muito feliz de usufruir de suas elucidações. Mas para isso, será preciso que aceite, unicamente por uma questão de garantia para as diligências que empreendo agora em seu nome — Kircher pronunciou essas três últimas palavras com bastante gravidade, a fim de fazer sentir ao alquimista o caráter oficial de sua autoridade —, refazer diante de mim a experiência da qual me falou meu amigo Sinibaldus com tão grande admiração.

— Nada mais simples — disse Blauenstein, a quem não incomodava chegar ao âmago da questão —, e, longe de sentir-me magoado por tal solicitação, é com imenso prazer e todo respeito devido a... essa pessoa que concordo em demonstrar meu mísero saber.

— Nosso laboratório está abastecido, creio eu, de tudo que possa lhe ser necessário... — E quando o alquimista se virou na direção da enorme caldeira de ferro coberta de vasos para destilação que roncava no meio da sala: — Este forno que inventei inclui 66 cadinhos individuais, mas, como pode constatar, estão todos ocupados com a destilação de essências medicinais. Sirva-se então deste aqui, do qual faço uso mais especificamente para minhas experiências de química. Quanto aos ingredientes, peça-os e meu assistente terá o prazer de fornecê-los.

Blauenstein se ensoberbou. Era o tipo de situação em que se sentia à vontade, e se pôs a ativar o forno com nobreza, ao mesmo tempo em que enumerava os produtos que lhe seriam indispensáveis:

— Rosalgar, 200 gramas; cinábrio, 200 gramas; enxofre, 50 gramas; a mesma quantidade de salitre e de sal do Turquistão, o dobro de mercúrio e auripigmento...

Athanasius e Sinibaldus observaram o alquimista enquanto ele lançava no cadinho todas essas substâncias, à medida que eu as trazia, pesava e preparava, segundo suas diretrizes. Assim que a mistura foi concluída e começou a ferver, Blauenstein abriu uma maleta que trouxera consigo. Dela retirou uma longa colher de jade e um frasco de líquido transparente.

— Dentro deste recipiente há o resto de um elixir que fabriquei outrora na China. Sua potência é tal que uma única gota lançada dentro da mistura apropriada provoca imediatamente a transmutação.

— E esse esplêndido objeto? — perguntou meu mestre, fingindo ter a intenção de examinar a colher de jade.

— Ela é totalmente indiferente ao processo — retorquiu o alquimista, entregando-a de boa vontade a Kircher. — É um presente do "Grande Físico Imperial", meu falecido cunhado. Utilizo-a apenas em homenagem a ele e para me beneficiar de suas virtudes intrínsecas.

— Neste caso — disse Athanasius, acariciando distraidamente a superfície do jade —, o senhor não verá inconveniente algum, eu suponho, em utilizar uma das minhas próprias colheres. Tome, esta aqui foi projetada por... essa pessoa da qual falávamos anteriormente. Posso assegurar que ela ficará lisonjeada ao saber que contribuiu, ainda que pouco, à realização da Grande Obra...

Nunca uma fisionomia mudou com tanta celeridade; em poucos segundos, nada mais sobrou daquela cortesia e petulância que caracterizava a aparência de Blauenstein. Sem dizer palavra, ele fixava Kircher com o olhar malvado e suspeito de um rato preso numa armadilha, enquanto meu mestre mantinha os olhos baixos, concentrados no instrumento que parecia tão essencial ao alquimista...

— O senhor me desculpará junto a essa pessoa — acabou dizendo Blauenstein, com uma astúcia desajeitada —, mas insisto em utilizá-la. Uma questão de... apego, eu diria. A transmutação não se resume simplesmente a química, é preciso igualmente certo tato, uma habilidade ou um hábito com certos objetos. Às vezes o afeto a eles dedicado desempenha um papel determinante...

— Basta, senhor! — disse Kircher, erguendo lentamente os olhos para seu interlocutor.

Todo vestígio daquela ingênua bonomia demonstrada até então pelo meu mestre havia desaparecido: era um inquisidor que se empertigava bruscamente diante de Blauenstein, um padre-monstro capaz de congelar o sangue.

— Essa habilidade só é útil às mulheres ou aos palhaços de sua espécie! — prosseguiu meu mestre. — Embora os palhaços não tenham nem um pouco dessa hipocrisia que é sua verdadeira natureza. O senhor é um impostor, um ladrão vulgar, e se produziu ouro, isso foi apenas o extraindo da bolsa de pessoas mais crédulas do que eu...

— Como ousa? — exclamou o alquimista num derradeiro sobressalto.

— Excremento de seminário! Será preciso que eu desvende um a um todos os seus artifícios? — prosseguiu Kircher, segurando-o pelo colarinho. — Será preciso que eu diga por que o senhor tanto se obstina com essa colher? Ajoelhe-se, seu monge depravado, ajoelhe-se! Os carrascos da Inquisição dedicam atenção bem especial aos canalhas do seu tipo!

E se o Sr. Sinibaldus ainda não estava convencido da impostura do qual fora vítima, o que se seguiu lhe teria definitivamente aberto os olhos: privado de recursos diante dos ataques e das ameaças de Kircher, Blauenstein se entregou repentinamente, admitindo os golpes inventados por sua maligna fantasia. Nada era tão agradável quanto ver estremecer aquele homem vaidoso e ouvi-lo implorar de todas as maneiras a misericórdia de meu mestre.

Quando Athanasius acabou de reduzi-lo a nada, ele fingiu ceder por fim à clemência, e meu mestre disse:

— Não lhe peço que prometa coisa alguma. Quem poderia ainda ter fé em suas palavras? Mas ordeno que saia desta cidade imediatamente com sua prostituta e não retorne jamais em sua vida! Eu o conjuro a abandonar a alquimia. O dinheiro que de modo tão vil conseguiu, Sinibaldus lhe dá como esmola para pagar seus próprios pecados: coloque-o em benefício de sua recuperação achando um trabalho honesto e salve sua alma com um sincero arrependimento por seus erros passados. Se eu ouvir falar uma vez que seja de suas más ações, eu o entregarei sem hesitar à justiça da Igreja!

Blauenstein, obviamente, não precisou que lhe repetissem. Ele jurou por tudo que era possível, se esparramou em agradecimentos lamentáveis e saiu em disparada.

Sinibaldus não acreditava na própria felicidade; em poucos minutos, Kircher lhe havia devolvido sua honra e a maior parte de sua fortuna. Chorando de emoção, os olhos brilhando de gratidão, ele se ajoelhou no chão para agradecer a Deus. Athanasius se aproximou dele, o admoestou e o absolveu.

Quanto a mim, felicitei meu mestre pelo modo exemplar com o qual desmascarara aquele perigoso pilantra, não sem interrogar sobre alguns pontos ainda obscuros no meu entendimento. Como Blauenstein pretendia fabricar ouro caso não fosse impedido no último instante? Através de que milagre Kircher percebera qual fora a antiga profissão do alquimista? Questões como estas, meu mestre esclareceu com um sorriso.

— Fazer ouro? Nada mais fácil com este objeto.

Ele se aproximou do forno sobre o qual a água fervia dentro de um recipiente de vidro. Depois de mergulhar a colher de jade no interior, pôs-se a mexer lentamente.

Para nossa grande estupefação, vimos aparecer uma chuva de pepitas de ouro na água transparente do frasco.

— Uma manipulação tão velha quanto o mundo — disse Kircher —, mas que ainda produz seu efeito. Observe bem, um pequeno canal foi perfurado no corpo dessa colher. Bastava, portanto, enchê-lo antecipadamente de pó de ouro e obstruir seu orifício com um pouco de cera. No momento certo, o calor de qualquer mistura derrete essa rolha, liberando no fundo do cadinho ouro verdadeiro. Muito provavelmente o seu, meu caro Sinibaldus... Quanto ao fato de nosso homem ter feito parte da Ordem outrora, confesso ter-me arriscado um pouco. Sou mais alto que Blauenstein e, enquanto ele falava, tive todo o tempo para observar o topo de seu crânio. Uma curiosa anomalia me chamou a atenção: seus cabelos eram bem mais espessos na parte de trás da cabeça, algo que uma tonsura regular anos a fio poderia facilmente explicar. Em seguida, procurei lhe preparar uma armadilha durante o curso de nossa conversa, mencionando suas qualidades para o serviço religioso. Ele não conseguiu impedir que transparecesse certo embaraço, o que me confirmou minha primeira dedução. Algo extremamente infantil, como vocês podem constatar... Mas, valha-me Deus, esse incidente abriu meu apetite. O que acham de irmos dar cabo de algumas galinhas de nosso amigo Carlino, a dois passos daqui?

Nós aceitamos com prazer e Sinibaldus insistiu em patrocinar o ágape.

Quando este último voltou para sua casa, algumas horas mais tarde, o alquimista e sua mulher haviam partido. O Sr. Sinibaldus guardou dessa aventura um reconhecimento eterno ao meu mestre; todavia, o mesmo não se passou com Blauenstein. Derrotado e humilhado por Kircher, ele dedicou-lhe um ódio terrível, que iria se manifestar vários anos depois, conforme veremos.

— Seria preciso conseguir ao menos uma cópia do projeto — disse Eléazard, as sobrancelhas franzidas. — Senão, não posso fazer nada. Não se pode escrever sem provas, entende? Principalmente quando se trata de denunciar alguém.

Alfredo sacudiu a cabeça, cheio de raiva, enchendo os copos com vinho verde. Estava claro que ele não via as coisas daquele modo.

— E a mulher dele? Não tem jeito de envolvê-la no negócio?

— Por ora, não — respondeu Loredana. — Segundo o Dr. Euclides, ela fez disso uma questão pessoal. O dinheiro é dela e ela tem meios de intervir.

— Ela não tinha proposto aulas de italiano? — disse Eléazard. — Não deu em nada também?

— Deu sim, ela disse que ligaria para a sua casa e falaria comigo um desses dias. Será a ocasião de sondar alguma coisa.

— Pois bem... — Alfredo suspirou, a expressão amuada. — Resumindo: temos uma base americana que se instala em segredo na península, um governador safado que se aproveita dessa informação para especular tranquilamente e três imbecis que ficam de braços cruzados esperando que tudo aconteça.

— Pare com essa palhaçada — interveio Eléazard. — Prometo que as coisas não vão ser assim tão fáceis, mas ainda é cedo demais para agir. Se o deixarmos desconfiado antes de poder interceder com eficácia, eles vão esconder tudo, e aí estamos fodidos.

— Ele tem razão — disse Loredana. — Confie na gente.

— *Confie na gente...* — repetiu Alfredo, parodiando o tom lenitivo da italiana. — Eu gosto muito de vocês dois, mas é *meu* país, *minha* região... Então não confio em ninguém, eu juro que...

Ele se calou, distraído com o aparecimento dos três hóspedes americanos no hotel.

— Não aguento mais eles! — retomou Alfredo depois que o casal e sua filha passaram perto do grupo, como se os três fossem invisíveis. — Só saem do quarto para encher o saco da Socorro ou para encher a cara no bar... Precisa ver em que estado eles voltam.

Ao chegar à casa de Alfredo pela manhã, Eléazard tentara conversar com a velha empregada doméstica: ela se recusava a receber um salário que não fosse fruto de seu trabalho. Todo trabalho tinha sua face ingrata, Deus assim decidira. Ela preferia o servilismo do avental à baixeza da mendicância... Não deixava de ser grata por ele se interessar pelo seu caso, mas pedia delicadamente que fosse cuidar da própria vida.

— Pobre Alfredo — disse Eléazard quando ficou só com Loredana —, ele está levando essa história muito a sério.

— E você não? — perguntou Loredana, com um tom de agressividade.

— Claro que sim... — assentiu ele imediatamente. — Mas, realmente, não vejo o que poderíamos fazer agora. E mesmo depois, se você pensar bem. Apesar de nossos conselhos, Alfredo vai informar seus colegas do PC do B, e o jornal vagabundo do partido vai publicar uma matéria acusatória à moda de Zola, e depois? Moreira vai dar boas risadas e arrumará um jeito de calar a todos. E pode ter certeza de que fará com que paguem por essa insubordinação... Quanto a mim, digamos que a cara Carlota se transforme de repente em mártir da revolução, o que me parece duvidoso, e que ela me traga os elementos necessários para escrever um artigo. Você acha que isso vai de fato pesar na balança? Milhões de dólares e o Pentágono contra um tal de Eléazard von Wogau, fichado na Alemanha como simpatizante de tudo que se fez de pior em termos de grupelhos há vinte anos... Imagina a cena?

A mulher olhou-o diretamente nos olhos, como se se interrogasse sobre sua capacidade de compreender o que ia lhe dizer:

— Se quiser achar uma cobra é preciso remexer o mato... Quando você se mostrar menos pessimista, eu falarei dos *36 estratagemas*. Certo?

Foi a vez de Eléazard olhar para ela de modo estranho.

— Por quê? — disse ele, num tom que exprimia seu pouco interesse por aquilo.

— Você parece com o seu papagaio quando faz essa cara — comentou ela, ligando o computador. — Sabe o que se diz no meu país? *Chi non s'avventura non ha ventura!* Tudo bem, vou deixar você trabalhar...

É realmente uma mulher bem estranha, pensou ele quando Loredana foi falar com Soledade no seu quarto. Aquele inconformismo, aquela mistura incessante de ternura e lucidez inflexível o seduzia — admitiu ele asperamente —, a ponto de esfumar a imagem de Elaine que estava sobre o altar-mor no qual ele se empenhava em mantê-la. A reação dela na recepção do governador ainda o perturbava. Aquele jeito de criar intriga com o único objetivo de conseguir provocá-lo! Sem dúvida uma grande arte, mas que o deixava perplexo; à força de ver os outros sendo manipulados com tanta habilidade, era impossível não se sentir em perigo. Será que ela não agia do mesmo modo com ele? Até Euclides se rendera ao seu charme. Loredana havia olhado para os americanos do hotel com uma aversão que ainda lhe causava arrepio. Se existia uma única coisa sobre a qual Eléazard tinha certeza em relação a ela, era que aquela mulher era capaz de tudo.

Loredana bateu à porta de Soledade. Sem aguardar uma resposta, entrou. Deitada em sua cama desfeita, um pacote de biscoito aberto ao lado, a morena assistia a um jogo de futebol na televisão.

— Brasil e União Soviética — disse ela, sem desviar o olhar da tela sequer um segundo. — Está um a um e já vai acabar... Vem sentar aqui, rápido!

Loredana conteve o impulso: as letras grandes e úmidas ainda estavam legíveis sobre as paredes brancas. Dando meia-volta, ela leu uma só frase repetida em toda superfície do quarto, até na bomba de inseticida deixada sobre a penteadeira: *Eléazard, eu te quero..*

— Então é isso — disse ela sorrindo — você está apaixonada por ele!

Soledade ergueu a cabeça, esbugalhando os olhos. Vendo uma mensagem que pensava ter apagado, seus olhos ficaram estrábicos de maneira engraçada. Depois ela cobriu o rosto com o lençol para escapar do olhar da italiana.

Loredana foi sentar-se ao seu lado.

— Não seja boba — advertiu-a afetuosamente. — Não vou dizer nada. Não é assunto meu.

Ela conseguiu levantar o lençol contra o qual Soledade se agarrava.

— Não vai contar nada, jura?

— Juro! — confirmou Loredana, abraçando a moça. — Mas me diga uma coisa, vocês já dormiram juntos?

— Não — respondeu ela, visivelmente constrangida com uma pergunta assim tão brusca. — Quer dizer, quase... Só uma vez, ele me levou para a cama, mas estava tão bêbado que adormeceu sem tocar em mim. Tenho certeza de que nem lembra — acrescentou com certo desdém. — Você não está com ciúme, está?

— Claro que estou — respondeu Loredana, brincando. — Ele nunca tentou me beijar.

— E ainda assim, é você que ele ama... Eu o conheço bem, vejo como olha para você.

— Eu sei... — disse Loredana, com o olhar fixo no vazio. — Eu gosto dele também. Mas não se preocupe, nunca haverá nada entre nós.

— E por que não?

— Porque... Um segredo vale outro, certo? Não conte para ninguém, OK?

O locutor na televisão acelerou sua narração, acompanhando a ação que se desenrolava dentro do campo: *Falta perigosíssima a 35 metros do gol adversário... Serginho se prepara e... É Falcão que vai cobrar! Chutou, bateu na barreira, cabeçada de Júnior... No travessão! Olha o rebote, Eder domina a bola. Passa bonito pelo zagueiro, lança Zico...*

— Olha, olha! — exclamou Soledade. —Vai entrar!

No mesmo instante, o locutor soltou um berro gutural que só se encerrou com a comemoração gloriosa: *Gooooooool! Zico! É do Brasil-sil. Dois a um!*

Fascinada pelas imagens repetidas lentamente na tela, gritando e agitando os braços, Soledade extravasava sua felicidade.

Um rebote magnífico, dizia a voz rouca do comentarista, *um gol de placa que ficará para sempre na lembrança, ainda mais por ter sido feito nos últimos segundos do jogo... O juiz olha para o relógio... Não é possível, ainda não terminou. Escanteio para a União Soviética... Todos os jogadores vão para a área para tentar a última chance de empatar... E... acabou! O juiz apita o término do confronto aos 49 minutos do segundo tempo! Dois a um, gols de Sócrates e Zico pela seleção brasileira, que assim se classifica para a segunda fase da Copa do Mundo. Parabéns, Brasil!*

— *Brasiiiiiil!* — repetiu Soledade, extasiada. — A gente vai ganhar essa Copa, você vai ver!

— Estou morrendo — disse Loredana.

Sua entonação seria a mesma se lamentasse a chuva lá fora ou se faltasse açúcar no armário da cozinha.

Durante os poucos segundos em que ela ficou sozinha com essas palavras terríveis, interrompida em sua confissão pela paixão inocente de Soledade, a lembrança de uma pausa semelhante a transportou para o passado, quando tinha 12 anos... Era a véspera de sua primeira comunhão, e a noite descia sobre as amendoeiras em flor. Ela tinha ido se confessar na casa do pároco da aldeia.

A cor cadavérica do padre Montefiascone, seu modo de se lamuriar mostrando os slides — imagens esmaecidas privadas de vida e de sorrisos —, a tinha levado a detestar a religião desde o primeiro dia de catecismo. Fazia várias semanas, sem querer ou se sentir nem um pouco culpada, Loredana substituíra as duas horas semanais daquela comédia cruel pelos deliciosos devaneios nos campos dos arredores. A própria ideia de ser obrigada a "fazer sua comunhão" lhe parecia ridícula. Sua mãe dava tanta importância a esse estranho evento que ela o aceitara de modo irreversível: era algo que todo mundo fazia, um constrangimento ao qual era preciso se inclinar sem entender direito a que poderia servir, como vestir roupas de domingo ou falar baixo nas igrejas. Aquela comunhão... Já fazia muitos dias que lhe martelavam isso! Os primos, as tias e os tios que viriam de longe, o círio que precisaria segurar bem reto para não se queimar com a cera, aqueles vários quilos de massa e de nhoque que seriam preparados para a grande refeição da família que participaria da cerimônia, a célebre *torta a più piani* encomendada na confeitaria — um bolo enorme de vários andares que Loredana imaginava um pouco inclinado, como a Torre de Pisa — e da qual não paravam de confirmar a hora da entrega, como se o destino do planeta estivesse associado àquela misteriosa exatidão. E naquela tarde, enquanto ela experimentava novamente a túnica branca imaculada que vestiria no dia seguinte — que pertencera à prima gorda Ariana, daí a necessidade de vários ajustes —, sua mãe lhe perguntou como transcorrera a confissão. Que confissão? Loredana se espantou ingenuamente... Como? Ela não havia confessado? Sua mãe berrava e quase engoliu alguns alfinetes. E se abriram as cortinas para o mais grotesco dos melodramas. A infeliz! Como ela queria fazer sua comunhão se não tinha confessado? Para quê frequentara o catecismo? *Madre de Dio!* Bofetada violenta, choros, berros... Giuseppe! Essa menina... essa menina sem-vergonha faltou a todas as aulas de catecismo! Mas sim, era um caso grave, seu incrédulo! Comunista! E quantas vezes eu já disse para não fumar dentro do quarto? E a família toda que está chegando! E todos os preparativos que custaram uma fortuna! Não lhe restava senão morrer de vergonha.

Ao telefone, o pároco acrescentara: Loredana Rizzuto? Infelizmente, não, ele não conhecia uma criança com esse nome... Mas, espere... Talvez estivessem falando daquela insolente que bifurcava sempre na direção das colinas, antes de chegar à igreja? Era triste dizer, e isso causaria certamente um bocado de aborrecimento a seus pais, mas seria impossível para ele, sem dúvida, fazer sua comunhão no dia seguinte. Não se devia nem pensar; oferecer o corpo de Cristo a essa criança seria um pecado mortal, ele lembrou à mãe com insistência... O bom padre Montefiascone! Foi preciso suplicar-lhe por muito tempo para que voltasse a aceitar em seu rebanho aquela pobre ovelha desgarrada. Talvez se pudesse ainda reconsiderar a questão, mas seria preciso que ela viesse se confessar imediatamente. Não na igreja, mas em sua casa, do outro lado da rua. Era uma exceção, ele esperava que a Sra. Rizzuto entendesse bem isso, era um ato de pura misericórdia... O Senhor não está à venda, Sra. Rizzuto, mas os pobres da paróquia agradeciam através dele aquele óbolo inesperado...

Loredana caminhava para seu destino, três passos à frente e um atrás, não colocava o pé sobre o abismo entreaberto nas calçadas, nem saltava os bueiros sem tomar impulso, como se a aldeia tivesse se transformado num gigantesco jogo de amarelinha. Quanto mais se aproximava, mais a questão espinhosa dos pecados se tornava primordial; não tendo nunca confessado, ela ouvira dizer que era preciso admitir "seus erros", os mais horríveis de preferência, e obter o perdão por eles mediante um número variável de preces. Mesmo quebrando a cabeça, nada de aceitável lhe ocorria. Ninharias como "desobedeci aos meus pais" ou "faltei ao catecismo" lhe pareciam bobagens e indignas de confissão. Ela se exauria declinando os verbos dos quais conhecia a reputação sulfurosa sem adquirir com isso uma ideia clara dos crimes que eles ocultavam: copular, deitar, violar, tocar, se tocar...

A noite caía quando ela enfim tocou a campainha da casa do pároco. Uma mulher idosa veio lhe abrir a porta, resmungado por causa da hora tardia, e a empurrou até a escada que levava ao primeiro andar. Loredana se lembrava das estampas coloridas ilustrando todas as etapas do caminho da cruz e do barulho de metralha que as acompanharam enquanto subia os degraus. Guiada pelo som, ela encontrou o padre Montefiascone sentado diante de um grande televisor de botões dourados e com revestimento de fórmica no qual Davy Crockett, aliás, John Wayne, organizava a defesa de um forte sitiado. Sotainas, paninhos de mesa, gravuras de Santo Inácio e da Virgem Maria... como que intoxicada pela televisão, a própria realidade se projetava a seu redor em preto e branco. Aborrecido por ser incomodado durante seu filme, o padre Montefiascone mal a cumprimentou. Sem nem se levantar, fez com que ela se ajoelhasse sobre o tapete, em frente ao aparelho de televisão, bem ao lado de sua poltrona, e lhe mandou recitar o *confiteor*. Loredana foi forçada a admitir que não o conhecia e, depois, engolir os protestos do velho e repetir as palavras que ele lhe soprou de má vontade.

Na tela, a batalha final começava. Davy Crockett bate em retirada sob a ameaça dos agressores, seus companheiros caem um depois do outro ao seu redor. No forte em chamas, a última barricada cede sob o ataque da cavalaria. "Avançar!" Baionetas a postos, uma massa de soldados se aproxima aos poucos, enchendo a tela. "Isso quer dizer o que eu estou pensando?", exclama um homem prostrado contra um ferido com uma touca de pele. "É isso...", responde o outro, olhando bem nos olhos do soldado que ele se prepara para sacrificar. Saindo do baluarte onde cuidava do último canhão, Davy Crockett se põe a correr na direção do paiol com uma tocha na mão. Antes de entrar, ele se vira, e uma baioneta aproveita esse movimento para pregá-lo contra a porta. Ele se livra dela e sai cambaleando por um breve instante... Apesar de seu grito, talvez se possa crer ainda num milagre, mas nas suas costas há uma grande mancha escura, idêntica àquela que envolve a lâmina sobre a madeira da porta, exatamente no lugar onde ele se achava. Num derradeiro esforço, podemos vê-lo atirando a tocha sobre os tonéis de pólvora e desaparecendo dentro do depósito... Tudo vai pelos ares, mas podemos pressentir que John Wayne deu a vida por nada.

Sem chegar a perceber o ridículo, Loredana se dera conta do absurdo da situação: tudo aquilo parecia um pesadelo, daqueles que se seguem a uma refeição demasiadamente copiosa ou aos boletins com notas sofríveis. Dissimulada, hostil, a voz do padre Montefiascone se diluía no tumulto da batalha.

Jim Bowie, a perna imobilizada sobre o leito, está na capela em ruína que abriga os feridos. Vigiando-o, encontra-se seu velho escravo negro, alforriado antes do ataque e cujo primeiro gesto de homem livre foi enfrentar a morte para defender sua liberdade. Um bando de mexicanos: os dois homens descarregam suas armas, fuzil, bacamarte e pistolas. As baionetas se aproximam de Jim Bowie, vão atravessá-lo... Não! O velho escravo se lança sobre seu senhor, as lâminas perfuram esse último escudo. Um corpo sobre o outro... O punhal! Apesar de imobilizado pelo cadáver, Bowie consegue achar um jeito de degolar mais um agressor. Grande plano sobre seu rosto: as baionetas se fincam em toda a superfície do barro. Vemos aquelas que não acertam o herói, mas ouvimos aquelas que o matam: grito de porco degolado, borborismo, espasmos de vômito, boca aberta... A morte nua, em sua feiura desvelada.

O mundo não girava corretamente, ele era cinzento, injusto e fedorento... Uma ampla conspiração funcionava desde sempre com a morte de Davy Crockett e seus fiéis... Na hora certa, Loredana ouviu-se confessando alguns erros perdoáveis, depois, com uma voz leitosa, num silêncio em que se desfraldavam somente as bandeiras, disse que havia dormido com seu pai.

Todo o exército mexicano em posição de sentido para saudar os dois sobreviventes do massacre. Uma mãe e sua filhinha montada numa mula, como Maria a caminho de Belém. Elas partem, vencidas, pálidas figuras da infelicidade e da injúria, enquanto as cornetas estúpidas soam em sua honra. Quando passam diante do general Santana — apesar de seu chapéu de duas pontas, é o retrato exato do padre Montefiascone! —, a mãe não consegue evitar desafiá-lo com o olhar. A garotinha é mais forte, ela o ignora e ao seu universo. Ela está além do ódio e do desprezo. Pronta para as Brigadas Vermelhas...

— Com seu pai! — exclamou o homem em sotaina, olhando-a de frente pela primeira vez.

Sim, com meu pai. Não fraquejar, principalmente, resistir com grandeza e dignidade ao interrogatório, ainda que seja preciso morrer como

John Wayne e Richard Widmark. Sim, na cama dele... na famosa noite em que o raio caiu sobre a casa do guarda rural. Sim, havia também minha mãe... Você é grande demais para dormir na cama dos seus pais, disse o padre Montefiascone, tranquilizado por essa extensão voluntária do pecado. *Dominus, abracadabrum sanctus, te absolvo*, estava terminado. Era permitido "deitar" com seu pai, e mesmo com sua mãe, posto que isso não tinha consequências: três Ave-Marias e vamos em frente, saía-se dali lavado das piores atrocidades, sem um olhar para os cadáveres de Davy Crockett e de Jim Bowie.

Que o homem era um ser desabrigado, presa da injustiça, do sofrimento e da podridão, Loredana aprendera naquela noite. Por ter morrido uma primeira vez em Alamo, nunca mais depois disso, ela nunca mais olhou para um religioso e um militar sem lhe cuspir, interiormente, na cara.

— Nós *todos* vamos morrer... — disse Soledade ao desligar a televisão.

Apesar de sua vontade de não transigir com a emoção, aquela frieza aparente magoara a jovem mulher. Alguma coisa em sua atitude transmitiu isso certamente a Soledade, pois foi com delicadeza que ela prosseguiu: a questão não era saber quando nem como íamos morrer, mas viver com bastante intensidade para não se arrepender de nada quando o momento chegasse. Ela não dizia isso por falta de compaixão. Se Loredana falava seriamente, o que ela fazia no Brasil, longe de sua família e dos amigos mais chegados?

Depois de seu primeiro encontro, e naquelas vezes em que se tornaram mais próximas falando de tudo e de nada na cozinha, Loredana apreciava Soledade por sua total falta de romantismo, imperfeição da qual ela própria devia desconfiar permanentemente. Se ela escrevia seu amor nas paredes, isso não se devia a qualquer complacência em meio ao desamparo, mas antes revelava o feitiço daquele instinto de sobrevivência africano que a levava a comer um punhado de terra quando estava triste ou virar contra a parede o macaquinho no cio que Eléazard tinha deixado em evidência sobre uma das estantes da sala de estar.

— Não sei mais... — ela acabou admitindo, um nó na garganta causado por uma irreprimível vontade de chorar. — Tenho medo de morrer.

Soledade a abraçou.

— Eu sei do que você precisa — disse ela, acariciando seus cabelos. — A gente vai ver a Mariazinha... É uma mãe de santo. Só ela pode te ajudar. — E, num tom de confidência: — Eu a vi secar um limoeiro só de olhar!

SÃO LUÍS | *Uma questão de mecânica bancária, simplesmente...*

Fazia um mês que Carlota sempre o acolhia vestida apenas com um penhoar e num estado de ebriedade que acentuava a negligência de seus trajes. Assim, o coronel ficou agradavelmente surpreso naquela noite ao ver sua esposa vestindo um tailleur Chanel, usando joias e maquiada. Por um instante, teve a esperança de um recomeço. Quando ela recusou secamente beber em sua companhia e lhe informou que precisavam conversar, ele logo se colocou na defensiva.

— Isso me caiu nas mãos outro dia... — disse ela, lançando uma pasta de documentos sobre a mesa de centro do salão. — Aguardo suas explicações.

Reconhecendo a capa brilhante do plano de financiamento, Moreira se concentrou por um segundo nas manchas marrons que se espalhavam nas mãos de Carlota, observando com atenção aquelas sardas que não podiam mais ser atribuídas ao abuso de sol. Ele se preparou para o pior.

Duas horas depois, Moreira se refugiava em seu escritório, no primeiro andar, com a boca seca de tanto se esforçar para defender sua posição; servindo-se de um uísque, ele coçou por um bom momento a pequena ferida que o incomodava numa das sobrancelhas. Não tinha imaginado sequer um instante que o "pior" pudesse atingir tais proporções! Que sua mulher fizesse uma cena por ele ter usado sua fortuna sem seu consentimento, isso era previsível. Que ela se zangasse a ponto de querer anular as compras de terrenos feitas em seu nome, isso ele nunca poderia ter imaginado. Vigarista, vagabundo, promotor sem escrúpulos... Ele foi servido de toda a panóplia de insultos e acusações. Ela chegara mesmo a ameaçá-lo de dar queixa por abuso de poder; mas ela mantinha sua calma impressionante, na qual ele reencontrava a Carlota de outrora, aquela que ele continuava a amar, apesar do inferno doméstico que ela lhe infligia desde a história da fotografia. Uma moça com quem nem tinha ido para a cama! Era muito ridículo.

Ele acendeu um charuto. De tanto passar a mão sobre as costeletas, encontrara outra granulação a titilar. Ainda não tinha certeza de que sua mulher recuperaria o juízo após uma noite bem dormida; ela poderia também continuar persistindo em sua obstinação. De qualquer modo, era preciso tomar medidas e se precaver de uma vez contra os riscos dos caprichos de seu humor. A propriedade daqueles terrenos constituía a própria base de seu empreendimento: sem eles, nada de resort, e a armação desabaria... O expediente mais simples consistia em recomprá-los. A não ser hipotecando pela segunda vez a totalidade de seus próprios bens, ele não via como conseguir o dinheiro necessário.

Moreira abriu o pequeno cofre oculto por uma escultura em madeira de Abrão Batista, por questões formais e estéticas. Do interior, retirou um maço de documentos bancários e se concentrou nos números. Durante longos minutos, ouviu-se apenas o rumor das folhas viradas com gestos nervosos. Em seguida, um móvel estalou e o governador recuou sua cadeira com um sorriso satisfeito. As soluções mais evidentes nunca surgiam de imediato, estavam sempre afogadas sob o fluxo das coisas secundárias. Ele releu o fax contendo a chave para o problema: *Prezado senhor, dando sequência a nosso prévio contato, etc., nós confirmamos que o montante de 200 mil dólares relativo ao pré-financiamento de seu projeto foi aprovado.*

Permita-nos lembrar que este empréstimo será desbloqueado em sua conta mediante o recebimento dos relatórios de etapas da obra... etc. etc.

Os japoneses haviam liberado na véspera uma primeira parcela do seu compromisso. Aquela quantia destinava-se a cobrir os gastos de instalação do projeto, de modo a começar a construção o mais rápido possível, tão logo o governo brasileiro desse autorização. Bastaria extrair parte desse valor, com um artifício qualquer, para reembolsar Carlota. Graças à sua procuração, ele nem precisaria pedir sua opinião, os títulos de propriedade trocariam de nome sem dificuldades. A mais-valia realizada sobre a venda dos terrenos destinados ao Exército americano permitiria em seguida saldar esse adiantamento. Seus lucros pessoais seriam um pouco desbastados, mas sem grandes consequências.

Assim que estabelecesse o início dessa transferência, a realização dependeria somente de uma questão de mecânica bancária e papeladas...

O coronel pegou o telefone e ligou para seu advogado pessoal.

— Governador? — disse uma voz sonolenta do outro lado. — Mas que horas são?

— Que importa que horas são? — disse Moreira, olhando para seu relógio. — Duas da madrugada. É hora de você acordar e escutar o que eu vou te dizer.

— Um minutinho, vou pegar o outro telefone... Alô?

— Preste atenção: você tem que ir procurar o Costa antes de o escritório abrir. Você se vira, mas não saia de lá sem um relatório de etapa da obra no valor de 100 mil dólares. Fale para ele faturar o desflorestamento, ou qualquer outra coisa. É ele que comanda a obra, que dê um jeito para isso parecer normal...

— Há algum problema?

— Nada muito grave, depois explico. Assim que pegar o relatório, vá até o Sugiyama para depositar essa soma na minha conta e depois passe no palácio com o tabelião e os títulos de propriedade. Todos os terrenos precisam estar no meu nome amanhã cedo. Mais tarde a gente regulariza a operação.

— No seu nome mesmo?

— Acorde, homem de Deus! É uma maneira de falar... Dê um jeito de embaralhar as pistas, como de costume. Isso não adianta muito, mas politicamente não posso aparecer nessa transação, está entendendo?

— Vou cuidar disso...

— Claro que vai. Agora, volte a dormir. A gente se fala amanhã.

CAPÍTULO XVIII

Em que é inaugurada a fonte de Pamphili, e a agradável conversa de Athanasius e Bernini a esse respeito

O ano de 1650, começado nessas circunstâncias, testemunhou o crescimento gradual da glória de Kircher, pois ele publicou um após o outro dois livros fundamentais: o *Musurgia universalis* e o *Obeliscus Pamphilius*. O subtítulo de *Musurgia* resumia por si só a importância e a novidade dessa obra: *Grande arte da consonância e da dissonância em dez livros nos quais são tratadas a doutrina e a filosofia completas do som e a teoria, assim como a prática, da música sob todas as suas formas; e são explicados os admiráveis poderes da consonância e da dissonância na totalidade do universo, com inúmeros e estranhos exemplos, os quais são aplicados aos usos práticos e diversos para quase todas as situações, porém mais particularmente em filologia, matemática, física, mecânica, medicina, política, metafísica e teologia...* Trezentos irmãos de nossas missões que haviam efetuado a viagem para participar da eleição do novo geral da Companhia partiram com um exemplar desse livro, certos de que lhes seria mui úteis nos países bárbaros para os quais se dirigiam.

Quanto ao *Obeliscus Pamphilius*, fora a quantidade de explicações sobre o simbolismo egípcio, ele oferecia pela primeira vez a tradução fiel e completa de um texto escrito em hieróglifos! Algum tempo depois da publicação desses livros, cartas de congratulação vindas de todas as partes do globo começaram a afluir.

Então, um acontecimento inusitado veio cumular essa agitação; o senador romano Alfonso Donnino, que acabara de entregar a alma, legava à Companhia de Jesus, e a Kircher em particular, a íntegra de seu gabinete de curiosidades! Essa coleção, entre as mais belas de sua época, compreendia estátuas, máscaras, ícones, quadros, armas, mesas de mármore ou de outros materiais preciosos, vasos de vidro e de cristal, instrumentos musicais, pratos pintados e incontáveis fragmentos de pedra da Antiguidade... Assim, foi preciso realizar uma reforma do primeiro piso do colégio a fim de aumentar a superfície do museu e deixá-lo em condições de acolher essa herança abundante.

Na primavera de 1650, a fonte dos Quatro Rios foi inaugurada pela família Pamphili. Os maiores nomes de Roma se reuniram no Circo Agonale, na companhia de Kircher e de Bernini, os únicos artesãos dessa obra magnífica. Após um longo discurso sobre as virtudes de seu antecessor, Alexandre VII, o novo soberano pontífice benzeu a fonte em grande pompa; foram abertas as válvulas e a água pura de Acqua Felice correu enfim dentro do imenso recipiente destinado a acolhê-la.

— Essa fonte é absolutamente meritória de elogios — disse o papa ao se aproximar do pequeno grupo que formávamos, Kircher, Bernini e eu —, e cumprimento esses homens que merecem ser honrados pelo nosso século, tanto quanto Michelangelo e Marsílio Ficino o foram em sua época.

Bernini empertigou-se imperceptivelmente, mas meu mestre, por humildade, acentuou sua modesta participação.

— É verdade, conforme dizem — retomou o papa, dirigindo-se a Bernini —, que essa rocha perfurada, esse leão e esse cavalo exigiram de sua parte apenas algumas semanas de trabalho?

— Alguns meses, Vossa Santidade... — retificou Bernini, surpreendido pela insinuação. — O restante da obra não apresentava nenhuma dificuldade maior e ter-me-ia tomado mais tempo do que eu dispunha.

— Entendo, entendo — prosseguiu o papa, com uma voz edulcorada e olhando ostensivamente a estátua do Nilo —, mas ninguém poderia afirmar que essa fonte teria resultado tão grandioso se eu a tivesse esculpido inteiramente com as próprias mãos...

Não era mistério para ninguém que Bernini tinha somente trabalhado nas três figuras citadas pelo papa e que se tinha contentado em supervisionar os melhores alunos de seu ateliê para as demais partes da fonte. Menos por decisão própria, aliás, do que para obedecer aos prazos atribuídos pelo falecido Inocêncio X. Mas se a ironia do soberano pontífice destinava-se apenas a constranger Bernini em sua vaidade demasiadamente evidente, ela não deixou de me parecer mui injusta. Vendo os olhos de cachorro do escultor e conhecendo sua natureza impulsiva, Kircher veio em seu socorro:

— Sem dúvida, acontece às vezes de os alunos superarem seu mestre: *Tristo è quel discepolo Che non avanza Il suo maestro**, não é mesmo? Isso é raro, todavia, e neste caso é mais uma vez àquele com quem tudo aprenderam que deve vir o mérito.

— Mas me diga uma coisa, reverendo — perguntou o papa, sem parecer ter percebido a intervenção de Kircher —, não seria uma antinomia colocar esse ídolo de pedra no centro de um monumento dedicado à nossa religião? Ainda não tive a ocasião de folhear sua obra, que dizem ser cativante, e fico curioso em saber com que magia pretende justificar o injustificável...

Athanasius me lançou um olhar furtivo no qual pude ler toda a sua surpresa: e eis que o papa implicava com ele por ter defendido Bernini de sua ironia! Este último, por sinal, dirigiu a meu mestre uma breve careta de cumplicidade, como se quisesse se fazer perdoar por tê-lo metido naquela situação difícil.

— Não há necessidade alguma de magia — respondeu Kircher — para explicar a presença desse obelisco no coração mesmo da Cidade Eterna. Vosso predecessor, o falecido papa Inocêncio X, por sinal, não se enganou, posto que ele desejara que seu nome e os de seus ancestrais ficassem para sempre associados a essa obra. Ainda que engendrado por um dos povos mais antigos, mas também o mais digno de se comparar ao nosso, esse obelisco não deixa de ser um símbolo pagão: é por essa razão que a pomba do Espírito Santo está lá em cima, indicando a soberania de nossa religião sobre o paganismo. Dessa forma, a luz divina, vitoriosa sobre todas as idolatrias e descendente dos céus eternos, espalha sua graça pelos quatro continentes terrestres representados pelo Nilo, o Ganges, o Danúbio e o Rio da Prata, esses quatros rios magníficos dos quais a África, as Índias, a Europa e as Américas tiram sua sobrevivência. O Nilo está disfarçado, porque ninguém conhece ainda a localização de suas nascentes; quanto aos outros, são representados cada um com os emblemas correspondentes à sua natureza.

---

* *Triste é o discípulo que não supera seu mestre.*

— Deveras interessante... — disse Alexandre VII. — Resumindo, trata-se, em sua opinião, de um monumento à propagação da fé que devemos à generosidade de Inocêncio X e a vossa engenhosidade... Eu não estava vendo as coisas sob este prisma. Principalmente depois dessa polêmica que há pouco provocaram os franciscanos...

— Eu insisto — prosseguiu Kircher, sem reconhecer o golpe —: esta fonte é um emblema de pedra à glória da Igreja e de todos os missionários que servem à santa causa, mas ela é igualmente mais do que isso, e se posso me permitir...

— Isso já basta por hoje, reverendo. Outras obrigações me aguardam e será um prazer ouvir suas "fábulas" numa outra ocasião.

Esta foi a primeira e a última vez que vi meu mestre corar... Tremi, temendo que dirigiria ao papa uma daquelas farpas de que é bem capaz, mas ele se conteve e se inclinou com humildade para beijar o anel que Alexandre lhe estendeu. "*Tamen amabit semper*",* disse ele entre dentes, conforme exigiam as regras de nossa Companhia. Ecoamos a saudação, Bernini e eu, e depois o papa nos deu as costas sem a menor cerimônia.

Tão logo pôde fazê-lo sem ser notado, Bernini soltou um riso franco e comunicativo.

— Eis o preço de tomar o partido de um pedreiro! — disse ele, colocando o braço sobre os ombros de Kircher. — Bem-vindo à confraria dos histriões, Athanasius, visto que o senhor também foi promovido à categoria dos contadores de fábulas...

— Como ele foi capaz? — exclamou Kircher, ainda sorumbático. — Anos de trabalho para decifrar os hieróglifos, a chave procurada por todos os homens há séculos e que nos oferece de uma só vez a totalidade da ciência e da filosofia antigas! Tudo isso varrido com o dorso da mão, feito uma mosca inoportuna! O que fiz a Deus para ser assim punido? Será meu orgulho ainda excessivo?

— Nada disso — intercedeu Bernini, num tom consolador. — Faz alguns dias, esse papa era apenas o cardeal Fabio Chigi, conhecido por... digamos, sua falta de discernimento e sua presunção aristocrática. Se é verdade que a função cria o órgão, isso levará mais tempo com essa criatura...

* *E, entretanto, ele sempre amará...*

Essa reflexão arrancou um sorriso de Kircher, acompanhado de um franzir das sobrancelhas falsamente reprovador. Eu teria sido capaz de beijar Bernini por aquele resultado! Ainda mais que ele nos convidou em seguida a sua casa com toda a franca cordialidade de um velho amigo.

— *Carpe diem*, meus amigos! Esqueçamos esse asno e esvaziemos algumas garrafas de vinho francês que guardei para esta ocasião. Quanto a mim, prefiro essa bebida às águas dos rios, ainda que sejam do paraíso!

A moradia de Bernini era bem próxima do local onde estávamos. Reencontramos vários alunos do escultor que haviam participado da construção da fonte e tinham-nos precedido na casa de seu mestre após a inauguração. Havia também algumas criaturas andrajosas que por ali viviam a fim de servir de modelos a Bernini e seus aprendizes, mas também para trabalhar como serviçais e, pelo que deduzi das intimidades que elas concediam a esses senhores, como outra coisa bem diferente... De resto, eram bravas moças risonhas e às vezes instruídas mesmo, que souberam conservar em nossa presença uma atitude bem apropriada.

Nós nos instalamos no ateliê, à mesa coletiva, bem no meio dos esboços em argila, blocos de pedra e desenhos que se acumulavam pela sala. Enormes lençóis brancos, estendidos sob a vidraça do telhado, filtravam uma luminosidade suave; o vinho estava agradavelmente fresco em suas taças de cobre, os espíritos animados, e Kircher logo recuperou seu bom humor.

Bernini não cansava de contar sua altercação com o papa e a maneira como meu mestre havia tomado sua defesa à própria custa. Ele imitava maravilhosamente a voz seca e arrogante de Alexandre VII, provocando a hilaridade geral. Nada de muito grave, e meu mestre ria como os demais daquela sátira corrosiva sem, contudo, dela tomar parte.

Depois da segunda garrafa de vinho branco de Aÿ, nosso anfitrião fez degolar algumas galinhas e as fez assar numa estalagem vizinha. Foi assim, devorando com todos os dentes uma carne perfeitamente cozida, que recomeçamos a debater sobre a fonte. Uma das moças sentadas à nossa mesa perguntou se era verdade que todos aqueles animais gravados sobre o obelisco narravam uma história.

— Mas claro, minha beldade! — exclamou Bernini, destroçando uma coxa de galináceo. Pode confiar no padre Kircher: ele lê esses hieróglifos como se os tivesse ele próprio desenhado... Não é mesmo, reverendo? — acrescentou, piscando o olho na direção do interessado.

— Não exageremos — retrucou meu mestre —, é um pouco mais complicado do que isso; e o bom Caspar, que me ajuda em meu trabalho, poderá confirmar o quanto de labor nos custa cada linha de tradução. Os antigos sacerdotes egípcios complicaram ao máximo essa língua secreta para impedir que sua ciência se tornasse acessível aos profanos; os séculos demonstraram que eles obtiveram perfeito sucesso nesse empreendimento...

— E o que contam essas figuras? — inquiriu a moça.

— Uma bela história, e que deverá ser de seu agrado — continuou Bernini. — Os amores de Ísis e Osíris... Preste atenção, minha filha, e não me deixe morrer de sede: um certo Rá, do Egito, deus-sol de ofício, teve para sua infelicidade quatro filhos: duas meninas, Ísis e Néftis; e dois meninos, Tífon e Osíris. Esses irmãos e irmãs casaram-se entre si, como era então o estranho costume entre os poderosos. Ísis se tornou a esposa de Osíris, e Néftis, a de Tífon. Aos poucos tomado pela decrepitude, o pai deles confiou a administração do reino a Osíris, o mais digno de exercê-la. Este governou o Egito com alegria: auxiliado pela esposa, ele ensinou ao povo a cultura do trigo, da parreira e os cultos religiosos e ergueu grandes e belas cidades, assegurando assim a felicidade de sua nação. Mas eis que Tífon, enciumado do poder e da celebridade de Osíris, resolveu conspirar contra o irmão. Atraindo-o para uma armadilha minuciosamente urdida, ele o assassinou, cortou-o em partes pequenas e o jogou dentro do Nilo...

"A pobre Ísis, desesperada mas ainda apaixonada, se pôs em busca dos pedaços de seu esposo. Graças à sua tenacidade, ela conseguiu encontrá-los quase todos, pois os peixes do Nilo, respeitosos, os tinham poupado. Faltava apenas um; um pedaço diante do qual o peixe oxirrinco cedera à sua gulodice... e este pedaço, minha boneca, o mesmo que Ísis de fato preferia, era seu bichano, seu passarinho, seu instrumento, sua mêntula, seu patrimônio, sua torneirinha, seu punção, sua vara, sua seringa, seu pândego, seu totozinho, seu guri, sua caceta, seu dardo, sua alavanca, seu cavalo, sua brocha e, para dizer tudo, seu copulador! Isso, minhas beldades... seu copulador!"

Risos espocaram de todos os lados com essas palavras, e o próprio Kircher felicitou Bernini pela riqueza de seu vocabulário.

— Tragédia, portanto — retomou o hilário escultor —, para a viúva Ísis... Mas não se podia ignorar a tenacidade, a meu ver assaz compreensível, com que a rainha, ajudada por sua irmã e por Anúbis, reconstituiu o membro de seu esposo com argila e saliva, colando-o no bom lugar, e, graças ao céu e a práticas variadas, ele voltou à vida. E como, ao que parece, esse novo aparelho funcionava melhor que o precedente, Ísis logo se achou prenhe. Ela deu à luz um menino, chamado Harpócrates, que, por sua vez, se tornou rei, enquanto Osíris, primeiro vivente a sentir-se satisfeito com uma morte definitiva, desfrutava de uma feliz eternidade nos campos de Aaru, o paraíso dos egípcios...

A audiência se mostrou admirada com o relato de Bernini e fez inúmeras perguntas, principalmente inquirindo sobre sua veracidade.

— Os sacerdotes egípcios — explicou meu mestre — tinham por certo, em conformidade com a doutrina transmitida pelos antigos patriarcas, que Deus estava difuso em todos os lugares; seus esforços visavam descobrir as manifestações ocultas nas entidades naturais e, uma vez descobertas, mostrá-las através de símbolos extraídos da natureza. A história de Osíris é uma fábula, obviamente, um véu pudico sob o qual os sábios se empenharam para exprimir, segundo o testemunho de Jâmblico, os mais elevados mistérios da divindade, do mundo, dos anjos e dos demônios.

— Mais devagar, meu reverendo! Acenda suas velas para outro santo! — escarneceu Bernini. — Pois vai acabar nos fazendo acreditar que seus faraós reuniam a fé a um deus único e à Santíssima Trindade!

— Não poderias dizer melhor...

— Então, por que o universo inteiro não é cristão? — perguntou Bernini, mais sério do que antes.

— A malícia diabólica é infinita... Além disso, ela foi enormemente favorecida pela confusão de línguas que se seguiu à destruição de Babel, devido ao distanciamento dos povos e à perversão dos ritos que daí resultaram... Todas as religiões idólatras não passam de anamorfoses mais ou menos reconhecíveis do cristianismo. Os egípcios, que detinham ainda, graças a Hermes, os maiores segredos do saber universal, os transmitiram mundo afora até a China e as Américas, onde eles se metamorfosearam um pouco, se descorando como essas raposas que perdem sua cor natural e tomam finalmente aquela do gelo ou do deserto onde vivem. Mas os egípcios conheciam também essa verdade; o que são o desmembramento de Osíris por Tífon e a paciente busca de Ísis senão própria imagem da idolatria, infelicidade a qual a sabedoria divina remedia reunindo as partes esparsas do arquétipo num só corpo místico? Olhem ao redor de vocês, nada é estável, nada é durável, paz alguma pode ser garantida através de leis suficientemente fortes para não naufragar. A guerra está em todos os cantos! E cabe a nós, padres e missionários, pesquisar, dentro do sofrimento e do martírio, essa estabilidade perdida...

MATO GROSSO | *Aquilo que se choca à noite contra a malha do mosquiteiro*

A partir do terceiro dia de marcha na selva, ficou evidente para todos que o avanço seria muito mais lento do que o previsto. Yurupig, Mauro e Herman se revezavam para carregar a padiola com Dietlev, mas a floresta não os deixava progredir mais de 10 metros em linha reta, tanto eram os emaranhados de árvores, arbustos obscuros, folhagens exuberantes e impenetráveis. O machado daquele que abria o caminho às vezes dava conta de desbastar a passagem, mas era quase sempre preciso contornar os obstáculos, escalar um tronco abatido que se desfazia em serragem sob o próprio peso, se enfiar como desse pelos cordames de lianas embaraçados, até rastejar, quando o caminho continuava atrás do arco de uma raiz. Incessantemente desviados de sua trajetória ideal, eles se empenhavam em seguir as clareiras naturais cuja orientação correspondia ao quarto norte-leste da bússola. Esse rumo permanecia, porém, bastante teórico, na medida em que acontecia de serem obrigados a retornar pelo mesmo caminho para tentar outra via qualquer menos evidente, contudo mais ajustada ao objetivo. Tinham a impressão de pisar sobre uma imensa putrefação que se afundava sob seus passos, se liquefazendo. Um húmus elástico e odorante, de onde a vegetação, assim que caía por terra, ressurgia ainda mais forte, mais densa, plena de sua própria decomposição. Bromélias e seringueiras contaminadas pelo gigantismo, sem medida comparável à das plantas que Elaine conhecia com este nome nos floristas, fossem vegetais de formas lisas, aneladas, lembrando as matérias impossíveis das imagens de síntese, raízes pernaltas, figueiras estranguladoras, parasitas de todas as espécies, matas aninhadas umas dentro das outras, ao infinito, até o coração da selva... Descendo das alturas, uma cacofonia indefinível enchia o espaço, um alarido agudo e dissonante no meio do qual Yurupig e Herman eram os únicos capazes de distinguir o berro de um macaco de cabeça preta, o som dos bicos dos tucanos e a histeria repentina de uma arara... O mistério da vida parecia ter se concentrado dentro daquele crisol primordial, onde pululavam miríades de mosquitos e insetos.

A partir das 17 horas, a sombra verde tornava-se demasiadamente opaca para continuarem avançando, de tal forma que era necessário se preocupar com o acampamento bem cedo, a fim de poderem desbastar o local escolhido, estender suas redes no alto e catar um pouco de lenha. Nunca Elaine tinha imaginado como era difícil encontrar o necessário para fazer uma fogueira em pleno âmago da floresta: a madeira era esponjosa, plena de musgo, de seivas fermentadas, formigas, cupins, habitada, viva, tão combustível quanto uma esponja embebida de água. O fogo sibilante em torno do qual se reuniam à noite era obra unicamente de Yurupig.

Ficou combinado que Elaine marcharia no fim da fila, de modo a preservá-la o máximo possível das emboscadas da floresta. O avanço deles desalojava uma série de animais dos quais só se percebia a fuga, mas após ver uma pequena cobra-coral desaparecer sob seus pés, a professora percebeu que estava tão exposta quanto os outros. Não adiantou caminhar com o olhar fixo no chão, cada tronco de árvore, cada anfractuosidade era uma armadilha mortal que era preciso enfrentar. Como num trem fantasma de parque de diversão, teias imensas de aranha se colavam bruscamente ao rosto com uma viscosidade de algodão-doce, um zumbido próximo e agressivo acelerava o coração e tudo parecia conspirar contra os intrusos, se reunir para devorá-los.

Yurupig e Herman se mostravam mais à vontade diante daquele desafio. Ambos conheciam mil astúcias para conseguir água potável ou amarrar as redes nas árvores de forma que ficassem bem fixas. O alemão bufava o tempo todo, maldizendo o universo e suas criaturas, enquanto o índio avançava silenciosamente, os sentidos à espreita, a alma de caçador. Herman os ignorara durante os dois primeiros dias, mas depois — sem que ninguém compreendesse realmente as razões daquela repentina metamorfose — recuperou a animação e voltou a se aproximar do grupo.

Na noite do quarto dia, quando se reuniram em volta da fogueira, toda esperança de chegar logo à ramificação do rio se esvaneceu.

— Vai ser preciso racionar um pouco a comida — disse Mauro. — Nesse ritmo não aguentaremos muito tempo.

— Na sua opinião, que distância percorremos hoje? — perguntou Elaine.

— Não sei... Dois quilômetros, no máximo. Mas estou cansado como se tivéssemos feito 70!

Enfiando a mão pela gola da camiseta, Mauro se coçou freneticamente nas costas, depois examinou o que seus dedos tinham conseguido arrancar: era uma espécie de aranha minúscula. Transbordando de sangue, parecia envolvida pela pele morta.

— Não acredito! — exclamou ele com repugnância. — Que tipo de inseto é esse?

— Carrapato... — disse Yurupig, sem nem olhar.

— Um parasita — interveio Dietlev, com uma voz cansada. — O piolho da floresta... Fique tranquilo, nós também temos, e não vai ser fácil de remover, quando pudermos cuidar disso seriamente. Era uma das surpresas que eu tinha reservado para vocês...

Enojada, Elaine pensou sentir um aumento de comichão na altura do púbis e das axilas.

— Preferia não passar por isso — disse ela, forçando um sorriso. — Vamos, operação "dodói"... Quem vai ser o primeiro?

— Eu — disse Mauro, levantando as pernas da calça. — Estão ardendo, essas porcarias...

Ele exibiu os calcanhares cheios de estrias vermelhas, laceradas pelo mato cortante. Ela os cobriu de mercurocromo, depois cuidou de seu pescoço e de seus antebraços. Yurupig deixou que ela desinfetasse um corte profundo na sua face. Herman, por sua vez, recusou qualquer auxílio, praguejando que já vira coisas piores e que aquilo não adiantava nada. Em seguida, Mauro cuidou de Elaine.

— Estamos com ótima aparência — disse ele ao acabar de pincelar de vermelho as feridas de Elaine. —Vamos acabar assustando os macacos!

— Mauro, por favor... — murmurou Dietlev.

O rapaz se levantou imediatamente, acompanhado por Yurupig. Erguendo a padiola, eles se afastaram um pouco do círculo de luz da fogueira. Elaine se concentrou no conteúdo do kit de primeiros socorros, sem sequer prestar atenção ao crepitar da urina sobre as folhas: tal promiscuidade a teria incomodado terrivelmente alguns dias antes, mas agora as etiquetas perdiam o sentido. Quando ela retirou o curativo, o ferimento de Dietlev fervilhava de vermes. As enormes moscas que torturavam a todos durante a marcha tinham conseguido colocar ovos sobre sua pele, apesar do cuidado que tomara para proteger a chaga. Sua perna estava cinza, tensa, pronta a explodir. Um membro de afogado. A gangrena subia inexoravelmente. Três ampolas de morfina, uma gaze com sulfamida... Angustiada, ela se deu conta de que isso não seria o bastante para conter a infecção. O pensamento de que Dietlev talvez não voltasse com eles para Brasília atravessou-lhe o espírito. Ela o refutou de pronto, temendo atrair desgraça. Pensar no pior era o mesmo que tocar o relâmpago com uma ponta de metal... Ela não se lembrava mais quem havia dito isso, mas acreditava no preceito como se fosse um mandamento.

Quando Mauro e Yurupig pousaram a padiola perto da fogueira, Dietlev tremia de dor. Seu rosto estava banhado de suor.

— Quer uma injeção? — perguntou Elaine, secando sua testa.

— Ainda não. Vai passar... Herman! Venha cá...

— Estou aqui... Que posso fazer para ajudar?

Dietlev desdobrou uma folha de papel em que havia rabiscado um mapa:

— Segundo minha estimativa, estamos em algum lugar por aqui... — Ele indicou uma zona a sudoeste dos pântanos. — O primeiro quarto da rota estimada que levava à ramificação do rio. Você concorda?

— Concordo — disse Herman, olhando rapidamente o desenho. — Aproximadamente, eu acho. Logo vamos alcançar os pântanos. Então vai ficar mais fácil se orientar, mas o caminho pode ficar mais complicado...

— É exatamente o que eu temia — retomou Dietlev, se dirigindo a Elaine. — Precisaremos de uns dez dias; é muito mais do que eu tinha previsto, lamento.

Herman deu de ombros e fungou de modo grosseiro:

—Vocês deveriam ter ficado me esperando no barco, como eu disse. Caminhar na floresta com uma mulher, um garoto e uma padiola... Parecemos um bando de babacas!

— Cala a boca! — disse Mauro, olhando-o com hostilidade. —Você é o único responsável pelo que está nos acontecendo!

— Ele vai morrer! — retorquiu Herman, dando de ombros. — Ele vai morrer e você também...Vocês estão me enchendo o saco!

Ele se virou e deitou em sua rede. Podia-se ouvi-lo fungando ainda sob o mosquiteiro.

— Ele não está totalmente errado — disse Dietlev, com uma voz desolada. — Se vocês tivessem me deixado no barco, poderiam avançar duas ou três vezes mais rápido. Ainda resta a solução de me levarem de volta à embarcação, é claro, mas...

— ...mas está fora de questão — interrompeu-o Mauro, calmamente. — Nós vamos conseguir e ninguém vai morrer, pode confiar em mim. Eu prometi à minha mãe que estaria em Fortaleza para o Natal, e estarei.

— Não vale a pena discutir — interveio Elaine, lançado-lhe um sorriso afetuoso. —Todo mundo para a cama. É preciso descansar!

Mauro e Yurupig colocaram Dietlev em sua rede, enquanto Elaine segurava sua perna. Apesar dos esforços para evitar o menor choque, o geólogo estava quase chorando de dor. Elaine esperou alguns instantes e depois, a seu pedido, aplicou-lhe uma dose de morfina. Quando ele sossegou, ela deu-lhe um rápido beijo nos lábios e cobriu seu corpo.

Elaine adormeceu de imediato. No meio da noite, ela acordou de um sonho com a sensação persistente de estar esmagada no chão, após uma queda vertiginosa. Numa sonolência confusa, estendeu o braço, buscando o ombro de Eléazard, seu calor, e despertou completamente dentro da prisão de sua rede. Através do véu baço de seu mosquiteiro, viu algumas brasas ardendo ainda, sem conseguir sobressair nitidamente da escuridão envolvente. O silêncio tinha a inexplicável opacidade da escuridão. Nadando na superfície das trevas, Elaine teve a visão repentina do acampamento: um monte de frágeis casulos suspensos no vazio, minúsculos, abandonados sob os pés cegos de uma multidão. Estupefata, ela escutou o barulho de uma manifestação que se aproximava, slogans, depois aquele clamor de estádio no momento em que todo um povo exala sua decepção. Uma tempestade fez a floresta estalar em todos os cantos, e o crepitar da chuva sobre a cobertura da rede acabou de dissipar sua alucinação. Elaine se enroscou em si mesma, congelada, tentando reconciliar o sono, rejeitando as imagens de morte que vinham se chocar contra seu mosquiteiro. Com toda a sua força, ela aguardou a chegada do dia.

De manhã cedo, enquanto Yurupig batia palmas para acordar a todos, a chuva cessara. Ainda sonolento, Mauro esqueceu de esvaziar a cobertura antes de abrir o zíper e recebeu litros de água sobre o rosto. Kalachnikov na mão, ele saltou da rede como um diabo escaldado. Esse infortúnio arrancou um riso do índio, em geral pouco dado a essas reações. Ele conseguira acender o fogo, apesar da lavagem noturna pela qual passara a floresta, e Mauro pôde se aquecer um pouco, enxugando a arma com um lenço.

— Se você não a desmontar toda — disse Herman, num tom escarnecedor —, a culatra vai enferrujar e só vai servir para quebrar nozes...

— Na minha opinião — respondeu Mauro, sem olhar para ele —, a água não teve tempo de penetrar no interior. Podemos verificar isso imediatamente, se quiser...

Ele destravou o fuzil e apontou o cano para o velho alemão.

— Pare com isso! — intercedeu Dietlev. — Não quero mais ver você brincando com essa arma, está ouvindo? Venha aqui me ajudar a sair desse negócio. Estou gelado.

Elaine tinha sumido atrás de uma árvore. Depois ajudou Mauro e Yurupig a colocar Dietlev na padiola.

— Como está se sentindo? — perguntou ela assim que se aproximaram da fogueira.

— Como uma omelete norueguesa: quente por fora, gelada por dentro... Mas não sinto dor, estou ainda meio grogue...

— Choveu muito essa noite — disse Yurupig, entregando-lhe um pouco de café. — Isso não é bom para a gente.

— E nem estamos na época das chuvas! — arriscou Mauro, brincando.

— Pois é — intercedeu o geólogo. — Só daqui a um mês, um mês e meio. Nesse aspecto, estamos seguros. Uma boa enxurrada de vez em quando, principalmente à noite, é tudo o que devemos temer por enquanto.

Que pena, pensou Mauro. Ele começava a apreciar a aventura e, apesar da inquietação que lhe causava Dietlev, sentia-se cheio de disposição.

A pequena expedição retomou a marcha um pouco depois, assim que a neblina dissipou-se por completo.

Caminhavam havia duas horas. Herman e Yurupig carregavam a padiola quando Mauro atolou até os joelhos num lodo viscoso dissimulado entre o mato. Ele chamou Yurupig para ajudá-lo a sair daquela vala e voltou a se unir ao grupo.

— Chegamos ao pântano — anunciou ele jovialmente. — Isso merece uma pequena pausa, não? O que acha? — disse, virando-se na direção de Dietlev e suprimindo subitamente o sorriso. — Dietlev?

Elaine, que estava sentada sobre o cepo de uma árvore, atrás do grupo, se precipitou para a padiola: ardendo em febre, os olhos semicerrados, Dietlev respirava com dificuldade. Muito distante, além do sofrimento e da linguagem, ele não respondeu às súplicas dela.

— Yurupig, traga água!

Dissolvendo uma dose forte de aspirina dentro de uma caneca, ela forçou Dietlev a beber.

Herman se aproximou, enquanto Elaine descobria o ferimento com movimentos rápidos. As larvas fervilhavam novamente, embora menos do que antes, mas a perna tinha inchado ainda mais, e a própria coxa estava matizada de manchas escuras.

— É preciso amputar essa perna, bem rápido — disse Herman.

Ela se virou para ele como se acabasse de ouvir uma obscenidade, mas Herman sustentou seu olhar sem emoção aparente. Seus olhos estavam brilhando, as pupilas anormalmente dilatadas, cravadas em seu rosto macilento:

— A gangrena está se expandindo... Se não cortar a perna, ele está acabado. Ponto final. Você decide.

Ela soube imediatamente que ele tinha razão, antes mesmo de encontrar o olhar triste de Yurupig; seus olhos se inundaram de lágrimas, não por causa da amputação que se impunha de repente a seu pensamento, mas porque se sabia incapaz de executá-la.

— Posso fazer isso, se quiser... — propôs Herman. — Já fiz uma vez na frente russa.

— Você?! — exclamou Mauro, confuso. — E por que você faria isso? Depois de tudo o que você tramou para nos abandonar no barco! Quer que a gente acredite que... Safado! Você quer matar Dietlev, eu sei!

Herman quis responder que era capaz de matar alguém a sangue-frio, sem precisar deixá-lo morrer como um cão, mas era complicado demais para explicar, e ele voltou para perto do fogo.

— É *necessário* amputar, entende? — disse Elaine, com delicadeza. — Você... olhe para mim, por favor... você é capaz?

Ela examinou Mauro, que procurava as palavras, a expressão desamparada.

— Não se preocupe — acrescentou ela, apertando seu braço —; se ele quisesse fazer mal a Dietlev, bastaria não dizer nada... Coragem. Dietlev vai precisar de nós.

Elaine se aproximou de Herman:

— Pode fazer — disse num tom grave. — Eu assumo a responsabilidade.

— Então é assim? Não sou mais um assassino safado? Vocês precisam saber o que querem... — Elaine lançou-lhe um olhar suplicante. — Tudo bem, vou fazer. Mas é só por você.

Eles andaram até encontrar uma pequena clareira. Sob as ordens de Herman, Yurupig acendeu uma fogueira suficiente para ferver a água e esterilizar a lâmina. Quando tudo ficou pronto, Herman ficou sozinho por alguns instantes e voltou fungando. Dietlev jazia sobre o chão, semi-inconsciente por conta da morfina que Elaine acabara de injetar-lhe.

—Você, pirralho — disse Herman, dirigindo-se a Mauro —, segure os ombros. Yurupig, você cuida da outra perna...

— E eu? — perguntou Elaine.

—Você vai fazer o que eu disser quando for a hora. Apertar o garrote e manter as artérias atadas, se ficarem visíveis.

Quando Herman se lançou sobre o fêmur com o fio de metal do estojo de primeiros socorros, Dietlev soltou um berro, um único e longo uivo do fundo de seu estado comatoso. A retração dos músculos expondo o osso, os sobressaltos intempestivos do enfermo... tudo isso foi menos assustador para Elaine do que observar a perna arrancada, obscena, ao lado do corpo de Dietlev, enquanto ela continha a hemorragia.

— Pronto, está feito... — disse Herman, quando terminou de lavar a pele com água fervida. — É preciso deixar o coto exposto para que cicatrize; nada de mercurocromo, apenas água e uma gaze para proteger. Cortei bem alto, espero que seja o bastante.

Eles estavam em volta do corpo martirizado, pálidos, os traços emaciados pelo cansaço e pela extrema tensão que lhes havia provocado aquela cirurgia selvagem.

— Obrigada — agradeceu Elaine, segurando a mão do alemão. — Ainda não sei como, mas vou retribuir isso...

Herman resmungou algo, visivelmente incomodado com aquela manifestação. Mas logo se recompôs e, enfiando o pé sob a perna amputada, lançou-a longe na mata.

— Coloquem o homem de volta na padiola — disse ele, se afastando. — Já perdemos muito tempo.

Cadernos de Eléazard

NÃO É SOMENTE a teoria musical do *Musurgia*, mas toda a obra de Kircher que é um projeto "comunicativo", ou, melhor dizendo: colonialista.

MANIA DE HERMENÊUTICA... "O símbolo", escreveu Kircher, "é uma marca significativa de algum mistério mais oculto, quer dizer, sua natureza é a de conduzir nosso espírito, graças a alguma semelhança, à compreensão de algo muito diferente das coisas que nos são oferecidas pelos sentidos exteriores; e sua propriedade é de estar escondida ou dissimulada sob o véu de uma expressão obscura" (*Obeliscus Pamphilius*). A dança dos sete véus, sempre, sempre... Mas por que as coisas seriam signos de outra coisa em sua radiante nudez? Que erotismo perverso deveria nos sujeitar a esfolá-las como coelhos?

CHAPEUZINHO VERMELHO: — Como o senhor é hábil, padre, em tecer os mosquiteiros!
Athanasius Kircher: — Pois é para melhor poder levantá-los, meu filho...

KIRCHER PERDEU O NASCIMENTO do espírito científico. Na ordem do saber, sua obra permanece estéril. Chega mesmo a espantar, considerando o volume de seus trabalhos, que tenha tido tão poucas intuições interessantes. Ele é indigno de sua época.

MAIS DO QUE A IDEIA DE DEUS, é o dogma que é doentio, como a sistemática em toda filosofia ou toda regra fundada sobre preceitos lubrificados com a vaselina do Ser Absoluto.

É PRECISO DAR NOMES aos bois e envenená-los sem problemas de consciência.

"A IDEOLOGIA", escreveu Roland Barthes, "é como uma frigideira: qualquer que seja a ideia que ali mergulhamos, é sempre uma batata frita que sai." Kircher sente o óleo rançoso da Contrarreforma. Seria preciso queimá-lo, não numa efígie, mas, por exemplo, "para os sobreviventes e aqueles que não delinquiram"... Por que é assim tão lícito condenar os mortos?, perguntava Pierre Ayrault. "Porque não poderemos tampouco absolvê-los ou felicitá-los." Para se ter a oportunidade de condecorar um soldado morto em serviço, é preciso pendurar o cadáver daquele que deu provas de covardia diante do fogo.

PUNIR A MEMÓRIA: depois de arrasar sua casa, cobrir seus poços e seus tanques, aviltar sua progenitura e apagar seu nome dos registros de nascimento, cortavam-se as árvores e os bosques do culpado à altura de um homem.

PEQUENOS OFÍCIOS CHINESES:

Encarregado dos confins
Encarregado de insígnias feitas de plumas
Inspetor de provadores de remédios
Comissário encarregado de exigir a submissão dos rebeldes
Chefe de gabinete encarregado de receber rebeldes submissos
Grande mestre das advertências
Oficial de vestígios
Encarregado da entrada e do interior
Grande secretário atrás do Grande Secretariado Atrás
Encarregado de embelezar as traduções
Oficial encarregado de subir e observar
Observador de correntes de ar
Subdiretor de multidões
Preposto das rãs
Condenado do sul
Encarregado de colar o olho nos buracos de fechaduras dos armários
Encarregado de preservar e de esclarecer
Encarregado de advertir os esquecimentos do imperador
Guia para cegos
Preposto das asas
Ministro do inverno
Serrador de mãos
Preposto das botas de couro
Regulador de tons de vozes femininas
Participante das deliberações sobre as vantagens e desvantagens
Fulminador
Encarregado de acionar os despachos atrasados
Músico profano efetuando um turno de serviço breve
Grande supervisor de peixes
Pescador de ouriço de castanhas
Amigo

DICIONÁRIOS e catálogos: pátria dos compulsivos. O índice como gênero literário?

KIRCHER PENSA unicamente através de imagens interpostas. O que equivale a dizer que ele não pensa. É um meditativo, no sentido dado por Walter Benjamin: sente-se em casa em meio às alegorias.

COISAS QUE AGRADAM à divindade: o número ímpar, as vogais, o silêncio, o riso.

O PORTUGUÊS do Brasil é uma língua inteiramente de vocalises moles. Uma língua de magia negra, de invocação. Em seu *Manuel d'harmonique*, Nicomaque de Gérase afirma que as consoantes constituem a matéria do som, e as vogais, sua natureza divina. Estas últimas são como as notas musicais das esferas planetárias.

AO SE TORNAREM SENHORES do Egito, os árabes deram aos hieróglifos o nome de "língua dos pássaros", por causa da grande quantidade de voláteis estilizados que se pode observar.

CADERNOS DE FLAUBERT, outubro de 1859: "O padre Kircher, inventor da lanterna mágica, autor de *Oedipus aegyptiacus*, de um sistema para fazer um autômato que falaria como um homem, da Palingenesia das plantas, de dois outros sistemas, um para contar, outro para discorrer sobre todos os assuntos, estudou a China, a língua copta (o primeiro na Europa). Autor de uma obra cujo título começa pelas palavras *Turris Babel sive Archontologia*, nascido em 1602." O fato de esse resumo coexistir com a nótula relativa a Pierre Jurieu — "Pierre Jurieu, atormentado de cólicas, as atribuía aos combates aos quais se entregavam incessantemente sete cavaleiros encerrados em suas entranhas" —, que viria a ser utilizada na versão preparatória de *Bouvard e Pécuchet*, não deixa a menor dúvida sobre o valor que Flaubert devia dar à obra de Athanasius Kircher...

LOREDANA. Ela dá seus conselhos com a ternura e a delicadeza de uma metralhadora pesada. Dito isso, ela tem certamente razão: se ficarmos, o bicho nos come; se fugirmos, ele nos pega.

CAPÍTULO XIX

Quando ficamos sabendo da inesperada conversão da rainha Cristina

Naquele mesmo ano, as notícias mais inacreditáveis chegavam ao Vaticano por caminhos sinuosos: a filha de Gustavo Adolfo, a rainha Cristina da Suécia, que jurara outrora eliminar todos os papistas e jesuítas da Criação, soberana esclarecida mas libertina de um reino inteiramente adquirido pela Reforma, desejava secretamente a conversão!

A questão era importante: uma ocasião única se oferecia para se demonstrar o poder da Igreja romana e sua capacidade de recuperar em seu seio uma das figuras mais fascinantes da Reforma. Tratava-se, portanto, de escolher a dedo aqueles que se encarregariam de acelerar esse processo. Chamado a contribuir mais uma vez, Kircher aconselhou sabiamente nossos superiores, e dois jesuítas próximos a ele logo partiram para a Suécia, disfarçados de fidalgos.

A evangelização de Cristina da Suécia começou imediatamente, mas não sem dificuldades, pois a rainha, inteligente e mais versada do que imaginavam nos assuntos teológicos, opunha um argumento após o outro a seus dois tutores. Tirando isso, o estorvo a essa conversão era simplesmente material; tornando-se católica, a rainha Cristina não poderia permanecer no comando de um reino protestante...

Durante os dois anos que se seguiram, meu mestre não abandonou seu gabinete de estudo, absorvido inteiramente pela redação de um *Mundus subterraneus* que a cada dia aumentava um pouco mais e pelas revisões e ajustes indispensáveis à publicação do *Oedipus aegyptiacus*.

Em 2 de maio de 1652, dia do seu aniversário de 50 anos, Kircher teve enfim a alegria de receber em mãos o primeiro volume dessa obra maior, aquela à qual ele dedicara todos os instantes de sua vida desde o momento em que os hieróglifos tinham se manifestado a ele. Vinte anos de pesquisa ininterruptas, mais de trezentos autores antigos chamados em reforço para sustentar sua tese, 2 mil páginas repartidas em quatro tomos a serem publicados em três anos! Inúmeras gravuras, executadas sob suas ordens por pintores tão talentosos quanto Bloemaert e Rosello, ilustravam maravilhosamente um texto para o qual meu mestre fez fundir grande quantidade de novos caracteres. O empreendimento era desmedido, e seu sucesso foi proporcional.

O *Oedipus aegyptiacus* conheceu assim uma enorme ressonância em toda a Europa, e de 1652 a 1654 Kircher teve de enfrentar os inconvenientes provocados pelo entusiasmo de seus contemporâneos. Eruditos, enviados pelas maiores academias científicas do mundo, afluíram a Roma para encontrá-lo. De todos os lados vinham ver o homem que conseguira decifrar a língua dos faraós, aqueles hieróglifos envoltos de mistérios para os mortais durante 2.400 anos... O sucesso foi tal que seus livros se esgotaram antes mesmo de sair da gráfica. O nome de Kircher estava em todas as bocas, a tal ponto que nos foi preciso responder, durante aqueles três anos, a mais de um milhar de cartas elogiosas.

Em Estocolmo, enquanto isso, os enviados do papa viram de repente seus esforços recompensados: em 11 de fevereiro de 1654, a rainha Cristina da Suécia anunciou ao Senado sua decisão de abdicar em favor de seu primo Carlos Gustavo. Todos os protestos dos senadores foram inúteis e, por uma coincidência cujo segredo só o destino conhece, foi em 2 de maio de 1654, dia do aniversário de Kircher, que ela renunciou ao trono, diante de todos os representantes dos estados do reino. O cerimonial de abdicação não foi mais do que uma formalidade, e em 16 de junho, após ter devolvido os ornamentos reais e removido ela mesma sua coroa, Cristina da Suécia só conservou a posse de suas próprias ações cá neste mundo.

Com apenas 28 anos, aquela que já havia, no entanto, reinado por mais tempo do que muitos reis envelhecidos pelo exercício do poder se pôs a caminho imediatamente, apressada em deixar o mais rápido possível o reino do qual ela acabara de banir a si mesma com a maior abnegação. Acompanhada por alguns serviçais e fiéis cortesãos, ela cortou os cabelos, se vestiu de homem para não ser reconhecida e deixou sem remorso o país que tão mal a amara.

Cristina partiu para Innsbruck, onde deveria abjurar oficialmente sua heresia. Pode-se facilmente imaginar com que ansiedade as autoridades eclesiásticas a seguiram passo a passo em seu caminho. A abdicação, por mais importante que fosse, nada significava: Cristina poderia a qualquer momento renunciar ainda ao sacrifício de sua fé, tão imperativo para a Igreja. E meu mestre não foi o último a escoltar a rainha em seu trajeto, por meio de cartas que os espiões do Vaticano expediam de Quirinal.

Em 23 de dezembro ela chegou a Willebroek, aonde o arquiduque Leopoldo, governante dos Países Baixos, fora ao seu encontro. Após um jantar farto, eles embarcaram numa fragata que os conduziu pelo canal até a ponte de Laken, no subúrbio de Bruxelas. Durante o percurso, o arquiduque e Cristina jogaram xadrez, enquanto incessantes fogos de artifício iluminavam o céu. E na noite do dia seguinte, véspera da natividade, eles se encontravam reunidos com algumas pessoas importantes no palácio de Leopoldo, no mesmo lugar em que Carlos V havia abdicado, cem anos antes, para consagrar o resto de sua vida à contemplação das obras de Nosso Senhor.

Foi justamente nessa noite, sob o comando do padre Guemes, um dominicano, que ela abjurou o protestantismo diante de Deus...

Kircher me confessou que causou um grande alívio, em certos ambientes, tomar conhecimento de tal notícia. Entretanto, os relatos que se multiplicaram no dia após esse evento memorável não deixaram de provocar inquietação: bem longe da humildade conveniente a uma nova convertida, Cristina da Suécia levava em Bruxelas uma vida, diziam, bem agitada. Festas sucediam a outras festas; recepções, a outras recepções, e Cristina permanecia sendo o centro das atenções. Ela jogava bilhar com excelência em companhia exclusivamente masculina, participava de corridas desenfreadas de trenó no campo ou mesmo nas ruas da cidade e chegava a desempenhar papéis inadequados naquelas comédias que a Igreja desaprovava... No entanto, o mais difícil fora alcançado, e havia sem dúvida um bocado de exagero nos relatos desse comportamento espalhafatoso. Ninguém fora avisado da conversão de Cristina: o mundo via então em sua pessoa um pretexto para criticar os excessos habituais da religião reformada.

Em junho de 1655, Cristina da Suécia chegou finalmente a Innsbruck. Foi na catedral dessa cidade, no dia 3 de novembro, que a rainha abjurou, aos olhos de todos, sua antiga fé e recebeu, com a comunhão, a absolvição de seus pecados. Nessa ocasião, ela demonstrou o mais perfeito recato e uma humildade que deixava muito bem pressagiar o que estava por vir.

Cristina da Suécia, católica! O evento, divulgado amplamente pela Igreja, transtornou todos os estados da Reforma. A Suécia, em primeiro lugar, ficou desconcertada pelo golpe. Mais do que o Tratado de Westfália, essa vitória colocava um ponto final na Guerra dos Trinta Anos e coroava o triunfo da Igreja apostólica e romana. Alexandre VII jubilava, pois nossa religião nunca teria demonstrado tão bom desempenho antes de sua autoridade. E quando Cristina da Suécia, pouquíssimos dias após a cerimônia em Innsbruck, manifestou seu desejo de ir para Roma e lá se estabelecer, foi com solicitude que o papa concedeu-lhe a permissão. Após reunir a congregação dos ritos, na presença de todos os cardeais, do geral dos jesuítas e de Kircher, ele decidiu o cerimonial que deveria ser observado para celebrar a entrada da eminente convertida na Cidade Eterna. Toda animosidade em relação ao meu mestre estava, havia muito, esquecida; ele foi então encarregado de pessoalmente organizar os preparativos desta recepção, de modo a dar-lhe o fausto e a solenidade exigidos.

Cristina da Suécia seguiu viagem para Roma no dia 6 de novembro, com a recomendação de desacelerar ao máximo seu avanço para dar ao Vaticano o tempo de preparar dignamente sua chegada. Mas era preciso dedicação. Como meu mestre recebera carta branca, ele se associou aos serviços de Bernini; juntos, eles se aplicaram noite e dia para conceber e para realizar toda espécie de projetos magníficos...

Durante essa atividade febril, Cristina viajava. O duque de Mântua a acolheu com as atenções reservadas aos soberanos: enlanguescida sobre um leito como uma esposa do faraó, ela atravessou a Piave sob a claridade de mil tochas empunhadas pelos soldados de Carlos III de Gonzaga, que se apresentou diante dela.

Vestida de amazona e ornada de joias, Cristina entrou triunfante em Bolonha, Faenza, Rimini e, depois, em Ancona. Como um rio cada vez mais caudaloso que desce da nascente, seu cortejo tomara proporções assombrosas. Fidalgos de todas as nações, mas também vis cortesãos atraídos pelos desperdícios excessivos, ou cavaleiros que tinham unicamente por fortuna sua bela aparência, vieram acompanhá-la em seu trajeto até Roma. Aliás, foi em Pesaro, dançando a "canária", aquela nova dança vinda das ilhas, que ela encontrou os condes Monaldeschi e Santinelli, dois tristes senhores que lhe valeriam mais tarde uma desgraça que persiste ainda em todas as lembranças. Naquele momento, deslumbrada pela sedução daqueles dois aventureiros, ela os acolheu em seu comboio e prosseguiu seu caminho.

Em Lorette, nas portas de Roma, Cristina da Suécia fez questão de depositar, num gesto simbólico, seu cetro e sua coroa sobre o altar da Santa Virgem. Durante a noite de 19 de dezembro daquele mesmo ano, ela entrou enfim na cidade, protegida dos olhares pelas janelas fechadas de sua carruagem, e dirigiu-se de pronto ao Vaticano, onde o papa colocara aposentos à sua disposição.

Durante esses dois meses, Kircher e Bernini trabalharam arduamente. Esvaziando sem moderação os bolsos de Alexandre VII, eles haviam preparado a mais augusta das recepções. A entrada oficial de Cristina só deveria acontecer três dias depois, o tempo de ela se recuperar da viagem. E se todos os preparativos estavam concluídos havia uma semana, ainda era preciso supervisionar cada detalhe desse vasto acontecimento. Certo pânico se abateu sobre o colégio. Enclausurado em seu gabinete, Kircher não largava seu tubo acústico: ordenava, implorava, verificava mil coisas, orientando suas tropas como um general do Exército à véspera de uma batalha decisiva. Obedecendo às suas instâncias, todos os atores daquele teatro ensaiavam incansavelmente seus papéis e eu nunca corri tanto pelas ruas de Roma quanto naquela época.

Na manhã de quinta-feira 23 de dezembro, Cristina da Suécia saiu da cidade sub-repticiamente para se dirigir à residência do papa Júlio, de onde deveria partir ao fim da tarde para sua entrada triunfal na capital. Infelizmente, um vento do norte se pôs a soprar tempestuosamente, acumulando no céu da zona rural romana pesadas nuvens carregadas de chuva. Kircher, que percebeu isso de sua janela no colégio, angustiou-se, preocupado unicamente com o bom desenvolvimento das festividades e rezando para que uma desgraça não viesse aniquilar os frutos de seus esforços. Logo após o fim do almoço, que a jovem Cristina da Suécia partilhara em companhia dos emissários de Alexandre VII, a enxurrada desabou com violência inaudita. Relâmpagos e o ribombar de trovões se seguiram em curtos intervalos, como se desaprovassem as pompas arquitetadas para uma simples mortal.

No pátio da residência, apressadamente protegida por toldos, o Sr. Girolamo Farnèse, mordomo do soberano pontífice, ofereceu a Cristina os presentes que este lhe enviara: uma carruagem com seis cavalos, que saíra da imaginação de Bernini e era ornada de admiráveis unicórnios folheados a ouro; um leito e uma liteira bastante delicados e um anglo-árabe imaculado cujos arreios dourados e vermelhos o tornavam digno de um imperador. Como a chuva não cessava, o mordomo propôs a Cristina que anulasse a "Cavalgada Solene" e que voltasse para Roma dentro da carruagem, mas a soberana deposta, no vigor de seus 28 anos, recusou-se categoricamente. Foi assim que, sob uma chuva torrencial, a longa procissão se pôs em marcha pela via Flaminia.

Nada foi tão belo quanto a travessia da cidade. Em todas as ruas, imensos tecidos de seda desfraldavam nas janelas, tambores rufavam num ritmo grave e, de todas as partes, uma multidão de carruagens rutilantes vinha se juntar ao cortejo de honra. No interior desses veículos, as mais nobres damas da cidade deixavam entrever vestidos e adereços de uma insolente riqueza. Quanto a seus esposos, não menos paramentados, cavalgavam ao lado num alarido ensurdecedor de cascos e relinchos.

Na Praça de São Pedro, a chuva redobrou sua violência, mas Cristina, que só tinha olhos para a catedral, parecia alheia a tudo. O cortejo inteiro imitava seu exemplo; o vento carregava os chapéus e a chuvarada estragava os preciosos tecidos sem que ninguém parecesse lastimar ou mesmo perceber.

À saída de São Pedro, ela seguiu, ainda sob escolta, para o palácio Farnèse, que o duque de Penne colocara à sua disposição durante toda a sua permanência em Roma. Como era de costume, para honrar os grandes deste mundo, uma falsa fachada recobria a original em toda a sua extensão. Concebida por Kircher, aquela obra impressionava tanto pelo seu esplendor quanto por seu destino singular. Sua arquitetura fora inspirada no projeto "Templo da Música", imaginado por Robert Fludd, e seu conteúdo, no famoso "teatro de memória" de Giulio Camilo, de tal maneira que a fachada representava a soma dos conhecimentos humanos. Acionadas por mecanismos de relojoaria, grandes rodas de madeira, artisticamente decoradas pelos melhores pintores romanos, giravam com lentidão, reproduzindo o curso dos planetas, do Sol e dos astros. Sete outras rodas, igualmente ornadas de emblemas e figuras alegóricas, se sobrepunham umas às outras, ainda que de modo alternado: podia-se ver desfilar Prometeu, Mercúrio, Pasífae, as górgonas, a caverna de Platão, o banquete oferecido aos deuses pelo Oceano, os sefirotes, e ao interior dessas classes, uma grande quantidade de símbolos extraídos da mitologia que permitiam abarcar gradualmente todos os saberes.

Quando a rainha Cristina, fascinada pelo espetáculo, se informava sobre seu artesão, o cardeal Barberini, elogiando as qualidades de Kircher, lhe disse que ela teria a ocasião de encontrá-lo em breve, visto que uma visita do Colégio Romano estava prevista para o dia seguinte. Ele acrescentou casualmente, como que para zombar da gente do povo que comentava esses gastos infatigáveis, que aquela enciclopédia de estuque e madeira havia custado mais de 1.500 escudos. As pinturas eram de Claude Gelée, chamado de Le Lorrain, e de Poussin; quanto aos detalhes práticos, tinham necessitado de 6.100 pregos grandes e quatro caldeiras haviam trabalhado sem interrupção durante duas semanas para preparar os 500 litros de cola utilizados para unir os elementos daquela fachada efêmera...

Cristina ficou extasiada de admiração. Ela fez imediatamente com que chamassem Kircher, a fim de lhe oferecer uma medalha preciosa que ela desprendera com grande delicadeza de seu bracelete.

CANOA QUEBRADA | *Não é defeito beber...*

Acordando ao lado de Aynoré, no fundo da rede que ele alugara no alpendre da casa de Dona Zefa, Moema pensou em Taís. Retalhos da farra com o índio, precisos e embaraçosos como imagens pornográficas, explodiam em superposição com um triste sorriso acusador. Sua culpa a deixou nervosa. Ela sentiu a liga de cobre que lhe apertava o crânio, o odor de vinho acre sobre a pele úmida, aquele gosto de serragem dentro da boca... indícios suficientes que permitiam atribuir seus remorsos à folia da noite anterior. Uma ou duas horas de paciência e seu espírito sairia lavado daquela vergonha difusa e sem sentido em que se resume o horror da ressaca.

Gulliver contido dentro das próprias tatuagens, Aynoré dormia um sono pesado. Seu corpo nu e bronzeado lhe inspirava menos ternura do que respeito, uma espécie de estima confinada no sagrado, na veneração. De tudo o que ele dissera na véspera, ela guardava apenas uma impressão de eflorescência, alguma coisa como o revoar vagaroso de um papagaio, o vestígio vermelho e dourado do paraíso perdido.

— E aí, você também não conseguiu se segurar? — perguntou uma voz acima dela.

O rosto lívido de Marlene exprimia uma surpresa ligeiramente desdenhosa. E ela prosseguiu:

— Não tenha medo, minha boca é um túmulo... um jazigo egípcio! Espero pelo menos que você não vá virar a casaca...

— Me deixe em paz, faz favor — replicou Moema, se espreguiçando sem se preocupar com sua nudez. — E você pode contar o que quiser a quem quiser, não estou mais na idade para ficar de segredinhos. — Ela afastou os cabelos embaraçados como se abrisse uma cortina: — Já é tarde?

— Onze horas, é hora de as maconheiras acordarem! Mas você está com uma cara, coitada... A gente vai à praia com a galera, vocês vêm?

— Estamos chegando... — disse Aynoré sem abrir os olhos.

Surpreendendo uma espécie de arrepio que aquela voz transmitiu ao corpo de Moema, Marlene arqueou as sobrancelhas numa expressão engraçada:

— Tudo bem, amiga — murmurou ele, se afastando —, você ainda não viu nada! Vai espumar como siri na lata...

Durante alguns instantes, Moema ficou na rede, ocupada em passear os dedos sobre a pele lisa de seu amante. Os comentários subentendidos destilados por Marlene tiveram tempo de surtir efeito. Não adiantara dizer a si mesma que as reticências do traveco eram somente fruto de ciúme, ela não conseguiu mais resgatar a alegria da noite anterior. Aos sentimentos de ter traído Taís — ela já sabia que sua entrega ao índio não era uma aventura passageira, tratava-se de um compromisso irreversível, um adeus voluntário e definitivo o qual deveria explicar à amiga — se juntava a dúvida despertada pelos comentários de Marlene. O "você também" tinha lhe machucado especialmente. Sedutor como era, Aynoré devia de fato atrair as moças como se fossem moscas... Mas e daí? Aquilo que os havia jogado um nos braços do outro era único, ninguém tinha o direito, a não ser por má vontade, de julgar de outra forma. Aynoré prometera iniciá-la em tudo aquilo que a sociedade moderna se empenhava para extinguir de dentro de nós, e ela confiava na sua palavra. Não se domestica um lobo: ela tampouco tentaria fazê-lo; se tornaria loba ela mesma, digna de seu modo de habitar o mundo, da ferocidade que ele consagrava à sua vida.

Acontece de sentirmos necessidade de justificar um sonho com tamanha obstinação que ele começa a se esfumar; Moema se agarrava a este, buscando fixá-lo por meio de um ato fundador, um sacrifício que confirmasse sua legitimidade. À força de triturar essas vagas dúvidas, uma imagem lhe veio, desenhando em seus lábios um sorriso de vitória. Ela se agitou, repentinamente livre de toda angústia, e saiu da rede com cuidado.

Alguns minutos depois, quando ela entregou a Aynoré o pente e a tesoura emprestados por Dona Zefa, o índio não criou dificuldades para satisfazer sua vontade. Com aquela distância altaneira que melindrava Moema, ele se pôs a cortar seus cabelos à maneira das mulheres de sua tribo: depois de aparar a franja horizontalmente, a qual chegava até as sobrancelhas, ele continuou, deixando todo o comprimento dos cabelos à altura da nuca. Depois, desbastou as têmporas para apagar todo vestígio do antigo corte e concluiu prendendo aos lóbulos de suas orelhas um desses ramalhetes de penas azuis e vermelhas que ele vendia nas ruas.

— Sorte a sua eu não ser um ianomâmi — disse ele, entregando-lhe um caco de espelho. —Você estaria agora careca até o meio do crânio...

Moema não procurou se reconhecer no estranho reflexo que ele sustentava entre os dedos: com o sacrifício de seus cabelos, seu sonho enfim saía do limbo. Ela se sentia retificada, modificada interiormente, como imaginava que ocorria após um ritual de iniciação. Fortalecida com aquele renascer, ela começou a imitar Aynoré em sua soberba. Silenciosa, gestos econômicos — como uma sacerdotisa da Antiguidade, pensou —, ela apertou um baseado com um sorriso misterioso. E aquilo que fumou naquela manhã não era maconha, mas o caapi sagrado, intercessor entre o mundo dos homens e o dos deuses...

Quando eles desceram para a praia, sob a luz ofuscante do meio-dia, Moema se sentia bela, com uma disposição de guerreira, matadora de homens, devoradora da carne; amazona. Eles pararam na barraca do Seu Juju para comer caranguejos.

Taís tinha se afastado na direção do mar tão logo percebera as duas silhuetas no alto da duna.

Ao chegar ao grupo onde se encontrava Marlene, num ponto afastado da praia, do outro lado das saliências que protegiam dos olhares curiosos os adeptos do naturismo, Moema teria preferido seguir em frente, mas Aynoré tirou o short e se instalou no meio do grupo sem sequer a consultar.

— Deus do céu! — exclamou Marlene, a mão cobrindo a boca. — O que você fez com seu cabelo?

— Se não gostou — respondeu Moema, se despindo com naturalidade —, é só olhar para outro lado. — Ela fuzilou com o olhar um rapaz que morria de rir. — O problema é meu, vocês não têm nada com isso, valeu?

— Não fique mordida — disse Marlene, num tom conciliador. — Fiquei surpresa, só isso. Você pode muito bem raspar a cabeça que não estou nem aí! Mas deixe a gente ver, vai, vire-se...

Moema hesitou um segundo, depois consentiu em dar meia-volta, com a expressão rabugenta.

— Está no maior estilo! Ficou muito bem em você, eu juro...

Aynoré estava estendido na areia. Ele repousava, com os olhos fechados, sem se mexer. Um pouco incomodada, Moema observou o tamanho de seu pênis: curvado flácido sobre a coxa, era mais longo do que o de Marlene e de seus colegas. Orgulhosa com aquela constatação, ela se deitou perto do índio com a clara consciência de que todo mundo olhava para eles. Era bom saber que estava nua sob aqueles olhares. Estendidos um ao lado do outro, eles deviam parecer o casal primordial. Ela teria gostado de se dividir para poder apreciar o espetáculo. Com força de vontade, afastou a imagem de seu pai que tinha aparecido de repente em cima dela, tirando um trago de seu cigarro e sacudindo a cabeça com uma expressão de desaprovação. Sua mãe talvez pudesse compreender, ou talvez não, mas ela não se contentaria em contemplá-los com aquele olhar de cão bajulador... Moema moveu o braço até encostar no de Aynoré. Quando a mão do índio se fechou sobre a sua, ela se sentiu feliz, em paz com o mundo e consigo mesma.

O sol queimava sua pele de uma maneira agradável. Através de uma associação de ideias, ela se lembrou da história dos incêndios e do dilúvio, as três catástrofes fundadoras do mito mururucu. Aynoré lhe contara antes de dormir, mas os detalhes tinham se confundido em sua memória...

Até o ar tinha se inflamado... Os raros sobreviventes de Hiroshima tinham pronunciado essa frase exatamente assim, sem que ninguém tirasse daí uma lição definitiva sobre a loucura humana, e Moema sentiu bruscamente calor demais para permanecer mais um segundo na areia. Ela se levantou, dizendo que ia se banhar, enfrentou a vertigem por um instante e correu na direção do mar.

Depois de se divertir na água durante alguns minutos, estendeu-se de bruços à beira d'água. A cabeça virada para a praia, o queixo sobre as mãos, ela se concentrou nas efervescências da espuma crepitando na sua nuca a intervalos regulares. Uns 30 metros à sua frente, Aynoré se juntara aos outros rapazes para jogar bola, entre berros e saltos acrobáticos. Bem atrás deles, o penhasco baixo que margeava essa parte da praia — penhasco de areia solidificada, a mesma que enchia em camadas sucessivas as garrafinhas destinadas aos turistas — parecia um baluarte estriado de veias em diferentes tons de rosa.

Roetgen... Moema se deu conta de que não havia pensado uma única vez nele desde aquele momento já remoto em que tinha saído do Forró da Zefa. Agora ele devia se encontrar em algum lugar ao largo da costa, e ela estava ansiosa para que voltasse, para lhe explicar como sua vida sofrera uma reviravolta em sua ausência. Ela se prometeu ir esperá-lo no dia seguinte, quando as jangadas retornassem. Talvez ela pudesse escrever uma tese sobre a mitologia dos mururucus, ou reunir documentos suficientes antes de partir para a Amazônia. De qualquer modo, não falaria a ninguém sobre sua decisão, sequer a seus pais. Mais tarde talvez, quando tivesse filhos, uma penca de filhos mestiços brincando ao longo do rio... Ela se via imóvel sobre a margem, na pose de Iracema, o arco tenso apontando para a sombra de um pássaro invisível, ou então fazendo profecias perto da fogueira, os olhos assombrados de visões. A condição feminina das índias? As inúmeras provas de seu isolamento permanente por conta de sua "impureza"? A prática da couvade, aquela tragicomédia em que os índios exageravam a pretensão masculina a ponto de imitar os sofrimentos da concepção e recebiam, gemendo dentro da rede, as felicitações de todos, enquanto a parturiente, ainda cambaleando, se sacrificava cozinhando biscoitos destinados aos convidados? Todas essas distorções que, de costume, moderavam seu entusiasmo pelas tribos indígenas tinham se volatizado, um pouco como se houvessem desligado nela todas as instâncias do espírito crítico. Seu amor — ela nomeou pela primeira vez a euforia que experimentava simplesmente pensando em Aynoré — transcendia todos os obstáculos; e se fosse necessário, ela faria algumas alterações na tradição...

O ronco de um motor fez com que ela virasse a cabeça em direção ao promontório: em toda velocidade, na outra extremidade da orla, um buggy amarelo-ouro crescia a olhos vistos, lançando para o alto jorros de água do mar.

O vento todo à popa, a jangada singrava havia duas horas na direção da costa, resvalando com leveza sobre a ondulação do mar. O esquartejamento de uma enorme tartaruga marinha, capturada no final da pesca, atrasara a partida, de tal forma que o sol parecia um globo vermelho, pousado exatamente sobre a linha sombria do litoral. João deu ordens para o retorno à terra:

— Fique aqui ao meu lado — disse ele a Roetgen, sem olhar na sua direção. — E não saia daí até que eu diga. Um movimento em falso e nós viramos...

Roetgen compreendera o sentido das recomendações; em pé e distribuídos simetricamente de um lado e outro do cavalete no qual se agarravam, os quatro homens deveriam se esforçar ao máximo para manter a jangada equilibrada na sua corrida para a praia. A uma centena de metros da costa, onde começava a rebentação com suas ondas translúcidas, João segurou firme o leme. O rosto tenso, os olhos em movimento incessante para vigiar o equilíbrio da embarcação e os vácuos das ondas que ameaçavam engolir a jangada pela popa, ele corrigia sua trajetória com breves deslocamentos na barra do leme, nervosos e precisos. Se atravessasse a onda ou perdesse um pouco de velocidade, o macaréu os viraria como um mísero tronco de madeira... A cada vez que uma onda estourada parecia a ponto de alcançá-los, João manobrava a jangada de modo a fazê-la surfar, e a velocidade aumentava o bastante para escaparem mais uma vez. Embalada, incontrolável sobre os derradeiros encrespamentos das ondas que a carregavam para a praia, a quilha da embarcação arrastou-se de repente, derrapando e se arrastando até finalmente alojar-se na areia. Sob o comando de João, os quatro homens desembarcaram imediatamente e mantiveram a jangada fora do refluxo, enquanto outros pescadores afluíam a fim de colocar os troncos sob a proa e empurrar a embarcação para longe das ondas.

Puxada por uma mula, a charrete de reboque, montada sobre duas rodas de carro, veio ao encontro deles. Enquanto João discutia sobre a pesca com Bolinha, o condutor, Roetgen parou para respirar um instante. Estava esgotado, mas naquela lassidão mole que se segue à realização de um trabalho para o qual tudo indicava que lhe faltaria competência. Ao seu orgulho de marinheiro se misturava outro, o de ter sido aceito pelos pescadores como um deles, de pertencer com todo direito àquela confraria. Foi nesse momento que ele percebeu a presença de Moema... A primeira injúria veio daquele novo corte de cabelo tão ridiculamente carregado de sentido a segunda foi ver o índio beijá-la no pescoço enquanto se aproximavam dele. Aquela beatitude simplória de mulher grávida, a ausência de Taís por perto... Moema ainda não havia lhe dirigido a palavra e Roetgen já ruminava as amarguras confusas de seu amor-próprio.

Sem ser indelicado, com a distância um pouco desdenhosa de quem não tinha tempo sobrando para conversar com os ociosos, ele mal respondeu às perguntas da moça. Desculpando-se com ela, pôs-se a ajudar João e os outros a transportar os peixes para a charrete. Quando chegou o momento de distribuir a parte de cada um, ele pediu ao Bolinha que levasse a sua para o pescador cujo lugar ele tomara e que se certificasse de que seu crédito na cooperativa fosse registrado normalmente.

Sorrindo do fundo de seu esgotamento, João colocou a mão pesada sobre o ombro do rapaz: iriam todos beber uma cachaça ou duas, talvez mesmo três, se não desabassem antes... Depois de um breve aceno de Moema, os dois homens recolheram suas coisas e se afastaram, andando cambaleantes de cansaço, a contraluz na vermelhidão crepuscular.

Moema ficou observando por alguns segundos, até vê-los subir pela duna. Por ter se sentido feia ante o olhar de Roetgen, ela precisou conter as lágrimas.

No dia a dia da vida,

... dizia o violeiro, sentado sobre um engradado de cerveja, a voz rouca e o violão rachado. Uma cara de feiticeiro haitiano... Desconjuntado, o cara...

Com todo este sofrer,

... José Costa Leite, o verdadeiro, com seus olhos semicerrados e seu boné de beisebol engomado pela sujeira...

Não preciso que me diga

... nem eu tampouco, pensava Roetgen, nem João, nem ninguém, aliás. Serve mais uma, vai!

Não é defeito beber...

... não é mesmo, hein, João? Pode ser tudo, menos um defeito... É um dever, uma lei mesmo! Um imperativo categórico!

E vive passando fome
Sem ter nada pra comer

... pobres coitados, meu Deus! Ouvir isso enquanto milhões de pessoas quebram a cabeça com a dieta de Montignac e a lipoaspiração...

Mas sem deixar de beber
Não é um defeito beber...

... voz de trovador, voz sarda, voz andaluz, voz degolada nos trilhos do blues...

A cachaça apaga a tristeza
É gostosa e dá prazer
Então pode ter certeza
Não é um grande defeito beber...

... missa dos miseráveis, e didática! Versos declamados a toda velocidade e sem tomar fôlego, os últimos indo até o final trêmulo do refrão... "Chega de sofrer!", disse João bruscamente, os olhos vítreos, a tez cinzenta. Vai fundo, cantador: chega de sofrer!

Quem bebe, gosta do porre
Quem não bebe também morre

... dois acordes infinitamente distorcidos, som de sanfona, entoação de *shamisen* em pele de cachorro...

E agora chega de sofrer
Não é um defeito beber...

... canto africano, canto de griô iluminado. Lamento sem sedimento de homem sem esperança. "Liberdade!", disse Roetgen, e repete porque tem a impressão de estar com uma batata quente dentro da boca. Ele lamenta por isso, porque a palavra lhe parece de repente estranha também, despida de sentido, como metoxipsoraleno ou mononitrato de retinol... Dois acordes, e a improvisação recomeça:

Comecei a tomar um gole
A cabeça ficou mole,

... José Costa Leite olha para a parede, seu canto se esgarça, se junta ao grito de todos e encontra novos caminhos...

Porque uma caipirinha
Quando está bem geladinha
É gostosa e dá prazer,
Tira o fastio e faz bem
Se o povo bebe também
Não é defeito beber...

... Assobios no bar, grunhidos e escarros de apreciação... Que bom! "De onde ele tira essas coisas?", disse o atendente do bar. Uma cachaça para o poeta, e uma boa dose no capricho! E então, bruscamente, dois anjos, duas aparições numa auréola de luz, rompem as trevas na entrada... Dá até para começar a acreditar em Deus, juro! Os cabelos cortados à Príncipe Valente, asas e coroa cintilando pó de ouro, vestido longo de cetim cor-de-rosa para um, azul céu para o outro, dois jovens anjos escancarando seus lindos olhos, as mãos unidas sobre o peito num gesto oratório. Eles pararam para dar uma olhada no inferno, como fariam duas meninas de verdade que cedem à curiosidade a caminho da igreja. Roetgen não pensava que os anjos tivessem essa expressão grave, um ar de entomologista intrigado com a repentina e incompreensível agitação de um formigueiro. Ele esboçou um gesto convidativo, e pronto, já haviam desaparecido, como se um vento de imbecilidade soprasse sua paz sombria sobre o bar. Costa Leite retomou com seu violão:

Cachaça não mata a gente
O povo diz com razão
Sempre que eu tenho tempo
Tomo uma pá de carvão
A orelha fica em pé
Logo vou ao cabaré
E pra desaparecer
Ainda vou beber no bar
Tiro a noite pra dançar
E aí começo a beber...

... mais cachaça, mais e mais, vamos até os confins desta noite. Não o queira mal, diz João, os olhos fixos numa caixa de Omo, não é culpa dele. *A mulher é capaz de quase tudo, o homem do resto...* A ponto de cair de tão bêbados e tão cansados, eles se abraçam, os ombros colados, braços tateantes sobre o balcão, se contendo um e outro à beira do precipício.

Quando Taís o reencontrou, mais tarde, Roetgen dormia sobre a mesa de sinuca, uma ferida feia na testa, o sangue seco no rosto. O atendente do bar contou que tinha sido obrigado a quebrar uma garrafa na cabeça dele, que era um bom rapaz e que não tinha problema algum, nem com a cabeça — o couro cabeludo um pouco aberto, nada grave... — nem com o prejuízo. João fora forçado a voltar para casa um pouco antes, reclamando o tempo todo da mulher.

FORTALEZA, FAVELA DO PIRAMBU | *Angicos, 1938...*

Fazia horas que Nelson limava sua barra de ferro. Com o espírito liberado pelo aspecto repetitivo de seu trabalho, ele revivia mais uma vez a morte de Lampião. Algo o incomodava no desenlace dos fatos, uma fatalidade demasiadamente prosaica, uma distorção que não combinava com as qualidades de astúcia e inteligência atribuídas a seu herói. Angicos, 1938... O fim trágico do célebre cangaceiro era bem conhecido: orgulhosos de sua façanha, os soldados da brigada volante comandada pelo tenente João Bezerra a relataram em seus menores detalhes.

Quando o amanhecer do dia 28 de julho de 1938 lançou sua luminosidade deslavada sobre aquela parte do Brasil, os policiais estavam tão próximos dos cangaceiros que podiam ouvi-los falar ou observar aqueles que já se espreguiçavam à porta de sua choça. Vestidos com o único uniforme que a caatinga lhes permitia, todos aqueles homens se assemelhavam de um modo alucinante. Casaco de couro apertado sobre o corpo pela cartucheira, grevas, perneiras articuladas na altura dos joelhos, chapéus de couro de duas pontas espetado de estrelas e rosáceas douradas — uma espécie que lembrava os usados na França no século XVIII, mas com a parte jugular e frontal coberta de miçangas... Concebida para resistir aos ataques de uma vegetação espinhosa, aquela armadura cor de bronze unia caçadores e presas como cavaleiros e seu espelho. Sob a chuva incessante, ruídos abafados destoavam: entrechoque de panelas, relinchos de cavalos, tosse seca, episódica... Só poderiam abrir fogo com as ordens de Bezerra, mas o medo trincava tanto os dentes do tenente que as batidas de seu coração eram visíveis em suas faces; longe de estar prestes a investir, ele tentava desaparecer dentro do charco em que se entocava. O crepitar repentino de uma máquina de costura afundou a cabeça daquele covarde dentro da lama... Movimento intempestivo no mato? Reflexo metálico de uma carabina? Excesso pouco habitual do silêncio em volta do acampamento... Sem que fosse possível determinar a causa, um dos cangaceiros deu o alarme. No espaço de um segundo, Maria Bonita acreditou ver sua máquina de costura cuspir balas.

Saindo apressado ao ouvir o grito de sua companheira, Lampião foi um dos primeiros a cair sob o fogo das metralhadoras. Enquanto um bom número de cangaceiros se espalhava pelas colinas, Maria Bonita, Luís Pedro e os combatentes mais fiéis se protegeram dentro das choças. O ataque não durou mais do que vinte minutos, mas bem depois de o último fuzil ter se calado diante das metralhadoras, elas continuaram a estraçalhar os abrigos feitos de panos e ramagens.

Assim, a batalha se transformou em tiro ao alvo. As metralhadoras não deixaram a menor chance para os cangaceiros. Aliás, como explicar essa debandada? Por que a covardia bem conhecida de Bezerra teria triunfado justamente naquela manhã sobre a inteligência e a valentia? Lampião e seus homens leais foram mortos sem se defender. Eles foram pura e simplesmente executados.

Emocionado por aquela invocação, Nelson acelerou o movimento da lima sobre a barra de ferro. Não, pensou ele, jamais Lampião se deixaria vencer assim facilmente num campo de batalha, nem mesmo por surpresa. Essa história não se sustentava... A outra versão, ao contrário, aquela que o rumor havia propagado quase que imediatamente após a tragédia de Angicos, era muito mais convincente: alimentada pelo padre José Kehrle, confirmada pelos irmãos João e David Jurubeba, estabelecia que Lampião e os dez cangaceiros que o acompanharam em seu martírio tinham sido mortos por envenenamento.

CAPÍTULO XX

Como Kircher se vê obrigado a contar à rainha Cristina uma história escabrosa que ele desejava guardar para si...

No dia seguinte, 24 de dezembro de 1655, Cristina da Suécia veio, como previsto, nos honrar com sua presença.

Kircher estava habituado a esse ofício de cicerone; sem parar de falar com sua convidada, ele apresentou rapidamente e com animação as vastas seções de seu museu, retardando-se apenas nos objetos mais dignos do interesse real. Aqui, um vestido chinês, bordado de ouro e de dragões; ali, uma gravura egípcia no mais belo jaspe ou um amuleto gravado sobre jade e montado sobre um anel giratório; mais adiante, uma série de espelhos deformantes... Um desses produziu uma impressão extraordinária em Cristina da Suécia; ao se contemplar nele em seu comprimento, via-se a cabeça se alongar na forma de um cone, depois apareciam quatro, três, cinco e oito olhos; no mesmo instante, a boca se transformava numa caverna, os dentes pontiagudos como rochedos escarpados. Na largura, o reflexo ficava primeiramente sem testa, depois ganhava orelhas de burro sem que a boca e as narinas se modificassem! Mas eu não saberia descrever com palavras toda a diversidade daquelas horrendas aparições. Meu mestre explicava sem se cansar os princípios catóptricos que governavam essas invenções e as outras, ainda mais interessantes, cujos projetos já habitavam seu espírito, no caso de algum mecenas vir a favorecer um dia sua realização.

Depois do museu catóptrico, o mais belo e mais completo do mundo, Kircher mostrou a Cristina a grande serpente do Brasil e o elefante-marinho, animais gigantescos que ele era o único a possuir. E quando a rainha ficou bem extasiada diante da enormidade desses gigantes da criação, meu mestre mostrou-lhe uma gravura e pediu-lhe que identificasse o animal ali reproduzido.

— Que monstro estranho é este? — exclamou Cristina, rindo. — Parece um dromedário que se instalou em cima de um galho...

— É uma pulga, Vossa Alteza, e seu poleiro, um pelo humano que os poderes de meu microscópio permitiram ampliar dessa maneira para o desprazer dos olhos e... o êxtase do espírito. Observe, por favor.

Athanasius lhe apresentou em seguida uma dessas lunetas e várias coisas a serem observadas, que ele preparara com este objetivo. Cristina da Suécia, inclinada sobre o ocular, soltava breves gritos de espanto à vista daqueles insetos metamorfoseados em quimeras assustadoras pela simples virtude das lentes, enquanto meu mestre, imperturbável, dissertava sobre o infinitamente pequeno e o infinitamente grande.

De lá, passamos ao dragão alado do qual o cardeal Barberini abrira mão em prol de nosso museu, figura prodigiosa e feita para inspirar terror nos homens. Mas a rainha Cristina era de boa índole e correspondeu à sua reputada delicadeza:

— Jesuítas alemães me contaram, faz alguns meses — disse ela —, que tinham visto dragões *priapos suos immanes, in os feminarum intromittentes, ibique urinam fudentes.*★ Eu ralhei com eles — acrescentou ela — por conta de tal insolência, mas eles apenas acharam graça!

— Nunca vi ou ouvi falar disso — respondeu Kircher —; talvez seja o caso de culpar esses padres por sua leviandade. Quanto a mim, eu não saberia como retorquir sem os ter capturado, ou... "convertido", como preferir...

Após essa escaramuça, foi a vez do cordeiro de duas cabeças, o pássaro do paraíso com três pernas, o pé humano com seis dedos e o crocodilo empalhado que parecia dormir perto de uma palmeira reconstituída.

— O crocodilo — explicou meu mestre — é o símbolo da onisciência divina, porque emerge da água apenas com os olhos e, ainda que enxergue, tudo permanece invisível aos sentidos dos mortais. Ele não tem língua; ora, a razão divina não precisa das palavras para se manifestar. E como observou Plutarco, esse animal produz sessenta ovos, que

---

★ *(...) introduzirem seus pênis na boca das mulheres a fim de despejar sua urina.*

levam o mesmo número de dias para eclodir. Eles vivem no máximo até 60 anos; ora, o número 60 é o primeiro que os astrônomos empregam em seus cálculos. Não foi, portanto, destituídos de razão que os antigos sacerdotes egípcios lhe dedicaram uma cidade, Crocodilópolis, e que os habitantes de Nîmes ostentam ainda seu emblema sobre as muralhas da cidade.

Percorrendo o restante da seção egípcia do museu, nos dirigíamos para a curiosidade que concluía habitualmente a visita — uma pedra de 300 gramas extraída da vesícula do padre Léo Sanctius, infelizmente morto durante a operação — quando a rainha Cristina se imobilizou diante de uma estatueta à qual eu nunca prestara atenção: coberta por um chapéu na forma de escaravelho, cujas patas posteriores iam bem além da nuca, como fitas, um personagem bem rechonchudo parecia se agachar com as mãos nas costelas.

— E isso, meu reverendo? — perguntou Cristina.

— Um ídolo egípcio insignificante... — respondeu Kircher, fazendo menção a seguir em frente.

— Para mim, parece totalmente singular... — insistiu a rainha, apanhando a estátua. — Que divindade curiosa é esta?

Conhecendo perfeitamente as menores gesticulações de Athanasius, eu bem vi que ele teria preferido falar de outro assunto, e sua reação atiçou também minha curiosidade.

— Receio, alteza — disse meu mestre, um tanto embaraçado —, que isso não convenha nem um pouco aos ouvidos delicados. E se me permite, rogo para que contente vosso espírito com uma lícita censura, devido à vossa posição e ao seu sexo.

— Pois justamente, não permito... — disse Cristina, sorrindo com uma candura simulada. — Saiba que minha posição me autoriza, ao contrário, aquilo que é recusado a outras mulheres e mesmo à maior parte dos homens. Que meus vestidos não o iludam; não é o sexo que faz um rei ou uma rainha, é seu reino, unicamente ele, que decide sobre isso.

— E o vosso, majestade, foi grande e notável, entre os mais insignes. Curvo-me, pois, e peço que perdoe uma reticência inoportuna. Esse ídolo representa o deus *Crepitus*, ou "deus Peido", dos egípcios, e isso dentro da postura bufona que convém à sua essência...

A rainha Cristina soube guardar uma perfeita impassibilidade, comprovando assim que ela merecia plenamente seu renome de soberana esclarecida, mais inclinada a aumentar seus conhecimentos — ainda que fossem dentro de um domínio assim tão escabroso — do que escarnecer das coisas de forma pueril. Algumas pessoas de seu séquito se deixaram tomar por risinhos e comentários irônicos sobre o aspecto fétido daquela divindade, e ela lhes impôs o silêncio com um olhar no qual se lia todo o poder que essa brava mulher tinha sobre elas.

— Faça o favor, reverendo, prossiga. Como é possível que os construtores das pirâmides e da biblioteca de Alexandria, os inventores dos hieróglifos e tantas outras maravilhas tenham se rebaixado a este culto desavergonhado? Minha curiosidade não cessa de crescer, eu admito, ante o que parece, à primeira vista, não ter sentido...

— Queres, pois, que eu exponha a Vossa Majestade o peido divinizado pelos egípcios... Mas não se estaria de algum modo ferindo os direitos das pessoas ao desvendar o aparente ridículo dessa nação sábia e sapiente?

"Dentre os povos que mereceram as honras divinas de criaturas sensíveis, não vejo nenhuma mais desculpável do que aquelas que adoravam os ventos: estes são invisíveis, como o grande senhor do universo, e sua fonte é desconhecida, como a da divindade.

"Não nos surpreendamos, portanto, que os ventos tenham sido adorados pela maioria das nações como agentes terríveis e impenetráveis, como maravilhosos operários das tormentas e das serenidades do universo e como senhores da natureza; são conhecidas as palavras de Petrônio: *primus in orbe Deos fecit timor...**

"Os fenícios, com a fé de Eusébio na teologia desses povos, consagraram um templo aos ventos. Os persas seguiram o exemplo: *Sacrificant persæ*, disse Heródoto, *soli e lunæ e telluri e igni e aquæ e ventis.*** Estrabão o confirma praticamente nos mesmos termos.

"Os gregos imitarão alguns dos povos que acabo de citar; com a expedição de Xerxes ameaçando a Grécia, eles consultaram o oráculo de Delfos, que lhes respondeu que era preciso tornar os ventos favoráveis

* *Primeiro, o medo criou os deuses.*

** *Os persas se sacrificam ao Sol, à Lua, à Terra, ao fogo, à água e aos ventos.*

para receber socorro. Eles então realizaram sacrifícios sobre um altar dedicado a sua honra e em seguida a frota de Xerxes foi dissipada por uma furiosa tempestade. Platão, em seu *Fédon*, relata que existia em seu tempo em Atenas um altar consagrado ao vento Bóreas. E Pausânias nos ensina que havia também no Sicião um altar destinado aos sacrifícios que se faziam para apaziguar a cólera dos ventos.

"Os romanos acreditaram nos mesmos sonhos, eles sacrificavam uma ovelha negra aos ventos do inverno, e uma branca aos Zéfiros, segundo relatos de Virgílio. E o imperador Augusto, que possuía o espírito esclarecido, ao encontrar-se consternado na Gália de Narbonne ante a violência do vento Circius, que em Narbonne ainda chamam de vento de Cers e que derrubava as casas e as maiores árvores e dava assim mesmo ao ar uma salubridade maravilhosa, jurou dedicar-lhe um templo, que de fato construiu. É Sêneca que nos ensina isso em suas *Questões naturais*.

"Finalmente, os citas, pelos relatos de Lucien, juravam ao vento, por sua espada, que eles reconheciam assim como seu deus.

"O homem, que sempre consideramos como um microcosmo, isto é, como um pequeno mundo, tem também seus ventos, como o grande mundo. Estes ventos, nas três regiões de seu corpo como em três climas diferentes, produzem tempestades e ventanias quando são demasiadamente abundantes e muito velozes, e dão frescor ao sangue, aos espíritos animais e às partes sólidas, e dão saúde a todo o corpo, quando esses estão harmoniosos e regulados em seus movimentos; mas basta uma abundância impetuosa desses ventos trancafiados para gerar uma cólica sem remédio, ou uma hidropisia ventosa, ou um nó nas tripas, que são enfermidades mortais. Os egípcios então concederam as honras divinas a esses ventos do pequeno mundo como aos autores da doença e da saúde do corpo humano. E Jó parece confirmar tal pensamento quando diz: *Lembre-se que minha vida é um sopro...* Eles preferem, no entanto, o peido a qualquer outro vento desse pequeno mundo, talvez porque seja o mais limpo de todos, ou porque ele emita um som notável ao escapar da prisão, imitando assim, modestamente, o ruído do trovão, e é por isso que ele pôde ser considerado por esse povo como um pequeno Júpiter Trovejante que merecia sua adoração.

"Agradeçamos, entretanto, ao Senhor por nos ter retirado de todos esses desvairos pelas luzes da fé, e consideremos alguma potência que admiramos nos agentes naturais por nos fazerem bem ou mal somente como sendo os graus de uma escala misteriosa pela qual devemos nos elevar à adoração do Criador. Ele nos aflige ou favorece pelo ministério das maiores ou das menores de suas criaturas, segundo as ordens impenetráveis de Sua providência."

Cristina da Suécia ficou encantada com essa dissertação. Ela prometeu a meu mestre seu apoio definitivo à manutenção e à expansão do museu, e depois se retirou. Meu mestre estava esgotado, mas contente de ter tão bem resistido àquela tempestade; ele dormiu oito horas seguidas, algo que não fazia havia muito tempo.

Kircher tinha cumprido muito bem sua missão; sem tardar, pôs-se a outra vez a dedicar-se aos estudos. A onda de celebridade levantada pela publicação do *Oedipus aegyptiacus* continuava a se expandir pelo mundo e, por isso, seus dias eram curtos demais para responder às perguntas e às honras que afluíam de todas as partes. Foi nessa época, creio me recordar, que ele recebeu de certo Marcus, nativo de Praga, a homenagem de um manuscrito raríssimo, mas indecifrável em seu conteúdo, escrito numa língua forjada de todos os elementos. Athanasius reconheceu nele a parte que faltava do *Opus tertium* do filósofo Roger Bacon e adiou para mais tarde uma tradução que, infelizmente, nunca teve o tempo de empreender.

O ano de 1656 passou como um sonho. Nada foi capaz de deixar meu mestre de bom humor senão os rumores cada vez mais inquietantes que provinham do Palácio de Farnèse: sem se inquietar com as suscetibilidades romanas, Cristina da Suécia levava uma vida fausta, que dava o que falar aos tagarelas. Única mulher em meio a centenas de homens que compunham sua corte, ela se entregava sem reservas a todas as fantasias de sua imaginação. As folhas de parreira que cobriam a nudez das estátuas que mobiliavam seu palácio haviam sido removidas às suas ordens, os quadros emprestados pelo papa — todos com temáticas pias ou instrutivas — foram substituídos por cenas mitológicas mais dignas de um lupanar do que da morada de uma recém-convertida, e seus cortesãos não hesitavam nem um pouco, para o desespero do mordomo Giandemaria, a saquear o palácio do infeliz duque de Parma, arrancando até as passamanarias e as cortinas de brocado para vendê-las aos burgueses da cidade. Foi preciso mandar o cardeal Colonna de volta a sua casa de campo, tanto a jovem

Cristina lhe virara a cabeça, e até trocar de convento uma religiosa da qual ela se afeiçoara a ponto de querer raptá-la do serviço de Nosso Senhor!

Foi nessa época que meu mestre sofreu um resfriamento do estômago por ter comido frutas em demasia, segundo suas conclusões, durante a Quaresma. Essa indisposição ocorria num momento bem inoportuno, pois Cristina da Suécia nos havia convidado, assim como a diversos eclesiásticos, a um concerto que ela organizara em sinal de sua contrição. Kircher experimentara desde a manhã todos os remédios conhecidos e, sem sentir melhoria alguma, estava desamparado. Graças aos céus, e no momento em que ele resolvia declinar um convite tão estimável, meu mestre se recordou de um frasco recebido do padre Yves d'Évreux, missionário no Brasil. Esse frasco, dizia o bom padre em sua carta, continha um pó soberano contra todos os males, além de auxiliar a restaurar o vigor intelectual esgotado pelos estudos, e esses efeitos ele os tinha frequentemente observado nos índios tupinambás, de quem o recebera, assim como em si mesmo. Esse medicamento, até onde estava em condição de avaliar, era obtido de um determinado cipó, chamado por eles de guaraná, misturado à farinha de centeio. Esta última substância servia apenas para fabricar bolinhas, de mais cômoda ingestão.

Reduzido aos derradeiros extremos, Kircher não hesitou um segundo; seguindo ao pé da letra as instruções do padre d'Évreux, ele engoliu quatro ou cinco dessas pastilhas, que lhe preparei com um pouco de água benta. E ali, onde todos os segredos da farmacopeia moderna haviam fracassado, aquela medicina dos silvícolas produziu um resultado miraculoso: em menos de uma hora após tê-las tomado, meu mestre se sentiu melhor. Suas dores e seu fluxo estomacal desapareceram, a cor voltou a sua tez e ele se surpreendeu cantarolando uma alegre melodia. Pareceu-lhe ter reencontrado não somente a saúde, mas também a energia e a delicadeza de espírito de sua juventude. Nada houve de mais espantoso do que tal metamorfose, e nós demos graças àqueles silvícolas que lhe ofereciam de tão longe aquela cura providencial.

Até chegarmos ao Palácio de Farnèse, Kircher não cessou de troçar de tudo. Seu excelente humor o tornava tão comunicativo que fomos diversas vezes tomados de um riso incontrolável por conta de futilidades que nada disso mereciam.

Michelangelo Rossi, Laelius Chorista e Salvatore Mazelli, os três músicos que tocavam Frescobaldi para a rainha Cristina, foram como de hábito impecáveis; contudo, sua música afetou meu mestre com uma ressonância inusitada. Mal tinham eles começado a tocar, eu o vi fechar os olhos para penetrar num devaneio que se prolongou durante todo o concerto. Às vezes escapavam-lhe algumas exclamações de prazer, confirmando que não havia adormecido, mas que se encontrava imerso no mais maravilhoso dos êxtases.

Quando Athanasius olhou para mim, bem depois da última nota musical, achei que ele estava novamente doente, de tal maneira seu olhar se congelara. Seus olhos úmidos de lágrimas me atravessaram sem me enxergarem... De algumas frases incoerentes que ele conseguiu formular, compreendi que meu mestre se banhava na mais perfeita das volúpias, mas as palavras pareciam evadir-se de seus lábios com extrema dificuldade, o que me causou imensa apreensão.

— *Abegescheidenheit!* — murmurou ele, sorrindo de modo singular. — Estou nu, estou cego, e não sou o único... *Schau*, Caspar, *diese Welt vergeht. Was? Sie vergeht auch nicht, es ist nur Finsternis, was Gott in ihr zerbricht!** Isso, queime-me! Queime-me com vosso amor!

Dizendo isso, ele agitava contra a própria vontade os pés e as mãos, exatamente como se esses estivessem em contato com carvão ardente. Por esses sinais, reconheci a presença divina e o imenso privilégio concedido a Kircher naquele instante. No entanto, pude ver claramente que era tão intensa sua beatitude extática que ele seria incapaz de qualquer civilidade; tomei então a responsabilidade de levá-lo, incontinente, ao colégio.

Uma vez em seu quarto, aonde fui obrigado a guiá-lo como a uma criancinha, Kircher se ajoelhou sobre seu genuflexório: longe de se encerrar, seu arrebatamento tomou um rumo extraordinário e, sob muitos aspectos, assustador...

---

* *Abstração! Olhe, este mundo se apaga. O quê? Mas ele não se apaga, é apenas a treva que Deus nele rompe.*

Loredana não estava arrependida por ter confidenciado seu segredo a Soledade, mas o retorno a si mesma, ao qual a havia conduzido aquela confissão, a deixou desamparada.

Dois dias depois, quando Soledade avisou-lhe que Mariazinha as receberia em sua casa naquela mesma noite, ela teve que fazer um esforço para se lembrar daquele nome. A ideia de encontrar essa mulher que supostamente curava todos os males não a seduzia; contudo, ela se resignou em consideração a Soledade, que se desdobrara para marcar esse encontro e parecia orgulhosa de sua intervenção.

A jovem foi buscá-la no final da tarde; elas partiram imediatamente, sem serem notadas por ninguém no hotel. No percurso, Loredana conseguiu a conta-gotas vagas respostas às perguntas que lhe atravessavam o espírito: estavam indo para o terreiro de Sakpata, onde se realizaria uma reunião naquela noite... uma macumba; elas veriam a mãe de santo um pouco antes, pois não era garantido que uma estrangeira pudesse assistir à cerimônia. Quanto a saber o que era exatamente um terreiro, uma macumba, ou que espécie de culto era ali celebrado, Loredana teve que desistir, pois Soledade acabara confessando que lhe era proibido revelar esse tipo de detalhe. Como ela assumira uma expressão de teimosia, tão discordante com sua bonomia habitual, Loredana a deixou em paz.

Elas deixaram a rua larga, se afastaram dos casebres e penetraram na península por um caminho que passava de tempos em tempos por um barraco cercado de babaçus. Apesar da ausência de chuva nos últimos dias, a terra vermelha colava às sandálias, tornando a caminhada trabalhosa. Imóvel, um zebu de costelas aparentes; um cachorro esquelético, fraco demais para latir à passagem delas, uns mortos de fome cobertos de andrajos desbotados; a expressão alheia, os olhos grandes brilhando que não olhavam para nada... Loredana jamais havia se aventurado tão longe nos caminhos da indigência. Uma miséria opressora, um temporal pronto a desabar, mais visível ali do que nas ruas de Alcântara e São Luís. O caminho ia se estreitando, a escuridão começava a agitar a pelagem esverdeada das grandes árvores: Loredana teve a impressão fugidia de avançar ao encontro da noite.

Após 45 minutos de caminhada, elas se viram sob a imensa folhagem de uma mangueira cujo tronco intumescido, empolado com suas próprias excreções, contorcia-se como Laocoonte em meio às serpentes. Um tronco de conto de fadas, verdejante, brilhante, tentacular e bastante amplo para servir de abrigo a toda uma comunidade de feiticeiras.

— Chegamos... — disse Soledade, tomando um atalho dissimulado entre as raízes.

A casa de Mariazinha surgiu entre as árvores, no fundo de uma clareira perfeitamente aplainada e tão bem conservada que parecia irreal diante da paisagem de pós-guerra que tinham acabado de atravessar. Sobre a fachada branca, manchada de ocra suja, Loredana notou a ausência de janelas e, ao se aproximar, viu os vestígios de uma cruz de pedra acima da porta.

Assim que cruzaram a entrada, uma garotinha veio ao encontro delas. Foram conduzidas até uma sala que provocou arrepios na italiana, de tal modo a disposição do ambiente lhe lembrava os tons dourados e vermelhos dos templos tibetanos. Iluminado por uma infinidade de lamparinas a querosene, o local fervilhava de fetiches feitos de gesso colorido — caciques, demônios risonhos, sereias ou cães uivando para a lua. As paredes estavam cobertas de litografias cruéis indicando uma admiração desmesurada por Allan Kardec. Milhares de papéis vermelhos, fitas de santo e cédulas bancárias pendiam do teto. Sob uma estátua de São Roque — o nome estava escrito na base, para que ninguém o ignorasse — e cercada de flores de plástico, uma grande poltrona de vime parecia constituir o coração do santuário. Sobre esse trono uma mulher idosa pontificava.

Mariazinha era pequena, gordinha e de uma feiura que sua idade avançada acabara por lhe tornar quase favorável. A pele de seu rosto, da cor de ferro fundido, destoava da massa de cabelos brancos e crespos enovelada sobre a cabeça; seus olhos de cabra não pareciam enxergar as pessoas e as coisas, mas atravessá-las; sua voz sintética, trêmula, aquela hemiplegia que lhe entortava a boca quando falava, tudo em sua aparência possuía a assustadora sedução que nos inspira a monstruosidade. Muito cética quanto aos supostos poderes daquela personagem, Loredana cedeu ao jogo por simples curiosidade. Mariazinha se contentou em fitá-la intensamente, murmurando uma litania incompreensível, um fluxo de palavras independente de seu olhar, desassociado, um pouco como, ao piano, a mão direita e a esquerda conseguem romper a simetria natural da obra dentro do corpo. Ela escrutava a estrangeira, lia-a, como um escultor estudando as falhas de sua pedra bruta, a tal ponto que Loredana se sentiu por um instante despossuída de sua própria imagem.

— Você tá doente, muito doente... — disse finalmente a velha, ao mesmo tempo em que seu olhar se tornava mais cândido.

Grande descoberta, pensou Loredana, decepcionada pelo charlatanismo de tal oráculo. Soledade devia tê-la colocado a par de seu estado de saúde, é claro.

— E eu não sabia de nada da tua desgraça — continuou Mariazinha, como se respondesse ao evidente desafio do seu olhar. — "Ela precisa de você" foi tudo que me disse a mocinha. Omulu gosta de você, e vai te salvar se você resolver aceitar ele...

— Devo voltar para o meu país? — perguntou bruscamente Loredana, desconfiada, como os incrédulos que interrogam às vezes o azar das cartas ou a conjunção dos astros para fortificar uma decisão.

— Teu país? A gente sempre volta pro ponto de partida... Não é isso o que importa, o que importa é saber onde ele está. Se Omolu puder te ajudar, ele vai te ajudar: é o médico dos pobres, o senhor da terra e dos cemitérios! Eu sou caboclinha, eu só visto pena, eu só vim à terra pra beber jurema... — Ela bebeu no gargalo de um garrafão e o entregou a Loredana. — Toma, bebe também. Que o espírito de jurema te purifique!

Superando o asco que lhe causava aquela garrafa imunda e o resto do líquido vermelho e espesso no interior, Loredana se forçou a beber um gole. Era ácido, bem alcoolizado, com um gosto indefinível de folhas verdes e xarope para tosse. Mariazinha devia estar completamente bêbada, tomando um negócio daquele.

Foi nesse momento que os tambores se fizeram ouvir, bem próximos, batendo um ritmo de samba.

— Vão sentar — disse Mariazinha. — E você — acrescentou ela, dirigindo-se a Loredana —, tentaa fazer que nem os outros: não resiste a nada do que acontecer esta noite...

— Vem, é por aqui — disse Soledade assim que elas ficaram sozinhas. — Eu não achava que ela ia deixar você assistir. Isso é ótimo! Você vai ver, não existe esse tipo de coisa na Itália...

Loredana a seguiu até uma porta nos fundos da casa. O espetáculo que se abriu a seus olhos deixou-a boquiaberta: havia umas cinquenta pessoas, homens e mulheres sentados no chão ou em banquinhos, em todos os cantos daquele amplo retângulo de terra batida. Um antigo poste telefônico estava fincado no ponto central do cômodo; várias guirlandas de luz elétrica resplandecentes formavam um dossel luminoso sobre o público. Em pé, atrás dos instrumentos, três rapazes tocavam os tambores parecendo extasiados pela própria virtuosidade.

Para o grande alívio de Loredana, as pessoas não prestaram atenção nelas, apenas se afastaram com naturalidade para lhes dar lugar diante da pista. A multidão sussurrava: os esquecidos de Deus, marcados pelas privações do destino, seres espectrais cuja pele parda cintilava sob as luzes multicoloridas. Algumas mulatas, as mais idosas, vestiam uma grande saia branca, deixando-as parecidas com taitianas em seus melhores adornos. Do outro lado da pista, Loredana reconheceu Socorro. Seus olhares se cruzaram sem que essa demonstrasse a menor reação. Aquele desprezo deixou-lhe mais triste do que surpresa; a velha devia achar incoerente sua presença ali. Até mesmo Soledade havia mudado de comportamento em relação a ela. Podia senti-la distante e reservada, apesar das poucas palavras que às vezes lhe dizia ao ouvido:

— A rainha-silêncio — explicou, apontando para a adolescente de aparência relaxada que lhes oferecia uma cabaça cheia de jurema.

Era a sobrinha de Mariazinha, uma moça muda encarregada de servir às pessoas presentes. Com uma concha de metal enferrujada, ela retirava de um grande balde o caldo vermelho que gotejava sobre suas pernas. Igualmente mudas e resignadas estavam as galinhas pretas amarradas pelas patas no poste central... Cachimbos artesanais circulavam, repletos de uma mistura de erva e de fumo que fazia a cabeça girar a cada trago. Mantida perto do chão pela umidade noturna, a fumaça estagnava como uma neblina, exalando odores de eucaliptos.

O ritmo dos tambores acelerou, enquanto alguns homens instalavam o trono de vime de Mariazinha entre duas fogueiras, de costas para a noite, na parte aberta que dava para o pátio. Em seguida, trouxeram uma mesinha sobre a qual a rainha-silêncio colocou uma toalha branca e um objeto escondido que ela manipulava com um medo indefinível.

Apareceram depois tigelas cheias de pipoca e mandioca, as oferendas tradicionais a Omulu, assim como a panóplia de seus atributos: uma espécie de pano terminado por um chapéu transparente, e a xaxará, um feixe de juncos presos por braceletes de búzios que Soledade apresentou como um tipo de cetro, dotado de poderes mágicos. O fogo foi aceso em ambos os lados do altar, os tambores se calaram, todos os olhares se congelaram.

Com sua garrafa de jurema na mão, Mariazinha avançou até o centro do terreiro; ela caminhava estranhamente, em passos pequenos e apressados, como se correntes invisíveis prendessem seus calcanhares. Perto do poste central, parou para beber um gole que em seguida cuspiu sobre as galinhas. Depois de largar sua garrafa, ela apanhou um saco de cinza perto do altar, perfurou-o e começou a desenhar figuras enormes sobre o chão. Emitia com a voz alta invocações que a multidão repetia com fervor:

São Bento ê ê, São Bento ê á!
Omulu Jesus Maria
Eu venho de Aruanda
No caminho de Aruanda,
Jesus São Bento, Jesus São Bento!

E ia deixando atrás de si figuras geométricas, estrelas e serpentes de cabeça negra.

Depois, bebeu mais ainda e fumou na extremidade da pista, lançando a fumaça sobre os rostos dos espectadores. Ela titubeava agora, mas de modo artificial, imitando a deambulação caótica dos bêbados. Voltando até o altar, perto de onde se encontravam Soledade e Loredana, ela estendeu a mão na direção daquela coisa velada que prendia seu olhar. Com um só gesto, levantou o tecido e recuou, como se atraída por uma força magnética; os tambores voltaram a repicar enfurecidos.

Loredana viu a estatueta em madeira polida que fazia murmurar a multidão: uma espécie de Buda chifrudo, sentado em posição de repouso — sob sua perna dobrada, um macaquinho esculpido em baixo-relevo parecia ter um pênis maior do que ele —, com um focinho de bode em que se misturavam estranhamente a delicadeza e a severidade. Pendendo do pescoço desse belzebu asiático, um polegar humano semimumificado balançou alguns instantes antes de ficar imóvel. *Eidos, eidolon*, imagem, fantasma... Um ídolo! Com desgosto, Loredana tomou consciência do que aquela palavra significara para gerações de hebreus e cristãos aterrorizados, do que significava ainda para todas aquelas pessoas reunidas ao seu redor. Alguma coisa de obscuro e terrível investida por deus como uma segunda pele, como sua própria forma.

Um longo gemido atravessou a multidão; todo os membros de Mariazinha começaram a tremer, os braços abertos diante do ídolo. Suas pálpebras se agitavam muito rapidamente, fazendo refletir o marfim das órbitas revoltas. Seus lábios espumaram um pouco, enquanto a transportavam solicitamente até sua poltrona. Ali, ela permaneceu imóvel, paralisada pelo transe, depois relaxou e abriu as mãos. Ela sorria. Mas com que olhos e que sorriso! Seu rosto ganhara a serenidade das estátuas khmer, a das *korés* mais enigmáticas. Foi outra lembrança, porém, que se impôs a Loredana: a de algumas cenas vistas num filme qualquer poucos anos antes. O diretor — Loredana esquecera seu nome — filmara imagem por imagem milhares de fotografias de identidade, homens e mulheres juntos, sem distinção de raça, idade ou pilosidade. A partir de uma determinada velocidade, produzia-se o improvável: gerado pela sucessão daquela multidão de indivíduos, um rosto se desenhava, um rosto único, calmo e irreal — hoje poderia ser chamado de virtual —, que não era nem a soma, nem uma condensação das fotos assim reunidas, mas sua transcendência, sua profundidade comum, o rosto de uma humanidade que ali encontrava sua representação primordial. Era como se houvessem entreaberto a porta do segredo, ou projetado diante dela um de seus próprios sonhos. Loredana havia pensado em Deus... Quando a velocidade do filme começou a diminuir e essa visão se apagou para dar lugar a um simples efeito de estroboscópio, e depois às imagens nas quais começavam a se distinguir os traços de cada indivíduo, ela se sentiu extremamente frustrada. Gostaria de poder guardar aquela epifania para sempre diante dos olhos, saciando-se com ela numa contemplação infinita, sem mais viver, de tal forma ela preenchia a existência, privando de sentido todo desejo. E ali ela voltava a se mostrar, colada no rosto de Mariazinha como uma máscara de vidro... Ialorixá! Loredana gritou de alegria junto com os fiéis, emocionada às lágrimas pela coincidência daquela repentina fusão com os outros. Ela não tinha sido a única a reconhecer o Inominável, sentado em seu trono de vime.

Mariazinha estendeu as mãos para benzer a plateia, revelando uma anomalia que deixou a italiana totalmente perturbada: a sacerdotisa de Omulu não tinha mais o polegar da mão esquerda... Mas então alguém se jogou na pista, e era Soledade, metamorfoseada em fantoche rodopiante. Durante alguns segundos, ela lutou contra um inimigo sobrenatural, desferindo socos no ar, protegendo a cabeça, e depois ficou imóvel, transida por espasmos. Mariazinha se empertigou em sua poltrona:

— Exu montou nela! — gritou, com uma voz rouca, irreconhecível. — Saravá!

— Saravá! — repetiu a multidão, enquanto Soledade requebrava de uma maneira simiesca, o corpo inteiro tomado por contrações involuntárias.

— Exu Caveira! Mestre das sete legiões! — prosseguia Mariazinha. — Exu cabeça da morte! Que baixe Omulu, príncipe de todos! Que ele consinta! Que venha até nós!

Loredana não acreditava em seus olhos. Assim como a palavra "ídolo" anteriormente, o transe fora para ela apenas um vocábulo nos manuais de antropologia, um fenômeno de histeria que só podia afetar os espíritos frágeis ou habitados pelo irracional. Ela havia esperado algo desse tipo, com certeza, mas que se pudesse sucumbir tão facilmente, isso a espantou mais do que a própria manifestação de transe. Soledade parecia uma louca de verdade: ela dançava, esbugalhava os olhos, falava *em línguas*, imitando não se sabia qual cena primitiva, o olhar vazio, babando, rolando o corpo sobre a cinza das figuras desenhadas no chão, se reerguendo e começando tudo novamente. Desconcertada pela violência daquela crise, Loredana sentiu pela amiga certo desprezo, mesclado de piedade e pânico.

Ninguém parecia chocado com aquela manifestação. A rainha-silêncio continuava a encher os recipientes de jurema e os cachimbos com uma mistura que duplicava o efeito do álcool; de vez em quando, um homem ou uma mulher deixava cair sua cabaça e se lançava misteriosamente à frente, convulsionado, deformado, cavalgado por um daqueles espíritos cujos nomes Mariazinha citara havia pouco — Exu Brasa,

Brûlefer; Exu Carangola, Sidragosum; Exu da Meia-Noite, Hael; Exu Pimenta, Trismaal; Exu Quirombó, Nel Biroth! —, rogando sem cessar para que eles intercedessem por ela diante de Omulu, o senhor de todos. Os seres alucinados na pista eram invectivados, comentavam-se seus gestos e suas mímicas. Desnorteada pelos eventos, Loredana bebia e fumava tudo que passava pelas suas mãos. Seus olhos ardiam, estava ávida por água e luz, mas descobria o que o Brasil lhe oferecia naquela noite com um olhar maravilhado.

Depois, Soledade caiu como uma boneca de pano. Incentivada pela vizinha, Loredana ajudou-a a trazer a amiga de volta para seu lugar. Ela resplandecia de suor e balançava a cabeça, os olhos fechados, os músculos distendidos. Loredana deu-lhe uns tapinhas no rosto, assustada com aquele desmaio, quando Soledade mostrou os primeiros sinais de despertar. Mal tinha recobrado consciência e ela interrogou as pessoas a seu redor...

— Exu Caveira! — disse ela a Loredana, com um sorriso radiante. — Fui montada pelo Exu Caveira! Dá pra imaginar?

— Realmente, não... — respondeu a italiana, confusa pela devastação de seu semblante.

A situação lhe parecia agora desafiar as leis ocultas da imaginação; os fiéis caíam sucessivamente no chão empoeirado, abatidos pela contração repentina daqueles espíritos que os possuíam. Ouviam-se gritos, arquejos e gemidos de orgasmo. Loredana sentiu-se dividida entre o desejo de voltar para casa e a certeza de que, se conseguisse se levantar, nunca encontraria o caminho.

A um sinal de Mariazinha, instalada sobre seu trono, os tambores mudaram de ritmo. Os derradeiros possuídos saíram do transe quase instantaneamente e foram rapidamente levados de volta aos seus lugares.

— *Oxalá, meu pai* — recitou a mãe de santo —, *tenha pena de mim, tenha dó! A volta do mundo é grande, seu poder é ainda maior!*

Um homem se precipitou na sua direção, ajoelhou-se, encostou a cabeça em seus pés e se levantou para segurar a mão estendida. Num mesmo movimento, eles se aproximaram e se tocaram com o ombro direito, depois o esquerdo, e Mariazinha fez o fiel se virar sob seu braço, como num passe de rock'n'roll, antes de soltá-lo. O homem deu alguns passos para trás e ficou embrutecido, com um sorriso nos lábios. Então todos se aproximaram para cumprir o mesmo ritual. Logo em seguida, alguns recaíram em transe ou se agarraram às saias da mãe de santo, chorando de felicidade e gratidão.

Apesar da resistência animal de Loredana, Soledade a conduziu à força até o altar. Quando ela lhe foi apresentada, a mãe de santo assentiu com a cabeça, como se apreciasse o que lia no rosto daquela mulher. Segurando sua nuca com a mão esquerda, ela encostou o polegar entre suas sobrancelhas:

— O que você precisa fazer, não dá pra escapar — disse ela. — O que você precisa fazer, vai fazer por mim...

Seguiu-se o ritual comum a todos. Loredana se viu novamente em pé sob as ampolas do terreiro, a boca aberta, estupefata pela ardência que lhe perfurava a testa.

Houve ainda outras danças, transes e orações. A sede de jurema parecia inextinguível, o mundo desabava para todos naquela zona fronteiriça onde o senso e o contrassenso se equivalem. E depois, um homem negro foi até o meio da pista, o Axogum! Seu nome o havia precedido em todos os lábios pelos adeptos. Ele lançou farinha de mandioca e óleo de dendê sobre as galinhas, acendeu um fósforo acima delas e sacou um facão da calça.

— Que assim morra a peste, a lepra e a erisipela — entoou ele com a voz arranhada pelo álcool. — Arator, Lepidator, Tentador, Soniator, Ductor, Comestos, Devorator, Seductor! Ô velho mestre! Chegou a hora de realizar o que me prometeu. Amaldiçoe meu inimigo como eu o amaldiçoo. Reduza-o ao pó como eu reduzo ao pó esse beija-flor seco! Pelo fogo da noite, pela escuridão das galinhas mortas, pela garganta degolada, que todos os nossos votos sejam atendidos!

Ele degolou uma galinha; uma mulher, aquela que havia trazido a oferenda, se precipitou para beber no pescoço mesmo os primeiros jorros das artérias. Ela foi arrebatada pelo transe com se estivesse sob o efeito virulento de um veneno. As galinhas passavam de mão em mão, à medida que Axogum as sacrificava. Uma mistura de sangue e de jurema escorria agora dentro das cabaças. Os transes recomeçaram ainda mais intensos, e uma espécie de sóbria histeria, daquelas que às vezes se seguem às refeições fúnebres, flutuava em todo o terreiro.

Loredana consumia depois de algum tempo, e sem questionar, tudo aquilo que lhe passavam. Uma galinha decapitada, grudenta e agitada de sobressaltos veio parar nas mãos de Soledade; ela a pressionou ainda mais para extrair o suco, depois entregou-lhe a cabaça, sorrindo. Nada mais tinha importância. Obedecer à noite — as palavras de Mariazinha bailavam ainda na sua lembrança —, deixe vir o inesperado, acolher as coisas, todas as coisas sem lhes dar um nome... A estatueta rutilava na claridade das fogueiras. Baal Amon, Dionísio: deuses ébrios, deuses frágeis, divindades embranquecidas pelo alvaiade das sepulturas...

Já estavam devorando as entranhas das galinhas sacrificadas quando um alvoroço se produziu. Um homem rolava no chão com todos os indícios de um ataque convulsivo. A multidão berrava diante de Mariazinha: ela trouxe os artefatos de palha e de conchas, o manto de Omulu, o xaxará. O homem o vestiu. Os tambores se calaram, e no silêncio que voltou, as pessoas se afastaram lentamente, tomadas pelo terror sagrado diante da criatura de pesadelo que se erguia agora como se dançasse. Na altura dos olhos, aberturas trançadas formavam um visor circular para aquele espantalho, como se o ser vestido daquela maneira extravagante fosse capaz de enxergar de todos os lados. Uma das mãos surgiu sob o manto, segurando o cetro, e a figura girava sobre si mesma ao mesmo tempo se deslocando em volta do poste central, esfera orbital em torno do eixo fixo do cosmos.

Comandada por Mariazinha, a assembleia saudou seu deus:

Ele vem do Sudão
E só respeita a própria mãe...
Ele bebe e cai de cansaço,
Aquele que assombra os cemitérios...
A totô Obaluaê!
A totô Obaluaê!
A totô Alogibá!
Omulú Bajé, Jamboro!

Lá estava ele, o deus tão implorado. Ele dançava, de maneira sôfrega, alternando pulinhos com os pés juntos e os braços oscilando como um polvo. O transe caiu como uma neblina sobre o conjunto de fiéis. Uns corriam para Omulu a fim de receber sua bênção — um gesto com xaxará sobre os ombros —, outros desabavam onde estavam, berrando, estremecendo. As mulheres se descabelavam, balançando a cabeça violentamente, os rostos cobertos pelos cabelos. Todos dançavam ao ritmo furioso dos tambores. Uma espécie de epilepsia selvagem planava sobre o terreiro.

Loredana ainda assistia a tudo isso como espectadora. Ela se deixava levar pela batida dos tambores, balançando para a frente e para trás, embalando o próprio desamparo, invisível no seio daquela confraria de cegos. Nem Soledade, desvairada, a via mais. Era-lhe quase divertido observar aquele estranho rebuliço — repentinos agrupamentos de baratas sobre uma mancha gordurosa — que começou então a se propagar: uma mulher se jogou sobre um homem, levantou a saia e o possuiu ali, diante de todos; um homem sobre uma mulher, um homem sobre outro homem... Foi-se desfraldando pela noite uma onda orgíaca incontida. O próprio deus, interrompendo sua dança, entrava no meio das pessoas para uma rápida copulação, depois voltava para continuar dançando pesadamente na arena. As ampolas não iluminavam mais, entretanto, alguém devia continuar alimentando as fogueiras, pois aquele bacanal acontecia sob a luz dourada das altas chamas aflitas. Um desconhecido possuiu Soledade. E enquanto os corpos se esfregavam em sua coxa, Loredana via seus rostos, surpreendentemente calmos, surpreendentemente vazios, no furor daquela entrega. Era uma solenidade lasciva que ela observava sem julgar, com a impressão de haver ultrapassado os limites da ebriedade, de perder o apoio. Apesar do resquício de razão que soava na sua cabeça como um alarme, ela se forçou a beber para passar daquele estágio, impaciente em alcançar o frenesi que acontecia a seu redor. Alguma coisa fundamental vagava sobre aquela peleja humana, alguma coisa que ela queria desesperadamente acolher, mas que a invadia com um pavor crepuscular. Houve uma agitação orgânica, uma fermentação de vermes e de humo — uma presença —, e Omulu apareceu diante dela, imóvel, assustador; seu sexo atravessava as fibras de ráfia. Como um vitral sob o furor de um incêndio, seu espírito explodiu em mil pedaços. Durante alguns segundos, ela tentou com todas as suas forças reunir os fragmentos, enlouquecida por um instinto de urgência absoluta, um pânico animal. Depois, estendeu-se parcialmente sobre Soledade, parcialmente sobre outra pessoa, sem sequer tocar no chão, os olhos para o alto. Mãos arrancaram sua saia, um corpo pesou sobre o dela ao som de um farfalhar de palhas. O deus a penetrou, exalando um odor de vela e terra movediça.

Alguns minutos depois, ela recobrou a consciência. Quando se levantava, uma serosidade viscosa escorreu entre suas pernas.

— Ele vai embora — repetia Soledade, desesperada —, ele vai partir... Vem, vem rápido!

Ela a arrastou até o centro do terreiro, onde os fiéis assistiam às últimas convulsões do deus. Mariazinha havia recuperado o xaxará e fazia gestos estranhos sobre ele:

Ele volta para onde estava,
Em Luanda
Em Luanda,
Que carregue os feixes de nossas preces
Que nos atenda antes de voltar!

O possuído ficou finalmente imóvel, deitado de costas, Cristo sem cruz, dervis abandonado pela sua vertigem. Levantaram seu corpo para que a mãe de santo pudesse retirar seus trajes. E sob a máscara havia outra máscara, a de um homem, o maxilar distendido, o olhar vazio. O rosto de Alfredo.

ALCÂNTARA | *Na casa de Nicanor Carneiro*

Gilda despertou num sobressalto às 3 da madrugada e atentou para os ruídos dentro de casa. Pensou ouvir o bebê choramingando. Aguardou um pouco, na esperança de que ele voltasse a adormecer. Um gemido tenaz, desses que antecedem um longo suspiro, fez com que ela se levantasse da cama.

— O que houve? — resmungou Nicanor, sem abrir os olhos.

— Nada — respondeu ela afetuosamente. —Volte a dormir, eu cuido disso...

Tranquilizado pela resposta da mulher, Nicanor Carneiro logo caiu novamente no sono. Fazia meses que trabalhava muito, sem tempo para descansar. O nascimento do primeiro filho não facilitara as coisas.

Totalmente desperta, Gilda ajeitou a camisola e dirigiu-se até o outro quarto, inquieta; Egon nunca berrava daquela maneira, devia estar doente... Ela acendeu a luz e naquele momento taparam-lhe a boca com a mão, sufocando seu próprio grito; com o rosto deformado por uma meia de náilon, um homem estava em pé à sua frente, perto do berço, com seu bebê no braço e uma navalha na mão direita.

— Cala a boca, sua filha da puta! — sussurrou atrás dela aquele que a amordaçava. — Faz o que a gente mandar e não vai acontecer nada.

Ela começara a chorar de impotência e terror. Suas pernas não a sustentavam mais. A ponta de uma faca espetava seu peito.

— Entendeu? Chama o seu marido. Diz pra ele vir aqui e mais nada.

Nenhum som saiu da sua boca. Roxo, soluçando, o bebê sufocava de terror. O homem agarrava o seio dela, e o apertou ainda mais.

— Anda, sua puta, ou eu te mato!

Carneiro chegara ao segundo apelo da mulher. Ele parecia ainda mais magro, pois estava nu, os cabelos embaraçados, a expressão de quem não acreditava no que via.

— Chega de dormir. Estamos com pressa! — disse o homem com capuz que segurava Gilda. —Você tem dez segundos pra assinar seu nome nesse papel. — Ele lhe indicou uma folha e uma caneta sobre a mesa. — Você assina e a gente se manda; você complica as coisas e a gente começa pelo moleque. Entendeu?

— Deixe a gente em paz — disse Nicanor, a voz alterada pelo ódio. —Vou assinar.

Ele se apressou em assinar seu nome no certificado de venda.

— Deixe a gente em paz agora — pediu Nicanor, recuando. —Vamos, agora nos deixe em paz!

O homem verificou a assinatura: Nicanor Carneiro; ele dobrou o documento e o colocou no bolso.

— Está vendo, é simples! — disse o encapuzado, com satisfação. — Toma, segura essa piranha — acrescentou ele, empurrando Gilda na direção do marido. — Ela tem uns peitos gostosos, você deve aproveitar, não é, seu safado? Vamos lá, parceiro, larga a criança e vamos embora.

Um intervalo silencioso se seguiu a essa ordem. Todos os olhares se viraram para o berço; o homem com a navalha sacudia desajeitadamente o bebê, como se tentasse fazê-lo funcionar novamente.

SÃO LUÍS, FAZENDA DO BOI | *Vai sair nos jornais amanhã, coronel...*

— Francamente, Carlota — disse o coronel, colocando o guardanapo ao lado do prato —, você está se preocupando sem razão...

Tinham acabado de tomar o café da manhã na varanda. O sol se tingia de vermelho atrás das folhagens ainda úmidas das buganvílias. Carlota quase não dormira à noite, seu rosto pálido e amarrotado como o de uma mulher idosa.

— Mauro já é um rapaz — prosseguiu Moreira —, e está com gente que conhece o terreno, pelo que entendi. Devem ter achado o que estavam procurando e acabaram se esquecendo do resto do mundo. Você sabe, essa gente... Mas veja bem, a falta de notícia é uma boa notícia! Se tivesse acontecido alguma coisa, e realmente não vejo o que poderia ter acontecido, já estaríamos sabendo...

Ele serviu o resto do café em sua xícara.

— Talvez você tenha razão — disse Carlota, massageando as próprias têmporas. — Espero com todas as minhas forças que você esteja com razão. Mas não consigo me tranquilizar, é mais forte do que eu.

Haviam telefonado da Universidade de Brasília no dia anterior, à tarde. Sem notícias dos participantes da expedição, o secretário do Departamento de Geologia queria saber se Mauro havia entrado em contato com seus pais de alguma maneira. As aulas deveriam começar dali a três dias e o reitor estava ficando preocupado com a ausência prolongada dos principais responsáveis pelo curso. Quando Moreira voltou para casa, ele fez o possível para acalmar a esposa, garantindo-lhe que conhecia a proverbial distração dos cientistas. Carlota pareceu apreciar seu empenho. Dessa forma, a transferência dos títulos de propriedade tinha passado discretamente. Ela chegara mesmo a agradecer-lhe por ter regularizado prontamente a situação.

— Desculpe ter feito aquela cena no outro dia — ela acrescentara. — Esse dinheiro não me importa, mas é pelo Mauro, só por causa dele... você entende?

Claro que ele entendia! O coronel lançou a si mesmo um sorriso pretensioso no espelho e massageou o rosto com sua lavanda Yardley. A "condessa Carlota de Algezul" lhe havia apresentado suas desculpas, e o Aero Willys seria entregue ainda hoje! Realmente, aquele dia não podia começar melhor.

No seu quarto, Carlota teve um sobressalto ao ouvir o telefone tocar: Mauro! Alguma coisa acontecera a Mauro! Mas seu marido já atendera, deixando-a muda, ansiosa por notícias do filho.

— O problema Carneiro está resolvido, coronel. Ele assinou e estou com o documento de venda nas mãos...

— Muito bem! — exclamou Moreira. — Eu sabia que podia confiar em você, Wagner...

Decepcionada, Carlota já pensava em desligar a extensão do telefone quando, no outro lado da linha, a voz pareceu tremer.

— Mas, coronel... Como posso dizer... Teve um problema... Houve um acidente.

— Como assim, um acidente? Fale, homem. Tenho um compromisso daqui a meia hora e ainda não me vesti!

— O bebê... enfim, pelo que me disseram... o bebê se engasgou sozinho. Quando o pai viu isso, ele se lançou contra um dos meus homens e conseguiu arrancar o capuz do cara... Aí eles entraram em pânico... Vai sair nos jornais amanhã, coronel...

— Você quer dizer que eles...

— Isso mesmo.

Houve um longo silêncio, enquanto Moreira observava estupidamente a mesa de cabeceira, incapaz de pôr em ordem suas ideias.

— Ninguém viu nada, coronel, fique sossegado... Eu fiz o necessário: estão todos em segurança no meu sítio; é totalmente impossível fazerem uma ligação entre eles e eu, e ainda menos entre eles e o senhor... Coronel? Está me ouvindo, coronel?

— A gente se vê daqui a pouco — respondeu Moreira com uma voz gelada.

Um pouco depois, quando bateu à porta de Carlota para se despedir, ficou surpreso em não ouvir resposta. Ao ir embora, sem insistir, ele nunca ficou sabendo que um mecanismo se colocara em funcionamento e que nada poderia interromper sua funesta precisão.

CAPÍTULO XXI

A noite mística de Athanasius: como o padre Kircher viajou pelos céus sem precisar sair de seu quarto. O verme da peste e a história do conde Karnice

Vou aqui relatar um maravilhoso exemplo da onipotência divina e mostrar como ela se manifesta por caminhos insondáveis nos homens mais virtuosos.

Após meu mestre se ajoelhar em seu genuflexório, ele começou a murmurar de modo lastimoso e entrecortado, como se respondesse a alguém e comentasse, ainda que com dificuldades, as imagens que afluíam em seu espírito. Aproximei-me com a intenção de ajudar-lhe, mas também de escutar o que o Nosso Senhor resolvera lhe dizer, a fim de poder servir de testemunha mais tarde. Kircher segurou febrilmente minha mão; com os olhos esbugalhados, úmidos e embaciados como vemos nas imagens de santos, ele parecia, no entanto, assim mesmo me reconhecer.

— Ah, Cosmiel! — exclamou com enlevo e o corpo todo tremendo. — Como sou agradecido por você vir até mim...

— Apenas obedeço ao Todo-Poderoso — disse uma voz que parecia vir do ventre, grave, deformada e como que oriunda de uma garganta metálica.

Fiquei assustado além de qualquer descrição, tendo percebido outrora um possuído por intermediário do qual o Belzebu se exprimia da mesma forma. Mas o nome de Cosmiel, do qual me recordei imediatamente, acalmou um pouco minha angústia: meu mestre só estava possuído pelos anjos, ou, para dizer melhor, pelo mais nobre e mais sábio capitão da milícia celeste.

— Prepare-se, Athanasius — retomou Cosmiel pela boca de Kircher —, você foi o escolhido, e será necessário se mostrar digno dessa honra. Pois se a viagem da qual Virgílio foi o ilustre guia só existiu na imaginação de Dante, eu sou justamente o enviado de Deus para conduzi-lo mais além em seu conhecimento do universo criado pela Sua vontade. Vamos! É hora de ganhar estrada rumo aos espaços infinitos. Abra essa janela, Athanasius, e se segure como puder, enquanto abro minhas asas...

— Eu escuto e obedeço! — respondeu gravemente Kircher.

Ele se levantou e, cambaleando, se dirigiu até a janela. Parecia que, a cada instante, o chão se dissiparia sob seus passos. Temi que quisesse se lançar para fora — e, tivesse o feito, eu não o teria retido, a tal ponto estava certo de que sua fé e a presença do anjo o teriam impedido de cair, levando-o pelos ares muito melhor do que haviam feito outrora minhas asas artificiais —, mas ele se contentou em examinar em silêncio a noite estrelada, como se petrificado pela visão dos céus que ele atravessava na companhia do austero Cosmiel.

Por suas exclamações reiteradas, logo entendi que meu mestre havia chegado à Lua. Ele a descrevia nos menores detalhes, sobrevoando seus mares e suas montanhas, admirando a cada instante as coisas novas que via.

Depois da Lua, Kircher se dirigiu ao planeta Mercúrio, Vênus e depois ao Sol, onde pensei que ele fosse se asfixiar, tanto pareceu sofrer com o imenso calor que lá reinava. Em seguida foi a Marte, que Cosmiel fez questão de dizer tratar-se de um planeta maligno, responsável pela peste e por outras epidemias sobre a Terra; e Júpiter, com seus satélites, e, por fim, Saturno e seus anéis com as cores do arco-íris.

Em cada um dos sete planetas que visitou, algo que homem algum jamais realizara antes dele, meu mestre foi saudado pelo anjo ou arcanjo que regia sua influência. Verificando passo a passo as Escrituras, ele encontrou assim Miguel, Rafael, Gabriel, Uriel, Raguel, Saraquael e Remiel, que se dirigiram a ele diretamente a fim de instruí-lo sobre a esfera em que se encontrava.

Tendo chegado ao Firmamento, quer dizer, à região das estrelas fixas, o deslumbramento de Kircher atingiu seu apogeu. Longe de se acharem presas a um cristal celeste, as estrelas inumeráveis se moviam imitando os planetas: Aristóteles, o príncipe dos filósofos, tinha se equivocado enormemente sobre a natureza do oitavo céu.

— Sim, Athanasius — confirmou seu anjo da guarda —, cada estrela possui sua própria inteligência governante, cuja missão é preservar seu movimento dentro de sua órbita correta e assim conservar suas leis eternas e imutáveis. Como todas as criaturas de Deus, as estrelas nascem e morrem pelos séculos afora. E o Firmamento, como você pode constatar, não incorruptível nem sólido, nem limitado...

Eu tremi ante a ideia de que outra pessoa além de mim escutasse tais palavras. Era o mesmo que exprimir sem rodeios a doutrina da pluralidade dos mundos e da corruptibilidade dos céus, heresia pela qual Giordano Bruno se fizera consumir vivo numa fogueira alguns anos antes. Um horrível suplício ao qual o velho Galileu escapara por pouco, pelas mesmas razões, aceitando se retratar.

Kircher foi sacudido por longos arrepios que eriçavam até os fios de sua barba, mas não parecia sentir temor algum. E para dizer a verdade, quanto mais ele avançava em companhia do anjo, mais seu semblante se irradiava com uma intensa felicidade.

— Olhe, Athanasius, olhe bem! É bem no seio desse abismo inescrutável que se oculta o mistério da divindade. Somente as almas compreendem esse mistério. Por ora, contente-se com esse imenso privilégio que lhe foi concedido. Louve e venere Deus com todo o seu ardor. O dia desponta; é hora de voltar para o primeiro altar da hierarquia celeste. Até a próxima, então. Não falharás em sua missão, pois eu o acompanho...

Kircher pareceu então ser fulminado por um raio. Perdendo a consciência, ele desabou sobre si mesmo e ficou inanimado ao chão. Precipitei-me para fechar a janela, antes de deitá-lo em seu leito e fazer com que aspirasse um pouco de álcool etílico.

Ao voltar a si, meu mestre foi acometido de fortes febres. Suando caudalosamente, ele delirou durante horas, sem que eu pudesse apreender sequer uma das palavras que proferia. Eu não ousava ir em busca de auxílio por medo de que ele recomeçasse a sustentar alguma heresia mais perigosa para sua saúde do que aquele estranho mal que se lhe abatia.

Mas, graças aos céus, após uma crise de exaltação aguda, Athanasius se acalmou de repente. Seu fôlego retomou um curso normal, seus olhos se fecharam e, unindo as mãos sobre o peito, murmurou um apólogo que me garantiu ser traduzido do copta, pausando após cada frase como se dissesse uma única oração:

Num convento do Egito, o abade Jean Colobos falou de modo mui bizarro a seu irmão Gustave: "Eis que está só agora, parto deste vale das trevas para viver com o Todo-Poderoso e paulatinamente me ofuscar ante a sua justa luz. Principalmente, irmão, não saia daqui magoado com esse desígnio, tampouco soçobre por mim na aflição: toque uma música com seu pífaro e permita-se compartilhar da minha alegria, pois eu não aspiro senão à tácita beleza do Firmamento. Pretendo equilibrar meu corpo, atingir o zênite, a legião de anjos no supremo céu! Assim como quero, tal qual a nata dos querubins, servir à grandeza de Deus, obedecer-lhe sem cessar e perfazer minha alma gasta sem trabalhar." Tendo o diabo o atiçado, ele se desfez de suas roupas de monge, mensageiro de Deus, negligenciou todo alimento e se foi subitamente pelo deserto da Líbia. Já na semana seguinte ele retornou, o torso curtido pelo sol do caminho... Ora, quando bateu na porta para que a abrissem (sem arrependimentos, mas completamente extenuado), seu irmão Gustave reagiu ríspido e de chofre exclamou: "Quem és tu, nobre estrangeiro? Quem te enviou até nós?" Lá fora, o coitado do abade Colobos ficou desolado: "Sou eu, Jean!" Mas Gustave respondeu: "Pois o abade não tinha essa voz! Ele seguiu seu desejo de boa e pura contemplação... Cale-se, não me importune mais. Jean libertou-se em troca do mundo verdadeiro, é um anjo celeste, um serafim, uma alma linda, sábia e boa usufruindo próximo ao trono os discursos do rei Nosso Senhor!" Entretanto, preocupado com a fraca constituição de Jean, Gustave abriu o trinco da porta e pausadamente disse: "Então, amigo, o que lhe causou isso? De que precisas enfim? Sabiamente pergunto: Serás um homem ou uma lebre? Pois se tens certeza de que és um homem legítimo, verás que é preciso trabalhar para viver e, consequentemente, contentar seus gostos e apetites; mas se de toda forma desejas crer que és ainda o anjo tal como o vi agora há pouco, adeus! Eu temeria envergonhá-lo colocando à tua disposição apenas sua mísera célula..." Punido por sua soberba, Jean retrucou: "Perdoe-me, meu irmão, por esta blasfêmia, pois eu pequei..."

"Pois eu pequei?", repetiu Kircher um pouco antes de adormecer, e isso num tom de tranquilo assombro.

O leitor compreenderá com que ansiedade aguardei seu despertar. Temia que meu mestre não saísse indene de experiência tão crucial. Ainda que aquela visão concedida por Deus o honrasse enormemente, tornando-o, aos meus olhos, ainda mais precioso que antes, eu não podia, contudo, deixar de recear que ele continuasse para todo o sempre a falar com os anjos.

Seis horas depois, quando ele acordou, felizmente não guardava sequela alguma de seu êxtase. Seus olhos estavam um tanto afundados nas órbitas, prova da fadiga física ocasionada pela sua excursão, mas ele me reconheceu de imediato e falou comigo de modo bem sensato. Ele se recordava perfeitamente de sua noite com o anjo, pelo menos de um modo genérico, mas quanto aos detalhes, revelou-se incapaz de lembrar uma única frase do que havia dito ou ouvido. Só posso felicitar por isso minha própria memória, e ele ficou bem satisfeito de ouvir novamente aquelas revelações.

Kircher confirmou inteiramente a impressão que eu tivera daquela noite. Desde a abertura do concerto organizado pela rainha Cristina, ele se sentira invadido pela música, como se penetrasse não só suas harmonias mais sutis, mas descobrisse também o significado profundo do ritmo universal. Rapidamente, a música produzida pelos instrumentos desapareceu em prol de inumeráveis polifonias criadas de modo instantâneo pela sua imaginação. Ele contava mentalmente os botões da sotaina e aquilo produzia um acorde; ele seguia em espírito o contorno de um móvel ou de uma estátua, e ouvia uma melodia, como se todos os seres e objetos presentes neste mundo fossem capazes de gerar sua música própria, agradável ou dissonante, segundo a obediência em sua estrutura à regra de ouro das proporções.

Durante nosso retorno ao colégio, meu mestre percebera da mesma forma a harmonia das esferas celestes. O anjo Cosmiel, em seguida, não demorou a se revelar. Kircher me descreveu longamente sua jovial e surpreendente beleza. Aquela, dos anjos mais perfeitos de Da Vinci, teria empalidecido ao seu lado.

Quanto às viagens pelos astros, Athanasius me confessou jamais ter experimentado algo tão maravilhoso. Ele tinha por certo que a havia efetuado tão verdadeiramente quanto nosso passeio na Sicília, ainda que trazendo de volta uma safra bem mais vantajosa. A partir desse instante, ele planejou escrever o relato para a edificação dos homens, projeto que eu aprovei de todo o meu coração e que insisti para que realizasse.

Depois de outra noite de descanso, Kircher abandonou todos os seus estudos em andamento a fim de começar a redação do *Iter extaticum celeste*, no qual, me precisou ele, a estrutura do universo seria explicada por meio de verdades novas sob a forma de um diálogo entre Cosmiel e Théodidacte. E nesse pseudônimo, sob o qual meu mestre se subtraía, reconheci mais uma vez toda a sua natural modéstia.

O ano de 1656 começou, infelizmente, sob maus auspícios: chegou a nós a notícia de que a peste, vinda do sul, devastava Nápoles. Ainda que já antiga, a epidemia que privara Roma de três quartos de seus habitantes estava ainda em todas as lembranças, mas como isso está inscrito na fraqueza da natureza humana, ninguém imaginava de fato que essa calamidade pudesse novamente chegar até nós. Para que o povo de Nápoles perecesse, o que nos desolava a todos, era preciso que tivesse pecado horrivelmente para merecer de Deus tal castigo... Protegidos, acreditavam eles, pela presença do papa em sua cidade e pela presunção de suas virtudes, os romanos não interromperam sua vida de festas e indolências.

Os primeiros casos se manifestaram em janeiro, nos bairros pobres, sem de fato alarmar uma população acostumada a todos os tipos de doenças e cuja devassidão vergonhosa predispunha à cólera divina. Em março, os relatos registravam trezentas mortes... Única entre as pessoas de alta linhagem, coube à rainha Cristina tomar as iniciativas: alertada pelos números, ela saiu o mais rápido possível de uma cidade que a havia tão esplendorosamente acolhido, transportando para Paris, a que o cardeal Mazarin a convidara, aquele comportamento detestável que não posso evitar, ainda hoje, considerar como a causa única das infelicidades que atingiram nossa tão bela metrópole.

Em julho, finalmente, foi preciso se curvar às evidências: a Morte Negra estava em Roma, matando e devastando mais ainda do que as horrendas guerras. As pessoas morriam em abundância, como moscas, de tal forma que foi necessário enterrá-las à noite e em grupos inteiros dentro de fossas coletivas, escavadas apressadamente lá pelas periferias da cidade. Aproveitando-se de um terreno assim tão favorável às suas torpezas naturais, o Demônio se apoderou das almas mais fracas. A heresia mais execrável reapareceu. Sabendo que sua morte era provável, ou pelo menos próxima, os que estavam em boas condições físicas se compraziam na orgia até mesmo nas vizinhanças dos cemitérios, blasfemando contra Deus e desdenhando aqueles mortos pela tragédia. Nunca tantos crimes foram cometidos em tão poucos dias. De julho a novembro, a epidemia carregou 15 mil pessoas, e acreditava-se ter chegado o fim dos tempos.

Durante esses quatro meses em que o mundo parecia destinado a acabar na loucura e nos tormentos, Kircher não descansou sua pena. Voluntário para atender os enfermos, apesar de sua idade e da vontade de nossos superiores de que não se expusesse inutilmente, ele se dedicou desde o início ao lado de seu amigo, o Dr. James Alban Gibbs. Assim, passamos no Hospital do Cristo, na via Triumphalis, a maior parte de nosso tempo.

Para minha grande vergonha, confesso não ter me sentido encantado por uma decisão que colocava nossa existência em grave perigo, mas a aplicação fervorosa de meu mestre a cuidar dos pestíferos e a pesquisar as causas daquela doença implacável, o espírito caridoso que ele empregou incansavelmente no socorro moral que levava àqueles que dele necessitavam e o próprio exemplo de sua coragem, enfim, logo me conduziram a sentimentos mais cristãos. Tomei Kircher por modelo e não tive nada do que me sentir arrependido.

Ainda que tenha admitido que aquela calamidade pudesse por vezes advir dos desígnios de Deus, meu mestre estimava que devia se tratar somente de causas naturais, como em todas as demais enfermidades. Assim, foi na busca dessas causas naturais que ele concentrou todos os seus esforços.

A rapidez e a eficácia do contágio o fascinavam. A peste se insinuava em todos os cantos, abatendo-se cegamente sobre ricos e pobres, sem poupar aqueles que tinham se acreditado capazes de desafiá-la com um isolamento hermético dentro de casa.

— Exatamente — disse-me um dia Kircher — como essas formigas que invadem os locais mais fechados, sem que possamos descobrir o caminho que tomaram...

Ao mesmo tempo em que terminava sua frase, vi seus olhos clarearem e, depois, resplandecerem.

— E por que não? — continuou ele. — Por que não se trataria simplesmente de animálculos ainda mais ínfimos e tênues, que o olho humano não conseguiria distinguir? Uma espécie qualquer de aranha ou serpente em miniatura cujo veneno provocasse a morte exatamente como a víbora mais peçonhenta...Vamos logo, Caspar, apressemo-nos! Vá correndo ao colégio e me traga um microscópio: preciso verificar imediatamente esta hipótese!

Obedeci sem pestanejar. Uma hora depois, meu mestre estava em atividade. Incisando a pústula mais turgescente que pôde encontrar, única operação pela qual podíamos esperar aliviar um pouco o sofrimento dos moribundos que afluíam ao hospital, ele recolheu o sangue misturado ao pus com toda precaução. Depois, colocou algumas gotas desse ícor infecto sob as lentes de seu instrumento.

— Obrigado, meu bom Deus! — exclamou ele logo em seguida. — Eu tinha razão, Caspar! Há aqui uma infinidade de vermículos tão miúdos que mal posso vê-los, mas que se agitam como formigas em seus ninhos e pululam em tão grande número que nem mesmo Liceu conseguiria contá-los até o último... Estão vivos, Caspar! Veja com seus próprios olhos e diga -me se minha vista me confunde...

Para meu grande estupor, pude verificar o que meu mestre acabara de descrever com tanta emoção.

Repetimos a experiência diversas vezes e com os humores de abscessos diferentes; os resultados continuavam idênticos. Sem cessar de nos extasiarmos com sua extrema vitalidade, fizemos vários desenhos desses animais invisíveis a olho nu. Trazido por mim mesmo, o Dr. Alban Gibbs veio em pessoa constatar a descoberta de Kircher.

-- Esses pequenos vermes — disse-lhe meu mestre — são os propagadores da peste. São tão minúsculos, tão finos e sutis que não podem ser vistos senão com o auxílio do mais possante dos microscópios. Poderíamos chamá-los de "átomos", de tal modo são imperceptíveis, mas prefiro o vocábulo "vermículo", que melhor descreve sua natureza e sua essência. Pois, como os *teredens*, esses vermes anões que são, contudo, elefantes perto desses vermículos, estes infestam de repente a carcaça humana, a roem a partir do interior numa velocidade proporcional a sua quantidade e, assim que essa devastação chega ao fim, atacam outra vítima, propagando o *Pestiferum vírus* como um bolor e arruinando o arcabouço do vivente. Ele se transmite pela respiração, encontrando asilo nas matérias mais íntimas... Até as moscas são transmissoras: elas chupam os doentes e os cadáveres, contaminam o alimento com seus excrementos e transmitem a doença aos homens que comem esses alimentos.

Gibbs se exaltou com o que viu e ouviu. Mas, considerando que o microscópio nos permitia em tamanhos a observar as coisas, em tamanhos mil vezes maiores do que realmente eram, ele sustentou que tal instrumento deveria ser usado apenas por mãos conscienciosas, como eram as de Kircher, que deveríamos reservar esse conhecimento *solis principibus, et summis virus, amicisque.**

Se a causa do contágio pudesse finalmente ser atribuída ao vermículo da peste — o qual era de fato produzido pela putrefação do ar gerada pelos cadáveres e transmitia sua potência mórbida por meio de uma espécie de magnetismo, assim como o ímã "infectava" de alguma forma as peças metálicas com as quais entrava em contato —, nada permitia ainda entrever um remédio para esse contágio. Obrigados fomos, portanto, a continuar utilizando as velhas receitas das quais só sabíamos uma coisa: que elas agiam sobre alguns e não sobre outros, o que nos levava a admitir seu caráter inoperante. Sob a direção de Gibbs e de Kircher, utilizamos o veneno do sapo — segundo o princípio de que é preciso curar o mal pelo mal —, a seiva da raiz de buglossa e escabiosa diluída na boa teriaga e muitos outros preparativos aconselhados por Gallien, Dioscoride ou autoridades mais modernas. Infelizmente, nada resolvia, de tal modo que vi mais de uma vez meu mestre verter lágrimas de desânimo.

O Dr. Sinibaldus veio ter conosco no hospital no auge da epidemia. Ávido para compensar seus erros passados, ele dedicou um zelo admirável à cabeceira dos doentes, e Deus felizmente conservou-lhe a vida, a ele e aos seus.

Mas o mesmo não aconteceu com todos; a peste carregou as boas intenções, umas após outras, de tal maneira que de todos os médicos que se sucederam após Gibbs, três quartos deles não chegaram a ver o fim da epidemia. Quanto àqueles que sobreviveram, estes só puderam com frequência lamentar o desaparecimento de seus parentes mais queridos.

---

* (...) *somente aos príncipes, grandes homens e amigos.*

Testemunho disso foi o que aconteceu com o conde Karnice, físico da corte russa, que se viu obrigado pelas circunstâncias a permanecer em Roma e cuja viagem de lazer se concluiu em meio a desgraça e aflição.

Tão logo decretado o fechamento da cidade, esse homem excelente confiou sua jovem esposa e seu filho a uma família de amigos. Isso feito, ele veio oferecer seus serviços em nosso hospital, onde demonstrou uma abnegação a toda prova.

Na noite do dia 15 de agosto, um serviçal enviado por seus amigos informou-lhe sobre a morte de sua mulher. Ela fora fulminada em poucas horas, e era preciso que se apressasse caso desejasse contemplar pela última vez seu delicado rosto. Como havia um imenso fluxo de doentes e os vivos tinham primazia sobre os mortos, o conde Karnice decidiu, apesar de seu desespero e de nossos conselhos, não partir imediatamente. Duas horas depois, quando chegou ao domicílio de seus amigos, sua esposa já se fora; tinham-na colocado num ataúde caríssimo — os caixões haviam sumido — e a enterrado no cemitério vizinho. O bom homem se derramou em lamentações que davam pena de ver. Ele teria certamente se entregado à morte não fosse a presença de seu menino, único conforto agora para seus tormentos.

Porém a desgraça, coitado, havia somente começado... Seu filho adorado apresentou naquela noite todos os sintomas de contágio. Sua pele se cobriu de pústulas semelhantes aos grãos de milho miúdo, e depois, rapidamente, supurações se inflamaram na virilha e nas axilas, provocando dores terríveis. Nada foi mais pungente que os berros sob as mordeduras dos vermículos que infectavam sua carne. De manhãzinha, as meninges foram atingidas; o doente começou a delirar, enquanto sobre seu corpo apareciam grandes placas lívidas e marrons. Às 8 horas, finalmente, Deus concedeu-lhe a graça de conduzi-lo ao paraíso...

Faltava dinheiro para um novo féretro. Desorientado pela angústia, o conde Karnice recusou-se com firmeza a que seu filho fosse enterrado na vala comum. Alegou o amor que a mãe dedicava a seu filho e a necessidade de jamais os separar uma vez falecidos e, segurando o pequeno cadáver entre os braços, resolveu depositá-lo no mesmo caixão de sua esposa.

Abandonado pelos amigos, que temiam o contágio e o consideravam insensato, ele foi para o cemitério, onde lhe indicaram o túmulo ainda recente de sua bem-amada. Empunhando uma enxada, começou a desenterrar a morta, tentando vencer seu sofrimento com o esforço físico.

Quando o ferro de sua ferramenta atingiu as pranchas, ele terminou com as mãos a horrenda tarefa, acelerando seus movimentos, como se estivesse exumando não o invólucro mortal da defunta, mas uma prisioneira impaciente para recuperar a liberdade. Remexendo a terra viscosa, o conde Karnice abriu finalmente a tampa do caixão. Lá dentro, o próprio horror o espiava: saltando de dentro do túmulo, a mão estendida de sua querida esposa esbofeteou sua face! E então, mais uma vez naqueles dias de assombro e precipitações, deplorou-se que a esposa do conde Karnice havia sido enterrada viva... Tendo acordado dentro das trevas do túmulo, a coitada tinha raspado com as unhas a madeira até conseguir desgastar o tampo a fim de tentar evitar uma morte medonha. Seu corpo pavorosamente desconjuntado se estirara como um arco naquele último esforço para alcançar a luz.

O conde Karnice saiu correndo, desvairado pelo terror. Quando conseguiram encontrá-lo, ele havia enlouquecido.

MATO GROSSO | *Escolher deliberadamente outro caminho...*

Dietlev recobrou a consciência ao cair da noite. De sua padiola, perto da fogueira, sua voz deu um susto em Elaine.

— O Sr. e a Sra. Zeblouse têm uma filha — disse ele com a voz grave. — Como ela se chama?

— Dietlev! — exclamou Elaine, ajoelhando-se logo ao seu lado. — Você me deu um susto, seu maroto...

— Responda, como ela se chama?

— Eu sei lá, Dietlev. E não me importo, sabe?

— Agathe* — disse ele, esboçando um sorriso.

— Lamento — desculpou-se Herman. — Mas tive que agir assim... Como vai, amigo?

---

* Referência a Agathe Zé Blouse, grupo musical. *(N. do E.)*

Uma sombra atravessou o rosto do geólogo. A febre ainda o fazia suar, ele mantinha os olhos abertos e parecia ter recuperado plenamente a lucidez.

— Como John Silver... *Era uma maneira radical de perder peso. Cinco quilos, 10 quilos? Quanto pesa uma perna?*

— Fomos obrigados — disse Elaine, segurando sua mão. — A gangrena estava se espalhando.

— Eu sei, não se preocupe. Já estava me acostumando com a ideia. Quer dizer, quase... Como foi que aconteceu? Foi você que tomou a decisão?

— Não, foi Herman que me explicou a que ponto era urgente. Ele agiu direito, foi ele quem o salvou, sozinho...

Dietlev pareceu perplexo por um segundo, como se procurasse compreender as motivações do alemão.

— *Danke*, Herman — disse ele, simplesmente.

O emprego da língua alemã exprimia mais gratidão do que a palavra em si. E Herman apreciou o gesto:

— Não foi nada — murmurou. — O senhor teria feito o mesmo no meu lugar.

— Onde está Mauro?

— Estou aqui — respondeu o rapaz, se deslocando para entrar em seu campo de visão. — O senhor nos deu o maior susto, sabia?

— Não vão conseguir se livrar tão facilmente de mim. Meus alunos sabem disso! E, além disso, estou pensando seriamente em voltar aqui no ano que vem...

Ele não acreditava em sequer uma palavra do que dizia, e nenhum dos outros teve o mau gosto de acrescentar qualquer comentário.

— Vocês parecem estar no limite das forças — retomou Dietlev, após tê-los examinado. — É preciso descansar se quiserem aguentar o tranco.

— Foi um dia difícil — disse Elaine, olhando para o vazio. — Estamos chafurdando na beira do pântano, é muito cansativo. E olhe que nem estou carregando a padiola...

Mas dizendo isso, ela pensava apenas na angústia da amputação, na inquietação que tinha lhe retorcido seu ventre.

— Então chegamos ao charco?

— Pois é, chegamos — respondeu Herman. — Você estava desmaiado, foi aí que percebemos o seu estado. — Ele pareceu hesitar um instante e continuou: — Precisamos ter uma conversa séria... Vocês sabem, nunca conseguiremos nessas condições, quero dizer com você, e depois...

— Pronto, lá vem ele de novo — interrompeu Mauro, com a voz agitada. — Estava demorando...

— Deixe-o falar, por favor — insistiu Dietlev. — Vamos, fale, Herman.

— Ouçam bem: eu fico com vocês e a gente manda Yurupig na frente. Ele conhece bem a floresta, pode alcançar o rio três ou quatro vezes mais rápido do que nós. Enquanto isso, nós seguiremos seus passos no nosso ritmo. Assinalando o caminho, ele pode evitar que acabemos nos perdendo e nos fará ganhar tempo e energia. Se ele for rápido, poderá guiar o socorro até nós.

Sua lógica se impôs imediatamente em todos os presentes. Mesmo Mauro não encontrou falha alguma.

— O que você acha, Yurupig? — perguntou Dietlev.

O índio virou-se para Herman e o encarou, inclinando a cabeça, como que para melhor avaliar a questão.

— Tudo bem, mas vocês devem desconfiar: quando a serpente se dispõe a ajudar o rato é porque descobriu uma maneira mais rápida de comer o bicho...

— Quanta bobagem... Você não consegue mesmo me aturar, hein?

— Está combinado então — disse Dietlev, após interrogar Elaine e Mauro com o olhar. — Você leva a bússola, não precisamos mais dela. Sabe usar, não sabe?

Yurupig fechou os olhos, manifestando seu assentimento.

— Faça um entalhe nas árvores para indicar o caminho, uma cruz para proibir a passagem. Acha que vai conseguir?

— Dentro da mata, quem decide isso são as onças...

Já na manhã seguinte, na primeira hora, Elaine e Mauro prepararam o saco de Yurupig. Ali colocaram sua parte das provisões, a bússola, um isqueiro, um frasco de álcool e uma dose de antídoto para veneno de cobra. Quando chegou o momento, o índio pegou um dos três facões e se dirigiu aos membros da expedição:

— Avancem com calma — disse. — Vou voltar.

Encurtando as despedidas, ele acenou com a mão e se foi em passos ligeiros. Dietlev resolveu que deveriam dar-lhe duas horas de vantagem e aproveitaram para tomar o café da manhã após sua partida.

Quando se repuseram em marcha, Elaine tomou a frente e o jogo de pistas começou. Aqui e ali um entalhe leitoso indicando uma passagem recém-aberta na mata; a pista era bem fácil de seguir, pois Yurupig fora generoso em suas sinalizações. Unicamente o fato de não precisarem se perguntar sobre o melhor caminho a seguir simplificava a tarefa. Depois de duas horas de caminhada, Elaine substituiu Herman à padiola. Dietlev parecia recuperar suas forças, de tal modo que Mauro lhe confiou a kalachnikov, que o atrapalhava em seus movimentos.

O dia transcorreu sem incidentes importantes. Ao cair da noite, eles se reuniram outra vez em volta de uma fogueira. Era hora de fazer um balanço: até onde era possível avaliar, haviam progredido duas ou três vezes mais rápido que nos dias precedentes, à custa de um aumento no cansaço. Elaine, principalmente, sofria com isso. Com dores musculares causadas pelo peso da padiola, ela precisou fazer um esforço para comer e ficar sentada com os outros.

— Minhas últimas pilhas... — disse Mauro, recarregando seu walkman. — Vou precisar racionar a música também. — Suas feições estavam tensas, como as de um corredor após o esforço, mas até que estava se saindo bem. — Quando penso que as aulas voltam em três dias! O pessoal lá vai ficar invocado...

— Não tenha dúvida — assentiu Dietlev. — Cinco anos atrás, voltei de uma missão duas horas antes da minha primeira aula; um avião decolou com atraso, o carro enguiçou, a alfândega criou caso... deu tudo errado. Quando cheguei ao anfiteatro, Milton estava informando aos alunos minha ausência... Pensei que o homem ia ter um ataque de apoplexia!

A evocação do colega morto encobriu rapidamente seu sorriso.

— Pobre coitado — disse Mauro. — Eu não gostava dele, mas ainda assim... Era uma figura e tanto...

— Um babaca, você quer dizer — exclamou Elaine com uma voz exausta. — Se você soubesse como ele nos fez sofrer! Sua morte não desculpa nada.

— É verdade — retomou Dietlev —, mas se tivéssemos que matar todos os incompetentes, babacas e corruptos... não restaria muita gente sobre a face da terra.

— Agora o amigo falou certo! — intrometeu-se Herman.

— Você pelo menos não pode dizer que a viagem o deixa cansado! — disse Elaine, um pouco surpresa com a disposição física do alemão.

— Questão de hábito — disse ele, após fungar ruidosamente.

— Está resfriado? — perguntou Elaine. — Acho que temos algum remédio aqui para isso...

— Não precisa.

— Eu queria dizer... — começou Mauro. — Fui um pouco grosseiro com você, fiz um julgamento errado. Foi uma boa ideia enviar Yurupig como batedor.

Herman fez um gesto indicando que ele podia parar por ali, sem pedir desculpas.

— Você tem confiança nele, apesar de parecer não lhe dar importância, não?

— Nem um pouco. Ele fez isso por vocês, não por mim. E é por isso que vai voltar. Se eu estivesse sozinho, ele me deixaria morrer aqui sem remorsos. E eu faria o mesmo no lugar dele, é normal.

— Tenho certeza de que você não pensa realmente assim — disse Dietlev, num tom de leve reprovação. — Não se pode viver sem os outros, você sabe disso perfeitamente...

— Viver? Não me faça rir! O importante é "sobreviver", o resto é besteira. E quanto a isso, prefiro estar no meu lugar do que no de vocês.

No silêncio que se seguiu, a umidade os envolveu como um cobertor molhado. Os mosquitos se exaltavam.

— É melhor a gente procurar um abrigo antes que desça a chuva — sugeriu Mauro.

No dia seguinte, eles saíram de suas redes se sentindo ainda mais cansados do que na véspera ao se deitarem. Enquanto Herman e Mauro tratavam de acender a fogueira, Elaine vasculhou dentro das mochilas para preparar o café da manhã. Não achando a que continha a panela, dirigiu-se aos dois, antes de admitir o impasse.

— Está faltando uma mochila — afirmou com a voz séria.

— Tem certeza? — perguntou Mauro, examinando com o olhar o local onde, todas as noites, eles reuniam a bagagem. — Não é possível, deve estar em algum lugar... Talvez tenha sido um macaco que a pegou — acrescentou o rapaz após se certificar de sua ausência.

— À noite os macacos fazem como nós — disse Herman. — Eles dormem, ou pelo menos tentam... O que havia dentro?

— O café, as panelas, a pedra de amolar... — respondeu Elaine, tentando lembrar-se do conteúdo. — Algumas latas de conservas... Era a sua, Mauro...

— As amostras de fósseis — continuou ele —, os pratos... Não sei mais o quê. Vamos procurar em todos os cantos.

— Podem procurar, se quiserem — disse Herman com certo desdém —, mas não têm chance nenhuma de achar qualquer coisa.

Ainda assim, Mauro, procurou pelo acampamento, enquanto Herman, ajoelhado diante da fogueira, soprava os gravetos com cuidado.

— Não acredito! — disse Mauro, voltando sua busca com as mãos abanando de. — Que tipo de bicho pode se interessar por nossas panelas?

— Se não havia comida — argumentou Herman, fazendo uma careta por causa da fumaça —, não pode ter sido um animal.

— Quem, então? — inquiriu Mauro, num tom desconfiado. — Somos os únicos nessa floresta maldita...

— Esqueceu Yurupig, rapaz...

— Yurupig! — exclamou Elaine. — Ele tem mais o que fazer do que dar meia-volta e vir nos roubar. Afinal, o que ele poderia fazer com uma mochila cheia de panelas?

— Nunca sabemos o que se passa na cabeça de um índio — retrucou Herman, dando de ombros. — De qualquer maneira, é preciso achar um recipiente para ferver a água, se quisermos beber café.

— Basta abrir uma lata de conservas — disse a voz irritada de Dietlev. — Venham me ajudar a sair daqui, estou congelado.

À primeira vista, Elaine percebeu que seu estado havia piorado. Estava suando de novo profusamente, mostrando-se incapaz de executar o menor esforço, quando o recolocaram sobre a maca. O cheiro de urina o empestava.

— Vou fazer seu curativo — disse Elaine. — A coisa não parece muito saudável hoje... Mas a situação é a mesma para nós todos, pode acreditar em mim! Você ouviu sobre a mochila? O que acha?

— Não sei. Não acredito que tenha sido Yurupig. Se ele quisesse nos arrumar problemas, não seria esse o melhor método. De qualquer maneira, vamos ter que nos virar sem isso.

Ele observou sua perna, enquanto Elaine se dedicava a limpar a extremidade.

— Acho que a gangrena voltou...

— Nada disso — mentiu Elaine —, é uma reação normal, depois de tudo que você enfrentou.

— Elaine... — disse ele a meia-voz. — Se eu não conseguir voltar com vocês...

— Deixe de bobagem, faça o favor.

— Não sou uma criança, sabe. *Se* eu não conseguir voltar com vocês, você precisa saber que...

Ele fechou os olhos para se concentrar melhor. Depois de um começo assim desajeitado, como exprimir o que ele sentia sem cair na ingenuidade ou na pieguice? As palavras que se aglomeravam em seu espírito não transmitiam nada de sua veneração por aquela mulher, do desejo que sentia por ela desde aquela vez em que ela se achara quase por engano em seus braços. Na confissão excessivamente solene de seu amor, ela só ouvia seu medo de morrer, e sem dúvida tinha razão...

— Dietlev?

— Tarde demais — disse ele, com um sorriso artificial. — Estou esgotado, esqueça tudo isso, por favor.

Eles retomaram o caminho assinalado por Yurupig. Elaine avançava de maneira mecânica, levantando cada perna com força diante da sucção do solo. Seu espírito vagava longe da selva e do pequeno grupo que a acompanhava. Como um guia atormentado pelo cansaço, ela se abstraía em longas praias oníricas ou imaginava seu retorno a Brasília. Via a si mesma respondendo às perguntas dos colegas e às dos jornalistas. A primeira coisa a fazer seria telefonar para Moema a fim de tranquilizá-la, talvez a Eléazard também, com o pretexto de saber como iam as coisas... Não, seria ele que lhe telefonaria. Algumas palavras preocupadas, um convite para recomeçar a vida... Sem saber o motivo, estava persuadida de que nada mais seria como antes — não unicamente por conta do que vivia depois de alguns dias, mas todo o resto, seu sofrimento, suas decepções, seu divórcio —; aquela confusão tinha um sentido oculto, uma carga positiva que se manifestaria cedo ou tarde com uma explosão. O que não saíra certo com Eléazard? Em que momento? Onde estava a origem, o ponto preciso a partir do qual eles começaram a se afastar um do outro? Era necessário retornar a essa bifurcação para escolher deliberadamente outro caminho, rebobinar o filme até a felicidade original, até a imagem fixa que negaria sua fatalidade, a tornaria impossível. Ela revia a pequena varanda da velha casa onde moravam, 15 anos antes, quando estavam na França. A mesa de madeira sob o caramanchão, as vespas sobrevoando o vinho, o torpor magnífico da sesta à sombra cálida do plátano...

A queda a despertou, mas sem ajudar a colocar as ideias no lugar. Alguma coisa pesada sobre as costas a pregava ao chão; seus músculo tensos faziam-lhe um mal terrível.

Mauro se precipitou para acudi-la:

—Você se machucou? — perguntou ele, livrando-a de sua bagagem para que pudesse sentar.

— Não foi nada... Não aguento mais... Eu não...

Ele afastou os cabelos de Elaine para limpar seu rosto cheio de lama.

—Descanse um pouco.Vamos fazer uma parada. Estou morto também.

Mauro voltou para ajudar Herman com a padiola. Dietlev ainda estava muito febril, apesar das doses de aspirina. O rosto contrito de Elaine o preocupou:

—Você está bem? O que aconteceu?

— É ridículo — disse Elaine, envergonhada. — Acho que adormeci enquanto andava... Preciso comer um pouco de açúcar e vou me sentir melhor...

Ela tinha os olhos embotados de lágrimas e fingia que estar bem.

— Isso não adianta nada — disse Herman. — Em 300 metros você já vai ter transpirado o açúcar! Se pararmos a cada dez minutos, nunca conseguiremos, podem ter certeza disso!

— Faz duas horas que estamos nos matando — enervou-se Mauro. — Não diga bobagem. Ninguém está aguentando mais...

Dietlev olhou para ele com uma expressão desolada.

— Não desperdicem suas forças. Vamos fazer uma pausa porque *eu* estou cansado, porque *eu quero* urinar e porque esta maca me deixa enjoado.

Herman vasculhou dentro dos bolsos, apanhou uma caixinha de rolo de filme e a lançou para Elaine.

— Tome isso — disse ele. — Vai recuperar suas forças.

— E o que é isso? — perguntou Elaine com a caixinha na mão.

— Cocaína. É melhor do que açúcar, posso garantir.

Elaine compreendeu então por que Herman fungava o tempo todo. E pensar que havia proposto tratar de seu resfriado! Sem pensar duas vezes, ela lhe devolveu a caixinha.

— Obrigada, mas prefiro o açúcar, se você não se incomodar...

No espaço de um segundo, Mauro percebeu que não tinha nada a perder experimentando: os peruanos em altas altitudes mascavam frequentemente folhas de coca... Mas então cruzou o olhar reprovador de Dietlev e ficou calado.

A blusa colada à pele, os cabelos brilhando de suor, Elaine concentrava toda a sua atenção na selva. Constrangida com seu acidente, ela fazia questão de se antecipar, identificando as indicações de Yurupig, de modo a não atrasar os que carregavam a padiola. Já não sabia havia quanto tempo avançavam por aquele terreno difícil, quando um movimento nas folhagens a congelou; pela primeira vez desde que começaram a caminhar na floresta, não parecia um indício de fuga, mas de aproximação, de tal modo que ela apertou firme o cabo do facão. No mesmo instante, um homem surgiu à sua frente, um índio nu com um buraco negro no lugar da boca; uma múmia emplumada que logo se multiplicou silenciosamente diante dela.

— Não se mexa mais! — advertiu Herman, enquanto ela recuava, muda de terror. — Não deixe de olhar para eles.

Uns vinte índios armados de arcos e zarabatanas se colocaram diante deles. Pareciam aguardar, como deuses imóveis, cientes de sua força.

— Amigos! — disse Elaine, abrindo os braços para mostrar sua boa vontade. — Estamos perdidos, entendem? Perdidos!

O timbre de sua voz foi o bastante para desnorteá-los. Depois, emitiram uns gritos, seguidos de impressionantes gesticulações ameaçadoras. Um deles começou a bater com os pés no chão, apontando para a mulher.

— O fuzil — exasperou-se Herman. — Me dê o fuzil, rápido!

— Deixe o facão cair no chão — disse Dietlev de sua maca. — Bem devagar. Amigos! *Yaudé marangatú*, somos de paz!

Os índios reagiram ao verem cair o facão. Aquele que parecia o chefe pronunciou algumas palavras. Seu companheiro mais próximo recuperou dos pés de Elaine a arma que pareciam cobiçar. Em seguida, deu um passo à frente e se dirigiu a Dietlev.

— O que ele disse? — perguntou Mauro.

— Não sei — admitiu Dietlev, sem parar de sorrir ostensivamente para seu interlocutor. — Parece ser guarani, que eu aprendi um pouco, mas não entendo uma só palavra do que está dizendo. Talvez seja uma língua variante... Em todo caso, parecem mais calmos. *Ma-rupi?* — tentou ele, mostrando o caminho aberto por Yurupig. — Onde fica o rio? E os homens brancos?

O índio inclinou a cabeça e depois coçou a perna, mostrando confiança. Como nada acontecia, ele lançou uma ordem breve a dois dos seus, que vieram segurar a maca.

— Acho que eles entenderam — disse Mauro, aliviado.

— Esses malditos selvagens! — exclamou Herman. — Não sei o que entenderam, mas agora temos que ficar com eles.

Cadernos de Eléazard

OUVIR aqueles que se calaram de tanto gritar...

NO BAR: "Mulher é como fósforo: quando esquenta, perde a cabeça."

"POR QUE só preveem as catástrofes?, pergunta Hervé Le Bras. Por que não ver que certas consequências da atividade do homem poderiam protegê-lo ao invés de ameaçá-lo?" Se é verdade que nos encaminhamos para uma nova era glacial bastante dura e brutal, os esforços humanos deveriam consistir em aumentar o efeito estufa urgentemente, em vez de tentar reduzi-lo.

O SÉCULO XXI terá a medida exata de nossas desilusões, ele será obscurantista.

UM DIA ISSO PODE SER ÚTIL... Pedaços de barbante, de madeira, de plástico ou de borracha, pecinhas metálicas, motores quebrados, objetos sem seu par: partes de um todo disperso, de um Osíris fragmentado, que podem servir para reparar, ressuscitar uma totalidade no universo das coisas. Mas que podem também engendrar novas, imprevistas e inéditas, que nascem no desvio e às quais ele confere uma história. A acumulação e a recuperação como fundamentos da criatividade. O catador de rua como um demiurgo de um mundo possível; o sótão como o abrigo natural da poesia. E ainda assim, se essas coisas não servirem jamais, como ocorre na maior parte do tempo, é o *talvez* que conta, a virtualidade aceita de um advento possível, ou pelo menos de uma restauração da unidade perdida.

NO DIA EM QUE CANSAMOS de ouvir nossa história preferida, de pedir que a leiam para nós, como faz a maior parte das crianças, estritamente palavra por palavra, ingressamos na idade da profanação. Nosso espanto diante do mistério não ressurge mais com sua repetição, mas com sua transgressão sempre renovada.

"ENTRE OS MAMÍFEROS", escreveu A. Villiers, "os cães parecem agradar particularmente aos crocodilos." Rose citou o caso de um jacaré cujo estômago continha, além de um anel de diamante, 32 placas de identificação de cães. Algo que, levando em conta os cães sem placa de identidade, representa evidentemente um número considerável.

A CIÊNCIA TEM ISTO em comum com as religiões: ela só produz, a maior parte do tempo, *efeitos de verdade*, mas só ela é capaz de engendrar aquilo que os dissipa. Onde nada pode ser falsificado e, tampouco, nada pode ser provado.

SOB EFEITO de LSD? Kircher teria ingerido sem o saber fungo de centeio (*Claviceps purpurea*). Sua viagem extática seria apenas uma *bad trip*... É o que sustenta o Dr. Euclides, após a análise das reações ao fortificante enviado por Yves d'Évreux. Parasita do centeio e rico em ácido lisérgico, esse cogumelo minúsculo provoca envenenamentos coletivos quando é misturado inadvertidamente com a farinha deste cereal. Aquilo que outrora chamavam de "fogo sagrado" ou "fogo de Santo Antônio". Euclides apresenta argumentos muito persuasivos de que a ingestão do fungo de centeio se encontrava no fundamento dos Mistérios de Elêusis.

A ARTE DA LUZ E DA SOMBRA contém um capítulo inteiro sobre a fabricação do papel marmorizado. Em seu *Magie naturelle (Magia universalis naturæ et artis, sive recondita naturalium et artificalium rerum scientia*, Würzburg, 1657), Caspar Schott relata que aprendeu como "pintar o papel com cores variadas à maneira dos turcos" vendo trabalhar Athanasius Kircher: "Ele fazia sobre o papel todo tipo de desenhos. Personagens, animais, árvores, cidades e regiões, ora em ondas sucessivas, ora em mármores variados, ora em plumagem de pássaros e em todas as outras espécies de figuras." Os especialistas na questão, em particular Einen Miura, reconheciam em Kircher o privilégio de ter sido o primeiro a introduzir a arte do papel marmorizado na Europa.

DATAS de C. Schott?

ATHANASIUS KIRCHER NÃO PARTICIPA de nenhuma das controvérsias teológicas que agitaram sua época. Uma atitude de recuo que pode ser imputada em seu ativo. Ao que parece, ele fez sua a exortação de Muto Vitelleschi, padre-geral da Companhia durante a Guerra dos Trinta Anos: "Não digamos: minha pátria. Cessemos de falar uma língua bárbara. Não glorifiquemos o dia em que a oração se nacionalizou..."

DE GOETHE, em seu *Doutrina das cores*: "Graças a Kircher, as ciências naturais se nos apresentam de um modo mais alegre e mais sereno, como nenhum de seus predecessores o fez. Elas são transportadas do gabinete ou da cátedra para um convento agradavelmente equipado, entre eclesiásticos que estão em comunicação com o mundo e que têm uma influência sobre todos, que instruem os homens, mas que querem igualmente distraí-los e diverti-los. Ainda que Kircher só resolva poucos problemas, ele os menciona e os aborda à sua maneira. Em suas comunicações, ele mostra uma inteligência, uma indolência e uma serenidade hábeis."

DE GOETHE, ainda: "Cada um de nós esconde em si alguma coisa, um sentimento, uma lembrança que, se fosse conhecida, tornaria essa pessoa odiada." Sem dúvida, o pior dos homens esconde também, e ainda mais profundamente, alguma coisa que o tornaria amado.

O INCONSCIENTE é somente uma das estratégias possíveis da má-fé.

CAPÍTULO XXII

Em que é relatado o episódio dos caixões com tubo

Athanasius Kircher não pôde ouvir sem estremecer a história do conde Karnice. Aquilo que a imaginação representava de horrível no despertar de sua esposa bem no interior de um caixão incitou sua genialidade de tal forma que apenas dois dias após esse medonho acontecimento ele me submeteu o desenho do "revocatório tátil", uma máquina destinada a evitar para sempre esses lúgubres descuidos.

Tratava-se de um tubo metálico, da largura de um palmo e com quase 2 metros de comprimento, que deveria ser introduzido pela tampa no interior do caixão no momento da inumação, e isso por um orifício circular que os carpinteiros não teriam dificuldade alguma em tomar como regra na fabricação de suas obras. Dentro da parte superior, aquela que emergia da terra, o tubo terminava num estojo hermeticamente fechado, contendo as engrenagens necessárias ao funcionamento do mecanismo. No desenho em corte transversal, meu mestre detalhou sua engenhosa simplicidade. Fixado a uma mola bastante sensível, um caule descia pelo tubo até o féretro; aparafusada a essa extremidade, havia uma esfera de latão concebida de tal forma que ela roçava o peito do presumido defunto. Bastava que este fizesse o mais leve movimento, que respirasse um pouco que fosse antes de retomar a consciência, e a esfera roçada acionava o processo salvador: o estojo logo se abria, deixando penetrar dentro do caixão um fluxo de oxigênio e de luz; simultaneamente, uma bandeira se erguia, uma forte campainha soava, enquanto um projétil subia ao céu, antes de explodir ruidosamente, espalhando por sobre o cemitério a resplandecente claridade da ressurreição.

Caso o estojo ficasse fechado por 15 dias, espaço de tempo razoável para impedir qualquer esperança ulterior, bastava então remover o tubo da terra; uma válvula se fechava automaticamente sobre o orifício, de tal modo que era possível em seguida vedar outra vez o túmulo de maneira definitiva. Assim que o reformador fosse desinfetado, pelo menos a parte que tocaria no cadáver, ele poderia servir de imediato a outra sepultura.

Aplaudi vivamente aquela nova invenção de Kircher. Como seu custo era módico e sua frugalidade, a toda prova, não seria difícil fornecer os dispositivos aos cemitérios, a fim de se premuni-los contra os riscos de enterros precipitados.

Não era mais possível, conforme mencionei anteriormente, achar um só caixão em Roma; mas o cardeal Barberini, alertado sobre essa máquina providencial, colocou quatro dos seus à nossa disposição para a experiência. Trabalhando noite e dia, concluímos em menos de uma semana a preparação dos tubos. Funcionavam perfeitamente e não demoraram, Deus nos perdoe, a ser usados. Seis de nossos irmãos jesuítas, na verdade, foram levados pela calamidade, antes que tivéssemos tempo de chorar por eles. Dois dentre eles, cuja devastação dos corpos não deixava dúvida alguma quanto a seu estado, foram destinados à fossa coletiva. Os outros foram inumados no cemitério do colégio, equipando cada um de seus túmulos com um reformador tátil.

Nada aconteceu nas duas primeiras noites; e no início da terceira, adormecemos com o espírito tranquilo quanto à sorte de nossos infelizes amigos: eles repousavam em paz. Por volta das 3 horas, contudo, uma assustadora deflagração nos acordou sobressaltados. Compreendendo no instante do que se tratava, Athanasius desceu correndo as escadas em roupas de dormir, pedindo ajuda. Eu o segui, acompanhado de vários padres.

Chegamos ao cemitério quase ao mesmo tempo, mas ele já estava ao lado de um túmulo com a bandeirola erguida, manejando a enxada e gritando palavras de reconforto àquele cujo retorno à vida era responsável por tal alvoroço. Empunhando outras ferramentas, unimos nossos esforços a fim de desenterrar o coitado o mais rápido possível.

Escavei com a pá o mais rápido que consegui, quando um longo assobio, seguido de uma explosão que abrasou a noite, quase nos matou de susto. A alguns passos de onde nos encontrávamos, outra bandeirola tinha se levantado! A campainha emitida pelo estojo parecia vir das próprias profundezas do Hades... Aqueles que até então apenas observavam correram na direção do túmulo a toda velocidade e trataram eles também de extrair da terra o caixão.

No mesmo instante em que se atarefavam, uma terceira detonação e, depois, quase ao mesmo tempo, uma quarta vieram levar ao cúmulo nosso desassossego. Todo o colégio acordara. Uns rezavam em voz alta, outros anunciavam o milagre, e cemitério algum jamais retumbou de tanta fé e esperança. Como havia mais braços do que ferramentas, alguns se puseram a remover a terra com as mãos; os incentivos se misturavam às ações de graça e as tochas, acesas em grande número pelo frei porteiro, davam àquele quadro insólito um ar fantasmagórico.

Tendo iniciado mais cedo, nós fomos os primeiros a exumar nosso caixão; munido de um pé de cabra, Kircher abriu às pressas o ataúde. Sob a claridade das tochas, nos pusemos ao seu redor: o espetáculo que vimos desafiava a repugnância mais atroz de nossos pavores. Um murmúrio de nojo, mais do que de decepção, escapou de nossas gargantas. Vários desviaram o olhar, invocando Deus, e um noviço, repentinamente pasmado, quase caiu dentro da fossa. Flutuando num mar de larvas, enegrecido pela gangrena, o padre Le Pen parecia prestes a estourar, tão inchado estava de gás e de pus. Fora aquela barriga intumescida como um cantil que tocara a esfera, acionando os alarmes da máquina... As mesmas causas tendo produzido os mesmos efeitos, o cemitério logo se transformou em lamentações e rumores aterrorizados.

Assim que o estupor geral passou, voltamos a enterrar os quatro defuntos, com muitas orações por ter perturbado o repouso de suas almas, e em seguida retornamos aos nossos aposentos. Poucos entre nós, todavia, conseguiram dormir aquela noite.

Armazenadas no departamento de mecânica do museu, essas máquinas excelentes nunca mais serviram a nada. Mesmo depois da peste, quando então a putrefação das carnes retornou a seus termos naturais, ninguém mais pensou em utilizá-las, seja por superstição ou desconfiança, de tal modo aquele primeiro experimento havia imprimido inquietação nos espíritos.

No final de novembro, o *Draco Pestis*, essa hidra insaciável que se alimentara de tantas vidas humanas, resolveu abandonar suas presas. De um dia para outro, não mais se morria de peste nas ruas de Roma. Tivesse ela sido gerada pelos judeus para se vingarem dos cristãos — como sustentava, sem razão, o cardeal Gastaldi, visto que oitocentos deles tinham morrido dentro do gueto — pelo próprio Deus, castigando nossos pecados, a calamidade podia também não ter nenhuma justificativa: Deus não tem obrigação alguma de legitimar seus atos, nem quando nos castiga, nem quando nos liberta.

Como eu já disse, 15 mil pessoas tinham morrido em Roma em quatro meses; mas esse número, por mais monstruoso, foi muito inferior àquele de pessoas afetadas nas cidades de Palermo e Milão, ou mais tarde na grande metrópole de Londres. E, afinal, os romanos deveriam se considerar bastante felizes por terem sido os menos numerosos a perecer em tamanha provação.

Em 1658 lançou-se o *Scrutinium pestis*. Ao longo dessas duzentas páginas, meu mestre examinava a história da epidemia, suas causas possíveis, suas diferentes formas e sintomas, sem omitir um só dos remédios que foram usados. "Mas", concluía ele, "o melhor remédio contra a peste consiste em fugir para bem longe e bem rapidamente, e se manter afastado das fontes infecciosas pelo maior tempo possível; entretanto, se isso não for viável, instale-se então em uma casa grande e bem ventilada, situada no topo de uma colina, distante dos esgotos e das águas estagnadas; abra as janelas de modo a purgar o ar e encha a morada com ervas aromáticas; queime enxofre e mirra, e utilize vinagre em abundância para purificar também o interior de seu corpo..." Conselhos preciosos que salvaram a vida de uma grande quantidade de pessoas posteriormente.

FORTALEZA | *Mas era Lourdes, ou Varanasi...*

Roetgen retomou suas aulas com a impressão escabrosa de ter se salvado por um fio todo tipo de complicações. Ao transgredir os regulamentos tácitos associados a sua posição de professor, expusera-se a aborrecimentos profissionais cuja gravidade ele agora avaliava melhor.

Apesar de ferido em seu amor-próprio e de pensar obsessivamente em Moema, ficara surpreso por ter conseguido escapar ileso.

"Que loucura", pensava ele, "ter cedido ao assédio dessa menina. Fui realmente um imbecil! Se contarem só a metade do que aconteceu naquela praia, posso ir fazendo minhas malas."

Sem se envergonhar de seus atos — devemos aceitar os seres e as coisas como eles vêm, não temer o desregramento dos sentidos, quando ele favorecesse a etnografia —, ele se via negando obstinadamente seu erro, clamando, a expressão ultrajada, que não poderiam colocar em dúvida sua reputação com base em maledicências dos alunos. Isso era bastante cômodo... Mas os diversos contextos em que encenava sua defesa não conseguiam tranquilizá-lo, tanto ele buscava refúgio na lembrança lisonjeira da tripulação da jangada, reduzindo sua estada à beira-mar a essa única proeza.

Encontrando por acaso Andreas no campus, ele lhe contou suas aventuras.

— Você está doido? — reagiu este com um sorriso. — Mas eu acho que também acabaria cedendo... Mas tome cuidado assim mesmo: eles adoram um mexerico! Não é por maldade, aliás, o que é estranho, mas por gosto, pelo prazer da fofoca... A bisbilhotice é quase uma filosofia de vida aqui! Parece que não sabem se comunicar de outro jeito. Tenho que admitir que é bastante agradável: o mistério acaba dando uma espécie de densidade às relações humanas... Pode ter certeza de que dirão de você mil vezes mais do que você jamais poderá fazer... então, um pouco mais ou um pouco menos, você não precisa se preocupar, desde que não vá para a cama com a mulher do reitor. E ainda assim, teria que ser surpreendido em flagrante! — Ele pôs a mão em seu ombro com familiaridade. — Diga uma coisa, eu conheço a mocinha?

— Ela não passa despercebida. Moema alguma coisa, não sei mais, um nome de sonoridade alemã.

— Moema von Wogau?

— É isso — respondeu Roetgen, surpreso. — Sabe quem é?

— Conheço o pai dela. Um antigo colega de faculdade. Ele é jornalista, correspondente em Alcântara. Até lhe dei meu papagaio! Eu o hospedo lá em casa, quando vem aqui a trabalho. Ele me preveniu de que sua filha viria para Fortaleza estudar. Queria que eu a vigiasse um pouco, mas confesso que isso me fugiu completamente da cabeça.

— Por que ela não estuda em São Luís?

— Os pais estão se divorciando. Talvez já tenham concluído o processo, até. Pelo que entendi, a relação é complicada com a menina. A mãe é brasileira, professora em Brasília; está construindo uma carreira em paleontologia, sempre viajando... Foi ela quem saiu de casa. Quanto ao pai, eu gosto dele, mas às vezes é bastante insuportável. O tipo do cara que se preocupa com o mundo e consigo mesmo, mas sem muita psicologia, entende? Um cara brilhante, assim mesmo. Nunca entendi por que ele arruinava a própria vida com tanta obstinação. E pelo que você diz, a filha começou mal também...

— Acho que sim — aquiesceu Roetgen.

Ao mesmo tempo em que encontrava nesse veredito o conforto de uma posição dominante, ele começou a perdoar Moema por sua atração pelo índio. O fato de ela ter tido "problemas" mudava tudo; em vez de uma garota assanhada, ela era agora uma menina a ser socorrida.

Naquela mesma noite, após ter andado de um lado para outro em seu pequeno apartamento na cobertura de um prédio moderno, Roetgen tomou a decisão de visitar Taís. A moça lhe dera seu endereço quando voltavam de ônibus.

Três dias haviam se passado desde seu retorno de Canoa.

Ele estava a ponto de desistir, depois de ter batido em vão à porta da rua Bolívar, quando viu o rosto de Taís em meio à cortina artesanal da janela.

— Ah, é você! — disse ela, num tom jovial. — Entre, me dê só cinco segundos.

Roetgen reparou nas manchas escuras nas faces e no pescoço. Devia tê-la surpreendido bem no meio de um embate amoroso com uma nova musa. Ela arranjou rápido alguém para consolá-la, pensou ele com um vago desdém. E ficou ainda mais espantado ao vê-la reaparecer, atando um quimono extravagante de flores coloridas em volta de suas formas perfeitas, e precedendo um rapaz de farto bigode louro, muito magro, a quem o traje sumário — uma simples cueca — não parecia constranger nem um pouco.

— Esse é o Xavier — disse Taís, sibilando o "x" como os portugueses. — Ele chegou ontem. Você pode falar francês com ele. Se eu entendi direito, ele fez uma travessia a partir do porto de Toulon. Acho que vai ficar morando aqui alguns dias...

Os dois trocaram um sorriso um tanto tolo. A sala tinha um cheiro forte de maconha. Roetgen se apresentou friamente a seu compatriota.

— Quais são as novidades? — perguntou Taís apertando um baseado.

— Nenhuma. As aulas, a faculdade, o mesmo de sempre...

Depois, olhando-a nos olhos, arriscou:

— Você tem notícias da Moema?

A expressão de Taís se fechou imediatamente.

— Nenhuma. Deve estar em Canoa com aquele índio de merda... Não dá para acreditar que ela aprontou essa com a gente!

Roetgen ficou surpreso, mas lisonjeado de estar de algum modo associado à relação delas.

— Essas coisas acontecem...

— Você também a ama, né? Quer dizer, a coisa é séria, acho que não me enganei com você.

— Mais do que tudo — confessou Roetgen para seu próprio assombro.

São os lábios que decidem, com frequência, entre dizer a verdade e a mentira. Roetgen não sabia ainda se aquilo era uma mentira para se fazer de vítima e ficar bem na fita ou se aquela resposta descontrolada representava uma revelação. Ele discernia na sua reação uma exaltação excessiva, do tipo que nos incita, quando confessamos algo, e nos leva a escolher resolutamente o patético no lugar de um sofrimento banal e desprovido de glória.

— Quer dizer, eu acho — recomeçou ele, tentando recompor suas emoções. — Como posso dizer? Sinto saudades dela.

— Eu sabia — disse Taís, lhe entregando o baseado. — Comigo é a mesma coisa. Estamos na merda, cara. Uma grande merda. Eu nunca a tinha visto assim. Parece que aquele babaca a enfeitiçou...

Xavier não compreendia sequer uma palavra daquela conversa, e isso não parecia fazer nenhuma diferença para ele. Esparramado sobre uma almofada, plácido e radiante, ele tragava seu cigarro, examinando as paredes da pequena sala.

— Não é normal — continuou Roetgen. — Não paro de pensar nela depois que voltei para Fortaleza. Em você também, por sinal. Foi extraordinário o que vivemos lá...

Inesperadamente, Taís o excitava agora muito mais do que em Canoa. O brilho nos seus olhos — e talvez também o fato de ela deixar entreaberto o quimono, desvendando um pouco mais do que deveria da opulência de seus seios — garantiu-lhe que aquele desejo era mútuo. Lá estavam eles se provocando, quando a cortina da porta da rua foi aberta: era Moema. Os olhos inchados, contendo as lágrimas, encarando a amiga numa silenciosa súplica. Taís se levantou imediatamente. Sem se preocupar com os dois rapazes, ela levou a garota arrependida para seu quarto.

— Tem umas meninas bacanas por aqui — disse Xavier, assim que Taís fechou a porta. Depois deu uma piscada de olho e acrescentou: — Ei, você, tenho certeza de que faz muito tempo que não saboreia uma boa mostarda francesa, ou estou enganado? Mas tenho também uísque, se estiver a fim: Johnnie Walker, Black Label. Não é o suprassumo, mas era tudo o que tinham em Cabo Verde.

Moema teve muita dificuldade para recapitular a sucessão de eventos que havia motivado seu retorno repentino. Uma cena voltava com insistência e a torturava de modo absurdo: Aynoré fazendo amor com Josefa, a moça do buggy... Ela os tinha encontrado por acaso, depois de tirarem uma soneca, refugiados atrás das dunas. Aquela putinha cavalgava sobre o corpo dele, agarrada a seus ombros!

— O que está fazendo aqui? — vociferara Josefa, movendo a cabeça para trás. — Não vê que estou ocupada?

Incapaz de pronunciar uma palavra, Moema se contentou em lançar um olhar suplicante para Aynoré. Se ele tivesse vindo na sua direção naquele instante, ela o teria perdoado, de tal forma aquela paixão a desnorteava. Mas ele a olhara com um desdém falsamente natural.

— Você tem que aprender a curtir a vida, menina... Deixa eu acabar aqui, OK?

Foi como se toda a Amazônia evaporasse diante de seus olhos. Começou a chorar, imóvel e pasma diante de seu sonho devastado. Um pouco antes de partir, a raiva fez irromper um insulto que ela não parava de lamentar:

— Vai se foder, sua piranha!

A resposta tinha vindo de surpresa, enquanto ela começava a correr pela praia:

— Ei, sapatona! É isso mesmo o que eu estou fazendo!

Em seguida, risadas. Duas risadas que ainda a atormentavam.

Ela encontrou Marlene na praia. Vendo-a naquele estado, o travesti sentou-se ao lado dela na areia. Depois de carícias e palavras consoladoras, conseguiu extrair dela o relato de sua infelicidade.

— Eu te disse para tomar cuidado... É uma raposa, um cara perigoso. Aposto que ele te contou a história do pajé.

Moema olhou para ela, temendo o que iria escutar.

— É a estratégia dele para ganhar as moças. Ele achou um livro: lendas indígenas, rituais xamânicos, o dilúvio... Tirou tudo isso de lá. Papo-furado, querida. Ele nem é muito índio, e ainda menos xamã... A mãe fazia programa num bar de Manaus, enquanto o pai... nem vale a pena falar: a mãe nunca soube quem era entre todos os bêbados com quem tinha ido para a cama...

— Não é verdade — balbuciou Moema, chorando ainda mais. — Você está mentindo!

— Não acredita em mim? Se isso é mais cômodo para você... É só dar uma olhada no tal livro; posso te emprestar, se quiser: *Antes o mundo não existia*; o autor é um cara com um nome difícil de pronunciar que conta a mitologia de sua tribo. Aynoré não está nem aí para os índios, foi ele mesmo que disse. Aquele visual é só para vender suas muambas para os turistas à beira-mar! Um vagabundo, Moema, um traficantezinho de merda. Não merece que uma garota como você chore por ele.

Ela só enxugou as lágrimas depois de ser absolvida por Taís e ter confirmado seus maiores temores quanto à honestidade de Aynoré. A obra mencionada por Marlene — o primeiro texto totalmente redigido por um índio do Brasil — fora publicada uns vinte anos antes. Roetgen se lembrava com exatidão por tê-la estudado, tendo em vista uma conferência: o nascimento do mundo, o primeiro cataclismo de fogo, tudo, até determinados detalhes sobre o xamanismo se encontravam no livro utilizado por aquele impostor.

Decepcionada, depois furiosa, Moema só voltou a fazer alusão a ele, mesmo em seu foro íntimo, inventando a cada vez insultos diferentes: *índio maldito*, dizia ela com um ar desiludido, ou *aquele filho de uma quenga, quando penso em tudo o que me fez passar... Safado!* Aquilo tornava as coisas fáceis, ao menos no começo.

Depois de algumas horas necessárias para expor os dissabores da moça, Roetgen fez uma oferta que varreu o que restava de tensão naquela noite. Naquele fim de semana teria início um período de dez dias de férias: o que achavam da ideia de irem todos à peregrinação anual de Juazeiro? Para ele e Moema, seria uma oportunidade de observar de perto a sobrevivência dos cultos indígenas dentro da devoção do nordestino pelo Padre Cícero; quanto aos outros — Xavier iria com eles, é claro —, seria a ocasião de fazer uma bela viagem pelo sertão. Eles alugariam um carro. Dormiriam sob as estrelas, improvisando tudo à medida que as coisas fossem acontecendo.

A ideia os entusiasmou. Três dias depois, cantavam a plenos pulmões dentro do Chevrolet emprestado por Andreas. Estavam todos de óculos escuros e entoavam em coro um refrão dos Rolling Stones, berrando pelas janelas abertas a impossibilidade de se conseguir satisfação.

Foram dias disparatados, dias desconjuntados em que o álcool os envolvia com uma perversidade obscura. A droga, também, usada o tempo todo, os distanciava do mundo real, deixando-os à margem daquilo que viviam. Pouco mais velho que seus companheiros — os sete anos a mais que Moema, a mais jovem dos quatro, lhe pesavam mais do que tinha consciência —, Roetgen comandava as operações. Era o único a dirigir, o único a ter dinheiro e a conservar senão a cabeça fria, ao menos algum senso de responsabilidade. Se ele cheirava duas ou três linhas de cocaína e fumava alguns baseados, era mais para não se isolar. Seu desprezo pelas drogas lhe confirmava que aquele excesso não passava de um parêntese tropical em sua vida, uma experiência necessária da qual sairia ileso. Mas, por outro lado, ele bebia um bocado e foi unicamente graças à sua boa sorte que conseguiu evitar um acidente durante seus deslocamentos rodoviários. Por fidelidade ao que se surpreendera confessando a Taís, ele cultivava seu "amor" por Moema. Uma paixão estranha, a qual não procurava mais analisar, mas que o fazia sofrer regularmente; por exemplo, a cada vez que ela ia dormir com Taís, e que ele tentava suavizar a humilhação fazendo comentários brincalhões com Xavier.

Apesar de sua aparência despreocupada, Moema estava ressentida por conta de sua aventura com Aynoré. Não mentia ao afirmar para Taís que nada poderia jamais afastá-las, ou para Roetgen que ela não pensava em perdê-lo, tão bem se sentia em seus braços. Do fundo de seu ódio pelo índio, crescia o sentimento cada vez mais nítido de que sua ligação com ele ocorrera sob outro signo. Quanto mais se sentia amarga, mais se aproximava dos outros dois, como se tentasse se proteger do abismo que ficara aberto depois de Canoa.

Ao contrário de Roetgen, que já não entendia mais nada, Taís não perdoara o afastamento da amiga. Ela sabia, com o horror da evidência, que, apesar de suas afirmações, o laço se rompera. E se ia para a cama com Xavier por prazer — mesmo sabendo que aquilo não duraria —, o fazia também principalmente para atingir Moema. Não por maldade, nem por rancor, mas por contrariedade: de todos, ela talvez fosse a única a ter sofrido realmente, porque era a única a amar sem outra perspectiva que o próprio amor.

Quanto a Xavier, o *Mosquito atômico*, encontrava-se ali sem estar ali realmente, sem nenhum julgamento, sem possuir tampouco a menor consciência daquilo que acontecia a todos. Estava sempre bêbado, fumava um baseado após o outro, ria um bocado. Gaivota imantada pelo horizonte, alucinado pelo efêmero, ele planava longe, acima dos outros. Um estranho pássaro de passagem, uma espécie de anjo enfermo, mas pronto para tudo, que os outros três afagavam com a presciência de sua partida iminente. Um anjo, sim. O espectro de um anjo. Um sorriso com bigode digno dos mais lindos sonhos de Alice Liddell.

Quaisquer que fossem suas razões, nossos quatro cabeças de vento se lançaram numa jornada precipitada — como se diz quando não se sabe mais como tornar inteligível a exuberância de uma conduta — que os levou a cometer as piores bobagens.

Em Canindé, onde pararam para visitar o santuário de São Francisco obtiveram de um padre a permissão para escolher uma entre as centenas de ex-votos amontoados atrás de uma grade. Deixados ali pelos fiéis, ao pé de uma estátua miraculosa, simulacros de todas as partes do corpo se acumulavam até a cintura: seios, pernas, crânios, intestinos, sexos esculpidos em madeira ou cera... Que o sofrimento viesse da próstata ou de uma úlcera, que se temesse uma cirurgia ou uma lua de mel, bastava representar o elemento em questão para obter de São Francisco uma cura sobrenatural.

— Sou obrigado a queimar todos a cada mês — o velho padre lhes havia confiado, surpreendido na hora de sua sesta —, portanto fechem a porta ao sair, peguem o que acharem interessante e tragam a chave aqui quando tiverem terminado...

Depois de zombarem de diversos quadros ingênuos que cobriam as paredes da igreja e confirmarem os prodígios efetuados pelo incansável patrono de Canindé — "Obrigado, São Francisco, por ter permitido que minha filhinha tenha defecado sem dor a chave de casa!" —, os dois casais fizeram sexo bem no meio dos ex-votos, cercados pelas cabeças, membros e órgãos mal esculpidos de corpos fictícios. Depois saíram um pouco enojados, mas orgulhosos de uma façanha que beirava o sacrilégio.

Surrealista!, Taís não parava de dizer, para exprimir seu espanto diante de tudo o que viam. Por uma brecha do caixão de vidro que abrigava a estátua de um Cristo pálido e macilento, os peregrinos enfiavam cédulas de pouco valor à guisa de oferenda; um cofre transparente onde nadava com dificuldades, sustentado pelo bolor verde das notas, o cadáver ignóbil de um náufrago. Eles lançaram lá dentro cartas de baralho, preservativos, papel parafinado, várias páginas de um caderno cheias de vis blasfêmias.

Completamente embriagados, fizeram pose diante de uma dessas telas pintadas com a efígie de São Francisco que os ambulantes famélicos haviam estendido em todos os cantos sobre o adro. Eles tinham combinado de pronunciar em silêncio algum segredo íntimo no instante em que o fotógrafo acionasse a máquina. Sobre as imagens em preto e branco que foram reveladas diante deles, no interior de uma máquina de lambe-lambe, a ausência dos lábios os encantou.

Era Lourdes ou Varanasi, como quiser, e a multidão do sertão submergia a cidade com sua miséria. Leprosos arrastando seu suplício com os joelhos no chão, doentes acamados, escurecidos pelas escaras, enfermos, mutilados, monstros impossíveis de se olhar, homens e mulheres de olhos inchados de lágrimas, aqueles desvalidos faziam fila diante dos confessionários presos como mictórios às paredes da igreja, todos lutavam entre si para abrir caminho em direção ao ídolo de gesso, desmaiavam diante da pintura descascada daqueles pés descalços. As barracas vendiam fitas de boa sorte dispostas em feixes coloridos, vinhetas, imagens pias, toda uma bugiganga pela qual os nordestinos deixavam seus últimos cruzeiros. Havia naquilo tudo um exibicionismo de infelicidade que acabou deixando os quatro irritados.

No jardim zoológico de Canindé, viram apenas um casal de tatus assustados se masturbando e um carneiro pintado de azul. Antes de partirem, compraram chapéus de couro e longas facas de boiadeiro.

O carro estava cheio de ex-votos escolhidos pelo seu aspecto estético ou involuntariamente cômico: cabeças esbranquiçadas a cal, com grãos no lugar dos olhos e chumaços de cabelo humano colados no alto, corpos pela metade e torturados, nádegas cheias de furúnculos montadas sobre suportes frágeis... O Chevrolet parecia um museu de anatomia.

Uma chuva forte os surpreendeu na estrada para Juazeiro. Foi um dilúvio tão possante que Roetgen teve que parar no acostamento. Vinda do nada, uma mula a galope passou sob a enxurrada berrando de medo, derrapando com as ferraduras na lama vermelha que cobria o asfalto. Impressionados com aquela visão infernal e cansados de conviver com a indigência, lançaram-se sobre o primeiro pretexto para abandonar o projeto:

— E se a gente fosse visitar os bordéis de Recife? — propôs Moema.

Roetgen deu meia-volta e tomou o rumo sudoeste, na direção de Pernambuco.

FAVELA DO PIRAMBU | *A gente o veria passar à noite, entre as estrelas...*

— O que você vai fazer com isso, miúdo?

— Problema meu... Se quiser emprestar, empresta; se não quiser não empresta, mas não me pergunta nada, certo?

Aquela resposta fez tremer o tio Zé. Seus olhos estavam vazios de um modo estranho... Prova de que duvidava de alguma coisa. Mas de quê?

Ninguém sacava, nem mesmo o tio Zé. Ninguém. Como Lampião... estava sendo esperado na Bahia e então aparecia em Sergipe; armavam uma emboscada no Rio Grande do Norte, e ele estava tranquilamente em casa, sendo fotografado pelos jornalistas do *Diário de Notícias*. Ele enganava todo mundo. Não era este seu objetivo com o velho, mas era melhor que ele não soubesse. Felizmente, ele trouxera sua máquina... Ficava muito mais fácil fazer um bom trabalho. Aquela história lhe tomara vários dias... Por causa do molde, principalmente! Tinha sido uma encrenca conseguir o molde, mas achara uma solução. O trabalho estava pronto havia dois dias, desde que o velho aparecera para convidá-lo a tomar um sorvete. Manga-rosa e maracujá... Se dependesse dele, tomaria outros, que delícia! O Zé nem mesmo conversara com ele, andava ocupado com a festa de Iemanjá: naquele ano, ele cuidava de tudo para Dadá Cotinha, no terreiro de Mata Escura. Dadá, como a mulher de Corisco, não é? Os safados tinham explodido uma de suas pernas com a metralhadora. Ainda o fizeram percorrer 600 quilômetros na carroceria de um caminhão, a perna presa aos tendões... Puta que o pariu! Era preciso se lembrar disso. Não se pode esquecer um assassinato, uma humilhação, porque o contador estava zerado, de maneira nenhuma! Ele estava com uns problemas, o tio Zé. Nada muito grave, não era mesmo nada comparado ao caminhão e ao resto, mas não conseguia achar uma moça para sentar no trono de Iemanjá. Corta Braço, Beco do Chinelo, Amaralinha... todos os terreiros do bairro já tinham escolhido as moças mais bonitas. Só restavam velhas e barangas. É uma doideira, dizia o velho, o que tem de baranga na terra! E elas vêm todas me ver, uma atrás da outra: escolhe eu, Seu Zé, com o vestido e a peruca ninguém vê que sou gorda demais... E depois, precisava ouvir o que elas propunham para serem escolhidas... Nem dava para imaginar! Melhor morrer, ele lhes respondia, o velho, você não vê que vai assustar as criancinhas? Se eu te escolho para a procissão, todo mundo vai sair correndo... O velho não é bobo não! Ele sabe fazer as coisas quando está a fim. Eu não devia ter aceitado cuidar de tudo isso, ele repetia. Tem as fantasias para todo mundo, a banda, a cachaça... Mas se não achar uma moça bem formosa para Iemanjá, com que cara a gente vai ficar, hein? Estava escrito na revista... Vou te mostrar... olha, lê: dias nefastos, o 12 de janeiro, o 4 de maio, o 15 de agosto! Pode ficar com ele... *Previsão do ano para o Nordeste: horóscopo para todos*. Um livro de cordel amarelo, esses que custam 200 cruzeiros! Incrível como tem coisa aí dentro... E não é só previsão, tem muitas outras coisas, e está em bom estado. Quem não tem Deus no fundo do coração não o terá em parte alguma. Bem achado, não? Podiam virar a frase de tudo quanto é jeito: Deus no fundo da garganta, Deus dentro dos pulmões — deve dar maior vontade de tossir —, Deus atrás da orelha, Deus no olho do cu... Não adianta. Só no coração, não tem outro jeito. *O homem inteligente: uma pessoa inteligente não fuma, não bebe, não julga e não discute*. Beber e fumar, tudo bem, mas ele não conseguiu evitar. Julgar? Como fazer para não julgar? Não julgar os ricos, os imbecis, os gringos, os assassinos? Não julgar os estripadores de olhos, e quem mais? E discutir, é a mesma coisa. Será que ele não está morto, o homem inteligente, ou eu é que sou uma besta? *Os campeões da fome: o percevejo — vive vários meses sem se alimentar. O tatu — quase um ano sem comer. A cobra — mais de um ano se nutrindo apenas do próprio veneno. O nordestino — a vida inteira se alimentando de esperança*. O cara que escreveu aquilo era inteligente, ah isso era. "A vida inteira se alimentando de esperança..." Essa frase é uma pérola. E havia muitas outras do mesmo tipo, todas no pé das páginas... *Sem comer, um homem pode viver até três semanas; sem beber, oito dias; e sem ar, somente de cinco a seis minutos. Existem no corpo humano 2.016 poros que servem à transpiração e para refrescar o sangue que irriga o coração depois de ser filtrado 120 vezes pelos rins. O coração bate 103.700 vezes em 24 horas, e o coração das mulheres ainda mais. Aos setenta anos, o coração humano já bateu uma média de 3 bilhões de vezes. A força gasta em setenta anos de existência é suficiente para lançar um trem de dez vagões carregados de enxadas a uma altitude de 500 metros. Puxa!* Pelo menos... então, ele também, apesar de estar aleijado... E se todos se unissem, os das favelas, os do sertão, a gente podia mandar pelos ares milhares de trens carregados de enxadas! Imagina só a zorra! A porra dos ferros chovendo em cima... Ou talvez fosse melhor se agrupar e lançar um só, mas bem mais alto. Mandar para o espaço aquela merda de trem carregado de enxadas. A gente o veria passar à noite, entre as estrelas. É o trem de Pirambu, iam dizer... Os vagões com letras bem grandes, como mensagens, parecido com aquelas das carretas na estrada... *Eu fodo os ricos! Assinado: Nelson, o aleijadinho*. Era isso que ele escreveria no seu vagão. E com tinta fosforescente, para poder ser lido à noite... *Aquário. Você tem uma personalidade idealista. Você ama a liberdade e faz tudo para não ficar constrangido. Quando está contrariado, fica supernervoso e exposto ao perigo. Você tem um medo terrível da miséria, mas gosta de se lembrar do passado. Desconfie de seu instinto de independência. No geral, o ano é bem favorável aos seus projetos...* Esse é um bom horóscopo, caramba! Está escrito, preto no branco, é só deixar acontecer...

Nelson largou a revista sobre a areia e adormeceu, o coração em paz.

CAPÍTULO XXIII

Em que se fala da linguagem universal e de uma mensagem secreta indecifrável

Em 1662, aos 60 anos, meu mestre redobrou sua atividade. Estimulado por suas descobertas sobre o sistema simbólico dos hieróglifos e as comparações que deles fazia em relação aos caracteres chineses, pôs-se a pensar numa linguagem universal por meio da qual os homens de todas as nações poderiam se comunicar entre si, sem precisar para isso utilizar outra língua senão a própria.

— Veja você, Caspar — explicou-me ele uma bela manhã —, se é possível um alemão e um italiano se corresponderem em latim, visto que se trata da linguagem comum de todos os letrados do Ocidente, por outro lado, isso é mais árduo entre um alemão e um sírio, ou a *fortiori*, entre um sírio e um chinês. Neste último caso, ou o sírio deve aprender o chinês, ou o chinês o siríaco, ou então cada um deles deve aprender uma terceira língua que possa lhes ser comum. Você há de convir que essas três soluções, posto que supõem um longo aprendizado solitário ou recíproco de gramáticas e das escrituras de difícil acesso, não predispõem nem um pouco para que esses homens se entendam. Conforme constatei estudando o chinês com meu amigo Boym, mesmo conhecendo 20 mil caracteres, o que me permite ler todos os escritos da China, não posso esperar praticar oralmente essa língua com algum nativo de Pequim: é necessário, além disso, um saber e uma prática dos sotaques, ou tons musicais, algo capaz de desanimar o mais zeloso de nossos missionários. Por outro lado, provido de uma pena e de papel, posso me exprimir perfeitamente com qualquer chinês. Da mesma forma, um habitante de Pequim e um de Cantão, que têm em comum a mesma língua chinesa, mas tão diferentes em sua maneira de pronunciá-la que não poderiam se entender com as palavras, esses dois homens, eu digo, podem se comunicar facilmente com um pincel e um pouco de tinta.

"Retomemos o exemplo de meu índio das Américas. Eu desenhei para ele uma gôndola flutuando na água com seu barqueiro, manifestando-lhe assim que se tratava de uma espécie de embarcação; algo muito simples, afinal de contas. Mas o que acontecerá agora, se eu desejar fazer-lhe conceber uma ideia ou um gênero no lugar de um simples objeto? O que devo desenhar para exprimir 'o Divino', 'a Verdade' ou 'os animais'? Você há de convir, meu caro Caspar, que nosso empreendimento se complica razoavelmente. E isso justamente no momento em que seria preciso se entender com para maior exatidão possível... Qual é a utilidade de uma língua se ela só serve para nomear e manipular os objetos, e não essas ideias que são em nós a marca da divina criação? Do desenho simples, temos de passar para o símbolo! Você, Caspar, como procederia para fazer entender a um tupinambá que esse mistério que se escreve 'Tupã' no idioma deles coincide com aquilo que entendemos como 'Deus' ou 'aquele que é'?"

Eu me concentrei por um momento, enumerando mentalmente todos os símbolos que poderiam representar a divindade e esclarecer nosso índio, e propus a cruz...

— Isso valeria para um europeu — disse Kircher —, mas para um chinês você teria apenas traçado o número "dez" na sua língua; quanto ao tupinambá que se encontra à sua frente, ele entenderia certamente outra coisa, e assim por diante com todos os povos para os quais esse símbolo não é familiar.

— Como agir, então? Seria preciso usar um novo dicionário?

— Isso mesmo, Caspar. Um dicionário, simplesmente! Mas não qualquer um. Como sempre, a extrema simplicidade se alimenta do complexo; um dicionário, ou mais exatamente dois em um, como vou tentar demonstrar.

"Que eu escreva: *Caro amigo, poderia você fazer a gentileza de me enviar um desses animais do Nilo, que chamam ordinariamente de 'crocodilo', a fim de que eu possa estudá-lo tranquilamente?* ou *Você enviar crocodilo para estudo*, meu correspondente me entenderá igualmente... Obedecendo a essa regra, eu depurei o dicionário de modo a preservar apenas as palavras indispensáveis, 1.218 exatamente, que reagrupei em 32 classes contendo cada uma 38 vocábulos. As 32 categorias simbólicas são anotadas em algarismos romanos, e os 38 vocábulos, em algarismos árabes. A palavra 'amigo', por exemplo, é o quinto vocábulo da classe II dos nomes das pessoas. Observe..."

Meu mestre me mostrou uma resma de folhas nas quais estava escrito com pena em letra cursiva aquilo que acabara de me explicar. Sua nova poligrafia continha, sobretudo, um dicionário maravilhoso do qual devia ter cuidado por noites a fio. Graças a esse procedimento bem simples de organização, achava-se sem problema, e para oito línguas diferentes (latim, grego, hebreu, espanhol, francês, italiano e alemão), a tradução numérica das 1.218 palavras necessárias e suficientes para todo discurso, ainda que fosse esse bastante metafísico. Esse dicionário de escritura, destinado a quem quisesse interpretar seu pensamento em linguagem universal, era acrescido de um segundo tomo invertido, para quem desejasse traduzir para sua própria língua um escrito já poligrafado.

— Por enquanto, trata-se apenas de um esboço — continuou Kircher —, mas você entende que será bem simples constituir tal dicionário para cada parte do velho e do novo mundo. E quando a Ásia, a África, a Europa e as Américas tiverem cada uma o seu, não existirá mais obstáculo algum à compreensão; será como se voltássemos à pureza da língua adâmica, mãe única de todas essas músicas diferentes que Deus forjou, para nos punir, após a queda de Babel...

Essa nova invenção deixou-me mudo de espanto. A genialidade de Athanasius parecia inesgotável, e jamais um homem foi tão atingido quanto ele pelas cruéis devastações da velhice.

Interpretando talvez meu silêncio como uma reserva, Kircher respondeu a uma pergunta que não havia sequer me ocorrido:

— Claro, com certeza você se pergunta como se pode escrever o que quer que seja de inteligível sem utilizar as desinências ou as conjugações; e respondo prontamente que previ também essa dificuldade: a cada palavra escrita numericamente, bastará acrescentar um símbolo inventado por mim, que se destina a indicar, se for o caso, um plural, um modo ou tempo de verbo. Deixe-me dar um exemplo...

Tomando uma pena, ele escreveu ao mesmo tempo em que falava:

— "Nosso amigo vem" se escreve XXX.21. II.5 XXIII.8, enquanto "Nosso amigo veio" se escreverá um pouco diferente, ou seja: XXX.21

II.5 XXIII.8._E, símbolo este que assinala um passado próximo... Você pode ver aqui a tabela que contém alguns desses indicadores indispensáveis.

Fiquei tão entusiasmado com essa linguagem magnífica e as perspectivas que ela oferecia à verdadeira religião de se difundir mundo afora que incentivei com ardor meu mestre a publicar seu trabalho. Ele concordou, com a condição de que eu o ajudasse, com críticas sinceras àquele esboço, a realizar umdicionário realmente eficaz. Para isso, seguindo sua sugestão, combinamos trocar a cada noite mensagens poligrafadas sobre todos os sujeitos que se apresentassem à nossa imaginação, de maneira a verificar o bom funcionamento do processo. Agradeci a Deus por aquela demonstração insigne de confiança e dediquei todas as minhas forças para tentar me tornar digno de tal privilégio.

Em tais circunstâncias, e enquanto o colégio sussurrava sobre nossas misteriosas epístolas — interesse que fazia sorrir Kircher e o levava a aumentar ainda mais a atmosfera de segredo que envolvia essas experiências —, um evento inusitado veio mais uma vez exigir a contribuição de seus conhecimentos: no dia 7 de julho de 1662 ocorreu que os espiões do Vaticano se apoderaram de uma carta destinada à embaixada da França em Roma. Escrita em francês, ainda que manifestamente codificada, essa missiva permanecia incompreensível para os principais especialistas nesse domínio. Como último recurso, Kircher foi solicitado como sendo o único homem capaz de ter sucesso nesse empreendimento.

O texto codificado se apresentava assim:

*Jade sur la prairie; sens à l'ombre-chevalier; échelle craquante; bière de paille; oui, le labyrinthe; horde de choucas, hein; l'ambre triste a entendu l'arum de France; le rayon de la colombe a taillé en pièces le pisteur; lardez son épave; l'aisance verse le viol, Henri; sel de loupe; destin de Rancé, pourparlers, orphie, cheval de pont, singe dupe; Parme épluche le trou; badinerie rôde; rat, si vous; le œuf de lièvre anti-jet tue l'aura du dard; les beaux jours invertissent; taillez, dupes, l'âge récent du désordre; entravez le péché; germe de poule; baigner la fourmi; voir le moulin du doute; senteur marine; faire la sauce de la fin; signe jaune, vous, Eyck; sève délivrée, corde essentielle...**

---

* Jade no prado; sentido à sombra-cavaleiro; escada estalante; cerveja de palha; sim, o labirinto, horda de corvos, hein; o âmbar triste esperou o jarro de França; o raio da pomba cortou em pedaços o responsável pelas pistas; lardear seu destroço; o desafogo derrame a violação, Henri; sal de lupa; destino de Rancé, negociações, peixes-agulhas, cavalo de

Kircher trabalhou nele dia e noite durante duas semanas sem chegar a resultado algum, e ele pensava com tristeza em anunciar seu impasse quando recebeu a visita de seu amigo, o Dr. Alban Gibbs.

SÃO LUÍS | *Fogão a lenha ardente "Ideal" com tubo*

— A expedição já deveria ter voltado há dois dias — disse o Dr. Euclides, limpando os óculos. — A condessa Carlota está realmente muito preocupada com o filho... Por acaso você não teve notícias de Elaine?

— Nada — respondeu Eléazard. — Mas não há por que entrar em pânico; hoje em dia ninguém desaparece assim...

Por ter desejado a morte de Elaine algumas semanas antes, ele temeu de repente que um gênio do mal pudesse ter realizado sua vontade fútil, decorrente do amor-próprio ferido.

— Com certeza, com certeza, meu amigo... — disse Euclides. — Eu queria apenas preveni-lo. A propósito, como vai sua filha? Sinto falta dela, sabe? Era um prazer vê-la crescendo.

— Para falar a verdade, não tenho a menor ideia. Tenho a impressão de que sua crise de adolescência ainda não chegou ao fim... Ela me conta o que eu quero ouvir, e sou obrigado a acreditar no que diz. O que não me impede de me preocupar. Um dia desses, vou até a casa dela para saber como vão as coisas. Eu consigo entender que ela tenha desejado se afastar de mim, mas isso complica um bocado. Ela nem quis que eu pedisse para instalar um telefone na sua casa.

— É preciso se mostrar paciente, imagino. Ainda que... seja preciso determinar o momento em que a indulgência é a única maneira eficaz de intervir, e aquele em que isso é sinônimo de abandono... Escolhi mal a palavra, desculpe... Digamos a renúncia, é isso que deve ser difícil.

---

ponte, macaco simplório; Parma descasca o buraco; a piada ronda; rato, se, vocês; o ovo da lebre antijato mata terá o dardo; os belos dias invertem; cortem, simplórios, a idade recente da desordem; entrave o pecado; germe de galinha; banhar a formiga; ver o moinho da dúvida; odor marinho; fazer o molho do fim; signo amarelo, vocês, Eyck; seiva entregue, corda essencial... (*N. do T.*)

— Eu me pergunto isso toda hora, fique sabendo. Tento agir da melhor maneira possível, mas os erros mais grosseiros têm sempre essa desculpa, e isso não é nada tranquilizador.

— Vamos, tenha confiança. As coisas acabam sempre se arranjando. É na verdade a condição para que outras possam dar errado.

— O que eu gosto em você é esse "otimismo" — disse Eléazard, num tom cordialmente zombeteiro.

— Acordei com o pé esquerdo hoje. Se você veio procurar conforto, receio que tenha batido na porta errada. O que quer beber? Vai me acompanhar, não? Preciso de uma dose para clarear as ideias.

— Deixe, eu cuido disso — disse Eléazard se levantando. — Um conhaque?

— O mesmo que você — respondeu Euclides, se aninhando em sua poltrona.

Eléazard serviu dois conhaques e voltou a se sentar diante de seu anfitrião.

— A Moema! — brindou o velho. — Que não fique sensata muito cedo, faz mal à saúde.

— A Moema! — ecoou Eléazard, com ar pensativo. — E a você, Euclides...

— E então, a que devo o prazer dessa visita?

— A biografia de Kircher, para variar. Espero não encher demais sua paciência com isso.

— Pelo contrário, você sabe muito bem. É o tipo de exercício que aprecio... E depois, é ótimo para meus derradeiros neurônios; quando a máquina envelhece, é preciso mais manutenção...

— Você não teria um Marsenne ou um La Mothe Le Vayer em sua biblioteca, teria? Estou convencido de que o padre Kircher, ou pelo menos Caspar Schott, o plagiaram em alguns trechos...

— O que leva você a desconfiar disso?

— Uma impressão de déjà-vu, certas expressões do pensamento libertino, pequenas anomalias que não se encaixam nas minhas lembranças. Escrevi para um amigo parisiense pedindo que faça umas pesquisas nesse sentido, mas depois pensei que você poderia me ajudar a ganhar tempo.

O Dr. Euclides fechou os olhos. Depois de se concentrar durante alguns segundos, respondeu:

— Não. Lamento... Não tenho nenhum livro deles. Lembro-me de tê-los estudado no seminário, sobretudo Mersenne, como você deve imaginar. Belo espírito, aliás, e que ficou injustamente à sombra de seu amigo Descartes. Você poderia consultar o Pintard, *Les érudits libertins au XVIIe siècle*, não tenho certeza se é esse o título, mas deve estar na seção de história. Tenho também algumas coisas sobre o racionalismo e Galileu, mas não acho que isso lhe será útil.

— Eu não deveria ter aceitado esse trabalho. — Eléazard suspirou, sacudindo a cabeça. — Seria preciso estar em Paris ou Roma para estudar convenientemente esse manuscrito. Não tenho sequer um centésimo das ferramentas necessárias.

— Eu entendo, meu amigo. Vamos admitir que tudo o leve a chegar a essa conclusão. — O Dr. Euclides se inclinou na direção de Eléazard, apoiando os cotovelos nas pernas. — Vamos admitir que Schott, ou mesmo Kircher, tenha plagiado tal ou tal autor... Vamos admitir que você ache as provas formais que está procurando; diga com sinceridade: o que isso mudaria?

Desconcertado pela pergunta, Eléazard pôs em ordem seus pensamentos, procurando selecionar as palavras com as quais responderia.

— Eu demonstraria que, além de ter se enganado a respeito de tudo, o que é desculpável, se tratou de um tartufo, alguém que iludia o mundo deliberadamente.

— E assim você tomaria o caminho errado... na medida em que confirmaria aquilo de que você já tem certeza, antes mesmo de ter examinado sua hipótese, que assim deve continuar até o fim: uma *hipótese*. Ainda que eu não consiga explicar os motivos, acho que pude entender que você não gosta muito do pobre jesuíta. Cada vez que fala sobre ele é para censurá-lo, em geral, por não ter sido um Newton, um Mersenne ou um Gassendi... Por que haveria ele de ser outro senão ele mesmo, Athanasius Kircher? Preste atenção em La Mothe Le Vayer, por exemplo: um livre-pensador, um cético como você os ama. É o que eu chamo de um cabra safado! Ele negou dez vezes suas belas ideias, por ambição, pelo amor ao poder e ao dinheiro! Newton? Descartes? Procure bem e você verá que estão longe de serem os inocentes que quer nos fazer crer a história das ciências, essa nova *lenda dourada*. A partir do momento em que nos interessamos por alguma coisa ou por alguém, eles se tornam interessantes. É um truísmo. O inverso é igualmente verdadeiro: decida que alguém não passa de um canalha e ele se tornará isso aos seus olhos, assim como dois mais dois são quatro. Trata-se de sugestão, meu amigo. A história toda é feita dessa auto-hipnose diante dos fatos... Se eu o persuadir, graças a uma breve encenação, de que você engoliu ostras apodrecidas, você ficará doente, fisicamente doente. Não sei de onde você tirou essa ideia de que Kircher era desprezível. Ele se tornou isso, e nada vai conseguir fazer você mudar de ideia enquanto não tiver identificado o processo que o leva a "somatizar" esse resultado.

— Está exagerando, doutor... — reagiu Eléazard, pouco à vontade. — A história é aquilo que realmente aconteceu. Kircher não conseguiu decifrar os hieróglifos, ele acreditou ou fez com que acreditassem que tinha conseguido. Ninguém pode dizer o contrário sem se passar por um iluminado. A maior parte dos sábios de sua época já duvidava disso, antes mesmo que as provas fossem apresentadas. Hoje, isso é um fato.

— Certamente, meu amigo, certamente... Por que você insiste nisso? Se dá importância a esse impasse, é simplesmente para levar água para outro moinho: você quer demonstrar que o padre Kircher era um impostor. É essa a obsessão; essa avidez para estabelecer que ele usurpava sua reputação. Você cita Ranke, posso rebater com Duby: o historiador. Ele escreveu, é um sonhador constrangido...

— Constrangido pelos fatos a não sonhar, apesar de sua propensão para isso!

— Não, meu caro, constrangido a sonhar diante dos fatos, a remendar as falhas, a recriar de memória o braço ausente de uma estátua que só existe inteiramente em seu pensamento! Você idealiza Kircher tanto quanto ele se idealizava, quanto nós idealizamos nós mesmos, cada um ao seu modo...

— Talvez — disse Eléazard, enchendo de novo os copos, com certa irritação —, mas quando o objeto de minha obsessão copia as melhores passagens de Nobili ou de Boym sem os citar, como na *China illustrata*, a verdade é que ele plagia descaradamente, e isso não é nada honroso. O que me diz disso? Não vai ainda justificar essa pilhagem em regra?

O Dr. Euclides bebeu um gole de conhaque antes de responder:

— O plágio é indigno, concordo. Minha reação inicial é a mesma que a sua. Nesse ponto, tenho consciência de obedecer a um estereótipo contemporâneo... O xis da questão é o próprio ato criativo, o fato de poder se imaginar sem recorrer à imitação.

— A imitação não é, nunca foi, a cópia pura e simples de um texto, ela...

— Por favor, deixe-me tentar explicar... Voltaire e Musset fustigaram vigorosamente o plagiato. Creio que você tem certa admiração pelo primeiro, não é mesmo?

— É verdade — confessou Eléazard, sem saber aonde o velho amigo queria chegar.

— Voltaire assumiu como suas poesias inteiras de Maynard; quanto a Musset: *Meu copo não é grande, mas bebo no meu copo*, lembra-se? São cenas de Carmontelle das quais ele se apropriou! Integralmente, até as vírgulas. Compare "Distrait" com "On ne saurait penser à tout" e vai ficar surpreso... Quer mais? Veja Aretino; todo o seu *La guerra dei Goti* é traduzido de Procópio, com base em um manuscrito que ele acreditava ser o único a possuir... Maquiavel? Mesma história com sua *Vie de Castruccio*, em que põe na boca de seu personagem os *Apophtegmes* de Plutarco... Inácio de Loyola? Dê uma olhada no *L'exercitario de la vida spiritual* de Garcia Cisneros e vai cair das nuvens...

— Inácio de Loyola? — exclamou Eléazard.

— Não literalmente, mas amplamente "inspirado em"... o que não seria tão grave, afinal de contas, se tivesse admitido sua dívida, como La Fontaine em relação a Esopo, por exemplo.

— Neste último caso, trata-se de uma recriação. A concepção de La Fontaine é superior à original, você deve concordar...

— Eu pego você! — disse Euclides, ameaçando-o com o dedo e uma expressão brincalhona. — Plagiar textos ou ideias é exatamente a mesma coisa. Toda a história da arte, e mesmo do conhecimento, é feita dessa assimilação mais ou menos desenvolvida a partir daquilo que outros experimentaram antes de nós. Ninguém escapa, desde a noite dos tempos. Não há nada a dizer, exceto que a imaginação humana é limitada, o que sabemos muito bem, e que os livros são feitos de outros livros. Os quadros, de outros quadros. Andamos em círculo desde o início, em volta da mesma panela!

— Não tenho certeza disso... Assim mesmo: o que os impede de colocar aspas quando utilizam o trabalho de outra pessoa? Se não o desejo de glória, a ambição de se fazerem passar por aquilo que não são.

— Reflita um pouco. Quando Virgílio emprega um verso de Quintus Ennius como se fosse dele, e ele o fez várias vezes, isso não o agrada... Não, desculpe, não vou conseguir com tal exemplo. Tomemos antes a frase de Ranke que você citou há pouco: *A história é o que realmente aconteceu*. Você teve a elegância de fazer uma pausa e manifestar pela entonação que ela não era sua. Pois bem, interpretei desse jeito sua atitude porque o conheço há anos. Outra pessoa poderia acreditar que você acabara de produzir essa definição. E, no entanto, você não se considera um plagiador.

— Está sendo injusto. Eu sabia que você a conhecia...

— Concordo, mas não é esse o problema. Quantas vezes não cedemos a essa inclinação natural? Minha própria citação de Duby, por exemplo. Nunca li a obra da qual ela foi retirada. Nem sei se a vi sendo citada em algum lugar ou se simplesmente ouvi dizer que vinha dele. Quem sabe ele nunca a escreveu, como acontece frequentemente com esse tipo de máximas que viajam de uma boca a outra sem que ninguém se preocupe em verificar a fonte. Um rumor, finalmente, um simples rumor... Você se dá conta de que qualquer conversa seria impossível se fosse preciso justificar cada palavra? *A história é o que realmente aconteceu*... Tem certeza de que alguém não pronunciou essa fórmula banal antes de Ranke? Para que nos seja permitida uma única frase sem aspas, seria necessário ter na memória o conjunto de tudo que foi escrito desde o início dos tempos! Essa busca de paternidade seria infinita, e conduziria ao silêncio, simplesmente. Para voltar a Kircher, por que não deveríamos duvidar também dos autores que ele plagia? Quem garante que Marsenne mesmo não tenha tirado essa descoberta de um aluno? Onde terminam as aspas? Se eu escrevo "a história é o que realmente desapareceu", tenho o direito de afirmar que essa frase é de minha propriedade ou devo escrever "a história é o que realmente desapareceu" com uma nota de rodapé para associar a Ranke o que lhe pertence? Então é melhor colocar cada palavra do dicionário entre aspas, cada uma de suas combinações possíveis, pois no momento em que as produzo não posso ter certeza de que elas já não estejam contidas dentro de um dos milhões de livros que não lerei jamais... Você entende o que eu quero dizer, Eléazard? O que importa é a massa cinzenta universal, não os indivíduos que estão envolvidos por acaso, ou que se dizem conscientemente proprietários de certa afirmação.

— Ora veja! — Eléazard espantou-se. — Para alguém que não se sentia em forma, você está indo um pouco longe demais, admita. Não consigo acreditar que faça tão pouco caso da propriedade literária ou artística.

— É justamente aí que a porca torce o rabo, meu caro. Houve um tempo em que nem os livros, nem as obras do espírito, em geral, nada remunerava a seus autores, os processos de falsificação só apareceram com o mercantilismo industrial! Não acha isso estranho?

— E a glória, doutor? A glória de ser Virgílio ou Cervantes, de ser Athanasius Kircher, "o homem das cem artes", esse "gênio" que todos veneram?

— Roma, Roma, único objeto de meu ressentimento, Roma, por que teu braço vem imolar minha amada! Talvez você saiba quem escreveu isso?

— Corneille, é claro — respondeu Eléazard, quase ofendido com uma pergunta tão elementar.

— Nada disso, meu amigo, nada disso! Foi Jean Mairet, um pobre coitado que deveria ter agradecido Corneille por tê-lo plagiado; ele deve unicamente a esse acaso sua presença em alguns comentários eruditos. Quando deu queixa contra o ladrão, nada mudou da triste realidade: sua tragédia era ruim; a de Corneille, bem-sucedida... Dois ou três empréstimos não bastam para garantir a glória; é certo que certas roupas são amplas demais para que os escrevinhadores a possam usar. Um pouco de seriedade, por favor. O plágio é necessário! Veja essa simples afirmação, que não é minha... foi Lautréamont quem disse: *Nós vigiamos de perto a frase de um autor, utilizamos suas expressões, apagamos uma ideia falsa para substituí-la por uma ideia justa...* Algo que ele próprio punha em prática corrigindo as máximas de Pascal ou de Vauvenargues sem a menor vergonha. *A poesia deve ser feita por todos*, ele escreveu um pouco depois. Não são as palavras que importam, é o que elas transformam em torno delas, o que fazem germinar no espírito que as acolhe. Idem para todo o resto, Eléazard!

Beethoven plagia Mozart antes de se tornar ele mesmo, como Mozart fez com Gluck, Gluck com Rameau e assim por diante. A inspiração não passa de um belo termo para dizer imitação, que por sua vez é apenas uma variante da palavra plágio. "Ladrão de escravo", disse o grego... Mas também ladrão do fogo, trampolim para as estrelas!

Atordoado pela ideia de citar Lautréamont, Eléazard baixou a guarda. O Dr. Euclides encadeou uma série de comparações extraídas das artes plásticas, invocou Aristóteles e Winckelmann: Poussin reproduziu um afresco romano, desaparecido desde então, para fazer dele o fundo de um de seus quadros; Turner se empenhou por muito tempo a rivalizar com Poussin; Van Gogh copiava Gustave Doré, Delacroix e as gravuras japonesas; quanto a Marx Ernst, esse chegara a recortar desenhos de outros para os recompor a seu modo. Picasso, Duchamp, jamais houve um artista de verdade que não tivesse sido alimentado, ao menos em seus primórdios, pelo pastiche, a paródia ou o plagiato...

À beira do nocaute técnico, Eléazard tentou uma saída desesperada.

—Você está deturpando o jogo, doutor, e sabe disso... Entendo o que quer dizer, ainda que haja uma margem entre a admiração confessa de um artista por outro e a fraude que consiste em se apropriar de uma parte de sua obra. Que um pintor tente imitar outro para aprender o ofício, não vejo onde está o mal. Nesse ponto, concordamos. Só que isso não tem nada a ver com o plágio. E será que isso é possível na pintura? Você acredita seriamente que se possa pintar hoje em dia um copo d'água em cima de um guarda-chuva sem ser logo acusado de plagiar Magritte?

—Você gosta de Magritte?

— Gosto um bocado.

—Azar o seu...

O Dr. Euclides se levantou com uma pressa em que transparecia uma pontinha de irritação. Eléazard acompanhou-o com o olhar, enquanto ele escrutava sussurrando as prateleiras de sua biblioteca, o nariz colado aos livros.

— Pronto — disse ele, voltando a sentar-se com uma pequena pilha de livros sobre as pernas. Em seguida, pôs sobre a mesa um grande catálogo dedicado ao pintor belga. — Procure para mim *O homem do jornal*, por favor...

Eléazard conhecia a obra em questão: um homem se aquecia ao lado de um fogão lendo seu jornal. Nas três outras partes do quadro, via-se a mesma imagem replicada, o mesmo fogão, a mesma janela e a mesma mesa, mas sem o personagem.

— Está aqui — disse ele com condescendência.

Euclides lhe entregou outro volume encadernado com várias telas.

— Agora, procure o artigo 'Fogão a lenha "Ideal"', e olhe a figura que o representa...

Com um sorriso nos lábios diante da excentricidade do velho amigo, Eléazard lançou antes um olhar para o título, *Bilz, a medicação natural*, depois para a capa em cromo, com realces que lembravam a antiga coleção Hetzel. Uma moça espalhava seus raios benéficos sobre duas crianças sentadas em plena natureza. Eléazard observou o estilo *fin de siècle* dos ornamentos e folheou as páginas para encontrar a seção sugerida pelo doutor: Escadas, prevenção de queda; Espada, cortes profundos; Espinhos, veneno; Ferimentos, superficiais, Fígado, Fogão a lenha...

Seu olhar divertido se transformou logo em estupor. Sem dar-lhe o tempo de reagir, o Dr. Euclides pôs o dedo na boca:

— Agora não. Por favor — disse com lassidão. — Leve tudo isso com você e retomaremos essa conversa na próxima vez. Desculpe, mas preciso me deitar uma hora ou duas. — Mesmo assim, ele insistiu em acompanhar Eléazard até a porta. — Cumprimente Kircher da minha parte! — disse ele, com uma expressão séria que dava à brincadeira um tom quase desagradável.

Ao acordar, no início da tarde, Loredana teve certa dificuldade para reunir suas lembranças. Os ritmos do candomblé ressoavam ainda com ecos imprecisos sob sua enxaqueca. O que acontecera no final da cerimônia? Como havia conseguido voltar para o hotel? O rosto de Alfredo estava preso à sua memória como uma máscara de ferro. A luz turva filtrada pelas persianas parecia estampar suas roupas, espalhadas no quarto. Sua vontade era retomar o equilíbrio, fugir daquela sensação de sufocamento e de tristeza daquele despertar, mas uma leve sonolência a jogava para longe, em direção ao ínfimo turbilhão dos sonhos desfiados.

Quando conseguiu finalmente sentar-se na cama, as imagens da noite anterior exibiam apenas um aspecto grotesco. Ela acreditava que não esperava nada daquela experiência e se deu conta de que, vendo agora sua angústia, se enganara completamente. Apesar da breve perda de consciência causada pela droga e pelo álcool, o consolo que esperara do mundo dos orixás continuava inacessível. Essa nova derrota a oprimia. O suor escorria pelas têmporas, corria pelas costas, provocando-lhe arrepios. Antes a morte, dizia ela consigo mesma em seu desespero, do que a incerteza de estar ainda viva, esse terror de uma prorrogação incessantemente reiniciada.

Um pouco mais tarde, ela desceu para comer alguma coisa. Para seu grande alívio, Alfredo não estava à vista. Após resmungar que não era hora de almoçar, Socorro consentiu em lhe servir um prato da feijoada que fervia na cozinha. A velha senhora acabara de dar as costas, e Loredana cuspiu na mão o que pusera na boca. Só a ideia de ingerir alguma coisa dava-lhe asco. Um início de espasmo fez com que temesse o pior. Ela se levantou, decidida a voltar para seu quarto, quando Socorro se aproximou dela e colocou uma carta sobre a mesa. Antes mesmo de abrir Loredana já sabia o que continha.

— Não está bom? — perguntou Socorro, apontando para o prato.

— Não é isso... — ela conseguiu responder. — Estou doente. Preciso descansar... Não jogue fora, eu... eu comerei mais tarde. Está muito bom, pode acreditar...

— Como você pode saber? Nem provou...

— Desculpe, Socorro... tenho que subir. Estou me sentindo mal.

Tomada por vertigens, agarrada ao encosto da cadeira, ela lutava para não desmaiar.

— Não se deve brincar com o Deus do cemitério — murmurou a velha, segurando-a pelos braços. — Não foi uma coisa boa você ir até lá.. Alfredo, venha aqui, a moça está passando mal!

— Não precisa não — suplicava Loredana, incapaz de dar um passo. —Vai passar...

Ela se deixou levar até o quarto. Alfredo tinha a expressão tensa, mas nem sua atitude nem suas palavras deixaram supor que estivesse constrangido por revê-la. Ele veio trazer um antiácido e se comportou com ela como de hábito. Loredana se convenceu de que ele não se recordava de nada.

Deitada em sua cama, ela hesitava ainda em abrir a carta: não se deixaria influenciar, pesaria os prós e os contras, até o momento em que estivesse totalmente certa de não voltar a questionar sua decisão. Fragmentos de sua conversa com Soledade voltaram-lhe à mente, imagens em cujas superfícies sua própria morte vertia uma maré negra de pavor imenso.

ALCÂNTARA | *Quero que a justiça seja feita, Sr. Von Wogau!*

— Condessa? Que prazer — disse Eléazard, levantando o olhar de seu computador.

— Por favor, me chame de Carlota. Lamento impor minha presença desse modo, a mocinha lá embaixo insistiu para que eu subisse sem o prevenir.

Eléazard avançou para apertar a mão que ela lhe estendia.

— Ela agiu bem. O que posso lhe oferecer, um suco de fruta, chá, café?

— Nada, obrigada...

Durante um curto instante, Eléazard pensara que ela tinha vindo até ali para encontrar Loredana, mas seu rosto contrariado e a maneira como crispava os dedos sobre a pasta de documentos levaram-no a presumir que suas razões eram outras.

— Está inquieta pelo seu filho, não é? — disse ele, convidando-a sentar-se. — Euclides me disse que ainda não tiveram notícias da expedição no Mato Grosso...

— Inquieta é pouco... Estou louca de apreensão. Eles foram oficialmente considerados desaparecidos, um helicóptero do Exército começará as buscas amanhã de manhã...

— Eu compreendo, mas tenho confiança no professor Walde. Tive oportunidade de encontrá-lo várias vezes e ele me deu a impressão de ser um homem prudente nesse tipo de empreendimento. Não é nenhum aventureiro, sabe... Devem ter tido um contratempo qualquer, tudo é possível num lugar daquele. Walde ficará furioso quando souber que as buscas foram acionadas tão rapidamente.

— Rogo a Deus para que tenha razão, Sr. Von Wogau... Mas não é esse o motivo da minha visita. Eu... — Ela mordeu os lábios, parecendo hesitar em dizer o que tinha em mente. — Os jornalistas estão também sujeitos ao segredo profissional, não é?

— Assim como os médicos — respondeu Eléazard, o espírito repentinamente alerta. — Ou os padres, como quiser.

— Leu os jornais hoje de manhã?

— Ainda não. Passei a manhã em São Luís com o Dr. Euclides, depois comecei logo a trabalhar.

Carlota desdobrou apressadamente o jornal que havia trazido consigo e depois apontou para uma das manchetes na primeira página:

Assassinato triplo em Alcântara

Eléazard percorreu o artigo e olhou para Carlota.

— É o meu marido — disse ela à beira das lágrimas. — É ele o responsável... Eu o surpreendi conversando no telefone com um de seus advogados.

Eléazard deixou-a falar, fazendo algumas perguntas e insistindo para que se recordasse o mais fielmente possível das palavras que ouvira. Já não tinha qualquer dúvida quando a condessa lhe mostrou as cópias de um dossiê dedicado à compra de terrenos pelo governador. O nome Carneiro aparecia com um ponto de interrogação seguido de uma notinha manuscrita: *acertar com máxima urgência!* Por um segundo, sentiu que tinha em mãos uma máquina infernal... Os laços que uniam o projeto da base militar às especulações de Moreira se engendravam gradualmente em seu espírito.

— O que espera de mim? — acabou perguntando, após um tempo de reflexão.

— Já dei entrada no divórcio — respondeu ela, tentando recompor sua expressão. — Eu o conheço bem, ele não queria isso, não pode ter desejado isso... Mas chega um momento em que devemos responder pelos nossos atos diante dos homens, para depois responder por eles diante de Deus. Esse crime não pode ficar impune... Quero que a justiça seja feita, Sr. Von Wogau, por todos os meios que julgar necessário.

— Cuidarei disso — respondeu Eléazard. — É muito corajoso de sua parte.

— A palavra não é bem essa — protestou Carlota, as sobrancelhas arqueadas. — Não, não acho que essa palavra seja adequada...

CAPÍTULO XXIV

De que maneira inesperada Kircher consegue decifrar a escritura sibilina dos franceses. Em que se trava conhecimento com Johann Grueber e Henry Roth voltando da China e como eles discutem sobre o estado daquele reino

Com seu olhar experimentado, Alban Gibbs percebeu de imediato a atitude preocupada de seu amigo. Kircher não fazia qualquer tentativa de disfarçar; aquela história de mensagem secreta colocava em jogo sua reputação, mas punha em risco principalmente a credibilidade da Companhia, algo igualmente grave. Explicando ao médico os elementos do mistério, ele acabou por mostrar-lhe o texto da mensagem e, como Alban Gibbs não entendia nada de francês, pôs-se a traduzi-la:

— *Jade on lea sense at char ladder cracky* — começou lugubremente — *chaff ale yea daw maze horde hey amber sad heard France arum...*

Vi Gibbs reprimir um breve sorriso: meu mestre dominava perfeitamente a língua inglesa, mas não conseguia — por não ter jamais tentado — se livrar do sólido sotaque alemão que, ordinariamente, era bem divertido. Kircher manteve-se impassível e pareceu se concentrar na tradução. Longe de depurar sua pronúncia, pareceu-me que se empenhava, ao contrário, em deformá-la ainda mais...

— *Dove ray have heck tout lard her wreck ease pour rape Harry lens salt fate of Rancé parley gar deck horse dupe ape...*

Ele parou de falar, o ar pensativo, como se relesse mentalmente as palavras que acabara de articular. Depois, repetiu "*parley gar deck horse dupe ape*" e sua fisionomia se iluminou.

— *Danke mein Gott!!!* — exclamou ele bruscamente, esboçando um passo de dança (algo que eu jamais o vira fazer antes...). — *Parley gar deck horse dupe ape!* Ho, ho! Entendi tudo, meus amigos, absolutamente tudo! E graças a você, Alban...

Gibbs me lançou um olhar preocupado e eu mesmo senti um arrepio de angústia ante a ideia de que meu mestre pudesse ter ultrapassado as fronteiras de sua inteligência.

— *Parma pare hole* — continuou Kircher, com uma exaltação crescente — *jape rove, rat if ye egg hare anti toss kill aura dace heyday invert hew dupe recent mess age!* Isso funciona, meus amigos! *Fetterr sin germ hen, lave ant see doubt mil sea scent sauce end do...* E nós já estamos em 3 de outubro! *Sign yellow ye Eyck rid sap rope main...* Luís XIV, meu Deus! Temos de nos apressar, já estamos muito atrasados!

Kircher pareceu emergir de um sonho. Percebendo nossa presença e nossas feições aturdidas, ele nos deu, vestindo-se para sair, a chave de sua agitação.

— Perdoem minha pressa, mas se trata de um assunto gravíssimo. Preciso comunicar ao soberano pontífice o conteúdo desta carta.

— Mas o código? — ousei perguntar-lhe.

— Nada mais simples e mais engenhoso. Escute o que eu digo como se falasse em francês: *parley gar deck horse dupe ape.* O que ouvimos senão "par les gardes corses du pape"? Pelos guardas corsos do papa. A mensagem toda foi concebida assim. É fácil encontrar o sentido. Esperem-me aqui, não demoro a voltar.

Assim que meu mestre saiu, lancei-me sobre a carta e decodifiquei o texto seguindo suas indicações:

— *Dou licença a Charles de Créqui, cavaleiro de minhas ordens e embaixador da França em Roma, de trabalhar arduamente a fim de reparar o insulto feito aos franceses pelos guardas corsos do papa. Com minha palavra, aprovo, ratifico e garanto tudo o que ele terá decidido em virtude da presente mensagem. Escrita em Saint-Germain, 26 de agosto de 1662. Assinado Luís e redigido pela sua própria mão.*

Alexandre VII ficou encantado com o êxito de Kircher; imediatamente mandou enforcar os dois guardas que haviam molestado o duque e tomou as disposições para vigiar os franceses de Roma.

Esse episódio, no qual Athanasius não vira senão um pretexto para exercer sua habilidade, tomou, nos dias que se seguiram, outra dimensão.

Kircher se deu conta de que, de fato, uma linguagem secreta era tão útil quanto uma linguagem universal e lhe correspondia do mesmo modo que a sombra à luz. E nisso meu mestre não pensou sequer um instante no serviço dos reis ou de outros personagens interessados em camuflar seu discurso, mas unicamente no serviço da verdade. Já que, se era bom divulgar o saber e propagá-lo, não era menos necessário, por vezes, preservar certos conhecimentos para os sábios capazes de usá-los corretamente. Algo a que se dedicaram os antigo sábios do Egito inventando os hieróglifos, mas também inúmeros outros povos, como os hebreus com a Cabala, os caldeus, ou mesmo os incas no Novo Mundo. Em consequência, meu mestre resolveu inventar uma linguagem que fosse realmente indecifrável; e enquanto eu concluía sua *Poligrafia*, ele se dedicava inteiramente a esse projeto.

O ano de 1664 foi marcado pelo retorno a Roma do padre Johann Grueber. Esse padre, quando estava prestes a partir para a China, oito anos antes, tinha prometido a Kircher (pela oração que este lhe havia feito) se comportar como seus olhos e observar tudo o que veria, até os mínimos detalhes que poderiam servir para satisfazer sua curiosidade sobre aquele país.

Aos 41 anos, e apesar da fadiga de sua viagem, Johann Grueber parecia ter muito menos. Era um homem robusto, com uma cabeça imponente porém harmoniosa, uma barba leve e cabelos negros bastante longos que ele jogava para trás. Sua pele estava curtida pelos desertos, seus gestos eram lentos e comedidos. Seus olhos cinza, como que apertados por conta de sua permanência na China, tinha uma expressão um tanto tímida, quase sonhadora, e ele parecia percorrer ainda e sempre aquelas regiões maravilhosas que havia deixado para trás com imenso remorso. De compleição jovial, extraordinariamente civil e de uma sinceridade alemã bastante agradável, era um homem tão galante que, mesmo se não fosse um jesuíta, não deixaria de atrair a estima de todo mundo.

O padre Henry Roth oferecia um contraste gritante com Grueber: baixo, doentio, os pelos brancos e escassos, compensava essa aparente fragilidade de constituição por um rigor moral e um dogmatismo que se impunha a todos.

Depois das efusões do reencontro e alguns dias de descanso, os dois viajantes trataram de contar a Kircher tudo o que tinham observado durante suas peregrinações. Sabendo que meu mestre trabalhava numa obra importante sobre a China, eles estimaram com humildade que estava fora de questão publicar seus próprios escritos sobre o tema; mas não querendo que as aranhas e os vermes roessem aquele material precioso nos desvãos de uma biblioteca, entregaram-no em toda confiança a Kircher a fim de que suas observações fossem incorporadas em seu livro; o que era de fato a melhor maneira de se fazerem conhecer por mais pessoas.

A primeira notícia que obtivemos pela boca de Grueber foi a da morte de nosso querido Michal Boym, o que provocou em meu mestre mais aflição do que eu poderia descrever...

Após deixar Lisboa no início do ano de 1656, o padre Boym chegou a Goa um ano depois. Retido por diversas razões nesta cidade, depois sitiado pelos holandeses, só alcançou o reino de Siam em 1658. Assim que chegou a Macau, e como era portador de cartas do papa Alexandre VII destinadas à imperatriz chinesa Halana e ao general eunuco Pan Aquile, Boym foi proibido de retornar à China pelas autoridades portuguesas, e isso por temerem as represálias que os tártaros poderiam fazer contra elas. Resolvido a enfrentar todos os riscos para cumprir sua missão, o padre Boym embarcou num junco, acompanhado pelo neófito Xiao Cheng, e seguiu pela região de Tonkin, por onde contava alcançar a China. Em 1659, depois de novos atrasos causados pelas dificuldades em encontrar guias capacitados a ajudá-los a atravessar a fronteira, os dois homens conseguiram enfim penetrar no império celeste pela província de Kwangi. Tudo isso, infelizmente, para encontrar todas as passagens bloqueadas pelo exército tártaro. Diante da impossibilidade de continuar por esse caminho, Boym resolveu voltar para o Tonkin e tentar outra estrada, mas o governo local não lhe deu autorização para isso. Surpreendido no meio da selva, onde se encontravam os tártaros, e desencorajado pelo impasse de sua missão, Boym foi afetado pelo "Vômito Negro" e chamado por Deus após atrozes sofrimentos. Fiel ao seu mestre mesmo nesses instantes de extrema agonia, Xiao Cheng enterrou o bom padre à beira da estrada, com as missivas pelas quais o infeliz dera a própria vida, depois fincou uma cruz sobre seu túmulo e fugiu para as montanhas. Um ano mais tarde ele chegava a Cantão, onde Grueber se encontrava de passagem, e contou a ele o triste fim do excelente homem.

Kircher fez rezar uma missa em memória de seu amigo; nesta ocasião, ele pronunciou um sermão em que se recordava das incontáveis obras de Boym sobre botânica, insistindo sobre as qualidades humanas daquele que já podia ser considerado um mártir da fé.

Essas considerações sobre as dificuldades encontradas por Boym no cumprimento de sua missão tornaram necessário um retrato da situação política na China. O padre Roth se encarregou disso rapidamente, mas de um modo que não deixava a menor dúvida sobre seus conhecimentos do assunto. Para poupar o leitor de uma série de cansativos detalhes, bastará lembrar que o herdeiro dos imperadores Ming, seu filho, Constantin, e todos os fiéis, entre os quais o eunuco Pan Aquile, foram aniquilados em 1661 pelos exércitos tártaros de Wou San-kouei; isso ocorreu na província de Yunnan, onde haviam se refugiado. A partir de 1655, o imperador tártaro Shun-chih, fundador da dinastia dos Ch'ing, se empenhou e conseguiu assegurar seu poder sobre uma China enfim conquistada em sua totalidade. Soberano esclarecido, protetor das artes e das letras chinesas, ele conseguiu restabelecer a paz em seu reino e governava com prudência um povo que não era nada favorável à sua raça. De invasor, ele se transformou em defensor da China e, o que afetava principalmente a igreja, cortejava como nenhum monarca antes o fizera nossos missionários jesuítas. Atitude que deixava entrever as maiores esperanças quanto ao progresso da religião cristã naquelas regiões remotas.

Entretanto, Grueber moderou tal constatação idílica.

— O que mais me afligiu — disse ele — quando eu subia um rio a bordo de um navio holandês foi ver a crueldade que os tártaros exerciam sobre os chineses encarregados de deslocar nossa embarcação, que vinha somente de um ódio natural existente entre essas duas nações. E, a bem da verdade, o ódio é esperto, frio, pernicioso e funesto; ele choca sempre alguns ovos de serpente dos quais faz eclodir uma infinidade de desastres, não se contentando em espalhar seu veneno em certos locais e certas épocas, mas se mostrando até o fim do mundo e pela eternidade. O que nos ensina que é árduo fazer que um homem seja amado por um império, como se pretendêssemos introduzir amizades à bala de canhão. Que não me agridam mais os ouvidos com Nero, Calígula, Tibério, Silas ou outros imperadores romanos, que não me falem mais de citas e etruscos e outros povos que exibiam sua crueldade! Digo, com toda verdade, que jamais vi algo tão cruel, tão pérfido quanto o tratamento dos tártaros para com seus miseráveis cativos. Vi aquelas criaturas com coração de ferro sorrirem dos gemidos assustadores, da agonia e da morte dos pobres chineses devastados pela fome, pelas agressões e pelo trabalho. Você dirá, padre Athanasius, que se trata de homens compostos de instrumentos de todas as torturas, ou antes, demônios que se infiltraram naquele belo reino para impor o martírio sobre a terra. Eles pensam que a marca principal de seus poderes consiste em extrair, gota a gota, a vida daqueles corpos miseráveis: seria mais seguro e mais útil para esses conquistadores orgulhosos, a fim de dissipar o justo rancor desses vencidos, tornar os hábitos menos brutais, reduzir o transbordamento de seus prazeres, o esplendor de suas manigâncias e os crimes e suplícios de sua devoção...

O padre Roth protestou, acusando de exagerado o quadro pincelado pelo seu colega, mas Kircher interveio para acalmar os espíritos:

— *Hélas*, existem os amores e os ódios que se podem vestir ou despir tão facilmente quanto uma camisa. A cólera é mais passageira, mais particular, mais fervente e mais fácil de curar, mas o ódio é mais arraigado, mais geral, mais triste e mais irremediável. Ele possui duas propriedades notáveis, das quais uma consiste na aversão e na fuga; a outra, na perseguição e no estrago. Essas graduações do ódio se encontram de forma tão geral na natureza que a identificamos nos animais selvagens, os quais mal nasceram já exercem suas inimizades e suas guerras no mundo. Um pintinho que ainda traz vestígios da casca do ovo não teme de modo algum o cavalo ou um elefante, que pareceriam animais tão terríveis para aqueles que desconhecem suas qualidades, mas já tem medo do gavião e, assim que percebe sua presença, vai se esconder sob as asas da mãe. O leão treme ao ouvir cantar o galo; a águia odeia tanto o ganso que uma das penas da primeira consome toda a plumagem desse último; o cervo persegue a cobra, pois com sua forte respiração, que ele lança na abertura de sua toca, ele a retira e a devora. Há também inimizades eternas entre a águia e o cisne; entre o corvo e o gavião; entre a toupeira e a coruja, entre o lobo e o cordeiro, entre a pantera e a hiena; entre o escorpião e a tarântula, o rinoceronte e a víbora, entre a mula e doninha e muitos outros bichos, plantas e mesmo rochas que causam repulsa umas às outras. Essas funestas contradições existem também entre os idólatras, conforme se vê, você disse, entre os tártaros e os chineses, mas Deus quis que possamos, ao contrário dos outros reinos da natureza, superar essas oposições e resolver nossos conflitos pela misericórdia. E não se deve jamais duvidar de que os progressos da religião cristã nesse país chinês apagarão essas inimizades, tão perfeitamente quanto a água derramada destrói o ódio imemorial que opõe a lenha ao fogo.

"Mas diga-me — acrescentou ele com um sorriso —, não trouxeste da China algumas curiosidades que possam ajudar a diminuir minha ignorância sobre esse reino e sobre o que lá existe?"

O padre Roth assentiu com a cabeça e retirou de um saco um punhado de plantas secas, que ofereceu a Kircher.

— Embora esta erva, que chamam de *chá*, seja cultivada em várias localidades da China, sua qualidade é diferente segundo a procedência. Faz-se com ela uma bebida que pode ser consumida quente e cuja virtude é bem conhecida, visto que não somente todos os habitantes do grande império chinês mas também na Índia, Tartária, Tibete, Mogor e todas as regiões orientais a bebem até duas vezes ao dia...

Kircher interrompeu-o com um gesto.

— Não vale a pena prosseguir — disse ele afetuosamente —, pois já conheço essa erva extraordinária. Eu nunca saberia que ela possui tantas virtudes se nosso saudoso padre Boym não me tivesse obrigado um dia a fazer com ela uma experiência. Como a utilizo com muita regularidade desde então, posso dizer que, tendo uma qualidade purgativa, ela alarga maravilhosamente os rins e faz que seus canais deem mais passagem à urina, à areia e à pedra; purifica também o cérebro e impede que os vapores fuliginosos o afetem, de modo que nem mesmo a natureza poderia oferecer remédio mais eficaz aos homens sábios e àqueles que se acham em apuros nos seus negócios e que os leva a vigílias contínuas, para ajudá-los a suportar esse trabalho e prover alívio para esses cansaços. A ingestão dessa erva, aliás, não apenas fornece as forças necessárias para dispensar o sono mas ainda oferece tanto prazer às papilas que após se habituar a seu gosto acre e ainda que um pouco insípido não se consegue mais deixar de consumi-la sempre que possível. E quanto a isso, podemos dizer que o café dos turcos e o *cocolat* ou *chocolat* dos mexicanos, que parecem ter o mesmo efeito, não o têm, contudo, de forma tão absoluta quanto o chá, que possui temperamento e uma qualidade mais tenra que os dois precedentes; pois notamos que o *chocolat* esquenta demais no verão; e que o café excita extraordinariamente a bílis, o que não acontece com o chá, posto que podemos tomá-lo o tempo todo, e com proveito, mesmo se o consumirmos cem vezes por dia.

O padre Roth não conseguiu dissimular sua decepção por não ter conseguido surpreender meu mestre. Felicitou-o assim mesmo, no entanto, e lhe ofereceu o chá que trouxera da Índia, a fim de que pudesse comparar o sabor e as virtudes com o da China. Esse presente deixou Kircher deveras satisfeito.

— Eu também pensei em você — disse Grueber, extraindo de sua bata um pequeno embrulho. — Aí dentro há uma pasta com uma determinada erva da província de Kashgar a qual chamam *quei,* ou "erva que dissipa a tristeza", e que possui, como seu nome o indica claramente, a faculdade de excitar o riso e a alegria àqueles que a consomem. Melhor ainda, ela é tônica e estimulante para o coração, qualidade que pude constatar eu mesmo inúmeras vezes, quando a utilizei para escalar as altas encostas do Tibete.

— Arrisco-me a dizer — disse Kircher — que nós temos uma erva semelhante, a saber, o Apiorisus, e não me seria difícil crer que tal planta se encontraria nesse país se dissessem que ela é venenosa: mas como você diz que ela faz parte daquelas que são cardíacas e promovem a boa saúde, é isso que não consigo entender e com o que só poderei concordar após experimentá-la.

— Não seja por isso, meu reverendo, mas seria melhor misturá-la com geleia ou mel por conta de sua consistência um tanto desagradável ao paladar.

Ao gesto de meu mestre, cuidei de fazer o necessário, mas então o gongo soou: pelo tubo de comunicação, o padre porteiro anunciou que o cavaleiro Bernini solicitava um encontro. Kircher fez com que ele subisse de imediato, satisfeito em rever seu velho amigo.

— Ao trabalho, ao trabalho! — exclamou Bernini no limiar da porta da biblioteca onde nos encontrávamos. — Alexandre precisa de nós!

Kircher caminhou na sua direção, não sem antes lamentar a impetuosidade do escultor junto às pessoas presentes.

— Ora — prosseguiu ele —, explique-me os motivos dessa sua entrada retumbante.

— Certamente, meu reverendo, nada mais simples. Fiquei sabendo há pouco, de uma fonte confiável, que o soberano pontífice, imitando o fogo de Pamphili, desejava erguer um obelisco na Praça da Minerva, e que ele achara que seria bom nos associarmos mais uma vez na concepção desse projeto. Assim sendo, apressei-me em vir contar a notícia, sabendo que ela o alegraria tanto quanto a mim...

— Minha alegria é de fato imensa, mas tem certeza do que está me dizendo?

Bernini se aproximou de meu mestre e sussurrou algumas palavras no seu ouvido.

— Nesse caso — retomou Kircher, o rosto contente —, não resta mais dúvida alguma; e fico feliz com sua boa sorte, assim como pela confiança que nos testemunha o Santo Padre. Mas venha, quero que conheça os padres Roth e Grueber: chegaram da China, e não me canso de escutar suas aventuras...

MATO GROSSO | *Dentro da boca morta*

Eles vagavam fazia duas horas, escoltados pelos indígenas, que haviam tomado o caminho traçado por Yurupig. Elaine se forçava a falar com Dietlev; ela o pressentia inquieto por causa de sua febre persistente e tentava tranquilizá-lo.

— Acho que estamos chegando. Eles devem conhecer essa floresta como a palma das próprias mãos. Vamos conseguir mais rápido do que se tentássemos sozinhos. Pode ser até que haja missionários por aqui...

Dietlev esboçou uma expressão de ceticismo.

— Eu daria a minha mão para... — Ele se calou de repente, confuso com a dimensão inédita daquela locução. — Enfim, talvez não... — corrigiu, com um sorriso de desculpa. — Digamos que poderia jurar que esses homens nunca tiveram contato com os brancos...

— Isso não é possível... Não nesta região, pelo menos. O que faz você dizer isso?

— Nas reservas, ou mesmo na floresta, há sempre alguns índios aos quais os missionários conseguiram obrigar a usar um short. Mas é principalmente pelo jeito deles de agir, de nos olhar... Viu como ficam olhando para os facões?

Aquele argumento fez Elaine estremecer.

— Você acha que foram eles que roubaram a mochila?

— É bem possível — concordou Dietlev. — Devem estar nos vigiando há algum tempo... Herman, você sabe alguma coisa sobre essa tribo?

O alemão sacudiu a cabeça negativamente.

— Não tenho a menor ideia. Não se parecem com nada que eu já tenha visto aqui ou na Amazônia. Não sei de onde saíram; se já viram um homem branco, já faz tempo e não se lembram mais...

— Quando a gente pensa que existem etnólogos que pagariam para estar no nosso lugar... — disse Mauro. — Sua filha, para começar, não?

— Com certeza — respondeu Elaine, olhando na direção dele. — Eu me pergunto como ela reagiria... Eles me deram um baita susto! Você viu a cor estranha que têm na boca?

— Eles mascam folha de fumo — explicou Herman —, até mesmo as crianças. É um hábito indígena.

— De qualquer maneira — disse Mauro —, parecem saber para onde estão indo, pelo menos...

— Isso não é evidente — resmungou Herman. — Já faz um bom tempo que não vejo mais as marcas de Yurupig.

Empolgada com a certeza de que estavam salvos, Elaine perdera o interesse em observar o caminho. Ela se deu conta ao mesmo tempo que Dietlev e Mauro que nenhum deles saberia dizer se ainda estavam seguindo na direção certa.

— E nem vale a pena tentar se orientar — disse Dietlev com desinteresse.

— A gente devia ter ficado com a bússola — comentou Herman, com um laivo de censura. — Eles estão nos fazendo passear.

— Você vê sempre o lado ruim das coisas — disse Mauro. — De qualquer maneira, não pode ficar pior do que antes. Se quisessem, já teriam nos massacrado...

Tal ideia não chegara a atravessar o pensamento de Elaine, sequer nos primeiros instantes após o encontro com os índios. Embora Dietlev concordasse com Mauro e chamasse atenção para a pressa deles em desobrigá-los da padiola, Elaine foi tomada por um medo retrospectivo do qual não conseguiu mais se livrar.

Indiferentes à conversa, os índios avançavam a passos rápidos, colhendo ervas pelo caminho ou um punhado de lagartas com as quais se regalavam com arrotos e estalando a língua.

Ninguém falava havia uma hora quando desembocaram numa clareira onde algumas cabanas de folhas de palmeiras e galhos de árvores soltavam fumaça. Mulheres, crianças e outros índios que ali estavam ficaram paralisados, boquiabertos, as folhas dentro da boca ao ver aqueles estrangeiros. Eles observavam sem acreditar nos próprios olhos aqueles animais desnaturados que os caçadores tinham trazido de sua expedição na selva. Ouviu-se um longo murmúrio, em seguida uma voz autoritária que levou todos a olhar na direção de uma das palhoças: o corpo descarnado de um homem bem velho surgiu na soleira. Com um maracá emplumado na mão direita, as folhas de fumo apertadas entre os dentes e o lábio inferior, ele caminhou com determinação até a padiola, enquanto os guerreiros fechavam um círculo à sua volta. O velho puxou a barba de Dietlev, como se quisesse ter certeza de que não era postiça, recuando depois com evidentes sinais de satisfação: seus batedores não tinham mentido, o enviado de Deus havia chegado, como seu pai lhe dissera, como garantira antes o pai de seu pai, e como fora previsto desde sempre. O ciclo estava finalmente consumado. Por que o Enviado tinha somente uma perna? Por que falava coisas incompreensíveis no lugar de usar a língua dos deuses, aquelas palavras atemporais que ele cantava para seu filho, como seu pai cantara para ele outrora? Não tinha como compreender isso. Mas talvez fizesse sentido.

O pajé sacudiu seu chocalho de grãos, assoprou sobre o Enviado para afastar os maus espíritos e pronunciou as palavras do fogo:

— *Deusine adjutori mintende* — disse ele, mostrando sucessivamente sua cabeça, sua barriga e seus dois braços — *dominad juvando mefestine!*

— Pronto, está tudo explicado — concluiu Elaine, reconhecendo naquele simulacro o sinal da cruz. — Os padres brancos passaram por aqui...

— Melhor do que isso — exclamou Mauro, agitado. — *Deus in adjutorium meun intendo; Domine ad adjuvandum me festina*: "Meu Deus, venha me ajudar; Senhor, venha logo me socorrer!" Salmo 69. Aprendi isso no catecismo quando era pequeno. Esse cara fala latim!

Ouvindo Mauro, o pajé começou a dar voltas. Seu punhado de fumo enfeitava-lhe o sorriso como a língua de um papagaio.

— Nós vamos para o rio — disse Dietlev, recobrando com dificuldades suas lembranças do latim. — Os homens brancos... A cidade!

— *Gloria patri!* — exclamou o pajé, contente de reencontrar as sonoridades da língua sagrada. *Domini Qüyririche, Quiriri-cherub!*

Estava exultante: o pai havia chegado, ele, o silencioso, o falcão real! Nada mais os detinha para voar na direção da terra-sem-mal...

— *Quiriri, quiriri!* — resmungou Herman, imitando o velho índio. — Isso está começando a me deixar nervoso, todas essas caretas. Esse macaco é meio maluco... Não entende absolutamente nada do que vocês estão falando. Se continuar assim, vai ficar complicado, estou falando!

Foi nesse instante que Elaine notou o segundo facão na mão de um dos índios. Podia ser uma coincidência, mas seria capaz de jurar que era um dos seus, mais exatamente aquele que Yurupig levara consigo. Herman acompanhara seu olhar.

— Amigo — ele disse, entre dentes, a Dietlev —, acho melhor me passar o trabuco... Não são amistosos, eles pegaram Yurupig...

— Isso está fora de questão! — protestou Elaine sem sequer refletir. — O que prova que ...

— É o facão de Yurupig — insistiu Herman com firmeza. — Não há dúvidas, olhem como ele está segurando, é a primeira vez que segura um facão desses. Deve ter sido ele que o matou, posso apostar.

— Deixa de ser paranoico, porra! — exclamou Dietlev, enxugando a testa. — Ei, vocês dois! Estão vendo que eles não querem nos fazer mal! Quanto ao fuzil, pegue-o, se isso o diverte. Joguei fora o cartucho, de qualquer maneira.

— Que imbecil! Mas que imbecil! Você não fez isso, fez?

— Estou cansado, Herman... Não aguento mais, tente em vez disso algum jeito de se comunicar com eles. Não vou conseguir resistir por muito tempo...

Elaine estava à beira das lágrimas. As coisas iam ficando cada vez mais complicadas. Apesar das palavras de Dietlev — por mais admirável que fosse, dava pena ver sua coragem —, ela sabia com certeza que algo acontecera a Yurupig.

— Ele deve saber como tratar do seu ferimento — disse Mauro, sem muita convicção. — Olhe — continuou ele, se dirigindo ao pajé —, ele está doente, entende? — E apontando para a amputação de Dietlev: — É preciso fazer alguma coisa! Água? Para beber? — disse ele, fazendo o gesto de levar um copo até a boca.

Os olhos do pajé se iluminaram. Ele pensou: Eu, Raypoty, bisneto de Guyraypoty, eu vou conduzir meu povo para a terra-da-eterna-juventude. Aquilo acabara de lhe ser confirmado com evidência: Quyririche, o Enviado, Aquele-que-tem-pelos-no-rosto, daria a beber a todos a água da juventude. Mas era preciso acolhê-lo dignamente, honrá-lo com uma festa que o alegrasse, ele e seus companheiros...

Ele deu algumas ordens ao seu redor; dois jovens guerreiros empunharam a padiola e os demais abriram caminho para deixá-los passar na direção da maior das cabanas. Ao verem Elaine entrar, seguindo seus companheiros, os homens da tribo emitiram um murmúrio desaprovador. Raypoty fez com que se calassem imediatamente; aquela mulher era Nandecy, a mãe do Criador, sua companheira, sua filha, sua esposa. Um espírito imortal, semelhante aos outros estrangeiros. Ela podia penetrar sem medo na casa dos homens e contemplar os objetos sagrados que ela mesma havia legado ao povo apapoçuva. Dançariam para atrair seus favores, para agradecer-lhe por ter vindo com Quyririche, depois partiriam para a terra-sem-mal...

A casa dos homens se constituía de um amplo espaço bem simples onde os machos da tribo se reuniam em diversas ocasiões rituais. Não havia ali muitas coisas, exceto algumas esteiras, uma fogueira, cabaças de tamanhos diferentes, uns banquinhos e vários adereços de penas suspensos na coluna central. As paredes de folhas de palmeiras grosseiramente entrelaçadas deixavam filtrar uma penumbra com sombras estriadas. O calor ali era sufocante.

Assim que os indígenas saíram, Elaine se inclinou sobre Dietlev. Após ter dissolvido duas aspirinas e o último comprimido de sulfamida no fundo de um cantil, ela o obrigou a beber pelo gargalo. Sentia vontade de falar com ele, tranquilizá-lo, mas nada lhe vinha à mente, tamanha era sua própria necessidade de reconforto. Herman via o que ela estava fazendo com uma expressão desconfiada. "Ele está fodido, de qualquer maneira...", repetia cada ruga de seu rosto.

— Não consigo acreditar — disse Mauro em voz baixa. — O que vamos fazer?

Elaine fez um esforço para fugir do desânimo que se apoderara dela. As palavras se encadearam na sua boca:

— Vamos esperar um pouco, antes de partir... — Com o olhar ela indicou Dietlev, que adormecera respirando com dificuldade, as pálpebras trêmulas, os maxilares contraídos. — É preciso fazer com que eles compreendam o que nós queremos...

— Isso pode ser difícil — ressaltou Mauro, desdenhoso.

— Você tem outra ideia? — Disse isso de modo um tanto áspero, e logo se desculpou pelo excesso. — Não leve a mal, por favor... nem sei mais o que eu digo.

— Um de nós... Quero dizer, Herman ou eu — retificou-se ele —, talvez pudesse seguir em frente sozinho?

— Sem Yurupig para guiar? Sem chance.

O rosto de Mauro voltara a ficar sombrio:

— Vocês acham mesmo que... que eles...

— Espero que não, com todas as minhas forças. E não estou só pensando em nós; é um homem de fibra, não gostaria que lhe acontecesse alguma coisa. Por ora, não há meios de saber com certeza.

A esteira que tapava a entrada da cabana foi levantada e dois índios entraram. Como se hipnotizados por Elaine, eles depositaram diante dela uma travessa cheia de frutas, outra cheia de um mingau marrom indefinível e uma terceira cheia de água. Um deles falou rapidamente, apontando para os alimentos, enquanto o outro colocava ao lado das bagagens a mochila que havia desaparecido. Ele puxou pelo braço seu companheiro, que ficara imobilizado diante dos estrangeiros, e ambos saíram pela porta.

— Estamos bem cotados com eles, ao que parece... — disse Herman, cuja sonolência fora afugentada pela chegada dos índios.

— É óbvio — respondeu Elaine, apressando-se em abrir a mochila e verificar o conteúdo. — Não apanharam nada, exceto os fósseis... É realmente estranho.

Mauro se ajoelhara à entrada da cabana. Fazia alguns minutos que espiava pelas frestas da esteira.

— O que estão fazendo? — perguntou Elaine.

— Estão bastante agitados. Uns estão varrendo, outros erguendo uma espécie de pira... As mulheres não param de pilar alguma coisa... Parece que estão preparando uma festa, ou algo parecido.

— Dá para ver o caldeirão em que vão nos cozinhar, por acaso? — perguntou Herman. Como sua brincadeira teve por eco apenas um silêncio recriminador, ele voltou a se deitar, resmungando: — Vocês enchem o meu saco...

Os índios estavam pintando uns aos outros; cada um pintava o rosto de outro, com uma tinta vermelha sanguinolenta, desenhos cujas formas haviam provavelmente atravessado os tempos. Gamelas cheias de urucum passavam de mão em mão; agachadas em fila, as crianças catavam pulgas nas cabeças, ansiosas em degustar a guloseima que arrancavam do couro cabeludo do vizinho. Os ombros eram enfeitados com penas de arara ou de tucano, os cabelos cobertos de lama e por uma chuva de plumas brancas, e todos os homens pareciam ansiosos em se fantasiar rapidamente em pássaros da floresta... Mauro os observou bem, mas não encontrou nenhum vestígio de contato com a civilização. As mulheres e as crianças estavam completamente nuas; quanto aos homens e adolescentes, apenas um laço de cipó em torno dos quadris mantinha o prepúcio apertado contra o baixo-ventre. Fora os dois facões da expedição, não se via outro elemento em metal: machados de pedra, facas de bambu afiado, cabaças ou potes rústicos de argila... Preservada por algum acaso histórico ou geográfico, essa tribo jamais conhecera outra coisa senão a solidão da floresta, e era tão emocionante observar aquilo quanto um celacanto vivo. Mauro se achava na mesma situação dos primeiros exploradores do Novo Mundo, o fascinante Eldorado dos selvagens. Ou antes, na dos primeiros brancos que fizeram o esforço de se aproximar dos índios sem o objetivo de massacrá-los. Como os ocidentais teriam feito para se comunicar com eles? Como haviam começado?

— Elaine — disse ele, com repentina gravidade —, não podemos ficar assim, esperando... Vou falar com o chefe da aldeia. Preciso conseguir fazer com que entenda o que queremos. Fique aqui com Dietlev.

Ele saiu da cabana sem dar tempo a Elaine de dizer qualquer coisa.

Sua aparição suspendeu imediatamente toda atividade da tribo. Com o rosto suado, Mauro foi até a palhoça de onde tinham visto surgir o pajé uma hora antes. Enquanto as mulheres e as crianças se imobilizaram como estátuas, os homens se acercaram dele. O silêncio que se fez alertou o pajé e, a 20 metros de sua cabana, o velho apareceu, vindo a seu encontro.

— Eu me chamo Mauro — disse o rapaz, apontando para si mesmo. — E você? — acrescentou ele, apontando para o pajé.

— Mechamo maro? Ecê? — repetiu o velho, erguendo as sobrancelhas.

O jovem deus queria sem dúvida lhe ensinar novas palavras eficazes; ele se esforçava para registrá-las em sua memória.

Mauro tentou novamente, simplificando instintivamente sua linguagem.

— Mauro! — disse ele, com o mesmo gesto do dedo; e, forçando sua entonação. — Você?

— *Mauro-cê!* — exclamou o velho.

O rapaz soltou um suspiro de cansaço. Talvez fosse melhor recomeçar de modo mais simples... Ele procurou com os olhos alguma coisa de nome mais fácil e, tomado por uma inspiração repentina, apontou para o próprio nariz:

— O *nariz*! — disse ele, o dedo no próprio rosto. — *O nariz!*

— *Onariz!* — repetiu o pajé com esforço.

Mauro repetiu o gesto, desta vez sem pronunciar palavra.

— *Onariz?* — exclamou o pajé, cheirando o ar ao seu redor.— *Onariz, onariz, onariz?*

O resultado obtido não levava a nada... Mauro torceu a boca. Desapontado. Avistando uma esteira carregada de frutas desconhecidas, ele se dirigiu até lá, seguido pelo pajé e pelo grupo de índios que acompanhava tudo. Ele pegou uma das frutas e contentou-se em mostrá-la sem dizer nada a seu interlocutor.

— *Jamacaru Nde* — disse o pajé com o ar grave. Esse *jamacuru* é seu...

— *Jamacaruendé?* — repetiu Mauro, se empenhando para reproduzir exatamente o som que acabara de ouvir.

— *Naani! Jamacuru Ndé!* — Não, ele é seu, insistiu o velho.

Se o jovem deus queria aquela fruta, ele podia ficar com ela, era dele, como tudo mais que lhe pertencia e à sua tribo.

— *Nani janacuruendé!* — disse Mauro por automatismo, percebendo que não estava fazendo progresso algum.

Aquela fruta se chamava *jamacuruendé* ou *nani*? Sem contar que aquelas palavras podiam também significar *amarelo, maduro, comer*... ou alguma ação que nem podia imaginar.

O pajé sacudiu a cabeça com insistência. Desconcertado, ele aceitou a fruta que lhe estendia Mauro, mas se apressou em colocar duas ou três outras entre as mãos.

— Desculpe, meu velho, mas cansei... — disse gentilmente Mauro, ciente de seu impasse. — Tchau! Acho que vou dormir um pouco...

Ao dar meia-volta, ele percebeu bem próximo um dos índios com o facão. No instante em que parou e confirmou que se tratava mesmo de um dos que pertencia à expedição, um objeto brilhante pendurado em seu pescoço chamou-lhe a atenção: a bússola! A bússola que tinham dado a Yurupig antes de ele partir...

— Onde você encontrou isso? — exclamou ele, segurando o objeto sobre o peito do índio perplexo. — Caramba, a bússola!

Houve um movimento entre os presentes e murmúrios de indignação, que o pajé acalmou com uma só palavra. Nambipaia tinha agido mal, explicou ele. Não devia ter se apoderado daquela coisa; o jovem deus reprovava aquilo! Era preciso restituí-la imediatamente ao seu dono...

Empurrando o índio pelos ombros, ele convidou Mauro a acompanhá-lo. Ao chegarem ao limite da aldeia, todos se encontraram diante de uma estaca espetada no chão. Na extremidade daquela estaca estava a cabeça de Yurupig, a boca aberta, as pálpebras fechadas, como se comungasse.

Obedecendo a uma ordem breve do pajé, Nambipaia removeu a bússola do pescoço e a enfiou dentro da boca morta.

PROVÉRBIO ÁRABE colocado como epígrafe por Kircher no início de sua *Polygraphie*: "Se tiver um segredo, esconda-o, senão o revele." (*Si secretum tibi sit, tege illud, vel revela.*)

VILLIERS DE L'ISLE-ADAM, como se fosse um eco: "E nenhum deles pode se levantar antes, até que esta reflexão, por terrível que seja, se jamais expressa, seja idêntica ao nada."

ATRAVÉS DA MATEMÁTICA, Kircher procurou uma medida, uma linguagem universal que pudesse racionalizar a multiplicidade e resolver as contradições aparentes do universo. Ele sonhou com um retorno à pureza do homem, antes da fuga do Éden.

SEGUNDO MALONE, em 6.043 versos de Shakespeare, 1.771 pertencem a seus predecessores, 2.373 são retocados por ele e somente 1.899 lhe são atribuídos, talvez na falta de elementos de comparação (Lalanne).

"EXISTEM LIVROS", escreveu Voltaire, "que são como o fogo de nossa lareira; podemos buscar esse fogo no vizinho, acendê-los em nossa casa, comunicá-lo aos outros, ele pertence a todos." (*Lettres philosophiques.*)

SALVO POR UMBERTO? "Kircher comete um erro, totalmente perdoável no estado de conhecimento da época, ao acreditar que todos os sinais hieróglifos possuíam um valor ideográfico, e sua reconstrução é, em consequência disso, totalmente equivocada. Ele se torna, entretanto, o pai da egiptologia, assim como Ptolomeu foi o pai da astronomia, ainda que a hipótese ptolomaica fosse falsa. De fato, na sua tentativa de ajustar uma ideia equivocada, Kircher acumula material de observação, transcreve documentos, atrai a atenção do mundo científico sobre o objeto hieroglífico. (...) Champolion estudou também o obelisco da praça Navona, na ausência de uma observação direta, a partir da reconstrução de Kircher e, enquanto se queixava da imprecisão de uma grande quantidade de reproduções, extraiu resultados interessantes e exatos." (U. Eco, *A busca da língua perfeita.*)

ESTRANHO como encontro de repente citações favoráveis a Athanasius...

AO FINAL DO SÉCULO XVIII, havia ainda eminentes pesquisadores para sustentar que "as pirâmides do Egito são enormes cristais ou excrescências naturais da terra, ainda que um pouco talhadas pela mão humana".

PEQUENOS OFÍCIOS da corte de Luis XIV: controlador visitante de manteiga fresca, conselheiro do rei para o empilhamento de madeira, tesoureiro do extraordinário das guerras, cerealicultor antigo e bienal (trabalha a cada dois anos), cerealicutor alternativo e bienal (trabalha quando o precedente descansa), angevino observador de língua de porcos (faz espancar o porco para que ele ponha a língua de fora "a fim de verificar se está com lepra")...

BABEL, AINDA... Na Alemanha do século XVII, o mito de uma língua original conduziu honestos pesquisadores a abandonar duas crianças num bosque para observar que língua elas começariam a falar na ausência de qualquer modelo linguístico. A afasia que daí resultou deveria tê-los mostrado o caminho...

PEQUENOS OFÍCIOS kircherianos: ressuscitador de ostras e envernizador de lagostas mortas.

CAPÍTULO XXV

De uma pirâmide javanesa, da erva quei e do que se segue...

O cavaleiro Bernini foi apresentado aos dois viajantes com grandes elogios por parte de meu mestre. Ainda que de uma natureza bem oposta, Grieber e o escultor pareceram de pronto se apreciar mutuamente. Da mesma forma que um sapateiro só se interessaria pelo calçado dos indígenas, ou um telhador pela sua maneira de armar um vigamento, Bernini logo conduziu a conversa para as estátuas e os monumentos da Ásia, perguntando se havia por lá alguns que merecessem ser comparados aos do Ocidente ou do Egito. Henry Roth se lançou então numa descrição dos edifícios da China e sustentou bem engenhosamente que, se os chineses, assim como os romanos, se sobressaíam na construção de muralhas, estradas e pontes, suas estátuas, ainda que frequentemente colossais, não alcançavam jamais a delicadeza e a beleza típicas de nossas regiões. Aqueles ídolos grosseiros ou monstros e demônios lastimavelmente grotescos, algumas vezes lúbricos, deviam tão pouco à arte que poderiam muito bem ser atribuídos ao diabo assim como aos humanos...

— Concordo com o que acaba de ser dito — emendou Grueber —; assim mesmo, eu notei na China certas estátuas que não merecem nenhuma reprovação manifesta do padre Roth, pois possuem uma nobreza e uma serenidade que estão à altura, me parece, das mais belas realizações da Grande Arte. Entretanto, não foi na China, mas nas ilhas Sonde, que encontrei a escultura mais divina que se pode imaginar. E estou convencido, Sr. Bernini, que se a tivesse visto ainda que rapidamente, teria considerado aquela maravilha uma das obras mais belas.

— Essa introdução abre meu apetite! E você me faria a gentileza de descrevê-la...

— Com muito prazer. Mas permita que eu situe primeiramente sua localização: na viagem para a China, embarquei em Tonkin rumo a Macau; foi durante essa travessia que uma tempestade nos afastou de nossa rota e tivemos de fazer uma escala na Batávia, ou Jacarta, capital da ilha de Java...

Vendo a expressão confusa de Bernini, Kircher veio em seu socorro, aproximando dele uma grande esfera terrestre, na qual Grueber pôde indicar os locais à medida que os citava.

— Há uma quantidade tão grande de ilhas nesse trecho do Mar da Indonésia que é impossível fazer um cálculo preciso. A ilha de Sumatra, localizada aqui, é a maior; Bornéu é a segunda; Java, a terceira. Ela foi chamada de "síntese do mundo" pela sua prodigiosa fecundidade para brotar e produzir todo tipo de coisa. Não nos dá apenas a pimenta, o gengibre, a canela, o cravo e outros condimentos odorantes, mas possui também todas as espécies de animais, selvagens e domésticos, que são transportados em grande número para terras estrangeiras. Lá se acham igualmente ricas minas de ouro e de pedras preciosas de valor inestimável. Os tecidos de seda lá existem em grande quantidade... Resumindo, poderia ser considerada uma das mais ricas e adoráveis ilhas do Oriente, se não fosse tão frequentemente abalada pelas tempestades, cuja simples espera provoca a desolação e o terror em todos os cantos da ilha. Os habitantes se dizem descendentes do sangue dos chineses que, se achando outrora muito incomodados pelas perpétuas excursões e invasões de piratas, abandonaram sua pátria e vieram se refugiar ali a fim de semear colônias. Essas pessoas são de estatura mediana, têm o rosto arredondado, e a maioria anda completamente nua, ou então com um trapo de pano preso à cintura que chega até os joelhos; e eu os considero como os mais bem-educados e civilizados indígenas...

— Um verdadeiro paraíso na terra! — exclamou Bernini. — Fosse eu mais jovem e mais rico, logo viajaria para esse país!

— Um paraíso, talvez — resmungou o padre Roth —, mas povoado de demônios! Pois eu os conheço, sei que são gulosos e parasitas, são insolentes, impudentes, soberbos e mentem impunemente para tomar o que é de outrem... Aqueles nativos têm os semblantes arrogantes, as línguas devassas, são avarentos e praticam furtos e roubalheiras. Eles elogiam, prometem, juram, chamam os céus por testemunha, a Terra e Maomé, a tal ponto que acaba-se acreditando em suas palavras como verdadeiros oráculos; mas se falarmos com eles uma hora depois, negarão tudo que disseram com uma expressão impassível! A língua dos homens, dizem, não é feita de osso; o que significa que podemos dobrar como bem entendermos, sem comprometê-la pelo juramento...

Grueber e Bernini ficaram estupefatos com tal repentina diatribe. Um incômodo desagradável se instalou entre nós, e vi que o jovem jesuíta, com o olhar baixo, mordia o lábio para impedir-se de responder ao mais velho.

— Eu não sabia — retomou meu mestre, com falsa desenvoltura — que você também havia passado por essa ilha...

— Na verdade — respondeu o padre Roth, um tanto desajeitado —, eu lá nunca fui, mas ouvi isso que conto de um negociante holandês que viveu vinte anos na Batávia e descreveu-me extensamente os javaneses.

Kircher olhou de modo severo para Roth.

— Pergunte ao lobo o que ele acha das ovelhas que devora ou mantém sob seu domínio, e ele sempre responderá que esses pobres bichos merecem sua desgraça por causa de seus inúmeros defeitos, e que é demasiada bondade se interessar por elas dessa maneira. Por essa razão, impeço-me de dar fé aos dizeres de seu negociante. Que os javaneses sejam idólatras e que seja difícil convertê-los à verdadeira religião, posso ser levado a crer; mas que sejam demônios infinitamente insensíveis à razão e à misericórdia divina, isso não posso aceitar. Nem você, tenho certeza, meu reverendo...

O padre Roth se desculpou, ainda que com um pouco de má vontade, e depois pediu permissão para se retirar, alegando sua idade avançada e os cansaços da viagem. Bernini não se deu ao trabalho de esconder sua satisfação, vendo partir um censor semelhante, no que foi afetuosamente chamado à ordem pelo meu mestre.

— O que dizia, padre Grueber?

— Minha embarcação se encontrando, portanto, imobilizada na angra da Batávia, ouvi contarem maravilhas de uma cidade bem antiga e, diziam, engolida pela selva, a alguns dias de mula a partir de um povoado chamado Djokdjokarta. Movido pela curiosidade, tanto quanto pela minha promessa de relatar-lhe, meu reverendo, tudo o que houvesse de extraordinário, fiz com que para lá me transportassem. Deixarei de lado as fadigas e estorvos dessa viagem, que eu já previra que seria difícil e arriscada, enfim: Boeroe-Boedor, a "cidade perdida"... A primeira visão que tive, quando, após um longo desvio, meus guias me indicaram-na com um dedo trêmulo, foi a de uma pequena montanha negra emergindo qual um vulcão de um mar de vegetação luxuriante. Mas, aos poucos, me aproximando, percebi que nem mesmo um centímetro daquela colina de pedra havia escapado ao cinzel dos escultores; e acredito não estar demasiadamente enganado ao afirmar que aquela pirâmide possuía uma base de 120 passos de largura por 40 de altura!

Vi o rosto de Kircher se iluminar bruscamente...

— Essa "pirâmide" — perguntou ele, animado —, você diria que se assemelhava àquelas que podem ser contempladas no Egito?

— Não exatamente. Sua forma dava antes a pensar nas construções dos antigos mexicanos, tais como as desenham os padres missionários. Imagine quatro andares de um plano quadrado sob três terraços circulares, tudo isso em dimensões cada vez menores até o alto.

— Desculpe minha impaciência, reverendo, mas ainda não me descreveu essas esculturas tão admiráveis, cuja perfeição elogiava há pouco.

— De fato... Pude observar ao longo das galerias ou caminhos de ronda que levam da base ao topo do templo uns 1.500 baixos-relevos que, emendados uns aos outros, mediriam cerca de 30 quilômetros! Essas esculturas representam, pelo que pude entender, a vida de Poussah ou o ídolo Fo tal como narrada pelas fábulas chinesas e indianas, mas poder-se-ia jurar, Sr. Bernini, que foram produzidas pelos talentosos gregos, de tal modo as composições são perfeitas e os ornamentos, refinados. Há mais de 25 mil figuras, no quarto ou na metade de um baixo-relevo, que vivem de maneira tão natural diante dos olhos, que nada há de mais belo a se admirar neste mundo. Homens e mulheres, sempre graciosamente fortes, caminham, dançam, cavalgam ou oram em atitudes das mais nobres e delicadas. Os músicos tocam flauta ou tambor, tripulações inteiras se atarefam em seus navios, guerreiros sublimes repousam, a espada sobre os ombros, em meio a uma vegetação na qual se reconhece facilmente todas as árvores, todos os frutos, todas as flores e as plantas daquela região, as mesmas que retomaram a posse das pedras e se entrelaçam inextricavelmente com as imagens. Elefantes, cavalos, serpentes, voláteis e peixes de todas as espécies se deixam ver em detalhes em suas atitudes particulares e, para resumir, eu nada poderia desejar de melhor do que me tornar para sempre o guardião daquela suntuosidade...

Grueber se calou. Parecia ter sido transportado para Boeroe-Boedor pela lembrança, lá prosseguindo a contemplação das belezas que acabara de nos descrever.

— Se tiver alguns desenhos dessas maravilhas... — disse Bernini com um ar pensativo. — Seu relato me deixou com água na boca, e eu teria dado tudo para acompanhá-lo a esse lugar.

— Preenchi, com aquarela e sanguina, vários cadernos que pretendia trazer para a Europa; mas Deus assim não o quis, pois foi ele sem dúvida que inspirou no jovem imperador da China o desejo de guardá-los para si...

— Isso não é tão importante — disse Kircher —, pois a mim basta tê-lo escutado para reconhecer nesse templo a influência manifesta do antigo Egito. Em toda a Ásia, assim como em sua ilha de Java, encontram-se pirâmides místicas e templos magníficos erguidos segundo a forma e o modelo daqueles que os egípcios construíram com sua genialidade. Enfim, para dizer de forma breve, a China macaqueia o Egito, tanto é verdade que ela o imita e a ele se assemelha em tudo com ingenuidade...

Sem que eu pudesse explicar o motivo, o padre Grueber empalideceu repentinamente; vi os músculos de sua mandíbula se tensionarem, como se resistisse a uma dor intensa.

— Está se sentindo mal? — perguntei-lhe imediatamente.

— Não, não realmente... Não se alarme. Uma simples... irritação nervosa que me ataca às vezes, quando evoco minhas viagens.

— Vamos, Caspar — disse meu mestre com vigor —, corra, vá buscar uma daquelas garrafas de Ho-Bryan que nos deu de presente o Sr. Samuel Pepys; e depois, traga também um pouco de compota: é hora de experimentar, eu acho, essa famosa erva que espanta a tristeza!

— Suas palavras valem ouro, meu reverendo! — exclamou Bernini, esfregando as mãos. — Diga-me, enquanto isso, que erva é essa com a qual pretende nos brindar? Pois, se não há dúvidas sobre seus poderes, quero encomendar imediatamente uma boa quantidade para meu uso pessoal!

Kircher explicou-lhe o que dissera o padre Grueber pouco antes de sua chegada, não sem brincar amistosamente, dizendo que ele não tinha necessidade alguma de tal remédio, por conta de sua inclinação natural ao bom humor. Comemos então a tal erva *quei*, enquanto bebíamos e conversávamos.

— Esta planta — dizia Grueber, a quem o vinho parecia ter dado alguma cor — assemelha-se muito ao cânhamo e cresce em abundância na província de Xinjiang, mas lá não a usam como nós, pois os chineses não sabem tecer sua fibra para fabricar corda.

Respondendo a outra pergunta de meu mestre, Grueber continuou a falar da farmacopeia chinesa:

— Saibam que eles utilizam, conforme suas cores respectivas, cinco tipos de quartzo, terra e cogumelo. Nós nos servimos do mel e das moscas cantáridas, mas eles pensam que isso significa se privar das virtudes maravilhosas das próprias abelhas, das vespas, de sua cera e de seus ninhos, sua escabiose, seus casulos, traças de tapeçaria, cigarras, mosquitos, aranhas, escorpiões, escolopendras, formigas, piolhos, pulgas, baratas e ácaros! Esses insetos são preparados, vendidos e comprados como aqui se faz com o ruibarbo e a mandrágora...

— Ave Maria! — exclamou Bernini, rindo. — Pena não termos em Roma esses boticários! Pois, se não possuo toda a coleção de seus bichinhos, ainda assim os tenho em quantidade suficiente para ficar rico...

Todos começamos a rir, felicitando Bernini por aquela tirada espirituosa, e depois brindamos alegremente à sua prosperidade.

— Essa lista os diverte — disse Grueber —, deixando todos extremamente alegres, mas o que dirão do que se segue?! Pois esses mesmos chineses recolhem o veneno que se pode extrair dentre as sobrancelhas dos sapos para fazer pequenos comprimidos, soberanos, dizem eles, contra a hemorragia das gengivas, dores de dente e sinusite; à condição, para esta última, de misturar a pílula moída ao leite materno humano e aspirá-lo pelas narinas! O sumo das tênias mais compridas cura as enfermidades oculares ou os furúnculos; o ascarídeo do asno dissolve a catarata; misturado à pele de cigarra e ao álcool, em seguida esfregado sobre o umbigo de uma mulher grávida, o fígado de camaleão provoca o aborto! A bílis da serpente clareia a visão; sua carne sara a paralisia e o reumatismo; sua gordura, a surdez; e seus dentes evitam a enfermidade para aqueles que os portam. Os ossos de dragão, que encontramos comumente na estepe, contraem o membro viril, dissolvem os suores noturnos, acalmam o espírito, exorcizam a possessão do diabo, e tratam igualmente as diarreias, febres e a ninfomania...

Ainda alegres, paramos de emitir exclamações de espanto, pois o padre Grueber, empolgado com o próprio discurso, vendia entusiasmado seu peixe:

— O sêmen de baleia, ou âmbar cinzento, afasta a neurastenia, a incontinência e o eczema do escroto e facilita à mulher o desejo venéreo... Os recursos dos chineses são enormes: caso faltassem esses bichos, restaria ainda o conjunto de criaturas peludas e emplumadas! Assim também para os animais domésticos, eles utilizam todas as partes, sem excluir as mais infectas, as de múltiplas aplicações. Quanto aos animais selvagens, esses tampouco são poupados: leões, tigres, leopardos, elefantes e tamanduás servem na composição de inúmeros remédios. O chifre do rinoceronte impede as alucinações, ajuda na robustez do corpo, cura as enxaquecas e os sangramentos nos ânus; as palmas das patas de urso revigoram a saúde, suas parasitas saram a febre amarela e a cegueira dos recém-nascidos; os cornos de cervo vencem a quase totalidade de enfermidades, inclusive as descargas vaginais das mocinhas; o cérebro dos macacos, misturado às flores de crisântemo, fazem crescer; os lábios da raposa eliminam o pus; e a urina do gato selvagem, introduzida no ouvido, expulsa imediatamente todos os insetos...

— Possa ela também nos poupar do zumbido de incontáveis figuras inoportunas que entopem nossos ouvidos com suas bobagens! — disse Bernini, erguendo seu copo. — Eu bebo à urina dos gatos selvagens!

— À urina dos gatos selvagens! — repetimos nós em coro, enquanto eu abria uma segunda garrafa.

FORTALEZA | *Ainda havia esperança para este país...*

Eles chegaram a Recife no cair da tarde, após quase mil quilômetros de estrada. Na rua Bom Jesus, onde Roetgen acabou achando um lugar para estacionar, eles assistiram a uma espantosa metamorfose: localizados em meio aos resquícios deliquescentes do esplendor colonial, bancos e lojas se esvaziaram com uma rapidez que parecia obedecer ao pôr do sol. Os empregados se apressavam para deixar o local, os carros desapareciam. No crepúsculo, o bairro ficou deserto, evacuado. Aparecendo não se sabe de onde, os donos da noite começaram então a vagar pelas calçadas: marinheiros, malandros, prostitutas e prostitutos, as pupilas brilhando, uma faca na cintura... toda uma humanidade de pele parda, trajes coloridos, que a cidade varria durante o dia para os subúrbios, como antes excluía os loucos. Ofertas de mercadorias e propostas duvidosas. Como essas imagens plastificadas que mudam de tema quando modificamos sua inclinação, a zona portuária revelava sua natureza secreta. Um a um, os bordéis acendiam suas luzinhas vermelhas, o forró e o frevo escapavam pelas persianas fechadas. Os vestíbulos devastados se abriam sobre as velhas escadas, pelas quais os bêbados subiam em diversas etapas, mas que acabavam decolando todos para uma apoteose de néons.

Eles subiram ao primeiro andar do Átila.

A dona os recebeu. Era uma ogra com lantejoulas roxas e os cabelos espetados de plumas negras, de onde surgiam tentáculos de metal prateado, apêndices arrematados com bolinhas fluorescentes. Vagarosa por natureza e obrigação — ela evitava todo contato físico a fim de não desordenar o arranjo de seus cabelos —, a imponente muralha de carne contou cuidadosamente as notas que Roetgen lhe entregou. Ele imaginou as horas febris que haviam precedido àquela noite, enquanto aquela mulher ainda estava sentada no terceiro andar da casa e um bando de putas seminuas, cacarejando animadas, enfeitavam-na como a rainha-mãe antes da sagração de seu filho. Instalado sobre uma cadeira alta, libidinoso, babando e gemendo de excitação, um rapaz sem idade definida e com síndrome de Down observava o estranho espetáculo. Perto dele, atrás do balcão, uma mulata jovem dançava sem sair do lugar enquanto servia as bebidas; as putas se agitavam; aquelas tipo anos 1930, com os cabelos em corte channel, vestidos curtos verdes e bolsinhas a tiracolo, a espanhola de cor-de-rosa com bolinhas brancas, a listrada como um arco-íris, a transparente vestida de saco de lixo... Moema dançou langorosamente com uma múmia de peruca, toda esvoaçante e afetada, cujo desejo a embelezava, apesar da sutil ironia de seu sorriso e o domínio perfeito de um jogo, testemunho de uma longa experiência naquele território. Eles as assediavam e as passavam de um para outro, entrecortando essas investidas amorosas com breves pausas no bar para um copo de gim ou de cachaça, flutuando num puro prazer de sedução em que sentiram uma nova garantia da cumplicidade existente entre eles.

Em seguida, houve um longo passeio sem rumo pelo porto, uma caça aos ratos entre as amarras, as escrituras feitas de corda sobre o costado dos navios... Ao amanhecer, quando os guindastes se iluminaram de um esplendoroso vermelho, eles penetraram em tubos empilhados num pátio, passando de um para outro como abelhas numa colmeia, divertindo-se com o eco de seus nomes berrados e amplificados.

Uma patrulha militar os surpreendeu bem no meio daquela consciência do ser. Foram acompanhados até o carro, estacionado bem além da zona permitida; tinham feito amor no arsenal de Recife, e foi como se tivessem vencido uma guerra.

De volta a Fortaleza, a festa continuou. Dormiam de dia, saíam ao cair da noite para saciar sua sede de euforia. Os bares antenados onde Arrigo Barnabé vinha tocar os acordes recentes de uma música tão revolucionária que flertava com o inaudível, a bossa nova embalando o amanhecer, os tráficos de maconha e cocaína com Pablo. Enlouquecido por uma dose de álcool metílico, Xavier mergulhou no asfalto, convencido de que se tratava de uma piscina. Apesar dos ferimentos nas fuças, porém, o cabra não quis ir para o hospital, e acabaram cuidando dele na casa de Taís mesmo. Eram só arranhões, mas as cicatrizes ficaram no rosto e nos braços até o dia de sua partida.

— Vou embora domingo de manhã, às 8 horas — ele anunciara, assim, sem motivo algum.

Era irrevogável. Eles tinham bebido grande parte do uísque dele a bordo da embarcação, na enseada do iate clube; quanto à mostarda, ele sequer pensou em oferecer, tendo tal ideia provocado o riso de seus companheiros. Um mandato. Uma ordem de pagamento emitida pela sua avó havia chegado de não se sabe onde e ele imediatamente a transformara em maconha, para seu consumo pessoal. Pretendia seguir para Belém, ou mais longe — não estava bem claro para si mesmo. Mas ia embora.

No sábado anterior à data prevista para a partida, o Náutico organizava uma de suas festividades mensais: torneio de tênis, competições de natação, jantar e sarau dançante com orquestra. Sócio do clube desde sua chegada a Fortaleza — ele fora cooptado pelo reitor da universidade e pagava bem caro pela honra de frequentar uma casta da qual não gostava —, Roetgen propôs que comemorassem lá a despedida de Xavier. Uma noitada de adeus para fechar com chave de ouro aquelas estranhas férias a quatro. Mas Moema tinha conseguido um ácido com Pablo e, tendo tomado a metade e dado a outra para Xavier, tudo se complicou antes que pudessem organizar a festa.

Como Andreas só chegava no dia seguinte, eles se reuniram na sua casa, à beira-mar. De comum acordo, mas por razões diferentes, Taís e Roetgen dispensaram o LSD. Taís porque conhecia o efeito devastador dessa droga e fazia questão de se manter lúcida para enfrentar qualquer eventualidade; Roetgen, porque havia lido em algum lugar que o LSD destruía uma parte dos neurônios e que podia levar à loucura. Ele então esnobou a droga e declarou que cuidaria de Xavier, sem saber ao certo com o que estava se comprometendo. No momento de tomar seu ácido cor-de-rosa — com o pato Donald estampado na superfície —, Xavier confessou que era a primeira vez que fazia aquela experiência.

— Não se preocupe, você tomou pouco — disse Moema, sentando numa cadeira de sol na varanda. — Vai levar pelo menos meia hora para fazer efeito. Depois, é contigo mesmo. Se você se deixar levar pela *bad trip*, é isso que você vai ter. Mas fique tranquilo... O segredo é manter a calma e se forçar a pensar em coisas positivas.

— Não tem problema — disse Xavier, com animação.

Mas dava para ver que, em vez de reduzir, aquele preâmbulo havia aumentado sua apreensão.

Roetgen e Taís vieram sentar ao lado deles, sob a sombra. Trouxeram uma travessa com vinho branco e alguns petiscos. Era o começo da tarde. Do outro lado da rua, através da cortina formada pelos coqueiros, via-se a vela branca de uma jangada cruzando o oceano verde-azulado.

— Espero que o seu amigo tenha um estoque de vinho — disse Taís para Roetgen —, porque ácido dá a maior sede.

— Tem mais do que o necessário — respondeu Roetgen. — Se faltar, vou buscar mais...

— Você vai ver. A viagem chega em ondas — continuava Moema, se dirigindo a Xavier. — Às vezes parece que acabou, mas depois começa ainda mais forte...

— Isso dura quanto tempo? — quis saber Roetgen.

— Vinte e quatro horas, mais ou menos... Por que você quer saber? Está preocupado, né?

— Um pouco. Estou pensando no Xavier...

— Não esquenta — disse este num tom tranquilizador. — Se eu não for embora de manhã, posso ir à noite ou no dia seguinte. Eu nunca me arrisco com o mar, é muito perigoso.

Roetgen não respondeu. Mas vendo em que tipo de banheira ele tinha atravessado o Atlântico, dava para duvidar da prudência que ele exibia.

— Sabia que ele saiu para pescar durante dois dias numa jangada? — disse Moema a Xavier.

Roetgen viu nos seus olhos que ela logo se arrependeu de ter mencionado o episódio. Respondendo a Xavier, que perguntara se não havia sido muito difícil, ele disse friamente:

— Não. Voltar à terra é que foi mais difícil.

Essa resposta se destinava manifestamente a Moema, de tal forma que o outro francês não insistiu. Se os dois tinham coisas a resolver, isso não era problema dele.

Taís lançou um olhar duro para Roetgen, sugerindo-lhe que era melhor não insistir, naquela circunstância.

— Desculpe — disse ele, segurando a mão de Moema sobre o braço da cadeira de praia. — Saiu sem querer. Não estou mais chateado, juro...

À guisa de resposta, Moema se contentou com uma leve pressão da mão. Ela parecia fascinada com a visão de um navio cargueiro, parcialmente visível no horizonte.

As primeiras horas transcorreram tranquilas, mas ambíguas; lânguidas e pálidas, como aquelas em que passamos ao lado de um doente no hospital. Taís e Roetgen cochichavam e bebiam vinho branco gelado aos golinhos, sem tirar os olhos dos amigos, emparedados no isolamento do LSD. Parecia haver em torno deles uma festa luminosa e uma tepidez que os mantinham colados à suas cadeiras.

A própria conversa corria com a lentidão interminável de um conta-gotas. Fascinada pela parapsicologia e, em geral, por tudo que parecia desafiar a compreensão, Taís tinha um acervo de casos para ilustrar sua fé ingênua no sobrenatural. Eram episódios extraídos de experiências vividas, na sua maior parte, que ela emendava com sua voz melodiosa e num tom de confidência e confiança mais cativante do que o conteúdo.

Roetgen estava feliz diante de seu deslumbramento, da franqueza com a qual Taís lhe falava. Aquilo era novo na relação deles. Ao contrário de Moema, que ficava travada nessas circunstâncias e não queria saber da menor menção às suas convicções, ela dava um exemplo de flexibilidade excepcional. Não que se deixasse convencer pela retórica que empregava Roetgen, mas escutava, pesava os prós e os contras e tentava defender sua posição sem nunca evocar a existência do *sobrenatural* ou dessas *forças mentais* que a fascinavam. A conversa abrangia assim tranquilamente todos os clichês ligados a esse assunto — tarô, vidência, horóscopo, telepatia, flores sensíveis à voz humana e outras superstições contemporâneas —, sem provocar em Roetgen a irritação habitual. Ela lhe confiou que desejava ter um filho. Confessou que escrevia poemas. Aquilo ganhou um desvio equívoco, quando Moema os interrompeu:

— Que horas são? — perguntou ela, sem parar de olhar para a mancha de luz que tremulava a seus pés. — Quer dizer, será que os índios se fazem esse tipo de pergunta? Como fazem para ter uma noção do tempo? É sério, professor, não estou brincando...

Roetgen respondeu longamente, com diversas ilustrações extraídas de suas leituras. Falou principalmente sobre o calendário da banana, sem perceber que se dirigia a Taís, e não àquela que esperava dele um esclarecimento sobre o assunto.

Em seguida, o sol se pôs resplandecente no horizonte, e eles se concentraram para tentar observar o "raio verde". Finalmente, Xavier se levantou dizendo que estava cansado de ficar sentado e que talvez devessem beliscar alguma coisa se não quisessem secar lentamente nas cadeiras...

— Cadáver — declamou ele com ênfase —, esse não sei o quê que não tem mais nome em língua alguma! Tertullien, citado por Bossuet: Lagarde et Michard, século XVII, página 267...

— O que ele está falando? — perguntou Taís.

— É muito longo para explicar — respondeu Roetgen, rindo. — Mas, resumindo, estamos levantando acampamento.

Com Moema e Xavier, que se comportavam como crianças, atraídos pelo menor objeto brilhante que surgia à beira do mar ou caindo na gargalhada, eles só chegaram ao Náutico às 21 horas. O pretensioso prédio cor-de-rosa fervia de gente e pessoas berravam em volta da imensa piscina e onde se desenrolava a competição de natação. Mais adiante, sob os projetores, negros velhos cuidavam do terreno vermelho de tênis.

Moema queria loucamente dançar.

— Vai devagar — sugeriu gentilmente Roetgen, enquanto ela arrastava Xavier na direção da música —, tem gente que me conhece aqui...

— Prometo! — respondeu Moema, num tom que pressagiava o contrário.

— É melhor ir atrás deles — aconselhou Taís.

Acabaram sentando em volta de uma mesinha de onde se podia espiar a pista de dança. Roetgen pediu um tira-gosto, uma garrafa de vodca e suco de laranja.

Depois do segundo copo, ninguém mais se lembrava da cronologia exata dos acontecimentos. O fato é que houve um momento em que brindaram todos os quatro à partida de Xavier, depois Roetgen, completamente bêbado, fez uma declaração de amor a Taís e, mais tarde ainda, eles perceberam que eram só três.

Estendida na extremidade do embarcadouro que avançava mar adentro sobre seus pilares de ferro, Moema observava o céu. Colocado fora de proporção pelo ácido, o movimento do mar fazia vibrar a estrutura hesitante do pontão. Ela podia sentir as ondas sob seu corpo, como a espinha dorsal de um tigre voluptuoso. O Cruzeiro do Sul começou a oscilar de um lado para o outro, depois se aproximou, trazendo consigo o resto do zodíaco. Angustiada, Moema voltou para terra firme. O vento vindo do mar a açoitava com suas estrelas.

Evitar as hastes de ferro, caminhar entre as brechas onde o oceano fervilha, sair desse quadro repleto de emboscadas... Taís e os outros deviam estar ainda dançando na pista daquele clube de merda... Náutico Atlético Cearense... Atlético? Até parece! Roetgen tinha se afastado dela, definitivamente. Ela o tinha escutado abrindo o jogo para Taís... O professor... Foi como se ele a tivesse beijado com palavras. Não havia por que fazer um escarcéu, exceto pelo olhar de Taís, aquele abandono até então reservado aos momentos de intimidade entre as duas... Nada a ver com sua atitude quando os três dormiam juntos. Que dancem, que trepem até morrer! Tudo lhe era indiferente, agora. Será que isso não é "ir até o fundo"? Querer nada mais querer; morrer e não morrer? Faltavam os parapeitos de uma percepção primordial, imediata, das aparências. Aquela suspeita permanente, aquele jeito de nunca levar as coisas ao pé da letra, de suspeitar de outros níveis de compreensão! Quando se abria uma porta, aparecia outra, depois outra, um número infinito de portas que empurravam sempre para mais longe a serena correspondência de um ser com seu nome. Ela teve certeza, subitamente, que um índio não se via pensando, que ele abria uma porta, e uma só, para ver diante de si a coisa nua, sem outra camada a descascar. O que fizera Aynoré senão escancarar os olhos ante essa evidência? Ficar mais tranquila... aceitar aquilo que lei alguma proibia... Enquanto a ação de um indivíduo não colocasse em risco a ordem do mundo, ela era permitida: por que a desenvoltura moral das tribos amazônicas não poderia ser aplicada à nossa sociedade? Assim como vivemos, no sofrimento, nos ciúmes e no ressentimento, o amor estava impregnado de melodrama judaico-cristão. Estava tão desprovido de sentido quanto a devoção romântica pelas ruínas ou pela pátina das estátuas...

Voltando à avenida à beira-mar, deserta naquela hora tardia, Moema andava a passos largos sob a iluminação amarelada dos postes. Disseminados por toda a orla, dedicando-se a suas pequenas tarefas de roedores, os ratos se afastavam do seu caminho.

Semear a sequoia... Caminhar, os bolsos cheios de grãos, e disfarçadamente semear o asfalto, até o dia em que os novos brotos deslocarão a cidade com a força de um cataclismo... Forçar inumeráveis cantos entupidos de seiva no concreto das metrópoles... O espaço entre as pedras, entre as pessoas, esse vazio entre os ossos que permite ao mestre açougueiro cortar o animal sem embotar o fio de sua faca. No interstício, a salvação... acabar com tudo, Jesus! Com essa babaquice globalizante do Ocidente... Refazer uma virgindade da selva nas costas emporcalhadas pela cruz intumescente dos jesuítas e dos conquistadores... O que fizeram desse mundo novo, improvável, impensado! Era como se tivessem cagado na grama ao chegar ao paraíso...

Uma ratazana não se afastou com suficiente rapidez de seu caminho, ela fingiu pisar em cima, como se faz com os pombos, na certeza de que eles fugirão antes de serem atingidos. Mas seu pé acertou a nuca do animal; ela o viu agonizar ali mesmo, enojada pelos sobressaltos que lhe agitava as patas. Os coqueiros se inclinavam também, tomados de convulsões reptilianas.

Atordoada pelo retorno violento das alucinações, ela se estendeu por alguns instantes sobre a calçada, divertindo-se com a ideia de poder ser encontrada assim, na sarjeta. Depois, se levantou e retomou sua marcha forçada rumo à extremidade norte da avenida.

Sair da cidade, voltar à selva das favelas... Aynoré lhe dissera que costumava frequentar o Terra e Mar. Ela iria até lá. Era um objetivo como outro qualquer, uma razão de viver melhor que as outras. Reencontrar Aynoré, fazer amor com aquele índio lindo, tão natural, exercendo sua liberdade, recuperar seu sonho, ali onde o deixara.

Tinha a impressão de estar andando havia horas. Ruelas bordadas de casas, terrenos baldios... A areia e a poeira substituindo o asfalto, os barracos proliferando desordenadamente em meio às imundícies. Os ratos se tornando arrogantes.

— Isso aqui não é lugar para você, Branca de Neve...

— Você não tem porra nenhuma a ver com isso. Diz onde fica e eu te dou meu isqueiro: olha só, novinho.

— Você não tem um cigarro também, princesa? Tudo bem: é só seguir os trilhos do trem; fica à esquerda no sinal. Um sinal verde, você vai ver. Ou vermelho, depende dele.

Batalha de gatos de rua, eflúvios de esgoto e de peixe podre. Emparedamento a céu aberto. Moro, dizia ela, num lugar maldito que nuvens de gafanhotos vêm escurecer com suas limalhas. Um suor frio colava sua camiseta regata contra a pele... De que estadia subterrânea, ainda mais sombria, procedia essa angústia? Taís se mostrara logo alheia a ela, à história delas duas... Ela se viu levando um copo à boca e o quebrando com os dentes, como se mordesse a metade de um ovo de Páscoa. O toco de cristal era como uma espécie de punhal cintilante. Taís nua sob seu vestido de seda, um brilho de nácar na testa... Águias em fuga, correndo desajeitadas atrás de sua sombra.

Impulsionada pela brisa, uma folha de papel veio se colar ao seu calcanhar. Ela se abaixou instintivamente para apanhá-la. Uma propaganda eleitoral... O luar que azulava a favela fez as letras dançarem diante de seus olhos:

O CEARÁ MERECE
PARA DEPUTADO — PMDB

— UM LADRÃO À MÃO ARMADA
(Lojas SEARS. Rio de Janeiro)

— UM TERRORISTA
(Aeroporto de Guararapes. PE)

— UM PIRATA DO AR
(Avião da Cruzeiro do Sul rumo a Cuba)

ANGELO SISOES RIBEIRA

Aquilo foi como uma carta enviada pelas trevas. Um desenho de papel de parede atravessava a página, martelo e foice sobre fundo vermelho. A certeza de que esse cara não mentia, jamais mentira. Ele exibia suas façanhas como galões diante do povo... Ela dobrou a folha e enfiou no bolso de trás do short. Ainda havia esperança para esse país.

E, de repente, ela o viu saindo do Terra e Mar, visivelmente bêbado, acompanhado por um grupo de colegas. Ao perceber a presença da moça, três deles se precipitaram na sua direção; tinham a musculatura e os gestos elásticos dos capoeiristas.

— Mas olhe só o que está aqui... Uma bonequinha a fim de um macho...

— E que pelo visto não sabe nem onde está... Aposto que ela quer fumar mais unzinho antes de ir dormir...

— Aonde é que vai a Chapeuzinho Vermelho? Com esses peitinhos maravilhosos...

Eles a tinham cercado. As mãos tocando seus ombros, afagando a curva de suas costas. Um deles segurava o próprio sexo, olhando para ela.

— Aynoré! — suplicou ela, desesperada, sem conseguir dizer mais nada.

— Você conhece essa garota, índio?

— Um verdadeiro carrapato — respondeu Aynoré, cuspindo no chão. — Podem traçar, eu deixo...

As silhuetas que arrastaram Moema deixaram atrás de si rastros luminosos. O espaço entre os corpos começou a vibrar, ela o ressentia tatilmente como uma aura magnética, uma blindagem impossível de atravessar.

No mato onde a deitaram, uma garça branca parecia caminhar pelo lixo com a delicadeza de um hieróglifo egípcio.

FAVELA DO PIRAMBU | *A princesa do Reino-Aonde-Ninguém-Vai*

Um dia proveitoso... As pessoas não abriam a mão sequer para dar adeus, mas no fim acabavam soltando a grana. Era uma questão de paciência e de habilidade. Nelson recontou o dinheiro, dividiu-o em duas partes iguais e desenterrou a caixa de metal onde guardava suas economias. Verificou se a umidade não havia se infiltrado no seu pecúlio, dentro de um saco plástico, depois acrescentou seu lucro do dia e escondeu tudo rapidamente. Cento e cinquenta e três mil cruzeiros... Faltavam ainda 300 mil para comprar a cadeira de rodas com a qual sonhava. Uma máquina magnífica que vira na cidade, no bairro dos ricos, três anos antes. Para-lamas cromados, seta de sinalização, motor Honda de quatro cilindros... Uma joia que se pilotava com uma só mão e alcançava 40 quilômetros por hora! Nelson dera um jeito de achar a loja que vendia aquela maravilha e passava por lá, de vez em quando, a fim de admirá-la pela vitrine e vigiar o preço; quando começara a economizar, pouco depois de tê-la notado pela primeira vez, aquela cadeira custava 45 mil cruzeiros. Hoje, valia o triplo. E pensar que poderia ter comprado com o dinheiro que se achava agora dentro da caixa de metal lhe dava raiva... Parecia de propósito: quanto mais poupava, mais aumentava o preço da cadeira. Como se alguém vigiasse para que ela lhe continuasse sempre inacessível. Entretanto, e contra toda lógica, Nelson continuava confiante; um dia ele colocaria a bunda naquela maldita cadeira e partiria a mendigar como um príncipe. O Zé lhe ajudaria a melhorar o motor, poderia atingir os 60, até 70 quilômetros! Tudo ficaria bem mais fácil... Sob um cobertor, ninguém veria suas patas de bezerro morto no lugar das pernas.

Aquela visão de glória o deixou nervoso. Decidiu sair para ver passar o trem de mercadorias; o espetáculo da locomotiva que espalhava faíscas e luzes intermitentes pela noite tinha o dom de acalmá-lo.

Saiu de seu barraco sem colocar no lugar o pedaço de papelão que tampava a entrada. Vivia-se num mundo em que até os pobres roubavam uns aos outros; era melhor sair deixando aberto, com a luz acesa, para sugerir que havia alguém lá dentro. A estrada de ferro passava a 300 metros de onde morava; ele se arrastou rapidamente, sem medo dos ratos, aos quais sua deformidade assustava quase tanto quanto aos humanos.

O melhor lugar era bem atrás do barraco do Juvenal. Da pequena duna de areia ao seu redor, dava para ver a aproximação do trem, vê-lo desacelerar ao sinal e passar a menos de 3 metros do local onde estava. Juvenal acabara por se acostumar: nada conseguia despertá-lo, a não ser o cheiro da cachaça. Ele sonhava com terremotos e corria a noite inteira para se esquivar das falhas abissais que se abriam no chão da favela.

Nelson estava recordando suas próprias vitórias de maratona, todas aquelas vezes em que entrava sozinho num estádio e recebia as aclamações, quando um ruído metálico fez o trem surgir das incertezas das sombras. A máquina motriz cuspia uma nuvem compacta de escuridão, seus dois olhos amarelos vidrados nos trilhos; as rodas mastigando os dormentes, soprando para os lados feixes avermelhados, fontes crepitantes de solda a hidrogênio...

Foi naquele instante que Nelson a viu surgir do mato e atacar o monstro. Ela dava pontapés, batendo com toda força a carapaça dos vagões em movimento, enlouquecida, se empenhando em destruir os próprios punhos contra aquela massa bruta. Cada uma de suas investidas a lançava para trás, ela cambaleava, erguia os braços, berrava outra vez e voltava ao combate com a cabeça baixa. O trem ficou mais barulhento no sobressalto de um ódio ensurdecedor. A jovem princesa ia ser esmagada! Nelson se arrastou até ela o mais rápido possível, gritando para que se afastasse.

Quando ela viu aparecer aquele aborto de pesadelo, ali, em meio ao alvoroço infernal que não parava de esmigalhar o horizonte, Moema teve um instante de puro pânico. Quis fugir, mas acabou desabando, derrotada, aniquilada.

Nelson não acreditou em seus olhos; ela soluçava, sua princesa, ela chamava pela mãe com um lamento, deitada em posição fetal, as mãos entre as coxas. Exceto por sua camiseta, toda rasgada, que se mantinha unicamente pela gola, ela estava nua, completamente nua, manchas de sangue pelo corpo, graxa escura em todo canto, no rosto, na barriga... Grandes equimoses da cor da berinjela lhe deformavam os seios.

Deitado ao seu lado, sem tocá-la, Nelson falou por um bom tempo, só para que ela escutasse o murmúrio de sua compaixão, para que se acalmasse aos poucos.

— Não chora, vai ficar tudo bem, você vai ver... Eu me chamo Nelson, nasci assim, com as pernas atrofiadas... Não precisa mais ter medo, não posso te fazer mal. Quem foi o filho de uma quenga que te deixou assim? Vou achar o safado, te juro, ele vai pagar por isso... Toma, põe minha camiseta, te cobre, princesa. Vem, você vai ficar na minha casa até amanhã... Fica tranquila, você não pode ficar aqui desse jeito... Vou avisar o tio Zé e ele vai dar um jeito em tudo, eu te prometo... Anda, não fica aí... Vou te contar umas histórias, conheço um montão... *João, o valente, e a princesa do Reino-Aonde-Ninguém-Vai; Branca de Neve e o soldado da legião estrangeira; O romance do pavão misterioso...*

Ele se afastou alguns metros para incitar a moça a segui-lo, depois voltou a falar, gaguejando todos os títulos de cordel que lhe vinham à memória, seduzindo-a com suas promessas coloridas: *A deusa do Mara-*

nhão, a *História das sete cidades e do rei dos encantamentos*, *Mariana e o capitão do navio*, *Ronaldo e Suzana no rio Miramar*, *Os sofrimentos da fada Alzira*, *Raquel e o dragão*, *O destino sem par da princesa Elisa*, a *História de canção do fogo e seu testamento*, *A duquesa de Sodoma*, *Rosa de Milão e a princesa Cristina*, *João Mimoso e o castelo maldito*, *O príncipe Oscar e a rainha das águas*, *Lindalva e o índio Juracy*...

CAPÍTULO XXVI

Em que prossegue o discurso de Johann Grueber sobre a medicina chinesa

Exclamações e mímicas de repulsa derramavam-se sobre a mesa. Bernini jurava por todos os santos que jamais iria à China, por medo de pegar uma doença e de ter de ser tratado por lá. Kircher acenava com a cabeça, invocando Gallien e Dioscoride; e quanto a mim, eu rezava a Deus para que aquela noitada esplêndida não se terminasse nunca, tanto era o prazer que me proporcionava aquela conversa.

— Saúde! — me ouvi dizer, surpreendendo a mim mesmo. — Eu bebo ao excremento líquido e às virtudes miríficas do fluxo estomacal!

— Saúde! — ecoaram meus companheiros, antes de esvaziarem seus copos.

— O que vocês diriam se agora voltássemos nosso interesse para a doença dos ossos? Um pouco de urina concentrada, extraída de uma garotinha de 3 anos, a subtrai instantaneamente. A diabete? Faça seu doente beber uma xícara cheia do mesmo líquido que se extrai da latrina pública! Hemorragia? Idem, mas numa proporção cinco vezes maior! Um feto morto a expulsar? Duas medidas bastarão. Suor fedorento? Aplicações sob os braços várias vezes ao dia...

— Louvado seja! — exclamou Kircher, tapando o nariz.

— Tudo pode ser usado, estou dizendo... E isso não é nada! Vocês precisam saber que o imperador T'ou Tsung cortou outrora as próprias costeletas a fim de curar seu querido Li Hsun, o "Grande Erudito para a Exaltação da Escritura Poética", pois suas cinzas são boas contra as inflamações agudas... Foi picado por uma serpente e não dispõe de pedra *della cobra*, o que fazer? Não tenha medo: 12 pelos pubianos chupados longamente impedirão o veneno de se propagar em suas vísceras. Sua esposa tem um parto difícil? Acabe com isso, faça com que ela engula 14 outros pelos misturados ao tocinho e o nascimento será rápido...

— Mas o que está dizendo? — exclamou Kircher, enxugando as lágrimas de tanto rir. — Não tivesse absoluta confiança em você, não acreditaria sequer numa palavra que está dizendo.

— E seria um equívoco, pois estou apenas a repetir as coisas notórias e bastante comuns para todos os cirurgiões chineses.

— Se o padre Roth ouvisse isso! — disse Kircher em meio a soluços. Depois, se recompondo e com uma expressão enfurecida, apontou para Bernini com um dedo ameaçador: — Ora, e esse pagãos, que tiveram a sapiência de proibir pelas suas leis que um homem de 50 anos servisse de médico, dizendo que aquilo era demonstrar demasiada afeição à vida? Entre os chineses, assim como entre os cristãos, vocês podem encontrar homens de 80 anos ou mais que não querem nem ouvir falar de outro mundo, como se não tivessem ainda tido o prazer de ver este aqui! Ignoram vocês que a vida foi dada a Caim, o homem mais malvado da terra, em punição pelo seu crime? E vocês querem que ela represente para vocês uma recompensa?

— Mas é preciso viver, ver o mundo... — reagiu Bernini no mesmo tom de comédia e como alguém que já tinha dificuldades de se sustentar.

— O que é viver senão se vestir e se despir, se levantar, se deitar, comer, beber e dormir, brincar, zombar, negociar, vender, comprar, construir, carpintejar, discutir, tergiversar, viajar e rolar num labirinto de ações que retornam perpetuamente a seus passos, e ser sempre prisioneiro de um corpo, como uma criança, um doente ou um louco?

— Está esquecendo, meu padre, uma coisa importante que justificaria sozinha a minha existência...

— *Vade retro, Satanás!* — urrou Kircher, os olhos espumando de tanto rir. — É preciso ver o mundo, você diz, e viver entre os vivos! Mas quando se passou toda a vida numa prisão e só se viu o mundo através de uma minúscula grade, o suficiente terá sido contemplado! O que se vê pelas ruas senão homens, casas, cavalos, mulas e carruagens...?

— E mulheres, meu reverendo... Belos pedaços de moças, gentis doçuras que nos devolvem o gosto pela vida!

— Desavergonhadas que cheiram mal! Heteras que rolam como peixes ébrios no mar e têm com frequência por único mérito a sífilis que o manda para outro mundo! Oh, Deus, como é vã nossa existência! E é por isso que enganam, se divorciam do Senhor e procuram viver tantos anos tecidos somente pela loucura, pelo trabalho e pela miséria? Ah, não tentem se parecer, vocês cristãos, com essas crianças que berram quando saem do sangue e do lixo para ver o dia e, contudo, não querem jamais voltar para onde saíram!

— Se bem que... — sussurrou Bernini, num tom galhofeiro.

— Faça o favor! — supliquei, corado e confuso.

Os três padres zombaram afetuosamente de mim.

—Vamos, Caspar — disse meu mestre —, estamos somente brincando, e posso lhe garantir que nada há nisso de repreensível. Se reclamamos de tudo, dizia o coitado do Scarron, é porque tudo tem seu reverso. Ria na cara do diabo e você o verá imediatamente virar a casaca, pois ele sabe muito bem que não há controle algum sobre aqueles que percebem o lado grotesco de sua natureza.

— Mas já que estamos falando disso — sussurrou Grueber, dirigindo-se a Bernini —, posso revelar que existe um método comprovado para lutar contra o envelhecimento; pelo menos nos dizeres do chinês que me apresentou a ele. O homem está no ar, ele disse, e o ar está no homem; queria assim exprimir a preeminência do sopro vital. Esse princípio se reduzindo com a idade, é conveniente, segundo ele, regenerá-lo com a adição de um sopro ainda juvenil... Regularmente, ele contratava os serviços de um adolescente ou de um efebo, que insuflavam seu excesso de vitalidade pelas narinas, pelo umbigo e pelo membro viril!

— Meu bom Deus! Se basta isso — exclamou Bernini, no apogeu de seu contentamento —, posso garantir que obedeço a essas prescrições faz muito tempo e sem nunca ter notado outro efeito senão um aumento da fraqueza...

A conversa entre Grueber e Bernini prosseguiu nesse tom, mas minha atenção diminuíra; meu mestre tinha o olhar vago, parecendo recolhido em si mesmo. Pensei tratar-se de um pouco de cansaço, algo bem natural àquela hora tardia da noite. O que pareceu se confirmar quando ele logo saiu da mesa e se retirou para um cômodo contíguo. Depois de um bom tempo, como ele não voltava, fui vê-lo, caminhando com precaução a fim de não ceder à vertigem que se abatera sobre mim ao me levantar. Em pé, ao lado de uma biblioteca, meu mestre parecia arrumar os livros; mas, ao me aproximar dele, vi que estava apenas alinhando as lombadas meticulosamente... Apesar de me sentir confuso, era algo bastante inabitual para que eu logo me inquietasse; uma breve inspeção pelo cômodo veio reforçar minhas dúvidas: tomado por estranha mania, Kircher tinha cuidadosamente reunido em ordem decrescente todos os objetos capazes de obedecer a essa classificação. Penas de ganso, tinteiros, bastões de cera, manuscritos e, resumindo, todas as coisas que se pode achar dentro de um gabinete de trabalho haviam sido ajustadas a essa ordem, esquisitice que não deixou de me causar profundo desconforto. Você compreenderá, leitor, meu verdadeiro pavor quando meu mestre, dando meia-volta lentamente, mirou-me com olhos de peixe morto e disse:

— O espírito, Caspar — pronunciou ele com uma voz inane —, o espírito será sempre superior à matéria... É necessário que assim seja por vontade ou à força, até o fim dos mundos! Você entende, não? Diga-me que entende.

No estado febril em que me encontrava, para falar a verdade, eu teria entendido discursos bem mais difíceis... Assim, apressei-me em tranquilizar Kircher, ao mesmo tempo aconselhando-o a ir dormir. Ele se deixou deitar sem resistência e eu voltei para ter com nossos dois visitantes no outro cômodo.

— ... que os incas, imperadores do Peru — ouvi falar Grueber —, davam a ordem de cavalaria perfurando as orelhas. Nem falo daquelas das mulheres, já que em todos os tempos e em todos os lugares elas transformaram isso em uma de suas maiores vaidades. De onde vem a queixa de Sêneca de que elas carregam duas ou três vezes seu patrimônio na ponta de cada orelha. Imaginem a censura que ele lançaria contra as mulheres Lolo da província de Yunnan, que perfuram a extremidade de suas partes mais secretas para trespassar um anel de ouro que elas removem e colocam quando bem desejam?! É verdade que os homens não são mais modestos, pois usam sinetes, feitos de diferentes metais, atados a seus membros viris ou enfiado entre a carne e a pele do prepúcio, que ressoam pelas ruas quando veem passar alguma mulher que lhes agrada. Alguns consideram essa invenção um remédio contra a sodomia, comum em todas essas regiões, mas não consigo ver como ela poderia impedir que a pratiquem.

Aproveitei a pausa para informar o cavaleiro Bernini e seu acompanhante à mesa as infelicidades das quais era vítima meu mestre. Grueber não pareceu espantar-se sequer um instante; com o sorriso nos lábios, ele me explicou que a erva *quei* produzia às vezes esse tipo de perturbação, mas que não havia gravidade alguma; no dia seguinte, não haveria mais vestígios. Ambos se desculparam por ter-me mantido acordado até tão tarde e se foram desejando-me uma boa noite.

Seus votos, infelizmente, não se realizaram... Tive na verdade horríveis pesadelos, o rigor do cilício não impediu que os súcubos viessem me visitar escandalosamente.

No dia seguinte, conforme previra Grueber, meu mestre despertou saudável e bem-disposto. Mencionando a erva *quei*, ele afirmou que não produzira sobre ele efeito algum. De qualquer maneira, disse-me, esse remédio e seus semelhantes dissipam menos nossa morosidade que nossa razão; dessa forma, ele não encontrava nenhuma desculpa para utilizá-lo: nem os espíritos sãos, que deveriam buscar aumentar em si essa clareza divina em vez de diminuí-la, nem os loucos, que disso já eram privados. Os sonhos sulfurosos da noite transcorrida voltaram à minha lembrança e concordei de todo coração com aquela condenação.

Retomamos o curso de nossos estudos, continuando a ver os padres Roth e Grueber com o objetivo de compilar suas reflexões sobre a China.

À passagem do cometa, que observamos em janeiro de 1665 com os astrônomos Lana-Terzi e Riccioli, tivemos a ocasião de ver o presságio de um grande destino para a obra de meu mestre e aquele de uma terrível ameaça contra os infiéis e outros povos do Levante: o *Mundus subterraneus* acabara de nos chegar de Amsterdã. Este livro, que os sábios aguardavam com a mesma impaciência com que esperavam o *Oedipus aegyptiacus*, provocou um entusiasmo extraordinário.

Essa descarga de trovão foi seguida em junho pela publicação de *Arithmologia*, a obra que meu mestre começara logo após sua *Polygraphie*.

Além de uma imensa parte histórica dedicada à significação dos números e sua utilização pelos gregos e egípcios, Kircher apresentava uma exposição clara e definitiva da cabala judaica, tal qual a aprendera com o rabino Naftali Herzben Jacob, com quem estudara assiduamente o *Sefer Yesira* e o *Zohar*, livros que contêm esses saberes. Seu perfeito conhecimento do hebreu e do armênio tinha facilitado uma tarefa bem acima de minhas fracas capacidades, e fiquei bem contente de compreender finalmente o que se ocultava atrás dessa ciência magnífica.

Enfim, num momento em que o efeito produzido por essas duas obras não tinha ainda se dissipado, foi publicado igualmente a *Historia eustachio mariana*, em que meu mestre narrava as circunstâncias nas quais tínhamos descoberto Notre Dame de La Mentorella e demonstrava passo a passo que essa igreja era de fato um lugar milagroso. Graças aos subsídios de vários mecenas que se interessaram por essa obra, os trabalhos de restauração e conversão foram realizados no mesmo mês. Querendo marcar dignamente a inauguração daquele novo local de peregrinação, Kircher resolveu que ela ocorreria no dia de Pentecostes, com toda a pompa e recolhimento necessários. O papa Alexandre VII, tendo prometido se deslocar até lá para consagrar a igreja e dar sua bênção aos fiéis, fez toda a sociedade romana se preparar febrilmente para acompanhá-lo nessa viagem.

ALCÂNTARA | *Coisas flutuando no mar...*

Se Eléazard tivesse um dia duvidado de que Moreira fosse indigno de ocupar o cargo de governador, os elementos confiados por sua esposa teriam bastado para convencê-lo. O fardo que acabara de aceitar já pesava sobre seus ombros — a diferença é por vezes tênue, dizia ele a si mesmo, separando o vulgar denunciante do reparador de erros —, mas Eléazard estava envolvido demais com esse país e seus habitantes, revoltado demais contra a corrupção e as negociatas para recuar diante do obstáculo. Agiria de acordo com sua consciência, sem remorsos ou hesitações. Fazer justiça... Certamente, mas como?, ponderava ele, andando a passos largos na direção do hotel Caravela.

— Tenho novidades — disse ele a Alfredo ao encontrá-lo no vestíbulo do hotel. — Precisamos conversar os três. Onde está Loredana?

— No quarto. Ela quase desmaiou, Socorro me disse que não comeu nada no almoço...

— O que ela tem?

— Não sei direito; de qualquer maneira, não está com aparência boa...

Sem que Eléazard pudesse determinar o verdadeiro motivo, era essencial que a italiana fosse inteirada daquele segredo. Ele sentia que a revolta dela era maior do que a sua, mas também, paradoxalmente, mais controlada. Ele correu, então, o risco de importuná-la, subindo com Alfredo até seu quarto.

Loredana acabara de se maquiar. Contente ao ouvir a voz de Eléazard, ela logo os fez entrar.

— Pelo jeito, você não está muito bem...

— Abusei um pouco da cachaça ontem à noite — desculpou-se ela —, mas estou melhor.

— Então, prepare-se — disse Eléazard, colocando sobre a cama as cópias preparadas pela condessa Carlota. — Conselho de guerra! Temos munição para derrubar o Moreira.

Dois dias antes, Loredana teria se entusiasmado com a ideia; mas seu universo havia ruído de maneira tão radical que ela escutava sem emoção o relato de Eléazard.

— Que sacana! — disse Alfredo quando Eléazard acabou de detalhar o conteúdo do dossiê. — Desta vez vamos pegar o cara! Mas não podemos deixar de...

— É por isso mesmo que eu queria a opinião de vocês dois. A próxima etapa não me parece assim tão simples...

— Basta ir à polícia com toda essa papelada — disse Alfredo, percebendo que acabara de dizer bobagem. — Enfim, talvez não à polícia, com essa gente nunca se sabe... Aos jornais, isso sim... A gente pode explicar que foi a mulher dele que fez a denúncia e...

— E...? — interrompeu Loredana gentilmente. — Se o caso chegar ao público como está, eles terão bastante o tempo de misturar as pistas e protestar contra difamação. Até parece que você não conhece essa gente...

— Sem os caras que cometeram o assassinato — admitiu Eléazard —, tudo o que fizermos não servirá de grande coisa.

— Assim é melhor — disse Loredana. — É preciso mirar no amoreiro para atingir a figueira...

— Como é que é?

— Estratagema número 26 das batalhas de união e anexação... Um ardil chinês, mas isso significa atingir o governador por intermédio de seu advogado. É preciso, então, começar pelos capangas dele, e como nós sabemos mais ou menos onde eles se encontram...

— Eu cuido de fazer com que abram o bico, se é isso que você quer dizer... — exclamou Alfredo num tom resoluto.

— Pare com essas bobagens, por favor. Vocês não conhecem um procurador de justiça ou um juiz em que possamos confiar?, quero dizer, um cara que não esteja às ordens dele? Isso facilitaria a missão...

— Tem o Waldemar de Oliveira — disse Eléazard. — Um jovem procurador de Santa Inês. Já o entrevistei duas ou três vezes sobre alguns casos, é uma pessoa íntegra... Tem reputação de incorruptível. Mas essa não é realmente sua área de atuação...

— Mas serve, ao menos para dar partida no motor. Bom, eis o que eu proponho...

Assim que Alfredo saiu do hotel para ir a São Luís prevenir seus companheiros maoistas do PC, Eléazard e Loredana voltaram à Praça do Pelourinho. Durante algumas horas, redigiram juntos vários textos destinados a revelar o segredo, neles expondo com detalhes as especulações de Moreira, denunciando o mecanismo que conduzira à morte da família Carneiro e acusando nominalmente Wagner Cascudo de proteger os assassinos em sua casa de campo. Os jornalistas dariam pulos de alegria!

— O que você tem? — pergunto Eléazard quando terminaram de corrigir no computador a última versão da mensagem reservada ao advogado.

— Nada, estou cansada — respondeu Loredana, se servindo de uma dose de cachaça. — Pensamentos sombrios, isso acontece... Você não está cansado deste país?

— Não, na verdade, não. Gosto das pessoas daqui... Tudo é possível com eles. Eles não ficam remoendo velhas histórias, como na Europa. O que existe atrás deles: quatrocentos anos, quinhentos anos de história? Isso vai lhe parecer ingênuo, mas vendo essa gente, sempre penso no livro de Zweig *Brasil, país do futuro*... Você leu?

— Li. Nada mal. Mas, fora isso, acho estranho que um cara possa ter escrito isso de um país onde resolveu se suicidar...

— Justamente, ele morreu por causa da Europa. Não por causa do Brasil... Um pouco como Walter Benjamin. São homens que levaram até o extremo o horror que sentiam pelo fascismo. Eles perderam a esperança nos homens e na própria pátria até um ponto que dificilmente podemos imaginar...

— E como vai o seu Kircher?

— Estou quase acabando. A primeira fase, é claro. Mas está ficando difícil... Tem muita coisa impossível de se verificar, e outras para as quais não possuo os materiais adequados. O pior é que estou a ponto de me perguntar a que esse trabalho pode servir...

Refletindo, ele mordia a parte interior da bochecha.

— Pare com isso — disse Loredana, imitando-o. — Desculpe, mas é irritante... De que trabalho você fala? O seu ou a biografia de Schott?

— Ambos — respondeu Eléazard, desorientado com a observação e pelos esforços que fazia para não morder de novo a bochecha. — É bem mais complicado do que eu imaginava... Como trabalhar uma biografia, principalmente quando ela é assim tão imprecisa quanto essa de Schott, sem criar outra biografia? Se eu quiser reconstituir a verdadeira natureza do relacionamento entre Peiresc e Kircher, por exemplo, não posso me contentar com um ou dois julgamentos extraídos da correspondência do primeiro com Gassendi ou Cassiano del Pozzo. Em princípio, não tenho motivo algum para confiar nele mais do que em Schott ou no próprio Kircher. Para ir mais longe, seria preciso que eu conhecesse os mínimos contornos dessa relação, que estudasse a biografia de Peiresc tão escrupulosamente quanto a de Kircher, e depois a de Gassendi, Cassiano etc. etc. Não acabaria nunca!

— No Chuang-Tzu há uma historieta que resume bem o que você diz... É um imperador que pede que lhe desenhem um mapa bem preciso da China. Todos os cartógrafos se põem ao trabalho, menos um deles, que fica sossegado em seu ateliê. Dois meses depois, quando lhe perguntam onde está o fruto de seu trabalho, ele se contenta em mostrar a vista que ele aprecia pela janela: sua carta é tão precisa que possui as dimensões do império, é a própria China...

— Borges fala disso também — disse Eléazard, sorrindo. — É um belo paradoxo, mas que quer dizer o quê? Que não há nada a se fazer? Que não se pode escrever uma biografia de Kircher a menos que seja escrita pelo próprio Kircher e por todos os outros juntos?

— Para mim, está evidente — respondeu Loredana, se levantando. — Se é a verdade que está em jogo, esse é o preço da exatidão. A boa pergunta é: um mapa geográfico, uma biografia ou anotações sobre uma biografia, *perche no*, mas para fazer o quê? Se é um mapa, para ir aonde? Para invadir qual província? Se se trata de suas anotações, para provar o quê? Que Kircher foi um incapaz, um gênio ou apenas para assinalar que você conhece muito sobre o assunto, mais do que a maioria de nós? Não é a erudição que importa, você sabe muito bem, é o que ela tende a demonstrar. Uma simples nota de poucas linhas pode ser mais exata do que oitocentas páginas dedicadas ao mesmo indivíduo...

— Sempre eficaz, hein? Você é realmente um espanto! Confesso que você me impressionou agora há pouco: vamos fazer isso, vamos fazer aquilo... Você viu a cara do Alfredo? Se estivesse diante de Evita Perón, seria a mesma coisa!

— As pessoas não são tão estúpidas como você quer crer. Alfredo é bem esperto para se deixar enrolar, mas é uma pessoa mais complexa do que parece. No dia que perceber isso, você terá menos problemas com Kircher... Bom, tenho que ir embora. Estou morta... E você também deveria dormir cedo, se quiser estar em forma amanhã. Não esqueça que precisa ir a Santa Inês...

— Tem certeza de que não quer ficar?

Loredana retirou a mão de Eléazard de seu ombro discretamente mas com firmeza.

— Absoluta, *caro*... Não estou me sentindo bem, entende?

— Mais um dos seus estratagemas chineses, não é? — concluiu Eléazard com um sorriso triste nos lábios. — Qual é o número desse aí?

— Pare com isso, por favor. Você está enganado... Em relação a mim, a Kircher e a quase tudo... A estratégia é o que sobra quando não há mais nenhuma ética possível. E não há mais nenhuma ética possível quando os valores absolutos acabam. Se você acredita num deus ou em alguma coisa parecida, tudo fica mais fácil...

— Você acha que não basta acreditar no homem?

— Você está falando de um valor absoluto! Tantos homens, tantas definições do humano, e com um H maiúsculo, por favor... A vida, a rigor, o conjunto de tudo que é vivo, mas não o homem, não o único ser que é capaz de matar por prazer...

— O único também a dispor de uma consciência, não? Ao menos até onde sabemos... E o que você faz da razão?

— Consciência de quê? De si mesmo, de sua liberdade total, da relatividade do bem e do mal? Não há um só conceito que se sustente diante do simples fato de que devemos morrer, e se não existe nada depois, se estamos convencidos disso, tudo é permitido. A razão não produz nenhuma esperança, ela é apenas capaz de dar um nome ao desespero...

— Você está fazendo tudo parecer sombrio! Tenho certeza...

— Não aguento mais — interrompeu-o Loredana. — Deixe para outra ocasião, por favor...

— Me desculpe. Eu a acompanho.

No caminho do hotel, Loredana parou um instante para observar uma névoa de pirilampos que iluminava o retângulo de uma fachada exposta à noite.

— É lindo — disse ela. — Parece que acenderam as velas para uma festa.

De volta ao seu quarto, Loredana se estendeu sobre a cama ampla ainda desfeita. A esperança de encontrar o sono a abandonou quase imediatamente. Ela pensava nas ruínas de Apolônia e naquele instante magnífico em que desejara morrer, alguns meses antes, justamente quando se sentia mais em forma do que agora. Ela fora até Cirenaica, com o objetivo de se conciliar mais uma vez com a própria infância. Os líbios que trabalhavam outrora com seu pai tinham envelhecido, com certeza, mas menos do que ela, segundo as aparências, pois pôde reconhecê-los imediatamente, enquanto eles tiveram dificuldades de se lembrar da garotinha agitada por trás daquela adulta desajeitada. No alto das colinas, a Casa Parisi desaparecia agora sob os eucaliptos, aqueles mesmos com os quais antes se divertia, envergando seus troncos para em seguida vê-los balançando sob o sol. Shahat, a cidade moderna, havia se degradado: dir-se-ia que estava com pressa para se resignar em ruínas, obedecer às vozes sóbrias de Cirena e da antiga necrópole que a fundara. Essa vocação para os vestígios era particularmente sentida em Mársa Súsa, cujo bairro italiano, já desbotado nas lembranças que guardava, parecia ter sofrido um verdadeiro bombardeio. O prédio da alfândega, a capitania, o hotel Itália, os cafés e restaurantes com terraços à sombra... nada disso existia mais, ou bem pouco: no interior dos prédios desventrados — uma sílaba descascada sobre a fachada os identificando, às vezes —, rebanhos de cabras vagando, vasculhando as imundícies. Carcaças de automóveis ou de caminhões já cheios de areia até a metade pareciam resolutas, em todos os cantos, a ingressar numa duvidosa posteridade. Sobre o areal, ao redor do porto, farrapos de sacos plásticos se agarravam às ossadas das embarcações, estendidas sobre a areia como baleias de museu. Carcomido de ferrugem, um rebocador dominava o cais do alto de seu derradeiro dique seco. Jovens árabes se divertiam mergulhando da superestrutura de um barco fluvial e de três outras enormes barcaças naufragadas na enseada. Comparado a esse desastre em cores ferruginosas, o sítio arqueológico de Apolônia parecia um modelo de urbanismo e de asseio; visíveis atrás do portão de cemitério que fechava o porto, bem abaixo do farol, os troncos de colunas bizantinas anunciavam uma espécie de Éden onde dava vontade de se refugiar. Ainda que ele tivesse passado a maior parte de seu tempo em Cirene, no canteiro de obras da ágora, era naquela enseada de paz que ela se recordava de seu pai com maior prazer e emoção. A pequena família descia até ali todas as sextas-feiras, pela estrada antiga que serpenteava entre sarcófagos e sepulcros entregues ao cascalho da vegetação rasteira, se enrolava um instante na pele de pantera do *djebel* Akhdar e se precipitava bruscamente lá embaixo, rumo à promessa do mar. Ela se revia correndo então pela praia, com aquele odor de pão fresco invadindo-lhe as narinas, aquela alegria de viver que brotava da areia e do sol, que o chamado do muezim prolongava por vezes até os limites extremos do suportável. Dentro de um maiô de cetim branco, bronzeada como uma atriz de cinema, sua mãe lia sob o chapéu em forma de abajur, e bastava levantar a cabeça para perceber seu pai sentado sobre um capitel semienterrado, ou agachado para limpar um daqueles misteriosos envasamentos que nasciam como que por magia sob sua espátula. O professor Goodchild vinha cumprimentá-lo, mostrava a seu confrade italiano os progressos de sua própria escavação arqueológica, e acabava sempre o convidando a beber um copo de bourbon no velho reduto que servia de base à missão americana.

Nada havia de fato mudado, senão seu pai, que não estava mais ali, nem Goodchild, nem os outros, e isso modificava profundamente sua visão das coisas. Somente as ruínas tinham permanecido fiéis à criança que ela havia sido; uma fidelidade sem falha, digna dos cães e das tumbas.

Ela esperara chegar sexta-feira para voltar àquele sítio, com a mesma impaciência, o mesmo desejo doloroso que a tomava outrora, quando colocavam suas máscaras e nadadeiras na parte de trás do jipe. Os trilhos de Decauville ainda estavam visíveis aqui ou ali, entre os montes de terra vermelha que as toupeiras erguiam. Vistas de longe, com seus alinhamentos regulares de colunas, as três basílicas fizeram surgir do nada aquelas "gaiolas de moscas" que franziram as sobrancelhas do professor Goodchild:

— Gaiolas de moscas! Minhas basílicas, gaiolas de moscas! Essa agora, realmente! *You, good for nothing child, I'll tell it to Miss Reynolds when she comes, you know, and what will you do, then?*

Só pela lembrança desse episódio, todo o cansaço da viagem tinha valido a pena.

Chegando ao teatro antigo, na extremidade do sítio, ela sentou por um momento sobre a última fileira de assentos, no lugar predileto de seu pai. Logo atrás do palco, no nível inferior, o mar estava tão calmo, tão transparente que era possível distinguir perfeitamente a geometria negra das ruínas submersas. Uma palmeira frondosa dera um jeito de crescer entre os blocos, à direita da orquestra. Bem perto dela, sobre o calcário ofuscante, um minúsculo camaleão a desdenhava com soberba. Observando-o, ela disse que nunca haveria circunstância mais conveniente: era agora, com o sol a pino, que precisava fazer sua reverência. Abrir as veias e esperar bem comportadamente até assemelhar-se àquele bichinho que parecia concentrar em si todo o calor do sol.

Ela morreria longe da cidade, longe de Roma, tão agradável na primavera quando uma repentina tepidez liberta enfim os corpos esgotados. Não se ouviam mais o ruído dos automóveis que circulam o Coliseu, nem o apito rabugento dos *carabinieri*. A cada passo um rebento se revela à vista, depois se torna nítido, se multiplica. Vendedores clandestinos se embriagam com a própria voz alterada. O espanto dos pardais ressoa nas ruelas. Sobre a *piazza* Navona, a água canta sob o Nilo...

Sim, ela sonhara, fazendo sua uma das mais belas frases já escritas; era isso que queria, *morrer lentamente e atentivamente, assim como um bebê mamando.*

E depois, o voo dos flamingos rosa atravessou o céu sobre as ilhas, uma massa rosada desses grandes pássaros desengonçados. Aquilo a atingira como um eletrochoque de esplendor. Algo se rabiscara no horizonte, intimando-a a esperar um pouco mais, a espreitar até o fim as realizações que a vida lhe tinha reservado.

No lugar de abrir as veias, ela desceu até o centro do palco e declamou, diante dos assentos vazios, o único poema que sabia de cor:

In questo giorno perfetto
In cui tutto matura
E non l'uva sola s'indora,
Un raggio di sole è caduto sulla mia vita:
Ho guardato dietro a me,
Ho guardato fuori,
Nè mai ho visto tante et cosi buone cose in uma volta...

Loredana abriu os olhos e viu o relógio: só faltavam cinco horas para amanhecer. Ela se sentia culpada em relação a Eléazard. A ideia de ter que se explicar a tinha feito recuar até o último momento, mas ela quase acabara lhe confessando que partiria no primeiro avião com destino a Roma. Perguntou-se que lembrança guardaria daquela breve intrusão na sua existência. Quatro anos antes, ela teria feito uma experiência com ele. Ele era seguro, sólido, até na sua maneira de duvidar...

* * *

Após uma análise mais séria do conteúdo, Wagner guardou a carta anônima no seu cofre pessoal. Aquela mensagem podia muito bem ser um alerta amistoso, mas não deixava de representar uma ameaça: que alguém pudesse saber de tantas coisas sobre seu envolvimento no triplo assassinato que ocupava os jornais, continuava sendo traumatizante. Conforme o aconselhava seu obscuro informante, ele deveria tomar medidas antes que sua cumplicidade fosse do conhecimento de todos.

Wagner Cascudo deixou seu gabinete aos cuidados de uma secretária e entrou em seu carro. Ao longo de todo o trajeto, ele se perguntou mil vezes o que convinha fazer com os homens refugiados em sua casa de campo. Aqueles dois cretinos tinham-no colocado em apuros até o pescoço! A ideia de que a polícia pudesse encontrá-los fazia-lhe suar frio... Ele pedira apenas para assustar o Carneiro a fim de conseguir o certificado de venda; na pior das hipóteses, só se arriscava a uma acusação de cumplicidade. A menos que aqueles idiotas o denunciassem para salvar a própria pele. Era preciso fazer com que saíssem de sua casa o mais rápido possível. Como podia aquilo ter passado pela sua cabeça? E pensar que acreditara ter sido muito esperto os escondendo em seu sítio... Ele os colocaria no primeiro ônibus para Belém, depois pensaria em alguma coisa. Assim que retornasse a Fortaleza, telefonaria ao governador. Seria um inferno se Moreira não conseguisse apagar as pistas. Talvez ele fosse até capaz de impedir que os jornais publicassem aquela matéria devastadora mencionada na carta...

Ao chegar ao Sítio da Pitombeira, duas horas depois, Wagner estava quase convencido de ter retomado as rédeas. Empurrando a portinha da cabana que só utilizava sem o conhecimento de sua mulher, para escapadas amorosas, encontrou Paulo e Manuel sentados diante de uma garrafa.

— Apanhem suas coisas — foi logo dizendo. — Vamos nessa...

Foi só após essa frase, repetida durante os últimos quilômetros de viagem, que notou seus olhares arredios e percebeu que alguma coisa estava errada. No mesmo instante, policiais armados irromperam na cabana.

De tudo o que aconteceu na sequência, a única coisa que Loredana não previra foi sem dúvida a sorte que a população reservou aos três americanos do hotel Caravela... No mesmo dia em que voltou de São Luís com sua passagem de avião confirmada pela Varig, ela se uniu a Eléazard e Soledade para acompanhar o funeral conjunto da família Carneiro. Era uma manhã chuvosa que tornava ainda mais lúgubre a tristeza do evento. Centenas de pessoas tinham feito questão de seguir o cortejo, organizado pelo pároco de Alcântara. Em sua passagem, as pessoas abriam portas e janelas para dar livre acesso às almas dos defuntos.

— Que tenham o descanso eterno! — gritou um amigo próximo. — A luz perpétua, ó Esplendor! Deus os tenha!

E todos interrompiam suas atividades para ingressar no cortejo.

— Venham, irmãos! — diziam na multidão para os recém-chegados.

Ninguém chorava, com medo de molhar as asas do pequeno cadáver e impedi-lo assim de subir ao paraíso. Nicanor! Gilda! Egon! Chamavam os mortos pelos seus nomes, para que se sentissem mais leves em seus caixões de madeira branca. Cantos para levar paz aos mortos, na hora derradeira, no momento em que o galo cantou pela última vez, a madrugada cantando, os corpos inertes assim como suas roupas: lamentos e litanias se transformavam numa só lástima, cujo eco repercutia sobre as fachadas em ruína da cidade. Um longo gemido cor de ocra, uma ferrugem cortante de aço no céu. Os homens se embriagavam, um tambor incitava a chuva.

Eléazard suspeitava de que Alfredo estivesse na origem daquilo que ocorreu ao voltarem do cemitério. Os rumores se propagaram de boca em boca, a exaltação aumentou. Como um cardume sujeito ao estranho magnetismo que rege o menor de seus movimentos, toda a multidão se encontrava na praça, diante do hotel Caravela. "Fora gringos! Morte à CIA!"; um furor quase místico deformava as expressões, os punhos se erguiam. Acreditavam que os três americanos se encontrassem trancados em seus quartos, mas Alfredo percebeu quando voltavam de um bar e se aproximavam da aglomeração sem compreender que eram eles mesmos a causa daquele tumulto. Uma pedra foi arremessada, seguida imediatamente por dezenas de outros projéteis. O homem levou a mão ao rosto, olhou o sangue nos dedos com espanto. Sem que o padre conseguisse impedi-los, todos avançavam na direção do objeto de seu ódio. Os americanos recuaram instintivamente, depois começaram a correr, tomados pelo pânico, rumo ao cais. O *Dragão do mar* se preparava para zarpar e eles puderam se refugiar a bordo. Retornando às pressas, aqueles que voltavam do quarto do hotel lançaram as malas dos estrangeiros na direção do barco. Mal fechadas, elas explodiram antes de alcançar o convés. O mar se cobriu de camisas, calcinhas e sutiãs que fizeram rir os moleques aglomerados no cais.

Com os olhos fixos na velha embarcação que se distanciava, Loredana comentou aquela partida com uma resignação ponderada:

— Acho que só podia acabar desse jeito...

— É bom de ver, assim mesmo — disse Eléazard, ciente do sentido de suas palavras. — De qualquer maneira, escaparam por pouco... Você viu todas aquelas calcinhas?

— Vi — assentiu Loredana, sorrindo.— Para falar a verdade, não estava mais pensando naqueles palhaços...

Eléazard olhou para ela um pouco surpreso. Seu rosto traía aquela espécie de incômodo, carregado de confusão e vulnerabilidade, que precede as confissões. Mais tarde, quando se sentiria levado a recobrar aquelas lembranças, ele lamentaria não tê-la beijado naquele momento exato. O curso dos acontecimentos teria sido, sem dúvida, alterado.

— O que você queria dizer, então? — perguntou ele, com delicadeza.

— É por causa das malas — respondeu ela de forma enigmática. — Não sobra muita coisa de uma história, quando ela termina. Algumas coisas flutuando no mar, como depois de um naufrágio...

Ainda sem olhar para ele, ela procurou sua mão e a apertou.

— Sou sua amiga, não sou?

— Mais do que isso — respondeu Eléazard, tentando dissimular sua emoção. — Você sabe disso...

— Se um dia eu precisar de você... Quero dizer, se eu pedir socorro, lá do fundo... Você virá me ajudar?

Eléazard acolheu aquela prece insólita com a seriedade que o momento exigia. Ele apertou ainda mais sua mão, dando a entender que iria em seu auxílio, não importa o que acontecesse. Satisfeito em vê-la assim desarmada, ele não entendeu que era exatamente naquele instante que ela precisava dele. Talvez bastasse aquele rompante de discernimento para detê-la, para impedi-la de transformar em adeus aquela pausa silenciosa à beira do embarcadouro. Talvez ela não mudasse sua decisão, mas como saber? Ele sentira medo de ofendê-la, tomando-a em seus braços, medo de ser indiscreto lhe perguntando a razão de sua tristeza, medo de importuná-la dizendo que suas angústias não valiam a pena, que a vida estava ali e que ele a amava.

Eles esperaram juntos que a noite caísse sobre o mar. Depois, ela sentiu frio por causa do chuvisco e demonstrou vontade de ir embora. De mãos dadas, eles subiram em direção à praça. Nenhum dos dois pronunciou uma palavra, tão certos estavam de que começariam a soluçar se dissessem alguma coisa. No momento de se separar, ela deu-lhe um beijo nos lábios; Eléazard a observou se afastando para seu hotel sem duvidar sequer um instante de que nunca mais a veria.

SÃO LUÍS | *Ele logo se encontraria em Manaus, rapidamente...*

Subindo os degraus do Palácio Estadual, o coronel José Moreira da Rocha percebeu a expressão contrita dos funcionários que pararam para cumprimentá-lo. Todos já estavam a par... Os ratos! Não era possível que acreditassem que ele deixaria as coisas assim, sem reagir! Sempre prontos a chorar suas misérias, mas quando se tratava de defender o patrão, não aparecia ninguém... Tudo bem. Eram as regras do jogo, ele as conhecia melhor do que qualquer um; vou mostrar para eles, dizia para si mesmo, se forçando a sorrir para uns e outros, que ninguém me desafia impunemente! Quando entrou em seu escritório, a pasta sob o braço, até Ana sentiu uma pontada nos rins. Ainda bem que não tinha esperado chegar ao palácio para ler os jornais! Pelo menos sofrera o golpe sozinho, no banco de trás de seu carro, sem ter que fingir diante daquelas hienas. Ele teve também mais tempo do que precisava para elaborar uma estratégia de contra-ataque. Dito isso, os safados que haviam preparado aquele dossiê contra ele haviam feito um bom trabalho. Alguns detalhes só eram conhecidos por um número mínimo de pessoas, não podiam ter sido revelados sem a cumplicidade de uns de seus próximos. A desconfiança nunca era exagerada... A pessoa que lhe fizera aquilo renegaria um dia até o nome da própria mãe.

— O resumo da imprensa está em cima da mesa, senhor — disse a secretária, com uma entonação que ela pretendera profissional mas na qual sobressaía assim mesmo uma ponta de triunfo. — O senhor ministro Edson Barbosa Júnior telefonou. Pediu que o senhor retorne a ligação com urgência. Tem também uma equipe do jornal da TV Globo que solicita uma entrevista... Coloquei o cartão do jornalista na sua agenda.

— Obrigado, Ana — disse ele, pondo as duas mãos sobre a mesa. — Cancele todos os meus compromissos desta manhã. Não quero falar com ninguém. Diga ao Jodinha e ao Santos para virem aqui assim que chegarem.

— Eles já chegaram, governador...

— Ótimo. — Moreira olhou para o relógio. Até aqueles dois estavam adiantados naquela manhã. — Falarei com eles às 10 horas. Tenho que dar uns telefonemas. Não quero ser incomodado até lá. Para tudo que não for estritamente administrativo, está me entendendo, não é mesmo?, passe para meu assessor de imprensa.

— E o que eu digo para o pessoal da televisão?

Se quisesse seguir seus instintos, Moreira os teria dispensado sumariamente, mas achou que seria propício emitir um desmentido oficial às acusações que lhe pesavam:

— Às 11 horas, depois da reunião. Eles já podem ir se instalando na sala de conferência, se quiserem.

O governador esperou que ela fechasse a porta para fazer a primeira ligação: para o DOPS, o Departamento de Ordem Política e Social do Estado.

— Alô, comissário Frazão? Moreira da Rocha falando... Sei, comissário... Estou a par. Mas fui um dos últimos a ficar sabendo, e isso não me agrada nem um pouco. Como é que os caras conseguiram fazer uma cagada dessa? E você tem muitas razões para ser gentil comigo, se me lembro bem... Não quero saber de desculpas: os fatos, comissário, estou falando dos fatos! Quem é o responsável por essa merda toda? Como é? Waldemar de Oliveira... — Ele anotou o nome para não esquecer. — Mas o que você quer que eu diga, porra! Ele não tem por que se arrepender. Quanto é essa fiança? Duzentos mil? Fala, estou ouvindo... Vou fazer o necessário... Mas claro que estou contando com você, comissário, e é melhor me deixar informado sobre tudo o que acontece... Eu te criei, posso te destruir. E quando bem entender, Frazão, não se esqueça disso!

Ele desligou rispidamente e acendeu um cigarro. Quem armara tudo aquilo não economizara nos meios. E fora rápido, porra! Quase não dava para acreditar... Era preciso tirar o Wagner da prisão antes que o imbecil abrisse a boca...

Ele ligou para Vicente Biluquinha, o jovem advogado que lhe devia, entre outros agrados, sua entrada no Lions Club.

— Bom dia, doutor... É isso, uma bela jogada eleitoral. Eles vieram com tudo desta vez, mas você vai ver que não vão levar nada para o paraíso... Por falar nisso, você poderia cuidar do caso do nosso amigo Wagner Cascudo? Você me prestaria um grande serviço. Confio plenamente em você, doutor... Isso... Vou mandar o dinheiro da fiança, entrega em mãos... É isso... Telefone para mim assim que ele estiver solto e fique de olho nele. Diga-lhe que estou cuidando de tudo. Não tem com que se preocupar... Muitíssimo obrigado, Vicente, fico devendo essa... Mas claro, com prazer. Vou falar com minha esposa e depois dou uma resposta... Tchau... À sua senhora igualmente...

Mal desligou e o telefone se pôs a tocar, assustando-o.

— Alô? Ah, é você, Edson... Justamente, ia te ligar... Eu sei, eu sei, mas eles não têm nada contra mim. É um blefe dos nossos adversários políticos. Você vai ver que esse balão vai se esvaziar sozinho daqui a alguns dias... Não esquenta, pode confiar em mim. Eu tenho controle da situação, daqui a pouco vou falar com os repórteres da Globo e esclarecer tudo... Mas nada, nadica de nada. Você me conhece, eu nunca faria um troço desse... A especulação? Mas claro que existe, Edson... ainda não é proibido ganhar dinheiro neste país, que eu saiba. Quanto a isso, deixe eu te lembrar que você não pode dar lição a ninguém... Não, não é isso que eu quis dizer, Edson, mas se me incomodarem, vai ter troco, você sabe. Nem eu, nem você e nem o partido temos nada a ganhar com esse escândalo. Deixe eu te lembrar que as eleições são daqui a três semanas, então se você pudesse fuçar um pouco nessa embrulhada, seria ótimo. É do interesse de todos, você sabe... Isso... de Oliveira, Waldemar de Oliveira... Um cabra encrenqueiro de Santa Inês. Não sei como ele fez, mas conseguiu dar um curto-circuito no meu esquema todo... Isso seria o ideal, Edson. Ainda bem que falamos a mesma língua... Tudo certo. Eu cuido disso e você me mantém informado.

Moreira refestelou-se em sua poltrona, esvaziando os pulmões. Com um sorriso nos lábios, respirou longamente, como um atleta após um esforço. Tinha resolvido tudo como um mestre! Se o próprio ministro da Justiça se debruçasse sobre o assunto, esse tal de Oliveira estava acabado... Logo logo seria transferido para Manaus. A contraofensiva estava lançada, só faltava estreitar seus laços com Wagner e colocar em lugar seguro os documentos comprometedores... O projeto do resort por si só não implicava nada. Se havia guardado segredo até agora, fora por mera diplomacia. O objetivo prioritário consistia em controlar a mídia; ia ser preciso ainda molhar a mão de muita gente, mas ele podia usar os fundos secretos previstos para tal fim. Um ou dois editoriais bem profundos, um bom processo por imoralidade nas costas do procurador — era preciso falar sobre isso com Santos e Jodinha: seus conselheiros logo achariam um drogado qualquer para sustentar que o cara era um pedófilo — e deixar o tempo desfazer essas calúnias... Depois, era recomeçar tudo, como antes... O governador sentia as garras crescerem em seus dedos. Pela primeira vez naquele dia ele voltava a ver a vida como um mar de rosas.

— Moreira — disse ele, atendendo ao telefone. — Ah, é você, minha querida... — Uma explosão repentina de calor se irradiou na sua nuca. — Você não vai acreditar em tudo que dizem nos jornais, vai? Não é possível. Eu te juro que não tenho nada a ver com... Carlota! Isso está fora de questão, eu me recuso, está ouvindo? Eu... Carlota! Carlota!

Ele hesitou em telefonar para ela logo em seguida. Era melhor deixar que se acalmasse. Cuidaria daquilo à noite, na fazenda. Só faltava ela se envolver agora... A ausência de Mauro a deixara meio louca. Uma pontada no esterno, porém, lhe dizia que não conseguiria fazer com que ela mudasse de opinião. Não desta vez. Por um segundo, imaginou sua vida sem Carlota, depois varreu esse pensamento de tanto que ele insultava sua noção de ordem e de simetria.

CAPÍTULO XXVII

Como ficou decidida a construção de um novo obelisco, e sobre a discussão que se seguiu em relação à escolha de um animal apropriado

Na segunda-feira de Pentecostes, nada faltou à comemoração da festividade. Nessa ocasião, o soberano pontífice exprimiu com bastante clareza seu desejo de erguer um obelisco, e justamente aquele que acabara de ser exumado durante os trabalhos efetuados pelos dominicanos em volta da igreja Santa-Maria *sopra* Minerva. Kircher deveria igualmente trabalhar com seu amigo escultor na concepção de uma estátua que fosse digna daquela preciosa antiguidade, mas também na *piazza* Minerva, da qual ela se tornaria o principal ornamento.

O cavaleiro Bernini havia sido chamado a Paris pelo rei Luis XIV a fim de ajustar os planos de seu palácio do Louvre e esculpir um busto representando-o no comando de seu exército. Como não suportava os cortesãos e tampouco o clima enfadonho da cidade, ele retornou a Roma ao final do mês de outubro, enriquecido de 3 mil luíses em ouro e uma patente de 12 mil libras de rendimentos obtida em recompensa por suas obras. Quando se apresentou ao colégio, com a intenção de expor suas opiniões sobre o monumento de Minerva, Kircher e eu estávamos na companhia do padre Grueber, ocupados com as anotações sobre sua viagem à China.

—Vamos — disse Kircher. — Não desanime! Roma não foi construída em um só dia, e com a ajuda de Deus, tenho certeza, conseguiremos restaurar a antiga sabedoria de outrora. E visto que isso acontece de maneira assim tão oportuna, diga-me então, Lorenzo, quais são seus projetos para o obelisco de Minerva...

— Considerando as pequenas dimensões do obelisco, me parece impossível conceber para ele um monumento comparável em nobreza àquele da fonte de Pamphili. Então, pensei em colocá-lo simplesmente sobre o dorso de um animal cujo valor simbólico possa corresponder àquele dos hieróglifos. Não conhecendo nada de seu conteúdo, precisei interromper neste ponto minhas reflexões, ainda que certos animais, como a tartaruga e o tatu, me fascinem bastante, do ponto de vista artístico, e para os quais já comecei a criar alguns desenhos.

Kircher deixou transparecer alguma dúvida.

— Veremos mais tarde a escolha do animal... É menos importante, aliás, que ele corresponda ao ensinamento dos hieróglifos gravados sobre o obelisco do que aquele da Igreja, e do soberano pontífice, seu emblema neste mundo. Mas, a fim de que você conheça todos os elementos necessários ao seu estudo, vou apresentá-lo à tradução.

Athanasius apanhou uma folha de papel sobre a mesa e, depois de limpar a garganta, leu o que se segue com o ar grave:

— *Mophta, o supremo espírito e arquétipo, infunde suas virtudes na alma do mundo sideral, a saber, esse espírito solar a ele submisso. De onde provém o movimento vital no mundo material ou elementar; e de onde sobrevém a abundância de todas as coisas, assim como a variedade das espécies.*

"Da fecundidade do vaso de Osíris, ele escorre sem cessar, atraído por alguma simpatia maravilhosa e plena do poder oculto em sua pessoa de dois rostos.

"Oh clarividente Chénosiris, guardião dos canais sagrados, símbolos da natureza aquosa na qual consiste a vida de todas as coisas!

"Pela boa vontade de Ophionus, esse gênio adequado para a obtenção dos favores e da propagação da vida, princípios aos quais esses escritos são dedicados, e com a assistência do humilde Agathodoemon do divino Osíris, as sete torres dos céus são protegidas de todo dano. É por isso que a imagem do Mesmo deve ser apresentada circularmente nos sacrifícios e nas cerimônias.

"A mão esquerda da natureza, ou a fonte de Hécate, a saber, essa vertigem que é a própria respiração do universo, é evocada através dos sacrifícios e elaborada de forma que o demônio Polimorfo produza a variedade generosa das coisas no mundo quadripartido.

"Os artifícios enganadores de Tífon foram partidos, preservando assim a vida das coisas inocentes; é a isso que conduzem os tentáculos e os amuletos acima, por causa dos fundamentos místicos sobre os quais são construídos, razão pela qual são possantes para obter todas as boas coisas de uma vida fascinante..."

— Pelo amor de Deus! — exclamou Bernini. — Se tivesse falado em iroquês, eu teria entendido a mesma coisa! Esses seus sacerdotes egípcios sabiam melhor do que ninguém enrolar seus sermões...

— Eles tinham boas razões para isso: a primeira sendo a profundidade mesmo dos mistérios que eles exprimiam; a segunda, por precaução para não entregar inconsideradamente aos ignaros um saber tão pesquisado. As artes simples, como a música ou a pintura, exigem uma longa iniciação; bem mais longa e mais árdua é aquela necessária ao conhecimento. Pitágoras, não nos esqueçamos, aconselhava o silêncio a seus discípulos a fim de que não divulgassem nenhum mistério sagrado, porque só se pode aprender meditando, não falando.

— Culpa minha — continuou Bernini, um pouco envergonhado. — Contentar-me-ei, pois, com as artes, sem procurar decifrar essas tão preciosas alegorias.

— Ora, vamos, meu amigo... Não se equivoque. O conhecimento supõe apenas a aplicação, e você utiliza a sua de modo maravilhoso num domínio em que se sobressai. Infelizmente, a vida é curta demais para que se possa imaginar factível se dedicar plenamente a mais do que uma só arte. Sócrates foi um mísero escultor antes de ser Sócrates; quanto a Fídias, aquele fabricante de imagens divinas, pode muito bem ter sido mudo, pelo que conhecemos de sua filosofia... Um criava almas, o outro, pedras. E pronto!

— Ainda bem! — exclamou Bernini, rindo. — Como poderia eu não ser convencido, a partir do momento em que sou comparado a um mestre assim?!

— Não esqueci de mim, tampouco — retomou Kircher no mesmo tom. — Mas isso foi por necessidades de analogia, pois teria muitas dificuldades em me comparar a Sócrates. Se você é sem dúvida o maior escultor de nosso século, eu mesmo não passo de um honesto operário do conhecimento. Nada mais tenho a fazer, todo o meu tempo me pertence; posso, portanto, me concentrar indefinidamente nas coisas sem interrupção. Eis a minha única genialidade. Através de uma longa experiência, aprendi quanto tempo é necessário para um trabalho intelectual tão cativante e a que ponto o espírito deve estar completamente livre de todas as distrações para realizá-lo... Mas voltemos ao ponto onde estávamos, por favor, em nosso obelisco. Como você, com certeza, entendeu, apesar de seus protestos diante de sua aparente obscuridade, esse texto resume a doutrina egípcia relativa aos princípios soberanos que governam o mundo. Substitua Mophta por Deus, Osíris pelo Sol, ou as sete torres dos céus pelos sete planetas e verá que essa doutrina nada difere daquela da Igreja, a não ser em pequenos detalhes. Consequentemente, espero que concorde, a tartaruga e o tatu não são de modo algum símbolos aptos a representar um sistema assim tão complexo.

— Reconheço sem problemas — replicou Bernini, franzindo as sobrancelhas —, mas você teria outros bichos a propor?

— Nem pensei nisso, para falar a verdade. Parece-me, contudo, que o boi ou o rinoceronte conviriam perfeitamente. O boi porque ele aquece com seu alento o Nosso Senhor, mas também porque os gregos nele veneram o Sol e a Lua, sob o nome de Epafus, e os egípcios, a alma de Osíris e a de Mophta, sob o nome de Apis. O rinoceronte, por sua vez...

— Está fora de questão — interrompeu Bernini, sacudindo a cabeça. — Os franceses já o utilizaram dessa maneira para a chegada de Catarina a Paris. Quanto ao boi, trata-se de um símbolo interessante, mas já posso ouvir os comentários de nossos romanos diante dessa estátua: acharão mil piadas indecentes a respeito dos chifres ou dos testículos, e duvido muito que o soberano pontífice as aprecie...

—Você está coberto de razão... Não se deve negligenciar esse aspecto do problema.

Grueber, que até então ficara ouvindo respeitosamente, tomou parte da conversa de repente:

— O que os senhores diriam de um elefante?

— O elefante?! — exclamou Bernini.

— Mas, claro! — agitou-se meu mestre, segurando o escultor pelos ombros. — *Cerebrum in capite!...* O cérebro está dentro da cabeça! Está entendendo, Lorenzo? A *Hypnérotomachie* e seu enigma obsidiano... Como não pensei nisso antes? Encontramos nosso símbolo, porque nenhum animal, de fato, é mais sábio do que o elefante!

Bernini ficou então confuso como um gato castrado.

— Bom! — disse ele, desarmado.

Elaine preocupou-se com Mauro durante todo o tempo de sua ausência. Ainda sob o choque da visão terrível, o rapaz desandou a chorar, soluçando em meio ao seu relato; ela ficou feliz em poder consolá-lo quando ele aninhou a cabeça no seu peito. Ao verdadeiro sofrimento que ela experimentava, misturava-se um medo visceral que a imobilizava. Na sua cabeça, uma agulha girava em torno de si mesma, desgovernada.

Os mosquitos chegaram com a noite.

— Quando penso que ele jogou fora o carregador... — resmungou Herman.

Ele refletia em voz alta, e como esses fragmentos de frase expunham o impasse em que se encontravam, eles pareciam tornar a penumbra ainda mais espessa.

Dietlev recobrou a consciência, com o nome de Elaine nos lábios. Ela se apressou em responder. Limpando seu ferimento, mais para enganar sua angústia do que por necessidade, ela resolveu lhe omitir a morte de Yurupig; a infecção se desenvolvera de modo alarmante, ele precisaria de todas as suas forças para resistir. Os índios haviam lhes levado as bagagens... Partiriam no dia seguinte... Teriam que aguentar. Enquanto ela lhe falava, aquelas mentiras piedosas se invertiam em seu espírito, de tal forma que ela só ouvia em sua voz a estrita verdade: Dietlev não sobreviveria por muito tempo, e talvez nunca viessem a sair daquela clareira. Receios e incertezas se condensavam num suor maligno sob as axilas.

— Faltava alguma coisa na mochila? — perguntou Dietlev, com a voz abafada.

— Não — respondeu Elaine. — Quer dizer, sim... As amostras de fósseis desapareceram. Devem ter achado que eram simples pedras e jogaram fora...

Ouviram Herman cafungar ruidosamente na escuridão.

— Ele e sua cocaína! — exclamou Dietlev com irritação.

— Não dê atenção, tente dormir...

Os índios tinham acendido a fogueira. Uma luminosidade de incêndio veio avermelhar o interior da oca, zebrando os rostos com ideogramas caprichosos; flautas de sonoridade amarga acompanhavam um canto de lamento; toda a tribo gemia ritmada, lentamente, com imprevisíveis variações, com ataques oclusivos em que enrouqueciam as gargantas.

A esteira à entrada foi erguida; os mesmos índios que lhes haviam levado alimentos fizeram os estrangeiros saírem da cabana. Sem chances de perguntar alguma coisa, eles foram conduzidos até diante da enorme fogueira que crepitava no meio da aldeia. Havia banquinhos para sentar, pratos cheios de comida, grandes cabaças plenas de cauim... Eram tratados como convidados de honra, de tal modo que Elaine voltou a alimentar esperanças.

Sarapintados de tinta vermelha, luzindo como nadadores ao sair da água, vários índios já caminhavam em volta do braseiro. Longas caudas de arara jorravam dos penachos amarelos que traziam presos aos braços, quase na altura dos ombros. Os cabelos salpicados de plumagens brancas, penas de martim-pescador nos lóbulos das orelhas, eles imitavam um animal qualquer. Elaine deu um passo para trás: o pajé acabara de se perfilar diante do grupo de estrangeiros. Um ranho preto escorria das suas narinas em dois regos xaroposos; seu torso frágil estava todo respingado. O fato de assoar o nariz sobre si mesmo dava-lhe uma aparência mais velha, mais insana. Mais selvagem... pensou Elaine com repugnância, enquanto ele começava um longo discurso estranhamente melodioso:

Era uma festa em homenagem a Quyririche, uma festa em que eles haviam preparado para o Enviado e sua divina parentela todos os alimentos que possuíam. O cauim à base de mandioca estava no ponto, soprariam muita epena, nuvens de pó mágico, mais e mais, até se unirem às nuvens invisíveis onde se tramava o destino dos mundos. Ele, Raypoty, tinha conseguido interpretar os signos; ele conhecia a fonte de onde vinham os peixes-pedra! Durante longos anos ele procurara em outra parte o orifício do universo, essa fissura secreta pela qual seu povo poderia enfim escapar, como se saísse bruscamente de um cu, no ventre mortal da floresta. Mas eis que o deus em pessoa viera abrir-lhe os olhos. Não havia mais necessidade de plantar ou caçar, eles partiriam no alvorecer, abandonando tudo que pudesse pesar em seu voo definitivo para a Terra-Sem-Mal.

Ele concluiu com algumas palavras ocultas destinadas a atrair os favores do Enviado, a fim de que ele continuasse a guiá-lo e a seu povo.

— *Cordeiro de Deus que apaga os pecados do mundo* — traduziu Mauro consecutivamente —, *perdoai-nos, Senhor!* Que loucura... Se sairmos dessa, passarei o resto da minha existência inventando uma língua universal! Parece que ele resolveu não escutar nada do que dizemos... Se ele não fizer um esforço no nosso sentido, todas as nossas tentativas de nos comunicarmos com ele não servirão para nada. É realmente estúpido, isso!

— Não é isso — disse Dietlev com a voz alterada pela febre. — Acho é que ele está persuadido de que nós o entendemos... É preciso tentar falar com outra pessoa da tribo.

— Melhor é fugir — resmungou Herman. — Não estou gostando nada da atitude desses malucos.

O pajé pegou um longo tubo de cortiça, fino como uma zarabatana, introduziu um pouco de pó negro em uma das extremidades e o entregou a um índio agachado. Depois, pôs-se na mesma posição e levou a outra ponta até a narina. O índio segurou o tubo entre o indicador e o dedo médio, tomou fôlego e soprou forte nas mucosas do pajé a dose de *epena*.

— Vocês estão vendo — jubilou Herman —, não sou o único.

Ele já vira aquela prática nos ianomâmis e sabia que assistiam a uma intoxicação ritual.

Com os olhos fechados, o rosto contraído pela dor, o pajé preparou o tubo e depois soprou o pó nas narinas daquele que acabara de ajudá-lo. O índio ficou petrificado em seus calcanhares, presa de uma dor que parecia quase insuportável. Do seu nariz começou a escorrer um suco negro até o queixo, sinuosos caminhos de ranho que o índio fez espirrar de repente com uma expiração brusca. O sangue do mundo verdadeiro aspergido daquele modo desenhava sobre seu peito um horóscopo que somente o pajé poderia interpretar.

Aquilo foi como um sinal; todos os índios da tribo se puseram a respirar a substância mágica. Entre cada aplicação, eles bebiam cauim e comiam vorazmente os alimentos a seu alcance. Na terceira ou quarta inalação, o homem começou a berrar, batendo os braços, depois se levantava para uma dança imóvel que o fazia saltitar sem sair do lugar como um esfolado ainda vivo. Acabava caindo numa síncope, devastado pelas visões. As mulheres o levavam então para mais longe, enquanto aquele que havia soprado a droga recebia sua dose de outra pessoa.

Uma hora depois, a maioria dos homens jazia no chão, estendidos um ao lado do outro, como cadáveres à espera.

Guardiães do sonho, dizia o pajé decifrando o torso, *abrigos vivos da verdadeira alma, seus corações não mentem. Vejo sobre eles a anaconda, a onça, a tartaruga d'água e o colibri. Vocês são como flechas emplumadas de sonhos, grandes pássaros cujas asas de fogo se consomem no céu. Está próximo o fim de todas as suas misérias, pois o Enviado logo nos conduzirá até a montanha onde as visões escorrem em cascata, sem jamais cessar. Seus torsos falam muito: contam sobre o retorno à terra natal, à felicidade sorridente dos recém-nascidos...*

O pajé deambulava no meio dos corpos, liberando de seus tênues entraves os sexos intumescidos pelas divagações sensuais dos adormecidos, cuspindo flechas mágicas contra os inimigos invisíveis que giravam em torno deles como moscas. Enfraquecido, no limite do transe, ele veio se colocar diante de Dietlev. Herman foi o primeiro a compreender o sentido de todas aquelas gesticulações:

— Ele quer que Dietlev cheire essa porcaria — disse ele num timbre desdenhoso. — Vai ter que encarar...

Elaine se virou para Dietlev, assustada.

— Não faça isso! — suplicou ela. — Você está vendo em que estado eles ficam...

— No meu estado atual... E depois, não sabemos o que pode acontecer se eu recusar. É a melhor maneira de continuar em bons termos com eles... Tão longo, Carter! Depois eu conto como foi...

Ele enfiou a ponta em uma das narinas; o sopro do pajé o lançou instantaneamente de volta à sua padiola. Após alguns segundos de queimação intensa irradiando em seu sínus, Dietlev teve a impressão bem nítida de que a parte direita de seu cérebro se congelava irreversivelmente. Abrindo os olhos, viu angustiado os tons de sépia da floresta: uma harmonia de antiga fotografia que bruscos relâmpagos rasgavam de repente, deixando perceber prodigiosas perspectivas em que o âmbar e o roxo se desbotavam ao infinito. Um delírio de Piranese, um tumor de arquiteturas proliferando sem cessar. Podia ouvir lentos fragores de icebergs caindo, a sobreposição das placas terrestres. Turbilhões longínquos começavam a envolver o espaço com suas volutas, a terra se esfarelava, abria-se como um pão sob a força incoercível das montanhas. As pedras se levantavam! Antes de perder consciência, Dietlev soube que estava assistindo a alguma coisa grandiosa, um evento em que se mesclavam o começo dos mundos e seus apocalipses.

De manhã bem cedo, Elaine foi acordada pelo som de vozes pontuado pelo choro de crianças. Sua primeira reação foi dar uma olhada em Dietlev: ele dormia e parecia respirar normalmente. Em seguida, ela saiu da rede para olhar o exterior da oca. A tribo inteira arrumava suas bagagens... Acordados pelos ruídos que ela fazia, Mauro e Herman tinham se aproximado da esteira que cobria a porta.

— Parece mesmo que estão indo embora — disse o rapaz, com um pouco de inquietação.

— E vão nos levar com eles — acrescentou Herman ao ver se aproximar um grupo de índios.

Assim que entraram na oca, os dois homens que eles já conheciam fizeram sinal para pegarem suas bagagens e os seguir. Eles apanharam com deferência a padiola, enquanto os outros chegavam e soltavam da coluna central da cabana os ornamentos de penas.

O rosto de Elaine tinha se iluminado: haviam finalmente compreendido, iam levá-los a alguma lugar civilizado onde Dietlev poderia receber assistência médica. Animado com essa perspectiva, Mauro sorriu também. Herman mantinha o olhar cerrado, o aspecto sombrio e a expressão severa. Ele se contentou em sacudir a cabeça diante da alegria silenciosa dos dois outros.

Toda a tribo se embrenhou pela floresta. Os índios haviam abandonado sua aldeia com uma indiferença desconcertante. Só carregavam consigo o mínimo indispensável, sacos de pele de macaco, pedaços de fumo para mascar, arcos, flechas e zarabatanas. Munidas de cestos trançados que uma faixa de lã frontal atava às costas, as mulheres tinham se encarregado de algumas esteiras, redes e recipientes variados; levavam também um tição da fogueira, mas nenhuma delas havia prestado atenção aos montes de alimentos que tinham ficado espalhados em volta das cinzas fumegantes do braseiro. Aninhados em seus sacos, os bebês mamavam no seio de suas mães. Uma população de refugiados seguindo para o êxodo, pensou Elaine, sem dar continuidade à ideia. Ela se sentia culpada por recomeçar a ter esperança: por mais horrível que fosse, mesmo presente a morte de Yurupig tendia a se esfumar diante da iminência de seu salvamento. Obcecado pela imagem daquela cabeça martirizada, Mauro se esforçava para banir de seu espírito até o nome daquele infeliz. Quanto a Herman, só mais tarde voltaria a pensar nele, e para lamentar não ter ficado com a bússola.

O pajé parecia saber exatamente aonde ia. A longa coluna avançava rapidamente sob a cobertura hostil da selva. Dietlev ainda não despertara; apesar de seus esforços, Elaine não conseguira fazer com que ele abrisse os olhos. Aquele coma a inquietava, sem que pudesse determinar se era efeito da gangrena ou de sua iniciação ao pó dado pelo pajé. Os índios tinham se recuperado sem dificuldades da experiência, mas a falta de hábito justificava sem dúvida uma fase mais longa de restabelecimento.

— O que ele quis dizer ontem à noite? — perguntou Mauro, olhando para ela com ansiedade. — Ele falou de um tal de Carver ou Carter, não?

Essa recordação fez Elaine sorrir.

— Carter — corrigiu-o. — É uma velha história. Não sei se você leu *Os demônios de Randolph Carter*, de Lovecraft. O romance começa com a escapada de um cara que vai até o cemitério, uma necrópole desconhecida cuja pista ele havia encontrado. Ele está acompanhado por um amigo chamado Carter. Erguendo uma laje, eles acham a entrada de uma escadaria... O cara sabe que vai precisar se bater contra "a coisa", uma espécie de entidade diabólica vinda do fundo dos tempos etc. etc. Bem Lovecraft, sabe? Resumindo, ele deixa Carter na superfície e desce às entranhas da terra. Como dispõem de um telefone de campanha, Carter mantém contato com seu amigo. Ele o ouve em seu desespero, e a tensão começa a aumentar, até o momento em que se torna evidente que ele nunca mais voltará à superfície. No final do primeiro capítulo, o cara ordena a Carter fechar a laje e dá um jeito de pronunciar uma última fase: *Tão longo, Carter, não nos veremos mais*... Achei estranha aquela expressão "tão longo", mas deixei passar... O que poderia significar "tão longo"? Mas se tratando de Lovecraft, podemos esperar qualquer coisa; eu me habituei àquele enigma. Foi Dietlev que me chamou a atenção um dia de que se tratava de um erro de tradução. O texto inglês dizia simplesmente *So long, Carter*. Pouco importa na sequência, mas era uma frase que deveria ser traduzida por *Adeus, Carter, não nos veremos mais*...Você conhece Dietlev e seu espírito brincalhão... Ele me fez rir tanto que nos acostumamos a nos despedirmos dessa maneira. Uma espécie de piada interna, numa época...

— Entendi — disse Mauro.

Depois de duas horas de marcha, Herman saiu do mutismo enfezado no qual se comprazia desde a partida:

— Tem um problema — disse simplesmente.

— O que está havendo? — perguntou Elaine.

— O que está havendo é que estamos nos afastando do rio: olhe só o musgo em torno das árvores...

— É só isso que há para olhar — respondeu Mauro com um pouco de humor. — Ele tende a crescer na direção do sol, e assim aponta para o sul...

— Bom raciocínio, garoto! Mas você está confundindo os hemisférios, é exatamente o contrário. Estamos firmes num rumo noroeste desde que deixamos a aldeia. Esperei ter certeza absoluta antes de dizer isso para vocês...

— E que diferença isso faz? — replicou Mauro. — O importante é que nos conduzam a algum lugar; não importa onde, desde que haja um posto médico ou um jeito de pedir socorro...

— Noroeste, você disse? — perguntou Elaine.

— Sim senhora. E sem o menor desvio...

Ela tentou em vão visualizar a carta. Somente Dietlev poderia saber o que havia naquela direção.

— E você tem alguma ideia do que nos espera mais à frente?

— Não faço a mínima — disse Herman, dando de ombros. — Quanto mais seguirmos para noroeste, mais nos afundaremos na selva, ponto final. Não há nada por lá. É um vazio nos mapas, como ainda existem em muitos lugares...

De fato, Elaine se lembrava dessas lacunas tão intrigantes; havia sonhado com isso ao se preparar para a expedição com Dietlev e agora, assim tão perto desses espaços ermos, ela sentia seus olhos se inundarem de lágrimas.

Mauro lutava com todas as forças contra o desânimo.

— Admitindo que você esteja dizendo a verdade — retomou ele, com mais humildade, — por que eles nos levariam para o meio da floresta? É uma questão de lógica, não? Eles não podem ter deixado a aldeia por puro prazer. Sua história não faz sentido...

— E Yurupig? — insinuou Herman. — Faz sentido? Você sabe o que se passa na cabeça deles? Se eu tivesse uma bússola, juro que tentaria escapar... E o mais rápido possível!

— E o que o impede, se sabe tão bem para onde vamos? Pode ir, não faça cerimônia...

Herman ignorou o escárnio. Além do fato de ser impossível avançar na selva sem um facão e bem equipado, ele se sentia exausto. A máquina começava a estalar em todos os cantos... Se a cocaína lhe permitira mostrar disposição nos primeiros dias, ela agora o castigava muito mais do que o ajudava. Quando seu efeito diminuía, Herman se precipitava em tamanho abismo de cansaço e de neurastenia que precisava consumir de novo o pó, cada vez com mais frequência e em maior quantidade.

— Vamos ver — ele acabou por dizer. — Podem me enforcar se encontrarmos sequer uma sombra de homem branco desse lado!

Elaine sabia que era incapaz de partir na direção do rio. Qualquer que fosse o destino dos índios, era preciso confiar neles ou se considerar, ela percebeu de repente, seus prisioneiros. Apesar do fim que haviam reservado para Yurupig, ela não conseguia se sentir em perigo perto deles. Toda a tribo não deixara de demonstrar uma amabilidade exemplar, havia mesmo homens e mulheres que se aproximavam da padiola para olhar Dietlev numa atitude explícita de compaixão. A cada vez, ela tentava pronunciar uma palavra gentil, mostrar uma expressão simpática; mas os índios estavam demasiadamente impressionados, somente uma garotinha lhe retribuíra o sorriso.

Lá pelas 16 horas, eles finalmente pararam; toda a tribo se distraía na vegetação rasteira em busca de um local para passar a noite. Alguns alpendres foram erguidos com uma rapidez estonteante — quatro varas sustentando uma cobertura rudimentar de folhas de palmeira sob a qual cada família se apressava em estender as esteiras ou armar as redes. Assoprando o tição, os homens acenderam a fogueira no centro da clareira.

Três macacos e um coati foram flechados numa investida de sorte; um tronco carcomido vomitou uma abundância de larvas enormes; as garotinhas trouxeram formigas doces, mel e a medula das palmeiras cortadas pelos adultos. Laranjas selvagens apareceram como que por encanto...

Dietlev ainda dormia. Elaine limpou sua ferida como foi possível e se entregou ao cansaço. Mauro e Herman se instalaram também perto do fogo, abatidos pelo dia de marcha. Incomodados pelos insetos que a fumaça não conseguia ainda afastar, eles comeram em silêncio uma lata de feijão, sem coragem de ingerir os alimentos que o pajé lhes fizera servir. Mauro provou uma laranja, mas estava tão ácida que ele teve vontade de vomitar. Quanto ao mel, serviu para dar liga a um mingau em que os vermes vivos bastavam para provocar o mesmo efeito.

Os índios os observavam com uma discrição inversamente proporcional à sua curiosidade: quanto mais os estrangeiros exibiam aquelas coisas maravilhosas — latas de conserva, faca, fósforos, objetos fantasmagóricos que cruzavam seu olhar como cometas assombrosos —, mais eles fingiam não se interessar. Aqueles-que-vinham-da-noite não os intimidavam, e o menor gesto de cortesia para com os recém-chegados, ainda que fossem seres sobrenaturais, determinava aquela reserva amistosa. Olhar uma mulher nos olhos era como deitar-se com ela; encarar um homem era transformá-lo em inimigo mortal; entre a sedução e o combate, não havia espaço algum para o entusiasmo a não ser colocar em risco a ordem do mundo.

Elaine percebia aquela falsa indiferença sem entender as razões. Cansada demais para refletir, ela se deixou levar pelas lembranças, mesclando imagens vagas de Eléazard e de sua filha, incomodada por se sentir vigiada. Caetano Veloso nos ouvidos, Mauro a observava sonhando; as manchas de lama sobre seu rosto, seus cabelos sujos, úmidos e embaraçados, a lassidão visível nos olhos, tudo isso deixava Elaine ainda mais bela, mais desejável. Ele invejava Dietlev por ter tido aquela mulher em seus braços, se interrogando ao mesmo tempo o que poderia tê-la atraído num homem de físico tão infeliz. O fato de não conseguir imaginá-los sem torpeza numa mesma cama o deixava nervoso em relação a ela, apesar de uma consciência clara de seu ressentimento. De sua natureza ilegítima e pueril.

Herman já dormia, ou fingia.

Na última claridade do dia que se diluía entre as árvores, uma revoada de periquitos tingiu de vermelho o céu sobre suas cabeças.

Um garotinho se aproximara, fascinado pelo walkman de Mauro. Com delicadeza, este colocou os fones nos seus ouvidos, provocando na criança uma reação de pavor, depois, bem rápido, de alegria. Seu pai se aproximou a fim de intimar-lhe a deixar os estrangeiros em paz, mas, vencido pela curiosidade, não resistiu quando seu filho quis dividir com ele aquela descoberta. Mal aproximara desajeitadamente os fones de seus ouvidos ele lançou o objeto no chão, bateu na criança e entrou numa verdadeira crise de raiva. Estupefato por aquela reação violenta, Mauro se agachou ainda mais. O índio o ameaçava com seu arco e com um cacete, e teria chegado a agredi-lo se o pajé, alertado pelas vociferações, não houvesse de repente impedido seu gesto. O velho encontrou certamente as palavras adequadas para explicar aquela feitiçaria, pois o índio sossegou logo em seguida. A mãe da criança tinha também se aproximado e acabou de acalmar o marido massageando seu pescoço e ombros, enquanto ele insistia em futucar os próprios ouvidos para desalojar aquelas vozes que infectavam sua memória como parasitas.

Elaine despertou no meio da noite. O fogo já quase se apagara, uma auréola de luz fria brilhava ao seu lado: apagado, irreconhecível sob o nimbo fosforescente que emanava de seu corpo, Dietlev luzia como um espelho ao sol!

Apesar de sua inverossimilhança onírica, a visão parecia tão real que Elaine estendeu a mão na direção daquela luminosidade. Uma infinidade de pirilampos decolou então do cadáver, perfurando a escuridão com 1.001 estilhaços de vidro.

Cadernos de Eléazard

LOREDANA falando de Moreira: "Ele deveria esconder a cabeça dentro da calça..." Chuang-Tzu ressuscitado.

KIRCHER frequentava Poussin, Rubens, Bernini... Alguém que esses artistas excepcionais consideravam como seu mestre e amigo poderia ser essencialmente limitado ou simplesmente medíocre?

NEWTON se entregava à alquimia, Kepler especulava sobre a música das esferas...

"TENHO O PROJETO de reconstituir o museu reunido pelo jesuíta Athanasius Kircher, autor de *Ars magna lucis et umbræ* (1646) e inventor do 'teatro polidíptico', em que os sessenta pequenos espelhos que revestem o interior de uma grande caixa transformam um galho em floresta, um soldado de chumbo num exército, um caderno em biblioteca (...). Se não temesse ser mal compreendido, não teria sequer me oposto à ideia de reconstituir em minha casa um cômodo inteiramente revestido de espelhos, conforme um projeto de Kircher, no qual me veria caminhando pelo teto de cabeça para baixo e decolar nas profundezas do assoalho." (Italo Calvino, *Se um viajante numa noite de inverno.*)

TUDO EM NOSSO MUNDO parece feito para eliminar o máximo possível a palavra. A solidão de todos no meio de todos: nossa noite em caixas. Prática de epilepsia como alternativa ao desespero. Que os espelhos, onipresentes, permitam a cada um dançar sozinho diante de si mesmo. Desfiles sexuais, anônimos, sedução narcísica do reflexo. Quatro horas de glória por semana, e o resto do tempo não passa de um suicídio adiado.

TRÊS LINHAS das duzentas páginas do manuscrito de Voynch:

> "BSOOM.FZCO.FSO9.SOBS9.8OE82.8OE8
> OE.SC9.59.Q9.SFSOR.ZCO.SCOR9.SOE89
> SO.ZO.SAM.ZAM.8AM.4O8AM.O.AR.AJ"

Que quimera foi capaz de levar um homem a cifrar seus próprios escritos até torná-los ilegíveis para qualquer pessoa, salvo ele mesmo? A necessidade absoluta do segredo. Que razão podia exigir a ocultação de seu conteúdo até esse ponto? O medo da morte ou de ser saqueado. Havia diferentes maneiras de arriscar sua vida no século XIII, mas a mais certa era sem dúvida a heresia. Quanto a se ver despossuído de algum tesouro, era preciso que esse homem tivesse realizado pelo menos a transmutação do chumbo em ouro, ou achado algum elixir da imortalidade. Cosmogonia herege, tratado de alquimia? No primeiro caso, temos diante de nós um covarde; no segundo, um avarento; e em ambos, um imbecil...

Era ele ao menos capaz de se reler?...

BAIXARIA. Não fui sincero: meu sorriso se dirigia a Alfredo e, por tabela, a Loredana. Um vulgar sorriso de conivência destinado a reforçar minha própria superioridade.

ATÉ MESMO ROGER CAILLOIS encontrou nas obras de Kircher matéria de estímulo para sua imaginação: "Pelas mesmas razões, tenho em particular estima uma *Arca de Noé* que ilustra uma das numerosas obras do padre Athanasius Kircher, grande mestre desconhecido neste império do insólito. Diante do hangar flutuante, entre membros de homem e cavalos, agonizam peixes monstruosos, bicéfalos ou com olhos circunscritos por pétalas de crucíferos, eles mesmos submersos pela irresistível inundação e como que sufocados pela abundância de seu próprio elemento. O horrível é que eles parecem poupados pela chuva, cuja cortina drapejante de nuvens tempestuosas para misteriosamente diante da turba amedrontada desses escombros. Não se pensava que o dilúvio tivesse destruído até os seres aquáticos." (*Au cœur du fantastique.*)

FLAUBERT, CALVINO, CAILLOIS...

O QUE EU GOSTEI EM KIRCHER, além daquilo que fascinava a ele mesmo: a miscelânea do mundo, sua infinita capacidade de produzir fábulas. *Wunderkamer*: galeria de maravilhas, armário de fadas... Sótão, despensa, mala de brinquedos onde se aninham nossos primeiros espantos, nossos frágeis destinos de descobridores.

"O EFEITO KIRCHER": o barroco. Ou, como escreveu Flaubert, essa desesperadora necessidade de dizer aquilo que não pode ser dito...

COM MUITOS LAMENTOS, e para ajudá-lo a morrer mais rápido, adolescentes serram a madeira — a de seu caixão — diante da porta do homem agonizante. Eles *serram os velhos.*

FALHEI EM TUDO, por não ter participado do mundo...

ESTÁ BEM NA HORA de me perguntar o que espero de meu trabalho sobre esse manuscrito... Schott é quase cômico por conta da hagiografia; eu o sou provavelmente também, por conta da minha má-fé.

QUE A ÚNICA TRANSCENDÊNCIA POSSÍVEL é aquela em que o homem se ultrapassa para encontrar em si mesmo, ou nos outros, um pouco mais de humanidade.

LOREDANA se engana, por uma vez...

SOBRE OS ÍNDIOS que forçam a cada dia o sol a comparecer: o que importa é a equanimidade do ser, a certeza de fazer levantar-se um mundo para os outros, enquanto que estão persuadidos que esse mundo se levanta sozinho. Rufar o tambor da alvorada; contra ventos e marés, fazer surgir a manhã enquanto as pessoas dormem.

CAPÍTULO XXVIII

Em que Kircher explica o simbolismo do elefante, recebe alarmantes notícias da China e treme por suas coleções por culpa do rei da Espanha...

— Nenhum bicho é mais sábio do que o elefante! — repetiu Kircher. — Mas tampouco existe que sejam mais poderosos sobre a terra, pois o próprio tigre deve ceder passagem diante de sua força e de suas presas temíveis. Esse animal, todavia, come apenas ervas, e tamanha é sua nobreza que ele jamais ataca, a não ser para castigar aqueles que ousam, por malícia ou ignorância, perturbar a paz de seu reino. Ainda assim, o faz com extrema prudência, sabendo, como deveria saber todo monarca de verdade, que é importante pesar seus atos e suas palavras, desconfiar de todos e cuidar da própria segurança assim como da de seus súditos. Júlio César compreendeu isso perfeitamente, pois fez gravar sobre suas medalhas, no lugar da própria efígie, a do mastodonte etíope, emblema ainda mais carregado de sentido visto que, segundo Sérvius, o "elefante" se dizia "kaisar" na língua púnica... Quanto a Plínio, ele considera esse animal como um símbolo egípcio da piedade; na verdade, ele nos garante que os elefantes, movidos por alguma inteligência natural e misteriosa, levam ramos recentemente colhidos nas florestas onde pastam, erguem-nos com suas trombas e, virando os olhos para a lua nova, agitam delicadamente esses ramos, como se dirigissem uma prece à deusa Ísis, a fim de que seja favorável e benévola.

— Sem esquecer — disse Grueber —, e é nisso que eu pensava quando me permiti intervir, o valor que lhe dão os habitantes da Ásia. Pois dizem que o elefante, assim como Atlas, sustenta o mundo: suas patas estão para sua massa como as colunas que sustentam a esfera celeste. Os brâmanes e os tibetanos o adoram sob o nome de Ganesh; e os chineses, na fábula que narra sua gênese, fazem-no conceber o deus Fo-hi... Consequentemente, caso vocês coloquem esse obelisco sobre suas costas, assim como podemos vê-lo na ilustração em *Hypnerotomachia Poliphili*...

— Nós teremos — continuou meu mestre, com empolgação — o hieróglifo apropriado, a saber, a inteligência, a potência, a prudência e a piedade sustentando o universo cósmico, mas sobre ele a onisciência divina; quer dizer, a Igreja como suporte de Deus, ou ainda o próprio soberano pontífice, permitindo graças às suas virtudes e sua generosidade restaurar enfim a sabedoria antiga! E nenhum outro símbolo terá honrado tanto Minerva, a quem esse lugar é dedicado!

— Maravilhoso! — exclamou Bernini. — Mas onde encontrarei um elefante?

— No Coliseu, simplesmente — respondeu Grueber, como se se tratasse de uma coisa bem natural. E diante da expressão atônita do escultor: — Uma trupe de ciganos apresenta ali, por algumas moedas, seus animais selvagens; você encontrará aquele que procura...

— Se é assim, vou correndo — disse ele sem pensar duas vezes. — Estou ansioso para começar o trabalho!

Após a partida de Bernini, meu mestre elogiou enormemente o padre Grueber por sua presença de espírito. Quanto mais ele pensava, mais o animal escolhido por eles lhe parecia rico em símbolos. A partir das três primeiras interpretações, ele enunciou outras, menos evidentes porém bastante rigorosas, insistindo na analogia entre o ministério papal e a influência de Mophta, o supremo espírito, sobre nosso mundo sublunar.

— Se não estivesse certo de ferir a modéstia natural de Alexandre — confiou-nos ele para concluir —, chamaria esse monumento de "Osíris ressuscitado", e tudo ficaria expresso numa súmula sublime...

Duas semanas depois, o cavaleiro Bernini dispunha de suficientes desenhos de elefantes para que o projeto pudesse ser submetido ao soberano pontífice. Este o aceitou sem reserva alguma e nosso estatuário se pôs de imediato em busca de um bloco de mármore adequado nas pedreiras de Florença. Quanto a meu mestre, ele passou a dormir menos ainda, a fim de redigir a obra que acompanharia a construção do monumento.

Em fevereiro de 1666, portanto, ao mesmo tempo em que se revelava ao público a obra magnífica de Bernini, surgiu o *Obeliscus Alexandrinus*, opúsculo no qual meu mestre empregava novamente seu profundo conhecimento do Egito e dos hieróglifos. Nele podia-se descobrir, evidentemente, a tradução comentada do texto egípcio, mas também a reconstituição ideal do grande templo de Ísis em Roma, edifício ao qual pertencia originalmente esse obelisco. Desejoso de não repetir aquilo que já havia sido copiosamente tratado em *Obeliscus Pamphilus* e *Oedipus aegyptiacus*, Kircher se contentava ali em restituir e interpretar os inúmeros objetos presentes em seu museu ou em outras coleções, e ressaltava a importância dos cultos egípcios na Roma antiga. E por fim se estendia amplamente sobre o simbolismo do monumento em si, naquilo que ele manifestava ao mundo inteiro os méritos do soberano pontífice na salvaguarda e difusão do cristianismo. *Esse obelisco dos sábios da antiguidade*, escreveu meu mestre, *erguido para fazer resplandecer a glória de teu nome, que ele alcance as quatro partes do globo e fale a todos de Alexandre, sob cujos auspícios ele recomeçou a viver!*

Graças ao Vigário de Cristo e aos seus missionários, Roma resplandecia então sobre o mundo como outrora Heliópolis... E posso afirmar, caro leitor, que a dedicação e o gênio de Athanasius não foram alheios a essa realização.

Depois de Grueber ter nos deixado rumo à Áustria, Kircher continuou a obrar seu livro sobre a China. O padre Heinrich Roth se revelava precioso por seu conhecimento da Índia e do *hanscrit*, a língua dos brâmanes, mas meu mestre não tardou a me confessar que sua conversa austera fazia com que sentisse ainda mais falta do jovem Grueber.

Foi por essa época que nos chegou uma carta muito alarmante do padre Ferdinand Verbiest, o auxiliar mais próximo de Adam Schall em nossa missão de Pequim.

Kircher ficou muito afetado pelas más notícias que ela trazia. O desaparecimento de Adam Schall, o velho amigo que ele tinha desejado sinceramente acompanhar à China na época de sua juventude, extraiu-lhe várias vezes lágrimas de tristeza; tristeza sob a qual surgiam às vezes bruscos acessos de raiva.

— Você se dá conta, Caspar? — exclamava ele nessas ocasiões. — Nossos padres mais eminentes, homens que fazem a honra à religião e às ciências mais árduas, esses homens suportam sem fraquejar os mil tormentos que lhes aflige a ignorância diabólica dos pagãos, seguem sorrindo para o martírio mais hediondo, decididos a morrer pela fé e pelo futuro do mundo, e qual é sua recompensa? O esquecimento, com o qual tanto sofrem, já seria profundamente injusto, mas acrescente-se aí a denegação, a calúnia! Como não se revoltar quando os jansenistas, os dominicanos e até os franciscanos, que não conhecem nada dos ritos e costumes chineses, acusam nossos companheiros de propagar a idolatria e se metem, do fundo de sua confortável ignorância, a fustigar os verdadeiros apóstolos da fé?! Se a religião foi dada aos homens para salvá-los, é preciso torná-la hospitaleira... Os Arnaud, os Pascal e outros Catões de pacotilha, salvaram eles um dia alguma alma das garras de Lúcifer? Nunca, pois são como moscas incômodas que voam em torno de tudo que é gorduroso, tratando de obscurecer o brilho das coisas mais perfeitas e mais sinceras, e macular incessantemente por meio de discursos insolentes e maledicências sombrias aquilo que é em si muito puro e muito belo! Até quando deveremos sofrer a soberba desses fantoches?!

Depois ele se acalmava, lembrando-se novamente de seu amigo, e relia, sobrancelhas franzidas, o trágico relato do padre Verbiest.

Informado sobre esses eventos ocorridos na missão de Pequim, o padre Paul Oliva, 11º geral de nossa Companhia, designou de imediato o padre Verbiest para o lugar do saudoso Adam Schall. Conforme veremos em seguida, ele não teve do que se arrepender nessa decisão tão capital.

Alguns dias, na verdade bem sombrios, se sucederam sem que meu mestre se consolasse de suas infelicidades. Parecia se desinteressar pelos trabalhos em curso e se abismava nas preces e na meditação. Eu estava a ponto de conceber os maiores receios por sua saúde, quando ele surgiu à minha frente numa bela manhã, sorrindo como se tivesse se restaurado.

— Bendito seja o Senhor! — exclamei, unindo as mãos na imensa alegria de encontrá-lo com semelhante disposição.

— Bendito seja... Pois sem ele nada somos e é preciso de certo reconhecer sua vontade nessa repentina luz que se produziu no meu espírito.

Mas, quando ele se preparava para me confiar a natureza dessa revelação, anunciaram a chegada imprevista do jovem rei Carlos II da Espanha, de apenas 5 anos, e sua mãe, Maria Ana da Áustria, viúva de Felipe IV, que governava o império aguardando a maioridade de seu ilustre filho. Ainda que soubéssemos que eles se encontravam em Roma para que o infante rei fosse apresentado ao soberano pontífice, nós estávamos longe de imaginar esta visita. Mas meu mestre não se espantou mais do que isso, pois tal era a reputação de seu museu que atraía até ele as cabeças coroadas.

Eles apareceram acompanhados de várias aias ricamente enfeitadas, do reverendo padre jesuíta Nithard, nomeado havia pouco (graças aos favores da rainha-mãe) inquisidor-geral e primeiro-ministro, e de seu sobrinho dom Luís Camacho. Este último tinha então 15 anos, mas resplandecia de uma precoce vivacidade de espírito, que fazia a justo título o orgulho de seu tio.

Kircher não se enganara nem um pouco quanto às razões da sua presença no colégio e, sob sua condução, todas essas gentes percorreram com vagar as galerias do museu. O infante rei se divertia muito inconvenientemente com os esqueletos, as múmias e os animais empalhados; empunhando com nervosa imperícia tudo que havia a seu alcance, e sem que ninguém de seu séquito tivesse a iniciativa de adverti-lo, quase estragou diversas peças inestimáveis... Meu mestre fervia interiormente, e ficou grato a dom Luís Camacho por afastar o malandreco com gentileza cada vez que ele ameaçava cometer o irreparável.

Um pouco mais tarde, quando nos reunimos na grande galeria para uma refeição improvisada, o inquisidor geral pediu a Kircher precisões sobre as recentes desgraças de nossas missões na China. Meu mestre deu-lhe a ler a última carta do padre Verbiest, e a conversa passou logo à idolatria, em seguida às questões doutrinárias criticadas pelos chineses.

— Muito bem — disse o padre Nithard —, mas eu ousaria pedir que me fizesse um favor: meu sobrinho aqui nunca tem a oportunidade de avaliar seu saber diante de inteligências como a sua, e eu ficaria contente se pudesse desafiá-lo com suas perguntas. O que quer que aconteça, isso lhe servirá como uma lição de humildade muito valiosa, e não tenho dúvida de que ele saberá extrair dela os melhores ensinamentos...

— Nada me daria mais prazer, reverendo... Tive a ocasião de observá-lo há pouco e me pareceu dotado de altas capacidades. Dito isso — acrescentou ele, se dirigindo ao jovem dom Luís Camacho —, permita-me fazer com você como Sócrates com Fédon, e transmitir-lhe uma verdade que, embora a tenha em abundância, não a conhece. Creia-me: não se trata nem um pouco de um simples capricho de minha parte, mas exemplo ou experiência daquela que me agrada o coração desde que me foi presenteada por Deus.

A criança, que prestava atenção ao conciliábulo dos mais velhos, opinou de boa graça e se esforçou, no diálogo que se seguiu, para corresponder ao máximo ao que meu mestre dele esperava.

FAVELA DO PIRAMBU | *Só a lei pode salvar!*

Quando Moema acordou, na penumbra sufocante do barraco, a estranheza do lugar prolongou o embrutecimento do qual ela tentava escapar. Atrás da ramagem desfocada dos cílios, ela percebeu grandes letras vermelhas nas caixas de papelão que serviam de telhado — ALTO BAIXO — e o copo partido que assinala, sem necessidade de recorrer a língua alguma, a extrema fragilidade de um conteúdo privado de substância. Um corpo, seu próprio corpo, vestia uma camisa e um short de futebol com as cores do Brasil. Inclinado sobre ela, uma espécie de anjo enxugava-lhe a testa, um rapaz de rosto sóbrio, com grandes olhos tristes, a barba rala e esparsa, um desses *ragazzi* italianos que se veem pintados com encáustica sobre as múmias de Faium. Ela fechou os olhos. Ficar deitada, calada, continuar a se fingir de morta para evitar os golpes... Esse anjo falava sem parar, voz baixa, engrenando um rosário de frases calcadas no jogo errático da poeira. A palavra "princesa" ressurgia de modo obsessivo, plena de um calor consolador. Moema se lembrava de ter acompanhado aquela mesma cantilena, imantada como um navio à deriva por uma longínqua promessa de águas calmas. Antes, houvera o ácido, na casa de Andreas, depois aquela festa na qual se sentira infeliz, o rato, as sinuosidades da favela... Uma colcha de retalhos de recordações da qual ela guardava o sentimento de uma intensa infelicidade, desconhecida até então. De todos aqueles instantes isolados por obscuros contratempos, um só voltava à sua memória com um alívio insuportável: aquele em que uma garça branca havia rompido a muralha de luz que a protegia do mundo. Ela revia os traços de cada um dos safados que a tinham violentado, ouvia cada um de seus insultos, suportando uma a uma as sevícias que lhe haviam infligido, rindo de suas súplicas. O efeito do LSD não havia ainda se dissipado; quase imperceptível, aquela permanência acentuava os bruscos mergulhos de seu espírito nos horrores da noite anterior. As lágrimas voltaram. Com a cabeça entre as mãos, ela tentou se fazer bem pequena, reunir de qualquer modo os pedaços esparsos daquela coisa moída dentro dela pelo bando de lobos. Adormeceu outra vez.

Mais tarde no mesmo dia, ela se encontrou sozinha e aproveitou para urinar num canto do barraco. Estendida de lado, examinou por um bom tempo a forma oval de luz que projetava sobre a areia um buraco no telhado. Nuvens desfilavam lentamente. O "lá fora", bem atrás do abrigo de tábuas e papelão, a aterrorizava. Depois, ela observou as fotos de revista em preto e branco que revestiam a parede de argamassa, próxima à sua cabeça: imagens de Lampião, na maioria, e algumas outras de um personagem cujos olhos haviam sido raspados com a ponta de uma faca. Sob o retrato de uma pequena americana sorridente, sentada em sua cama de dossel com uma furadeira sobre as pernas — a criança estava cercada de um monte de ferragens no alto das quais distinguia-se um banhista em plástico esburacado como uma peneira —, lia-se:

Instinto de destruição. Robin Hawkins, apenas 2 anos, já é considerada um caso exemplar para os psicanalistas. Um de seus brinquedos preferidos é essa furadeira, que ela defende com unhas e dentes de todos aqueles que quiserem retirá-la de suas mãos. Nessas últimas semanas, a bela menininha destruiu uma quantidade de coisas (como a televisão, a geladeira, a máquina de lavar etc.) estimada em 2 mil dólares. Orgulhosa de sua precocidade, o Sr. e a Sra. Hawkins encorajam a praticar a praticar essa nova forma de expressão. Eles se contentaram, por enquanto, a blindar a porta do quarto em que dormem.

Moema não conseguiu sorrir nem se entristecer com aquela notícia. Olhava, nada mais. O exterior parecia saltar sobre suas pupilas. Humilhada até na sua relação com as coisas, ela se sentia impura, indecente, uma lânguida mosca na superfície do leite. Sua vontade era ser anestesiada durante aqueles dias que ela pressentia impossíveis de viver, e acordar um ano, dois anos depois — será que pelo menos havia cura? —, desembaraçada daquela raiva dos homens que lhe tetanizaram as coxas, daquele asco em que Aynoré, Roetgen e todos os outros se amalgavam numa só repulsa.

O anjo voltara, e agora ela via aquela deformidade que o obrigava a se arrastar pelo chão. "Suas asas de gigante o impediam de caminhar", pensou ela sem emoção, como se tal metáfora — extraída, dissera Taís, do livro *Fernão Capelo Gaivota* — fosse uma evidência familiar. A boca do querubim ainda se agitava com um sorriso enternecedor, parecia um personagem de filme mudo, de tal forma ele exprimia com exagero seu beato encantamento. Ela deixou pincelar de mercuriocromo suas feridas visíveis. O líquido vermelho ardia um pouco sobre as escoriações, mas ela pôde verificar, seguindo seus gestos, que não estava ferida gravemente. Depois, mordeu o sanduíche que ele lhe entregou, bebeu uma garrafa de água mineral e observou as calosidades de suas mãos, enquanto ele fingia esfregar uma pomada em seus ombros e no seu peito.

Deitada sobre as costas, ela o escutava. Sua voz traçava atrás de seus olhos um arabesco sem fim, uma caligrafia musical que bastava acompanhar para não pensar em nada.

Depois, o anjo já não estava mais ali. Era seu privilégio de anjo, ela começava a se acostumar. Ele deixara ao seu lado roupas novas, uma camiseta com publicidade de uma marca de creme de leite e um short bege, ambos dobrados dentro de um saco plástico transparente. Havia também um sabonete numa bonita embalagem vermelha e dourada e uma toalha novinha.

Tomar uma ducha, esfregar o corpo inteiramente, desinfetá-lo como a um vaso sanitário... Sem hesitar um segundo, ela correu para o reservado sem teto que se encontrava ao lado, atrás de um plástico embaciado, no fundo do barraco. Três pranchas enterradas no chão, um tonel enferrujado cheio de água, uma lata de conservas... Habituada à falta de conforto de Canoa, ela se despiu e se agachou.

Somente as dores conseguiram pôr um fim àquela limpeza maníaca do corpo.

De volta ao único cômodo, ela vestiu as roupas preparadas pelo seu anjo da guarda, não sem antes se massagear com arnica, como ele a aconselhara. Um pequeno espelho numa moldura de plástico verde-claro se encontrava sobre um caixote; ela o apanhou automaticamente. Apesar das suas pálpebras inchadas e de uma pequena contusão no lábio inferior, seu rosto não sofrera muito. Sua cabeleira estava toda emaranhada. Afastando o espelho, ela tentou observar seu estado geral.

Nata Suíça Nata
Suíça Nata Suíça
Nata Suíça Nata
G L Ó R I A
Suíça Nata Suíça
Nata Suíça Nata
Suíça Nata Suíça

Seu coração pareceu sofrer um baque pesado. Refletida ao contrário no espelho, a inscrição em sua camiseta mandava uma mensagem evidentemente destinada à sua atenção: Athanasius... Como se chamava o cara cuja vida seu pai não cansava de contar? Karcher? Kitchener? Um padre bem simpático, que ela imaginava outrora com a cara de Fernandel no papel de dom Camilo. O órgão de gatos, a lanterna mágica, todos os brinquedos maravilhosos que havia inventado para ela, noite após noite, se iluminaram novamente nas cores brilhantes da infância. Na sua imaginação de garotinha, Athanasius estava tão vivo, era tão extraordinariamente real quanto o barão de Münchhausen, Robinson Crusoé ou o capitão Nemo. Apesar da ortografia meramente aproximada no reflexo, a coincidência inquietou Moema além do limite. Dilatada por aquele encontro, mesmo a marca "Glória" tomava a aparência de um hieróglifo à espera de tradução.

Por analogia, sem dúvida, ela se lembrou da anedota que contava seu pai a cada vez que a conversa rolava, como acontece frequentemente após alguns copos, sobre os acenos do destino. Num dia em que se preparava para embarcar no navio *Général Lamauricière*, um escritor cujo nome ela esquecera sentiu-se abalado por uma advertência sobrenatural: em vez de *Lamauricière*, ele lera, no espaço de um segundo de extrema angústia e clarividência, "La mort ici erre"... A morte erra por aqui. Sob a comoção daquela leitura, ele se convenceu a aguardar o navio seguinte. Uma semana depois, ficou sabendo que o *Général Lamauricière* tinha justamente naufragado durante a travessia... Após deixar a audiência absorver a história, seu pai acrescentava que o mesmo caso ocorrera a Samuel Beckett: "O comandante Godot tem o prazer de acolhê-los a bordo", dissera o sistema de som, enquanto o avião manobrava na pista de decolagem... Tomado pelo pânico, Beckett teve uma verdadeira crise nervosa. À base de gritos, ele obrigara a tripulação a dar meia-volta e deixá-lo descer daquilo que podia se tornar seu caixão... Dessa vez, em compensação, não houve tragédia. O que provava, segundo ele — tão forte é por vezes nossa impressão de ter revelado uma mola secreta em nossas vidas, e tão urgente nosso desejo de autenticar essa obsessão premonitória —, não que seu medo tivesse sido injustificado, mas que descendo do avião ele evitara um plano fatal e salvara *in extremis* a vida dos passageiros.

Se a inscrição no espelho fosse um fenômeno da mesma espécie, qual seria a advertência, qual seria o naufrágio anunciado? Moema voltou a se deitar. Tomada de indisposição, ela soçobrou nas confusas profundezas onde piscava o enigma dissimulado pela sua camiseta. Nebulosas se pulverizavam em seu cérebro, e ao término de uma lenta sobreposição de imagens, o rosto de Eléazard elucidou a mensagem que ela se esforçava para decifrar: era um grito, um apelo que lhe apertava o coração a ponto de tornar sua respiração sôfrega. Após a separação de seus pais, ela logo se colocara do lado de Elaine, sem se preocupar um só segundo com o que podia sentir seu pai. Ela não tentara ajudá-lo, nem mesmo compreendê-lo. *Você tem que viver sua vida, Moema*, tinha lhe explicado sua mãe, recusando-se a levá-la para Brasília, *cortar o cordão. Não é saudável ficar presa às minhas saias. Nós vamos nos tornar verdadeiras amigas, você vai ver, entre adultas. Mas é preciso que você faça como eu, que você se liberte, e viva...* O problema, Moema conseguia formulá-lo pela primeira vez, é que, não, ela não se sentia nem um pouco adulta, ela queria um pai, uma mãe, não "amigos"! Que Elaine lhe tivesse dito tais absurdos lhe parecia de repente monstruosamente egoísta. Tudo se tornava suspeito, inclusive sua insistência para que a chamasse pelo nome, como se tivesse vergonha de ser sua mãe... Desse ponto de vista, ela própria tampouco era inocente, já que tinha traído o amor de seu pai — um amor que nem seus caprichos nem sua ingratidão haviam, apesar disso, conseguido corroer! — com pelo menos a mesma leviandade. Mas talvez estivesse na hora de recuperar o que se perdera, dizer-lhe agora o que ela deveria ter dito seis meses antes. Ela voltaria para Alcântara. Ele poderia ajudá-la a se recompor, desfazendo a confusão que sua vida se tornara. Azar para aquele ano de faculdade, perdido, de qualquer maneira. Precisava escrever-lhe o mais rápido possível, avisá-lo sobre a desordem que acabara de se produzir. Em seu desespero, ela acreditou ter encontrado a solução e se agarrou a ela como a uma boia de salvamento. *Meu querido pai, se ainda estiver de acordo, vou voltar a morar com você. É difícil escrever para pai sem ter nada a lhe pedir, mas eu explicarei isso em breve... Por ora, peço somente que me perdoe. Um grande beijo.*

— Moema.

— Eu me chamo Nelson — respondeu o anjo. — Pensei que você fosse muda, sabe... O tio Zé não pode vir hoje, mas vamos dar um jeito.

A noite caíra, uma pequena lamparina a querosene brilhava no barraco. Moema se desculpou com aquele que se empenhava fazia horas a lhe perguntar seu nome. Ela enxugou as lágrimas e se pôs a explicar tudo desde o começo.

Taís e Roetgen só começaram a se preocupar dois dias após o episódio no Náutico. Passaram na casa de Moema no dia seguinte por volta de meio-dia, depois à noite, sem se inquietar com sua ausência, convencidos de que ela se recuperava da viagem de LSD. No dia que seguiu, voltaram, logo após a partida de Xavier. Encontrando mais uma vez a porta fechada, atravessou-lhes o pensamento a ideia de que talvez estivesse incapaz de responder; interrogaram um vizinho e acabaram pulando pela varanda para entrar no seu apartamento. Roetgen constatou então que Moema não estava em casa. Havia mesmo fortes suspeitas de que ela não tivesse voltado desde a tal noitada.

— De certa forma, isso me tranquiliza — disse Taís. — Não é a primeira vez que ela dorme fora...

— Mas para dormir onde?

— Pode ser que ela tenha se instalado num hotel para que a gente não a encontrasse, ou então voltou para Canoa... Não tem como saber. O que é certo é que ainda tem dinheiro, não precisamos nos preocupar...

Ambos se sentiam culpados em relação a Moema. Mas recriminavam sua atitude impertinente com certa severidade.

— Ela deveria imaginar que a gente ia ficar preocupado — disse Taís.

— É verdade, não foi legal da parte dela. Poderia ter deixado ao menos um bilhete.

Uma espécie de euforia, igualmente doentia, substituíra o abatimento do primeiro dia. Moema sentia-se renascer. Empolgada com sua decisão de deixar Fortaleza para se reconciliar com o pai, ela se livrava de sua pele antiga com o vigor de uma ressuscitada. Seu traumatismo lhe inspirava ainda visões de horror, como aquele sonho em que ela mexia ossadas humanas dentro de um caldeirão fedendo a gordura quente e cadáver. Na sua tentativa de explicar a Nelson o que tinha sofrido, Moema ficou surpresa com a própria hesitação. Conservara apenas imagens disparatadas e, paradoxalmente, desprovidas de violência — a garça branca, um dente de ouro, o rótulo de uma garrafa de cerveja —, como as de um pesadelo que no momento temos certeza de que ficarão gravadas na nossa memória mas que, ao despertar, não conseguimos mais reencontrar seu fio.

Ela se culpava agora por ter tido vontade de rever Aynoré, por ter se acreditado suficientemente invulnerável para afrontar à noite o labirinto arriscado das favelas. Sem dúvida, o castigo fora desproporcional em relação ao erro, mas ainda assim tão legítimo, afinal de contas, quanto uma nota ruim para uma dissertação malfeita. A ideia de ter que deixar um dia a camuflagem de sombra e de ternura em que ela se enfiara, por puro instinto de mimetismo animal, tornava-se quase desejável. Para melhor adiar essa eventualidade, ela evitava qualquer pergunta referente ao seu endereço ou sua identidade. Havia o mundo de antes e aquele de depois; não queria mais ouvir falar do primeiro, mesmo não se sentindo ainda pronta a enfrentar o segundo.

A conversa com o tio Zé marcou uma passagem crucial em sua metamorfose. Ele foi vê-la no barraco de Nelson, ao fim da tarde, e passou o resto da noite com eles.

— Oi, princesa! — disse ele simplesmente. — Parece que você escapou por um fio...

Moema apreciou imediatamente sua boa índole. Prevenida por Nelson de suas qualidades, ela transformou essa estima numa sincera admiração. Foi graças a ele, sobretudo, que ela pôde dar um nome àquilo que transtornava seu ser. Com palavras simples, e sem abrir mão de uma brandura mais eloquente que teria sido a manifestação de sua revolta, ele ergueu os véus das favelas. Aquele espaço cuja existência ela lamentava, aquele mundo escuro, indigno, havia adquirido toda a sua amplidão, se incrustando na massa do real até o ponto de desagregar sua consciência limpa de outrora. Aquilo que Nelson lhe mostrava, através de sua experiência única de mendicância, Zé multiplicara tanto que ela se sentiu minoritária em sua cidade. Só em Fortaleza, as favelas abrigavam mais de 800 mil habitantes entregues à areia, à insalubre precariedade das dunas. Condenados ao inferno azul dos trópicos, irradiados de miséria, aquele submundo propagava a desgraça com uma energia incessantemente renovada: os prostíbulos infantis, o incesto, as doenças epidêmicas — aquelas mesmas que, em outros lugares, se orgulhavam de ter erradicado! —, a fome que levava a comer ratos e mastigar terra seca, as privações inconcebíveis para adquirir telhas suficientes a fim de garantir a sobrevivência de uma família: *Com um telhado*, ensinara-lhe o tio Zé, *é preciso um procedimento que dura seis meses, antes de demolir uma residência ilegal; sem telhado, só precisa uma escavadeira.* Aquelas máquinas vinham sem avisar, como um acesso de cólica ou câimbra, devoravam tudo à sua frente a fim de devolver a duna aos promotores de venda e lhes permitir a continuação da imensa barreira de concreto que edificavam na orla. Um murmúrio, um protesto? Atirava-se contra a multidão com a mesma indiferença que atirariam num bando de pardais. Como se isso não bastasse, havia as rixas intermináveis entre os miseráveis, o álcool, a droga, os mortos enterrados sentados — às vezes podia-se tropeçar numa cabeça ao sair para mijar —, os incontáveis loucos, o papel higiênico no qual a bandidagem, improvisando-se como proprietários dos pardieiros, assinava um recibo de aluguel, os bebês vendidos aos ricos, a todas as boas almas incapazes de procriar, a praia dos arpoadores onde se baixava a calça na frente de todo mundo para fazer suas necessidades, as crianças, meninos e meninas, nus até completarem 8 anos, que se extinguiam bruscamente, a barriga vazia depois de vãs proezas de iogues... Noventa milhões de pardos sem certidão de nascimento ou carteira de identidade, mais da metade da população brasileira reduzida aos limites extremos.

— ... mesmo que não escravos, mal chegam a homens, mas são homens... É isso, o Brasil, princesa. Não o que você vê da sua janela.

— Na última vez que mandaram as escavadeiras — acrescentou Nelson —, todo mundo acreditou que vinham retirar o lixo, mas o lixo era a gente, entende?

O que ela tinha considerado o cúmulo da penúria nos pescadores de Canoa parecia-lhe, de repente, uma situação invejável, um luxo inacessível.

Uma aparente resistência, contudo, se esboçava. Graças ao trabalho de alguns iluminados — santos, verdadeiros santos, princesa — que haviam se instalado no coração da favela e partilhavam a miséria de seus habitantes, postos de saúde implantados com dificuldades, embriões de clínicas com consultas gratuitas, lugares para se reunir, conversar. As associações como a Buraco do Céu, Nossa Senhora das Graças ou a Comunidade da Goiaba se encarregavam da alfabetização infantil, distribuíam alimentos para as dez famílias que chegavam todos os dias à duna, forçadas ao exílio pela seca do sertão ou pela avidez dos latifundiários. Eram ajudados a construir abrigos improvisados para ocupar a terra. Aos poucos, o povo de Pirambu redescobria a solidariedade, a força da coletividade. Almas caridosas davam víveres, remédios, metros de plásticos, úteis ao isolamento dos telhados, estendidos entre quatro varas, e para servir de parede de mais um barraco. Na Favela de Quatro-Varas, justamente, havia um conselho geral, o primeiro do gênero; um pequeno grupo eleito para administrar os problemas internos e defender os interesses da comunidade diante dos poderes públicos. Tudo isso fazia pouca diferença, mas tinha o imenso mérito de existir.

— Foi ele que construiu essa casa pra mim, e às vezes ele rouba telhas nos caminhões, lá no depósito. Assim, pra dar pros outros... Ele dá até uma grana pro Manoelzinho pra ele encher minha caixa d'água todos os dias!

Intimidado, o tio Zé fez sinal a Nelson para se calar e mudou de assunto. No entanto, era essa a verdade. Entre os insensatos que o destino do mundo não deixara insensíveis, havia aqueles que se envolviam de um jeito ou de outro para tentar transformar as coisas, e aqueles que se contentavam em modificar ao seu redor, pouco a pouco, à sua maneira. Duas atitudes provavelmente complementares, Moema percebia isso agora; ela não adotara a primeira nem a segunda, e por isso também teria que ser perdoada um dia. O genocídio dos índios que ela denunciava com tanta complacência, o que havia feito por eles senão usá-los como pretexto para seu próprio mal-estar e suas lamúrias? Haveria alguma coisa, uma só, que pudesse ser apresentada a seu favor para que merecesse o direito à palavra, e usá-la com um mínimo de decência?

— Não é possível — dizia o tio Zé —, estamos chegando ao ano 2000 e três quartos dos homens ainda passam fome! O que adianta, me diga, ano 2000? Vai acabar mal, menina, pior ainda do que eles imaginam. Não há nenhum avanço. Desse jeito, não dá outra, tudo vai acabar em sangue.

Não eram apenas os ianomâmis ou os cadiuéus, mas a inumerável tribo de miseráveis que urrava sua revolta dentro da consciência culpada de Moema. Sua missão se tornava evidente; era preciso salvaguardar o que restava de humano em nós sobre a terra, a qualquer preço, para que um verdadeiro mundo fosse viável, para que ninguém nos desprezasse um dia por nada ter feito em algum momento, quando tudo ainda era possível.

— Até o padre Leonardo foi afastado... E era um franciscano, de verdade. Esse papa de merda... me desculpe, princesa... tinham que arrancar o saco dele por ter feito isso! É um crime... Foram milhares, milhões de pessoas que morreram por causa dele!

Moema não parava de se espantar, ela se sentia culpada de desamor, negligência criminosa. Mas o tio Zé havia delicadamente a sacudido daquela complacência ao autoflagelamento.

— Quando você quebra um copo, princesa, não adianta colar os pedaços, continua sendo um copo quebrado. Melhor é comprar outro, entende o que eu estou dizendo?

Ela entendia. Reparar sua vida, sua ilusão de viver, era fundar alguma coisa de novo, mudar tudo no seu jeito de ser com os outros. Como? Isso não estava ainda bem claro na sua cabeça, mas passava por um retorno para seu pai, um retorno ao lar. Em seguida, voltaria para propor seus serviços naquela favela ou numa outra, trabalharia para a Funai junto aos índios, na reserva do Xingu. As ONGs, a Unesco, a ONU, talvez? *É incrível como eles enviam tanta merda pra gente... sapatos sem par, ursos de pelúcia, óculos que viram Cristo andar sobre as águas... Tudo que não serve mais! Por que então ia servir pra gente? Hein? E quando é grana, a gente só vê o cheque nos jornais...* Mas havia mil maneiras de ser útil. E ela pensava: meios "de ser perdoada", sem perceber que precisava antes de tudo perdoar a si mesma; suas boas resoluções não teriam o menor efeito, nem sentido, se não se entregasse a essa necessária prioridade.

Portar o uniforme prestigioso dos combatentes humanitários já a redimia. Seu entusiasmo se expandia. Expressões como "um novo começo" ou "recomeçar do zero" trotavam em sua cabeça com a mesma obstinação que a consciência lancinante de sua responsabilidade. Quando tio Zé lhe falou da festa de Iemanjá e de suas dificuldades para encontrar uma moça que fosse digna de representar a deusa, Moema se ofereceu imediatamente. O tio Zé lhe explicou no que ela estava se metendo e marcou um encontro para dois dias depois, no terreiro da Mata Escura.

FAVELA DO PIRAMBU | *Eu a via e não a via...*

Quando o tio Zé levou Moema até o centro da cidade, Nelson se refugiou na sua rede. Deveria aproveitar o caminhão e ir manguear à beira-mar, mas a partida de sua princesa o pegara desprevenido: "Sou como o lobisomem em lua cheia", se dizia ele, desorientado, "não sou mais eu mesmo..." Tudo dentro do barraco o fazia lembrar-se da moça, ínfimas modificações, alguns objetos que ele tomara o cuidado de guardar a fim de proteger o encanto da sua presença. Franzindo as sobrancelhas, os olhos virados para cima, ele tentou recapitular aquela felicidade passageira, visualizou duas ou três cenas específicas; o conjunto daqueles dias cabia certamente no único sentimento de que o mundo tinha brevemente clareado, e que agora estava tudo escuro. Não era possível que sua memória brincasse com ele daquele jeito, não nesse aspecto! Ele se enroscou dentro da rede, mudando de posição. E como agiria, hein? E se a polícia aparecesse para interrogá-lo? Não se contentaria em cuspir as merdas que tinha na cabeça... O cana lhe daria imediatamente um tapa, com certeza. E depois outro, logo em seguida, para colocar suas ideias no lugar.

— E aí, acordou, anão? Está lembrando agora? O que ela estava fazendo aqui, uma gata como ela?

— Fui ver o trem passar e ela estava lá se debatendo sozinha. Dava pra ver que tinha sido machucada.

— E como você sabe?

— Estava sem roupa e chorava... Parecia que tinha enlouquecido...

— E você, é claro, tentou comer...

— Juro que não, comandante. Pra mim, era como se ela estivesse com um vestido azul... Uma filha de rei, linda de morrer... Por nada nesse mundo eu teria tocado nela! Ela não estava bem, nada bem... Aí eu trouxe ela pra cá, pra proteger do dragão...

Vap! Outro tabefe. Aquele também ele teria merecido... Aquele cana de merda não ia entender nunca que ela saía de um livro de cordel, que era a princesa do Reino-Aonde-Ninguém-Vai. Ao mesmo tempo, ele não estava louco, sabia também que não era ela. Mas que ela viesse a Pirambu, isso nunca tinha lhe ocorrido: dava para ver muito bem que, mesmo toda nua como estava, ela fazia parte da soçaite, da fina-flor...

— A que horas foi isso?

— Não sei mais... Três ou 4 da madrugada... Eu não podia deixar que ela ficasse daquele jeito... Mas eu não toquei nela, nem olhei... Botei toda a minha roupa suja pra fora, menos a que eu estava usando, do artilheiro Zico! E assim que o sol raiou, fui à cidade comprar o que tinha de melhor pra ela. Nunca gastei tanta grana na minha vida, comandante! A camiseta, até que não saiu caro, na Legião de Assistência contra a Diarreia Infantil, mas o shortinho, a toalha... Puxa! Comprei até um sabonete com perfume de rosas. Phebo *de luxe*, fabricado com sistema inglês, a mais famosa especialidade da indústria nacional. O preferido pelas pessoas de bom gosto, estava escrito na embalagem, envolve o corpo com uma auréola distinta. Auréola, comandante! Eu não ia inventar isso! O mais querido do Mundo Elegante, não estou mentindo!

Sentindo-se repentinamente inspirado, Nelson foi apanhar o sabonete e voltou para o ninho acolhedor de sua rede. O nariz enfiado na toalha que Moema havia usado, ele tentou retomar suas fantasias.

—Vou me lembrar melhor, juro...

— O que você fez depois?

— Cuidei dela como pude, e fiquei olhando ela dormir. Quando acordou, mostrei um lugar pra ela se lavar. Disse que tinha que passar pomada nas manchas roxas do corpo, que se eu não tinha feito, era por respeito, o senhor entende... Não tinha jeito de ela falar. Ficava me olhando de lado, como se eu fosse uma vitrine ou um para-brisa. Foi então que vi que ela tinha um encosto. Estava possuída, doente... Até pensei que ela nunca mais ia falar na vida... Então falei por nós dois. Eu perguntava e respondia, e depois contei pra ela todas as histórias que tinha prometido... Porque tenho certeza de que foi por causa disso que ela resolveu vir aqui. Como você se chama, princesa? Onde fica o seu reino? Coisas assim... Ela abria os olhos, depois caía no sono. Deve ter sido um monte deles pra fazer isso com ela...

— Ah, é? E por que você não avisou à polícia?

— Com todo respeito, comandante, os policiais, quanto menos a gente vê, mais seguro a gente está, como dizem por aí. De qualquer maneira, eles não viriam até aqui: são uns fodidos... — (Desta vez, ele abaixou a cabeça no momento certo, e o tapa passou por cima.) — Pedi pra telefonarem pro tio Zé num orelhão. Dei sorte e ele estava lá no depósito. Só podia vir no outro dia, ele me disse, tinha uma entrega a fazer em João Pessoa. Cuida bem dela enquanto isso... Então voltei rapidinho pra casa, pelos fundos, que o caminho é mais curto. Aí eu vi que ela tinha se lavado: vi o braço esticado pegando água no tonel... Pelas frestas a gente vê um pouco lá dentro, se olhar direito...

—Você ficou espiando escondido, seu veado!

— Não é verdade, não. Não foi igual à primeira vez... Eu via e não via ao mesmo tempo... Não sei explicar. Ela não parava de se esfregar, sem prestar atenção a outra coisa... Mas eu só via uns pedaços, e não podia entrar, por causa da cortina. Eu não queria que ela pensasse que eu estava olhando...

— Mas você ficou excitado, não ficou, seu safado?

E então ele puxaria a faca e a enfiaria no cana babaca, bem na boca do estômago! Não era possível deixar que dissessem coisas como aquela... Para ser franco, ele tinha ficado excitado ao vê-la daquele jeito. Mas não era como quando via um avião da Vasp. Ele se sentiu um homem, como dizer?, um homem que se controla... Zé lhe dissera que isso lhe acontecera uma vez, diante da estátua da Virgem. Pois é, era algo desse tipo. Um sentimento, sabe... E porra! Aquilo o impedia de continuar pensando, aqueles intestinos do policial na sua rede... A merda do cadáver tomava muito espaço... Precisava colocá-lo de pé, com a faca na barriga, como se estivesse tudo normal...

—Vamos admitir que seja verdade... Uma hora ou outra, ela deve ter acabado de se lavar, a tua madona, não?

— Acabou, mas eu continuei esperando, um tempão, pra ela poder se vestir, e pra não precisar disfarçar... Enfim. Quando entrei, ela estava deitada novamente. Estava tudo como antes, só que, meu Deus! Ela estava cheirosa. Como um bebê limpinho, com arnica... Mas o problema continuava, ela não me enxergava... Então voltei a falar com ela, até anoitecer... E então, de repente, ela me respondeu: Moema... Mais bonito do que Alzira ou Teodora. Não se lembrava de quase nada. E eu contei então para ela o que sabia, como a achei, e tudo que eu já disse. Mas ela estava travada. Queria só ficar ali. Estava com medo de sair, que alguém a encontrasse... Um bicho ferido, parecia... Então contei pra ela. Tudo. Meu pai que tinha morrido nos trilhos, minhas economias pra cadeira de rodas, mostrei até onde estava, pra ela saber que tinha minha confiança...

— E a arma? Você falou com ela da arma?

Como é que aquele porco safado podia saber disso? Era estúpida essa história da arma, de qualquer maneira. Só queria ficar com ela. O que a moça iria pensar? Não foi legal ter escondido, mas ele não queria de modo algum assustá-la...

— Muito bem... E depois que você acabou de contar para ela sua vida?

— Depois o tio Zé chegou e cuidou de tudo. Ele é um pouco pai de santo, não sabe? Se entende com os espíritos. Ele falou pra ela de Pirambu, um monte de coisa sobre a gente daqui, os favelados. E não sei como, ele fez ela se sentir melhor. Ela não parava de dizer que ia voltar, que tinha achado o que fazer da vida. O Zé, eu conheço bem, ele não estava acreditando muito, estava na cara que era bom pra ela, já que ele não dizia o contrário, e eu, eu tenho certeza de que ela não estava mentindo. E pronto, é isso... Ele veio e a apanhou hoje de manhã. Quando saíram, ela disse que ia me trazer as roupas que eu tinha comprado pra ela. Pra mim, era um presente, mas de volta não falei nada, pra ter certeza de que ela ia voltar...

Um barulho de alto-falante interrompeu a inconsistência de suas recordações: será que tinham resolvido devastar tudo hoje? Nelson foi atrás de informações e viu que se tratava somente de uma propaganda eleitoral, um cara com o megafone na mão propagando sua conversa-fiada. Sabendo que às vezes distribuíam brindes, o povo se juntava em volta da caminhonete.

— Quem mandou construir o abrigo de Goiabeira? — dizia o homem, com o rosto consumido pela varíola. — Edson Barbosa Júnior! Quem luta há quatro anos para instalar o esgoto em Pirambu? Edson Barbosa Júnior! Quem autorizou a construção do posto de saúde para todos? Edson Barbosa Júnior! Quem falou com o papa da situação de vocês? Edson Barbosa Júnior! Os outros candidatos prometem tudo, mas não fazem nada. Só o governador Barbosa se empenhou para melhorar a vida de todos! E agora temos uma grande notícia para dar a vocês: se quiserem saber qual é, venham todos ao grande comício amanhã na Praia do Futuro! Posso garantir que não vão se arrepender! Todo mundo que usar um desses bonés ou uma dessas camisetas magníficas terá direito a uma cesta básica! É isso aí, Edson Barbosa Júnior! A generosidade em estado puro! Votem nele e façam com que todos votem nele e essas cestas vão se multiplicar! Venham todos ao comício de Edson Barbosa Júnior, para a festa de Iemanjá, a padroeira de Pirambu! Até o governador do Maranhão estará presente! Podem imaginar? O excelentíssimo José Moreira da Rocha estará presente para apoiar nosso candidato! O industrial José Moreira da Rocha, o milionário que fala com nosso bem-amado presidente assim como eu falo com vocês! Aquele que foi apelidado de "o Benfeitor" porque acabou com as favelas de São Luís! Não é mentira! Podem ir até lá e ver: nem mais uma favela, nem mais um barraco! Que Deus me castigue se eu estiver mentindo! Todos os pobres foram alojados em casas de verdade, todos têm um salário agora e ninguém passa mais fome! E é esse homem que vem apoiar nosso governador para fazer o mesmo em Fortaleza! José Moreira da Rocha e Edson Barbosa Júnior, na Praia do Futuro, do seu futuro, meus amigos! Amanhã...

Nelson nem tentou conseguir um boné no meio do tumulto do charlatão. Ele se refugiou em seu barraco, tremendo de emoção. Moreira da Rocha... O cordel não estava mentindo... Louvado seja Deus! A roda de seu destino acabara de engrenar como uma caixa de câmbio de um veículo. Sentiu-se tomado por uma imensa satisfação, parecia uma caldeira fervendo na sua cabeça, e enquanto isso ele tentava se acalmar, rasgando as fotos do governador.

— Com o pretexto de que os comunistas se deram mal na União Soviética — dissera o tio Zé ontem mesmo —, querem cuspir sobre o marxismo, rejeitar a luta contra a opressão, a esperança do Grande Dia? Não, princesa, isso seria do interesse de muita gente. Está muito confuso. Eles se gabam hoje, mas a única coisa que progrediu foi o subdesenvolvimento, se quiser saber minha opinião. Mesmo a ajuda aos países do Terceiro Mundo, sabe como funciona? Tomam dinheiro dos pobres dos países ricos para dar aos ricos dos países pobres... Não pode dar certo... Eu não sou comunista, mas a única política para uma mosca é sair dessa armadilha para moscas, isso não sai da minha cabeça...

Também não sou comunista, se dizia Nelson, não sou grande coisa... Não sou nada, nem sequer uma mosca... Sou uma barata. Mas vou mostrar como age a barata! Como ela faz para escapar da armadilha!

As palavras da única música composta por Lampião voltaram à sua mente: *Olê, mulher rendeira, olê, mulher rendá, Tu me ensina a fazer renda que eu te ensino a namorar...*

Não havia dúvida, no dia seguinte ele estaria na Praia do Futuro.

CAPÍTULO XXIX

Que revela como Kircher transmitiu ao jovem dom Luís Camacho algumas verdades essenciais que ele conhecia sem saber

— Não há melhor forma de começar do que — continuou Kircher, após um curto instante de concentração — fazendo a você uma pergunta bem simples: qual é, na sua opinião, o papel do professor? Tente responder com inocência e sem lançar mão de outra faculdade senão o bom-senso...

— Acredito não me enganar — respondeu com seriedade dom Luís Camacho — ao afirmar que seu papel consiste em ensinar. Não é isso?

— Muito bem. Mas ensinar o quê?

— Um determinado saber... Ou, pelo menos, aquele que deve dominar.

— Certo. E acho que até aqui não há nada de errado. No entanto, existem muitos saberes que, você concordará, imagino, não têm todos a mesma importância. Um homem conhece a arte de fabricar espelhos, outro é capaz de fabricar belas roupas ou sabe como preparar um remédio soberano para a gota... Quais, você considera, são essenciais ao discípulo para ampliar o conhecimento?

— Para quem quer aprender uma profissão, a do boticário, do alfaiate ou do oculista, cada um desses saberes é essencial. Mas para quem quer se elevar a um conhecimento universal das coisas e possuir, por assim dizer, a fonte de onde procedem os rios e seus incontáveis afluentes, é claro que ele precisaria aprender as ciências...

— Ótimo raciocínio, dom Luís! Mas o que entendemos nós por "ciências"? Estaria você falando, por exemplo, da alquimia, da magia ou da arte de prever o futuro?

— Evidente que não. Tenho em vista as ciências exatas, aquelas que podem ser verificadas por experiência ou raciocínio e das quais ninguém pode duvidar, como as matemáticas, a lógica, a física, a mecânica...

— Isso, exatamente isso. No entanto, seria necessário também precisar o que significa "verificar por experiência e raciocínio", com a intenção de não dar margem a críticas.

— Na verdade, trata-se de voltar à causa, a fim de conhecer os verdadeiros princípios em funcionamento no universo. Estou apenas repetindo o que ouvi falar, mas isso me parece justo.

— Totalmente, meu jovem! Não seria possível dar à ciência melhor definição do que a sua. Deus, livrando o mundo do caos, criou assim os princípios necessários que sustentam o universo e mantêm seu curso harmoniosamente. Assim sendo, esse professor não estaria errado se parasse no meio do caminho, sem retornar à origem celeste desses princípios? Não deveria ele, ao contrário, se dedicar a demonstrar como as leis da física, como aquelas das demais ciências, dependem em última análise unicamente na vontade do Criador?

— Certamente...

— E quem então nos ensina essa verdade sagrada, mais essencial do que todas as outras? São os maometanos, os bonzos ou os brâmanes da China?

— Certamente não! Pois são a Bíblia e o Evangelho os únicos a conter a palavra de Deus; a Igreja, no que ela tem de principal sustentação da religião cristã, e seus teólogos, que estão mais bem municiados do que ninguém para compreender os mistérios...

— Pois bem, meu jovem, você não poderia determinar com maior exatidão o papel de um professor: um mestre digno deste nome não é apenas alguém que ensina as verdadeiras ciências a seus discípulos, ele deve também instruí-los sobre a verdadeira religião, que é o próprio fundamento das leis e dos princípios naturais. Imaginemos que você seja um de nossos missionários e que está em Pequim, encarregado de praticar e inculcar essa verdadeira ciência que é a astronomia. Mas, digamos que um de seus discípulos chineses se engane na previsão de um eclipse lunar... O que, então, será preciso lhe ensinar?

— A maneira correta de praticar a astronomia; ou seja, as leis que regem os movimentos dos planetas e permitem supor suas trajetórias.

— Muito bem. Mas será isso suficiente? Seu aluno não estará se enganando ao prever em seguida com exatidão um novo eclipse se ele atribuir a causa extrema desse fenômeno a algum poder secreto do deus Fo-hi?

— Evidentemente. Caberá a mim fazer com que ele reconheça que está enganado em sua convicção num falso deus, assim como estava em relação a uma falsa astronomia.

— Muito bem. E como proceder senão utilizando a mesma regra de retorno à origem, aos princípios primordiais de todas as coisas? Pois o que vale para as ciências, vale igualmente para a teologia. Como faria você, consequentemente, para mostrar-lhe seu desvio?

— Acho que retornaria no tempo e na história dos homens para me colocar à época da criação do mundo, a fim de lhe mostrar através de evidências sucessivas que seu deus Fo-hi é uma invenção posterior e que ele jamais existiu senão na fantasia dos ignorantes.

— Certo. Mas estamos aqui a falar da história tal como a concebe Heródoto ou Pausânias, ou seja, relatos verídicos, mas afinal de contas bem recentes? Não. O que é preciso, você perceberá, é um saber sobre as origens, ou, para dizê-lo em grego, uma "arqueologia"! E essa ciência dos princípios, a quem ou a que devemos nos dirigir para adquiri-la?

— À Santa Bíblia e, mais particularmente, ao capítulo da gênese que trata dessas questões...

— Perfeitamente. Mas é preciso continuar ainda e perguntar quais são, no Gênesis, os momentos cruciais, aqueles que dão o primeiro impulso a todo o resto?

Dom Luís Camacho se concentrou longamente, contando nos dedos as referências que lhe vinham à mente.

— Eles são cinco — recomeçou, com a segurança de sua tenra idade. — A criação do homem por Deus, o pecado original, o assassinato de Abel por Caim, o dilúvio universal e a confusão das línguas após a queda de Babel...

— Bravo, meu jovem! Uma resposta digna do mais eminente teólogo. Dito isso, entre esses momentos originais, conseguirá você distinguir que podemos estabelecer com todos os sinais da certeza, saber com o mesmo grau de segurança que nos levaram ao engano os relatos de Heródoto e, portanto, que percebemos hoje em dia ainda esses animais ou esses monumentos que ele descrevia 445 anos antes do nascimento de Nosso Senhor?

— Não, admito. Meu espírito se confunde de repente, e...

O belo rosto de dom Luís Camacho ficou corado, exprimindo o embaraço no qual sua impotência o lançara.

Kircher se levantou para vasculhar alguma coisa na galeria onde estávamos. Ele voltou carregado de vários objetos que largou sobre a mesa.

— Pronto — disse meu mestre, apresentando a dom Luís a escolha que fizera em suas coleções —, aqui estão algumas peças que deverão ajudar-lhe a resolver o problema proposto anteriormente. Esses peixes e conchas de pedra não parecem ter sido esculpidos por um artista magnificamente hábil para representar esse tipo de criatura?

— Certamente! — respondeu o jovem com admiração. — Nunca vi imitações tão perfeitas!

— E justamente! — disse Kircher, sorrindo. — Pois estes são verdadeiros animais marinhos que me trouxeram diversos missionários amigos. Foram achados, tirados de um rochedo, no alto de algumas das montanhas mais elevadas da terra; na Ásia, na África e nas Américas. Como explicar a presença deles em locais tão distantes de seu elemento habitual?

— Não sei... É preciso que os tenham levado até lá por alguma razão... ou que o mar, em época muito antiga, tenha alcançado aquela altura e que... Meu Deus, adivinhei, eu acho! Será por causa do dilúvio?!

— Até que enfim! Eu não disse que você descobriria sozinho, à condição de dispor de uma matéria propícia para fazer funcionar plenamente seu intelecto? O dilúvio, de fato. Porque não é possível explicar de outro modo a presença nos topos do mundo de tão numerosos bichos aquáticos. Existe aí uma relação evidente de causa e consequência, assinalada no texto bíblico, assim como em todos os textos posteriores que conservaram a lembrança desse terrível cataclismo. Penso, é claro, em Platão, que nos descreve em seus diálogos de *Crítias* e do *Timeu* o desaparecimento de Atlântida, mas também numa série de tradições que narram este mesmo dilúvio, ainda que o deformando. Os brâmanes, segundo dizeres do padre Roth, o confirmam em seus rituais e os sacerdotes de Zoroastro fazem o mesmo no reino da Pérsia; o padre Walter Sonnenberg, que está na Manilha, menciona em relação a todos os povoados dos arquipélagos da Ásia; São Francisco Xavier, dos negros de Malaca; Valentin Stansel, os tupinambás do Brasil; Alejandro Fabian, os mexicanos; Lejeune e Sagard, os hurons no Canadá... Porque Deus quis que todos esses povos, do fundo da própria idolatria, guardassem a lembrança do castigo outrora infligido aos homens por sua desobediência. Essas provas são amplamente suficientes, mas mesmo que elas não bastassem, eis algo que atrairia a adesão do mais obstinado dos incrédulos...

Abrindo um estojo precioso e desfazendo com precauções infindas a embalagem de pano que o protegia, Kircher exibiu um pedaço de madeira muito antiga.

— Este pedaço de cedro, à primeira vista tão pouco interessante, o padre Boym o conseguiu durante sua viagem à Armênia, num escombro antiquíssimo descoberto por ele bem no alto de uma montanha chamada Ararat pelos povos daquele país...

— O monte Ararat?! O senhor está insinuando que lá...

— Um verdadeiro fragmento da arca de Noé, sim, meu jovem! Essa arca que foi o milagre do mundo, o condensado do cosmos, o semeadouro de toda natureza viva e sensível, o asilo do mundo a ponto de perecer, e o feliz auspício de um mundo que renasce. Lembre-se! Seu cumprimento fazia duas vezes sua profundidade, relações de proporções que são exatamente as de um corpo humano com os braços estendidos, ou, para melhor me exprimir, as de um crucificado! A madeira da arca é comparável "àquela da cruz": para Noé como para o Cristo, foi o instrumento da salvação, da redenção oferecida ao gênero humano... E essa arca, fora da qual não há salvação possível, é a Igreja! Sacudida como uma nave frágil dentro da tormenta dos séculos e das heresias, carregada de homens que têm em verdade a ferocidade dos leões, a fome dos lobos, a astúcia das raposas, que são luxuriosos como os porcos e irascíveis como os cães, a Igreja resiste ao dilúvio das paixões e permanece, graças a Deus, livre, intacta e invencível...

— Magnífico, realmente magnífico! — exclamou o padre Nithard. — O que lhe parece, Vossa Alteza?

A rainha-mãe, que eu não sabia se compreendia suficientemente bem o latim para apreender todas as nuances daquela argumentação, aprovou com um gesto de cabeça gravemente.

— Prossigo, então... Se nós provarmos, como acabo de fazer, a realidade do dilúvio, ou seja, que a totalidade das terras foi efetivamente submersa e que a humanidade desapareceu, corpos e bens, durante um ano, à exceção de Noé e sua família, não seria então necessário considerar que a história do mundo recomeça verdadeiramente a partir desse instante, quer dizer, segundo meus cálculos, no ano 1657 da criação, ou seja, o ano 2396 antes do nascimento de Nosso Senhor?

— Parece-me que sim...

— Este mesmo raciocínio pode ser aplicado a partir das ruínas de Babel, da qual tenho aqui uma pedra que o *sieur* Pietro della Valle me trouxe em testemunho de sua descoberta. Provar que a Torre de Babel realmente existiu é também demonstrar a verdade dos textos bíblicos para aquilo que a precede e que se segue! Mais do que qualquer outra ciência, é a arqueologia que mudará a face do mundo ao restaurar a unidade perdida, o paraíso original! É isso que compreendi, na noite passada, enquanto me encontrava imerso nas mais hediondas dúvidas...

— Desculpe-me a intrusão — ousou o padre Nithard —, mas como faria para demonstrar a realidade de Babel com a mesma segurança que a do dilúvio? Porque uma simples pedra, por mais verdadeira que seja sua origem, não bastaria para persuadir os incrédulos...

— Certamente não, e eu o cumprimento por sua perspicácia. Mas se, partindo da atual diversidade das línguas e de sua multiplicidade prodigiosa... já recenseei 1.070 diferentes!... se então eu conseguisse demonstrar que elas todas derivam de cinco raízes infundidas pelos anjos após a destruição da Torre, sejam elas o hebreu, o grego, o latim, o alemão e o ilírico, que derivam por sua vez daquela linguagem adâmica que falava ainda Noé e seus descendentes, não terei então demonstrado a verdade histórica da confusão das línguas? E, por essa dedução, que os homens se acharam separados em famílias por conta da impossibilidade repentina de se entenderem, não terei eu demonstrado também a dispersão dos povos que se seguiu, a qual favorece às consciências o abastardamento de Deus e da Bíblia?

— Quem ousaria duvidar, meu reverendo?

— Em consequência do que, e para se basear em fundamentos sólidos os capítulos históricos de meu livro sobre a China, decidi ocupar meus últimos dias com duas obras de arqueologia sagrada que calarão os mais obstinados dos idólatras: uma dedicada à arca de Noé, outra à Torre de Babel. Esses livros serão como pedras de toque de toda a minha obra... — Kircher se virou para a rainha Maria Ana da Áustria: — E se Vossa Alteza aceitar em me conceder esse insigne favor, eles serão dedicados ao rei, vosso filho.

Em nome de seu filho, a rainha-mãe se declarou honrada com tal gesto. Agradecendo com fervor a meu mestre, ela prometeu encomendar a edição das ditas obras. Kircher cumprimentou loquazmente dom Luís Camacho pela excelência de sua dialética. Em testemunho de sua conversa, ele lhe ofereceu um dos peixes fósseis cujo valor ele soube apreciar e incentivou o jovem a se aplicar no estudo da natureza.

Naquele fim de outubro, as provas de *China ilustrata* surgiram num ritmo contínuo. Kircher dedicou a isso seus dias, ao mesmo tempo preparando os materiais destinados a *Arca de Noé* e a *Torre de Babel.* Nunca antes eu o vira trabalhar com tanto prazer na concepção de suas obras e não me enganei nem um pouco pressagiando o que elas ofereceriam aos leitores alguns anos mais tarde.

O ano seguinte foi notável devido a vários aspectos; no mesmo momento em que o *China ilustrata,* finalmente saindo da gráfica, circulava de mãos em mãos, provocando um concerto unânime de elogios, Alexandre VII, nosso Santo Pai, entregou a alma a Deus com uma abnegação e uma obediência dignas de cumprimento. Grande foi a aflição de sua família, e em particular do cardeal Orlando Chigi, seu irmão bem-amado. Lembro-me das belas palavras de consolo que meu mestre lhe dirigiu naquela dolorosa circunstância: "*Vocês sofreram uma grande perda,* escreveu ele, *eu reconheço, e a Igreja uma ainda maior, mas com que direito esperavam não sofrê-la jamais? Ouvi falar de várias pessoas que tinham recebido do céu dons extraordinários; todavia, vocês não podem dizer que Deus lhes deu o de não morrer. Eu suplico,* monseigneur, *que observe todas as famílias que conhece: não achará uma só que não verteu lágrimas pelo motivo que ora é o seu. Existem sondas para os abismos do mar, mas não as há para segredos de Deus, não os procure; receba com veneração o que aconteceu e assim acalmará a aflição de seu espírito. Nada digo que já não saiba melhor do que eu, mas os sinais de estima que sempre me deu obrigam-me a contribuir para o alívio de sua dor e testemunhar todo o zelo e reconhecimento de minha parte etc.*"

No dia 20 de junho de 1667, Sua Eminência o cardeal Jules Rospigliosi foi eleito pelo conclave sob o nome de Clemente IX. Mas sua idade avançada fez temer que não permanecesse muito tempo no trono de São Pedro.

Além da *China ilustrata* — livro ao qual meu mestre havia adicionado o primeiro dicionário latim e chinês que já existira no Ocidente e cuja leitura foi de grande préstimo àqueles de nossos padres que preparavam uma viagem à China —, Kircher submeteu aos letrados um *Magneticum naturæ regnum* extraordinário, apesar de sua concisão. Ali ele reunira para fins pedagógicos todas as experiências possíveis relacionadas à atração das coisas entre si, de tal modo que este livro obteve um grande sucesso pela facilidade que dava aos neófitos, como aos sábios, de se entregar sem outro apoio ao estudo dessas matérias.

ALCÂNTARA | *Ele andava feito caranguejo e, às vezes, dava uma guinada que o fazia rir sozinho...*

Tendo trabalhado sobre suas anotações até às 2 da madrugada, Eléazard se levantou mais tarde do que de costume, mas com a sensação de ter transposto um obstáculo: a obra de Athanasius Kircher e o próprio personagem foram remodelados em seu espírito com bastante contraste para lhe fazer perceber o quanto tinham de caricaturais até então. Esse ajuste se devia um bocado ao Dr. Euclides, e mais ainda à espontaneidade de Loredana; ela soubera fazer as perguntas certas, aquelas que punham em causa sua própria atitude em relação a Kircher, e não o suposto gênio ou hipocrisia do jesuíta alemão. Ele estava ansioso para lhe falar, ansioso para ir mais longe com ela naquela espécie de intimidade amorosa em que se desenvolvera a relação entre eles.

Tomou seu café da manhã na cozinha. O caso Carneiro continuava nas manchetes: um dos supostos assassinos tinha acabado por confessar sua presença no local no momento do crime. Ele acusava seu acólito na esperança de abrandar sua pena, ao mesmo tempo afirmando que tinham sido enviados lá por Wagner Cascudo a fim de convencer a vítima de abrir mão de sua propriedade. Aliás, o advogado acabara de ser solto mediante fiança e reivindicava sua inocência. Ele preservava sua própria versão dos fatos, a saber, que não conhecia os dois homens e que toda aquela história havia sido armada pela polícia. Quanto ao governador, citavam longamente seu desmentido ofuscado na televisão: aquela cabala contra ele fora organizada com vis fins eleitorais, e não tinha por objetivo senão desestabilizar o partido no poder. Se a imprensa começasse a suspeitar de todos os homens honestos desse país, arriscava-se à catástrofe. Ele conhecia Wagner Cascudo havia anos, tratava-se não apenas de um advogado sem par mas também de um amigo, alguém que ele sabia ser incapaz de cometer o menor gesto de maldade.

E não havia mais nada sobre suas tramoias.

Por ser da profissão, Eléazard sentiu que uma espécie de reviravolta estava em funcionamento, o resultado de uma manipulação habilidosa. Tentou se tranquilizar, pensando que o procurador de Santa Inês não desistiria assim tão facilmente, sobretudo após as confissões implicando Wagner Cascudo.

Ele se preparava para sair, com a intenção de encontrar Loredana, quando ouviu baterem palmas à porta, anunciando a visita de Alfredo.

— E aí? Que cara é essa? O que aconteceu?

— Ela foi embora...

— Ela quem? — interrompeu Eléazard, com uma pontada no peito.

— Loredana... Pegou o primeiro barco hoje de manhã. Só a Socorro a viu. Pagou a conta e se foi...

Eléazard estava sentado. Seu coração batia acelerado.

— Sem nem se despedir — disse ele infantilmente.

— Socorro lhe fez a mesma observação... Ela respondeu que era melhor assim, que de qualquer maneira só tinha tempo para pegar o avião. Deixou uma carta para você. Está aqui, se quiser ler...

Ela sabia que ia embora hoje, Eléazard repetia para si mesmo, examinando o grande envelope que lhe entregara Alfredo; ela sabia e não disse nada...

— Mas o que deu nela! — explodiu ele bruscamente. — Não é possível uma coisa dessas!

— Não sei mais do que você, Lazardinho... Ela me deixou um bilhetinho de desculpas, e para dizer que precisava voltar para a Itália. Eu me sinto estranho, também.

Eléazard lhe mostrou a pilha de artigos que acabara de recortar para depois arquivá-los:

— Sirva-se de um copo e dê uma olhada nisso enquanto eu leio a carta, OK?

— Não tenho mesmo mais nada a fazer — disse Alfredo com a expressão soturna. — O hotel está vazio.

O envelope continha um dossiê volumoso e uma carta redigida em italiano, com uma caligrafia larga e curvilínea que parecia se esforçar para cobrir todo o espaço do papel:

Eléazard, você ficará certamente surpreso — e ressentido, eu sei — ao saber da minha partida assim de repente, mas falta-me força e coragem para lhe dizer as coisas de frente. Então, é o seguinte: acontece que estou doente, um tipo de câncer no sangue sobre o qual os médicos não sabem muita coisa. De qualquer modo, trata-se de uma doença contagiosa que começa a me devastar, tão rápida é sua progressão. Minha esperança de vida se limita a alguns meses, um ano ou dois se meu corpo resistir um pouco mais, como parece acontecer às vezes... Estranhamente, não é o fato de vir a morrer em breve que causa mais problemas — essa consciência é tão insuportável que o cérebro entra em curto-circuito ao cabo de alguns segundos. É como se ele fabricasse as endorfinas da esperança, a fim de devorar a si mesmo, nos deixar fazer de conta até o próximo mergulho. Não, o mais atroz, percebi isso aqui melhor do que na Itália, é justamente essa ilusão de que se vai sobreviver apesar de tudo. Você imagina o retorno a mim mesma que tudo isso engendra, a nostalgia, o medo, a urgência de durar, de continuar existindo ainda... Mas basta.

Deixo para você meu livro de cabeceira. É daí que vem toda a minha ciência sobre os estratagemas. O tradutor é um bom amigo meu, você vai gostar, eu acho, do seu pseudônimo...

Voilá. *Não sei mais o que dizer senão lhe suplicar para que não me queira mal. Esqueça um pouco o Kircher, um beijo na Soledade de minha parte e não deixe de continuar perseguindo o Moreira até o fim...*

Um beijo, como agora há pouco, quando vim embora.

Loredana

★ ★ ★

— Então? — perguntou Alfredo, que não conseguira deixar de olhar para ele durante a leitura.

— Você estava sabendo?

— Do quê?

— Que ela estava gravemente doente...

— Que história é essa? Eu não sabia de nada, juro...

Ele entregou-lhe a carta para que se desse conta por si mesmo.

— Me leva a mal não — disse Alfredo, com um piscar de olho —, mas em italiano fica difícil...

Eléazard passou as duas mãos nos cabelos. Sem perceber, recomeçara a morder a parte interna da bochecha.

— Ela não deixou um livro junto com a carta?

— Já ia esquecendo — desculpou-se Alfredo, apanhando um livro vermelho e preto dentro da bolsa. — Não sei onde ando com a cabeça...

Eléazard leu rapidamente na capa:

Os 36 estratagemas
Tratado secreto de estratégia chinesa
Traduzido e comentado
Por François Kircher

— Acho que vou beber alguma coisa também — disse ele, sem expressão na voz.

Após a saída de Alfredo, ele continuou enchendo seu copo à medida que ia se esvaziando. Num estado próximo do embrutecimento, relia a carta de Loredana, estudando cada fórmula como se uma dentre elas pudesse acabar lhe revelando o segredo de sua partida. Quanto mais sondava as palavras porém, mais avaliava suas inconsistências.

Automaticamente, ele folheou o livro deixado pela italiana. Algumas passagens estavam assinaladas; nada levava a supor, como acreditara por alguns segundos, que tivessem sido sublinhadas para ele. A diferença da tinta indicava duas leituras espaçadas no tempo, cada uma revelando preocupações distintas. Sem ter procurado, Eléazard deparou-se com o princípio antecipado por Loredana a fim de atacar o governador do Maranhão: *A ampla silhueta da figueira abriga à sombra de suas ramagens a amoreira cativa, assim como os grandes personagens se cercam de uma corte de subalternos e de protegidos. Atacar um de seus sectários para ameaçá-lo diretamente é uma prática corrente...* O 36º estratagema era o único destacado com um círculo; Eléazard teve certeza de que fazia parte da segunda leitura, a que Loredana fizera em seu quarto de hotel nos últimos dias. *A fuga é a política suprema* — ele leu com o coração apertado —; *se o triunfo do inimigo for garantido e eu não posso combatê-lo, três soluções se me oferecem: entregar-me, negociar ou fugir. Capitular significa submeter-se a uma derrota completa. Negociar é uma meia-derrota. Mas fugir não é uma derrota.*

Cansado de andar em círculos, ele foi procurar Soledade para lhe fazer umas perguntas. Ela estava sentada no ponto mais afastado da varanda, as pernas pendendo para fora. Sem se virar, ela respondeu, e, pela sua voz, ele soube que chorava.

— O que houve? — perguntou Eléazard, sentando-se ao seu lado. — Você sabe que Loredana foi embora?

De perfil, ele a viu enxugar os olhos com o dorso da mão e se esforçar para controlar a respiração.

— Sei — ela acabou por responder. — O Alfredo me disse quando foi falar com você.

— E é por isso que está chorando?

Ela fez que não com a cabeça e encostou-a contra a grade da varanda.

— Por quê então? — insistiu Eléazard. — Por que está triste? Não se sente bem aqui?

—Vou embora também...

— O que está dizendo? Você não vai me deixar sozinho, vai?

Eléazard estava acostumado àqueles períodos depressivos. Soledade não concretizava jamais suas ameaças, de tal modo que ele não mais as levava a sério.

— O Brasil perdeu — disse ela, fazendo uma careta. — Eu tinha prometido ir embora se a gente não chegasse à final... Então, vou voltar pra Quixadá, pra casa de meus pais... Eu... posso levar a TV?

— Pare com isso, Soledade! Você pode levar o que quiser, não é esse o problema. O que eu quero saber é o que vai ser de mim, entende?

— Entendo — respondeu ela, imitando seu sotaque. — Quem é que vai lavar minha roupa, fazer compras e a cozinha, trazer minha caipirinha? Só sirvo pra isso! É a outra que você ama...

— Não é a mesma coisa... Eu te amo muito também, você sabe disso. E, de qualquer maneira, ela foi embora, então... Nada mudou. Tudo segue como antes...

Soledade recomeçara a chorar.

— Só que ela te ama também — conseguiu dizer entre soluços. — Ela me disse.

— Não acredito — disse ele, sem saber se aquela confidência apaziguava sua tristeza ou, ao contrário, a aumentava. — Isso é absurdo! O que ela lhe disse exatamente?

— Que você era um francês imundo e explorador, que... que ela detestava!

Ela apagou sua mentira com a careta compassiva que fez em seguida.

— Fala sério, Soledade... É importante para mim...

— Ela disse que te amava, mas que ia morrer e que não valia a pena perder a cabeça por um amor. — As lágrimas brotaram dos olhos, enquanto ela concluía a frase: — E eu disse a ela que todo mundo acabava morrendo... Mas foi porque eu estava com ciúmes, entende? E agora, ela foi embora, e por minha culpa.

— A gente não pode saber o que se passa na cabeça das pessoas... Ela ficou com medo de nos fazer sofrer. — E, dizendo essas palavras, Eléazard pressentiu que se aproximavam do momento da verdade. — Medo de contaminar a gente com o sofrimento dela. Ela percebeu que tinha tentado negociar com sua doença, e depois ela se repreendeu, por orgulho, para lutar melhor...

— Foi minha culpa — choramingou Soledade. — Eu a levei até o terreiro... O papagaio não tinha medo dela, você entende, era um sinal... E Omulu escolheu ela, e não a mim...

Eléazard não estava entendendo nada.

— Que história é essa de terreiro?

Soledade cobriu a boca com as mãos, os olhos assustados, inquietos.

— Diga, por favor — insistiu Eléazard.

Como única resposta, Soledade se levantou rapidamente e correu para seu quarto.

Eléazard gostaria de chorar como ela, de lavar a alma. Ele ficou na varanda, os olhos secos, a garrafa ao alcance da mão. Um pouco mais tarde, ouviu sem se mexer o telefone tocar e, em seguida, a gravação da voz severa do Dr. Euclides.

Quando os mosquitos apareceram, ele se refugiou na sala de estar; andava feito caranguejo e às vezes dava uma guinada que o fazia rir sozinho.

No dia que se seguiu, ele acordou e saiu da cama muito mais cedo do que deveria. A cachaça lhe deixara um torno na cabeça que lhe apertava o cérebro, e a perspectiva de ir até São Luís, atendendo ao chamado do Dr. Euclides, não o agradava nem um pouco. Mas o velho não permitia a menor infração desse gênero. Daqueles que tinham lhe faltado a um compromisso, ainda que uma única vez, nenhum podia se gabar de ter voltado a vê-lo.

Ele permaneceu no convés durante a travessia e a brisa marinha atenuou um pouco sua dor de cabeça. Quando chegou a São Luís, comprou o *Correio do Maranhão* e se concedeu um cafezinho. O caso Carneiro ocupava ainda uma boa parte da terceira página; um jornalista célebre por suas opiniões reacionárias havia deixado escorrer todo o seu veneno. As autoridades, escreveu ele, tinham a prova formal de que se tratava de uma conspiração destinada a atingir o PDS. O procurador Waldemar de Oliveira havia ultrapassado os limites de sua jurisdição: o caso, tendo ocorrido em Alcântara, era da competência do tribunal de São Luís, e não do município de Santa Inês. Era conhecida a simpatia do personagem pelo comunismo, sem falar nas histórias notórias de homossexualismo... Algumas revelações, de fontes oficiosas, falavam de uma transferência disciplinar e mesmo a instauração de um processo por pedofilia. O governador do estado havia sido denegrido de modo tão abjeto que seu filho tinha desaparecido no Mato Grosso, provavelmente morto pela ciência e pela honra de seu país!

Moreira devia ter soltado uma boa grana, aquele discurso de defesa era convincente; produziria o resultado previsto. E pronto, dizia Eléazard para sai mesmo, toda aquela história seria varrida para sob o tapete mais uma vez. Moreira se safaria e ainda conseguiria alguma força para as eleições. Os estratagemas de Loredana não funcionavam assim tão bem, afinal de contas. Do jeito que as coisas iam, a figueira se preparava não apenas para justificar a amoreira, mas também para esmagar todos os bichos-da-seda que encontrasse pelo caminho.

— Então você aprontou, hein? — disse o Dr. Euclides, acolhendo-o em sua casa.

Eléazard sentiu o perfume da condessa Carlota antes mesmo de notar sua presença na sala. Ele a cumprimentou e sentou-se diante dela.

— Contou a ele? — perguntou Eléazard, ao que ela acenou afirmativamente com a cabeça. — De qualquer forma, parece que não serviu a grandes coisas... Vocês leram o jornal de hoje? Ele vai conseguir sufocar o caso, apesar da aberração...

— Sempre derrotista, não é mesmo? — disse o Dr. Euclides, afagando a própria barba. — Nada está decidido ainda, creia em mim. Ele está se debatendo, a guerra se anuncia boa. Mas se Carlota o acusar pessoalmente, a carreira dele acabou...

— Isso não tem valor jurídico algum, tem? Será a palavra de um contra a do outro...

— Sem dúvida, mas ele vai certamente perder as eleições. Seus amigos políticos vão abandoná-lo, um atrás do outro...

— Você está preparada para isso? — perguntou Eléazard, virando-se para a condessa.

Carlota parecia à beira da exaustão, mas a firmeza de sua voz testemunhava uma resolução inexorável.

— Se for preciso, eu o acusarei pessoalmente. Já não tenho muito a perder, você sabe...

— Ainda sem notícias da expedição? — perguntou Eléazard, com um desapego que assustou a si mesmo.

— Eles estão vivos — explicou o Dr. Euclides. — O helicóptero sobrevoou o barco deles: visivelmente, encalharam após uma avaria. Acham que devem ter se enfiado na floresta, é tudo o que se sabe por ora. Vão precisar de semanas para montar uma equipe de resgate...

— Eu não disse que precisávamos confiar em Dietlev? É uma boa notícia então, não?

— Pode ser... — disse Carlota. — Ninguém explica por que não ficaram no barco, e eu não consigo não ver as coisas de um modo sombrio. Você deve entender minha inquietação, já que se encontra na mesma situação... Mas vamos falar de outra coisa, está bem?

Eléazard ficou calado por alguns segundos, o tempo de se dar conta de que Elaine havia desaparecido de sua vida bem antes de sumir no Mato Grosso... O anúncio oficial de sua morte só extrairia dele, estava convencido disso, algumas palavras de circunstância.

— Loredana voltou para a Itália... — disse ele, sem perceber aquela indelicadeza.

— Já sabemos — disse simplesmente o Dr. Euclides —, é por essa razão que fiz com que você viesse o mais cedo possível. Cedo demais, pelo que posso interpretar sua transpiração: está fedendo a álcool de cana, meu caro, parece um ônibus...

— Deixe-o em paz! — interveio Carlota. — Isso não é verdade, posso garantir...

— Estou acostumado... — disse Eléazard, corando apesar de tudo. — Como ficaram sabendo?

— Ela passou para se despedir, antes de pegar o avião. É uma boa mulher... Não se deve culpá-la, às vezes é preciso mais coragem para sair do jogo do que para continuar jogando...

— Ela contou tudo?

— Se tudo quer dizer sua doença, sim...

—Você acha que...

— Não — interrompeu Euclides. — Sei o que está pensando, mas está fora de questão. É preciso aceitar sua decisão pelo que ela é: uma recusa a enganar a si mesma e aos outros. E, consequentemente, uma recusa de voltar a ver você. Ela não agiu sem pensar, sabe...

— Eu entendo — concordou Eléazard com tristeza —, mas não aprovo a atitude.

— Então é porque não entendeu coisa alguma — concluiu Euclides friamente.

— Eu disse e repeti para ele: primeiro conclua os estudos, depois faça o que quiser... Mas nessa idade, você sabe como é... Entra por um ouvido e sai pelo outro, como dizem... Nem fez as provas! Muito bem, muito bem! Você continua fumando muito, pelo que vejo... Isso vai levar pelo menos meia hora. Eu teria preferido fazer isso em duas etapas, mas tudo bem. Está arriscado doer um pouco, com o tempo. Avise se quiser que eu pare por alguns instantes. Kátia, aspiração, por favor... A guitarra elétrica é tudo o que lhe interessa. É verdade que parece ter talento, e muito, o safado... Não conheço grande coisa, admito, mas quando ele toca a gente sente qualquer coisa de profundo... É preciso dizer que compramos uma Gibson, um belo instrumento... Você não imagina o preço... Entre nós, eu dei um jeito, pedi a um amigo que comprasse em Hong Kong ... Quando penso que ele não foi aceito no conservatório! Dá para entender isso?

Instalado na poltrona, as mãos sobre o peito, Moreira encarava o sol de vidro e aço inoxidável acima dele. Ali era sem dúvida o único lugar do mundo onde podia se permitir não responder às perguntas de um imbecil. O tom monótono daquela voz, assim como a mancha luminosa atrás do vidro opaco, mergulhava o governador numa sonolência semelhante à hipnose. Ele fechou os olhos. Era a condição ideal para felicitar a si mesmo tranquilamente.

A boa notícia se resumia numa única palavra: Petrópolis. *Pronto, está feito,* dissera Barbosa ao telefone*; não foi fácil, mas ele foi oficialmente retirado do caso e transferido para Petrópolis, no Amazonas. Com uma bela promoção, ainda por cima... Graças a você, estou com o Sindicato dos Magistrados pegando no meu pé...* Eu acabei com eles, pensava Moreira com uma satisfação inexprimível, acabei com eles direitinho! Contrariando seus hábitos, mestre Biluquinha tinha sido categórico: o caso não vai ser julgado até o fim, pois houve erro nos procedimentos, durante a detenção. O caso é improcedente. Com certeza para o Wagner e, provavelmente, para os dois outros, na medida em que um dos homens de confiança voltou atrás na sua declaração, jurando que foram extorquidos sob ameaça.

Aquela raposa do Edson não demorou a lhe pedir um primeiro favor. As pesquisas o indicavam em primeiro lugar no estado do Ceará, porém, com uma margem bem ínfima para poder se considerar vencedor. A seu pedido, ele iria então apoiá-lo em seu feudo, história de arrebanhar os indecisos. A perspectiva de ir até Fortaleza não o entusiasmava muito, mas era preciso retribuir o favor. Seria mesmo a menor das cortesias, depois de Barbosa ter-lhe salvado.

Moreira ficou tenso por uma fração de segundo por causa da dor. Foi como se Carlota voltasse brutalmente à sua lembrança. Carlota... Quanto mais as coisas se ajeitavam, mais ela insistia no divórcio. Ele ainda tentara amaciá-la na noite passada, mas ela não o deixara argumentar. Tinha ficado silenciosa, fechada à chave em seu quarto, até deixá-lo realmente irritado. Quando tentou forçar a porta, a onça começou a rugir, a espinha dorsal esticada, como se tomasse abertamente partido contra seu dono. Filho de um xibungo! Ele fora obrigado a se acalmar... Nunca imaginara que sua mulher tivesse tanta força de vontade. Ela acabara por lhe dirigir a palavra, mas apenas para avisar que um advogado, "seu advogado", logo entraria em contato com o dele. O fato de ela já ter contratado um desses picaretas o tinha deixado transtornado. Ela que nem sabia preencher uma declaração de imposto de renda! Inacreditável...

Um profundo sentimento de injustiça apertava seu peito. Não tinha, afinal, trabalhado como um escravo toda a sua vida? Para chegar àquele ponto. Ela estava em plena depressão, pensou ele. É o Mauro que a deixa assim... Assim que ele voltar dessa viagem imbecil, tudo entra nos eixos. Mas uma voz amarga repetia na sua cabeça que ele havia se casado com regime de separação de bens. Uma generosidade que o fazia correr o risco de ficar em breve sem um tostão; se Carlota continuasse inflexível, aí os problemas sérios começariam. De um ponto de vista afetivo, a ideia daquele divórcio lhe parecia dolorosa, mas possível, até mesmo atraente, pois teria sua independência recuperada; no plano político, permanecia problemática; financeiramente, era inadmissível. Devia haver um jeito de sair daquela encrenca, ele se dizia, os dedos crispados na barriga; alguma coisa simples e racional...

— Um cargo de secretário ou de porteiro... Pouco importa, desde que seja funcionário público. Você entende, não é? Um salário miúdo, mas regular. Eu garanto que ele não vai lhe causar nenhum aborrecimento... Pronto, está concluído. Você pode cuspir...

Moreira bebeu o conteúdo do copinho de plástico antes de cuspir na pia. Fez um movimento com o maxilar e depois lambeu os dentes livres de tártaro:

— Peça para me enviar o CV — disse ele, enquanto a poltrona se recolocava em posição com um ronco eletrônico. —Verei o que posso fazer. Mas não espere nada antes das eleições.

CAPÍTULO XXX

Como uma febre pode engendrar um livro. Em que se descreve igualmente uma máquina de pensar muito digna de elogios

Nós tínhamos acabado de comemorar o ano-novo quando meu mestre foi tomado por uma febre maligna e quase passou desta para melhor. Certa manhã, ele acordou privado de suas forças, sem que qualquer indisposição anterior pudesse explicar aquela repentina fadiga. Quando o vi acamado pela primeira vez, seu rosto macilento e sua tez pálida me deram dó; menos, todavia, do que aquela alteração manifesta e inusitada em sua compostura: a expressão atônita, como se fosse presa de um delírio jocoso e surdo, ele parecia se concentrar profundamente em alguma coisa, embora não estivesse mais em condição de pensar no que quer que fosse. Movimentos bruscos e convulsivos agitavam seus músculos faciais, mas também seus braços e suas mãos: ele parecia estar se debatendo contra moscas...

Chamado imediatamente, o padre Ramón de Adra, cirurgião do colégio, achou leitosa sua urina, o baixo-ventre tenso e a língua coberta de um sedimento marrom amarelado. Quanto aos pulsos, as batidas eram mais rápidas do que o natural e irregulares. Diante disso, recomendou-lhe uma dieta amarga e leve, à base de mingaus farinhosos. Poder-se-ia acrescentar suco de limão, de romã ou de ginja. O padre Ramón praticou em seguida uma sangria preventiva, me tranquilizando sobre as consequências da doença.

No dia seguinte, nenhuma melhora visível; ao contrário: Kircher apresentava úlceras de um vermelho vivo, duras ao tato, no interior da boca, nos lábios, como também sobre as glândulas que se acham nas virilhas e nas axilas. Uma diarreia negra e fétida se declarara, produzindo no doente tamanho abatimento da alma que o deixara insensível a tudo, salvo à violenta dor de cabeça que o torturava como um garrote no crânio. Diante desses novos sintomas, característicos da febre maligna, o padre Ramón não conseguiu esconder sua angústia; se o reverendo padre Kircher não viesse a falecer dentro de sete ou oito dias, haveria talvez possibilidade de curá-lo. Para ficar com a consciência tranquila, ele receitou assim mesmo pequenas doses de creme de tártaro misturado com ipecacuanha — para reprimir as cólicas e favorecer a transpiração —, e a cada duas horas, meio dracma de raiz de serpentário e dez grãos de cânfora, a fim de lhe restabelecer as forças. Sem pensar nos gastos, ele me deu igualmente 30 gramas do melhor *kina*, em pó bem fino, e várias cabeças de papoula a serem administradas em quantidades mínimas durante os acessos de febre. Depois se foi, não sem antes me recomendar a purificar o ar do quarto, mantendo a janela aberta e fazendo queimar vinagre no interior do cômodo em permanência.

No sétimo dia, como não havia melhora alguma, o padre Ramón me autorizou a experimentar um remédio contra o qual Athanasius sempre se colocara, mas que o agravamento de seu estado e a perspectiva de seu fim não permitiam que fosse descartado. Fiz então com que trouxessem um carneiro vivo, que prendemos ao pé de sua cama... E estava certo, pois no nono dia, ou o animal tinha respirado o veneno que exalava do corpo de meu mestre, desviando assim o mal de sua vítima, ou havia sido apenas o sujeito de uma infeliz circunstância, pois encontramos o carneiro morto e Athanasius a caminho da cura.

Menos de uma semana havia decorrido e ele já projetava retomar seus trabalhos! O padre Ramón o dissuadiu da ideia com firmeza, argumentando que as febres malignas provinham em primeiro lugar de um ar fechado e do confinamento excessivo dentro do estúdio, razão pela qual receitou-lhe passeios frequentes no campo, assim como uma vida sã e regrada pela trajetória do sol.

Logo na nossa primeira saída, contudo, quando ele me apresentou elogiosamente Agapitus Bernardinis, o jovem gravador que iria nos acompanhar para além das muralhas da cidade, compreendi que meu mestre queria fazer de uma só filha dois genros, e só se deixou convencer para melhor aproveitar a ociosidade que lhe impunha a faculdade. A uma pergunta que lhe fiz, ele admitiu sem dificuldade o que estava por trás de seu pensamento; obcecado pela urgência de chegar a um termo em seu projeto de arqueologia, decidira percorrer o antigo Latium a fim de reconstituir a imagem da Roma de outrora e comprovar a perfeita correspondência da história latina com a da Bíblia... Apesar das minhas inquietações quanto às possíveis repercussões de tal propósito para sua saúde, empenhei-me em ajudá-lo tanto quanto possível em seu empreendimento.

Até o mês de maio, percorremos assim todas as ruínas da cidade, tanto as interiores quanto as exteriores às muralhas, estabelecendo mapas e planos de todos os locais ou edifícios que testemunham ainda sua antiguidade. Nada escapou à curiosidade minuciosa de meu mestre, nem os resquícios magníficos da *Domus Aurea* nem aqueles, mais modestos, do templo da Sibila Tiburtina, cujos oráculos sobre a vinda do nosso salvador haviam sido anunciados em vão a César. Em Tusculum, onde Tibério e Lucius tinham se protegido outrora das pestilências da cidade, visitamos uma série de residências edificadas sobre o mesmo local pelas nobres famílias de nosso século. Kircher foi acolhido em todos os lugares como convidado de honra, e todos se propunham por meio de mil cortesias a facilitar suas pesquisas. Ninguém, todavia, nos tratou com tanta afeição quanto o velho cardeal Barberini. Sua morada se situava nas ruínas do templo da Fortuna e Athanasius pôde assim restituir fielmente a aparência daquela construção, a mais importante e a mais bem-sucedida da arquitetura romana. Dentro das caves, ele chegou a fazer Agapitus remover um mosaico original, que descrevia com precisão os benefícios da deusa sob o aspecto de uma belíssima cena nilótica. Concluímos nossos passeios estudiosos com uma excursão sobre as encostas do monte Genaro, a fim de observar a colheita de maná, estoraque e bálsamo de terebinto.

Quando retornamos ao Colégio Romano, as pastas de Agapitus transbordavam de desenhos, e as de meu mestre, de uma quantidade de anotações suficiente para escrever dez volumes sobre o Latium. Entretanto, por mais inestimável que tenha sido para a história romana, o estudo empreendido por Kircher não atingiu seu esplendor senão com suas conclusões sagazes ditadas pelo seu gênio: a tribo de Noé, tudo indicava, havia sido o primeiro povo a se instalar na Itália, logo após a queda de Babel; quanto aos deuses dos romanos, eles não passavam de avatares do próprio Noé, esse santo homem cuja memória, transfigurada por lendas e mitos, se perpetuara até as mil facetas de um panteão ridículo.

— Saturno — disse-me Kircher certa noite em que percorríamos o Capitólio, conversando —, esse deus que deu seu nome ao próprio Latium, quando a Itália ainda se chamava Ausone, Saturno foi reverenciado pela idade de ouro que seu governo justo e pacífico oferecera aos aborígenes, quer dizer, à humanidade. Essa idade de ouro corresponde evidentemente à era de abundância estabelecida por Noé ao sair da arca. Da mesma forma que Cam, filho de Noé, manifestou seu espírito de rebelião ao não recobrir nem um pouco a nudez de seu pai na noite em que este se embriagou de vinho pela primeira vez, assim como Júpiter, filho de Saturno, mutilou seu pai dos órgãos de reprodução, destruindo com esse gesto insensato os tempos felizes da origem... Os deuses do paganismo, fique sabendo, Caspar, são apenas homens, superiores pelas suas qualidades ou suas fraquezas aos comuns dos mortais, que a ignorância de outros homens divinizou. Os dois outros filhos de Saturno, Netuno e Plutão, são, portanto, a imagem de Sem e Jafé, e essa analogia pode ser verificada em todas as grandes figuras da Bíblia e em todos os ídolos passados ou presentes dos povos da terra.

A febre que havia devastado meu mestre felizmente nada mais era, podia-se ver, que uma remota lembrança...

Kircher comemorou seus 66 anos no colégio e, nesta ocasião, surpreendeu todo mundo com seu vigor recuperado. Bronzeado pelo ar livre e o sol do campo romano, robusto como nunca em espírito e corpo, ele não parou de brincar amavelmente com os jovens noviços sobre suas frágeis compleições, tudo isso bebendo muito vinho branco, que o padre Ramón o obrigava a tomar a fim de aperfeiçoar sua cura e prevenir uma eventual recaída. Desafiado a uma queda de braço pelos mais valentes de nós, ele enfrentou um a um seus adversários sem parecer afetado por aqueles esforços repetitivos! Fiquei tão feliz ao vê-lo naquela disposição de espírito que naquela noite dei graças a Deus até de manhã.

Após ter elucidado o enigma associado ao envenenamento da fonte de Pamphili e inventado o "Tructomètre", que impediria que desventuras semelhantes se reproduzissem, meu mestre voltou a mergulhar em seu trabalho. Ao mesmo tempo em que trabalhava na *Arca de Noé*, ele se obstinou a escrever uma apologia dos Habsburgo da Áustria. Relendo, para este fim, a copiosa correspondência que havia mantido com alguns desses ilustres personagens, Kircher reencontrou uma carta do falecido imperador Fernando III, que havia sido seu mecenas e amigo com exemplar constância. Uma passagem dessa carta teve sobre meu mestre o efeito de uma descarga elétrica...

— Ele estava certo — murmurou Kircher, colocando a carta sobre uma mesa já repleta de livros abertos e papéis. — Como não consegui perceber isso antes!

Intrigado pela brusca perplexidade de meu mestre, ousei pedir-lhe alguns esclarecimentos.

— Eu pensava na própria *arte*, Caspar, e na maravilhosa intuição de seu inventor: *Ars Magna*, essa "Grande Arte" que permite combinar tão bem as coisas quanto as ideias, graças a três instrumentos divinos: a síntese, a análise e a analogia. Pela síntese, posso reunir o múltiplo à unidade; pela análise, vou da unidade ao múltiplo; e pela analogia, reconheço não apenas a Unidade original, divina e metafísica do mundo, mas também a do saber, pois descubro a concordância milagrosa das forças e das propriedades que as constituem! A *arte* de Raymond Lulle é imperfeita, razão pela qual sua descoberta se mostrou inutilizável... Mas eu entendo, pessoalmente, que essa arte é possível! Já faz um bom tempo que entrevi os princípios e que os utilizo na prática a cada dia; é urgente, contudo — compreendi isso de repente, relendo a carta do saudoso Fernando III —, satisfazer finalmente o apetite dos menos favorecidos entre nós e dar aos mais sábios esse meio infalível de alcançar a verdade. Todo homem sensato, insisto, é capaz de adquirir em pouco tempo uma visão verdadeira, ainda que sumária, da totalidade das ciências! Sou um homem velho, Caspar, mas empregarei os dias que Deus há de querer ainda me conceder para construir algo que ninguém jamais ousou sonhar: uma máquina de pensar! O equivalente, na ordem dos conceitos, a este museu que tem meu nome, que nada mais é senão uma enciclopédia, uma gramática visível e, como que diria, palpável da realidade universal!

Fiquei aturdido com o entusiasmo comunicativo de meu mestre e pelo que pressagiava realizar. Apressando-se em trabalhar na renovação da *Ars magna* de Raymond Lulle, Kircher me confiou a elaboração final da *Arca de Noé* e do *Archetipon politicum* para se absorver inteiramente na escritura dessa nova obra. Foi-lhe necessário organizar a totalidade do saber humano segundo uma ordem determinada, imitando a ordenação divina, antes de instaurar as regras analógicas e o sistema de combinações que permitiriam a todos empregá-lo para a própria utilização. Um exercício dos mais árduos, mas que meu mestre realizou com uma facilidade desconcertante, sem fraquejar um só instante na resolução que havia tomado.

Bem no princípio do ano de 1669, enquanto Athanasius fazia levar ao impressor, gradualmente, as páginas concluídas de seu futuro *Ars magna sciendi*,* ocorreu uma controvérsia tão detestável quanto descarada. Dois escritos foram endereçados a Kircher pelo padre François Travigno, seu colega e amigo de Pádua: o primeiro consistia num livro de Valeriano Bovicino, professor de física na mesma universidade que o padre Travigno, e o outro numa cópia de um panfleto, aprovado por certos membros da Royal Society de Londres e assinado... Salomon Blauenstein!

Em seu *Lanx peripatetica*,** Bonvicino criticava acidamente Athanasius sobre o capítulo XI do *Mundus subterraneus* — no qual Kircher, conforme podemos recordar, desprezava soberbamente a alquimia transmutatória das gemônias — afirmando ao mesmo tempo que ele próprio fabricava o ouro utilizado nos lustres de sua casa de Pádua. Quanto a Salomão Blauenstein, aquele refinado patife que por pouco não arruinara outrora o demasiado ingênuo Sinibaldus, ele reproduzia as mesmas críticas contra meu mestre, mas com uma ironia afiada e uma cólera indigna a qualquer homem de ciência...

Por mais injustos que fossem, esses ataques atingiram Kircher no seu mais profundo amor-próprio. Passaram-se vários dias antes que conseguisse se apaziguar, até que a justiça divina se abateu sobre um de seus detratores e inúmeras cartas de apoio, vindas dos mais renomados doutores, começaram a chegar.

Athanasius não relaxou no trabalho, tanto que seu *Ars magna sciendi* e seu *Archetypon politicum* foram lançados simultaneamente no outono do mesmo ano, desencadeando uma vaga de admiração que se desdobrou de repente pela Europa dos homens honestos.

O incomparável sucesso dessas obras foi, contudo, prejudicado por um duplo infortúnio, que ressoou em toda a cristandade como uma ad-

---

* *A grande arte do saber.*

** *A balança peripatética.*

vertência divina para não se subestimar sequer por um instante a astúcia dos idólatras...

MATO GROSSO | *Os anjos caíam...*

Tendo perdido conta dos dias, noites e tudo que não fosse o recomeço mecânico de seus gestos, eles avançavam pela espessura verdejante da floresta. A morte de Dietlev era responsável em grande parte por aquela resignação: privara-os de um líder, e de um amigo para alguns, mas igualmente do único motivo que teria justificado ainda resistir ao desespero. Elaine, principalmente, não conseguia se recuperar. Por uma razão que os demais desconheciam, o pajé se recusara a sepultar o corpo e persistia em destinar-lhe longos discursos apaixonados. Adicionando o horror à aberração, ele continuava ordenando que transportassem a padiola, apesar da pestilência que não demorou a emanar do cadáver. Onipresente, o signo formal e, entretanto, negado daquela morte assombrava Elaine. Perseguida por aquele defunto que não era mais o homem que amara porém tampouco ainda aquele cuja memória um dia prezaria, ela compreendia melhor o açodamento com que enterrávamos os cadáveres; os funerais visavam dissimular a putrefação, impedir que aquela angústia tangível, inumana, viesse poluir o mundo dos vivos. Sem uma sepultura para fixar dentro da ausência esses seres sem estado, os mortos retornavam

Ao amanhecer daquele dia, quando todos marchavam fazia mais de uma hora, envolvidos pela neblina glacial e pelo sono, um murmúrio percorreu a coluna, crescendo à medida que esta progredia. Todos pararam. Intrigado, Mauro foi até a frente da fila e percebeu uma parede de pedra negra que obstruía o atalho cravado na floresta. Diante dela, o pajé se entregou a ruidosas invocações, depois retomou seu caminho. Ele margeou o penhasco até uma brecha que conhecia; ainda que retomada pela vegetação, uma passagem abrupta se revelou, havendo sido consolidada em certos trechos a fim de facilitar a escalada. A coluna avançou por ali, atrás do pajé, que acelerava o passo, tomado por uma impaciência manifesta.

Após um primeiro esforço exaustivo, eles chegaram à altura das maiores árvores e descobriram um espetáculo de tirar o fôlego. A montanha se elevava na forma de um pão de açúcar no céu límpido, como sobre o fundo de um quadro flamengo; uma massa nua, enegrecida, manchada de trilhas brancas e coberta em cima por uma coroa verdejante que ressudava das menores fendas do rochedo. Lá embaixo, a selva que eles tinham percorrido durante dias se estendia a perder de vista. Era um mar sombrio, encrespado, infinito, tão impenetrável quanto a superfície dos oceanos.

— Um *inselberg*! — murmurou Elaine, arrebatada pelo contraste entre os flancos estéreis da montanha e a mata luxuriante no topo.

— Verdade, parece uma ilha... — disse Herman, um pouco espantado de ter compreendido o que ela dissera. — Nunca ouvi falar de algo parecido...

Ela suspirou, os olhos franzidos, o espírito longe.

— Não conseguimos nem avistar o rio...

— Mas podemos ao menos nos orientar — disse Herman, o olhar fixo em seu relógio. Virando o punho de maneira a apontar o 12 na direção do sol, ele traçou uma reta imaginária entre esse número e o ponteiro das horas: — O norte fica para lá, o que faz com que o rio Paraguai esteja mais ou menos naquela direção.

Com o dedo, ele indicou um trecho de selva com a mata mais escura, bem longe a sudeste.

— Aproximadamente, eu diria que estamos a oeste de Cáceres. Não sei se ainda estamos no Brasil...

— Você tem razão... — disse Mauro, após examinar a paisagem em torno deles. — Se houvesse uma missão por aqui, veríamos pelo menos uma fumaça, algo assim... Sabe Deus para onde estão nos levando...

Sua observação não esperava resposta e não obteve nenhuma; ele leu nos olhos azuis do alemão aquela que se impunha: nem Deus sabia.

Continuaram a subir a encosta escarpada da montanha. A fila avançava em ziguezague como as escadarias da Torre de Babel. Elaine continuava fascinada pelo mar de vegetação que se estendia lá embaixo. Estavam, sem dúvida, sobre uma ilha plantada no meio da floresta, uma anomalia geográfica talvez cartografada por satélite mas que nenhum homem branco, agora ela estava convencida disso, jamais explorara.

Depois de três horas de uma subida estafante, eles penetraram na selva do topo da elevação, o que os fez perder novamente todo o senso de orientação. Elaine lamentou ter entrevisto por tão pouco tempo o ar livre e o sol. Foi Mauro que observou primeiro as mudanças ocorridas na composição da floresta; uma flora inabitual prosperava em volta deles, um verdadeiro jardim botânico povoado de um número considerável de insetos e animais singulares. Cogumelos escarlates, rãs listradas como peixes de aquário, fetos arborescentes cujos caules se espiralavam agressivamente sobre suas cabeças... Quase nada do que viam coincidia com o que haviam notado até então. Reunindo suas lembranças em voz alta, Elaine deu a explicação daquele estranho fenômeno:

— Há a mesma coisa na Guiana Francesa: um pico tão isolado que possui seu próprio ecossistema. O tipo de coisa que serviu a Darwin para verificar sua teoria... A seleção natural ocorreu certamente, mas se desenvolveu à margem, como se fosse um atol. Certas espécies da floresta úmida puderam evoluir nessa bolha de uma maneira diferente, ao abrigo das transformações que aconteceram na planície...

Ela fez com que imaginassem uma arca de Noé que tivesse continuado a navegar durante milênios, sem jamais acostar em terra firme. As espécies contidas nesse navio fantasma seriam mais ou menos semelhantes àquelas embarcadas no princípio; algumas sofreriam mutações para melhor se adaptar à vida na embarcação, enquanto outras não conseguiriam sobreviver ali...

— É magnífico! — exclamou Mauro, apanhando um enorme coleóptero cheio de chifres. — Parece o paraíso terrestre...

— Vocês vão ter todo o tempo para admirar essas merdas — disse Herman com desdém. — Chegamos.

De fato, toda a tribo se instalara no limite da mata, sobre um planalto descoberto que se apoiava, de um lado, ao outeiro de granito e se abria pelo outro num abismo vertiginoso. Contrariamente aos hábitos assimilados naqueles últimos dias, os índios cuidaram da construção do acampamento. Após o armazenamento de água e a costumeira colheita de larvas, palmitos e outros produtos, as mulheres se puseram a macerar a mandioca em grandes cestos impermeáveis onde fermentavam o cauim.

Um bando de rapazes partiu alegremente para caçar; a lenha para a fogueira chegava em abundância... Tudo indicava que aquele acampamento no cume do *inselberg* não era previsto para uma simples pausa, mas para o fim da expedição.

— A gente não vai ficar aqui para sempre, vai? — perguntou Mauro, num tom que deixava entrever seu receio.

— Pode perguntar a eles, se quiser — replicou Herman, desamarrando seu cinturão de cocaína.

Elaine se sentara em sua rede. Do fundo de sua exaustão, uma única certeza emergia: nada, incluindo a espera passiva, podia mais influenciar o curso das coisas. Ela não conseguia parar de pensar no cadáver de Dietlev, tal como ele lhe aparecera, envolto de luz, majestoso. Aos poucos sua morte se enraizava naquela parte de nós em que, ferida após ferida, a vida tece sem pressa seu próprio desaparecimento. Ela não sentia mais medo.

Imóvel diante da montanha, o pajé tinha esperado que os índios lhe construíssem uma cabana. Ele se refugiou no seu interior por alguns minutos, o tempo de esconder de vista os instrumentos sob sua responsabilidade. Feito isso, dirigiu um sermão interminável aos seus congêneres e partiu sozinho até o topo. Os índios o observaram se afastando até que ele sumisse de vista, depois cada um retomou sua atividade.

— Eles preparam uma nova festa para o retorno do pajé... — disse Herman.

Sua reflexão, que se revelaria em seguida pertinente, não despertou o menor comentário. Elaine estava prostrada, os olhos no vazio. Quanto a Mauro, ele não parava de se extasiar com os insetos que descobria. Herman cheirou um punhado de pó e se estendeu para refletir. Uma sirene de alarme urrava em sua cabeça, intimando-o a escapar rapidamente para longe daqueles selvagens imprevisíveis; pretendia se eclipsar durante a noite colocando bastante distância entre ele e os índios, e estudava suas chances quase nulas de sobrevivência na selva. A temporada de chuvas era agora iminente; quanto mais o tempo passasse, mais se tornaria difícil alimentar-se na floresta. Admitindo que conseguisse se orientar sem uma bússola, seria preciso caminhar dias, semanas até, e seus membros entorpecidos de cansaço lhe davam vontade de gritar... Furioso consigo mesmo, Herman se censurava por ter, como os outros, cedido à esperança; deveria ter fugido assim que os índios apareceram, em vez de contar com aqueles canibais para voltar à civilização. Misturando a lembrança de Dietlev à da arma inutilizável, ele crispava os punhos de ódio deitado em sua rede.

Tendo alcançado o cume da montanha, o pajé dos apapocuvas sentou-se de pernas cruzadas sobre uma rocha plana e aguardou. Nada do que o cercava, nem a fonte de pedras sagradas — matriz conhecida só por ele, ventre secreto, onde amadureciam os embriões de tudo que viria um dia a existir — nem a beleza do panorama o desviava de sua angústia. A alma de Quyririche voava a seu redor, o denso farfalhar de suas asas preenchia o silêncio, mas ela se recusava obstinadamente a lhe falar... *Eu reuni seu povo lá onde os signos o indicavam, ignorei as mulheres, a carne de cotia e a do tamanduá; cada noite, depois que você o deixou, fiquei na companhia de seu corpo sem economizar meus cantos ou minha saliva... Quyririche, Quyriri cherub! Por que me privar do socorro de suas palavras?* Ele obedecera, e o deus da pele branca permanecera calado! O tatu invisível aproveitara-se disso para penetrar em seu ventre como uma toca, e agora o pajé se sentia doente, enfraquecido. O bicho o roía por dentro, apodrecia seu sangue.

Em sua tenra juventude, ele quase morrera desse mesmo mal. Seu pai havia falecido e o tatu invisível se infiltrara nas entranhas do filho. O pai, tinham-no sentado em seu lugar habitual dentro da cabana, bem ereto, com seu arco e suas flechas, seu cantil de camim e seu apito de tucano. Depois os homens construíram ao seu redor uma segunda cabana, em palhas apertadas de seringueiras, deixando uma abertura à altura do umbigo. Por aquele buraco tinham introduzido a sarabatana do pai e a empurrado até que perfurasse sua barriga. E ele, Raypoty, ficara sozinho na floresta, sem beber, sem comer, sem coragem de se aproximar... Na terceira noite, o tatu invisível mordera seu coração com tanta força que pensou que ia morrer. E ele se submetera... Aterrorizado pela espessura das trevas, implorando a clemência das almas errantes que ofegavam aos seus ouvidos, ele caminhara para a cabana do pai. E, apalpando, acabara por achar a sarabatana, e a acompanhara com o dedo até tocar no umbigo do pai, onde estava cravada. No mesmo instante ele dissera: "Pai, sou seu filho!", e seu coração começou a bater forte, como após correr atrás de uma onça ferida, e uma bola de fogo atravessou sua cabeça, e o tatu invisível se precipitou para fora de suas entranhas.

Enquanto amadureciam as bananas, uma surucucu picou seu calcanhar sem conseguir retirar-lhe a vida, prova de que ele era mesmo um pajé, herdeiro dos poderes ocultos de seu pai, digno de sucedê-lo.

Raypoty sabia o que deveria fazer: jejuar, mascar a datura e esperar ali, sobre aquela rocha, até que a bola de fogo se manifestasse. Quyririche voltaria a lhe falar, lhe diria enfim como chegar à Terra-Sem-Mal. Antes morrer do que confessar o impasse de toda a sua vida aos membros da tribo! Quyririche, Quiriri-cherub! O Enviado de Tupã, o Grande Abutre!

Apesar de sua experiência de pajé e de sua provisão de flechas mágicas, ele experimentava o mesmo terror que em sua juventude. Sentia-se sem coragem, sem coragem nenhuma...

Foi com uma voz branda, mas alterada pela emoção, que Mauro lhe anunciou a notícia: tinham sepultado Dietlev... No espaço de um segundo, Elaine pareceu realmente louca, os olhos perdidos, procurando se agarrar às coisas.

— Como... Como fizeram? — conseguiu articular, a garganta apertada.

Mauro tomou-a nos braços. Ele estava também à beira das lágrimas, de tal forma a lembrança do enterro ainda lhe pesava. A posição fetal do cadáver, enroscado na vala como um bicho na gaiola, o galho sustentando-o pelas axilas, a fim de retirar as mãos do rosto, as esteiras, a terra escura por cima, e o círculo de espinhos, tão pequenos, tão afiados que pareciam uma armadilha preparada para uma presa terrível. Os índios fizeram aquilo bem rápido, com a ponta das unhas, por causa do fedor e da decomposição. "Acabou, Elaine, acabou...", dizia Mauro, embalando o corpo no balanço que ela impunha com o seu.

Naquela noite, ela foi dormir na rede de Mauro e eles fizeram amor, por puro pânico diante da morte, para se confortar um ao outro. Herman teve um pesadelo. Várias vezes o ouviram gemer ao lado.

* * *

Ao cair da noite do terceiro dia, o pajé reapareceu, descendo a encosta do cume. Trazia os braços carregados de pedras, sob o olhar congelado de todo o seu povo. Assim que chegou ao acampamento, ele se dirigiu para o pequeno grupo de pele branca e largou diante dele seu fardo insólito. Com um gesto imperativo, convidou-os a examinar os estranhos nódulos gerados pela mãe de todas as montanhas... Entre diversos fósseis de pássaros e de peixes, Elaine logo reconheceu as amostras que Dietlev tinha com ele. No momento em que apanhou um fragmento mais plano, ela soltou um palavrão de surpresa: havia ali um conjunto daquilo que eles tinham vindo procurar no Mato Grosso: exemplares inteiros e perfeitamente conservados de um fóssil anterior à *Corumbella*!

— É isso mesmo — dizia ela, o rosto iluminado de felicidade —, o mesmo pendóculo, mas um número bem maior de pólipos secundários. A chitina é diferente, mais rústica... E depois, olhe a estrutura dos esclerêquimas... Precisamos aprender a língua deles e sair daqui, Mauro! Você imagina o que encontramos?

E ela já pensava em dar um nome àquela coisa que acariciava com os dedos: aquele fóssil seria uma estela em memória de Dietlev... No dia seguinte, iriam ao topo da montanha; havia grandes chances de encontrarem por lá outras espécies inéditas. A paleontologia daria um salto de milhares de anos na direção da origem!

— Então é essa coisa que vale tanto dinheiro? — murmurou Herman, atraído de repente pela reviravolta dos eventos.

Devia haver um jeito, pensava ele, de enganar os índios para que eles lhe trouxessem o maior número possível daquelas pedras...

Satisfeito com a reação do grupo, Raypoty esboçou algo parecido com um sorriso. Ele interpretara corretamente os signos, a companheira de deus estava contente. Quyririche tinha aparecido para ele enquanto manuseava as pedras sagradas no alto da montanha, daquelas que podiam ser vistas, idênticas, sobre o aracanoá legado pelos seus pais. A bola de fogo se manifestara como na sua infância, e o Enviado falara distintamente dentro da sua cabeça: *Maeperese-kar?* O que você busca? *Marapereico?* O que você quer saber? *Ageroure omano tupã?* Eu pergunto: como morreu nosso deus? Quando voaremos tão alto quanto o urubu? O que é preciso dizer à onça para ela parar de mijar na floresta? E Quyririche respondera claramente a cada uma das perguntas... O tatu invisível não viria mais. Tudo estava em ordem entre as coisas, cada objeto, cada ser em seu lugar. Naquela noite, eles voariam todos para a Terra-Sem-Mal, alcançariam por fim aquele nó obscuro onde o universo se encaixava, fechando-se sobre si próprio, como a carapaça de um tatu. Quyririche os precedera a fim de preparar a esteira sob a imensa abóboda celeste. Ele os esperava. Sua vida de pajé não teria sido em vão; seu povo iria finalmente sair do círculo do sofrimento e da solidão no qual a história o tinha trancado. Ele soubera invocar deus corretamente, obrigá-lo a falar. A partir daquela noite, o povo de Apapoçuva regressaria ao princípio. Àquele momento em que todas as coisas se equivalem, porque são todas igualmente possíveis, e nunca poderíamos escolher ser outro, ó deus, senão aquele que somos...

— *Etegosi xalta* — disse ele para Elaine. — *Fuera terrominia tramad mipisom!*

Mauro arqueou as sobrancelhas ao reconhecer a entonação eclesiástica do pajé. Depois de um instante de concentração para separar as sílabas e as unir do modo correto, ele traduziu:

— *E eu, quando for erguido da terra, atrairei para mim a totalidade do mundo...* Agora, não sei onde ele foi achar isso!

— É delirante — disse Elaine, vendo o pajé se afastar —, não consigo acreditar... Estamos no fim do mundo com umas pessoas nuas que nunca viram brancos e que falam latim, nos oferecendo os fósseis que viemos procurar... Acho que vou perder o controle e começar a rir...

— Não é a hora — disse Mauro, tentando ele também se controlar.

Absorvido em seus sonhos de riqueza, Herman sorria.

O pajé voltou então até eles, acompanhado dessa vez por alguns índios. Sua aparência assustadora, o ranho negro escorrendo pelo seu torso, denunciavam uma dose recente de epena. Com autoridade, ele colocou entre as mãos de Mauro e de Herman a extremidade daqueles tubos pelos quais sopravam o pó ritual. Herman esboçou recusar, mas o pajé pareceu tão descontente com seu desdém que o alemão logo mudou de ideia. Mauro não pensou duas vezes; ainda com vontade de rir, tinha resolvido ir até o fundo daquele absurdo e não resistir. Tiveram direito a uma dose em cada narina. A violência do efeito deixou ambos atordoados. Com a cabeça entre as mãos, eles gemiam, os sinus em chamas, o cérebro ofuscado por explosões luminosas.

Elaine agradeceu ter sido esquecida daquelas honrarias feitas aos seus companheiros. As flautas recomeçaram seu lamento amargo, as tochas foram acesas no crepúsculo.

— Caramba, como isso desobstrui! — exclamou Mauro, enxugando o muco espesso que escorria sobre seus lábios. — É inacreditável!

A droga havia perturbado sua visão. Uma nuvem turvava as coisas à sua volta, acentuando os efeitos da química mais profunda de suas células cerebrais. Era como se tivessem colocado óculos bicolores dentro do seu crânio, ele tentou explicar a Elaine, daqueles usados para restabelecer os anáglifos...Via tudo em verde e vermelho, com distorções de sobreposições que lhe faziam rir ao comentá-las. A mesma euforia tomara conta de Herman. Menos expansivo do que Mauro, ele se contentava em rir sozinho, em longos espasmos silenciosos.

—Ainda por cima dá o maior tesão! — exclamou Mauro, colocando a mão de Elaine entre suas pernas com o gesto natural de quem mostra uma equimose. —Você devia experimentar, juro!

Elaine retirou a mão com um movimento brusco. Mauro perdera toda a compostura, a atitude se tornava grotesca, os músculos faciais agitados por crispações intempestivas; ele se mostrava cada vez mais abusado e se esforçava para tocar nos seus seios. Ela ficou aliviada com a nova intervenção do pajé:

— Encontrar com os pássaros — dizia ele, agitando as penas de tucano e de martim-pescador. — O corpo leve e o espírito leve...

Quando Mauro entendeu que os índios queriam transformá-los em sua imagem, ele tirou a roupa sem qualquer cerimônia, deixando que pintassem seu corpo com urucu e depois com jenipapo. Ataram em seus braços feixes de penas e os cabelos receberam uma espécie de cola e foram cobertos de plumas brancas. Um laço feito de casca de árvore, finalmente, prendeu seu sexo contra o baixo-ventre. Quanto a Herman, sentia seus membros entorpecidos. Incapaz de pensar ou reagir, ele se deixou fantasiar sem contestar. Com argila nas mãos, viu, sem demonstrar qualquer emoção, um de seus pacotes de cocaína cair aberto no chão, aos pés do índio que o enfeitava.

— Você está ótimo! — exclamou Mauro, quando a transformação de Herman foi concluída. — Está parecendo um velho papagaio! Uma arara velha depenada!

E ele batia nas próprias pernas, de tanto aquela metáfora o divertia.

O pajé colocou aos pés de Elaine uma espécie de grande embrulho amarrado com fibras vegetais. Durante alguns minutos, ele lhe falou com um ar grave, entrecortando seu discurso com melodias, soluções e um hálito fedorento.

Ele lhe entregou a aracanoá, aquele sonho defumado, aquela palavra curtida, a prova, a garantia do Outro Mundo. Sua matéria era misteriosa; sua antiguidade, notória. Por um milagre conhecido somente por Tupã, o universo estava ali representado em sua totalidade. Nem sequer um fragmento de erva omitido, sequer um inseto. Estava tudo ali, indecifrável, exceto aqueles ovos de pedra que aguardavam a época das chuvas para eclodir nos rios. Cabia a ela, grande irmã de Quyririche, transportá-la. Que ela enxergasse como seus pais e ele mesmo tinham feito. Uma quantidade infinda de homens havia morrido para que aquela coisa magnífica vivesse. Ela precisava sabê-lo, dar-se conta por si mesma.

Depois disso, ele lhe deu as costas e se afastou, levando consigo Mauro e Herman. Sozinha, Elaine os viu absorver ainda mais epena e começar a se agitar em volta da fogueira, cujas flamas esguias crepitavam, bem distante de onde ela se encontrava. Logo toda a tribo dançava na claridade das brasas crivada de insetos e cinza de carvão. Eles avançavam, recuavam, erguiam os braços. Pelos gestos desajeitados, ela reconhecia Mauro e Herman no meio da tribo. O cauim escorria, generoso. As mulheres e, ainda mais inquietante, até as crianças tinham começado a usar a droga...

Uma mudança de ritmo na música desviou seu olhar para a visão avermelhada da fogueira. Elaine viu o pajé se afastar do grupo e vir na sua direção na companhia de três homens carregando tochas. A ideia de que pudessem forçá-la a participar daquela festa selvagem a deixou em pânico por um instante; aproveitando a escuridão, ela se escondeu atrás de um arbusto próximo ao abismo. O pajé não pareceu se surpreender. Nem a procurou: a Enviada partira para se encontrar com Quyririche. Ele esperava e, mesmo que ela se fosse, e ergueu os braços ao céu para lhe agradecer. Seus filhos os guiariam, ele e seu povo. O momento chegara.

Elaine os viu voltando para o centro da clareira. A música cessou bruscamente, os corpos se imobilizaram na claridade das chamas. O pajé fez um discurso breve para sua tribo e se ajoelhou para beijar a terra. Depois, apanhou uma tocha e fez com que dessem outras duas a Mauro e Herman, se colocando entre os dois enquanto um índio se posicionava em cada extremidade. Houve um curto instante de hesitação, quando começaram a correr, mas os índios agarraram-lhes os braços obrigando-os a imitá-los. Tomado pelo espírito do jogo, Mauro se soltou e se pôs a correr mais do que os outros. Elaine percebeu que eles iam passar à sua frente; admirada, ela observava os longos turbantes vermelhos desenhados pelas chamas, quando viu a tocha de Mauro se desviar e se inclinar, desaparecendo numa elevação do terreno. Em vez de desacelerar, os outros corredores saltaram deliberadamente, arrastando Herman com eles. Durante aquele mesmo segundo de inanidade, o pajé bateu os braços como se tentasse voar! Logo depois, toda a multidão de índios se precipitou para o abismo. Um incêndio se lançando ao assalto da noite, as tochas se agitavam crepitantes e eram engolidas pela selva invisível, onde continuavam brilhando, como foguetes de fósforo sob o mar. Os torsos emplumados flutuavam um instante, envolvidos de luz e de faíscas de plumas... Os anjos caíam.

Cadernos de Eléazard

OBJETIVO DO PROFESSOR CRISTÃO: conduzir o discípulo a um retorno no tempo para perceber as verdadeiras origens de sua crença equivocada. Perto da anamnese platônica.

GLOSSOLALIA... Tudo começa com o mito de Pentecoste: descendo sobre os apóstolos, o Espírito Santo lhes oferece o dom das línguas para melhor converter os infiéis. Em termos de rendimento, de eficácia retórica, falar todas as línguas ou reduzir todas a uma só, é trocar seis por meia dúzia.

ITE ET INFLAMAMTE! Vão e incendeiem!, ordena Inácio de Loyola aos membros da Companhia. Sejam faladores e queimem todo dialeto: não há nada de mais combustível do que um discurso oco.

A *CHINA ILUSTRATA* continua sendo um dos mais belos livros que já tive entre as mãos. Como no *Oedipus aegypitacus*, Kircher realizou proezas tipográficas que inspiram respeito.

UMA VEZ DESCOBERTO O RELÓGIO, ninguém jamais retornou à ampulheta, a não ser para cozinhar ovos. Não há alternativa; devemos levar em conta de forma definitiva o caráter sagrado da solidão humana e de seu combate. Uma ética só faz sentido no interior desse campo fechado. Aquele de uma lucidez não desesperada, mas livre das falsas esperanças da transcendência.

DANDO AS COSTAS À FONTE, como os tigres de Bengala...

ARQUEOLOGIA DO SABER. Kircher escreveu uma enciclopédia involuntária de tudo o que vai desaparecer ou se revogar depois dele. Nesse sentido, ele é conservador de um saber desde já mumificado em vida, muito mais do que o primeiro museu digno desse nome. A revolução copérnica, depois a galileica na astronomia e a amplificação repentina da cronologia terrestre transtornam as ideias recebidas com a violência de um maremoto. Kircher escolheu não abraçar essa nova concepção do mundo, mas salvaguardar a antiga, custasse o que custasse. É o Noé de sua época. Sua obra é a arca de um universo submerso.

A CIGARRA SE COBRIU de uma teia de aranha. Curioso. Redundante, armadilha de moscas armada sobre a armadilha das moscas.

"DE ONDE PROVÉM ENTÃO UMA COISA, se ela não estiver pronta há tanto tempo?" O padre Kircher, diz Goethe, reaparece sempre no momento em que é menos esperado. É um intercessor, ele faz com que ponhamos o dedo, como as crianças, na fonte do problema.

"MÁQUINAS DE PENSAR": aquelas de Lulle, de Kircher ou de Jonathan Swift no capítulo dedicado aos acadêmicos de Laputa. Mesmo desejo de combinar as palavras ou os conceitos de modo automático, de extrair dentro do enorme reservatório de suas potencialidades. Equipado com um computador, Kircher provavelmente o teria usado para jogar xadrez, produzir sonetos e cantatas ou misturar ao infinito as letras da Torá. Ele teria provocado o vômito aos números na esperança de fazê-los cuspir mais rapidamente aquilo que vale a pena entre as coisas possíveis.

ASSIM QUE NOS envolvemos com a biografia, é preciso se resignar ao papel de Sancho Pança.

NUNCA OLHAR AS COISAS DE FRENTE, mas sempre de soslaio, a única ma neira de colocar em relevo sua beleza ou seus defeitos. Aprendido com Heidegger. O papagaio, não o outro. Ainda que...

CONTINUO, resolutamente, sem saber se o caminho seguido me distancia ou me aproxima do essencial, sem sequer saber se se trata de um caminho orientado.

ESPANTO DA ROCHA: procedimento que consiste em esquentar violentamente com o fogo a superfície da pedra e, depois, despejando água sobre ela, fazer com que estoure. Loredana... Continuo disperso.

ALFREDO, TENTANDO ME CONSOLAR: A vida é um sutiã, meta os peitos!

36° ESTRATAGEMA. Aconselhado por Kircher, o verdadeiro, como último recurso contra a peste...

SE ATRAVÉS DE UM LIVRO toda certeza foi perdida e a aliança traída entre as coisas e nós, é através de outro livro que a aliança se restabeleceu. Desafiamos com tanta frequência essa evidência e com tanta má-fé, que é preciso que sejamos cegos, ou felizes com a alegria dos bichos no desamparo.

UM PEQUENO CARTAZ na embarcação que me leva a São Luís: "Homem ao mar: se perceber alguém caindo no mar, ou alguém dentro d'água, gritar: Homem ao mar a estibordo. Eu tinha caído bombordo."

"A PEDRA É DEUS, mas ela não sabe que é, e é o fato de não saber que a determina enquanto pedra." Mestre Eckhart. A associar a Lichtenberg e a sonhos de elefantes ébrios: "Talvez um cão, ou um elefante ébrio, tenha antes de dormir ideias que não seriam indignas de um mestre de filosofia; elas são, aliás, inutilizáveis para eles e são logo apagadas pelos instrumentos sensoriais excessivamente excitáveis."

COMUNICADO: Na Austrália, seis homens tiveram amnésia após comerem mariscos...

CAPÍTULO XXXI

Da entrevista que teve Athanasius com o negro Chus, e das conclusões maravilhosas que daí tirou

Ainda que tendo sido dizimados em 1664 em Saint-Gothard, os exércitos turcos de Maomé IV seguiam de vitória em vitória. Após terem sequestrado dos venezianos as ilhas de Tenedos e Lemnos, Kouprouli Ahmed, filho do sultão, tomou sucessivamente a Galícia e a Podolie. Sitiada havia vários meses, Creta resistia valentemente aos assaltos das hordas infiéis; mas, durante o inverno de 1669, descobrimos com desespero a tomada de Candie e a completa debandada dos soldados da verdadeira fé. *Post hoc, sed propter hoc,** a Igreja perdeu de repente seu mais ardente defensor na pessoa do papa Clemente IX, que morreu de dor ao receber essa notícia.

O cardeal Emilio Altieri o sucedeu sob o nome de Clemente X.

Em 1671, a publicação de *Latium* valeu a Kircher uma sinfonia de elogios universal. Nada havia de mais belo do que as estampas dessa obra, de tal forma que ela logo se esgotou. Meu mestre falou com frequência em dar-lhe uma continuação mais sábia, sob a forma de uma *Viagem ao país dos etruscos*, mas esse livro foi abandonado.

Foi nesse ano que Athanasius adquiriu o hábito de ir todo outono a Mentorella. Lá encontrava o ar puro recomendado pelos médicos e uma calma propícia ao recolhimento. No entanto, por mais longe que estivesse da vã agitação do mundo, o assédio dos homens não deixava de alcançá-lo, às vezes até com virulência.

---

* *Depois disso, e por causa disso...*

Foi assim que uma nova controvérsia, mais séria do que a precedente, veio perturbá-lo em seu retiro. Em janeiro de 1672, no boletim da Royal Society de Londres, ele leu um artigo intitulado como segue: "Resumo do Trompete Falante, tal qual inventado por Sir Samuel Morland, e apresentado à Sua Excelência Majestade Real Carlos II da Inglaterra." Esse trompete, ou "tuba mecológica", era descrito como um instrumento capaz de transmitir a voz humana até 3 ou 4 quilômetros de distância, e "útil tanto ao mar quanto à terra". Simon Beale, primeiro trompetista do rei, a fabricara segundo as indicações do baronete Sir Samuel Morland e já a vendia com grandes lucros ao preço de 3 libras a unidade...

Sempre disposto a ignorar tudo o que se fazia fora de suas fronteiras, os ingleses tinham assim atribuído a si mesmos a invenção do megafone, uma das mais evidentes realizações de Kircher; e não satisfeitos em unir a arrogância ao furto, eis que pretendiam lucrar com sua indigna pilhagem!

Sendo um assunto de grande importância, estimulei Athanasius a protestar imediatamente contra tamanha iniquidade. Kircher consultou seus colegas e amigos; com o forte apoio deles, resolveu não se contentar com uma simples refutação de prioridade: publicaria uma obra inteira sobre a questão do megafone, demonstrando assim uma prática e um saber superiores nesse domínio.

No mês de maio de 1675, ano santo do jubileu, Kircher decidiu finalmente publicar seu *Arca de Noé*. Fiel ao seu propósito inicial, ali ele tratava sucessivamente da história humana desde o pecado original até a construção da arca, das circunstâncias do dilúvio e da façanha de Noé e, depois, de seus descendentes após o castigo divino. A obra se concluía com uma explicação minuciosa das origens da ciência hermética. Meu mestre havia tomado cuidado especial na qualidade das figuras que acompanhavam o texto e o mundo inteiro foi unânime ao elogiar a publicação de semelhante maravilha. O jovem soberano da Espanha, então com 12 anos, soube apreciar em seu justo valor uma obra que lhe fora tão nobremente destinada; unindo a munificência às felicitações mais sinceras, ele ordenou que fossem assumidas pela coroa todas as despesas de impressão de *Torre de Babel*, obra que deveria ser o equivalente da *Arca de Noé* e que deixava todos os eruditos de rédea curta.

Como sua obra sobre os túmulos egípcios já se encontrava na gráfica para ser impressa, Kircher teria podido se dedicar inteiramente à *Torre de Babel*, mas sua extremamente grande benevolência e sua hospitalidade não lhe permitiram isso. "*Se você conhecesse o fardo incessante de minhas ocupações*", escreveu ele ao provençal Gaffarel em resposta a uma carta em que este reprovava seu silêncio epistolar, "*não me acusaria dessa forma. Nesta época de jubileu, uma grande multidão de visitantes, de dignitários e de sábios vem a mim sem interrupção, a fim de conhecer meu museu. Fico tão absorvido por eles que quase não me resta mais tempo para me dedicar não somente aos estudos, mas também aos meus deveres espirituais mais comuns...*"

Foi consequentemente com uma alegria bem compreensível que Athanasius viu chegar o outono e, com ele, a perspectiva de se retirar para Mentorella; pensávamos já em partir quando um evento inusitado ofereceu mais uma vez ao meu mestre a ocasião de se distinguir...

Retornando das Américas, uma caravela portuguesa trouxe para a Itália um selvagem assaz estranho. Não por conta de sua cor, preta como o carvão — maravilha à qual já estávamos acostumados havia alguns anos —, mas pelo mistério de sua língua e de suas origens. Pelos dizeres do capitão, aquele negro fora encontrado ao largo da costa da Guiné, à deriva, quase morto de fome, num pequeno bote que não passava de um tronco oco de árvore. Após ter recobrado suas forças, esse homem mostrara tamanha ingratidão e má vontade para aprender o idioma de seus salvadores que os marinheiros quiseram devolvê-lo ao mar imediatamente, a fim de puni-lo tal gesto de barbárie. Felizmente para ele, encontrava-se a bordo um sábio jesuíta, o padre Grégoire de Domazan; notando naquele negro certo ar de orgulho e nobreza, ele conseguiu poupar sua vida. Ao chegarem a Veneza, tomou o náufrago sob sua proteção e se interessou pela estranheza de sua linguagem. Embora esse homem se mostrasse capaz de escrever em árabe com uma facilidade que não deixava dúvida alguma sobre sua habilidade no domínio dessa língua, ele não falava nada no idioma dos infiéis, mas um jargão desconhecido para aqueles que o ouviam. Além disso, quando o padre Grégoire apresentou as folhas escritas pelo selvagem a alguns doutores em línguas orientais, revelou-se que aquelas escrituras não possuíam significado algum...

Depois de circunstâncias que omitirei fim de não aborrecer o leitor, o negro Chus, assim chamado por causa da cor de sua pele, foi levado a Roma para ser examinado por Athanasius Kircher.

Numa bela manhã, vimos então chegar ao Colégio Romano o Dr. Alban Gibbs, acompanhado de Friedrich Ulrich Calixtus, professor de línguas orientais na Universidade e delegado, àquela ocasião, da academia *dei Lincei*. Com quase 2 metros de estatura, um rosto de traços surpreendentemente finos e harmoniosos, o negro Chus chegou caminhando algemado entre dois guardas responsáveis pela sua escolta, precauções justificáveis devido às suas inúmeras tentativas de evadir sua pessoa da curiosidade dos homens honestos. Kircher recebeu seus visitantes na grande galeria de seu museu. Sua primeira atitude foi fazer com que o prisioneiro fosse liberto de seus entraves, e isso apesar das advertências reiteradas de Calixtus. Surpreso, mas aparentemente bem aliviado com aquela iniciativa, Chus se inclinou na direção de meu mestre; depois, virando-se com uma expressão de desdém para Calixtus, disse:

— *Ko goóga!* — exclamou ele, com sua voz grave — *Ò ò maudo no bur mâ 'aldude!**

O interpelado recuou apavorado diante da violência ameaçadora daquelas palavras, mas o negro logo se acalmou. Seduzido, ao que parecia, pelo espetáculo das coleções que o cercavam, ele não parava de passear seu olhar grave em todas as direções. Kircher o convidou com um gesto a sentar-se numa cadeira, mas Chus recusou com um sorriso:

— *Si mi dyôdike, mi dânoto*** — Depois, apontando para os livros que compunham uma das bibliotecas: — *Miñ mi fota yidi wiñdugol dêfte...****

Kircher pareceu admirar aquele interesse:

— *Libri!* — pronunciou ele em latim, ao mesmo tempo em que apontava para aquilo que nomeava. — Os livros!

— Libi, libi? — repetiu o negro com espanto.

—*Li... bri...* — insistiu meu mestre, decompondo a palavra.

---

* *Não há dúvida, este notável é mais rico do que você!*

** *Dormirei, se me sentar...*

*** *Eu também gosto de escrever livros...*

— Li-bi-li... *Libilibiru**! — exclamou ele, satisfeito por ter conseguido repetir uma palavra tão difícil.

— É isso! — disse meu mestre, felicitando seu convidado. — *Libri*, os livros! Acho que começamos a nos entender. Agora, mais complicado: *millia librorum*, milhares de livros!

— Mi yâ libilibiru? *Mi yâdii libilibiru!*** — repetiu o negro, batendo nas coxas e rindo. Depois, ele sacudiu a cabeça com uma expressão de compaixão: — *Lorra 'alaa... Ha'i fetudo no'àndi bu'ataake e dyâlirde...****

— Você fez bem em me trazer esse homem — disse Kircher, dirigindo-se a Gibbs —, seu dialeto me é desconhecido, ainda que pareça possível distinguir semelhanças com antigos idiomas. Mas avancemos ordenadamente. Pelo que entendi, ele conhece a escritura árabe e é por aí, sem a menor dúvida, que encontraremos um meio de progredir. Caspar, faça o favor, papel e pena...

Enquanto buscava o que me havia sido solicitado, Chus se imobilizou diante de uma hiena empalhada e manifestou sua alegria com exclamações e tapas nas próprias pernas.

— *Heï, Bonôru! Ko dyûde hombo sôdu dâ?*****

— Estão vendo? — comentou Kircher. — Ele reconheceu um animal de sua região... Essa é mais uma importante utilidade das minhas coleções, e tenho certeza de que qualquer homem, de qualquer nação que seja, se encontraria como num país de conhecimento, já que na verdade a natureza é a nossa única pátria...

Meu mestre avançou até Chus oferecendo-lhe o necessário para escrever e manifestou vontade de vê-lo descrever sobre o papel o animal que havia provocado seu contentamento. O negro pareceu feliz com o convite. Ele se concentrou um instante, depois, sentando-se no chão mesmo, escreveu um curto parágrafo numa língua que possuía muita semelhança com o árabe. Ele entregou sua obra a Kircher com um ar de evidente satisfação.

---

* *O canto da andorinha!*

** *Acompanhei o canto da andorinha!*

*** *Como quiser... Até o louco sabe que não pode cagar dentro de uma mesquita...*

**** *Oh, uma hiena! De que mãos você a comprou?*

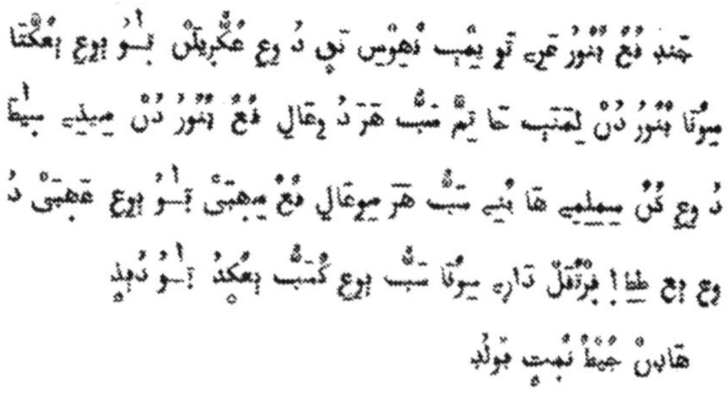

— Você tinha razão — prosseguiu meu mestre, após ter percorrido o texto —, essa língua é árabe no que tange às formas das letras, mas não significa nada; e me orgulho de conhecer, além do sírio, o copta e o persa, todos os dialetos que fazem uso desses caracteres. Façamos agora a experiência ao contrário... Preste bem atenção, Caspar, para anotar tudo o que será dito.

Exprimindo-se por gestos, Kircher pediu a Chus que lesse em voz alta o texto que acabara de redigir.

— *Gnyande go'o bonôru* — começou o negro, assim que compreendeu o que dele se esperava — *'arii tawi yimbe no hirsi nagge** — (a essa altura de seu discurso, sua voz ganhou uma textura mais aguda, enquanto imitava alguém que pediria comida com os gestos) — *'okkorè lan tèwu!*** — (depois, retomando sua voz normal) — *Be wi'i be 'okkataa si wonaa bonôrudün limana be hâ timma sappo, hara du wi' aali go'o...****

— Muito bem — disse Kircher, interrompendo-o —, tudo parece indicar que se trata de uma maneira original de traduzir, usando de uma escrita emprestada, os sons de uma linguagem que não possui a sua própria. É um tipo de estenografia comparável a...

— *Mi lannaali woulande ma!***** — exclamou Chus, interrompendo meu mestre. — *Wota dâru fuddôde, daru timmôde!******

* *Aconteceu um dia de uma hiena se achar frente a frente com pessoas que degolavam um boi. Ela lhes disse:*

** *Ora, deem-me um pedaço.*

*** *Elas responderam: "Nós te daremos se conseguir contar até dez sem dizer um."*

**** *Não acabei de falar!*

***** *Não pense no começo, pense no fim!*

Ficamos tão aturdidos por aquele repentino acesso de furor que nosso homem pôde tranquilamente continuar sua leitura:

— *Bonôrudün mîdyii sèda du wi'i: Kono si mi limii hâ yonii sappo hara mi wi' aali go'o mi hebaï tèwu? Be wi'i: 'a hebaï. Du wi'i: Be'i didi e gertogal dâre si wonaa sappo be wi'i ko sappo. Be 'okkidu tèwu, du feddyi.**

Depois de uma pausa, e como se nos revelasse um importante segredo:

— *Hâden dyoïdo* — concluiu ele, mostrando todos os dentes — *no metti fô lude...***

— Não mentiram — disse Kircher — ao comentarem o orgulho desse homem. Está claro que ele não apreciou nem um pouco ser interrompido enquanto falava... Eu dizia então, no momento em que ele me deu o troco, que essa língua mantém com o árabe escrito as mesmas relações que a música com um sistema qualquer de notação. Eu explico: os tupinambás do Brasil não sabiam escrever sua língua quando os encontramos pela primeira vez; mas nossos padres lhes ensinaram a utilizar o silabário latino para reconstituir os sons, de tal forma que aqueles dentre esses selvagens que fizeram o esforço são hoje em dia capazes de deitar por escrito seus discursos na língua que pertence à sua nação. Se os maometanos tivessem desembarcado no Brasil no lugar dos portugueses, os tupinambás transcreveriam hoje sua linguagem em árabe, exatamente como este homem aqui presente...

Então nos viramos instintivamente para Chus; encostado à janela, ele se desinteressara de nós para observar o céu, e parecia entristecido ao só perceber nuvens pesadas de chumbo, pressagiando uma tempestade.

Kircher retomou a transcrição fonética que eu havia feito enquanto Chus lia seu texto. Ele examinou a folha longamente, depois sublinhou algumas palavras que pareceram atrair sua atenção.

— Seria possível que... — murmurou ele. — Tudo é possível... Meu Deus, estou em suas mãos!

— Conseguiu descobrir que língua fala esse homem? — perguntou Gibbs, interessado.

---

* *A hiena refletiu um instante, depois disse: "E se acontecer de eu contar até dez sem dizer um, ganho um pedaço de carne?" "Ganhará." "Pois bem, duas cabras e a galinha, vejam se isso não faz dez..." "Têm razão, reconheceram, isso faz dez!" E deram um pedaço de carne à hiena, que se foi.*

** *O homem de espírito sempre se safa...*

— Talvez, mas é uma hipótese tão insensata que quero antes lhes mostrar como ela me ocorreu no espírito. Observem, por favor, as palavras que sublinhei nesta folha: ao decompor essa aqui, *"bonôru"*, obtenho *bonô* e *ru*, ou seja, o adjetivo "bom" em italiano, e a palavra "fôlego" ou "espírito", tal como são expressas em língua hebraica. O que eu me sinto disposto a traduzir por "bom espírito", ou, melhor ainda, por "espírito santo"...

— Mas é verdade! — exclamou Calixtus, com admiração. — Essa língua parece ser constituída de uma maravilhosa mistura de todas as outras, e é necessário seu saber único e multiforme para notar isso assim tão rápido... Mas o que pode ser deduzido disso?

— Deduzo disso suas origens, senhores, ou pelo menos o que suponho serem elas, com uma exatidão que me parece a cada segundo mais verossímil! Como se pode supor, logicamente, que essa língua tenha se formado ao contato com outras, o que levaria a crer que seu povo percorreu a terra sem saber falar, é preciso então admitir sua preexistência: não seria essa a linguagem primordial da qual os anjos extraíram a substância de cinco línguas infusas nos homens após a queda de Babel?

— Está insinuando que este homem fala a *lingua adâmica*?!

— Exatamente, Calixtus, a língua adâmica, ela mesma, tal qual Deus a presenteou ao primeiro homem, e tal qual foi falada em toda a terra até o desabamento das insensatas presunções humanas.

O estrondo terrível de um trovão pontuou a frase de Kircher; foi tudo tão repentino que não pudemos evitar reconhecer ali o sinal do assentimento divino. Ainda próximo à janela, Chus desviou os olhos da cortina de chuva que assombrava o dia:

— *Diyan dan fusude* — disse ele com pesar — *doï doï...**

E embora fossem apenas 15 horas, Kircher fez com que acendessem os lustres.

— Precisarei de várias semanas de trabalho para chegar a uma certeza, mas posso dizer desde já que a língua deste homem, ainda que não seja a matriz de todas as outras, deve ser mais antiga do que o chinês, sendo esta mesma a mais antiga transformação da língua de Cam. E não me

* *Chove devagar, bem devagar...*

surpreenderia se descobríssemos na sequência correlações diretas entre esses dois idiomas.

Vendo meu mestre levar a mão à testa, percebi que sentia dor de cabeça — cada vez mais frequentes naqueles últimos meses. Induzi, então, nossos visitantes a abreviar o encontro para que nosso anfitrião pudesse repousar. Mas ao mesmo tempo em que reconhecia sua lassidão e implorava a Gibbs e Calixtus que o perdoassem, Kircher quis assim mesmo tentar uma derradeira experiência. Apanhando o segundo tomo do *Oedipus Aegyptiacus*, ele o abriu numa página que havia sido marcada anteriormente.

— Esta figura em forma de sol — disse ele a Calixtus — contém os 72 nomes de Deus, repertoriados por mim segundo os princípios da cabala, assim como as diferentes maneiras de 72 povos para nomear a divindade. E se todas as línguas do mundo não estão representadas neste círculo, ele pelo menos contém as raízes essenciais sem as quais o nome de Deus não poderia ser expresso.

Tendo dito isso, meu mestre se dirigiu lentamente até Chus, que parecia fascinado pela tempestade ainda forte mas que, ante a aproximação de Kircher, olhou-o com atenção. O branco de seus olhos faiscava à meia-luz e sua silhueta majestosa, perfeitamente destacada do céu riscado de raios, pareceu-me com a de um gigante recém-chegado da gênese.

— *Ko hondu fâlâ dâ?** — perguntou ele com o ar grave.

Kircher se contentou em baixar os olhos para o livro:

— Deus! — clamou ele com vigor, e acrescentou, deixando a cada vez um intervalo de silêncio entre as palavras: — Yahvé! Théos! Gott! Boog! God! Adad! Zimi! Dio! Amadu!...

Ao ouvir este último nome, uma coisa extraordinária se produziu: soltando um urro que me congelou o sangue, o negro Chus ergueu as mãos ao céu e se deixou cair ajoelhado.

— *Mi gnânima, Ahmadu!*** —, disse ele, consternado com todos os sinais da mais intensa veneração —, *kala dyidu gôn yèso hisnoyé. Mi yarné diyan bégédyi makko, mi hurtinè hümpâwo gillèdyi ha-amadâ!****

---

* *O que você quer?*

** *Eu rezei a Maomé!*

*** *Todos aqueles que viram seu rosto serão protegidos. Saciar-me-ei das águas de seus lagos; misturar-me-ei, honrar-me-ei fazendo parte dos fiéis de Maomé!*

Depois de beijar o solo três vezes, ele se levantou e olhou com desdém para meu mestre, sacudindo a cabeça de um lado para outro. Kircher retornou até nós; um sorriso de triunfo clareava seu rosto marcado pelo cansaço.

— Amadu, ou Amida... É com esse nome que os japoneses adoram o deus Poussah! Que se torna Amithâba na Índia e não é outro senão esse Fo-hi, que os chineses transformaram em divindade, sem saber que é a mesma coisa que Hermes e Osíris. Se nos recordarmos que "China" se diz *Shen shou*, ou seja, "o reino de Deus", fica evidente que nosso Chus adora um dos mais próximos avatares de Javé ou Jeová; e não me surpreenderá se eu descobrir posteriormente que esses vocábulos sagrados lhe são não apenas conhecidos, mas igualmente mais preciosos ainda que o de Amida... E é por essa razão que peço que voltem amanhã, à mesma hora, se for conveniente para vocês. Empreenderei o estudo circunstanciado dessa linguagem, e com a ajuda de Deus abriremos novos caminhos para a origem...

Assim que ficamos sós, Athanasius se retirou para seu gabinete, não sem levar consigo as notas de seu encontro com Chus. Apesar da palidez, seus olhos brilhavam de exaltação e não precisei interrogá-lo para saber quantas esperanças ele alimentava para os encontros seguintes.

Mas um evento funesto, infelizmente, veio contrariar nossa expectativa; e se quiser saber, leitor, o que aconteceu ao negro Chus, isso será narrado no próximo capítulo...

FORTALEZA | *Como num velho filme em cores desbotadas...*

Empurrando a porta de seu apartamento, Moema encontrou o bilhete que Taís e Roetgen tinham redigido juntos para que ela se lembrasse deles. Depois de ler apenas as assinaturas, jogou no lixo. Seu ressentimento em relação aos dois só tinha piorado, e de tão amargo parecia até ilegítimo. Eles tinham ficado para trás, muito distantes. Longe demais de tudo que ela havia experimentado naqueles últimos dias. Não os veria mais.

Sua primeira atitude foi encher a banheira. Jogando na máquina de lavar as roupas que Nelson lhe comprara, ela resolveu guardá-las em recordação de Pirambu: a camiseta "Glória" ganhara um valor de relíquia, testemunho de uma reviravolta que mudaria sua vida. Daria roupas novas ao menino, depois pediria a seu pai para lhe dar a cadeira de rodas com a qual sonhava. Era o mínimo que podia fazer para agradecer todo o cuidado que tivera com ela.

Imersa na espuma até o queixo, ela se via acompanhando Nelson até a loja de equipamentos ortopédicos. Daria um jeito de pagar a cadeira sem sua presença e ele ficaria surpreso de poder levá-la com ele. De qualquer modo, não o deixaria na mão. Cuidaria dele. Eléazard daria um jeito de achar-lhe um trabalho, talvez pudesse vir morar em Alcântara.

Quanto mais Moema se agarrava àquelas imagens de felicidade, mais sentia crescer as sombras que habitavam dentro dela. Aqueles filhos das putas talvez tenham me passado uma doença..., pensava ela, com uma inquietação amorfa. E se eu engravidar? A ideia de dar queixa contra seus agressores lhe atravessara o pensamento, mas ela recusava-se a isso, de tal modo a aterrorizava ter que comparecer a um tribunal e tamanha era a certeza de que nenhum veredicto conseguiria suavizar o sentimento de sua própria degradação. Mas iria ver um médico; mais tarde, ao primeiro indício suspeito.

Vestida com um roupão de banho, os cabelos cobertos por uma toalha branca, ela se estendeu na cama. No dia seguinte, haveria a festa de Iemanjá. O tio Zé lhe explicara direitinho como chegar ao terreiro, não parecia ser complicado. Com um pouco de sorte, o dinheiro que seu pai lhe enviava todo mês chegaria na próxima segunda ou terça-feira. Só restava esperar até lá; em seguida, estava decidido: um ônibus até São Luís! Em três dias estaria lá, talvez menos. Nem valia a pena escrever, chegaria antes de sua carta.

Sobre a mesa de cabeceira, havia ainda duas seringas que tinha usado com Taís, na véspera de seu encontro na casa de Andreas. Sua angústia ficou mais forte. Ao mesmo tempo, ela sentiu com a evidência própria das soluções factícias — aquelas que intensificam um problema em vez de ajudar a resolvê-lo — que uma carreirinha de cocaína ou um simples baseado ajudaria a acalmá-la. Dependência psicológica, disse a si mesma, com um risinho... Ela não estava doente, não sentia qualquer sofrimento físico associado a um estado real de abstinência; faltava-lhe de repente, e com muita força, a sensação de estar por cima, comandar perfeitamente seu corpo e seu espírito. A cada vez que essa urgência se manifestava, ela a obedecia de imediato, como satisfazemos inocentemente o desejo de um cigarro ou de um chocolate. Na pior das hipóteses, ela iria procurar Paco e tudo estava resolvido; mas naquele momento, as coisas pareciam bem menos simples... Ela se levantou para vasculhar todos os lugares onde costumava esconder a droga. Não lhe restava mais, ela sabia, mas alguma coisa a impelia a exorcizar sua penúria, como se o fato de procurar assim mesmo pudesse fazer aparecer uma migalha de haxixe ou uns galhinhos de maconha esquecidos. Em desespero de causa, e com o nervosismo que acompanha a intuição de experimentar enfim a chave certa, ela desmontou a moldura do espelhinho que servia para consumir a cocaína; restava somente uma ínfima poeira de cristal, apenas o suficiente para esfregar na gengiva e aumentar ainda mais sua impaciência. De repente, essa necessidade se exacerbou: era preciso que conseguisse aquilo que lhe faltava com tanta intensidade, era absolutamente necessário. Bem que tentou ponderar, mas continuou refém de sua insatisfação. Recorrer a Roetgen, o único entre as pessoas que conhecia que poderia lhe emprestar dinheiro; não, isso estava fora de questão. Pedir um crédito a Paco? Era ainda menos desejável, ele sabia o cuidado que deveria tomar com certos fregueses... Moema explorava as opções mais absurdas, quando as economias de Nelson lhe vieram à mente. Tinha certeza de que ele não recusaria o favor. De qualquer modo, ela precisava sair e refrescar as ideias.

Vestiu uma calça jeans e uma blusa que escolheu menos por sua elegância do que pela opacidade do tecido, e depois, remexendo em suas gavetas, encontrou a bombinha de gás lacrimogêneo que seu pai lhe dera um dia. Colocou-a no bolso e saiu com pressa.

Levou quase uma hora de ônibus para voltar a Pirambu. Diante do barraco de Nelson, ela bateu palmas várias vezes sem obter resposta; depois, entrou decidida a esperar seu regresso. O sabonete e a toalha dentro da rede, as fotos rasgadas, a areia cheia de sulcos como se uma cobra tivesse se retorcido toda no chão, tudo lhe pareceu insalubre, sem que isso tivesse outro resultado senão aumentar seu estado febril. Os cinco primeiros minutos foram intermináveis; sua ansiedade fez o resto. Ligeiramente contrariada que Nelson a surpreendesse assim, ela cavou no local que ele mesmo indicara e removeu o saco plástico. A presença de uma arma a espantou, mas deixou ali, se contentando em pegar o maço de dinheiro que buscava; depois de tapar o buraco e equalizar a superfície, ela se mandou.

Assim que descontasse o cheque do pai ela o reembolsaria. Até lá, não havia praticamente chance alguma de Nelson se dar conta daquele empréstimo. Porque aquilo era um empréstimo, não havia dúvida, não era um roubo. Um caso de força maior. A rigor, ele nem precisaria mais daquele dinheiro, posto que estava resolvida a lhe dar a cadeira de rodas.

Apesar de todas aquelas desculpas que lhe ditava sua consciência pesada, Moema só conseguiu se tranquilizar quando saiu de Pirambu. Se Nelson não havia mentido, ele dispunha de 150 mil cruzeiros, uma soma suficiente para fechar com chave de ouro sua vida antiga e parar com as drogas. Depois da festa de Iemanjá, ela não se drogaria mais, de jeito nenhum. Se seu pai lhe pedisse, aceitaria até ir para uma clínica de desintoxicação. Mas não seria necessário, sentia-se forte, dona de seu futuro e de sua vontade. Iria até o fim com a cocaína, o mais longe possível, para deixar bem claro que havia chegado ao fundo. Depois, se recuperaria, nova em folha, purificada de um erro que ficaria para sempre mergulhado na noite de sua juventude.

No caminho de volta, ela parou na casa de Paco para fazer uma encomenda. Uma hora depois, uma primeira dose tapava enfim as maiores fissuras de seu mal-estar.

No cair da noite, ouviu baterem à sua porta.

— Oi, mina! É a gente — disse a voz de Taís. — Abra. Sei que você está aí...

Moema sentiu-se presa numa armadilha. Precisava ficar quieta, se fingir de morta. Bastaria uma palavra e tudo estava perdido, ela acabaria deixando-os entrar.

— Abre, a porta para a gente, por favor — disse Roetgen, com uma voz cheia de sensatez. — Já vimos a luz acesa... A gente precisa conversar, todos os três, é bobagem continuar assim.

A luz... deveria ter pensado que eles acabariam por notar. Eles ou qualquer outra pessoa... Ela não queria mais ouvir falar deles! Aquela noite era só sua, sua vigília solitária antes das suas núpcias com a vida. Já não bastava terem-na traído? Deixado-a abandonada no lixo do matagal?

— Moema — insistia Taís —, o que está acontecendo? A gente estava muito doido, você entende isso, né? Eu sei o que você está imaginando, mas não é nada disso. Não seja boba, abre, a gente te convida para tomar uma cerva na beira-mar.

Um turbilhão se desencadeou dentro de sua cabeça, levando tudo de passagem. A voz de Taís, o sorriso de Taís, o corpo de Taís... Era sua irmã, sua amante, a única amiga que soubera partilhar suas esperanças e suas angústias. Perdoar, em vez de começar sua vida nova com uma atitude de intransigência?

— Abre a porta, vai... — disse Roetgen, suplicante. — Estamos preocupados com você...

Que otário! Se ele não estivesse lá, ela teria ao menos entreaberto a porta, só para ler a verdade no olhar de Taís... Aquele cara lhe dava nojo! Tinha se aproveitado delas como um porco safado... Precisava lhe dizer isso. Dizer que todos os homens eram uns safados, uns egoístas que só pensavam em trepar, enquanto o mundo desabava em volta deles... Isso, abrir a porta para lhe mandar sumir dali, e deixar Taís entrar...

Ela respirou profundamente duas, três vezes, deu uma olhada para ver se estava apresentável e abriu a porta, decidida a executar o plano que tinha em mente. Ninguém. Os imbecis tinham se cansado de esperar... Sabe de uma coisa? Melhor assim. Que morram!, disse ela em voz alta, sentindo as lágrimas nos olhos. Que se danassem os dois!

Na manhã da festa de Iemanjá, milhares de pessoas começaram a convergir para a Praia do Futuro a fim de homenagear a deusa do mar. A bordo de caminhões e carroças, os membros dos terreiros de Fortaleza se deslocavam em massa, com os fiéis seguindo seus pais espirituais. Uma vez por ano, aquela cerimônia reunia assim todas as correntes de umbanda e candomblé num só fervor. Para chegar ao ponto de encontro, Moema teve que subir na direção contrária ao trânsito que enchia a beira-mar. As pessoas, enfeitadas, se acotovelavam nas calçadas, uma verdadeira migração de hebreus — favelados na maior parte — seguindo a longa marcha para a festa.

O terreiro de Dadá Cotinha parecia uma nau de loucos. Fantasiados para o carnaval, os músicos verificavam a potência de seus tambores, as mulatas de vestidos azuis, os engradados de cachaça, buquês de rosas e cravos, gritos, choros e gestos... uma efervescência pândega sacudia tudo. Fantasiado de príncipe com capa vermelha e chapéu, o tio Zé comandava o embarque no caminhão.

— Você chegou, princesa? — exclamou ele ao perceber sua presença. Tinha a expressão aliviada e agradavelmente surpresa de alguém que vê seus piores receios se afastarem. — Como está se sentindo hoje? Espero que tenha dormido bem, vai ser um dia e tanto...

Moema passara a noite em claro, inteiramente dedicada aos lamentáveis milagres da cocaína. Usava óculos escuros, mas emanava uma energia tensa, quase dolorosa.

— Venha, venha que eu te apresento. É a própria Dadá que vai te preparar.

Eles entraram em um dos cômodos pequenos onde as mulheres mais velhas se atarefavam, rindo das meninas que elas enfeitavam. Dadá Cotinha, uma vovó gorda e divertida, com pinta de babá de general sulista, elogiou Zé pela sua escolha, depois o expulsou gentilmente de lá. O tempo era curto, precisavam fantasiar a moça...

Em pé, entregue à esquadrilha de mãos que evoluía em volta dela, Moema se deixou vestir sem se mexer. Ela se enfiou num maiô de natação da cor da pele, que se harmonizava muito bem com suas formas. Costuradas no lugar certo, duas chupetas de borracha realçavam com ênfase o bico de seus seios. Ela ficou corada quando as velhas senhoras se extasiaram com sua opulência. Em seguida, foi uma calça em lamê prateado que simulava as escamas. Quando ela fechava as pernas, dois triângulos do mesmo material formavam à altura dos calcanhares um rabo de peixe.

— Você devia ter uma bela cabeleira — disse Dadá Cotinha. — Quem foi o infeliz que fez isso?... Se eu pego a criatura que te deu essa aparência de abacaxi!

— Eu queria mudar um pouco — disse Moema, fazendo uma careta —, mas escolhi mal o cabeleireiro... Está tão feio assim?

— Não esquenta a cabeça, minha filha, vamos dar um jeito nisso, você vai ver...

Da caixa de papelão de onde retirava cada elemento de sua panóplia, Dadá pegou uma peruca de fios bem longos e pretos, ajustando-a à cabeça de Moema.

— É cabelo de verdade... O de Fatinha. Chegava até o pé! Um belo sacrifício que ela fez...

Alfinetes, maquiagem, pó de arroz, bochechas rosa, lábios vermelhos; quando tudo acabou e ela apareceu na sala maior, escoltada pelas veteranas, Moema provocou um concerto de exclamações e tambores:

Yayá, Yemanjá! Odo iyá!
Saia do mar,
Minha sereia!
Saia do mar
E venha brincar na areia!

Para todos, ela agora era simplesmente Iemanjá, a sereia dos seios generosos, aquela mesma que apareceria hoje, vindo das profundezas do mar. Dadá Cotinha foi obrigada a intervir para impedir que os adeptos mais fervorosos lhe tocassem. Com um breve sinal dela, o tio Zé deu ordem de partir.

— E o Nelson — perguntou Moema —, ele não vem?

— Não sei onde ele anda — respondeu o tio Zé, a expressão zangada. — Faz tempo que devia ter chegado... Não dá para esperar mais. De qualquer maneira, ele sabe para onde deve ir...

Será que descobriu que eu peguei a grana emprestada? Impossível: teria vindo aqui imediatamente falar com o amigo. Ela se preocupava inutilmente...

— Precisamos ir, princesa — disse o tio Zé, ajudando-a a subir na carroceria, descoberta por conta da ocasião.

—Você sabia que ele tem uma arma em casa? — perguntou Moema, sem fazê-lo por mal.

— Uma arma? Uma arma de verdade?

— É. Não entendo nada de armas, mas parece de polícia...

— Como você sabe? Ele te disse?

Ela já se arrependia de ter falado. Sua negligência a conduzia para um terreno perigoso.

— Não, ele tinha escondido. Ele não sabe que eu vi...

— Depois a gente resolve isso — disse o tio Zé, o rosto sério, se afastando para subir na cabine do caminhão.

Outros caminhões como aquele, centenas deles, de todos os tamanhos e de todas as cores, balançavam em longas filas pelas ruas. Aboletados na carroceria, em meio a uma quantidade inacreditável de passageiros, os músicos ofuscavam o ronco dos motores. Homens e mulheres se sacudiam ao ritmo de atabaques e marimbas. Segurando nas grades, as pessoas riam, cantavam e gritavam: Yayá, Iemanjá! Que ela o abençoe! Que ela atenda suas preces! Moema observava atônita. A força daquele povo, sua alegria comunicativa, mas sua impertinência também, o cinismo sem ilusões que é gerado pela miséria, ela lia isso sobre os caminhões. Ao longo da rua, esses jogos de palavras e essas máximas desfilavam como as páginas de um livro: Quatro pneus cheios e um coração vazio... Amigo da noite, companheiro das estrelas... Do Amazonas ao Piauí, só paro pra fazer xixi... Eu vi os seios da melancolia no decote da distância... Beijo de menina é cheio de vitamina... Milionário, teu Deus é o mesmo que o meu... Feliz era Adão: não tinha sogra nem escova de dente... Pobre só avança quando a polícia persegue... Estaciono na garagem da solidão... Se minha mãe perguntar por mim, diz que sou feliz... Se teu pai é pobre, a culpa não é tua, viu? Se teu sogro é pobre é porque você é um imbecil... Se o mundo fosse perfeito, o criador moraria nele... Luz dos olhos meus... Boa vida é a dos outros... Correndo pra tudo que é lado, só Pelé ficou regado...

Hoje é o primeiro dia da minha vida! — dizia um cartaz perto do qual o veículo parou. Moema sentiu voltar a confiança; tudo transmitia sinais, sinais de renascimento.

★ ★ ★

Milhares de pessoas, fiéis dos terreiros, cidadãos apaixonados pelo folclore, turistas e jovens ociosos perambulavam pela Praia do Futuro. Divididos em inumeráveis grupos em cercas improvisadas, o areal desaparecia sob a desordem vibrante da multidão. Vendo da rua onde o caminhão do Zé acabara de estacionar, parecia uma manifestação gigantesca apertada no amplo corredor que separava as dunas do mar. Iluminada por um sol que parecia cada vez mais forte, a massa fervilhante, tumultuada, contrastava com o verde pálido do oceano. Novos agrupamentos escorriam para aquele magma atordoante. Estendidos nos mastros, estandartes flutuavam ao vento como os panos de uma caravela, drapejando com violência, ameaçando levantar voo. Vistosos e brilhantes como propagandas de café no céu radiante, grandes bandeiras estalavam com as cores do Brasil.

Os recém-chegados abriam caminho até o local que Dadá Cotinha havia escolhido dois dias antes. Cercada por mulheres carregando flores, garotinhas com o ar sério em seus vestidos imaculados — ajeitando sem parar a coroa egípcia sobre a cabeça — e, finalmente, pelos homens sobrecarregados de cestas e balaios, Moema-Iemanjá avançava de cabeça erguida.

Como sobre um cristal multifacetado, a sereia divina se multiplicava: moças fantasiadas de maneira improvisada, mulheres gigantes de papel machê ou modestas estatuetas votivas, cada um desses ídolos concentrava o povo fiel ao seu redor. Tanta gente junta, tantas músicas sincopadas, bênçãos e risos se entrechocando sem jamais produzir qualquer dissonância. Extraído dos cordéis e das congadas, o exército de Carlos Magno estendia seus faustos de papelão. A praia abundava de penachos surrados e espadas coreográficas; como os avatares de Roland, à imagem do tio Zé, de Olivier, de Guy de Bourgogne, mas igualmente dos sarracenos, ferrabrás à cabeça, ou mesmo de Galalau com seus gestos medievais, cujo papel expiatório não parecia incomodar nem um pouco. Esses últimos fingiam atacar os espectadores para dar a oportunidade aos valentes para defendê-los. Artimanha que dava lugar a violentos combates singulares, ataques de marionetes sicilianas durante os quais aqueles débeis paladinos se esganavam uns aos outros de brincadeira, antes de beijarem o chão. Um pouco assustados, apesar de tudo, alguns turistas de cabelos louros e pele avermelhada sorriam debilmente, uma das mãos protegendo a pochete em volta da cintura, a outra segurando a Nikon.

Quando o povo de Dadá Cotinha alcançou o grupo que o esperara a noite toda na areia — homens de confiança, encarregados de manter as velas acesas ao longo da orla em homenagem a Iemanjá —, eles se apressaram em instalar os apetrechos dos saltimbancos. Moema teve que subir no alto de uma longa escada de madeira, de onde dominava a multidão. Os degraus foram decorados com flores e tecidos, e em seguida uma grande corbelha foi depositada aos seus pés.

Yeyê Omoejá
ô, mãe dos filhos-peixes!
Iemanjá!
Janaína, Iemanjá!

Um novo centro do mundo acabava de eclodir, análogo a todos aqueles que enchiam a praia e ainda assim diferente, único, insubstituível.

Sentada de frente para o mar que se agitava a uns 30 metros mais adiante, Moema respirava a plenos pulmões a espuma trazida pelo vento. Seus seios estavam intumescidos de excitação, a estrela em cima de seu diadema de pérolas brilhava. Dentro da cesta, os condenados da terra vinham um a um depositar suas oferendas. Durante horas, eles ergueram um olhar embaçado para aquela que representava a esperança e a misericórdia. Emocionada, consciente de seu fardo, ela escutava aquela gente implorando:

— Iemanjá Iemonô, você que é a mais velha, a mais rica, das profundezas do mar! Faça que meus filhos sempre tenham o que comer. Ofereço essa amostra de perfume pra senhora ficar bem cheirosa...

— Iemanjá Iamassê, a impetuosa de olhos azuis, a senhora que mora nos recifes! Faça com que meu marido ache um emprego e que pare de me atormentar. Ofereço sal e cebolas, porque não tenho dinheiro pra comprar um pato...

— Iemanjá Iewa, a tímida! Faça com que Geralda responda à minha investida. Aqui está um pente pros teus longos cabelos e um batom pros teus lábios...

— Iemanjá Olossá, você, cujo olhar é insustentável, você que está sempre de perfil, apressada em se desviar da feiura do mundo! Faça com que minha filhinha volte a enxergar. Ela lhe oferece sua única boneca pra que a reconheça. Não tem problema, faço outra pra ela...

— Iemanjá Assabá, você que vive na ressaca do mar, vestida de lodo e algas vermelhas! Faça com que eu ganhe na loteria pra poder voltar pro sertão com a minha família. Ofereço um sabonete e uma pulseira...

— Iemanjá Oguntê, você que cuida dos sofredores, você que conhece os remédios! Cure meu marido da cachaça, ou faça com que ele morra, porque já não aguento mais viver assim. Ofereço esse pedaço de pano pra você fazer um vestido ou o que quiser com ele...

— Iemanjá Assessu, você que vive no redemoinho! Ofereço esse cartão-postal com um pato porque sei que você gosta. Faça as coisas mudarem, por favor! Você sabe o que eu quero dizer... Eu te dou meu almoço de hoje e esse colar de conchas...

Outros deixavam seus votos sob a forma de bilhetinhos dobrados, jogavam na cesta ramos de rosas ou de buganvílias, laços, rendas e espelhos, tudo que pudesse agradar a deusa-dos-sete-caminhos e conquistar seus favores.

De vez em quando o tio Zé vinha saber como estava Moema e lhe trazia uma garrafa de refrigerante cheia de cachaça. Depois, partia satisfeito; a moça estava resplandecente em seu trono, parecia feliz. Como Nelson ainda não tinha aparecido, Zé procurou saber dele com as pessoas a seu redor, cada vez mais inquieto. Sem que ele visse, Moema cheirava pequenas pinçadas de pó que retirava da bolsa, fingindo assoar o nariz. Com um gosto amargo na garganta, ela não se cansava de observar a multidão humana, sentindo crescer dentro de si uma espécie de irritação, uma tensão carnal e contagiosa. Dadá Cotinha benzia os fiéis; um rapaz vestido com uma camisa extravagante de cetim amarelo e um turbante de marajá, onde sobressaía uma incrível pena de avestruz, dançava com movimentos convulsivos. Os braços estendidos, as palmas das mãos abertas, os olhos transtornados de um mártir. Com uma faixa na testa e os cabelos longos ao vento, mulheres gordas giravam na mais completa indiferença. Sublimes criaturas praianas ondulando os quadris suaves e bronzeados como pão fresco, biquínis irrisórios cintilando ao sol. Pescadores com cabelos cacheados e descoloridos enchiam a cara faustamente, os velhos passavam com suas bicicletas ou suas mulas ao lado, outros rezavam em pé, a cabeça entre as mãos, acometidos de repentina enxaqueca. Algumas pessoas entravam em transe bruscamente, um São Jorge de capa vermelha cravada de estrelas e de lantejoulas tentava enxergar alguma coisa ao longe, a mão protegendo os olhos. Uma moça magrelinha sacudia imensos maracás coloridos. As crianças brincavam nas ondas do mar. Alguns negros gingavam ao ritmo lascivo de um samba excitante...

Dessa massa humana emanava um odor selvagem, feito de suor e água-de-colônia.

De repente, Moema sentiu medo de reconhecer seus agressores no meio da multidão. Na véspera, voltando à favela, essa possibilidade não lhe ocorrera, tão grande era a fissura pelo pó. Agora, essa ideia a angustiava. O que fazer num caso desses? Entregá-los ao tio Zé, e ao linchamento provável que se seguiria? Isso não adiantaria nada, ela sabia perfeitamente. Mas seu desejo de vingança continuava presente, imperioso; apesar de si mesma, uma instância desconhecida exigia justiça, e tal paradoxo a perturbava.

O calor se tornara intolerável, Moema transpirava sob sua peruca e sua fantasia. O tio Zé tinha sumido, então ela se dirigiu a um homem que, pouco antes, conversava com ele.

— Você viu o Zé?

— Acabou de ir embora...

— Para onde?

— Não sei bem. Talvez para o comício do governador, na outra ponta da praia... Eu disse a ele que encontrei o Nelson pela manhã. Ele estava pedindo carona para ir para aquele lado. O Seu Zé disse que precisava ir buscar o garoto e que depois voltava.

Moema ficou a par de todos os elementos do problema, mas nem por um instante foi capaz de estabelecer entre eles a relação que precipitara a partida do Zé. Ela apenas ficou contente em pensar que ele voltaria em breve com seu anjo da guarda.

Vinda não se sabe de onde, uma flotilha de jangadas apareceu deslizando ao longo da praia. Regularmente, uma delas se afastava das outras e singrava com maestria até a areia. A festa atingia seu auge, os percursionistas e os violeiros multiplicaram seus esforços tocando seus instrumentos; no meio do tumulto, abriram um corredor para as filhas de santo, que carregavam os cestos de oferendas para as embarcações. Saindo do meio de um monte de gente, Dadá Cotinha conseguiu embarcar na jangada de sua predileção: como todos os chefes espirituais da praia, ela deveria escoltar até o fim a corbelha de seu terreiro. Mesmo sem um sinal evidente de ordem, todas partiram juntas mar adentro, acompanhadas por uma multidão delirante; elas atravessavam a arrebentação ao encontro de Iemanjá e, ao largo, jogavam na água as oferendas dos fiéis; se algumas delas não voltassem à praia no dia seguinte, saberiam que haviam sido acolhidas pela princesa do mar e que os desejos seriam realizados.

Moema apanhou a seringa que havia deixado preparada desde a manhã: uma dose de cocaína, a derradeira, mas bem concentrada para comemorar sua futura abstinência. Não poderia ter escolhido melhor momento, pois o povo dava-lhe as costas, observando a partida das jangadas. A praia se assemelhava às margens do rio Ganges nos dias de festa; o mar, as próprias pessoas, nunca haviam resplandecido com tanto vigor sagrado. Estar em adequação com o mundo, pensou ela, se injetando o conteúdo da seringa. Faça com que eu consiga, Iemanjá! Que eu reencontre o gosto pelas coisas, que eu renasça pelo simples prazer de estar viva.

Aquela impressão de haver mergulhado nua num rio de montanha, sentindo suas veias congelarem, ela mal pôde identificar. As imagens foram ficando vagas, como um filme velho em cores desbotadas. Um homem bebia a água do mar e ria. As ondas se desfraldavam como vestidos de noiva, um reflexo alaranjado coloria suas extremidades. E então o filme foi cortado bruscamente, e ela viu somente uma espécie de céu branco, cheio de andorinhas, o fim do rolo cada vez mais próximo. Nada mais desfilava dentro de sua cabeça, palavra alguma, visão alguma, apenas a impressão de ter perdido uma boa oportunidade. Por um segundo ela soube que precisava de ajuda, quis gritar, mas uma luva de ferro apertava sua boca, como se quisesse parti-la.

Alguma coisa de terrivelmente preciso caía sobre ela.

FAVELA DO PIRAMBU | *A frieza do metal, seu peso de órgão intumescente...*

Nelson tinha passado a tarde na Barra — o estuário pantanoso do rio Ceará —, à margem de uma laguna aonde as mulheres de Pirambu iam lavar a roupa para seus fregueses. Com a água na altura das coxas, as lavadeiras batiam toalhas vermelhas. Com os vestidos molhados colados ao corpo, aquelas nádegas enchiam seus olhos. Um pouco mais adiante, crianças nuas jogavam futebol com uma lata de conservas. Nelson não via o cadáver do porco, inchado sobre a areia a alguns metros de outras mulheres, que apanhavam água para a cozinha, nem as moscas, nem a aparência desolada daquele charco onde a morte fervilhava sob todas as formas infinitesimais. Era a vida, aquela que ele sempre conhecera e lamentava ter que abandonar, por mais indigna que fosse. A lembrança de Moema, da mesma forma, o enternecia. Ele estava apaixonado por aquela princesa que surgira do nada e não parava de imaginar o momento de voltar a vê-la.

Quando entrou em casa, ao sol poente, teria bastado uma palavra do tio Zé ou da moça para que ele renunciasse. Sentia-se só, falava com o sabonete e a barra de ferro, esperando um sinal que fizesse pesar a balança de uma vez por todas. Por falta do que fazer e para melhor ponderar os dois termos de seu dilema, desenterrou o saco plástico.

O sumiço de suas economias deixou-o paralisado. Nem mesmo por um instante quis pensar em quem fizera aquilo; ele procurava um sinal, agora o tinha. Alguém havia decidido por ele e selado seu destino ao de Moreira. A possibilidade de recuperar seu pecúlio nem lhe ocorreu. Um cansaço extremo, insinuado em cada desvão de seu ser, dizia-lhe que seria difícil demais recomeçar. Foi como se o próprio coronel tivesse vindo privá-lo de sua cadeira de rodas, roubar-lhe — depois de seu pai — a única razão que ainda lhe restava para viver. Ele iria ao comício, cumpriria seu dever de filho e não se falaria mais nisso.

Verificou o tambor vazio, poliu as balas várias vezes... Sua noite foi como a véspera de uma batalha, inteiramente dedicada às 1.001 mortes do governador.

Na manhã seguinte, Nelson partiu em direção à orla. Pedindo carona, conseguiu embarcar num caminhão que o deixou na primeira parte da Praia do Futuro. Foi ali que encontrou Lauro, em pé sobre a duna, esperando Dadá Cotinha. Ninguém havia chegado ainda, felizmente. Só de pensar em encontrar o tio Zé ou Moema ele começava a transpirar.

Temia hesitar diante do olhar do Zé, medo de ler no de Moema a confissão que não queria ouvir. Respondeu de modo evasivo às perguntas de Lauro e achou outro veículo para seguir seu trajeto.

Quando chegou à altura dos cartazes anunciando o comício do governador, ainda estava a 1 quilômetro do palanque. Seguindo na sua direção, não parava de olhar para ele a fim de melhor se posicionar. Em seguida veio a multidão e aquela selva de pernas que lhe obstruíam o horizonte. Ele abriu caminho, lentamente, pedindo passagem, temendo se deixar esmagar. Algumas pessoas se afastavam e depois recomeçava tudo outra vez. O mais difícil era não ceder à tentação de advertir as pessoas, tocando em suas pernas: esse gesto provocava uma reação instintiva de pavor que se concluía com um pontapé imediato. Nelson se orientava pelo som dos alto-falantes que difundiam a música em alto volume, à espera das palavras da autoridade. Ele deixou a camisa para fora, como o Platini, para evitar que vissem o contorno da arma. Apertada entre sua pele e o elástico do short, o revólver machucava-lhe a cada movimento. A frieza do metal, seu peso de órgão intumescente anestesiavam até a dor de sua existência.

A multidão começava a dançar em volta dele, ameaçando pisoteá-lo. Não tendo jamais enfrentado uma multidão tão imensa, sentiu-se tomado pelo pânico. O som parecia vir de todos os lados ao mesmo tempo, as pernas dos outros o incomodavam, ele respirava areia. Num movimento de recuo, uma mulher gorda caiu sobre seu corpo e quase lhe partiu as costelas...

— Aonde você vai assim? — perguntou uma voz de fanfarrão desconhecida. Era um negro grande e musculoso de bíceps tão grandes quanto a cabeça.

— Eu vou ao comício — conseguiu responder Nelson, a respiração entrecortada. — Eu quero ir ao comício.

— Venha cá. Vou te levar até lá.

O homem ergueu Nelson com os braços como se levantasse um lenço e disse:

— O que você quer fazer lá? Ainda não entendeu que são uns grandes mentirosos, esses políticos? Não diga que vai votar nesses safados!

— Não — protestou Nelson. — Só quero uma camiseta... Parece que vão dar comida também...

—Vou dar um jeito nisso — disse o homem, sacudindo a cabeça com a expressão desolada. —Vou conseguir uma camiseta para você ou não me chamo Walmir da Silva!

A golpes de cotovelos e ombros, Walmir conseguiu chegar rapidamente ao pé do palanque, sobre o qual haviam montado uma tenda de aluguel, daquelas usadas para casamentos em casas de campo de ricos. Dispostas nas extremidades do estrado, cercas enormes vibravam ao som da música. Havia também um microfone no pedestal, flores e bandeiras com o nome do governador. Sob a tenda, a equipe de cabos eleitorais se atarefava em volta de um monte de caixas de papelão. Estavam todos vestidos de branco e ostentavam uma camiseta onde havia escrito o nome de Edson Barbosa Júnior. Na parte da frente do palco, quatro homens fortes cuidavam da segurança do palanque e das escadas de madeira que serviam ao acesso. A inquietude deles era perceptível, assoberbados pelos pedidos dos miseráveis que afluíam exigindo aquilo que lhes tinham prometido.

Com sua estatura avantajada, Walmir avançou até a escada, subiu os degraus e chegou ao palco. Após ter deixado Nelson ao seu lado, ele encarou os seguranças que se precipitavam na sua direção.

— É proibido subir aqui! Anda, sai fora! Não está na hora ainda.

— O garoto quer uma camiseta e um lanche — disse Walmir calmamente. — Se ele ficar lá embaixo, vai acabar esmagado...

Ele era pelo menos 20 centímetros mais alto do que os outros, e sua mão repousava tranquilamente no cabo de uma peixeira enfiada na cintura.

—Vai avisar ao chefe — disse um dos seguranças, prevendo uma briga que talvez acabasse mal para eles. — Não faz besteira, compadre. Desce daqui senão vai ter problemas.

— Deixa pra lá — disse Nelson. — Eu só quero ver. Posso ficar lá embaixo...

— Faça o que te mandaram fazer! — exclamou um segurança, se aproximando de modo ameaçador de Walmir.

O negro se contentou em soltar um urro medonho, um verdadeiro rugido que fez o outro parar onde estava.

—Vamos ficar calmos, por favor, calma aí! — disse um tipo fracote que se aproximou a passos velozes. Estava vestido com um terno e a careca transpirava em abundância, como se tivesse saído da boca de um forno.

Num segundo, enquanto Walmir explicava outra vez o que o trouxera ali, o chefe avaliou a situação: ele viu a faca e a expressão ansiosa de seus homens e percebeu que o estropiado poderia servir à imagem de seu patrão.

—Vamos dar um jeito nisso — disse ele num tom gentil, e com um sorriso que a experiência por vezes torna quase verdadeiro: —Tonho, vai buscar duas camisetas... Como você se chama, garoto?

— Nelson...

— Pois escute bem, Nelson: na comida eu ainda não posso mexer. Se eu der pra você, todo mundo vai querer, entende? Mas dou minha palavra que você vai comer. Vou separar eu mesmo um lanche pra você... Não, melhor ainda... — se corrigiu ele, o rosto iluminado pela ideia — É o governador mesmo que vai te dar. Você imagina? O governador!

Tonho voltou com as camisetas e o careca prosseguiu:

—Aqui está, sua camiseta. Pode vestir e ficar ali perto da grade. Mas tem que ficar sossegado, ninguém mexe contigo e você assiste de um lugar privilegiado... Quanto a você — disse ele, entregando a outra camiseta a Walmir —, vai ganhar 200 cruzeiros se ficar aqui com a gente, impedindo esse povo de subir na tribuna. Tá a fim?

Sem nem responder, Walmir colocou a outra camiseta aos pés de Nelson e lhe passou a mão na cabeça.

—Vou embora. Tchau, garoto...

O cabo eleitoral deu de ombros, vendo-o descer a escada e se perder no meio da multidão.

—Vamos, vamos... Ao trabalho! — disse ele com raiva a seus homens. — E se um desses pentelhos subir de novo aqui, podem esquecer o dinheiro que prometi, estão ouvindo?

CAPÍTULO XXXII

O que aconteceu ao negro Chus...

No dia seguinte, contou-nos Ulrich Calixtus, quando os guardas entraram na cela do negro Chus, eles o encontraram enforcado nas barras da janela... De um ferimento que se fizera no braço com a ponta de seu cinto, o infeliz conseguira extrair uma quantidade suficiente de sangue para rabiscar na parede, em sua língua enigmática, uma mensagem suprema.

Ao ouvir isso, Kircher se exaltou:

— Por culpa de sua incrível incúria, Sr. Calixtus, não é apenas um homem que desaparece, mas uma voz, que digo eu, todo um idioma! Que o céu o proteja e à humanidade, se encontre outro primitivo neste mundo! Caso contrário, ficaremos para sempre na impossibilidade de descobrir os laços de nossa origem, e pode-se ver nisso o sinal de nossa perdição...

Calixtus nem sequer tentou se desculpar, contentando-se em entregar humildemente a Kircher o papel em que havia copiado as duas linhas escritas pelo negro Chus.

— *Tyerno aliou de fougoumba. Gorko mo waru don...** — leu Athanasius com interesse, reconquistado de repente pela sua paixão em decifrar os mistérios. — Curioso, muito curioso...

Ele se concentrou longamente sobre aquele texto, enquanto o professor me implorava com o olhar para que interviesse a seu favor. Eu o teria feito de boa vontade, sentido-me bastante desolado pela sua triste situação, em que sua negligência o colocara, mas foi inútil, pois a expressão de Kircher logo se clareou com um sorriso reconfortante.

* *Tyerno Aliou Fougoumba* [o nome de Chus], *o homem que vocês mataram...*

—Vamos, meu caro, recomponha-se... Essas linhas me mostram que a culpa não é sua e que uma decisão divina é a única responsável por aquilo que me pareceu por instantes a mais funesta das desgraças. O momento ainda não era propício, assim decidiu aquele que governa misericordiosamente nossas existências. Essas palavras que ele quis, em sua infinita bondade, deixar em nossas mãos, essas palavras, fique sabendo, falam de esperança e nos estimulam à paciência. Portanto, paciência. E não tenham medo: não estamos longe do dia da reconciliação. Aquilo que é diverso e disperso reencontrará sua coesão original. Deus assim quis. Assim como o negro Chus, somos em suas mãos somente um instrumento passivo de sua sublime vontade.

Com essas santas palavras, concluímos esse surpreendente episódio sem que meu mestre tenha perdido sua confiança de restabelecer em sua plenitude aquela "língua adâmica" que acabara de pressentir.

O ano de 1676 assistiu à publicação de *Sphinx mystagoga*, a última obra dedicada por Kircher ao Egito e aos hieróglifos. Ele fornecia ali, pela primeira vez, uma imagem fiel das pirâmides e dos cemitérios subterrâneos que podem ser observados na região de Mênfis.

Incomodado pelo severo declínio de sua audição, torturado pelas insônias e as dores de cabeça cada vez mais frequentes, Athanasius Kircher via, com certo desdém, suas forças minguarem. Suas mãos começaram a tremer de tal modo que ele só conseguia escrever com imensa dificuldade, traçando letras informes ou incompletas e arruinando com linhas irregulares, rasuras ou mesmo manchas de tinta a ordem outrora tão perfeita de seus manuscritos. Ele encarava, contudo, seus males com uma paciência de Jó e agradecia ao Nosso Senhor por lhe ter dado tempo de concluir sua obra.

Com a chegada do verão, partimos tal qual todos os anos, para um retiro em Mentorella. Kircher esperava que essa estadia campestre fizesse muito pela sua saúde, mas o calor extremo que se abateu sobre a região agravou seus males. Aterrado pelas suas enxaquecas e um acesso de gota que se prolongou durante vários meses, meu mestre não pôde efetuar seus passeios pelo campo, que tinham o dom de regenerar suas forças assim como seu espírito. A fronte febril, as pernas horrivelmente inchadas, ele passava suas noites a rezar até que o cansaço e o ópio, que tomava em doses cada vez mais fortes, lhe condescendessem enfim algumas horas de alívio. E cada vez que sua doença lhe dava uma trégua, ele se dedicava aos peregrinos e visitantes, recebendo-os com bom humor e jovialidade que pareciam crescer dia a dia, como que desafiando o agravamento de seus sofrimentos físicos.

No outono de 1677, logo depois de termos voltado a Roma, meu mestre me comunicou uma invenção imaginada por ele durante suas insônias. Resolvido a lutar contra seu enfraquecimento físico, ele havia elaborado os planos de uma engenhosa poltrona capaz de mover seus membros sem o auxílio dos músculos. Montada sobre molas espirais destinadas a agitar verticalmente seus nervos endurecidos, essa máquina ou "cadeira de molas" entrava em funcionamento através de um movimento de relojoaria que fazia braços e pernas se erguerem alternadamente, ao ritmo de uma marcha forçada. Pus-me imediatamente ao trabalho, e assim que ela foi construída, algumas semanas mais tarde, Kircher pôde enfim se movimentar sem precisar sair de seu quarto. E era de fato um espetáculo muito curioso vê-lo se remexer sentado, ainda que se mantivesse sério, enquanto um jovem noviço lia Santo Agostinho para ele... A verdade é que essa ginástica lhe fez muito bem à mente e que perto do Natal ele voltou a caminhar normalmente.

Kircher era, todavia, astucioso demais para esquecer que a saúde do corpo, por mais importante que fosse, nada era em comparação à disposição mental. Fiel a Santo Inácio e aos preceitos de nossa congregação, ele se lançou inteiramente — e, acreditava ele, pela última vez — na prática dos *Exercícios espirituais*. Por meio de exames gerais, e a fim de melhor dispor sua alma a comparecer perante Deus, ele julgou necessário voltar a analisar nos menores detalhes sua vida passada, exigindo que sua alma lhe prestasse conta, hora por hora, período por período, desde o dia de seu nascimento, de seus pensamentos, depois de suas palavras e de suas ações. Para facilitar esse santo empreendimento, começou, apesar das grandes dificuldades que experimentava agora para escrever, a colocar sozinho sobre o papel a história de sua existência. Algo que me levou, mais uma vez, a admirar a força magnífica de sua vontade.

No primeiro dia do ano de 1678 ele se fazia uma aplicação de cilício e se obrigou a um jejum regular, depois deixou crescer a barba e os cabelos em sinal de contrição. Bem que tentei preveni-lo sobre os riscos de uma austeridade incompatível com sua avançada idade, mas ele se manteve fiel a esse regime, alternando sessões de disciplina com aquelas de "cadeira de molas", se submetendo todas as noites ao frio e às orações, sem parar, entretanto, de acolher os visitantes e os amigos com uma abnegação e uma cordialidade capazes de extrair dos mais empedernidos lágrimas de admiração.

Foi por volta dessa época do ano, em novembro de 1678, que meu mestre terminou de escrever suas memórias. Seu desejo era que não fossem publicadas antes de sua morte, mas, dando-me ele uma prova de estima que me comoveu profundamente, fui autorizado a lê-las rapidamente. Aqueles entre vós, leitores, que leram essas páginas maravilhosas, podem imaginar com facilidade meu espanto. O estilo de Kircher se revela ali em toda a sua nobreza e homenageia aquilo que mais apreciamos nos Antigos, a saber, sua sobriedade de tom e de medida. Entretanto, mais ainda do que sua perfeição literária, aquilo que nessas linhas provoca o arrebatamento e sintetiza seu valor é a entonação sincera de uma confissão verdadeira e inspirada. Kircher abre seu coração a Deus, diz o que viu, o que fez, mas o faz com simplicidade, em meio ao fervor e à efusão. Tão imenso é seu amor pela verdade que, temendo desnaturá-la, ele se recusa a embelezá-la. A afetação, sabe-se bem, jamais foi um de seus defeitos. Meu mestre examina sua própria vida com lucidez, sem falsa vergonha nem falsas aparências; e se um justo orgulho se manifesta por momentos — o de ter sido o instrumento pelo qual Nosso Senhor lhe permitiu decifrar os hieróglifos —, é a humildade profunda desse texto que retém nossa atenção. Nada mais belo do que essas revelações, esse amor reiterado pela Santa Virgem; nada de mais comovente que esse retorno tranquilo à sua juventude e ao passado de um homem às portas da morte...

Aqueles que leram essa confissão, insisto, nada encontrarão que enfeite suas belezas; eles conhecem a oração sublime que a concluiu e a coloca sem dúvida entre as mais belas palavras já pronunciadas em honra de nossa Santa Mãe. Aquilo que não podem saber, todavia, é que essa declaração de fé, Kircher a escreveu com o próprio sangue, a fim de que ficasse suspensa após sua morte na estátua da Santa Virgem de Mentorella, como prova de amor e reconhecimento... Que nos ajoelhemos, como eu mesmo fiz, à visão dessas linhas manchadas de púrpura! E que o sangue vertido pelo meu mestre em testemunho de sua fé sirva de exemplo aos indiferentes, a todos aqueles cujo coração se apaga dia após dia, qual uma larva que em seu percurso se coagula.

Foi no início do ano de 1679 que finalmente publicaram em Amsterdã a derradeira obra de Athanasius, a *Torre de Babel*. Fiel ao seu objetivo inicial, Kircher continuava nesse livro o vasto estudo começado com a *Arca de Noé*. Ali ele apresentava pela primeira vez inúmeras imagens das maravilhas arquiteturais do mundo antigo e a prova matemática de que a Torre de Babel jamais poderia alcançar a Lua, atestando dessa forma que sua destruição resultava mais do delírio de seu empreendimento do que da vontade divina.

Após incontáveis contendas epistolares com o francês Jacob Spon a propósito da palavra que dever-se-ia empregar para qualificar a ciência tratando da história das origens, Kircher estava resolvido a usar a *arcontologia*; Jacob Spon optava pelo termo *arqueologia*, mas meu mestre considerava, com razão, que essa palavra não dava conta da história política ou religiosa e não tinha, portanto, chance alguma de vir a ser adotada no futuro.

No exato momento em que a publicação dessa obra provocava o assentimento e a admiração de todos, a saúde de Athanasius decaiu bruscamente. Seu corpo sempre fora robusto e resistira bem às misérias da idade, mas as dores de cabeça, cada vez mais incessantes, cada vez mais insuportáveis, desafiavam a compreensão dos médicos.

— É como se meu pensamento roesse meu cérebro por dentro... — confiou-me Kircher certa noite em que me convocara à sua cabeceira. — Você entende, Caspar, meu pensamento! Minha própria alma! Ela é hoje como um animalzinho cativo que mordisca as barras de sua prisão, buscando destruir aquilo que a sufoca e a impede de recuperar o mais rápido possível sua liberdade. Ela não se interessa mais pelo presente; esqueceu-se dos dias passados e nada espera daqueles por vir senão a oportunidade de ir ter com Nosso Senhor...

Assustado com o modo de meu mestre levar a sério essa comparação, tentei tranquilizá-lo, associando seu mal a simples causas físicas: a alma era por natureza impalpável, tão difusa e vaporosa quanto o espírito de onde provinha; não podia, consequentemente, afetar o corpo de maneira assim direta.

— Tem certeza absoluta disso? — reagiu meu mestre, com um laivo de amargura na voz. — Somos criaturas e, enquanto tais, não possuímos nada que não seja analógico à essência divina. Analógico, Caspar! Há na semente da qual procedemos alguma coisa da semente universal, dessa panspermia que anima o mundo, mas esse mistério, por impalpável que seja, precisa, para existir, de pelo menos um pouco de matéria... Esta semente universal, que eu chamaria de bom grado *primigenia lux*, ou "luz primitiva", possui propriedades seminais e magnéticas. Segundo as disposições e alterações infinitas de sua matéria, ela organiza tudo, libera a forma das coisas, anima, mantém, nutre, conserva tudo. Na pedra ela é pedra, na planta ela é planta, animal no animal, elemento nos elementos, céu nos céus, astro nos astros; ela é todas as coisas segundo a maneira de cada uma e, num plano mais elevado, é homem no homem, anjo nos anjos e, finalmente, em Deus, por assim dizer, é o próprio Deus.

E como eu tinha dificuldades de apreender como essa luz seminal podia se implantar dentro dos corpos para agir sobre eles, ele explicou, sorrindo:

— Através da alma, Caspar! Para o homem, ao menos, pois é a única criatura a possuir uma. E quanto às outras, é através do sal, essa matéria-prima de todos os corpos constituídos. Pois o sal é, na verdade, o corpo central da natureza, a virtude, o vigor, a força da terra, o resumo de todas as virtudes terrestres, o sujeito de todos os princípios da natureza; ele é a matéria da qual todas as coisas são feitas e na qual, uma vez destruídas, elas se convertem. Ele é o primeiro e o último, o alfa e o ômega dos corpos mistos, o poço da natureza e, conforme confirma Homero, uma coisa quase divina! A Terra, quer dizer, o centro e a matriz de todas as coisas, o local em que os elementos projetam suas sementes que ela aquece, cozinha e digere em seu seio, nada mais é do que um sal coagulado pela semente universal; um sal no centro do qual se esconde aquele espírito que, por sua virtude, forma, condensa e anima o todo, de modo que pode se dizer com toda justiça uma espécie de alma da Terra...

Jamais Kircher alcançara tais patamares, e, ainda que lisonjeado que ele pudesse me considerar digno de atingi-lo em sua companhia, tive de confessar a confusão que reinava em meu espírito. A alma, quer dizer, o sujeito inicial de nossa conversa, me parecia perdida de vista havia um bom tempo, de maneira que eu tentava voltar àquele ponto.

— Homem de pouca fé! — ralhou Kircher com brandura. — Você não confia mais em minhas capacidades? Pois saiba, ao contrário do que suas perguntas deixam supor, que nunca estivemos tão próximos daquilo que o preocupa, pois o que eu dizia dos astros, da Terra ou das plantas, você pode agora aplicar ao homem. É notório que o celeste agricultor deixou em nosso cérebro, em seu nascimento, uma determinada panspermia, que se encontra concentrada na glândula pineal e se confunde com aquilo que costumamos chamar de *alma*. Segundo as sementes que cada um cultivar, somente essas irão crescer. Se forem sementes vegetais, o homem tornar-se-á uma planta; sementes sensoriais, tornar-se-á um bronco; sementes racionais, tornar-se-á um vivente celeste; sementes intelectuais, será um anjo etc. Mas se, insatisfeito de toda criatura, o homem se recolher ao centro de sua unidade, tornando-se um só espírito com Deus na treva solitária do pai, ele ultrapassará todas as coisas. De maneira que nada existe no universo que não possa ser encontrado no homem, filho do mundo, para quem tudo foi feito...

Pareceu-me enfim começar a compreender aonde meu mestre queria chegar: a alma humana, apesar de sua natureza divina, possuía uma corporeidade semelhante à do fogo, para os astros, ou à do sal, para a Terra; era então, assim como eles, sujeita a mutações!

— A mutações, Caspar, mas também a fermentações, coagulações e outros movimentos próprios à matéria, quando ela atinge esse nível de sutileza... Pense na alquimia e verá que o que acontece em nossa alma é comparável às transmutações misteriosas que se operam por vezes no tubo de ensaio. Eu refleti bastante nos últimos meses sobre a natureza da alma e examinei todas as doutrinas até nossos dias, e Deus bem quis me ajudar com sua luz: Pitágoras, Demócrito, Platão, Aristóteles e os outros todos deram uma definição diferente dessa com que nos ocupamos, mas ainda que cada um deles tenha se aproximado da verdade de uma maneira particular, eles todos se enganaram por conta da estreiteza de suas visões. Pois a alma não é um número, nem um sopro, nem uma faísca do fogo divino; ela não consiste de modo algum numa reunião de átomos soltos, nem de uma trindade imaterial da sensibilidade, da vontade e da razão; nao é tampouco a forma do corpo ou do pensamento puro, mas tudo isso de uma vez! Exato, Caspar, tudo isso, sem exceção! E minha gratidão a Deus nunca será suficiente por ele me ter permitido compreender essa verdade sublime, ainda que bem tarde em minha existência...

— Mas como pode uma coisa ser ao mesmo tempo mortal e imortal, material e imaterial? — ousei questionar, repentinamente assustado com aquela doutrina composta. — Não há aí uma contradição?

— Somente na aparência! — retrucou meu mestre, os olhos brilhando. — A morte não é menos misteriosa do que o nascimento, mas ela obedece aos mesmos princípios. Se dois homens são atingidos pela peste no mesmo grau, por que um morre e outro não?

— Porque essa é a vontade de Deus.

— Certamente, mas você concorda, pois, que uma mesma causa física pode não produzir os mesmos efeitos segundo as circunstâncias. E se a peste não conseguiu matar um desses dois homens, é preciso admitir igualmente que não foi ela tampouco que levou o outro! Então, o que é morrer, Caspar, senão ficar privado de sua alma unicamente pela vontade divina? Pois nem a peste nem o cólera conseguiria matar um homem cuja vida Nosso Senhor decidiu conservar; e nada poderá salvar aquele que ele quer levar de nosso mundo. E nesse processo, o instrumento de Deus, aquilo sobre o que e por que ele age, não é a doença, mas a alma, essa parcela da semente universal que ele depositou em nós. Não somos nem um pouco anjos imateriais, você sabe; consequentemente, é preciso que a alma tenha uma forma e uma substância para existir em nós, assim como na Terra ou no metal, do qual falei anteriormente; é preciso também que ela seja colocada em algum lugar de nosso corpo, realmente, à imagem de um papagaio ou de um esquilo numa gaiola... Aristóteles diz que esse local se encontra dentro do coração, outros propõem o fígado, o baço, mas, como o Sr. Descartes, eu afirmo que ele só pode se encontrar na cabeça, a acrópole do corpo, e mais precisamente nessa glândula pineal que se situa em sua parte posterior. Lembre-se de Pietro della Valle: você nunca notou aquela coisa estranha que ele trazia no dedo? Era a glândula pineal de sua esposa Sitti Maani! Ele a fez incrustar no engaste de um anel de ouro, do qual nunca mais se separou durante toda a vida e com o qual foi enterrado... Essa maneira de agir é criticável na medida em que é vão se apegar ao esqueleto de uma alma desertada de sua semente, mas isso testemunha, contudo, uma visão justa sobre a natureza e a função dessa ínfima parte de nosso cérebro. Mortal e material é esse envelope que abriga nossa alma e lhe permite agir sobre nosso corpo; imortal e imaterial nossa própria alma, essa força espermática, essa brisa provocada pelo movimento de uma asa que é em nós como o roçar dos anjos... Não se diz "exalar" sua alma? Os egípcios e os gregos não a representaram sob a forma de um pássaro escapando pela boca dos moribundos? Eu lhe digo, Caspar: há alguma coisa nessa glândula que não se encontra mais depois da morte. E se nada podemos dizer sobre a natureza profunda dessa coisa, ao menos nos é permitido supor que ela possua massa, por mais ínfima que seja, e assim possamos medi-la...

— Medir a alma! — exclamei, perplexo.

— Ou, mais exatamente, sopesá-la, Caspar! Não esqueça que o próprio Cristo não fará outra coisa quando avaliará em sua balança o peso de nossos pecados... De minha parte, insisto em assegurar que nossa alma é ponderável, de tal forma ela reside em nosso corpo e faz parte de um mundo no qual nada escapa das leis físicas instituídas por Deus. Não no que se refere aos nossos pecados, mas no que diz respeito à quantidade de matéria necessária para habitar um corpo humano... E isso eu posso verificar com sua ajuda... Em breve vou morrer, Caspar, tudo me convence disso a cada dia. Dessa forma, quando minha hora chegar, será preciso colocar um... uma...

Nesse ponto meu mestre se calou um instante, como se organizasse suas ideias. Mas a angústia que eu li no fundo de seus olhos, ainda fixos em mim, deixou-me petrificado de terror.

— Minha cabeça! — urrou ele, tentando levar as mãos ao crânio.

Ele interrompeu o gesto a meio caminho, e vi o sangue afluir em seu rosto, e ele se deixou cair para trás em seu leito... Meu mestre se pôs então a arquejar, os dedos crispados furiosamente sobre a coberta, e eu me precipitei para fora do quarto em busca de socorro. Acordado por mim, o padre Ramón de Adra foi o primeiro a chegar. Depois de examinar o pulso de Athanasius, diagnosticou um ataque de apoplexia e, com lágrimas nos olhos, me fez entender que era preferível administrar-lhe o mais rápido possível os últimos sacramentos.

DESPERTAR COM IDEIAS INDIGNAS de um cão ou de um elefante...

QUE UM FOGO possa continuar a queimar quando não olhamos mais para ele é algo que me pareceu, repentinamente, um verdadeiro milagre.

OUTRA VIA? Um mundo possível?

SEQUÊNCIA DA CITAÇÃO DE FLAUBERT, nos cadernos: "A arte é a procura do inútil, ela está para a especulação como o heroísmo para a moral." Eu não entendera nada... Se Kircher se assemelha a Bouvard e Pécuchet, é pela sua tentativa, desesperada, de harmonizar o mundo.

TODO ESSE TRABALHO para chegar ao resultado que não era melhor nem pior do que qualquer outro? Idêntico a cada um de nós em sua maneira de improvisar sua vida, habitá-la. Um homem?

KIRCHER: "O sal abunda em lugares vis, sobretudo dentro das latrinas. Tudo vem do sal e do Sol." *In sole et sale sunt omnia* (*Mundus subterraneus*, II, p. 351).

RIMBAUD : "Ah, a mosca embriagada no mictório do albergue, apaixonada pela borragem e que dissolve um raio!"

A IMPRESSÃO de que estou próximo da meta, de que vou, de um segundo a outro, "erguer o véu"...

UM TAL BOLOR se criou sobre os livros de Heidegger que fui obrigado a deixá-los secar ao sol, escová-los, depois vaporizá-los, seguindo os conselhos de Euclides, com ácido fórmico. Eles conservaram algumas manchas suspeitas, como marcas de velhice na pele; uma "sujeira senil", dizem os médicos em seu jargão.

DISARTRIA, estremecimento labiolingual, sinal de Argyll-Robertson, afasia transitória, confusão mental, sintomas amnésicos, paralisia geral e, em um terço dos casos, icto. O diagnóstico do Dr. Euclides é inapelável: Kircher encontra-se no estado derradeiro de uma sífilis do sistema nervoso.

"As síndromes psíquicas e neurológicas me levam a pensar em Bayle. Tenho certeza de que ele tinha um Bordet-Wassermann positivo, mas bem... Heredosífilis cerebral ou sífilis adquirida, quanto a isso posso colocar minha mão no fogo. Então, vocês que escolhem, não é?"

TREPONEMA: *trepo*, "eu viro", *nema*, "fio". Kircher é pego na espiral da regressão; é doente de origem.

ESTAR NA PONTA DO TEMPO? Kircher é contemporâneo de Noé: ele vive num tempo fluido no qual presente e passado se sobrepõem. Criticá-lo em nome da ciência moderna não adianta absolutamente nada. Suas batalhas contra a guerra, contra a disseminação, contra o esquecimento são mais importantes do que as soluções que ele nos propõe.

DELACROIX: "Aquilo que faz os homens de gênio não são as ideias novas, é esta ideia, que os possui, de que aquilo que foi dito ainda não o foi suficientemente."

DE UM PIEMONTÊS, o cavaleiro de Revel, que ocupava então em Haia as funções de representante da Sardenha: "Ele afirma que Deus, quer dizer, o autor de nós e de nossos arredores, morreu antes de concluir sua obra, que nutria os mais belos projetos do mundo e os meios mais importantes, que tinha o mais belo projeto do mundo e os meios necessários; que já havia colocado em funcionamento vários desses meios, como erguemos os andaimes para construir, e que, no meio de seu trabalho, morreu; que tudo agora se acha feito com um objetivo que não existe mais, e que nós, em particular, nós nos sentimos destinados a alguma coisa da qual não fazemos nenhuma ideia; somos como relógios sem mostrador, e cujas engrenagens, dotadas de inteligência, girariam até se desgastarem, sem saber por que, e se dizendo sempre: Já que eu giro, tenho portanto um objetivo. Essa ideia me parece a loucura mais espiritual e mais profunda que ouvi, e preferível às loucuras cristãs, muçulmanas ou filosóficas do primeiro, oitavo e décimo oitavo século de nossa era."

(Benjamin Constant, carta de 4 de junho de 1780, *Revue des Deux Mondes*, 15 de abril de 1844.)

QUE NÃO SE TRATE de negar o divino nem afirmá-lo, mas de perder a esperança nele. Deixar em seu lugar o "indecidível", não se preocupar com isso, como ignoramos o número exato de ácaros que se saciam com nossas carnes mortas.

TODA MODERNIDADE, quando sofre as dores de uma metamorfose e se questiona sobre si mesma, precisa se achar um grande irmão nos séculos precedentes, identificar-se a ele. Essa idade áurea se torna de improviso precursora da nossa, ou mesmo fundadora, segundo as habilidades retóricas daquele que empreende esse tipo de demonstração. Como se fosse absolutamente necessário procurar as causas de uma doença ou de um bem-estar para conseguir curá-las ou compreendê-las. Esse retorno à origem do mal é sintomático de nossas sociedades, sintomático de Kircher. Mas não explica nada. Saber onde tudo começou deu errado: isso só fascina aqueles que vão mal.

KIRCHER terá sido meu velocino de ouro, minha própria busca da origem.

"É ALGO QUE POSSO DEMONSTRAR PARA VOCÊS", admite Alvaro de Rújula, "mas que não posso explicar. É uma dessas coisas profundas que não compreendemos realmente nas suas entranhas." Tornou-se impossível, inclusive para os próprios físicos, representar o universo de outro modo que não seja pelo cálculo, quer dizer, por um artifício que permite tudo o que queremos, exceto *ver*, apreender a realidade pelos sentidos ou pelo intelecto. Até a teoria da relatividade, cada um podia imaginar o real, entendê-lo com mais ou menos transparência. A visão do mundo de Élisée Reclus ou de Aristóteles em nada difere daquela de um marinheiro ou camponês de sua época. Mesmo "falsa", ela tinha a vantagem de ser exata, de criar uma imagem na cabeça das pessoas. Nosso conhecimento do universo está, sem dúvida, mais próximo da "verdade", mas devemos nos contentar em acreditar na palavra de alguns eleitos que conseguem dominar as equações que fundamentam essa certeza. Simplesmente, só temos no espírito uma pequena braçada de metáforas: histórias pueris de explosão primal, cosmonautas rejuvenescidos ou aumentados após sua estadia no espaço; ascensores malucos, varas de pescar que encolhem quando a apontamos para o norte, socos que não chegam, estrelas cuja luz em si não consegue escapar — e das quais nada sabemos senão que poderiam conter mais ou menos qualquer coisa, inclusive as obras completas de Proust... Toda a nossa concepção do mundo se resume à série de fábulas que os cientistas destilam de vez em quando para nos explicar, como se fôssemos crianças, que o resultado de seus trabalhos ultrapassa nossa compreensão. Kircher, Descartes e Pascal ainda estavam em condição de manusear a ciência de seu tempo, até de falsificar hipóteses e formular novas. Mas quem pode se vangloriar de abarcar suficientemente as ciências atuais para estar em condição de representar o universo do qual elas tratam? O que dizer de uma humanidade incapaz de ter uma visão do mundo dentro do qual ela vive, senão que ela se perde, carente de referências, de pontos de apoio. Carente de realidade... Essa maneira como o mundo resiste agora a nossos esforços de representação, essa malícia que ele tem para escapar de nós, não será isso um sintoma do fato que já o perdemos? Perder de vista o mundo não será como já começar a se resignar de seu desaparecimento?

NÓS TEMOS exatamente o mundo que merecemos, ou pelo menos aquele que merece nossa cosmologia. O que podemos esperar de um universo onde pululam buracos negros, antimatéria, catástrofes?

SERVIR como televisão, calculadora, agenda, livro contábil, catálogo comercial, alarme, telefone ou simulador de trânsito é o que poderia acontecer de pior ao computador. Ernst Jünger nos tinha, contudo, prevenido: "A importância dos robôs", escreveu ele em 1845, "crescerá à medida que se multiplicar o número de pedantes, ou seja, em proporções enormes."

LEVANTANDO a cigarra para limpá-la, libertei sua desconcertante progenitura. Uma míride de minúsculos aracnídeos que desapareceram pela casa, antes que eu pudesse me dar conta do inferno doméstico ao qual essa fuga me expunha. Soledade faz as malas...

— Está dormindo, governador? — perguntou Santos, se inclinando por cima do encosto do assento à sua frente. — Posso lhe falar?

Moreira ergueu os olhos cansados para seu assistente. Tinha a aparência preocupada, mas estava disposto a lhe conceder alguns minutos.

— O programa de viagem... Vamos dar uma olhada?

— Claro... Venha sentar ao meu lado.

Santos mudou logo de lugar, abaixou o tampo da mesa e abriu a pasta contendo suas notas.

— A aterrissagem em Fortaleza está prevista para as 10h30 — começou ele, ajustando sobre o nariz os pequenos óculos arredondados. — Depois, traslado para o Hotel Colonial. Treze horas, almoço na prefeitura com o prefeito. Aqui estão as fichas com o resumo de atividades que me pediu. Dezesseis horas, entrega de diploma *honoris causa* a Jorge Amado, na presença de Edson Barbosa; em seguida, a recepção no reitorado. Preparei um rápido discurso, mas pode resolver...

— É sobre o quê, esse discurso?

— Literatura e realismo popular... Algo simples, mas de bastante repercussão. Do tipo: intelectuais e políticos devem dar as mãos para tirar o país da miséria etc.

— Confio em você, Santos. Esse tipo de sermão é especialidade sua... Vai ter televisão?

— Só o canal regional.

— Não tem problema. Farei uma intervenção assim mesmo. Nunca se sabe, pode ser que façam uma retransmissão da cerimônia no jornal das 8...

— Entendido. Continuando: depois de amanhã, por volta das 7 horas, café da manhã de trabalho com o ministro, seguido de uma reunião com os eleitos do PDS e alguns patrões locais. Tema: investimentos no Nordeste. Sua fala está prevista para as 10 horas. Televisão, jornalistas, tudo a que temos direito...

O governador assentiu com a cabeça, imitando a expressão de um homem perfeitamente consciente de suas responsabilidades.

— Em seguida, almoço no Palácio Estadual com o ministro e o secretário estadual da Educação. Depois, todos juntos seguem para dar a partida numa competição de jangadas e permanecem juntos até a hora do comício eleitoral. Será ao ar livre, pelo que me disse o chefe do protocolo. Como a televisão estará presente, eles previram tudo: confraternização com a multidão, distribuição de brindes, o cardápio completo... Mas a segurança está garantida.

— Meu discurso está pronto?

— O Jodinha está fazendo uma revisão. Estará pronto ao fim da tarde. Depois da reunião, jantar dançante no clube Náutico com toda a elite de Fortaleza e retorno ao Maranhão no dia seguinte, às 8h05...

— O voo está confirmado? Tenho um encontro importantíssimo às 11, você sabe...

— Está tudo OK, governador. Falei eu mesmo com a Vasp...

— Muito bem! — Ele suspirou. — Pelo visto, não vou ter descanso...

— De fato, não — concordou Santos, sorrindo. — Não queria estar no seu lugar...

Moreira levantou os olhos, por pura convenção. Ele gostava que sentissem pena dele de vez em quando; isso apertava os laços com os subordinados.

— Mas algo me incomoda — retomou ele. — Eu gostaria de ir embora na mesma noite. Não importa o horário, não quero correr o risco de chegar atrasado a São Luís... Por favor, faça o necessário.

— Vou cuidar disso — disse Santos, num tom conciliador. — Não se preocupe...

Uma aeromoça parou à sua altura, enviada especialmente para atender Moreira, antes de começar o serviço para os outros passageiros. Era sem dúvida a mais bonitinha da tripulação.

— O senhor quer beber alguma coisa, governador? — disse ela, com um sorriso de garota de programa. — Café, suco de frutas ou um drinque?

— Um copo d'água, por favor — respondeu ele, apanhando a toalha quente que ela lhe estendia na ponta de uma pinça.

— E o senhor?

— A mesma coisa, faz favor... — murmurou Santos, com uma ponta de desdém.

Viajar de primeira classe e beber água, só mesmo os ricos para se permitir esse tipo de capricho.

Moreira se inclinou em sua poltrona, depois enxugou a testa com a toalha.

— Vou tentar dormir um pouco...

— Está certo — respondeu Santos, levantando-se para voltar a seu lugar. — Aviso quando faltarem cinco minutos para chegar...

— Faça isso, Santos. Obrigado...

O aviso numa faixa vermelha diante de seus olhos voltou a mergulhá-lo no pântano de seus remorsos: *Lifejacket is under your seat*... O que teria a fazer segunda-feira de manhã partia-lhe o coração, mas era uma questão de sobrevivência, o último recurso para evitar um desastre anunciado. Justamente quando acabava de reparar os estragos causados pelo assassinato de Carneiro, outras brechas se abriam, ameaçando engoli-lo. Os americanos começavam a se alarmar: ecologistas brasileiros — manipulados por aqueles imbecis do PT, estava na cara... —, assassinatos, revoltas no canteiro, rumores de especulação imobiliária... O contexto já não parecia tão favorável para seus projetos. Uma comissão de estudo se preparava para entregar um relatório hostil a Washington. "Isso está cheirando mal", confiara-lhe seu contato no Ministério da Defesa. "Daí a escolherem outra localização, é rápido, você sabe. É melhor ficar bem comportado: havia uma tramoia de dinheiro, o presidente não estava gostando nada disso..." Era o pior que podia acontecer, uma eventualidade na qual não tinha pensado, nem mesmo em seus piores pesadelos. A ruína, sua ruína pessoal... Uma eventual reeleição não alteraria nada; sem a mais-valia com a qual contava, tudo ia para o brejo. Os bancos estrangeiros iam se lançar sobre ele como piranhas para sair do negócio. Seus próprios bens nuca seriam o bastante para pagar suas dívidas...

— Vai perder tudo — confirmara Wagner, cabisbaixo. — A fazenda, os móveis, os carros... A não ser que continue a administrar a fortuna de sua mulher, evidentemente... Mas, para isso, infelizmente, seria necessário... Não, nem pensar...

— Seria necessário o quê? Pare de rodeios, Wagner.

Para isso, sugerira o homem das leis, bastava declarar a incapacidade mental de Carlota. Atestado médico, internação — não no asilo, é claro, numa clínica ou numa casa de repouso —: conseguiriam assim a anulação do pedido de divórcio e ele teria não somente o direito, mas o dever de administrar o pecúlio da esposa, aguardando o restabelecimento dela.

Segunda-feira, às 11 horas... Ele deveria estar presente quando chegassem os dois psiquiatras... Surpreendera-o que Wagner tivesse conseguido encontrar dois pilantras tão rapidamente. Mas ele não a deixaria por muito tempo internada, só o suficiente para pôr ordem nos negócios, dizia a si mesmo, para fugir do asco de si mesmo que o agarrava pela nuca. Estendeu o braço para cima, a fim de direcionar a ventilação para rosto. Uma breve cura pelo sono não lhe faria mal, e lhe daria o tempo para refletir. Talvez até voltasse atrás na sua decisão... Era o único jeito de se livrar daqueles apuros, pensava ele, olhando pela janela, a única maneira possível...

O avião cruzou uma sequência de nuvens fartas, incoerentes com um céu azul, como uma explosão de granada.

TRISTE EPÍLOGO

Como seu nome indica, infelizmente...

Sei muito bem o quanto devo a Kircher, haja vista que, depois de Deus, lhe devo tudo, para não temer a missão que me cabe agora, e ninguém pode se sentir mais diretamente atingido do que eu, no momento de evocar as circunstâncias de sua morte. Mas é preciso carregar sua cruz como um tesouro, pois é através dela que nos tornamos dignos de Nosso Senhor e em conformidade às suas exigências.

Quinze minutos não haviam se passado desde o ataque do qual meu mestre fora vítima, e eu lhe administrei os últimos sacramentos na dor e na aflição que se pode imaginar. O padre Ramón não se dava nunca por vencido e, apesar de seu prognóstico equivocado, estendeu o braço de Kircher e retirou-lhe 1,5 litro de sangue para desobstruir, o máximo possível, seu cérebro. Depois de ter colocado um pequeno crucifixo de marfim em suas mãos, comecei a rezar em companhia do médico, enquanto todos os nossos padres e noviços provocavam um rumor no colégio com suas preces.

De manhã cedo, meu mestre passou a arquejar mais espaçadamente, até parar; depois fechou os olhos, seus dedos se distenderam e eu o vi largar a cruz que até então segurava. Pus-me a chorar em soluços, convencido de ter assistido a seu derradeiro suspiro; e Deus quis que assim fosse... Mas o padre Ramón, que logo se inclinara sobre ele, me salvou rapidamente do desespero em que eu mergulhava: Kircher acabara de adormecer; seu pulso, ainda que fraco e dilatado, como é comum nos idosos, perdera seu caráter convulsivo, o que autorizava, contra toda expectativa, a esperança de uma cura!

Nosso Senhor desejou impor a seu mais fiel servidor a pior das provas, e Kircher não morreu nesse dia; mas tampouco recuperou a vida.

"Ουκ ελαβου πολιυ", disse Herodiano, e com razão, "αλλα γαρ ελπις εφε κακα*." Ao sair de seu sono, quando abriu os olhos, percebi com horror que ele continuava incapaz de se mexer ou mesmo falar. Paralítico! Meu mestre estava paralítico...

Nada foi mais insuportável, durante a semana que se seguiu, do que minha impotência diante daquele olhar, ora angustiado, ora furioso, ora suplicante; eu acreditava ver Kircher concentrar toda a sua força de vontade para escapar da opressão do silêncio e da imobilidade, eu o ouvia gemer como uma criancinha horas a fio, mas não importa o que fizesse e por mais prolongado que fosse seu esforço, ele não conseguia jamais pronunciar senão as seguintes palavras: "Pele de arenque!" E ouvindo a si mesmo emitir palavras assim tão insólitas, lágrimas corriam de seus olhos...

Como percebi que as pálpebras pareciam ainda obedecer à sua vontade, tive a ideia de utilizar esse meio para conversar com meu mestre: um piscar para "sim", dois para "não", e quantos fossem necessários para indicar a posição de uma letra no alfabeto. Apesar das dificuldades e da demora desse artifício, pude constatar que meu mestre conservava ainda todo o seu pensamento, o que tornava ainda mais trágica sua desgraça. A primeira palavra que ele me transmitiu dessa maneira foi "cadeira". Entendi com isso que ele desejava utilizar aquela máquina e fiz com que fosse instalado em sua cadeira mecânica. Foi assim que ele obrigou seu corpo inerte a se mover, contra o furor dos cirurgiões que previram as piores consequências a tal exercício. Tendo o padre Ramón, apoiado a esse respeito pelo Dr. Alban Gibbs, me garantido que se tal remédio tinha pouca chance de se mostrar eficaz, por outro lado não apresentava risco algum, mantive minha decisão de obedecer a qualquer preço às ordens de Athanasius. E agi muito bem, pois apenas três semanas após o início dessa ginástica matinal, meu mestre me concedeu uma das maiores alegrias que me foram dadas conhecer: certa tarde, enquanto eu lia para ele sem dar atenção àquele "pele de arenque!" que soava de vez em quando no seu quarto, Kircher pronunciou distintamente meu nome! Logo ele o repetiu outras vezes, com todas as entonações e cada vez mais forte, qual um marujo que avista a terra depois de uma longa e perigosa viagem. E

* *Eles não tomaram a cidade, mas a esperança revelou as desgraças.*

como se tal fórmula houvesse quebrado o encanto que lhe paralisava os lábios, ele me estendeu a mão.

— Eu... pensei... — disse-me ele, com uma voz trêmula e hesitante por vezes — pensei num... novo meio de tomar as... fortificações! Basta cer... cercá-las de um muro tão alto... tão alto quanto seu edifício mais alto, depois ameaçar os sitiados de... inundá-los...

Intimei-o imediatamente a se calar para preservar suas forças, ao mesmo tempo admirando a potência de um gênio que não parara de funcionar sequer em meio a tão penosa doença.

Estávamos em 1° de setembro do ano 1679; a partir desse instante, Kircher não parou de recuperar sua saúde. O mês de outubro testemunhou seus primeiros passos fora da cama, de tal modo que logo foi capaz de se mover novamente como outrora. Sua faculdade de elocução, infelizmente, não se restabeleceu totalmente, e ele guardou até o final um certo estremecimento da língua, que o fazia hesitar um pouco na pronúncia das palavras, ou ainda mais raramente, ele as invertia. Quanto a escrever ou se dedicar a uma atividade qualquer, estava fora de questão, tão fraco se encontrava. Mas enfim, ele vivia, pensava, falava! Como eu poderia não agradecer a Deus a cada dia de ter me concedido esse consolo?

Devo dizer, contudo, que ínfimas mudanças ocorreram em sua pessoa, modificações que não percebi de imediato, mas que fizeram todo sentido em seguida. Kircher se mostrava tão jovial, senão mais, do que antes de sua apoplexia, e sua aparência física não traía senão a repercussão de sua longa reclusão. Ele estava pálido, seus dentes se soltavam um após outro; seus pelos e seus cabelos, embranquecidos havia muito tempo pelos estudos, clareavam ainda mais... Mas isso tudo era bastante comum aos homens de sua idade, ou mesmo, infelizmente, aos menos robustos. Não, o que mudou insensivelmente à medida que ele se recuperava foi seu comportamento. Quinze dias antes do Natal, quando ele acabava de me explicar como fabricar um cachimbo de água que havia inventado, destinado a refrescar a fumaça do ópio e perfumá-la conforme o gosto, ele começou a empregar a terceira pessoa para se referir a si mesmo...

— Ele deseja, portanto — disse-me ele, sem brincar —, que você faça realizar o mais rápido possível essa máquina da qual seu organismo tanto precisa para se refazer de suas fraquezas.

Fiquei perplexo um segundo e quase lhe perguntei "quem" lhe havia incitado a adaptar assim aquele instrumento já conhecido pelos bárbaros... Ele fingiu não notar meu espanto e continuou me dando, incidentalmente, o segredo daquela novidade:

— Pois aquele que permanece não é mais o mesmo... *Eu* morreu em agosto último, Caspar, e *ele* precisará de todos os artifícios para esperar um dia assemelhar-se ao primeiro.

Essa extravagância e o que ela supunha de lucidez sobre seu estado deram-me um frio na espinha. Felizmente, meu mestre retomou seu modo habitual de falar, empregando essa terceira pessoa somente em raras ocasiões, cada vez que queria sublinhar sua debilitação em relação ao homem que não era mais.

Nessa mesma ordem de ideias, observei em meu mestre uma tendência nova de falar de sua morte próxima. Não que estivesse errado em fazê-lo, posto que sua idade e sua doença tornavam essa infelicidade bem previsível, mas chocante era sua maneira de evocá-la: cheio de sorrisos, como era hábito seu, ele me descrevia minuciosamente e com muitos detalhes macabros o que aconteceria a seu corpo assim que os vermes começassem a atacá-lo, insistindo, como se por prazer, nos borborismos monstruosos provocados pela putrefação.

Foi nessa ocasião que meu mestre me confiou a palavra preciosa do discurso que seu ataque havia desgraçadamente interrompido. Sua ideia consistia em pesar o corpo de um moribundo continuamente, a fim de verificar se o fato de exalar sua alma reduzia seu peso e, sendo o caso, em que quantidade. Tratando-se de uma experiência singular, para não dizer indecorosa, ele propôs que fosse tentada em si mesmo, devido à confiança que tinha em minha amizade e meu auxílio...

— Esta será minha última contribuição à ciência — acrescentou ele com gravidade —, e o encarrego de recolher as lições a fim de divulgá-las após meu falecimento...

Seguindo as indicações de Athanasius, o padre Frederick Ampringer e eu mesmo começamos então a construir uma balança que conviesse a esse uso. O gênio de Kircher sempre surpreendia, e nós conseguimos instalar em seu quarto um sistema de roldanas capaz de sustentar sua cama e de avaliar sua massa por meio de um certo número de pesos aferidos para este fim. No caso de ele falecer durante a noite, meu mestre me ordenou que fosse ajustar a balança a cada noite, após se deitar; se eu o encontrasse morto em seu leito, bastar-me-ia compensar o equilíbrio rompido para conhecer o peso exato de sua alma. Pois ele não duvidava um instante sequer que a máquina registraria alguma variação.

O mês de janeiro não acabara e suas dores de cabeça reapareceram ainda mais fortes do que antes. Meu mestre não largava mais seu cachimbo de ópio, único paliativo para seus tormentos; seu espírito vagava ao ritmo dos delírios produzidos por aquela fumaça, e se eu me entristecia às vezes com seu olhar ausente e com sua indiferença em relação a mim, assim como à minha prontidão para atendê-lo, pelo menos sabia que não estava sofrendo.

No dia 18 de fevereiro, um de nossos mais jovens noviços voltou de um passeio pelas ruas de Roma com uma divertida bagatela, comprada por apenas 1 libra de um comerciante de Augsbourg, que enriquecia sabiamente aproveitando-se do gosto das pessoas pelas coisas curiosas. Tratava-se de uma pulga, presa ao pescoço com uma corrente. Quando ela lhe foi mostrada, Kircher ficou tão encantado e manifestou tão intensamente seu desejo de ter uma parecida que nosso noviço deu-a de presente a meu mestre. A partir desse instante, Kircher tornou-se inseparável dessa ínfima companhia. Passava longas horas a observar o inseto num microscópio, fascinado pela perfeição do bicho em si, assim como pela arte maravilhosa que permitira acorrentá-lo. O resto do tempo, ele o guardava sob a camisa, perto do peito, não sem ter fixado a correntinha a um botão. Para sua alimentação, ele o levava a "pastar", como dizia, pelas mais ricas pradarias de seu corpo, ou seja, nas chagas abertas pelo cilício em todos aqueles que o utilizam rigorosamente.

— Venha, minha amiga — dizia-lhe com grande ternura —, venha pegar sua pitança e saciar-se do melhor néctar que já existiu. Há aqui para você sozinha uma provisão que bastaria para satisfazer milhares de seus semelhantes, aproveite sem vergonha nem remorso, sabendo que cada uma de suas mordidas me aproxima um pouco mais do paraíso.

Um dia em que falava assim diante do padre Ampringer, que viera visitá-lo, este último não conseguiu reter suficientemente um gesto de dúvida sobre o fundamento de tal prática. Meu mestre apercebeu-se disso, para a infelicidade do pobre padre, que era, no entanto, um homem bom e se censurou em seguida por ter contrariado Kircher em seus esforços admiráveis para ganhar a santidade.

— Deixem-me contar para vocês a história do monge Lanzu — começou meu mestre muito calmamente — tal qual me contou um viajante holandês digno de fé e de respeito. Esse Lanzu, segundo a antiga tradição chinesa, era considerado oitocentos anos atrás um perfeito modelo de todas as virtudes; ele abandonou cedo o barulho das cidades para se retirar aos mais sombrios cárceres do desfiladeiro de Nanhua. As carnes não tinham para ele sabor, a bebida, gosto algum, e o sono não lhe trazia repouso. Tinha tal horror do impudor, amava tanto a penitência, a mortificação do corpo e os trajes ásperos e rudes que se fez fabricar uma corrente de ferro, com a qual sobrecarregou seus ombros até a morte. Ele via sua carne como a prisão de um espírito imortal e pensava que a arpejando sufocaria o melhor de si mesmo, que consistia na compreensão. Enquanto via cair os vermes de sua carne putrescente em função da corrente, ele os apanhava com delicadeza e lhes fazia um breve sermão: "Caros vermículos", lhes dizia ele, "por que me abandonam tão covardemente, quando ainda podem achar do que se nutrir? Voltem, eu conjuro, voltem a seu lugar, e se a fidelidade é a base das verdadeiras amizades, sejam-me fiéis até a morte e dissequem à vontade aquilo que, desde o nascimento, lhes é dedicado e a todos os de sua espécie!"

Agitado pelo discurso, Kircher teve a pressão sanguínea tão aumentada que foi necessário buscar em toda urgência um cirurgião. Após sangrá-lo em diversos locais, o médico recomendou que não mais se contestasse meu mestre, caso desejássemos conservá-lo em vida por mais tempo. Segui esse conselho com afinco e cuidei em seguida para que nada corresse o risco, por ignorância ou equívoco, de agravar seu mal.

Kircher continuou se recuperando durante três semanas, e nada deixava pressagiar a segunda crise que o atingiu com maior severidade, infelizmente, e de modo mais duradouro que a primeira; na manhã do dia 12 de março, quando eu acabara de acender sua lareira, vi-o sentado em seu leito e ocupado — perdoe-me, meu Deus, mas jurei dizer tudo — fazendo pequenas bolas com os próprios excrementos...

— Não se pode perder nada, Caspar... — disse-me ele com um sorriso cândido. — Assim que secarem, elas substituirão a lenha da lareira! Economia consequente de fim caritativo...

Tentei logo lhe falar, mas não importava os meios que eu empregasse com este objetivo, percebi imediatamente que meu mestre ensurdecera por completo.

Eu estava aterrorizado... O padre Ramón, que chamei de pronto, não escondeu nem um pouco sua tristeza diante de um espetáculo assim aflitivo. Naquele dia e nos subsequentes, ele lançou mão de toda a sua arte para tentar melhorar o estado de meu mestre; infelizmente, foi em vão. Coerente aos seus caprichos, Kircher passou a recusar qualquer medida de higiene, e as tentativas que fiz para obrigá-lo a se lavar ou pelo menos dar-lhe uma aparência apresentável resultaram em tal acesso de furor que logo as abandonei. Toda manhã, após uma sessão em sua poltrona de espirais, ele urinava num grande pote de terra que ele proibia formalmente de ser esvaziado. Formou-se uma espuma nauseabunda.

— Sabão soberano para cabelos longos, assim como os incas fazem em Cuzco! — consentiu ele em me dizer, num tom de confidência, um dia em que me viu chorar ao vê-lo enfiando as mãos naquela cloaca para verificar sua consistência...

Em poucas semanas, seu corpo ficou infestado de vermes. Mas Kircher utilizou aquela calamidade para inventar uma nova ocupação; na verdade, ele colocara na cabeça que aqueles animalejos não eram senão os átomos pecaminosos escapando de seu corpo, como ratos de um navio a ponto de naufragar. Imitando os índios uros, ele contava então cuidadosamente os piolhos e outros insetos que recolhia sobre si mesmo para encher tubos de bambu que eu deveria vedar em seguida com cera quente; isso a fim de impedir aquelas "nocivas mônadas" de se espalharem sobre outros homens.

O céu, sem dúvida comovido com suas dores, quis que um dia, enquanto escutávamos a missa de São João de Latrão, ele ludibriasse minha vigia para descarregar seu ventre na cadeira perfurada que servia outrora para verificar a consistência das fezes!

A lista de suas incongruências seria longa e eu não gostaria nem um pouco de embaciar em poucas linhas a imagem de um ser que temperou toda a sua vida com seu saber e o comedimento de suas ações a glória da qual se regozijava. Não posso, todavia, calar-me sobre essa fantasia que quero ainda narrar, por conta das suspeitas que ela desperta em meu espírito. Numa tarde em que me atrasei no refeitório mais do que de costume, descobri meu mestre numa posição que quase me fez cair: nu como um verme, ele aglutinara sobre seu corpo todas as plumas de um cisne empalhado, que jazia a seu lado, lamentável e desmembrado. Ajoelhado no chão, ele contemplava uma figura helicoidal realizada com a ajuda de um barbante enrolado sobre si mesmo; e temendo perdê-lo, leitor, com abstratas explicações, reproduzo aqui o desenho desse labirinto, desenho no qual os círculos representam as metades das laranjas que meu mestre dispusera em certos locais...

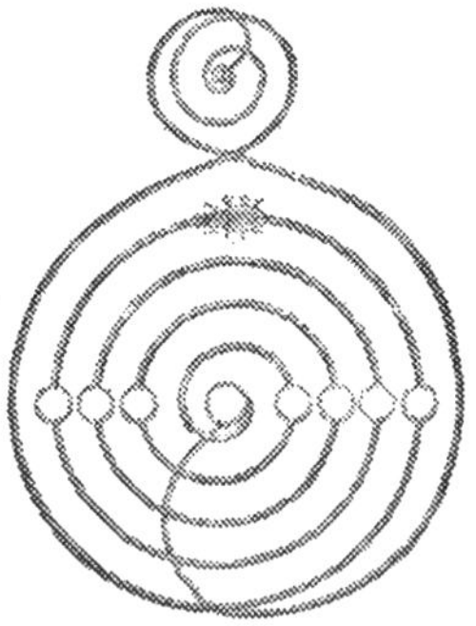

Colocada no caminho que formava a corda, a pulga cativa arrastava sua corrente com precaução...

Ainda que tendo notado tudo isso num instante, devo confessar não ter prestado atenção alguma, de tal modo fiquei fascinado com o disfarce ridículo de Kircher. Ao me aproximar, ouvi-o falando em voz baixa com seu bichinho...

— Porque é assim que todo universo parte de um ponto de luz único, antes de para ali voltar um dia, conforme os desvios dessa espiral maravilhosa...

Meu mestre se exprimia corretamente! Pouco faltou para que me lançasse sobre ele para abraçá-lo.

— A alma do mundo é assim feita, meu amigo... — continuava Kircher, dirigindo-se a si mesmo. — Pois voltei a vestir meu hábito de anjo dominical, a fim de preparar esse retorno como convém. Porque a terra, lá, está mais próxima da origem... E eu a guio, minh'alma, por esses caminhos tortuosos, na direção do único abrigo que já houve, na direção desse berço em volta do qual velam os anjos da casa. Espalhada nas veias do mundo, uma inteligência faz mover a massa inteira e a mistura ao grande todo; eu já distingo nela a claridade inefável. Coragem, minh'alma, o fim está próximo. Alegria, alegria, alegria!

Quase ao mesmo tempo, o padre Ampringer irrompeu no aposento; e como eu me encontrava um pouco recuado em relação à porta, foi-me impossível preveni-lo. Percebendo meu mestre, ele se precipitou na sua direção invocando Deus e seus santos... O encanto foi rompido: vi Kircher se contrair visivelmente, depois começar a gemer, enquanto o padre Ampringer ajudava-o a se erguer, me chamando em seu auxílio. Fingi ter acabado de entrar pela porta.

— Que desgraça, meu Deus, que desgraça! — repetia o padre Ampringer. — Vamos, padre Schott, ajude-me a lavá-lo... Todas essas plumas, Deus me perdoe! Que crueldade é a velhice... Nosso bom padre soçobrou na infância; é preciso cuidar dele melhor do que temos feito até agora...

O padre Ampringer ousou exprimir em voz alta aquilo que murmuravam no colégio havia algumas semanas; mas eu me recusava a aceitar essa evidência, sobretudo após a cena que acabara de presenciar. Kircher podia falar ainda! Sua inteligência estava intacta, ainda que se empenhasse, por obscuras razões, a fazer com que acreditassem no contrário.

Foram necessárias algumas horas para deixar meu mestre apresentável, mas nada no mundo o convenceu a deixar cortarem-lhe os cabelos ou as unhas, e mesmo limpo após nossos cuidados, ele continuava irreconhecível. Assim que voltamos a nos encontrar a sós, escrevi estas poucas palavras numa folha de papel: "Estamos juntos, meu reverendíssimo, e saberei guardar seu segredo. Mas, pelo amor de Deus, fale! Fale como fazia ainda há pouco com esse inseto..." Depois de ler, Kircher amassou o papel com suas mãos trêmulas e me olhou com grande tristeza.

— Não sei dizer... Caspar... Não sei dizer...

Ele estava com uma expressão desolada de alguém que realmente tentara, mas em vão, atender a um desejo. E quando recomeçou a brincar com sua pulga, indiferente à minha presença, abismei-me num desespero que as preces levaram um bom tempo a sossegar.

Na mesma noite daquele funesto dia 18 de setembro, eu me confessei ao padre Ramón sobre o que observara em meu mestre e lhe falei de minhas dúvidas sobre a realidade de seu estado.

— Eu gostaria de estar longe da verdade — respondeu-me ele calmamente —, mas infelizmente é preciso destruir suas esperanças, pois elas não têm fundamento. Esse tipo de melhora, eu já pude notar em outros doentes, mas são apenas aparentes; longe de anunciarem uma breve recuperação, elas assinalam, ao contrário, um agravamento da enfermidade e são, na verdade, como o canto do cisne do paciente. O fim é iminente, padre. Acostume-se a essa ideia, suas preces serão assim mais úteis ao nosso amigo...

A sequência dos eventos deu razão ao padre Ramón. Kircher não pronunciou sequer mais uma palavra, exceto aquela espécie de ceceios absurdos ou entravados que me afligiram até o fim. Mas se a voz, como afirma Aristóteles, é um luxo sem o qual a vida é possível, como foi desoladora a de meu mestre durante aqueles últimos meses! Ele era agora um velho doentio e desprezado sob seus hábitos grandes demais; terrivelmente magro, os cabelos arredios, ele passava seus dias a contar a infantaria de piolhos que percorria suas ceroulas. Ainda que atencioso, ele repelia as pessoas pela sua imundície repugnante, que lhe cobria como uma segunda roupa. Eu não o amava menos por isso, sabendo que ele não era mais responsável pelos seus atos, mas custava-me mais do que posso exprimir acompanhá-lo dia após dia em sua degradação de corpo e espírito.

E veio o dia, mais rápido do que eu esperava, em que meu mestre se deitou para não mais levantar. Em 11 de novembro desse mesmo ano de 1680, ele foi tomado por tamanha fraqueza que suas pernas se recusavam a transportá-lo. Seus intestinos tendo diminuído e não podendo mais cumprir sua função, ele passou mais de sete dias sem comer; uma febre ardente seguiu-se a essa grande dieta. Reconheci que logo morreria.

Pior ficou seu estado no Dia de São Severino, o 27º de novembro, quando meu mestre recebeu todos os sacramentos com uma piedade exemplar. E não duvido que tenha se sentido feliz, associando sua morte à desse santo eremita.

Ao anoitecer, Kircher entrou em agonia, e mesmo preparados depois de vários meses para esse final inelutável, os padres Ramón, Ampringer e eu mesmo vertemos muitas lágrimas à sua cabeceira. Próximo da 11ª hora da noite, quando eu já não esperava mais vê-lo abrir os olhos, meu mestre direcionou seu olhar para mim a fim de me dirigir a palavra pela última vez.

— Caspar, a balança? — indagou ele.

Tomando sua mão na minha, assenti com a cabeça para tranquilizá-lo: eu não deixara de obedecer às suas ordens, a máquina estava ajustada.

Foi então que ele esboçou um sorriso, fechou os olhos e se foi. A terra o carregara durante 78 anos, 10 meses e 27 dias... Naquele exato segundo, em conformidade com seus prognósticos, ouvimos soar o guizo que assinalava qualquer variação da balança! Para o grande espanto das pessoas presentes no quarto, ficou constatado que a alma de Kircher pesava exatamente 6 gramas.

Fiquei mais aflito do que imaginava possível com a morte de meu mestre. Ainda que a vida lhe fosse um fardo e vivê-la lhe causasse pena e dor, essa perda me deixou inconsolável. Seu espírito, sua piedade, sua sapiência, que chamavam a atenção de todos aqueles que tiveram o privilégio de conhecê-lo, eram as principais razões para amá-lo. E nunca homem algum mereceu mais a admiração de seus contemporâneos; pois era um ancião digno de veneração e que honrava a ciência. Mas no estado em que se encontrava, desejar-lhe uma vida mais longa teria sido querer seu mal. Seu espírito nunca se rebaixara, e depois de algum tempo apenas ele parara de agir pelo abandono dos sentidos que lhe faziam falta pouco a pouco, de maneira que, não participando mais das coisas deste mundo, era preciso que fosse para o outro a fim de lá obter a salvação e o repouso eterno de sua alma.

Os obséquios de Kircher foram magníficos; transportado em grande pompa à Igreja do Gesù, seu corpo foi acompanhado pela imensa multidão de todos aqueles que o tinham amado ou admirado. Reunidos numa mesma aflição, havia ali monges da Trindade dos montes, dominicanos, padres e príncipes e mesmo a rainha Cristina da Suécia, a quem esse luto pareceu afetar ao mais elevado grau. Mas a homenagem que sem dúvida mais sensibilizou meu mestre, ele a recebeu daquele grupo de estudantes que acompanhou seu cortejo: vindos de colégios alemães, escoceses, franceses... Todos aqueles que tinham um dia assistido a uma aula de Kircher saudaram às lágrimas esse pedagogo a quem tinham apelidado de "o mestre das cem artes"! Cantada pela totalidade dos jesuítas do Colégio Romano, a missa dos mortos foi de um recolhimento admirável. E foi seguida pelas "Lições de trevas" de Couperin, música cuja beleza mais convinha ao homem que havia durante toda a sua vida fustigado a sombra para celebrar a mais alta glória da luz...

Minha longa missão termina aqui, com o fim daquele a quem ela foi dedicada. Segundo as vontades de Kircher, seu coração está enterrado aos pés da Virgem, em Mentorella. Tenho hoje a idade de meu mestre, e os males que me afligem me fazem esperar reencontrá-lo em breve. Então lhe peço, leitor, una às minhas suas preces a fim de que Deus me conceda enfim essa graça, e medite de quando em vez sobre aquela que meu mestre bem-amado não temeu nem um pouco escrever um dia com o próprio sangue:

Oh, grande e admirável Mãe de Deus! Oh, Maria, Virgem Imaculada! Eu, teu indigníssimo servidor, prosternado diante de ti, em memória aos benefícios que me concedeu desde a minha idade mais tenra, ofereço-me inteiramente a ti, Doce Mãe, ofereço minha vida, meu corpo, minh'alma, todas as minhas ações e toda a minha obra. Do fundo do meu coração, exprimo meus desejos mais íntimos diante de teu altar, no mesmo local onde pela primeira vez, graças à sua inspiração milagrosa, empreendi a restauração deste santo lugar, consagrado a ti e ao Santo Eustáquio; e para que as gerações futuras saibam que, por mais numerosas que sejam as doutrinas que adquiri até então e pelo que tenha escrito de bom, isso não se deveu tanto aos meus estudos e ao meu trabalho, piedosa Mãe, mas ao dom de tua graça singular, e guiado misericordiosamente pela luz da Sabedoria eterna. E o que digo com meu sangue a fim de registrar tua ação, erguendo minha pena, deixo a todos por testamento, Jesus, Maria, José, como meu único verdadeiro bem.

Eu, teu pobre e humilde e indigno servidor, Athanasius Kircher, rogo para que atenda meus votos. Jesus, Maria. Amém.

Pela suprema glória divina.

Elaine não conseguiu saber depois de quantas horas acontecera aquela visão que a deixara aniquilada. Ela retomou consciência de si mesma e do mundo no centro da clareira, em pé, perto das cinzas viscosas da fogueira. Era dia, estava com fome, a selva ao seu redor cacarejava como um aviário de jardim zoológico. Lá, onde antes havia alguma coisa, nada mais se via. O humo coberto de todas as tralhas da tribo: esteiras, cabaças, feixes de plumas e de flechas, já sumia, misturando-se às cores da floresta. Longas colunas de formigas cruzavam o acampamento, legiões romanas apinhadas de estandartes e troféus. Empoleirado sobre uma folha, um sapo de cabeça vermelha desdenhava aquelas multidões.

Elaine caminhou até a beira do precipício; uma nuvem de urubus escurecia o topo das árvores, mas vistos de cima, assemelhavam-se a moscas ocupadas no minucioso deleite de uma carcaça. Mauro, Herman, toda a tribo jazia em algum lugar lá embaixo... Nenhum deles poderia ter sobrevivido a uma queda assim. Ela estava sozinha no alto de uma montanha ignorada pelo mundo. Como Robinson em sua ilha, pensou, deplorando confusamente o caráter indesejável, quase frívolo, daquela observação. O espírito naufragado, titubeando ainda nas cercanias da demência, Elaine se perguntou por que razão obscura ela não tinha enlouquecido.

O borborismo de seu estômago a afastou do penhasco. Com passos incertos, ela vagou pelo acampamento em busca de alimento. A primeira coisa que lhe chamou a atenção foi o walkman de Mauro; tinha ficado dentro da bolsa de plástico transparente, onde o rapaz o guardava nas raras ocasiões em que se separava dele. Em seguida, ela viu suas roupas e as de Herman, abandonadas e amontoadas num chão úmido. Por que eles tinham aceitado o pó do pajé? Algumas imagens lhe voltaram em fragmentos coloridos de vermelho. Eles tinham gritado ao cair, prova de que haviam se dado conta no último instante. E todos os outros, meu Deus, todas aquelas mulheres e crianças... Todas aquelas plumas batendo no ar desesperadamente...

Elaine retomou consciência um pouco mais tarde, aturdida por se descobrir com uma lata de feijão entre as mãos. Estou pirando, disse ela, assustada. Havia períodos de tempo durante os quais seu corpo continuava a viver e a se mover além de sua percepção... O conteúdo da lata de conserva deu-lhe enjoo, mas ela se esforçou para engolir um pouco. Seu olhar passeava pela clareira, registrando indícios insignificantes, resvalando neles sem os ver. Um fio de saliva escorria pelo seu queixo. Com os braços soltos, ela mirou o objeto informe que uma cobra, listrada de vermelho, preto e uma fina faixa branca, absorvia lentamente. *Existem três espécies de cobra-coral*, lembrou-se com certa fleuma, *todas as três extremamente parecidas quanto a suas cores e suas características; uma das espécies é mortal; a outra, perigosa; e a terceira, totalmente inofensiva: qual foi a primeira a aparecer na escala evolutiva?* Essa pergunta lhe fora feita em outra ocasião, durante uma prova sobre mimetismo animal. Ela não soubera a resposta, mas da correção de seu professor ela se lembrava com clareza:

—Vocês são um pássaro que aprecia comer os répteis — dissera ele. — E tentam comer a primeira cobra. O que acontecerá? Vocês morrerão de repente sem compreender o que aconteceu, e sem ter tempo de avisar seus congêneres do perigo. Algo que, consequentemente, num prazo mais ou menos longo, eliminará a espécie de pássaro-predador-de-répteis da natureza. O mesmo ocorre com a terceira espécie: vocês comem a cobra e, como nada acontece, deduzem que as cobras corais são perfeitamente comestíveis. Daí o desaparecimento de sua espécie, quando esses mesmos répteis acabarem por se tornar tóxicos. Se vocês forem mordidos pela segunda cobra, aquela que é venenosa, mas não mortal, vocês sofrerão por algum tempo, depois se apressarão em transmitir a informação: comer cobra de listras vermelhas e pretas é muito perigoso, melhor evitar toda cobra que se pareça um pouco com essa descrição. É, portanto, essa cobra a primeira a aparecer. Necessariamente. Desdenhada pelos pássaros, seus inimigos potenciais, nossa cobra-coral pode então desenvolver outras formas mais eficazes para caçar, até chegar ao modelo mais refinado da espécie, aquela cuja picada não perdoa. Quanto à terceira, sem dúvida a mais esperta, é um animal cuja espécie não tem nada a ver com as precedentes, mas que se ampara das cores da cobra-coral para obter assim a mesma tranquilidade... Dito isso — acrescentara ele, não sem ironia —, a resistência natural ao veneno que manifestam certos predadores de répteis, entre os quais vários pássaros, resulta num problema apaixonante que perdura até hoje.

Elaine se perguntou qual daquelas três cobras serpenteava diante de seus olhos. Quando ela desapareceu, lembrou-se do pajé depositando a seus pés um estranho fardo, um pouco antes de o terror começar a tecer sua armadilha. Com o espírito vazio, ela se aproximou e depois, com a ponta dos dedos, abriu um embrulho de fibras vegetais. Apesar das marcas esverdeadas que deformavam sua capa de couro velho, ela viu que se tratava de um livro; um in-folio que ela apanhou em seu invólucro e abriu na folha de rosto. A resposta veio com esse gesto irrefletido: *Athanasii Kircherii è Soc. Jesu Arca Noe, in Tres Libros Digesta...*

A *Arca de Noé*! O pajé tinha entre as mãos uma das obras preferidas de Eléazard... Aquele concurso de circunstâncias deixou-a menos espantada do que ver a imagem de seu marido surgir do ângulo morto do caos, como se para assisti-la, encorajá-la de longe a se restabelecer. Aquele livro afirmava sua presença perto dela e, de uma maneira igualmente misteriosa, justificava sua teimosia com Athanasius Kircher. Uma magia dúbia emanava dele, uma tensão desmedida. Elaine folheou as páginas úmidas e cobertas de manchas. Na sequência da *Arca de Noé*, estavam encadernadas todas as ilustrações extraídas de *Art de la lumière et de l'ombre* e de *Mundus subterraneus*: em várias páginas, anotações manuscritas formavam um embrião de dicionário, antes um léxico, como o faziam os missionários que abordavam povos desconhecidos. Que aquele léxico estabelecesse correspondências entre o latim e a língua dos índios, que tivesse sido escrito com uma pena e mesmo o estilo de sua caligrafia, tudo indicava que a obra de Kircher tinha pertencido a um dos primeiros ocidentais que exploraram o Novo Mundo. Acrescentando a esses indícios as circunstâncias de seu próprio encontro com os índios, Elaine acreditou reconstituir a história com algum grau de verossimilhança. Um homem, provavelmente um eclesiástico, se enfiara um dia na selva com a escassa bagagem de um candidato ao martírio: uma Bíblia, um pequeno estojo de pérolas e espelhos e um desses manuais copiosamente ilustrados em que Kircher demonstrava melhor do que ninguém a supremacia da religião cristã. Alguns jesuítas, dissera-lhe

Eléazard, simplesmente sentavam-se nas profundezas da selva, tocando uma flauta ou um violino, até que os índios se manifestassem. Orfeus modernos, eles espiavam as almas, alternando a música e as orações... Com muita perseverança, o padre que conseguisse manter-se vivo se instalava numa tribo e começava o aprendizado de sua língua. As plantas, as árvores, os animais, era preciso apontar com o dedo as criaturas terrestres no livro de Kircher, nomeá-las uma a uma com infinita paciência. Isso feito, podia-se então abordar as matérias sobrenaturais, explorar a mitologia daqueles selvagens e empreender sua conversão. Alguns passos de magia, um bocado de diplomacia, e o padre fazia de um xamã — feliz por conseguir tanto — seu aliado e discípulo. O missionário falava ou acreditava falar a língua de suas ovelhas, conseguira batizar as crianças e mesmo adaptar alguns cânticos; quanto ao xamã, ele sabia de cor frases em latim e arranhava algumas palavras de seu preceptor de uma maneira que dava margem às maiores esperanças... E depois, as privações, a malária ou outra sórdida vingança fincava um termo na missão do bom padre. A tribo retomava sua existência primitiva. Aureolado de novos poderes, o xamã se apoderava dos livros e continuava na via que tinha sido tão frutífera ao seu confrade estrangeiro. Ele repetia incansavelmente as frases latinas aprendidas com tanta dificuldade, explicava a todos que um profeta havia vindo, mas que outro voltaria, que seria barbudo como na gravura representando Kircher no início do livro, e que este os guiaria para algum paraíso. O xamã morria, após ter transmitido ao seu filho o conjunto de seus conhecimentos, e tudo prosseguia assim durante mais de quatrocentos anos. A cada transferência da mensagem original, algo se perdia, algo se inventava, de tal modo que essas pessoas tinham acabado por venerar o próprio Kircher: *Quyriche*, dizia a correspondência no léxico... Ao perceberem Dietlev, os índios o identificaram sem dificuldades ao messias dos mitos originais. Mesmo os fósseis tinham representado seu papel nesse inacreditável mal-entendido; vários deles encontravam-se representados no livro, os recém-chegados os carregavam em sua bagagem, a montanha continha uma enorme quantidade... Tantos símbolos que o pajé havia associado de um jeito ou de outro para confirmar em seu espírito a iminência do fim dos tempos...

Apesar da sua anormalidade, esta explicação era a única capaz de organizar o horror de uma maneira lógica. Um equívoco, um abominável equívoco milenar que havia custado a vida de todo um povo... Elaine sofreu por não poder partilhar aquela repentina iluminação com alguém. A Bíblia tinha sem dúvida se perdido, mas o livro aberto no seu colo — o aracanoá do pajé! — tinha simbolizado o sagrado para gerações de homens, até conduzir ao abismo seus descendentes... Eléazard e Moema teriam dado um pulo até o teto! O pobre Dietlev também, aliás; mas ele teria sem dúvida se interessado menos por aqueles fósseis vivos do que por aqueles trazidos pelo velho índio de sua estadia na montanha.

Elaine saiu novamente de si até perceber que havia subido até o ponto culminante do *inselberg*. O livro não estava mais com ela; devia ter ficado para trás em algum lugar. Apesar de sua surpresa e da angústia daqueles buracos negros onde seu espírito se encolhia com uma frequência cada vez maior, ela ficou feliz quando emergiu ao ar livre. Em torno dela, a crista rochosa não passava de um escombro mineral com impressões petrificadas. *Tribachidium*? Arqueociatos? Parvancorina? Sua memória hesitava em dar um nome às pedras que escorriam em cascata daquela fonte assombrosa: um cadinho de algas e invertebrados único no mundo, uma poça do tempo, daquele tempo inicial em que a Terra era em toda a sua extensão apenas um oceano trágico e despovoado. Naqueles baixios, 600 milhões de anos antes, o mar havia urdido o milagre da vida. Um laço ininterrupto a unia àqueles seres cegos e despojados, a associava ao seu destino de glifos primordiais. No olho do ciclone, no próprio coração do torvelinho que erguia sob ela as águas negras da floresta, Elaine soube que ela poderia finalmente descansar. Eléazard, Moema... Ela os encontraria ambos, aqui e agora, por ter feito na direção deles esse longo caminho. Espelho solar refletindo a vertigem do universo, ela percebeu um instante de absoluta coerência em tudo que existe. Aquele não lugar, aquele centro imóvel em volta do qual se enroscava a frágil concha da vida, era o que experimentava, que ela ocupava o intervalo mínimo do seu espaço. Libertada da esperança, sorridente, ela se sentia como uma arca desertada.

PESO DA ALMA. Disse Euclides, glacial como sempre: "Vento, apenas o vento... O ar contido nos pulmões tem um peso também. O seu Kircher pesou seu derradeiro suspiro; é levar a introspecção um pouco longe demais, não acha?"

NOVALIS elaborou um *Catálogo razoável das operações das quais os homens dispõem de modo permanente*: ele cita a saliva, a urina, o sêmen, o pôr o dedo na garganta para vomitar, reter o fôlego, mudar de posição, fechar os olhos etc. De passagem, ele se pergunta se não haverá uma utilização possível dos excrementos. Marcel Duchamp acrescentaria o excesso de pressão sobre um botão elétrico, o crescer dos cabelos, dos pelos e das unhas, os sobressaltos de medo ou de espanto, o riso, o bocejo, o espirro, os tiques, os olhares duros, o desmaio e adicionaria também um *transformador destinado a utilizar* [todas] *essas pequenas energias desperdiçadas*.

SEIS GRAMAS de alma...

NÃO SEI o que motiva essa impressão de que Athanasius Kircher faz parte agora de minha família. Ele poderia estar sentado ali, bem perto de mim, a boina atravessada, concentrado em ventilar as pernas agitando a barra de seu hábito. Alguém familiar, com estalos de genialidade aqui e ali, mas bem banal na maior parte do tempo. Um sonhador bon-vivant, um irmão, um amigo...

SEXTA-FEIRA, 10 HORAS da manhã: Carta de Malbois

Meu caro Eléazard

Desculpe-me esta resposta tão tardia às suas perguntas. A tarefa não foi fácil, tudo isso tendo exigido um bocado de trabalho, com um resultado que, receio, não será de seu agrado.

Primeiramente, pesquisei os trechos que pareciam duvidosos nas obras de Marsenne, de La Mothe Le Vayer e algumas outras cujos títulos você há de lembrar.

Sua desconfiança tinha fundamentos: existem várias semelhanças preocupantes, às vezes mais do que isso, sem que se possa dizer, no entanto, quem plagiava quem; você sabe que essa prática era comum na época e não trazia consequência alguma. Não apresentarei os detalhes dessas investigações, seriam inúteis. Você entenderá a razão: quando passei para a segunda pergunta da sua lista, a que se referia a Caspar Schott, toda a estrutura balançou. 1608-1666! (confirmado por várias fontes diferentes). Posto que o virtuoso Caspar faleceu 14 anos antes de seu mestre, tornava-se evidente que toda a parte do texto dedicada à biografia de Kircher após essa data era apócrifa. Restava a possibilidade de alguma outra pessoa que vivera esses últimos anos próxima de Kircher ter dado continuidade ao trabalho de Schott com bastante habilidade para imitar seu "estilo"...

A partir daí, dediquei a maior atenção a certos aspectos que me haviam intrigado durante minha primeira leitura: tal qual descrita por Schott, a vila Palagonia só existiu no século XVIII — entre 1750 e 1760. Quanto ao Deserto de Retz, ainda que tenha notoriamente inspirado as paisagens miniaturas de Kircher, não há dúvidas de que date de 1785!

A essa altura de minha investigação, não apenas nem uma linha sequer do manuscrito podia vir da mão de C. Schott, mas também tudo fora escrito, na melhor das hipóteses, a partir de 1780, ou seja, cem anos após a morte de Kircher...

Esta etapa, você pode imaginar, lançou dúvida sobre todas as outras, de maneira que passei a destacar metodicamente os elementos que me pareciam suspeitos. Havia uma boa quantidade de coisas menores (cheguei a identificar uma máxima de Chamfort!), quase todas inverificáveis, e eu me preparava para expor minhas conclusões quando reli o terrível poema de Von Spee. Mesmo levando em conta que se trata de uma tradução do latim — e que a poesia do XVII não é realmente meu elemento natural —, aqueles versos me pareceram singularmente anacrônicos e desprovidos de sentido. Por acaso, ou talvez por contágio em relação aos jogos de palavras a que se entrega Kircher, comecei a considerar "o idólatra" como um texto criptografado. A solução (uma espécie de acróstico rebuscado) veio bem rapidamente, devo admitir. Deixo-lhe a surpresa, mas está claro que você foi enganado direitinho. Espero somente que não tenha avançado muito em seu trabalho...

Aceite as coisas com bom humor, se possível, e mantenha-me a par de tudo supondo que você consiga descobrir o culpado antes de estrangulá-lo...

Até breve,

C. Malbois

13 HORAS. Encaro tudo com certa frieza, mas não com humor... Impossível entrar em contato com Werner em Berlim.

19 HORAS. Busquei seguir em frente toda a tarde. O amor-próprio, é claro... Passado o primeiro momento de irritação por ter trabalhado inutilmente nessas anotações, sinto-me, sobretudo, mortificado por não ter descoberto sozinho a farsa.

O PROBLEMA não é saber se fulano realmente disse o que lhe fizeram dizer, mas julgar se conseguiram fazer com que o dissesse de modo coerente. A verdade não será aquilo que acabamos por convir suficientemente para que a aceitemos enquanto tal? O *caso extremo da satisfação*, dizia W.V. Quine. Aquele — Werner ou outro — que produziu essa impostura chegou mais perto dela do que eu jamais poderia pretender...

DESCER O RIO até Montevidéu, voltar a Lautréamont (a Voltaire) como as tartarugas marinhas retornam para deixar seus ovos na praia onde nasceram.

"EM UMA PALAVRA", concluía Kircher ao final de seu trabalho sobre as anamorfoses, "*não existem monstros sob a forma dos quais não se possa ver a si mesmo com um espelho do tipo que combina as superfícies planas e as curvas.*"

QUEM FOI CAPAZ de estragar a própria vida fabricando tal espelho deformante? Fez isso na esperança de me enganar ou para alcançar precisamente o que se produziu? Não consigo acreditar que esse documento tenha sido constituído intencionalmente para mim, mas também tenho certeza de que não chegou às minhas mãos por acaso. Werner foi manipulado; dito isso, a paternidade desse texto não tem importância alguma, e a única questão é esta: quem me ama tanto a ponto de querer me estimular tão violentamente? Malbois?

Havia uma chance em um milhão de que ele pudesse reparar esse acróstico...

"A BIOLUMINESCÊNCIA se produz quando uma substância conhecida pelo nome de Luciferina (do latim *lucifer*, "que carrega a luz") se mistura ao oxigênio na presença de uma enzima chamada luciferase. Existe uma reação química que libera energia sob a forma de luz." (D.L.Allen) Literatura, o nome da luz!

A SOLUÇÃO, TALVEZ... Nem sombra, nem luz, nem penumbra: disposição estrelada. Pirilampos, fosfenos vivos e aleatórios no seio da própria noite.

SOBRE UM GNÔMON percebido por Léon Bloy, esta máxima: "É mais tarde do que você pensa."

ALCÂNTARA | *Tem certeza de que deseja comer mariscos?*

Afinal de contas, pensava Eléazard, não seria razoável considerar que qualquer biografia de Athanasius Kircher, à imagem do próprio personagem, só poderia ser um embuste? A parte ficcional contida nos pretensos escritos de Caspar Schott traduzia mais fielmente do que qualquer outro estudo científico a obstinação pungente e doentia que empregamos para romancear nossa existência. A mensagem, se havia alguma, se resumia a isto: o reflexo sai sempre ganhando do objeto refletido, a anamorfose superava em potência de verdade aquilo que inicialmente vira distorcido e metamorfoseado. Sua meta final não era a de unir o real e a ficção numa nova realidade, num relevo estereoscópico?

Eléazard fechou seu arquivo e clicou no ícone de gerenciamento de pastas. Na seção "Arquivos", selecionou aquele que continha o conjunto de suas anotações, em seguida acionou a supressão dos mesmos.

"Tem certeza de que deseja excluir 'kircher.doc'?
Sim ou não."

O dedo tenso sobre o botão esquerdo do mouse, Eléazard hesitou um instante diante da repentina fatalidade daquela exortação à prudência. Não havia nenhuma cópia daquele trabalho, tudo seria irremediavelmente perdido. *Esqueça Kircher*, dissera-lhe Loredana... E agora, ouvia:

cuide da sua filha, desconfie do retorno, dos retornos como da peste... Cuide de viver a vida! Seu coração começou a bater mais rápido. Tem certeza de que deseja comer mariscos? De desejar a esse ponto as delícias da amnésia? Erguendo os ombros, com a premonição de que nada lhe seria poupado em seguida, Eléazard respondeu "sim" à pergunta. O cursor se transformou imediatamente em pêndulo mortal, um quadrante vazio em uma única agulha singrando a toda velocidade. Apagando cilindro após cilindro de informações que lhe eram totalmente indiferentes, o disco rígido registrou sua escolha com uma sequência de breves soluções. Ao final do processo, uma nova janela substituiu a precedente:

"Deseja apagar outro arquivo? Sim, Não."

Hipnotizado pela tela, Eléazard começou a manipular suas bolas de pingue-pongue. Elas giravam gravemente, aqueles pequenos planetas cegos. Leitosos, exorbitados.

FORTALEZA | *Bri-gi-te Bardot, Bar-dooo!*

Nelson tinha vestido sua camiseta eleitoral por cima de sua camisa de centroavante, e por isso transpirava tanto de calor quanto de angústia. Fazia duas horas que ele esperava ao lado da tribuna. Cem boas razões lhe ditavam a renunciar seu gesto, cem outras o encorajavam. Ensurdecido pela proximidade das caixas de som, ele delirava de forma dolorosa e impaciente. Sua posição recuada limitava seu campo de visão às linhas oblíquas das pranchas do estrado e à ínfima linha vertical da orla. Bem longe, pousada sobre o horizonte, uma massa de nuvens desenhava os contornos azulados de uma costa desconhecida, de um mundo a descobrir.

Como fazia a cada vez que uma faixa de música chegava ao final, o cabo eleitoral vinha testar o microfone e manter o suspense. Radiotransmissor na cintura, ele se lançava numa interminável logorreia pontuada pelos nomes de Barbosa Júnior e de Moreira: Eles disseram que vinham e estão chegando! Durante sua alocução, seus subordinados se revezavam para arremessar dezenas de camisetas à multidão. Seguia-se um alvoroço e as cercanias do estrado iam se tingindo do branco do tecido.

Várias sirenes encobriram de repente o rumor que reinava na praia. No alto da colina, três limusines negras escoltadas por carros de polícia vieram parar bem ao lado da tribuna. Um enxame de policiais saiu dos veículos para tomar posição ao longo da ladeira e proteger a chegada das autoridades. Ocultos pelos seus guarda-costas, os dois governadores começaram sua descida na direção da duna, filmados o tempo todo por uma equipe de televisão. Lá embaixo, os alto-falantes passaram a tocar o hino nacional, congelando e emudecendo aqueles que conseguiam ouvi-lo.

O espírito de Nelson estava embrutecido. Seus lábios cantarolaram em voz baixa a letra do hino. A fim de interromper a tremedeira de sua mão direita, ele a apoiou no cabo da arma na cintura, sob a camiseta, se esforçando para materializar a imagem de Lampião. Estava à beira de um desmaio.

Alegres, à vontade dentro de seus ternos beges, Barbosa Júnior e Moreira fingiam que o serviço de segurança lhes impedia de abraçar a multidão. Quanto mais se aproximavam da tribuna, mais faziam de conta que enfrentavam os seguranças para apertar uma mão estendida ou beijar a bochecha imunda de uma criança. Assim que Nelson pôde distinguir Moreira, ele não mais o perdeu de vista. O governador parecia envelhecido em comparação à sua imagem nas fotos, mas era o mesmo homem que ele odiava havia anos: o assassino de seu pai, o safado que roubara o AeroWillys do tio Zé...

Nelson soltou a trava da arma. Um silêncio imenso se fez ao seu redor: não ouvia nem a recrudescência da música, nem o cabo eleitoral que incitava a multidão com seu microfone. Mais perto, ele se repetia de modo obsessivo, preciso esperar que esteja bem perto...

Tendo chegado à parte baixa da escada, os dois homens desapareceram do campo de visão de Nelson. Tinham parado um instante para simular diante das câmeras o amor do povo que estimularia uma certa faixa de eleitores a votar neles. Nenhum daqueles pobres-coitados colocaria jamais um voto na urna, mas as almas caridosas que assistiam ao telejornal seriam sensíveis ao gesto, essa paródia eles conheciam por experiência.

Um dos operadores de câmera subiu na tribuna, seguido de um assistente de áudio. O cabo eleitoral lhe fez sinal para se afastar um pouco, de modo a poder enquadrar Nelson na gravação. Habituado aos estratagemas da comunicação, o câmera Oswaldo compreendeu a intenção e recuou um pouco. O sol estava nas suas costas, a tomada ia ficar perfeita.

Nelson não viu nada dessa manobra. Atormentado pela repetição mental de um único gesto, ele observava o pedaço do céu onde iria surgir o homem que ele queria matar.

Os policiais se dispuseram em volta do estrado, e enquanto os guarda-costas bloqueavam o acesso ao palanque, os dois governadores começaram a subir a escada. Barbosa Júnior foi o primeiro a se apresentar. Uma olhadela para o operador de câmera e ele entendeu qual deveria ser sua conduta, dirigindo-se até Nelson com um falso ar natural.

Atrás de sua lente, Oswaldo fixou a cena imediatamente, dobrando as pernas para não perder o primeiro contato. O aleijado tinha a expressão aterrorizada e levou alguns segundos para estender a mão ao governador. E ainda por cima, ele parecia ter um braço paralisado! Isso era ótimo! Barbosa murmurou uma palavra de reconforto e se afastou na direção do microfone. A segunda câmera acabara de pegar a sequência. Zoom no governador do Maranhão; rosto relaxado, costeletas triunfantes, José Moreira da Rocha avançou até o jovem mutilado. E então, de repente, seu sorriso sumiu, sua boca abriu-se estranhamente. Seguindo seu instinto, Oswaldo alterou a distância focal e notou o garoto, a arma na extremidade do braço esticado, e depois o movimento da outra mão, vindo apoiar o cabo para ajustar a mira. Incapaz de acreditar no que via, ele ergueu os olhos da câmera e se jogou no chão.

As detonações, como os toques rápidos de um relógio batendo 6 horas, paralisaram repentinamente o tio Zé em sua corrida. Nos segundos que se seguiram, ele pôde ouvir os berros da multidão e uma massa em pânico fluindo na sua direção. Depois, duas breves rajadas de metralhadora soaram na tribuna e ele seguiu em frente. Ele fez..., pensou ele, correndo, a expressão atordoada.

Voltando a funcionar, o sistema de som deixou escapar o samba de sucesso mais recente:

Bri-gi-te Bardot
Bar-dooo!
Bri-gi-te Beijou
Bei-joou!

A ira empalideceu os lábios do tio Zé, uma fúria inumana, crescendo na mesma proporção do absurdo sob o qual se dissimula ordinariamente a estupidez criminosa dos homens.